Clive Cussler
& Dirk Cussler

Unterdruck

Ein Dirk-Pitt-Roman

Aus dem Englischen
von Michael Kubiak

blanvalet

Die Originalausgabe erschien 2012
unter dem Titel »Poseidon's Arrow«
bei Putnam, New York.

MIX
Papier aus verantwortungsvollen Quellen
FSC® C014496

Verlagsgruppe Random House FSC® N001967
Das FSC®-zertifizierte Papier *Holmen Book Cream*
für dieses Buch liefert Holmen Paper, Hallstavik, Schweden

2. Auflage
April 2015 bei Blanvalet, einem Unternehmen der
Verlagsgruppe Random House GmbH, München.

Umschlaggestaltung und -illustration: © Johannes Wiebel | punchdesign,
unter Verwendung von Motiven von Shutterstock
Redaktion: Jörn Rauser
HK · Herstellung: sam
Druck und Einband: GGP Media GmbH, Pößneck
Printed in Germany
ISBN: 978-3-442-38418-1

www.blanvalet.de

PROLOG

BARBARIGO

Die Barbarigo wird angegriffen

OKTOBER 1943
INDISCHER OZEAN

Von der wogenden See reflektiert, erschien das Licht des Halbmondes wie ein Streifen brennenden Quecksilbers. Leutnant Alberto Conti erinnerten die funkelnden Wellen an ein Aquarell von Monet, ausgestellt in einem dunklen Raum. Die silbrige Gischt warf das Mondlicht zum Himmel zurück und erhellte weit im Norden eine Wolkenbank. Es waren die Vorboten eines Unwetters, das sich gut fünfzig Meilen entfernt über der fruchtbaren Küste Südafrikas entlud.

Indem er sein Kinn vor der feuchten Brise einzog, die ihm ins Gesicht wehte, wandte er sich zu einem jungen Seemann um, der neben ihm im Kommandoturm des italienischen Unterseebootes *Barbarigo* stand.

»Romantischer Abend, nicht wahr, Catalano?«

Der Seemann sah ihn fragend an. »Das Wetter ist sehr angenehm, Tenente, wenn Sie das meinen.« Obgleich ebenso erschöpft wie die restliche Mannschaft, bewahrte der Seemann in der Anwesenheit von Offizieren eine stramme Haltung. Es war ein Ausdruck jugendlicher Ehrfurcht, dachte Conti, die sich im Laufe der Zeit gewiss verflüchtigen würde.

»Nein, den Mondschein«, sagte Conti. »Ich wette, er strahlt heute Nacht auch über Neapel und bringt das Kopfsteinpflaster der Gassen zum Glänzen. Es würde mich nicht wundern, wenn in diesem Moment ein attraktiver Offizier der Wehrmacht mit Ihrer Verlobten über die Piazza del Plebiscito flaniert.«

Der junge Seemann spuckte über den Rand des Kommandoturms, dann sah er den Offizier mit glühenden Augen an.

»Meine Lisetta würde eher von der Gaiola-Brücke springen, als sich mit einem deutschen Schwein einlassen. Wegen ihr mache ich mir keine Sorgen, denn sie hat, solange ich weg bin, immer einen Totschläger in der Handtasche. Und sie weiß auch, wie man damit umgeht.«

Conti lachte herzhaft. »Wenn wir alle unsere Frauen auf diese Art und Weise bewaffneten, würden weder die Deutschen noch die Alliierten es wagen, auch nur einen Fuß in unser Land zu setzen.«

Nach Wochen auf See und nach Monaten fern seiner Heimat konnte Catalano über diese Bemerkung nicht lachen. Er suchte den Horizont ab, dann deutete er mit einem Kopfnicken auf den dunklen aufgetauchten Bug, mit dem das Unterseeboot durch die Wellen pflügte.

»Tenente, weshalb sind wir dazu verdonnert worden, für die Deutschen Transportdienste zu übernehmen, anstatt Handelsschiffe zu jagen, wofür die *Barbarigo* doch eigentlich gebaut wurde?«

»Wir sind zurzeit allesamt Marionetten des Führers, fürchte ich«, erwiderte Conti und schüttelte den Kopf. Wie die meisten seiner Landsleute hatte er keine Ahnung, dass in Rom Kräfte am Werk waren, die in wenigen Tagen Mussolini aus dem Amt jagen und mit den Alliierten einen Waffenstillstand schließen würden. »Kaum zu glauben, dass wir 1939 eine größere U-Boot-Flotte hatten als die Deutschen und jetzt unsere Einsatzbefehle von der deutschen Kriegsmarine erhalten«, fügte er hinzu. »Manchmal fällt es wirklich schwer, die Welt zu verstehen.«

»Ich finde das nicht richtig.«

Conti ließ den Blick über das großflächige Vorderdeck des Unterseeboots gleiten. »Ich vermute, dass die *Barbarigo* für die jüngsten bewaffneten Konvois zu langsam ist, darum taugen wir nur noch für den Frachtdienst. Zumindest können wir uns damit trösten, dass dieses Schiff aus der Zeit vor seiner neuen Verwendung eine stolze Abschussquote vorweisen kann.«

1938 vom Stapel gelaufen, hatte die *Barbarigo* zu Beginn des Krieges ein halbes Dutzend Schiffe der Alliierten im Atlantik versenkt. Mit ihrer Wasserverdrängung von über eintausend Tonnen war sie viel größer als die gefürchteten Typ-VII-U-Boote der deutschen Verbände, die in Rudeltaktik operierten. Als die Verluste an deutschen Oberwasserschiffen jedoch zunahmen, verfügte Admiral Dönitz, dass mehrere der großen italienischen *sommergibili* zu Frachtschiffen umgebaut wurden. Nachdem ihre Torpedos, das Deckgeschütz und sogar eine der Toiletten entfernt worden waren, hatte man die *Barbarigo* als Frachtschiff nach Singapur geschickt, beladen mit Quecksilber, Stahl und 20-mm-Geschützen für die Japaner.

»Unsere Rückfracht wird als höchst kriegswichtig eingestuft, aus diesem Grund muss jemand das Maultier spielen, nehme ich an«, sagte Conti. Aber tief in seinem Innern ärgerte er sich über den Frachtdienst. Wie in jedem U-Boot-Fahrer steckte auch in ihm ein Jäger, beseelt von dem Wunsch, den Feind zu belauern. Nun jedoch bedeutete jede Feindberührung für die *Barbarigo* den sicheren Tod. Ihrer Waffen beraubt und sich mit lediglich zwölf Knoten dahinschleppend, war das Unterseeboot eher eine lahme Ente als ein gefürchteter Angreifer.

Als eine schaumgekrönte Welle gegen den Bug schwappte, warf Conti einen Blick auf das Leuchtzifferblatt seiner Armbanduhr.

»Sonnenaufgang in weniger als einer Stunde.«

Indem er den unausgesprochenen Befehl ausführte, setzte Catalano ein Fernglas an die Augen und suchte den Horizont nach anderen Schiffen ab. Der Leutnant folgte seinem Beispiel, ließ den Blick rund um den Kommandoturm wandern und kontrollierte den Ozean und den Luftraum über ihnen. Seine Gedanken wanderten nach Casoria, einer kleinen Stadt nördlich von Neapel, wo seine Frau und sein kleiner Sohn auf ihn warteten. Ein Weingarten gedieh hinter ihrem bescheidenen Bauernhaus, und plötzlich sehnte er sich nach den verträumten Sommernachmittagen, an denen er mit seinem Sohn zwischen den Rebstöcken Fangen gespielt hatte.

Dann hörte er es.

Über dem Dröhnen der beiden Dieselmotoren des U-Boots nahm er noch ein anderes Geräusch wahr. Eine Art höherfrequentes Summen. Er straffte sich und vergeudete keine Zeit mit der Suche nach seiner Herkunft.

»Die Luke schließen!«, rief er.

Sofort ließ er die Turmleiter ins Boot hinab. Das Alarmtauchsignal ertönte einen kurzen Moment später und trieb die Angehörigen der Mannschaft eilends auf ihre jeweiligen Positionen. Im Maschinenraum rastete eine wuchtige Kupplung ein, stoppte die Dieselmotoren und schaltete auf den Antrieb durch eine Reihe batteriebetriebener Elektromotoren um. Meerwasser spülte bereits über das Vorderdeck, während Catalano die Luke des Kommandoturms verschloss und dann in die Zentrale hinabstieg.

Normalerweise vollendete eine gut ausgebildete U-Boot-Crew ein Alarmtauchmanöver in weniger als einer Minute. Aber da dieses Boot als Frachtschiff unterwegs und bis unters Dach beladen war, gab es nur wenig, was dieses Exemplar der italienischen U-Boot-Flotte schnell zustande brachte. Mit quälender Trägheit tauchend, befand es sich fast zwei Minuten, nachdem Conti das sich nähernde Flugzeug entdeckt hatte, endlich vollständig unterhalb der Meeresoberfläche.

Catalanos Stiefel klapperten und klirrten auf der Stahlleiter, während er sich geradezu in den Kontrollraum fallen ließ. Dort suchte er sofort seine während des Alarmtauchmanövers vorgeschriebene Position auf. Das Rattern der Dieselmotoren war verstummt, als sich der elektrische Antrieb einschaltete, und die Mannschaft bewahrte die herrschende Stille, indem sich die Männer nur noch im Flüsterton miteinander verständigten. Der Steuermann der *Barbarigo*, ein Mann mit rundem Engelsgesicht namens De Julio, rieb sich den Schlaf aus den Augen, während er Conti fragte, ob sie gesichtet worden seien.

»Das konnte ich nicht feststellen. Ich habe das Flugzeug gar nicht gesehen. Aber der Mond steht am Himmel, und die See ist relativ ruhig. Ich bin davon überzeugt, dass wir zu sehen sind.«

»Wir werden es sicher bald erfahren.«

Der Kapitän trat ans Steuer und warf einen Blick auf den Tiefenmesser. »Bringen Sie uns auf zwanzig Meter runter und geben Sie volles rechtes Seitenruder.«

Der Erste Steuermann des U-Boots nickte, während er den Befehl wiederholte, konzentrierte sich auf die Anzeigeinstrumente und packte das große stählerne Steuerrad mit festem Griff. Stille senkte sich auf den Kontrollraum herab, während die Männer darauf warteten, was das Schicksal für sie bereithielt.

Gut dreihundert Meter über ihnen warf ein schwerfälliges englisches Flugboot vom Typ Consolidated PBY »Catalina« zwei Wasserbomben ab, die rotierend wie ein Paar Kreisel ins Meer stürzten. Die Maschine war noch nicht mit Radar ausgerüstet, vielmehr war es der Heckschütze des RAF-Flugzeugs gewesen, der die weiße Heckwelle der *Barbarigo* auf der kabbeligen Wasseroberfläche entdeckt hatte. Begeistert über seinen Fund, drückte er die Nase gegen das Plexiglasfenster und verfolgte mit großen Augen, wie die beiden Bomben ins Meer eintauchten. Sekunden später schossen zwei Wassersäulen senkrecht in die Luft.

»Ein wenig zu spät«, sagte der Copilot.

»Hatte ich mir schon gedacht.« Der Pilot, ein hochgewachsener Londoner mit einem sorgfältig gestutzten Schnurrbart, legte die

Catalina so lässig in eine scharfe Kurve, als schenke er sich eine Tasse Tee ein.

Das Abwerfen der Bomben hatte etwas von einem Ratespiel, da das Unterseeboot bereits außer Sicht verschwunden und nur noch seine Heckwelle zu sehen war. Das Flugzeug musste also schnellstens zuschlagen. Die aus der Luft abgeworfenen Sprengladungen explodierten in einer vorher festgelegten Wassertiefe von nur fünfundzwanzig Fuß. Wenn dem U-Boot genug Zeit geblieben war, wäre es längst tiefer abgesunken.

Der Pilot startete einen weiteren Anflug und orientierte sich nun an einer Markierungsboje, die sie vor dem ersten Angriff abgeworfen hatten. Während er sich nach den Resten der verlaufenden Heckwelle des U-Boots richtete, berechnete er im Kopf seinen weiteren unsichtbaren Kurs, dann lenkte er die dickbäuchige Catalina dicht an der Boje vorbei.

»Wir nähern uns«, meldete er dem Bombenschützen. »Klink aus, wenn du ein Ziel siehst.«

Der Bombenschütze der achtköpfigen Flugzeugbesatzung sichtete das Unterseeboot, legte einen Schalter um und gab das zweite Paar Wasserbomben frei, das unter den Tragflächen der Catalina befestigt war.

»Wasserbomben ausgeklinkt. Diesmal genau im Ziel, würde ich meinen, Captain.«

»Wir sollten zur Sicherheit noch einen dritten Versuch machen und dann zusehen, ob wir irgendwo in der Nähe ein Oberwasserschiff anfunken können«, erwiderte der Pilot und legte die Maschine bereits für eine scharfe Wende auf die Seite.

Beide Explosionen ließen die Schotten der *Barbarigo* vibrieren. Die Deckenbeleuchtung flackerte, und der Druckkörper ächzte, aber kein Wasserschwall ergoss sich ins Innere. Für einen kurzen Moment schien der betäubende Explosionsknall, der in den Ohren jedes Besatzungsmitglieds ähnlich nachhallte wie die Glocken des Petersdoms, die einzige Folge des Angriffs zu sein. Doch dann wurde das Glockenläuten von einem metallischen Klirren übertönt, das vom Heck ausging und von einem schrillen Jaulen abgelöst wurde.

Der Kapitän spürte, wie sich die Trimmung des U-Boots leicht veränderte. »Irgendwelche Schäden an Bug und Heck oder am Rumpf?«, rief er. »Aktuelle Tauchtiefe?«

»Zwölf Meter, Tenente«, antwortete der Steuermann.

Niemand im Kontrollraum sagte ein Wort. Eine Kakophonie von Zisch- und Knarrlauten lief durch das Schiffsinnere, während das U-Boot tiefer sank. Doch es war das Geräusch, das sie nicht hörten, das in ihren Ohren nachhallte – das laute Klatschen und Klicken eines Wasserbombenpaars, das direkt neben dem getauchten U-Boot explodierte.

Die Catalina hatte es beim letzten Überflug aus weiterer Entfernung abgeworfen, da der Pilot einen nördlichen Kurs angenommen hatte, während die *Barbarigo* nach Süden abgeschwenkt war. Die letzten dumpfen Explosionen hatten das Unterseeboot kaum erschüttert, während es tiefer sank und außer Reichweite der Wasserbomben gelangte. Die Anspannung entlud sich in einem kollektiven Aufatmen, als die Mannschaftsangehörigen feststellten, dass sie vorläufig in Sicherheit waren. Die einzige Gefahr, die ihnen jetzt noch drohte, wäre ein Oberwasserschiff der Alliierten, das Kurs auf ihre gegenwärtige Position nahm, um sie erneut anzugreifen.

Ihre Erleichterung erhielt jedoch durch einen lauten Ruf des Steuermanns einen abrupten Dämpfer.

»Capitano, wir verlieren an Geschwindigkeit!«

Conti kam heran und kontrollierte eine Batterie von Anzeigeinstrumenten in der Nähe des Steuerstandes.

»Die Elektromotoren sind unversehrt und in Betrieb«, meldete der junge Seemann stirnrunzelnd. »Aber die Antriebswelle dreht sich nicht.«

»Sala soll sich sofort bei mir melden.«

»Jawohl, Capitano.« Ein Seemann in der Nähe des Periskops machte Anstalten, den Chefingenieur der *Barbarigo* zu holen. Er war gerade zwei Schritte weit gekommen, als der Offizier im Verbindungsgang zum Schiffsheck erschien.

Wie ein Bulldozer schob Chefingenieur Eduardo Sala seine massige Gestalt mit stampfenden Schritten vorwärts. Er kam auf den Kapitän zu und starrte ihn aus harten dunklen Augen an.

»Gut, dass Sie schon da sind«, sagte der Kapitän. »Wie ist unser derzeitiger Betriebszustand?«

»Der Druckkörper ist unversehrt, Signore. Wir haben ein Leck an der Dichtung der Hauptantriebswelle, das wir zurzeit verschließen, zumindest so gut es geht. Außerdem muss ich einen Verletzten melden – Ingenieur Parma ist bei dem Bombenangriff gestürzt und hat sich das Handgelenk gebrochen.«

»Zur Kenntnis genommen, aber was ist mit dem Antrieb? Sind die Elektromotoren außer Betrieb?«

»Nein, Signore. Ich habe die Hauptmotoren stillgelegt.«

»Sind Sie verrückt, Sala? Wir werden angegriffen, und Sie schalten die Motoren aus?«

»Sie sind jetzt bedeutungslos«, sagte der Chefingenieur ruhig.

»Was soll das heißen?«, fragte Conti und wunderte sich, dass der Ingenieur ausweichend antwortete.

»Es ist die Schraube«, sagte Sala. »Ein Flügel wurde durch die Wasserbombe verbogen oder verdreht. Sie ist gegen den Rumpf geschlagen und abgebrochen.«

»Einer der Flügel?«, fragte Conti.

»Nein … die ganze Schraube.«

Die Worte hingen in der Luft wie der Klang einer Totenglocke. Ohne ihren einzigen Propeller würde die *Barbarigo* von den Wellen hin und her geworfen werden – wie ein Korken. Ihr Heimathafen Bordeaux schien plötzlich genauso weit entfernt zu sein wie der Mond.

»Was können wir tun?«, wollte der Kapitän wissen.

Der vierschrötige Ingenieur schüttelte den Kopf.

»Nichts anderes als beten«, sagte er leise. »Beten, dass die See uns gnädig ist.«

TEIL I

POSEIDON'S ARROW

Die Sea Arrow

1

JUNI 2014
MOJAVE-WÜSTE, KALIFORNIEN

Es war ein Mythos, entschied der Mann, nichts als ein Ammenmärchen. Oft hatte er gehört, dass die kochende Tageshitze in der Wüste nachts in eisige Kälte umschlug. Das traf jedoch, wie er bezeugen konnte, nicht auf die hochgelegene Wüste von Südkalifornien zu. Schweiß tränkte die Ärmel seines dünnen schwarzen Pullovers und sammelte sich in einer kleinen Pfütze auf seinem Steißbein. Die Temperatur bewegte sich noch immer bei mindestens dreißig Grad Celsius. Er warf einen Blick auf das Leuchtzifferblatt seiner Uhr und holte sich die Bestätigung, dass es in der Tat zwei Uhr morgens war.

Im Grunde machte ihm die Hitze nichts aus. Er war in Mittelamerika geboren worden und hatte sein ganzes Leben lang in den Dschungeln dieser Region gelebt und als Guerillero gekämpft. Aber die Wüste war etwas Neues für ihn, und mit einer solchen nächtlichen Hitze hatte er nicht gerechnet.

Er blickte über das staubige Gelände auf eine Ansammlung leuchtender Straßenlampen. Sie markierten die Einfahrt zu einem ausgedehnten Bergwerksgelände, das sich über die ganze Hügellandschaft vor ihnen erstreckte.

»Eduardo müsste die Position gegenüber dem Wachhaus bald erreicht haben«, sagte er zu dem bärtigen Mann, der neben ihm lag – ausgestreckt in einer Sandkuhle.

Er war von seinen Kampfstiefeln bis hinauf zu der dünnen Mütze, die er sich tief in die Stirn gezogen hatte, ebenfalls ganz in Schwarz gekleidet. Schweiß glänzte auf seinem Gesicht, als er den Kopf hob und aus einer Wasserflasche trank.

»Ich wünschte, er würde sich beeilen. Hier gibt es Klapperschlangen.«

Eine Minute später meldete sich das tragbare Sprechfunkgerät an seinem Gürtel mit einem zweifachen kurzen Rauschen.

»Das ist er. Los geht's.«

Die Männer erhoben sich und luden sich leichte Rucksäcke auf die Schultern. Lichter der Bergwerksgebäude verteilten sich auf dem Berghang vor ihnen und erhellten die Wüste mit ihrem fahlen Schein. Sie marschierten ein kurzes Stück bis zu einem Maschendrahtzaun, der den gesamten Komplex umgab. Der größere Mann ging auf die Knie hinunter und suchte in seinem Rucksack nach einer Drahtzange.

»Pablo, ich glaube, wir kommen auch ohne Werkzeug auf die andere Seite«, flüsterte sein Partner und deutete auf ein ausgetrocknetes Bachbett, das unter dem Zaun verlief.

Der sandige Untergrund war in der Mitte des Bachbettes noch nicht festgebacken, also konnte er einiges von dem losen Geröll mit dem Fuß beiseiteschieben. Pablo half ihm, indem auch er Sand und Geröll aus dem Weg räumte, bis sie ein kleines Loch unter dem Zaun gegraben hatten. Sie schoben die Rucksäcke hindurch und folgten ihnen.

Eine Kombination leiser rumpelnder Geräusche – das mechanische Getöse eines Tagebaus, der rund um die Uhr in Betrieb war – erfüllte die Luft. Die beiden Männer hielten ausreichend Distanz zu dem Wachhaus, das rechts von ihnen stand, und bewegten sich über den sanft geneigten Berghang hinauf, und zwar in Richtung der eigentlichen Grube. Nach einem Fußmarsch von zehn Minuten erreichten sie eine Gruppe älterer Gebäude, zwischen denen kreuz und quer lange Förderbänder verliefen. Ein Schaufelbagger am hinteren Ende lud haufenweise Erz auf eines der Förderbänder, das einen auf Stelzen ruhenden Sammel- und Einfülltrichter belieferte.

Das Ziel der beiden Männer war eine zweite Gebäudegruppe etwas weiter oben auf dem Berghang. Die Fördergrube versperrte ihnen den Weg und zwang sie, in den Verarbeitungsbereich auszuweichen, wo das Erz zertrümmert und zermahlen wurde. Sie hielten sich im Schatten und huschten an der Eingrenzung entlang, dann nutzten sie die Deckung eines großen Lagerhauses, an dessen Rückseite sie weiterschlichen. Sie erreichten eine ungeschützte Fläche zwischen den Bauten, überquerten sie eilig und liefen geduckt an einem halb im Sand vergrabenen Bunker zu ihrer Linken vorbei. Plötzlich wurde in der Mitte des Gebäudes vor ihnen eine Tür aufgestoßen. Die beiden Männer trennten sich. Juan wich seitlich aus und suchte hinter dem Bunker Deckung, während Pablo zur Gebäudeseite hinüberspurtete.

Er schaffte es nicht.

Ein hellgelber Lichtstrahl flammte auf und blendete ihn.

»Keine Bewegung, oder du bedauerst, noch einen Schritt gemacht zu haben«, sagte eine tiefe, raue Stimme.

Pablo stoppte sofort. Er tat es jedoch auf eine übertriebene Weise, zog gleichzeitig eine kleine Automatic aus dem Halfter an seiner linken Hüfte und versteckte sie in seiner behandschuhten Hand.

Der übergewichtige Wachmann kam langsam näher und hielt seine Taschenlampe auf Pablos Augen gerichtet. Der Wächter konnte erkennen, dass der Eindringling groß – über einen Meter achtzig – und athletisch gebaut war. Seine kaffeefarbene Haut war glatt und weich im Gegensatz zu den schwarzen Augen, die heimtückisch glühten. Ein hellerer Hautstreifen zog sich von seinem Kinn über seinen linken Unterkiefer, das vernarbte Andenken an ein früheres Messerduell.

Der Wachmann sah genug, um zu begreifen, dass er keineswegs einen zufällig eingedrungenen Störenfried vor sich hatte, und blieb in sicherer Entfernung stehen, eine .357er Magnum in der Hand.

»Wie wäre es, wenn du jetzt die Hände auf deinen Kopf legst und mir verrätst, wohin dein Freund verschwunden ist?«

Das Rumpeln eines Förderbandes in der Nähe übertönte Juans Schritte, als er vom Bunker herübersprintete und ein Messer in die Nierengegend des Wachmanns stieß. Das Gesicht des Wächters erstarrte für einen kurzen Moment im Schock, ehe sich sein gesamter Körper anspannte. Reflexartig gab er noch einen Schuss ab, und eine Kugel pfiff hoch über Pablos Kopf hinweg in die Nacht. Dann brach der Wachmann zusammen, wobei sein Körper, als er auf dem sandigen Boden aufschlug, eine Staubwolke hochwirbeln ließ.

Pablo brachte in Erwartung weiterer Wächter, die ihrem Kollegen vielleicht zu Hilfe kamen, seine Pistole in Anschlag, aber nichts geschah. Der Schuss war im Rumpeln der Förderbänder und Stampfen des Gesteinsbrechers untergegangen. Ein kurzer Funkkontakt mit Eduardo bestätigte, dass sich am Vordereingang ebenfalls nichts rührte. Niemand in der gesamten Anlage hatte etwas von ihrer Anwesenheit bemerkt.

Juan wischte das Messer am Hemd des Toten ab. »Wie hat er uns entdeckt?«

Pablo schaute zum Bunker. Zum ersten Mal bemerkte er das rotweiße Schild mit der Aufschrift ACHTUNG: EXPLOSIONSGEFÄHRLICHE STOFFE. »In dem Bunker wird der Sprengstoff gelagert. Offenbar stand er unter besonderer Bewachung.«

Verdammtes Pech, fluchte er halblaut. Das Sprengstofflager war auf seiner Karte nicht eingezeichnet. Nun war ihre gesamte Operation gefährdet.

»Sollen wir ihn in die Luft jagen?«, fragte Juan.

Sie hatten den Auftrag, die Anlage außer Betrieb zu setzen und es wie einen Unfall aussehen zu lassen. Das war jedoch plötzlich unmöglich geworden. Der Sprengstoff im Bunker könnte durchaus nützlich sein, aber vom eigentlichen Ziel war er zu weit entfernt.

»Das lassen wir.«

»Soll der Wachmann hier liegen bleiben?«, wollte Juan wissen.

Pablo schüttelte den Kopf. Er schnallte das Halfter des Mannes ab, dann zog er ihm die Schuhe aus. Nun filzte er die Kleidung des Wächters und förderte seine Brieftasche und eine halbvolle Zigarettenpackung zu Tage. Er verstaute alles zusammen mit der .357er Magnum in seinem Rucksack. Eine langsam größer werdende Pfütze Blut tränkte den Untergrund um seine Füße. Er kickte lockeren Sand über das Blut, dann ergriff er einen Arm des Wächters. Juan bückte sich nach dem anderen Arm, und sie schleiften die Leiche des Wachmanns in die Dunkelheit.

Nach dreißig Metern erreichten sie ein erhöhtes, auf Stelzen ruhendes Förderband, auf dem melonengroße Gesteinsbrocken vorbeiwirbelten. Mit vereinten Kräften hievten sie den Toten mühsam auf das Förderband. Pablo verfolgte, wie der Tote von dem Band mitgenommen und in die Höhe transportiert wurde und in einen großen stählernen Trichter stürzte.

Das Erz, ein gemischtes Fluorcarbonat, bekannt als Bastnäsit, hatte bereits den ersten Gesteinsbrecher und die Sortieranlage durchlaufen. Die Leiche des Wächters geriet in die zweite Phase der Pulverisierung, in deren Verlauf das Erz in baseballgroße Stücke zerschlagen wurde. Eine dritte Zerkleinerungsphase zerstampfte die Steine zu feinem Grieß. Wenn jemand das grobe braune Pulver, das sich auf dem letzten Förderband auftürmte, eingehender untersucht hätte, hätte er einen seltsamen rötlichen Schimmer wahrgenommen, der auf die sterblichen Überreste des Wächters hinwies.

Obgleich das Zertrümmern und Zermahlen wichtige Abschnitte im Produktionsablauf des Tagebaus darstellten, waren sie weniger bedeutsam als das, was im zweiten Gebäudekomplex ein Stück bergauf geschah. Pablo blickte zu den Lichtern der Gebäudegruppe in der Ferne, wo das zermahlene Erz mit Laugen versetzt wurde, die es in die Mineralien aufspaltete, die in ihm enthalten waren. Da sie in diesem Bereich keine Fahrzeuge in Bewegung beobachten konnten, machten er und Juan sich mit zügigem Tempo auf den Weg.

Die Männer mussten die offene Grube an ihrem östlichen Rand passieren und suchten durch einen Sprung in einem offenen Kanal Deckung, als ein Kipplaster vorbeigerumpelt kam. Kurz darauf meldete sich Eduardo per Funk und warnte sie, dass sich ein Sicherheitswächter mit einem Pick-up-Truck auf Kontrollfahrt über das Gelände befand. Sie suchten den Schutz einer Abraumhalde auf und verharrten dort reglos fast zwanzig Minuten lang, bis sich die Rücklichter des Pick-ups in Richtung Haupttor entfernten.

Sie hielten auf die beiden größten Gebäude des oberen Komplexes zu, dann schwenkten sie nach rechts und näherten sich einem kleinen Schuppen, der vor einem hoch aufragenden Propangastank stand. Juan holte die Drahtzange hervor und schnitt eine Öffnung in den Maschendrahtzaun, der den Tank und den Schuppen sicherte. Pablo schlüpfte hindurch, umkreiste den massigen Tank und ging vor seinem Einfüllventil auf die Knie hinunter. Nachdem er eine kleine Plastiksprengstoffladung aus dem Rucksack geangelt hatte, drückte er eine Zündkapsel hinein und klebte die Ladung unter das Ventil. Er stellte den Zeitzünder auf zwanzig Minuten, aktivierte ihn und schlängelte sich durch den Zaun wieder nach draußen.

In ein paar Schritten Entfernung verstreute Pablo die Schuhe, die Pistole und das Halfter des Wächters auf dem Boden. Dann folgte die Brieftasche, immer noch mit seinem Geld gefüllt, dann die zerknautschte Zigarettenpackung. Es hatte zwar wenig Aussicht auf Erfolg, aber eine oberflächliche Überprüfung führte vielleicht zu dem Ergebnis, dass der Wächter in der Nähe eines undichten Gastanks mit offenem Feuer hantiert hatte – und durch die Explosion regelrecht verdampft worden war.

Die beiden Männer huschten zum nächsten Gebäude, einer Wellblechhalle, in der Dutzende von mechanisch betriebenen und mit Auswaschlaugen gefüllte Wannen standen. Eine kleine Gruppe von Arbeitern, die als Nachtwache eingeteilt waren, beaufsichtigten die Wannen.

Die beiden Eindringlinge unternahmen keinen Versuch, in das Gebäude einzudringen; stattdessen galt ihr Interesse einem geräumigen Schuppen an einer Seitenwand der Halle, in der chemische Grundstoffe gelagert wurden. In weniger als einer Minute brachte Pablo eine zweite mit Zeitzünder versehene Sprengladung an einer Palette voller Fässer mit der Aufschrift SCHWEFELSÄURE an und verschwand gleich darauf wieder in der Dunkelheit.

Sie gelangten zu einer zweiten Extraktionshalle etwa einhundert Meter entfernt und warteten, während die Zeitzünder die Sekunden vertickten. Auf der Rückseite der Halle fand Pablo den Absperrhahn der Hauptwasserleitung. Er verfolgte auf seiner Armbanduhr den Lauf des Sekundenzeigers bis kurz vor der Zündung der Sprengladungen, drehte den Absperrhahn zu und unterbrach die Wasserversorgung des Gebäudes.

Ein paar Sekunden später explodierte der Propangastank mit einem Donnern, das von den umliegenden Hügeln widerhallte. Die Nacht wurde zum Tag, als der blaue Explosionsblitz die Landschaft erhellte. Der obere Teil des Gastanks hob wie eine Atlas-Rakete ab und stieg senkrecht in den Himmel, ehe er als Feuerball in die offene Fördergrube in der Nähe stürzte. Brennende Trümmer flogen in alle Richtungen und prasselten auf Gebäude, Fahrzeuge und Produktionsanlagen in einem Umkreis von einhundert Metern herab.

Der Trümmerregen fiel noch hernieder, als die zweite Sprengladung einen Berg mit Schwefelsäure gefüllter Fässer in die erste Extraktionshalle wuchtete. Schreiende Arbeiter ergriffen die Flucht, als die einzelnen Fässer wie Mörsergranaten die Laugenwannen zertrümmerten und einen Tsunami aus giftigen Chemikalien entfesselten. Qualm wallte auf, als die Türen aus den Rahmen gesprengt wurden und die Männer herausgetaumelt kamen.

Juan und Pablo lagen in einem Graben nicht weit von dem zweiten Gebäude und wichen so gut es ging den vereinzelten Trümmern aus, die sich bis zu ihnen verirrten. Dabei beobachteten sie eine Tür. Beim Dröhnen der Explosionen streckten ein paar neugierige Arbeiter die Köpfe heraus, um nachzuschauen, was der Lärm zu bedeuten hatte. Als sie die Rauchwolken und die Flammen im Bereich der Extraktionsanlage erblickten, alarmierten sie ihre Kollegen und rannten dann zu dem anderen Gebäude hinüber, um zu helfen. Pablo zählte sechs Personen, die nacheinander herauskamen, erhob sich und startete in Richtung Tür.

»Bleib hier und gib mir Deckung.«

Während er die Hand nach der Türklinke ausstreckte, wurde sie auf der anderen Seite heruntergedrückt. Er wich mit einem Satz zurück, als eine Frau im Laborkittel herausstürmte. Den Blick auf die nahen Qualmwolken gerichtet, bemerkte sie ihn gar nicht hinter der Tür, während sie in heller Aufregung ihren Kollegen folgte.

Pablo schlüpfte durch die Tür und kam in einen hell erleuchteten Raum, in dem ebenfalls Dutzende weiterer Extraktionswannen standen. Er wandte sich nach links und ging zum hinteren Ende des Gebäudes, dessen Wand von einer Reihe unterschiedlich hoher Vorratstanks verdeckt wurde. Er studierte die Schilder, die Auskunft über ihren jeweiligen Inhalt gaben, und näherte sich dann einem der größeren Behälter. KEROSIN verkündete dessen Schild. Er zog den Ablassschlauch von seinem Messingabsperrhahn ab und öffnete den Hahn. Ein sprudelnder Strahl der feuergefährlichen Flüssigkeit ergoss sich auf den Fußboden und füllte die Halle schnell mit ihren Verdunstungsgasen.

Pablo riss einige Laborkittel von einer Garderobenstange und eilte dann im Gebäude hin und her, um sämtliche Abflussgitter im Fußboden zu verstopfen. Das dünnflüssige Benzin breitete sich schnell aus und bedeckte schon bald den gesamten Hallenboden. Der Brandstifter kehrte zur Tür zurück, dann holte er ein Feuerzeug aus der Hosentasche. Als ein Kerosinrinnsal seine Füße beinahe schon erreicht hatte, bückte er sich, zündete es an und verließ eilends die Halle.

Dank eines niedrigen Verdunstungsgrades und eines hohen Flammpunkts explodierte das Kerosin nicht, sondern entzündete sich zu einem Flammenmeer. Als Brandmelder überall in der Halle reagierten, wurden die Sprinklerdüsen an der Hallendecke aktiviert – aber nur für eine Sekunde, da die Wasserleitungen trocken blieben. Ungehindert breitete sich das Feuer aus.

Pablo drehte sich nicht um, als er zu seinem Partner im Abflussgraben zurückkehrte.

Juan schaute hoch und schüttelte den Kopf. »Eduardo meldet, dass der Wächter vom Haupttor hierher unterwegs ist.«

Sirenen heulten, und Alarmsignale hallten über das Gelände. Aber noch hatte niemand den Rauch bemerkt, der vom Dach des benachbarten Gebäudes aufstieg. Um drei Uhr nachts war niemand darauf vorbereitet, mehrere Brände gleichzeitig bekämpfen zu müssen, und die nächste städtische Berufsfeuerwehr war dreißig Meilen weit entfernt.

Pablo vergeudete keine Zeit damit, das Feuer zu beobachten. Er nickte seinem Partner zu, dann nahm er im Laufschritt Kurs nach Osten. Juan hatte Mühe, sein Tempo zu halten. Sie überquerten die Schotterstraße zum Haupttor, kurz bevor sich von dort ein Fahrzeug näherte. Das Gelände jenseits der Straße war hügelig und ging dann in eine ebene Wüste über. Sie mussten sich in den Sand werfen, als der erste Wagen des Sicherheitsdienstes vorbeiröhrte. Nach einem kurzen Sprint wurden sie von einem weiteren Maschendrahtzaun gestoppt. Sie schnitten eine Öffnung hinein, die gerade groß genug war, um einen von ihnen hindurchschlüpfen zu lassen, während der andere das Drahtgeflecht hochhielt.

Nach einem zügigen Marsch von vierzig Minuten, in denen sie eine Strecke von zwei Meilen überwanden und ihren gesamten Wasservorrat aufbrauchten, erreichten sie den Highway. Parallel dazu bewegten sie sich ein kurzes Stück nach Osten, bis sie einen schwarzen viertürigen Pick-up-Truck sichteten, der unweit eines Durchlasses parkte und für einen flüchtigen Beobachter nicht zu erkennen war. Eduardo, der Dritte in ihrem Bunde, der hinter dem Lenkrad saß, trug im Gegensatz zu ihnen ein verwaschenes Polohemd und rauchte eine Zigarette.

Die beiden Männer nahmen die Rucksäcke von den Schultern, zogen die schwarzen Mützen und Pullover aus und ersetzten sie durch T-Shirts und Baseballmützen.

Jetzt drehte sich Pablo zum ersten Mal um und blickte zum Bergwerksgelände zurück. Wallende Qualmwolken standen über dem Komplex und wurden von den lodernden orangefarbenen Flammen mehrerer Brandherde erleuchtet. Die Feuerlöschausrüstung des Bergwerks war beklagenswert unzureichend und konnte gegen die zahlreichen Brände nur wenig ausrichten. Allem Anschein nach breitete sich die Feuersbrunst immer weiter aus.

Pablo gestattete sich ein zufriedenes Grinsen. Abgesehen von dem plötzlichen Auftauchen des Wachmanns, war alles nach Plan verlaufen. Von den beiden wichtigsten Extraktionsanlagen, dem Herz des gesamten Komplexes, wäre bald nur noch ein Haufen Brandschutt übrig. Da er kein Erz mehr verarbeiten konnte, wäre der Betrieb für mindestens ein Jahr, wenn nicht gar zwei, stillgelegt. Und wenn sie Glück hatten, würde die Katastrophe als unglücklicher Unfall betrachtet werden.

Juan folgte seinem Blick und betrachtete das lodernde Inferno mit sichtlicher Genugtuung. »Sieht fast so aus, als hätten wir den gesamten Bundesstaat angezündet.«

Die fernen Flammen flackerten in den Augen des großen Mannes, als er sich zu Juan umwandte.

»Nein, mein Freund«, sagte er mit einem gemeinen Grinsen. »Wir haben sogar die ganze Welt in Brand gesetzt.«

2

Schweiß perlte am Hals des Präsidenten hinab und tränkte den Kragen seines gestärkten weißen Oberhemdes. Die Quecksilbersäule erreichte beinahe tropische Werte, was für einen Juni in Connecticut ungewöhnlich war. Ein leichter Wind, der vom Block Island Sound herüberwehte, schaffte es nicht, die feuchte Schwüle zu mindern, so dass die Flusswerft einem Treibhaus glich. In Gebäude 260, einer riesigen grünen Konstruktionshalle, kämpfte die Klimaanlage vergebens gegen die Nachmittagshitze.

Die Electric Boat Company hatte an ihrem Standort am Thames River 1910 mit dem Bau von Dieselschiffsmotoren begonnen, doch letztlich wurden die Konstruktion und der Bau von Unterseebooten zum Haupterwerbszweig der Firma. Die Werft in Groton lieferte ihr erstes U-Boot im Jahr 1934 an die Navy aus und war seitdem maßgeblich an der Konstruktion und dem Bau jeder weiteren wichtigen Klasse amerikanischer Unterwasserkriegsschiffe beteiligt. Zum gegenwärtigen Zeitpunkt wartete in der grünen Montagehalle der imposante Rohbau der *North Dakota*, das jüngste Jagd-U-Boot der Virginia-Klasse, auf seine endgültige Fertigstellung.

Schwerfällig und mit einem missgelaunten Knurren stieg der Präsident von einer Gerüsttreppe, die vom Kommandoturm der *North Dakota* herabführte, auf den Zementboden der Halle. Als überdurchschnittlich große Person, die enge Räume hasste, dankte er seinem Schicksal, dass der Rundgang durch das Schiffsinnere beendet war. Wenigstens war es innerhalb des Boots kühler gewesen. Angesichts der Tatsache, dass die Wirtschaft darbte und der Kongress es nicht schaffte, tragfähige Beschlüsse zu fassen, erschien der Besuch einer Schiffswerft als unwichtigster Punkt auf seiner Tagesordnung. Aber er hatte dem Marineminister versprochen, dass er seinen Teil dazu beitragen wolle, die Moral der Werftarbeiter anzuheben. Während eine kleine Delegation eilig auf ihn zukam, unterdrückte er sein Missfallen, indem er sich bewundernd über die Dimensionen des U-Boots äußerte.

»Eine wirklich erstaunliche Konstruktion.«

»Ja, Sir«, sagte ein blonder Mann in einem Maßanzug, der an der Seite des Präsidenten klebte, als sei er durch eine unsichtbare Fessel mit ihm verbunden. »Sie ist wirklich ein technisches Wunderwerk.« Assistant Chief of Staff Tom Cerny hatte sich während seiner Tätigkeit auf dem Capitol Hill auf Verteidigungsfragen spezialisiert, ehe er in die Administration gewechselt war.

»Sie ist ein wenig länger als die Boote der Seawolf-Klasse, aber verglichen mit einem *Trident* geradezu winzig«, sagte der Fremdenführer, ein jungenhafter leitender Ingenieur von Electric Boat. »Die meisten Menschen sind daran gewöhnt, diese Schiffe im Wasser zu sehen, wo zwei Drittel ihrer Masse untergetaucht und daher unsichtbar sind.«

Der Präsident nickte. Das U-Boot, das auf mächtigen Stützblöcken ruhte, erdrückte sie fast mit seinem mehr als einhundertzwanzig Meter langen Rumpf.

»Sie wird unser Waffenarsenal entscheidend verstärken. Ich danke Ihnen, dass Sie mir ermöglicht haben, unsere neueste Errungenschaft aus der Nähe betrachten zu können.«

Admiral Winter, ein Mann mit einem Gesicht, das wie aus Granit gemeißelt schien, trat vor.

»Mr. President, sosehr wir uns gefreut haben, Ihnen einen ersten Blick auf die *North Dakota* zu gestatten, sie war doch nicht der wahre Grund, weshalb wir Sie hierher eingeladen haben.«

Der Präsident nahm einen weißen Schutzhelm ab, auf dem das Präsidentensiegel klebte, und wischte sich etwas Schweiß von der Stirn.

»Wenn am Ende ein eisgekühlter Drink und eine bessere Klimaanlage auf mich warten, machen Sie ruhig weiter.«

Er wurde durch die Halle zu einer kleinen Tür geführt, die von einem Sicherheitsmann in Uniform bewacht wurde. Die Tür wurde aufgeschlossen, und der Präsident und seine Begleitung traten ein. Dabei wurden ihre Gesichter von einer Videokamera über der Tür aufgezeichnet.

Der Admiral schaltete mehrere Deckenlampen ein, die ein Montagegerüst von gut einhundertdreißig Metern Länge beleuchteten. Der Präsident sah ein weiteres U-Boot, das sich offenbar kurz vor seiner Fertigstellung befand, aber dieses Schiff machte einen völlig anderen Eindruck als alles, was er je gesehen hatte.

Es war etwa halb so groß wie die *North Dakota* und hatte ein vollkommen anderes Aussehen. Sein ungewöhnlich schlanker jettschwarzer Rumpf lief zum Bug spitz zu. Ein niedriger, eiförmiger Kommandoturm erhob sich nur wenige Meter über das Oberdeck. Zwei große stromlinienförmige Behälter saßen dicht vor dem Heck und verliehen ihm Ähnlichkeit mit dem Schwanz eines Delphins. Aber das ungewöhnlichste Merkmal war ein Paar einziehbarer Stabilisatoren, geformt wie dreieckige Flossen, die auf beiden Seiten aus dem Bootsrumpf ragten. An ihren Unterseiten hingen vier große röhrenförmige Kanister.

Die Form erinnerte den Präsidenten an einen riesigen Teufelsrochen, den er einmal bei einem Angelausflug vor Baja California gesehen hatte.

»Was um Himmels willen ist denn das?«, fragte er. »Ich habe gar nicht gewusst, dass wir auch noch etwas anderes bauen als Boote der Virginia-Klasse.«

»Sir, das ist die *Sea Arrow*«, sagte der Admiral. »Sie ist ein Prototyp und wurde im Rahmen eines geheimen Forschungs- und Entwicklungsprogramms gebaut, um hochentwickelte Technologien zu testen.«

Cerny wandte sich an den Admiral. »Weshalb wurde der Präsident über dieses Programm nicht informiert? Ich würde gern erfahren, wie es finanziert wurde.«

Der Admiral musterte den Assistenten mit der Herzlichkeit eines verhungernden Pitbulls. »Die *Sea Arrow* wurde mit finanzieller Unterstützung der Defense Advanced Research Projects Agency und des Office of Naval Research entwickelt und gebaut. Gerade in diesem Moment wird der Präsident von seiner Existenz in Kenntnis gesetzt.«

Der Präsident ignorierte die beiden Männer, ging am Schiff entlang und betrachtete die seltsamen Anhängsel am Rumpf. Er studierte die in einem konzentrischen Kreis angeordneten Röhren, die aus dem Bug herausragten, dann schlenderte er zum Heck des U-Boots weiter und stellte fest, dass es keine Schrauben besaß. Fragend sah er Winters an.

»Okay, Admiral, Sie haben meine Neugier geweckt. Erzählen Sie mir von der *Sea Arrow*.«

»Mr. President, ich gebe Ihre Bitte an Joe Eberson weiter, der dieses Projekt leitet. Sie haben Joe bereits kennengelernt. Er ist der für die Abteilung Sea Platforms Technology zuständige Direktor der DARPA.«

Ein bärtiger Mann mit gelehrtem Blick drängte sich in die vordere Reihe der Gruppe. Als er in gemessenem Tonfall zu sprechen begann, war ein leichter Tennessee-Akzent nicht zu überhören.

»Sir, der Bau der *Sea Arrow* stellte – oder stellt – einen mehrere Generationen überwindenden Sprung in der U-Boot-Technik dar. Wir umgehen den traditionellen Entwicklungsprozess, indem wir einen ganzen Katalog spitzentechnologischer Errungenschaften und zukunftsweisender Theorien in die Konstruktion des Schiffes integrieren. Angefangen haben wir mit einer genau abgestimmten Anzahl technischer Einrichtungen, die sich zum damaligen Zeitpunkt noch im Entwicklungsstadium befanden. Dank der intensiven Anstrengungen zahlreicher unabhängiger Ingenieurteams darf ich zu meiner großen Freude melden, dass wir dicht davor stehen, das höchstentwickelte Jagd-U-Boot aller Zeiten ins Rennen zu schicken.«

Der Präsident nickte. »Dann erzählen Sie mir mal etwas über all diese seltsamen Auswüchse oder Anhängsel, wie immer man es nennen will. Das Schiff ähnelt damit eher einer Flugechse oder einem Saurier aus grauer Vorzeit.«

»Fangen wir am Heck an. Sie bemerken sicher, dass die *Sea Arrow* keinen Propeller hat.« Eberson deutete auf die abgerundeten Aufsätze dicht vor dem Schwanzende. »Dafür sind diese beiden Außenbehälter da. Die *Sea Arrow* verfügt über ein wellenloses Strahlantriebssystem. Wie Sie vorhin gesehen haben, kommt in der *North Dakota* ein Atomreaktor zum Einsatz, der eine herkömmliche Dampfturbine mit Energie versorgt, die ihrerseits eine Welle mit Schiffsschraube antreibt. Bei der *Sea Arrow* haben wir uns für ein externes Antriebssystem entschieden, das seine Energie direkt vom Reaktor bezieht. Jeder dieser ausgestellten Behälter soll einen Motor beherbergen, der von einem Hochleistungspermanentmagneten angetrieben wird und ein Wasserstrahlpump-Antriebssystem steuert.« Eberson lächelte. »Abgesehen davon, dass dieses System erheblich leiser arbeitet, zeichnet es sich durch einen weitaus geringeren Platzbedarf aus, so dass wir die Größe des Schiffes enorm verringern konnten.«

»Was muss ich unter Hochleistungspermanentmagnet-Motoren verstehen?«

»Sie stellen einen evolutionären, wenn nicht gar revolutionären Fortschritt in der Entwicklung von Elektromotoren dar, ermöglicht durch jüngste Durchbrüche in der Materialforschung. Aus einem Mix von Metallen Seltener Erden werden extrem starke Magneten hergestellt, die dann in Hochleistungsgleichstrommotoren Verwendung finden. Wir haben umfangreiche Forschungen betrieben, um diese Motoren zu perfektionieren – und sind überzeugt, dass sie, was den Antrieb unserer zukünftigen Kriegsschiffe betrifft, eine vollkommen neue Ära einläuten.«

Der Präsident blickte durch die Schlitze eines Leitblechs an einem der Motorengehäuse und sah von oben Licht hereinfallen.

»Sieht aus, als sei das Gehäuse leer.«

»Die Motoren wurden noch nicht geliefert und eingebaut. Der erste soll nächste Woche vom Entwicklungslabor der Navy in Chesapeake, Maryland, herübergeschickt werden.«

»Sind Sie sicher, dass er funktioniert?«

»Wir haben zwar noch nie Motoren von dieser Größe eingesetzt, aber wir wissen aus den Labortests, dass sie die erwartete Leistung bringen werden.«

Der Präsident bückte sich, als er unter einem der ausgefahrenen Stabilisatoren hindurchging, und warf dann einen Blick zu zwei tonnenförmigen Erhebungen vor und hinter dem Kommandoturm hinauf.

Eberson folgte ihm und setzte seinen Vortrag fort.

»Die flügelähnlichen Gebilde sind ein- und ausfahrbare Stabilisatoren für Hochgeschwindigkeitsmanöver. Sie werden automatisch eingefahren, wenn die Geschwindigkeit des Bootes unter zehn Knoten absinkt. Die Zylinder unter den Stabilisatoren sind Torpedo-Magazine, die jeweils vier Torpedos fassen. Die Magazine können in kürzester Zeit nachgeladen werden, nachdem die Stabilisatoren eingefahren wurden.«

Eberson deutete auf die beiden tonnenförmigen Objekte über ihnen. »Das sind Unterwasser-Gatling-Kanonen. Sie ähneln den Kanonen auf Oberwasserschiffen, die im Schnellfeuermodus Uranmunition verschießen und der Raketenabwehr dienen. Unsere Versionen wurden für den Unterwassereinsatz modifiziert, arbeiten mit

Druckluft und sollen vor Torpedos schützen. Natürlich vertrauen wir darauf, dass die meisten feindlichen Torpedos gar nicht erst in unsere Nähe kommen.«

Er folgte dem Präsidenten, der den Blick jetzt über den gesamten Rumpf schweifen ließ.

»Wie Sie sehen, ist der Kommandoturm stromlinienförmig gehalten, um hohe Geschwindigkeiten zu ermöglichen.«

»Ich kann nirgendwo ein Periskop sehen.«

»Die *Sea Arrow* verfügt auch über kein Periskop, zumindest über keins im traditionellen Sinn«, sagte Eberson. »Sie verwendet eine Art ferngesteuerte Videokamera, die an einem Glasfaserkabel hängt. Sie kann in einer Tiefe von knapp dreihundert Metern herausgelassen werden und liefert der Mannschaft ein HD-Bild von allem, was sich über dem Wasserspiegel ereignet.«

Der Präsident ging zu dem spitz zulaufenden Bug weiter und streckte die Hand aus, um eine der schlanken Röhren zu streicheln, die wie eine dünne Lanze nach vorn gerichtet war. »Und was ist das?«

»Das ist das entscheidende Element, das die *Sea Arrow* ihrem Namen gerecht werden lässt«, sagte Eberson. »Dabei handelt es sich um eine weiterführende Verbesserung, die wir hoffentlich zur Anwendung bringen können. Sie basiert auf einer bahnbrechenden technischen Entwicklung eines unserer Vertragspartner in Kalifornien …«

Admiral Winters unterbrach ihn. »Mr. President, vielleicht sollten wir jetzt einfach zu einer schnellen Besichtigung an Bord gehen. Anschließend haben wir eine kurze Präsentation vorbereitet, die all Ihre Fragen beantworten dürfte.«

»Na schön, Admiral. Auch wenn ich noch immer auf meinen Drink warte.«

Der Admiral veranstaltete mit der Gruppe eine kurze Führung durch das Schiff, dessen stromlinienförmiges Innere mit seinem modernen schnittigen Design und der hohen Anzahl automatisierter Systeme in einem scharfen Kontrast zur *North Dakota* stand. Der Commander in Chief blieb schweigsam, während er das hochtechnisierte Kommandozentrum, die wenigen üppig ausgestatteten Mannschaftsunterkünfte und die eigentümlich anmutenden und mit Sicherheitsgurten ausgestatteten Polstersessel, die im gesamten Schiff verteilt waren, betrachtete.

Nach dem Rundgang wurde der Präsident in einen abhörsicheren Konferenzraum geleitet, wo er endlich auch seinen eisgekühlten Drink erhielt. Sein gewöhnlich freundliches Auftreten hatte einer härteren, strengeren Haltung Platz gemacht, die auch von seinem Assistenten Cerny übernommen wurde.

»Also gut, Gentlemen«, polterte der Präsident nun los. »Was genau geht hier vor? Ich sehe viel mehr als eine Testanlage für neue Technologien. Dies ist ein seetüchtiges Schiff kurz vor dem Stapellauf.«

»Sir«, sagte der Admiral und räusperte sich. »Was uns da in Gestalt der *Sea Arrow* zur Verfügung steht, dürfte die Spielregeln von Grund auf ändern. Wie Sie wissen, sehen sich unsere Seestreitkräfte seit Neuestem einer verstärkten Herausforderung gegenüber. Die Iraner haben von den Russen ein ganzes Bündel neuer Unterwassertechnologien erhalten und arbeiten mit Hochdruck daran, ihre Flotte aus U-Booten der Kilo-Klasse zu vergrößern. Die Russen selbst haben mit Hilfe der Gewinne aus dem Ölgeschäft ihre schiffbaulichen Aktivitäten gesteigert, um ihre veraltete Flotte zu ersetzen. Und dann sind da natürlich auch noch die Chinesen. Während sie weiterhin behaupten, ihre Aufrüstungsbemühungen gelten nur der Verteidigung, ist es kein Geheimnis, dass sie ihre Hochseeflotte ständig vergrößern. Wie wir aus zuverlässigen Quellen wissen, ist damit zu rechnen, dass ihr Atom-U-Boot vom Typ 097 jederzeit seinen Dienst aufnehmen wird. Das alles steigert die Bedrohung im Pazifik, im Atlantik und im Persischen Golf.«

Der Admiral sah dem Präsidenten in die Augen und lächelte grimmig. »Wir hingegen verfügen über eine stetig schrumpfende Flotte, da die Kosten für jedes neue Schiff in astronomische Höhen steigen. Bei einem Stückpreis von zwei Milliarden wissen wir alle, dass bei einem Etat, der ständig neuen Kürzungen unterworfen ist, nur eine begrenzte Anzahl von U-Booten der Virginia-Klasse fertiggestellt werden können.«

»Die Staatsverschuldung ist immer noch völlig außer Kontrolle«, sagte der Präsident, »daher muss auch die Navy ihre bittere Medizin schlucken – wie jeder andere.«

»Genau, Sir. Womit wir bei der *Sea Arrow* sind. Da wir den langwierigen Prozess der Forschung bis zur Produktionsreife schlicht ausschalten und uns aus Gründen der Wirtschaftlichkeit aus dem Virginia-Programm bedienen konnten, gelang es uns, sie zu einem Bruchteil der Kosten zu konstruieren, die für die *North Dakota* zu Buche schlugen. Wie Sie sehen, erfolgte der Bau unter höchster Geheimhaltung. Wir haben mit Absicht parallel zur *Dakota* an ihr gearbeitet, um die Aufmerksamkeit von ihr abzulenken und die Anlieferung von wichtigen Komponenten zu ermöglichen, ohne Aufsehen zu erregen. Wir hoffen, sie unbemerkt zu Probefahrten auslaufen lassen zu können, während die *North Dakota* offiziell in Dienst gestellt wird.«

Der Präsident runzelte die Stirn. »Sie haben es auf hervorragende Art und Weise geschafft, ihre Existenz bis zum jetzigen Zeitpunkt geheim zu halten.«

»Vielen Dank, Sir. Wie Dr. Eberson bereits hervorhob, sehen Sie das technisch höchstentwickelte Unterseeboot vor sich, das je gebaut wurde. Der wellenlose Strahlantrieb, die außen liegenden Torpedorohre und das Torpedo-Abwehrsystem entsprechen dem neuesten Stand der Technik. Doch es gibt noch ein zusätzliches Konstruktionselement, das die *Sea Arrow* zu etwas ganz Besonderem macht.«

Eberson hatte bereits eine DVD eingelegt und einen Beamer angeschaltet.

Auf einem Whiteboard erschienen Bilder vom offenen Heck eines kleinen Bootes, das auf den Wellen eines Bergsees schaukelte. Zwei Männer hoben einen hellgelben torpedoförmigen Gegenstand vom Deck und über den Bootsrand. Der Präsident konnte an seinen flügelförmigen Auswüchsen erkennen, dass es sich um die mittels einer Fernbedienung gesteuerte Nachbildung der *Sea Arrow* handelte.

»Das ist ein maßstabsgetreues Modell«, erklärte Eberson. »Es wurde in allen Details nachgebaut und mit dem gleichen Antriebssystem ausgerüstet.«

Während das Modell zu Wasser gelassen wurde, erschien auf dem Whiteboard das von einer Bordkamera übertragene Bild. Eine Reihe von Zahlen am unteren Rand des Bildes lieferte Informationen über Geschwindigkeit, Tiefe, Schwimmlage und Schlingerbewegung des Modells.

Es sank ein Stück ins grün schillernde Wasser und begann zu beschleunigen. Schwebeteilchen im Wasser des Sees tanzten an der Kameraoptik vorbei, während das kleine Tauchboot Geschwindigkeit aufnahm. Plötzlich bestand das Bild auf dem Whiteboard nur noch aus einem dichten Wirbel von kleinen Bläschen. Das dichte Schneegestöber dauerte an, während das Modell weiterhin sein Tempo steigerte. Der Mund des Präsidenten klappte auf, als die Geschwindigkeitsangabe am Rand des Bildes in den dreistelligen Bereich gelangte. Schließlich wurde das Modell langsamer und tauchte zur Wasseroberfläche auf, von wo es geborgen wurde, ehe die Videoaufnahme endete.

Für einen Moment füllte vollkommene Stille den Raum, ehe der Präsident mit leiser Stimme das Wort ergriff. »Soll ich das, was ich soeben gesehen habe, so verstehen, dass dieses Modell unter Wasser eine Geschwindigkeit von einhundertfünfzig Meilen pro Stunde erreicht hat?«

»Nein, Sir«, erwiderte Eberson lächelnd. »Es erreichte eine Geschwindigkeit von einhundertfünfzig Knoten, was etwa einhundertfünfundsiebzig Meilen in der Stunde entspricht.«

»Das ist unmöglich. Soweit ich weiß, sind selbst mit der ausgefeiltesten Antriebstechnologie nicht mehr als siebzig oder achtzig Knoten zu erreichen. Selbst die *North Dakota* schafft nur fünfunddreißig.«

»Haben die Russen nicht einen Torpedo entwickelt, der schneller ist als einhundert Knoten?«, fragte Cerny.

»Ja, sie haben den *Shkval*«, bestätigte Eberson, »einen raketengetriebenen Hochgeschwindigkeitstorpedo. Ein ähnliches Prinzip wird auch bei der *Sea Arrow* angewendet. Nicht der Antrieb als solcher ermöglicht diese hohe Geschwindigkeit, sondern die Superkavitation.«

»Haben Sie Nachsicht mit meinem Mangel an technischem Wissen«, erwiderte der Präsident, »aber hat Superkavitation nicht etwas mit Turbulenzen im Wasser zu tun?«

»Ja. In diesem Fall geht es darum, eine Gasblase um ein Objekt zu schaffen, das sich unter Wasser bewegt. Die Blase verringert den Widerstand des Wassers und ermöglicht höhere Geschwindigkeiten. Die Röhrenbündel am Bug der *Sea Arrow* sind Teil des Superkavitationssystems, das wir installieren wollen. In Kombination mit den Hochleistungsmagnetmotoren erwarten wir, diese Geschwindigkeiten zu erreichen – ohne die Leistungsbeschränkungen, mit denen die Russen bei ihren Raketentorpedos kämpfen müssen.«

»Vielleicht klappt es ja«, sagte Cerny, »aber es besteht doch wohl ein erheblicher Unterschied zwischen einem Torpedo und einem siebzig Meter langen Unterseeboot.«

»Der Unterschied macht sich im Wesentlichen erst dann bemerkbar, wenn es um die Kontrolle bei hohen Geschwindigkeiten geht«, sagte Eberson. »Die Saurierflügel der *Sea Arrow*, wie der Präsident sie genannt hat, tragen dazu bei, dem Schiff die notwendige Stabilität zu verleihen. Das Superkavitationssystem selbst wird direkt auf die Kontrolle des Schiffes einwirken können, indem es Größe und Form der Gasblase bestimmt. Das Ganze ist bei einem Schiff von diesen Dimensionen zurzeit noch graue Theorie, aber unser Lieferant des Systems ist von seinen Fähigkeiten überzeugt. Ich selbst werde in der nächsten Woche einem abschließenden Praxistest des Modells beiwohnen.«

Der Präsident setzte sich und massierte sein Kinn. Schließlich sah er den Admiral mit einem vielsagenden Blick an. »Admiral, wenn die *Sea Arrow* tatsächlich so funktioniert wie angekündigt, was genau bedeutet das?«

»Mit der *Sea Arrow* gewinnen wir einen Vorsprung von etwa zwanzig Jahren vor unseren nächsten Feinden. Der von den Chinesen, Russen und Iranern ausgeübte Druck wird wirksam neutralisiert. Wir verfügen über eine Waffe, die nahezu unverwundbar ist. Und mit nur einer Handvoll *Sea Arrows* könnten wir an jedem Punkt der Erde so gut wie augenblicklich zuschlagen. Tatsächlich bedeutet dies, Sir, dass wir uns nicht mehr ständig den Kopf über die Sicherheit auf den Weltmeeren zerbrechen müssen.«

Der Präsident nickte. Die Hitze und die Luftfeuchtigkeit schienen sich aus dem Raum zu verflüchtigen, und zum ersten Mal an diesem Tag lächelte er.

3

Die für Südkalifornien typische frühmorgendliche Düsternis mit ihrer von Nebelnässe schweren Luft hing über dem Jachthafen. Joe Eberson stemmte sich aus dem Fahrersitz eines Mietwagens und ließ den Blick prüfend über den Parkplatz wandern, dann ging er zum Kofferraum und holte einen Köderkasten und eine Angelrute heraus. Beides hatte er am Vortag gekauft, kurz nachdem seine Maschine von der Ostküste auf dem Lindbergh Field in San Diego gelandet war. Er stülpte sich einen Anglerhut auf den Kopf und spazierte in den ausgedehnten Bootshafen von Shelter Island.

Eberson ignorierte das Summen eines E-2-Hawkeye-Luftraumüberwachungs-Flugzeugs, das soeben von der Coronado Naval Air Station auf der anderen Seite des Hafens aufstieg, während er an Dutzenden von kleinen Segelbooten und Motorjachten vorbeischlenderte. Wie Eberson richtig vermutete, waren sie die Spielgeräte von Freizeitkapitänen, und die meisten von ihnen verließen ihre Liegeplätze eher selten. Als er einen etwa dreizehn Meter langen Kabinenkreuzer mit breitem offenem Achterdeck entdeckte, steuerte er darauf zu. Das Boot hatte sicherlich seine fünfzig Jahre auf dem Buckel, aber sein strahlend weißer Rumpf und seine auf Hochglanz polierten Verzierungen verrieten einen Besitzer, der ihm stets eine liebevolle Pflege hatte angedeihen lassen. Ein Blubbern am Heck deutete darauf hin, dass der Motor bereits warm lief.

»Joe, da sind Sie ja«, sagte ein Mann, der aus der Kabine heraustrat. »Wir waren schon fast so weit, ohne Sie abzulegen.«

Mit seiner schmächtigen Gestalt, der dicken Brille und dem weißen auf Bürstenlänge gestutzten Haar war Dr. Carl Heiland fast so etwas wie der Prototyp des Elektroingenieurs. Seine Augen funkelten, und um seine Lippen spielte ständig ein Lächeln und verkündete, dass er sogar bereits um sechs Uhr morgens unter Hochspannung stand.

Unausgeschlafen und erschöpft von seinem Kontinentalflug, vermittelte Eberson den genau entgegengesetzten Eindruck. Vorsichtig kletterte er an Bord und schüttelte dem Bootseigner die Hand.

»Tut mir leid, dass ich mich verspätet habe«, sagte Eberson und unterdrückte ein Gähnen. »Nachdem ich das Hotel verlassen hatte, habe ich wohl die falsche Richtung eingeschlagen und es erst bemerkt, als ich plötzlich vor Sea World stand. Ich glaube, selbst Shamu, der Orca vom Dienst, hat noch geschlafen.«

»Dadurch hatte ich genug Zeit, alles an Bord zu schaffen.« Heiland deutete mit einem Kopfnicken auf eine gemischte Kollektion von Kisten, die mit Gurten an der Reling befestigt waren. »Kommen Sie, wir stellen Ihre Ausrüstung zu unserem Angelzeug.« Er griff nach Ebersons Angelrute, wobei ihm dessen Kopfbedeckung ins Auge fiel. Dann brach er in schallendes Gelächter aus.

»Wollen Sie heute Bachforellen fangen?«

Eberson nahm den Hut ab und inspizierte die abgenutzte Krone. Ein unregelmäßiges Band bunter Süßwasserfliegen umgab sie. »Sie haben doch gesagt, ich solle als Angler herkommen.«

»Ich bezweifle, dass das irgendjemand anders aufgefallen ist«, prustete Heiland, dann wandte er sich zum Kabineneingang um. »Manny, du kannst starten.«

Ein dunkelhäutiger Mann in einer Jeans mit abgeschnittenen Beinen erschien und machte die Leinen los. Sekunden später stand er bereits hinter dem Ruder und lenkte das Boot in den Hafen von San Diego, der wie ein Hufeisen geformt war. Sie wichen einem hereinkommenden Amphibienschiff der Navy aus, ehe sie den Kanal verließen und in den Pazifik gelangten. Manny schob den Gashebel auf volle Kraft, nahm Kurs nach Südwesten und pflügte durch eine leichte Dünung, die durch eine Seebrise erzeugt wurde. Schon bald machte sich bei Eberson ein Anflug von Unwohlsein bemerkbar, und er schlängelte sich an Manny vorbei, um sich in der Hauptkabine einen gemütlichen Sitzplatz zu suchen.

Heiland schenkte ihm eine Tasse Kaffee ein und leistete ihm am Tisch in der Kombüse Gesellschaft. »Dann erzählen Sie mal, Joe, wie stehen in Arlington die Aktien?«

»Wie Sie wissen, haben wir dem Präsidenten soeben reinen Wein eingeschenkt. Nichtsdestoweniger stehen wir unter dem üblichen

Druck, trotz geringerer Mittel mehr zu leisten. Ich fürchte, es wäre reines Glück, wenn wir im nächsten Jahr eine schmerzhafte Etatkürzung vermeiden könnten.«

»Ich dachte mir schon, dass es nur eine Frage der Zeit ist, bis auch wir mit der Sparaxt Bekanntschaft machen. Ich bin nur froh, dass ich noch für fünf Jahre Arbeit habe, die vertraglich abgesichert ist.«

»Sie brauchen sich keine Sorgen zu machen, Carl. Die Arbeit Ihrer Firma ist von höchster Bedeutung. Ich habe sogar rückwirkend die Genehmigung erhalten, mit den für Block Zwei vorgesehenen Verbesserungen fortzufahren – wenn Sie einen eindeutigen Nachweis über die Einsatzfähigkeit liefern können. Ich nehme an, dass dies auch der Grund ist, weshalb Sie mich kurzfristig hierher eingeladen haben.«

Heiland musterte ihn argwöhnisch. »Es ist ein gewagtes Spiel, auf das Sie sich da einlassen. Sie haben ja noch nicht einmal das Block-Eins-System in einem normalen Einsatz getestet.«

Eberson verdrängte einen Anfall von Übelkeit, um Heilands Lächeln zu erwidern. »Carl, wir wissen beide, dass es funktionieren wird.«

»Haben Sie die Elemente des Antriebssystems schon erhalten?«

»Ja, allerdings müssen wir noch einige Materialfragen klären.« Eberson sah Heiland erwartungsvoll an. »Aber wir interessieren uns mehr für die Block-Zwei-Modifikationen.«

»Auch dort gab es Probleme, aber ich glaube, wir haben den Durchbruch geschafft, an dem wir die ganze Zeit gearbeitet haben.«

Eberson lachte zufrieden. »Deshalb habe ich ja gleich die erste Maschine genommen, die in Washington gestartet ist. Ich weiß, dass Sie jeden Aufwand scheuen und am liebsten völlig unauffällig arbeiten.«

»Angesichts der Geheimhaltungsstufe möchte ich möglichst keine Aufmerksamkeit auf unsere Praxistests lenken. Was Block Eins betrifft, da hat es anscheinend funktioniert, also unternehmen wir heute lediglich einen kleinen Angelausflug.« Erneut warf er einen Blick auf Ebersons Hut und lächelte.

»Wir haben uns alle Mühe gegeben, alles so gut es ging unter Verschluss zu halten. Andererseits haben Sie uns ja auch nicht gerade mit technischen Daten verwöhnt.«

»Je weniger Augen uns ins Visier nehmen, desto besser.«

Eberson trank einen Schluck von seinem Kaffee, dann lehnte er sich über den Tisch.

»Meinen Sie denn, dass wir die theoretisch errechneten Leistungswerte erreichen werden?«

Heiland nickte mit glänzenden Augen. »Das werden wir schon in Kürze erfahren.«

Ein paar Minuten später schaltete Manny den Motor aus und gab ihnen ein Zeichen, dass sie ihr Testgebiet erreicht hatten. Sie befanden sich in mexikanischen Gewässern, fast zwanzig Meilen von der Küste entfernt und in ausreichendem Abstand zu den bevorzugt benutzten Wasserstraßen der Hobbysegler aus San Diego. Das Meer war in dieser Region zu tief, um den Anker zu werfen, daher trieb das Boot mit dem Wind, während sich Heiland an die Arbeit machte.

Er ignorierte einen langen rechteckigen Kasten, der an der Reling vertäut war, und öffnete zuerst mehrere kleinere Kisten, die zwei Laptops sowie ein Gewirr von Kabeln und Anschlussschnüren und entsprechende Verbindungsmodule enthielten. Er stellte die Computer auf eine niedrige Bank und begann sie zu konfigurieren.

Manny reckte den Kopf aus dem Steuerhaus. »Doc, ein Frachter kommt auf uns zu.«

Heiland blickte über die Schulter. »Der hat uns längst passiert, wenn wir so weit sind anzufangen.« Er wandte sich wieder den Laptops zu.

Eberson ließ sich auf die große Kiste sinken und verfolgte, wie sich das Schiff näherte. Es war ein mittelgroßer Frachter und noch ziemlich neu mit einer schnittigen Silhouette und ohne Rost erkennen konnte. Außerdem war das Schiff dunkelgrau und sah aus, als gehörte es zur Navy. Eberson fielen vor allem die Fenster der Kommandobrücke auf. Sie waren schwarz getönt und wirkten fast bedrohlich.

Ein paar Mannschaftsangehörige arbeiteten auf dem Hauptdeck hinter einem großen Container. Während das Schiff näher kam, konnte Eberson erkennen, dass sie sich an einem ausladenden schüsselförmigen Objekt zu schaffen machten, das mittschiffs auf eine Plattform montiert war. Die Schüssel hatte eine matte graugrüne Farbe, ragte einige Meter in die Höhe wie ein starres Segel und war aufs Meer gerichtet. Nach einiger Zeit verschwanden die Männer vom Deck, und Eberson glaubte erkennen zu können, dass das Schiff seine Fahrt verlangsamte.

»Carl, ich weiß nicht, was ich von dem Schiff da halten soll.« Er erhob sich mit einem unbehaglichen Gefühl.

»Wir haben nichts, was ihre Neugier wecken könnte«, sagte Heiland. »Nehmen Sie doch eine Angel und tun Sie so, als wollten Sie einen Thunfisch fangen.«

Eberson holte eine der Angelruten aus einem Gestell und schleuderte einen mit einem Bleigewicht beschwerten Haken ins Wasser. Dabei verzichtete er darauf, ihn mit einem Köder zu versehen, damit er nicht tatsächlich noch mit einer geschuppten Bestie aus den Tiefen des Ozeans kämpfen musste. Während der Frachter in kurzer Entfernung an ihnen vorbeizog, winkte er freundlich zu den geschwärzten Fenstern der Kommandobrücke hinüber.

Ein brennender Schmerz schoss durch die Hand in den Arm und drang in seinen Oberkörper ein. Er ließ den Arm sinken und schüttelte ihn, aber das seltsame Gefühl breitete sich bereits in seinem gesamten Körper aus. Innerhalb von Sekunden kam es ihm vor, als wühlten sich tausend Feuerameisen durch sein Fleisch. Die Hitze zuckte in seinen Kopf hoch und schien die Augen in ihren Höhlen zum Sieden zu bringen.

»Carl …«, rief er. Die Worte kamen als raues Krächzen über seine Lippen.

Heiland spürte das gleiche Brennen auf dem Rücken. Er wirbelte herum und nahm zwei Vorgänge zugleich wahr. Der eine war der Tod Joe Ebersons, der immer noch die Angelrute umklammerte, während er auf dem Deck zusammenbrach, wobei seine Haut glühend rot leuchtete. Der andere war das schildähnliche Gerät auf dem Frachter, das in wenigen Metern Entfernung auf ihn gerichtet war.

Indem er die Woge brennenden Schmerzes, die durch seinen Körper raste, ignorierte, stolperte er in Richtung Kabine. Manny befand sich bereits an Deck, wo er ein letztes Mal ächzend ausatmete, während Blut aus seiner Nase und seinen Ohren sickerte. Heiland stieg über seinen alten Freund hinweg und kämpfte gegen die unerträglichen Qualen an. Sein gesamter Körper fühlte sich an, als stünde er in Flammen. Irgendwo in einem letzten noch intakten Winkel seines Bewusstseins fragte er sich, warum ihm die Haut und das Fleisch nicht in Stücken von den Knochen fielen. Ein einziger Gedanke trieb ihn vorwärts zum Sitz des Steuermanns. Er glaubte, sein Kopf würde jeden Moment explodieren, als er unter das Armaturenbrett griff und seine brennenden Finger ein Paar versteckt angebrachter Schalter fanden. Er legte beide um, schaffte es jedoch nicht mehr, seine Lunge noch einmal mit Luft zu füllen.

4

»Hast du keine Lust, mit mir zu tauchen?«

Verblüfft musterte Loren Smith-Pitt ihren Mann. Erst vor wenigen Sekunden, so schien es jedenfalls, hatte er sich vom Steuersitz erhoben und einen Anker über den Rand ihres gemieteten Schnellboots ins Wasser geworfen. Aber jetzt saß er bereits auf dem Heckbalken, bekleidet mit einem Nasstauchanzug und ausgerüstet mit einem Atemgerät, und konnte es kaum erwarten, in die Tiefen des Ozeans unter ihnen vorzustoßen. Loren musste immer wieder darüber staunen, dass die See wie ein Magnet auf diesen Mann wirkte und ihn mit unsichtbarer Kraft ständig in ihrem Bann hielt.

»Ich denke, ich bleibe lieber hier und genieße den Sonnenschein und diesen klaren chilenischen Himmel«, erwiderte sie. »Da der Kongress schon am Montag zu seiner nächsten Sitzung zusammentritt, kann ich eine reichliche Dosis frische Luft gut vertragen.«

»Für den Capitol Hill wären Ohrenstöpsel vielleicht eine bessere Wahl.«

Loren ging auf den Spott ihres Mannes gar nicht erst ein. Als Kongressabgeordnete aus Colorado war sie froh, dem Parteiengezänk in Washington entfliehen zu können, auch wenn es nur für ein paar Tage geschah. Von den Anforderungen ihrer Arbeit und den allzu aufdringlichen Medienvertretern befreit, konnte sie sich in einem fremden Land um einiges gründlicher entspannen. Bekleidet mit einem knappen Bikini, den sie zu Hause niemals tragen würde, kostete sie es aus, ihren wohlgeformten Körper, den sie mit Yoga und täglichen Dauerläufen auf einem Laufband in Form hielt, unkommentiert zur Schau stellen zu können.

Indem sie sich auf der Sitzbank streckte, schwang sie ein Bein über den Bootsrand und tauchte die Zehen ins Wasser. »Du lieber

Himmel! Das Wasser ist eiskalt. Da ziehe ich die Wärme und die Trockenheit hier oben vor, vielen Dank.«

»Ich bleibe nicht lange unten.« Ihr Mann klemmte sich den Atemregler zwischen die Zähne, schickte seiner Frau zum Abschied einen bewundernden Blick und ließ sich rückwärts in den blauen Pazifik fallen. Übermütig schlug er mit einer Schwimmflosse aufs Wasser und bespritzte seine Frau mit einem Wasserschwall, ehe er abtauchte.

Während sie sich mit einem Badetuch abtrocknete, verfolgte Loren für einige Minuten die Spur der Luftbläschen, die den Unterwasserkurs ihres Mannes markierten, dann blickte sie zum Horizont. Es war kurz nach Mittag, die Luft war kristallklar, und der saphirblaue Himmel hatte die Farbe des Ozeans. Sie ankerten mit ihrem roten Motorboot etwa eine halbe Meile vor der chilenischen Küste gegenüber einem kleinen Strandabschnitt namens Playa Caleta Abarca.

Der wuchtige Bau eines Sheraton Hotels erhob sich auf einem Felsvorsprung in der Nähe. In und um den Swimmingpool wimmelte es von sonnenhungrigen Gästen. Südlich davon und in nicht allzu großer Entfernung lag Valparaiso, Chiles farbenfrohe und traditionsreiche Hafenstadt, die in ihrer Blütezeit im neunzehnten Jahrhundert von Seeleuten »Juwel des Pazifiks« genannt wurde. Historische Gebäude erhoben sich auf den steilen Abhängen der Berge, die die Stadt umschlossen, und erinnerten Loren an San Francisco. Sie bemerkte ein großes weißes Kreuzfahrtschiff, die *Sea Splendour*, die in der Bucht ankerte. Barkassen transportierten im Pendelverkehr Passagiere an Land, wo sie die Strände von Viña del Mar besuchten oder Ausflüge in Chiles Hauptstadt Santiago, sechzig Meilen weiter im Südosten, unternahmen.

Eine leichte Dünung ließ das Motorboot sanft schaukeln, während Lorens Blick über das Meer wanderte. Ein kleines gelbes Segelboot glitt vorbei und schwenkte mit flatterndem Dreieckssegel nach

Norden in Richtung eines sich nähernden Frachters. Loren lehnte sich auf der gepolsterten Bank zurück, schloss die Augen und gab sich den wärmenden Sonnenstrahlen hin.

Sechzig Fuß unter ihr gewöhnte sich Dirk Pitt gerade an die Kälte, die dank des Humboldt-Stroms die Küstengewässer des Landes durchdrang. Sein Atem hatte sich beruhigt, während er seine Tauchgeschwindigkeit verringerte. Die Sicht war gut, etwa vierzig Fuß, und gestattete ihm den ungehinderten Blick auf einen felsigen Untergrund, der mit Seetang dicht bewachsen war. Träge mit den Flossen paddelnd, trieb er über einen mit Korallen besetzten Felsgrat hinweg, der mit bunten Seeigeln und Seesternen bevölkert war. Ein kleiner Schwarm Stachelmakrelen beäugte ihn eine Minute lang und ergriff dann blitzartig die Flucht.

Im Meer konnte sich Pitt entspannen wie an keinem anderen Ort. Viele empfanden die Umgebung als beengend, aber bei Pitt erzeugten die Tiefen des Ozeans ein seltsames Gefühl von Freiheit, das gleichzeitig – wie er glaubte wahrnehmen zu können – seine Sinne schärfte. Es war eine Erfahrung, die er Jahrzehnte zuvor gemacht hatte, als er den größten Teil seiner Jugend mit der Erforschung der Buchten an der Küste Südkaliforniens, mit Tauchen und mit Bodysurfen verbracht hatte. Der Reiz, den diese Aktivitäten auf ihn ausübten, glich dem des Fliegens, weshalb er zuerst die Air Force Academy besuchte und anschließend als junger Offizier eine Flugausbildung absolvierte.

Doch die Anziehungskraft des Meeres verleitete ihn, die Fliegerei zu verlassen und auf eine vielversprechende militärische Karriere zu verzichten, um in eine neu gegründete bundesstaatliche Organisation, die National Underwater and Marine Agency, einzutreten. Geschaffen, um die Weltmeere zu erforschen und zu schützen, war die NUMA für Pitt das ideale Zuhause, da sie ihm gestattete, überall auf der Welt auf dem Meer oder unter Wasser tätig zu sein. Nach Jahren in der Position als ihr Direktor für Sonderprojekte leitete er nun die Agentur und fühlte sich mehr denn je dem Kampf um den Schutz der Ozeane verpflichtet. Loren bemerkte des Öfteren scherzhaft, dass sie noch immer mit Pitts erster großer Liebe, dem Meer, konkurriere.

Pitts Suche nach Unterwassergeheimnissen und sein Interesse für Geschichte hatten ihm zur Entdeckung dutzender Schiffswracks verholfen. An diesem Nachmittag aber war das Objekt seiner Suche um einiges kleiner. Er nahm den breiten zerklüfteten Felsgrat, der sich in unerreichbaren Tiefen verlor, ins Visier, schwamm hinüber und untersuchte seine Spalten und Risse. Nach mehreren Minuten fand er, wonach er Ausschau hielt. Er schob einen Arm in die Aushöhlung zwischen zwei Felsblöcken und zog einen stachligen, braunen Hummer heraus, der sich heftig wehrte. Dann betrachtete er einen Moment lang seine langen, hin und her wedelnden Fühler, stopfte das Krustentier in einen Beutesack an seinem Gürtel und machte sich auf die Suche nach seinem Zwillingsbruder.

Neben dem geräuschvollen Rhythmus seines ventilgesteuerten Atems hallte ein schwach wahrnehmbares Pochen durch das Wasser.

Er hielt die Luft an, um es besser hören zu können. Das metallische Klopfen erfolgte in einer Reihenfolge, die ihm vertraut vorkam – zwei Schläge mit kurzen Pausen dazwischen, zwei mit langen Pausen und schließlich wieder zwei mit kurzen Pausen. Es war nicht das Morsezeichen für den SOS-Notruf, das aus drei kurzen und drei langen Schlägen bestand, aber Pitt vermutete, dass die Bedeutung in diesem Fall die gleiche war. Aus welcher Richtung das Signal zu ihm drang, konnte er nicht feststellen. Er wusste nur, dass sich die Quelle ganz in der Nähe befand. Und die Quelle musste Loren sein.

Er stieg mit kräftigen Flossenschlägen zur Meeresoberfläche auf und schlug die Richtung zum Motorboot ein. Er entdeckte die Ankerleine, folgte ihr und tauchte wenige Meter hinter dem Boot auf. Loren beugte sich gerade über den Heckbalken und schlug mit einem Reserve-Bleigewicht gegen das Gehäuse des Bootsmotors.

Vertieft in das Senden ihres Notsignals, bemerkte sie gar nicht, wie er in ihrer Nähe auftauchte.

»Was ist los?«, rief er.

Sie schaute hoch, und Pitt sah namenlose Angst in ihren Augen. Unfähig, die richtigen Worte zu finden, deutete sie einfach auf einen Punkt hinter ihm. Pitt drehte sich um – und wurde von einem riesigen Schatten verschluckt.

Es war ein Handelsschiff, ein aus dieser Perspektive gigantisch wirkender Schüttgutfrachter in kaum einhundert Metern Entfernung, der direkt auf sie zukam. Das Motorboot befand sich genau auf dem Kurs des breiten, hohen Schiffsbugs, der einen Berg weiß schäumenden Wassers vor sich herschob. Pitt bedachte die Idioten auf der Kommandobrücke, die entweder blind sein mussten oder schliefen, mit einem saftigen Fluch.

Ohne zu zögern, kraulte er mit kraftvollen Arm- und Beinschlägen zum Boot, bis er mit einer Hand über den Rand reichen konnte.

»Soll ich den Motor starten?« Lorens Gesicht war maskenhaft starr. »Ich wollte es nicht versuchen, solange du unter Wasser warst.«

Pitt sah, dass die Ankerleine immer noch gespannt war und in einem kleinen Gehäuse auf dem Bug verschwand. Hinter sich hörte er das dumpfe Dröhnen der Schiffsmotoren, während das stählerne Ungetüm unaufhaltsam heranrauschte. Längst war es viel zu nahe gekommen. Jeder Fehlversuch beim Kappen der Ankerleine oder die umständliche Prozedur zum Starten des Motors hätte zur Folge, dass ihr Boot mit Mann und Maus zertrümmert würde.

Er schob sich den Atemregler wieder zwischen die Zähne, schüttelte den Kopf, winkte Loren und gab ihr zu verstehen, sie solle zu ihm kommen.

Eilig streckte sie eine Hand aus, um ihm an Bord zu helfen.

Stattdessen griff er an ihrer Hand vorbei und schlang den Arm um ihre Taille.

Ehe sie reagieren konnte, spürte sie, wie sie über den Bootsrand gezerrt wurde. Sie stieß einen erstickten Schrei aus, als sie ins kalte Wasser eintauchte. Heftig mit den Armen rudernd, holte sie ein letztes Mal tief Luft. Der Stahlkoloss war mittlerweile nur noch wenige Meter entfernt.

Dann wurde sie wie eine Kinderpuppe mitgerissen und verschwand unter der gekräuselten Wasseroberfläche.

5

Der Frachter wurde weder langsamer, noch änderte er seinen Kurs.

Sein breiter stählerner Rumpf krachte gegen das Motorboot und kappte die Ankerleine, ehe er das winzige Boot in seiner Bugwelle begrub. Es tanzte am Rumpf des Schüttgutschiffes entlang, tauchte erstaunlicherweise wieder auf und wurde von der Heckwelle des Frachters hin und her geworfen. Lediglich seine Backbordseite war leicht beschädigt.

Irgendwo unter der Wasseroberfläche klammerte sich Loren an ihren Mann, während sie in einem verzweifelten Alarmtauchmanöver zum Meeresboden hinabsanken. Noch halb unter Schock durch ihr Eintauchen ins kalte Wasser, geriet sie fast in Panik, als Pitt sie ohne Pressluftvorrat immer tiefer mit sich zog. Dann spürte sie, wie er ihr seinen Atemregler in den Mund presste, während sie einen Arm um seinen Bleigürtel legte. Trotz der Kälte beruhigten sich ihre Nerven. Sie unterstützte seine Bemühungen, indem sie ebenfalls mit den Beinen schlug. Dabei vergaß sie nicht, den Wasserdruck, der auf ihren Trommelfellen lastete, durch kurzes Anblasen bei zugehaltener Nase auszugleichen.

Die hell schimmernde Wasseroberfläche verdunkelte sich, als der schwarze Schiffsrumpf über sie hinwegglitt. Loren blickte auf und hatte den Eindruck, als brauche sie nur die Hand auszustrecken, um die kaum einen Meter entfernten Stahlplatten zu berühren, die mit Muscheln bewachsen waren.

Obwohl sie der alles niederwalzenden Masse des Schiffsrumpfs hatten ausweichen können, setzte Pitt ihren Abstieg mit hektischen Flossenschlägen fort. Seine Lunge fühlte sich an, als würde sie jeden Moment platzen, was ihn jedoch seine Anstrengungen noch steigern ließ, bis sie den Meeresboden erreichten. Er entdeckte eine autobusgroße Korallenkolonie und hielt mit Loren im Schlepptau darauf zu. Als ihre Knie die zerklüftete Formation berührten, hielt er sich an einem Vorsprung fest.

Loren begriff, dass ihr Mann während des gesamten Abtauchens keinen einzigen Atemzug gemacht hatte. Schnellstens bugsierte sie den Atemregler zwischen seine Lippen. Mit rasendem Puls und weit aufgerissenen Augen blickte sie in Pitts Tauchermaske. Er erwiderte ihren Blick mit vollkommener Gelassenheit und zwinkerte ihr sogar zu, als sei es für ihn etwas völlig Alltägliches, dem Tod noch in letzter Sekunde von der Schippe zu springen.

Pitt nahm dankbar einige Atemzüge, dann gab er Loren den Regler zurück und schaute nach oben. Der Rumpf befand sich immer noch über ihnen, während die Hauptursache für seine Befürchtungen – die rotierende Schraube aus massiver glänzender Bronze –, das Wasser aufwühlend, näher kam. Pitt umklammerte Loren mit einem Arm und suchte mit der behandschuhten Hand einen sicheren Halt, während sich das Schiffsheck über sie hinwegschob. Selbst aus zehn Metern Abstand spürte Pitt den enormen Sog der riesigen Propellerflügel, der sie beide über den Meeresgrund rutschen ließ. Sandwolken wirbelten auf, als sie in die Höhe gezogen wurden. Dann hatte das Schiff ihre Position überquert, und dichte Wolken von Sediment regneten auf sie herab. Pitt ließ seinen Halt am Korallenhügel los und paddelte mit Loren als Anhängsel um seine

Taille in Richtung Tageslicht. Ihre Köpfe brachen durch die von der Sonne beschienene Wasseroberfläche, und jetzt atmeten sie dankbar die warme, frische Luft ein.

»Für einen winzigen Moment«, sagte Loren zwischen zwei tiefen Atemzügen, »habe ich tatsächlich geglaubt, du wolltest mich töten, ehe das Schiff uns zermalmte.«

»Auf Tauchstation zu gehen schien mir die vernünftigste Taktik zu sein.« Pitt schaute auf das Heck des sich entfernenden Frachters und las den Namen: *Tasmanian Star*.

Loren drehte sich in die entgegengesetzte Richtung und suchte das Meer ab, während sie sich wassertretend neben ihm hielt.

»Sie haben ein Segelboot überfahren«, sagte sie und hielt Ausschau nach Überlebenden. »Offenbar gehörte es einem älteren Ehepaar. Ich konnte erkennen, dass wir die Nächsten waren, die der Frachter aufs Korn nehmen würde.«

»Deine schnelle Reaktion hat uns beide gerettet, auch wenn deine Kenntnisse des Morsealphabets ein wenig zu wünschen übrig lassen.« Pitt suchte ebenfalls das Meer in ihrer näheren Umgebung ab, doch keiner von ihnen entdeckte irgendwelche Schiffstrümmer.

»Wir werden diesen Vorfall bei der Polizei melden, wenn wir wieder an Land sind«, sagte Loren. »Vielleicht können sie die Mannschaft in Valparaiso abfangen.«

Pitt blickte zur Küste und entdeckte zu seiner Überraschung das rote Motorboot, das in geringer Distanz auf den Wellen schaukelte. An Backbord war ein Stück aus dem Bootsrand herausgebrochen, und das Boot lag tiefer als zuvor im Wasser, aber es schien immer noch manövrierfähig zu sein. Also schwamm Pitt mit Loren in seinem Kielwasser hinüber. Er rollte sich bäuchlings ins Boot, dann zog er auch seine Frau an Bord.

»Unsere Kleider sind verschwunden und unser Mittagessen gleich mit«, stellte sie fest und fröstelte, während die Wassertropfen auf ihrer Haut unter den Strahlen der wärmenden Sonne zu verdunsten begannen.

»Mein Hummer ebenfalls«, sagte Pitt.

Er befreite sich von seinem Pressluftank und schälte sich aus dem Nasstauchanzug. Dann setzte er sich ans Steuer. Der Schlüssel steckte noch im Zündschloss, also betätigte er den Anlasser. Der Motor drehte mehrmals leer, dann sprang er stotternd an, da der innen liegende Motorraum weitgehend trocken geblieben war, während das Boot kurz untergetaucht wurde. Er schob den Gashebel nach vorn und warf einen Blick auf den flüchtigen Frachter.

Die *Tasmanian Star* befand sich noch immer auf gleichem Kurs und hatte ihr Tempo offenbar nicht gedrosselt. In ein oder zwei Meilen Entfernung wartete der Hafen von Valparaiso, der sich im Westen wie eine Schüssel zum Pazifik hin öffnete. Die Hafenanlagen für die kommerzielle Schifffahrt befanden sich am westlichen Ende, doch der Frachter lief eindeutig nach Osten. Pitt spannte sich, als er in Gedanken den weiteren Weg des Schiffes verfolgte, dann schob er den Gashebel bis zum Anschlag nach vorn.

Da Kielraum und Cockpit sich bereits mit Wasser gefüllt hatten, schien das Motorboot zu zögern, als es zu beschleunigen versuchte, aber dann preschte es vorwärts und nahm Tempo auf.

Loren gab ihre Bemühungen auf, mit einem Sitzkissen Wasser zu schöpfen, und begab sich zu ihrem Mann. Sie sah gespannte Aufmerksamkeit in seinen dunkelgrünen Augen.

»Warum nehmen wir nicht Kurs auf die Küste?«

Pitt deutete auf die *Tasmanian Star*. »Sieh mal, was auf ihrem Weg liegt.«

Loren schaute an dem Erzfrachter vorbei. Das große weiße Kreuzfahrtschiff lag noch immer im Hafen vor Anker – und zwar mit seiner gesamten Breitseite genau vor dem heranstampfenden Frachter. Wenn die *Tasmanian Star* nicht schnellstens den Kurs änderte, würde sie direkt in die *Sea Splendour* hineinrauschen.

»Dirk, auf diesem Schiff sind mindestens eintausend Passagiere.«

»Wenn es nicht nur ein kurzsichtiger Steuermann ist, der den Kurs der *Tasmanian Star* bestimmt, müssen wir möglicherweise mit einigen hundert Toten rechnen.«

Lorens Finger gruben sich in Pitts Schulter, während das Motorboot über eine Welle schoss. Das beschädigte Boot bäumte sich auf und schwankte, ehe es sich wieder stabilisierte. Die Bilgenpumpe hielt die eindringende Wassermenge unter Kontrolle, so dass sich das Boot leicht aus dem Wasser erhob, während seine Geschwindigkeit stetig zunahm. Das Leck befand sich auf diese Weise deutlich oberhalb der Wasserlinie, daher hatte Pitt keine Probleme, das Boot zu lenken, als es die Zwanzig-Knoten-Marke überschritt und schnell zu dem Frachter aufholte.

»Können wir das Kreuzfahrtschiff nicht irgendwie warnen?«, rief Loren, um sich über den Motorenlärm bemerkbar zu machen.

Pitt schüttelte den Kopf. »Wir haben kein Funkgerät. Und das Schiff liegt vor Anker. Es kann unmöglich rechtzeitig seine Position wechseln.«

»Zumindest könnten wir die Passagiere warnen.«

Pitt nickte nur. Das wäre bei der wenigen Zeit, die ihnen zur Verfügung stand, ein bisschen viel verlangt.

Während sie sich dem Heck des Frachters näherten, überschlug er kurz seine wenigen Möglichkeiten. In der Nähe befanden sich keine anderen Schiffe, daher war an eine Warnung per Funk nicht zu denken. Pitts erster Gedanke war zu versuchen, das Schiff zu entern. Aber während er sich ihm näherte, verwarf er diese Absicht. Es gab keinen leichten Zugang, und selbst wenn er irgendeinen Weg an Bord fände, würde er die Kommandobrücke wahrscheinlich nicht rechtzeitig erreichen. Das strahlend weiße Kreuzfahrtschiff lag höchstens eine halbe Meile entfernt genau vor dem Frachter.

Pitt stützte sich auf den Hupknopf des Schnellboots, während sie das Erzschiff an Backbord überholten und sich an seinem Bug vorbeischoben. Loren hüpfte aufgeregt herum und winkte zum Vordeck hinauf, aber dort rührte sich nichts. Die *Tasmanian Star* wurde weder langsamer, noch änderte sie den Kurs, sondern steuerte nur stur auf die Katastrophe zu. Pitt konzentrierte seine Aufmerksamkeit auf die Kommandobrücke, konnte hinter den Glasfenstern jedoch keine Gestalten erkennen. Allem Anschein nach hatten sie es mit einem Geisterschiff zu tun, das sich vollständig außer Kontrolle befand.

Pitt suchte auf der Suche nach Hilfe ihre nähere Umgebung ab, aber darauf musste er wohl verzichten. Eine Handvoll Schiffe drängte sich im Handelshafen ungefähr eine Meile nach Südwesten, aber vor ihnen waren die Gewässer bis zur geschwungenen Strandpromenade wie leergefegt. Leergefegt bis auf die ankernde *Sea Splendour*.

Ihr Oberdeck war mit Passagieren bevölkert, die aufgeregt auf den heranstampfenden Frachter deuteten und ihm winkten. Zweifellos hatte die Steuerwache das einlaufende Schiff gesehen, und der Kapitän des Passagierschiffes versuchte sicherlich auf allen Frequenzen, die *Tasmanian Star* per Funk zu erreichen. Doch der Amok fahrende Frachter reagierte ausschließlich mit Schweigen.

Von dem Schnellboot aus inspizierte Pitt den Frachter und stellte fest, dass sein Heck ungewöhnlich hoch aus dem Wasser ragte.

Ein entschlossener Ausdruck trat in sein hageres, wettergegerbtes Gesicht. In gefährlichen Situationen arbeitete sein Gehirn anscheinend im Schnellgang und berücksichtigte bei seinen Berechnungen sämtliche Aspekte, ehe es sich für eine bestimmte Vorgehensweise entschied. Da es nur wenige Optionen gab, erfolgte Pitts Reaktion augenblicklich.

Indem er das Ruder scharf herumlegte, querte er den Kurs des Frachters vor seinem Bug und behielt diesen Kurs bei, bis er an Steuerbord neben dem Frachter auf gleicher Höhe blieb.

»Loren, steig in meinen Nasstauchanzug.«

»Was haben wir vor?«

»Wir werden versuchen, diesen Koloss von seinem Weg abzubringen.«

»Mit dieser Nussschale? Das ist unmöglich.«

Entschlossen musterte Pitt den großen Frachter. »Nicht wenn wir ihn an der richtigen Stelle erwischen.«

6

Panik war auf der *Sea Splendour* ausgebrochen, als schreiende Passagiere einander auf die unmittelbar bevorstehende Kollision aufmerksam machten. Eltern ergriffen ihre Kinder und rannten auf die gegenüberliegende Seite des Schiffes, während andere zu den Niedergängen drängten, um auf die höher gelegenen Decks zu gelangen. Sogar die Mannschaft mischte sich unter die Passagiere, um sich von dem vorausberechneten Kollisionspunkt so weit wie möglich zurückzuziehen.

Ob durch Zufall oder geplant, auf jeden Fall zielte die *Tasmanian Star* auf das Herz des Kreuzfahrtschiffes. Etwa ebenso groß wie dieses, rauschte der stumpfnasige Frachter mit genug Schwung heran, um das Passagierschiff in zwei Hälften zu zerschneiden.

Auf der Kommandobrücke der *Sea Splendour* hatte Kapitän Alphonse Franco nur wenige Optionen. Verzweifelt versuchte er, das Schiff zur Seite zu bewegen, hatte dazu jedoch nur eine gedrosselte Leistung zur Verfügung, da die Hauptmaschinen ausgeschaltet waren. Er ließ die Ankerkette weiter auslaufen und setzte die Seitenstrahlruder ein, um das Schiff zu drehen und so aus der Schusslinie zu bringen.

Doch ein Blick auf den anlaufenden Frachter bestätigte Franco, dass es bereits zu spät war. »Beidrehen, um Gottes willen, beidrehen!«, betete er halblaut.

Nur wenige auf der Kommandobrücke achteten auf ihn, während ein Chor schriller Alarmsignale und eine Kette von Rettungsmaßnahmen die vor Entsetzen völlig aufgelöste Mannschaft in Trab hielten. Der Kapitän stand völlig reglos auf seinem Platz und hatte den Blick starr auf das fremde Schiff gerichtet, als könnte er es allein mit seinen Blicken zum Stoppen bringen.

Dann wurde er von einem winzigen roten Motorboot abgelenkt, das über die Wellenkämme schoss und das Heck des Schiffes im Visier hatte. Ein schlanker, hochgewachsener Mann stand am Ruder, neben ihm eine Frau in einem viel zu großen Nasstauchanzug. Sie befanden sich mit Höchsttempo auf einem Kollisionskurs mit der *Tasmanian Star*, der nichts anderes sein konnte als ein bizarrer Selbstmordversuch.

»Wahnsinn«, sagte Franco kopfschüttelnd. »Totaler Wahnsinn.«

Pitt zog den Gashebel für einen kurzen Moment zurück, verringerte das Tempo und wandte sich zu Loren um. »Spring!«

Loren drückte seinen Arm, stieg auf die Sitzbank und hechtete über den Bootsrand. Sie befand sich noch in der Luft, als Pitt den Gashebel schon wieder nach vorn schob und das Motorboot gleich wieder losschoss. Nachdem sie nach einem harten Aufprall wieder aufgetaucht war, schaute Loren hinter dem davonrasenden Boot her und schickte ein Stoßgebet zum Himmel, ihr Mann möge sich bei seinem Versuch, andere Menschenleben zu retten, nicht selbst opfern.

Pitt wusste, dass er nur eine einzige Chance hatte, ein Wunder zu vollbringen. Der Erzfrachter war lediglich noch eine Viertelmeile von der *Sea Splendour* entfernt – kein Spielraum mehr für einen Fehlversuch. Er zielte genau auf das Heck des führerlosen Schiffes und wappnete sich für den Aufprall.

Das Achterdeck der *Tasmanian Star* ragte weit über das Wasser hinaus, während sich das Heck in einem Bogen zur Wasserlinie hinunterkrümmte. Das war der Punkt, den Pitt mit dem Motorboot ansteuerte. Beim Näherkommen konnte er das obere Ruderscharnier sehen – es befand sich über der Wasseroberfläche. Er drehte das Ruder ein winziges Stück, um seinen Kurs zu korrigieren. Noch vor der Spindel, halb im Rumpf versenkt, rotierte der Propeller des Schiffes. Seine Dimensionen reichten aus, um das kleine Schnellboot mitsamt seinem Lenker zu verschlingen.

Wäre der Frachter voll beladen gewesen, hätte sein Plan nicht die geringste Aussicht auf Erfolg gehabt. Aber das Heck hatte nur geringen Tiefgang, so dass sich ihm eine reelle Chance bot. Indem er einen Punkt links von der Drehspindel des Ruders anvisierte, stützte er sich mit Händen und Füßen am Armaturenbrett ab und gab Vollgas.

Mit einem lauten Krachen, gefolgt von einem metallischen Knirschen, traf der Rumpf des Motorboots die Außenkante des Ruderblatts. Der Schwung des kleinen Bootes ließ sein Heck hoch- und aus dem Wasser steigen, bis es fast auf dem Kopf stand. Pitt wurde aus seinem Sitz geschleudert, klammerte sich jedoch an das Ruder, als das Boot wieder zurücksackte. Abermals rammte das Boot das Ruder des Frachters, nur diesmal von oben, blockierte dadurch die Spindel und verbog den oberen Abschnitt der Ruderplatte.

Mit zerschmettertem Rumpf rutschte das kleine rote Motorboot vom Ruder, und sein Innenbordmotor hustete noch einmal wie ein Ertrinkender und stoppte dann. Die schäumende Heckwelle des Erzschiffes schob das havarierte Boot zur Seite – und der stählerne Riese setzte seine Fahrt unbeirrt fort.

Pitt massierte sein Schienbein, das er sich an der Kante der Windschutzscheibe aufgeschlagen hatte, war sonst aber unversehrt geblieben. Bereits Sekunden später hatte Loren ihn kraulend erreicht und zog sich nun in das langsam sinkende Boot.

»Bist du okay?«, erkundigte sie sich. »Das war ja ein Mordskracher.«

»Mir geht es gut.« Er zog sein T-Shirt aus und wickelte es um sein blutendes Bein. »Ich bin nur nicht ganz sicher, ob es irgendetwas genützt hat.«

Er sah dem hoch aufragenden Erzfrachter nach, der sich dem Kreuzfahrtschiff unaufhaltsam näherte. Anfangs war nicht zu erkennen, dass er auch nur ansatzweise seinen Kurs änderte. Doch dann, fast unmerklich, wanderte der Bug der *Tasmanian Star* nach Backbord.

Als Pitt das Ruder gerammt und um etwa zwanzig Grad verbogen hatte, wollte der Autopilot sofort den Kurs korrigieren. Aber vorher kam es noch zur zweiten Kollision, wodurch Spindel und Scharnier zerstört wurden und das Ruder seine Stellung unverrückbar beibehielt. Auch mit geballtem technischem Einsatz konnten die automatischen Kontrollaggregate die Beschädigungen jetzt nicht mehr kompensieren. Pitt hatte es tatsächlich geschafft, den Frachter ein wenig von seinem Kurs abzulenken. Aber würde dies ausreichen?

An Bord der *Sea Splendour* nahm Kapitän Franco die Veränderung wahr. »Sie dreht bei!« Francos Augen saugten sich an der kurzen Distanz zwischen dem Bug des Frachters und seinem eigenen Schiff fest. »Sie dreht bei!«

Zentimeter für Zentimeter, dann Meter für Meter begann der Bug des Frachters in Richtung Meeresufer herumzuschwenken. Hoffnungsvolle Augen an Bord der *Sea Splendour* verfolgten gespannt den Vorgang, und halblaute Bittgebete wurden gemurmelt, dass der Frachter sie, ohne Schaden anzurichten, passieren möge. Aber die Lücke zwischen den Schiffen war einfach zu klein. Ein Kontakt wäre doch nicht zu vermeiden.

Das Nebelhorn des Passagierschiffs blökte ohrenbetäubend, und die Passagiere bereiteten sich auf den Zusammenstoß vor. Die *Tasmanian Star* wurde keinen Deut langsamer und schickte sich an, das Kreuzfahrtschiff auf der Steuerbordseite zu rammen. Doch im letzten Moment schwenkte der hohe Bug des Frachters weit genug aus, um eine Kollision zu vermeiden, und verfehlte den Achtersteven der *Sea Splendour*, wie es aussah, nur um wenige Zentimeter. Gut fünf Meter des Frachterbugs glitten vorbei, ehe das erste schrille Aufkreischen von aneinanderscheuernden Stahlplatten erklang.

Der Frachter schüttelte sich, während er an einem überhängenden Heckabschnitt der *Sea Splendour* entlangschrammte. Das massige Schiff wurde nicht abgebremst und pflügte weiter, während es mit glühenden Stahlsplittern überschüttet wurde. Genauso plötzlich, wie er das Kreuzfahrtschiff touchiert hatte, kam der Stahlkoloss wieder frei und entfernte sich in Richtung Küste. Immer noch mit gut zwölf Knoten Geschwindigkeit unterwegs, nahm der Frachter jetzt ein fünf Meter langes Bruchstück des Achterdecks der *Sea Splendour*, das sich im vorderen Laderaum verkeilt hatte, auf seiner Irrfahrt mit.

Das Kreuzfahrtschiff hatte sich bei dem Zusammenprall weit nach Backbord geneigt, kam jedoch langsam wieder in seine aufrechte Position zurück. Der Kapitän konnte und wollte nicht glauben, was er soeben erlebt hatte. Die Meldungen, die auf der Kommandobrücke eingingen, nannten nur geringe Schäden. Das Heck war rechtzeitig von Passagieren evakuiert worden, und es war zu keiner einzigen Verletzung gekommen. Um Haaresbreite waren sie einer Katastrophe entgangen.

Nachdem er begriffen hatte, dass sein Schiff intakt geblieben war und kein Menschenleben zu beklagen war, verwandelte sich die Erleichterung des Kapitäns in rasenden Zorn. »Treffen Sie alle Vorbereitungen, um die Offiziersbarkasse zu Wasser zu lassen«, befahl er einem Matrosen in seiner Nähe. »Nachdem ich die Schäden begutachtet habe, mache ich diesem Clown die Hölle heiß, sobald er auch nur einen Fuß an Land gesetzt hat.«

Er hatte die *Tasmanian Star* nicht weiter beobachtet – in der Annahme, dass sie irgendwann Fahrt zurücknehmen und den Handelshafen von Valparaiso ansteuern werde. Doch der Frachter änderte seinen Kurs keineswegs, sondern hatte sich als Ziel einen schmalen Streifen Sandstrand unterhalb der Seepromenade der Stadt ausgesucht.

Ein kanadisches Ehepaar mittleren Alters, das beim Mittagessen dem einheimischen Chardonnay zu reichlich zugesprochen hatte, lag dösend am Strand, als die *Tasmanian Star* ein paar Meter vor der Brandungslinie Grundberührung hatte. Ein dumpfes mahlendes Geräusch wie von einer überdimensionalen Kaffeemühle brachte die Luft zum Schwingen, als der Schiffsrumpf durch den Sandboden pflügte, ehe sein Schwung nachließ. Das Schiff grub sich regelrecht in den Strand und walzte eine kleine Eiscremebude nieder, deren Besitzer klugerweise noch rechtzeitig die Flucht ergriffen hatte.

Während das Geisterschiff ächzend zum Stillstand kam, rieben sich zahlreiche Gaffer ungläubig die Augen. Das Rumpeln der Maschinen und der immer noch rotierende Propeller waren das einzige Lebenszeichen an Bord des gestrandeten Erzfrachters.

Als er den Lärm hörte und den Schatten auf seinem Körper spürte, stupste der dösende Kanadier mit immer noch geschlossenen Augen seine Frau an. »Liebling, was war das eben?«

Schläfrig öffnete sie die Augen und richtete sich dann ruckartig auf. Kaum drei Meter entfernt ragte der massige Rumpf des Frachters in die Höhe. Beinahe hätte er sie unter sich begraben.

»Harold …« Sie blinzelte und schaute noch einmal genauer hin. »Ich glaube, unser Schiff ist da.«

7

Kapitän Francos Gesicht war gerötet, als er das ramponierte Heck der *Sea Splendour* von einer Kabinenbarkasse aus inspizierte. Doch der Grad der Zerstörung war offenbar geringer, als er befürchtet hatte; die Schäden am Heck schienen vorwiegend kosmetischer Natur zu sein. Taucher würden den Rumpf unterhalb der Wasserlinie kontrollieren müssen, aber allem Anschein nach könnte die Mannschaft die notwendigen Reparaturen selbst ausführen. Sie würden einfach das Achterdeck absperren, und das Schiff könnte seine Fahrt mit nur geringer zeitlicher Verzögerung fortsetzen. Franco wusste sehr gut, wie ungehalten die Reederei reagieren würde, wenn die Passagiere gezwungen wären, an Land zu gehen, und man ihnen den Fahrpreis zurückerstatten musste. Glücklicherweise ließe sich dieses Desaster vermeiden. Aber für ihn bedeutete das Schiff so viel wie ein Familienmitglied, und er raste innerlich vor Wut über die Verunstaltung.

»Bringen Sie uns zu dem Frachter«, befahl er dem Steuermann der Barkasse.

Ein Deckoffizier machte sich beim Kapitän bemerkbar.

»Sir, an Steuerbord ist offensichtlich ein kleines Boot in Schwierigkeiten.«

Kapitän Franco lehnte sich aus der offenen Tür. Er entdeckte das rote Motorboot, das mit erheblichem Tiefgang auf den Wellen trieb. Nicht nur war das Paar noch am Leben, sondern sie saßen auf dem Bug und winkten ihm.

»Das ist der Verrückte, der mit seinem Boot den Frachter gerammt hat.« Er schüttelte den Kopf. »Sehen Sie zu, dass Sie die beiden aus dem Bach fischen.«

Die Barkasse ging neben dem sinkenden Boot längsseits. Pitt half

Loren beim Umsteigen auf den kleinen Kabinenkreuzer, dann folgte er ihr mit einem Sprung an Bord. Er wandte sich um und betrachtete einen Moment lang das übel zugerichtete Motorboot, ehe es vollständig versank.

Zum Kapitän, der das Ganze stirnrunzelnd verfolgt hatte, sagte er dann: »Ich denke, da werde ich wohl jemandem ein neues Boot kaufen müssen.«

Franco studierte Pitt eingehend. Er war weder ein spätpubertärer Draufgänger noch betrunken. Er war hochgewachsen, schlank und muskulös. Trotz der blutenden Wunde an seinem Schienbein stand er aufrecht und in lässiger, selbstsicherer Haltung vor ihm. Sein markantes Gesicht trug die Spuren eines vorwiegend unter freiem Himmel verbrachten Lebens, und um seine Lippen spielte ein amüsiertes Grinsen. Und dann waren da noch diese verwirrend grünen Augen, in denen eine wache Intelligenz funkelte.

»Danke für die Rettung«, sagte Pitt. »Sie haben uns damit ein längeres Bad in diesen idyllischen Gewässern erspart. Jetzt müssen wir nicht an Land schwimmen.«

»Ich habe beobachtet, wie Sie mit Ihrer Nussschale den Frachter attackiert haben«, sagte Franco. »Weshalb so eine Selbstmordaktion?«

»Um das Ruder herumzuwerfen.« Pitts Blick wanderte zum demolierten Heck des Kreuzfahrtschiffes. »Schätze, ich hab's nicht mehr rechtzeitig geschafft.«

Der Kapitän erbleichte. »Du lieber Himmel, natürlich! Sie waren es, der den Frachter im letzten Augenblick von seinem Kurs abgebracht hat!«

Er ergriff Pitts Hand und schüttelte sie, bis seinem Schutzengel fast der Arm abfiel. »Sie haben mein Schiff und einige hundert Menschenleben gerettet. Wir hatten keine Zeit für ein Ausweichmanöver – dieser Idiot hätte uns völlig zertrümmert.«

»Er ist über ein Segelboot hinweggerauscht und hätte uns beinahe auch noch erwischt.«

»Das müssen doch Wahnsinnige sein! Sie haben unsere Funkrufe ignoriert und sind einfach weitergefahren. Sehen Sie, jetzt sind sie auf Grund gelaufen.«

»Die Brückenmannschaft muss völlig unfähig sein«, sagte Pitt.

»Das ist sie ganz sicher, wenn ich mit ihr fertig bin.«

Die Barkasse nahm mit dem Kurs auf das gestrandete Schiff Fahrt auf, wobei sie einen gebührenden Abstand zu der immer noch rotierenden Schraube des Frachters hielt. Eine Schar von Neugierigen hatte sich am Strand versammelt und gaffte, während fernes Sirenengeheul das baldige Eintreffen der Polizei aus Valparaiso ankündigte.

Das Schiff lag mit nur geringer Schlagseite nach Steuerbord aufrecht am Strand. An Deck rührte sich nichts. Ein langes Förderband hing an der Rumpfseite wie eine beschädigte Gliedmaße herab und reichte fast bis zum Wasser. Gewöhnlich wurde es benutzt, um die Laderäume des Frachters zu füllen oder seine Ladung zu löschen. Durch die Kollision mit der *Sea Splendour* war das Förderband aus seiner Verankerung gerissen worden. Franco erkannte darin eine Möglichkeit, an Bord zu kommen, und befahl, die Barkasse so nahe wie möglich heranzumanövrieren.

Die Tragekonstruktion des Förderbandes reichte fast bis in Deckshöhe der Barkasse herab. Ein Matrose erhielt den Befehl hinaufzuklettern, um ihre Tragkraft zu testen. Der Mann machte ein paar vorsichtige Schritte, dann drehte er sich um und gab dem Kapitän mit dem Daumen das Okay-Zeichen. Er kletterte auf dem schweren Förderband weiter nach oben, überquerte die Reling und sprang auf das Schiffsdeck. Kapitän Franco kam als Nächster und tastete sich auf dem mit Gesteinsstaub bedeckten Band aufwärts. Dabei achtete er derart konzentriert darauf, wohin er seine Füße setzte, dass er nicht bemerkte, dass Pitt ihm mit nur wenigen Schritten Abstand folgte.

Franco erreichte das Ende des Förderbandes, wo ihn der Matrose bereits erwartete, um ihm beim Übersteigen der Reling behilflich zu sein. Er erschrak, als Pitt vom Förderband sprang und neben ihm landete. Sichtlich verärgert, dass Pitt ebenfalls an Bord geklettert war, wollte Franco ihn deshalb zurechtweisen, aber Pitt ließ ihn gar nicht erst zu Wort kommen.

»Wir sollten lieber zuerst die Maschinen stilllegen.« Pitt drängte sich an Franco vorbei und schlug den Weg zur Kommandobrücke ein.

Franco wandte sich an den Matrosen. »Durchsuchen Sie das Deck und die Mannschaftsquartiere, danach kommen Sie zu mir auf die Kommandobrücke.« Er machte kehrt und beeilte sich, Pitt einzuholen.

Die Kommandobrücke saß auf einem mehrstöckigen Aufbau in Hecknähe. Während er nach achtern ging, betrachtete Pitt die großen Abdeckungen auf den fünf Hauptladeräumen des Schiffes. Die letzte stand halb offen. Jede Abdeckung bestand aus zwei Klappen, die hydraulisch geöffnet und geschlossen werden konnten. Als Pitt sich den Laderaumdeckeln direkt vor dem Decksaufbau näherte, konnte er einen Blick durch den Spalt werfen. Der Laderaum war bis auf eine kleine Planierraupe, die mit einer dünnen Schicht silbern glänzenden Staubs bedeckt war, vollkommen leer. Pitt vermutete, dass die vorderen Laderäume noch gefüllt waren, womit sich wahrscheinlich das hochstehende Heck des Frachters erklären ließ. Als er auch auf dem Deck Reste silbernen Gesteins entdeckte, hob er einen größeren Brocken auf, steckte ihn in die Tasche seiner Badehose und setzte seinen Weg zur Kommandobrücke fort.

»Ist auf diesem Schiff denn niemand?« Franco erreichte Pitt, als dieser den Niedergang hinaufsteigen wollte.

»Bisher ist mir noch kein Begrüßungskomitee begegnet.«

Sie überwanden mehrere Treppenabschnitte und betraten dann die Kommandobrücke durch eine offen stehende Seitentür. Ebenso wie der Rest des Schiffes war auch der ausgedehnte Kontrollraum ausgestorben. Die geisterhafte Stille wurde vom Schiffsfunkgerät gestört, aus dem die quäkende Stimme eines Funkers der chilenischen Küstenwache drang, der das Schiff anrief. Franco schaltete das Funkgerät aus, dann trat er an die Mittelkonsole und fuhr die Maschinen herunter.

Pitt untersuchte die Steueranlage. »Der Autopilot war auf einen Kurs von einhundertzweiundvierzig Grad programmiert.«

»Es ergibt doch keinen Sinn, dass jemand ein fahrendes Schiff sich selbst überlässt.«

»Ich tippe auf einen Fall von Piraterie«, sagte Pitt. »Der fünfte Laderaum sieht aus, als sei er geleert worden, nachdem das Schiff seine Reise begonnen hat.«

»Ich könnte mir vorstellen, dass man die Mannschaft gekidnappt hat, um ein Lösegeld zu erpressen«, sagte Franco und massierte sein Kinn. »Aber einen Schüttgutfrachter auf hoher See um seine Ladung erleichtern? So was ist doch noch nie passiert.«

Der Kapitän bemerkte einen dunklen Fleck an der Wand und ähnliche Flecken auf dem Fußboden – und wurde bleich. »Sehen Sie sich das mal an.«

Pitt reichte ein Blick aus, um zu erkennen, dass es sich hier um getrocknetes Blut handelte. Als er mit einem Finger an der Wand rieb, blätterte der Blutrest ab.

»Das sieht nicht so aus, als wäre es erst vor kurzem dorthin gekommen. Können wir den Kurs des Schiffes mit Hilfe seines Navigationssystems zurückverfolgen, um festzustellen, woher es kam?«

Froh, nicht mehr auf die Blutspuren starren zu müssen, trat Franco zur Ruderkonsole. Er fand den Navigationsmonitor, auf dem eine schematische Darstellung der *Tasmanian Star* auf einer digitalen Karte des Hafens von Valparaiso zu sehen war. Er tippte auf eine Taste des Keyboards, das in die Konsole integriert war, und verkleinerte den Maßstab. Eine gelbe Linie verfolgte das Schiff, das sich am oberen Rand des Bildschirms befand, während Valparaiso zu einem

Punkt in der Küstenlinie Chiles wurde und Chile selbst zum Kontinent Südamerika zusammenschrumpfte. Die ein wenig eckige Linie verlief nach Norden, bis sie vor der Westküste von Mittelamerika scharf nach Westen abknickte. Franco verfolgte die Linie über den Pazifik bis zu ihrem Ausgangspunkt in Australien.

»Die *Tasmanian Star* kam aus Perth.« Dann konzentrierte er sich auf den Punkt, an dem das Schiff den Kurs geändert hatte. Er sah Pitt an und nickte.

»Ihre Vermutung, dass sie mit Piraten Bekanntschaft gemacht hat, erscheint mir einleuchtend. Sie würde niemals mit einem leeren Laderaum den Pazifik überqueren.«

»Sehen wir uns mal an, wo genau die Kursänderung stattgefunden hat«, sagte Pitt.

Franco wechselte den Bildausschnitt. »Er befindet sich etwa siebzehnhundert Meilen westlich der Küste von Costa Rica.«

»Ein abgelegener Punkt im Ozean und ideal für einen Überfall.«

Ungläubig schüttelte Franco den Kopf. »Wenn das die Position ist, an der die Mannschaft das Schiff verlassen hat, dann hat die *Tasmanian Star* ganz allein und unbemannt über dreieinhalbtausend Meilen nach Valparaiso zurückgelegt.«

»Woraus sich ergibt, dass sie vor mehr als einer Woche überfallen wurde und die Spur, der wir folgen können, schon ziemlich abgekühlt ist.«

Unvermittelt platzte Francos Matrose durch die Seitentür herein. Sein Gesicht war gerötet, er war nach einem Sprint den Niedergang herauf außer Atem. Pitt bemerkte, dass die Hand, mit der er sich am Türrahmen abstützte, heftig zitterte.

»Die Mannschaftsquartiere sind leer, Sir. Anscheinend ist niemand mehr an Bord.« Er zögerte. »Einen Mann habe ich aber gefunden.«

»Tot?«, fragte der Kapitän.

Der Seemann nickte. »Ich hätte ihn wahrscheinlich gar nicht

entdeckt, wenn der Geruch nicht gewesen wäre. Er liegt auf dem Hauptdeck in der Nähe der vorderen Laderaumklappe.«

»Führen Sie mich hin.«

Der Matrose drehte sich um und stieg vor Pitt und Franco den Niedergang hinab. Sie überquerten das Deck zur Backbordseite und marschierten an den Laderaumtoren vorbei. Der Matrose wurde langsamer, als sie sich dem vorderen Laderaum näherten, dann blieb er stehen und deutete auf einen Punkt.

»Er liegt unter einer der Stützstreben«, sagte der Mann, ohne einen weiteren Schritt zu machen. »Er muss dorthin gerollt oder gestürzt sein.«

Pitt und Franco gingen ein Stück weiter. Dann entdeckten sie etwas Blaues, das dicht neben einer Stützstrebe in der Hydraulik der Laderaumabdeckung eingeklemmt war. Als sie sich näher heranwagten, erkannten sie einen männlichen Körper in einem blauen Overall. Der Gestank verwesenden Fleisches raubte ihnen fast den Atem, aber der Anblick, der sich ihnen bot, war noch schlimmer.

Die Kleidung war völlig heil und sauber. Den schweren Arbeitsschuhen und einem Paar Handschuhen, die mit einem Clip an seinem Gürtel befestigt waren, nach zu urteilen, vermutete Pitt, dass er ein gewöhnlicher Matrose gewesen war. Aber das war auch das Einzige, was er mit einiger Sicherheit feststellen konnte.

Die unbedeckten Hautpartien waren grotesk aufgedunsen, wobei ihre Farbe an Dijonsenf erinnerte. Kleine Rinnsale und Pfützen getrockneten Bluts bedeckten die Haut um seine Ohren und den Mund. Ein Fliegenschwarm tanzte summend über dem Gesicht des Mannes und drängte sich auf seinen offenen hervorquellenden Augen. Doch es waren die Ausbuchtungen des Körpers, die nicht nur Spuren der Verwesung trugen, sondern den grässlichsten Anblick boten. Die Ohren, die Nase und die Fingerspitzen des Matrosen waren offensichtlich verschmort und rabenschwarz, obgleich die Haut unverletzt schien. Pitt erinnerte sich an Fotos von Polarforschern, die hochgradige Erfrierungen erlitten hatten und deren tote Haut mit schwarzen Flecken bedeckt war. Dabei hatte sich die *Tasmanian Star* während ihrer einsamen Fahrt nicht einmal in die Nähe polarer Regionen verirrt.

Franco richtete sich auf und wich vor dem Toten zurück.

»*¡Santa Maria!*«, stieß er gepresst hervor. »Ihn hat der Teufel persönlich geholt.«

8

Ein zerkratzter und zerbeulter Sturzhelm lag mitten auf Pitts Schreibtisch, als er in sein Büro in Washington zurückkam. Eine kurze Nachricht, die auf dem Visier klebte, hieß ihn willkommen:

Dad,
in Zukunft musst du wirklich vorsichtiger sein!

Pitt lachte leise in sich hinein, während er den Helm beiseiteschob und sich fragte, ob dieses Präsent von seinem Sohn oder von seiner Tochter kommen mochte. Beide arbeiteten für die NUMA und waren soeben zu einer Mission zur Erforschung der Tiefseetektonik vor der Küste von Madagaskar aufgebrochen.

Es klopfte an seiner Bürotür, und herein kam eine aufregend proportionierte Frau mit perfekter Frisur und dezentem Make-up. Auch wenn Zerri Pochinsky ihren vierzigsten Geburtstag schon lange hinter sich hatte, war ihr das nicht anzusehen. Sie war seit vielen Jahren Pitts treue und zuverlässige Sekretärin und hätte möglicherweise auf ganz andere Art und Weise an seinem Leben teilhaben können, wenn er nicht zuerst Loren kennengelernt hätte.

»Willkommen zurück in der Löwengrube.« Sie lächelte und stellte eine Tasse Kaffee auf seinen Schreibtisch. »Ich weiß ehrlich nicht, wie dieser Helm hierhergekommen ist.«

Pitt erwiderte ihr Lächeln. »Offenbar ist in meinem Allerheiligsten gar nichts heilig.«

»Die Sekretärin des Vizepräsidenten hat angerufen«, sagte Pochinsky, und der Ausdruck ihrer braunen Augen wurde ernst. »Sie werden gebeten, um halb drei an einer Besprechung in seinem Büro teilzunehmen.«

»Wurde auch ein Thema genannt?«

»Nein, man hat lediglich angedeutet, dass es um eine Sicherheitsangelegenheit geht.«

»Um was kann es in Washington denn sonst gehen?« Er schüttelte ungehalten den Kopf. »Okay, sagen Sie Bescheid, dass ich da sein werde.«

»Außerdem ist Hiram draußen. Er meinte, Sie wollten ihn sprechen.«

»Schicken Sie ihn rein.«

Zerri Pochinsky schlüpfte durch die Tür und wurde von einem bärtigen Mann mit schulterlangem Haar ersetzt. Bekleidet mit Jeans, Cowboystiefeln und einem schwarzen Allman-Brothers-T-Shirt, sah Hiram Yaeger aus, als wolle er einer Biker Bar einen Besuch abstatten. Lediglich die tiefblauen Augen hinter einer Gelehrtenbrille verrieten tiefer schürfende intellektuelle Ansprüche. Yaeger war alles andere als ein notorischer Kneipengänger, vielmehr war er ein Computergenie, das sich am liebsten die Zeit mit dem Schreiben komplexer Programme vertrieb. Als Leiter des hochmodernen Computerzentrums der NUMA hatte er ein raffiniertes Netzwerk aufgebaut, das detaillierte ozeanographische Daten sammelte, die aus tausend Punkten der Erde zusammengestellt wurden.

»Endlich ist der Retter der stolzen *Sea Splendour* zurückgekehrt.« Er ließ sich Pitt gegenüber in einen Sessel fallen. »Soll das heißen, dass sie dich für die Rettung des teuersten Schiffes ihrer Flotte nicht mal auf eine kostenlose Weltreise geschickt haben?«

»Das hätten sie wirklich am liebsten getan«, sagte Pitt. »Aber Loren hat sich eine strenge Diät verordnet, womit das Büfett des Schiffes für sie tabu gewesen wäre, und meine Shuffleboard-Technik ist ein wenig eingerostet. Unterm Strich wäre es also kein reines Vergnügen geworden.«

»Für eine solche Reise hätte ich liebend gern deine Vertretung übernommen.«

»Und wärest das Risiko eingegangen, dass die gesamte Agentur in deiner Abwesenheit zusammenbricht?«

»Das stimmt schon, ich bin hier unersetzlich.« Yaeger reckte selbstgefällig die Nase in die Luft. »Erinnere mich bei meiner nächsten Leistungsbewertung daran.«

»Tu ich gern«, versprach Pitt grinsend. »Daraus schließe ich, dass du einiges über die *Tasmanian Star* herausgefunden hast.«

»Die grundlegenden Daten. Gebaut wurde sie 2005 in Korea. Mit einer Länge von einhundertsiebzig Metern und einer Verdrängung von vierundfünfzigtausend Tonnen ist sie als Supramax-Massengutfrachter klassifiziert. Sie wurde mit fünf Laderäumen, zwei Kränen und einem eigenen Förderbandsystem zum Be- und Entladen ausgestattet.«

»Das man auch sehr gut als Treppe benutzen kann.«

»Sie gehört einer japanischen Schifffahrtsgesellschaft namens Sendai und war regelmäßig als Erzfrachter auf dem Pazifik unterwegs. Die letzte Reise unternahm sie im Auftrag einer amerikanischen Petrochemiefirma. Vor dreieinhalb Wochen ist sie in Perth mit einer Ladung Bauxit gestartet. Das Ziel war Los Angeles.«

»Bauxit.« Pitt holte einen kleinen Plastikbeutel aus der Tasche, nahm den silbern glänzenden Stein heraus, den er vom Deck der

Tasmanian Star aufgehoben hatte, und legte ihn auf den Tisch. »Hast du irgendeine Vorstellung vom Wert des Bauxits, das sie geladen hatte?«

»Ich konnte nicht in Erfahrung bringen, wie hoch das Schiff versichert war, aber je nach Reinheitsgrad kann man mit dem Zeug auf dem Weltmarkt dreißig bis sechzig Dollar pro Tonne erzielen.«

»Es ergibt keinen Sinn, dass jemand für eine solche Summe ein Schiff überfällt.«

»Ich würde mir eher einen Frachter voller iPads aussuchen.«

»Irgendeine Theorie, wohin unsere Diebe verschwunden sein könnten?«

»Eigentlich nicht. Ich habe mich an die von dir genannten Koordinaten gehalten, wo das Schiff den Kurs gewechselt hat, aber nichts herausbekommen können. Verfügbare NRO-Satellitenbilder waren eine Woche alt. Es ist eine ziemlich tote Region des Pazifiks. Sie weckt bei den Himmelsspionen nicht allzu viel Interesse.«

»Du hast das National Reconnaissance Office angezapft? Hoffentlich hast du keine Fußspuren hinterlassen.«

Yaeger, der ein versierter Hacker war, wenn die Umstände es erforderten, spielte den Beleidigten. »Fußspuren? Ich? Sollte tatsächlich jemand den Einbruch bemerken, dann fürchte ich, dass die Spur zu meiner bevorzugten Website für Hollywood-Klatsch führt.«

»Es wäre wirklich eine nationale Schande, wenn sich die Regierung dazu hinreißen ließe, sie zu schließen.«

»Genau das finde ich auch. Ich habe allerdings eine Theorie, was das plötzliche Auftauchen der *Tasmanian Star* in Valparaiso betrifft.«

»Dann lass mal hören.«

»Das Schiff hat vor neun Tagen rund siebzehnhundert Meilen westlich von Costa Rica einen abrupten Schwenk nach Süden gemacht. Etwa zur gleichen Zeit hat eine unserer frei treibenden Wetterbojen in dieser Region des Pazifiks den Geist aufgegeben. Wie sich herausstellte, tobte zu dieser Zeit in der Gegend ein heftiger Sturm, der allerdings einiges an Wucht verloren hatte, als er Mexiko ereichte. Kurz bevor wir die Boje verloren haben, sind immerhin Winde der Stärke 9 gemessen worden.«

»Demnach mussten die Piraten vielleicht ihre Beute übereilt sich selbst überlassen.«

»Das denke ich ebenfalls. Möglicherweise ist das auch der Grund, weshalb der größte Teil der Ladung im Schiff geblieben ist und warum sie die Maschinen haben laufen lassen.«

Pitt überlegte einen Moment. »Gibt es in dieser Gegend irgendwelche Inseln?«

Yaeger präsentierte einen Tablet-Computer und rief eine Karte der Region auf, in der das Schiff seinen Kurs geändert hatte.

»Dort liegt tatsächlich ein kleines Atoll namens Clipperton Island. Es ist nur zwanzig Meilen von der Position entfernt, die du mir genannt hast… und es befindet sich genau auf dem Schiffskurs.« Er sah Pitt an und nickte anerkennend. »Gut kombiniert.«

»Sie hatten keine Zeit, das Schiff zu fluten, daher haben sie wahrscheinlich einen Kurs nach Clipperton programmiert – in der Annahme, dass es auf das Riff auflaufen und sinken würde.«

»Nur hat der Sturm es an der Insel vorbeigeblasen«, sagte Yaeger, »und dann ist es viertausend Meilen weitergefahren, bis es in Valparaiso eintraf.«

Pitt trank einen Schluck Kaffee. »Das bringt uns der Antwort auf die Frage, wer das Schiff angegriffen und die Mannschaft beseitigt hat, jedoch keinen Deut näher.«

»Ich habe nach Hafenpapieren gesucht, in denen in jüngerer Zeit Bauxit-Lieferungen verzeichnet sind, jedoch nichts Entsprechendes gefunden.«

»Und das wird man wahrscheinlich auch nicht. Hiram, forsch mal nach weiteren Meldungen über Piratenüberfälle, die in letzter Zeit im Pazifik stattgefunden haben. Oder auch über verschollene Schiffe. Und tu mir noch einen Gefallen.« Pitt ergriff die glänzende

Gesteinsprobe und warf sie Yaeger zu. »Das habe ich auf der *Tasmanian Star* gefunden. Wenn du zum Computerzentrum zurückkehrst, dann schau doch bei den Jungs von der Meeresgeologie vorbei und bitte sie, uns zu verraten, was das ist.«

»Wird gemacht.« Yaeger studierte die Gesteinsprobe, während er zur Tür ging. »Nicht unser Bauxit?«

Pitt schüttelte den Kopf. »Ein seltsames Gefühl in der Magengrube und ein großes, auf Grund gelaufenes Geisterschiff sagen mir, dass es genau das nicht ist.«

9

Pitt trabte die Eingangstreppe des Eisenhower Executive Office Building hinauf und versuchte die ersten Anzeichen eines einsetzenden Jetlag abzuschütteln. Das imposante Bauwerk stand direkt neben dem Weißen Haus und war Pitts liebstes Regierungsgebäude. Im Jahr 1888 im Second-Empire-Stil erbaut, besitzt es ein steiles Giebeldach und hohe Fenster, womit es aussieht, als sei es aus einem Roman von Victor Hugo direkt nach Washington verpflanzt worden. Es war ein Paradebeispiel für die Verwendung von Granit und Schiefer – so gut wie kein Holz hatte bei seiner Fertigstellung Verwendung gefunden, um die Brandgefahr so weit wie möglich zu reduzieren. Ironischerweise hatte jedoch im Jahr 2007 ein Feuer im zweiten Stock das Büro von Vizepräsident Cheney beinahe vollständig zerstört.

In jüngerer Zeit haben Vizepräsidenten lediglich repräsentative Büros in diesem Gebäude unterhalten, da sie lieber im Westflügel des Weißen Hauses residierten, wo sie dem Präsidenten stets wesentlich näher waren. Das alles änderte sich mit dem Dienstantritt Admiral James Sandeckers. Eher widerstrebend in sein Amt gelangt – weil sein Vorgänger gestorben war –, zog Sandecker es vor, zu den Spindoktoren, die jede Administration zu infiltrieren pflegten, so weit wie möglich Distanz zu halten. Stattdessen machte er das Büro des Vizepräsidenten im alten Executive Office Building zu seinem Hauptarbeitsplatz. Fröhlich marschierte er wenn nötig mehrmals am Tag durch den unterirdischen Tunnel zum Weißen Haus, sehr zum Leidwesen seiner Helfer, die körperlich nicht so fit waren.

Nachdem er mehrere Sicherheitskontrollen passiert hatte, erreichte Pitt die Zimmersuite des Vizepräsidenten im zweiten Stock und wurde in das private Büro geleitet. Die Ausstattung und das Dekor des großzügigen Raums bestanden aus Objekten, die aus dem Bereich der Nautik stammten, wie es einem pensionierten Admiral geziemt. Mehrere antike Ölgemälde von längst vergessenen Segelklippern in stürmischer See gehörten dazu. Obgleich sich Pitt pünktlich eingefunden hatte, war die Besprechung bereits im Gange. Zwei Männer und eine Frau saßen in gemütlichen Ohrensesseln um einen Kaffeetisch herum und lauschten dem Vizepräsidenten, der mit einer Zigarre zwischen den Zähnen auf dem knöcheltiefen Teppich auf und ab ging.

»Dirk, da sind Sie ja.« Er eilte quer durch den Raum, um Pitt die Hand zu schütteln. »Kommen Sie, setzen Sie sich.«

Obgleich selbst von eher kleiner Statur, reichte Sandeckers Energie für zehn Männer. Eine leidenschaftliche Glut brannte in seinen blauen Augen, die mit seinem feuerroten Haar und dem ebenfalls feuerroten Van-Dyck-Bart in scharfem Kontrast standen. Als Veteran Washingtons, der politische Ränkespiele verabscheute, war er für seine Offenheit und Integrität hoch geachtet und gefürchtet. Für Pitt bedeutete er so etwas wie eine Vaterfigur, nachdem er bei der NUMA viele Jahre sein Chef gewesen war, ehe er ins Amt des Vizepräsidenten wechselte.

»Schön, Sie zu sehen, Admiral. Sie sehen topfit aus.«

»In diesem Amt hält man sich allein dadurch fit, dass man sich die Nervtöter vom Leib hält«, sagte er. »Dirk, ich möchte Sie alle erst einmal miteinander bekannt machen. Dan Fowler kommt von der DARPA, Tom Cerny ist Berater für besondere Angelegenheiten des Präsidenten, und Ann Bennett gehört zum Naval Criminal Investigative Service.«

Pitt schüttelte reihum Hände, dann setzte er sich und sah dabei auf die Uhr.

»Sie haben sich nicht verspätet«, sagte Fowler. »Wir hatten mit dem Vizepräsidenten vorher noch etwas anderes zu besprechen.«

»Dann ist es ja gut. Wie kann Ihnen ein bescheidener Schiffsingenieur denn zu Diensten sein?«

»Wahrscheinlich sind Sie sich dessen nicht bewusst«, sagte Sandecker, »aber seit mindestens drei Jahren beobachten wir in unserem Waffenentwicklungsprogramm eine alarmierende Zunahme von Sicherheitslücken. Ohne mich in Details zu verlieren, darf ich Ihnen sagen, dass sie sich auf hohem Niveau befinden und uns teuer zu stehen kommen.«

»Ich gehe davon aus, dass in erster Linie die Chinesen davon profitieren.«

»Ja«, sagte Fowler. »Woher wissen Sie das?«

»Soweit ich mich erinnere, haben sie im vergangenen Jahr einen neuen Kampfjet vorgestellt. Er sah unserer F-35 frappierend ähnlich.«

»Das ist nur die Spitze des Eisbergs«, sagte Sandecker. »Unglücklicherweise hatten wir lediglich einen bescheidenen Erfolg beim Stopfen der Lecks. Auf Geheiß des Präsidenten wurde daher eine sämtliche Abteilungen übergreifende Sondereinheit gebildet, um der Angelegenheit auf den Grund zu gehen.«

»Diese Sicherheitsverstöße bedrohen die Einsatzfähigkeit und Wirksamkeit unserer militärischen Kräfte«, sagte Cerny. Er hatte ein teigiges Gesicht und große dunkle Augen und redete mit der beschwörenden Eindringlichkeit eines Gebrauchtwagenhändlers. »Der Präsident ist über diese Vorfälle zutiefst beunruhigt und hat verlangt, dass wir alles Nötige tun, um unsere lebenswichtigen Technologien zu schützen.«

Pitt unterdrückte den Impuls, »Ein Hoch auf den Präsidenten!« zu rufen. Für ihn war Cerny ein typischer Vertreter der Jasagermeute, die sich gewöhnlich um den Präsidenten scharte. Er genoss die Machtfülle, über die er verfügte, in vollen Zügen, wusste jedoch nichts Sinnvolles damit zu erreichen. »Das mag ja alles schön und gut sein«, sagte Pitt, »aber ist nicht längst die halbe Regierung mit der Jagd auf Spione und Terroristen beschäftigt?«

»Es drohen doch auch eine ganze Menge Gefahren.«

Sandecker zündete trotz des im Gebäude herrschenden Rauchverbots seine Zigarre an, während die Männer diskutierten, und paffte einige dichte Qualmwolken. »Die Sondereinheit braucht ein wenig meereskundige Unterstützung. Es ist eine nicht allzu aufwendige Angelegenheit, bei der Sie vielleicht behilflich sein können. Agentin Bennett ist mit den näheren Einzelheiten vertraut.«

»Im Grunde geht es um eine vermisste Person«, sagte Bennett.

Pitt blickte in die Augen der etwa dreißig Jahre alten Agentin, einer burschikosen, attraktiven Frau, die sich hinter einer betont konservativen Fassade versteckte. Ihr blondes Haar, stufig und kurz geschnitten, passte perfekt zu dem strengen Schnitt ihres anthrazitfarbenen Geschäftskostüms. Doch der Eindruck wurde durch die Grübchen in ihren Wangen und eine Stupsnase gemildert, auf der eine Lesebrille mit transparentem Gestell saß. Sie erwiderte Pitts Blick mit lebhaften, wasserblauen Augen, dann schaute sie wieder in den Aktenordner auf ihrem Schoß.

»Ein bedeutender Wissenschaftler der DARPA, Joseph Eberson, verschwand vor mehreren Tagen in San Diego«, sagte sie. »Man glaubt, dass er auf einer privaten Freizeitjacht namens *Cuttlefish* an einem Angelausflug teilgenommen hat. Die Leichen des Bootseigners und seines Helfers wurden ein paar Meilen vor der Küste von einem Segelboot gefunden. Örtliche Such- und Rettungstrupps haben die Gegend durchkämmt, aber bisher weder Eberson noch das Boot gefunden.«

»Vermuten Sie ein Verbrechen?«

»Wir haben keinen besonderen Grund zu einer solchen Annahme«, erwiderte Fowler, »doch Eberson war an einem der sensibelsten Forschungsprogramme der Navy beteiligt. Wir brauchen Klarheit darüber, was mit ihm geschehen ist. Wir haben keinen Grund anzunehmen, dass er die Seiten gewechselt hat, aber eine Entführung liegt durchaus im Bereich des Möglichen.«

»Was Sie wirklich wollen, ist eine Leiche«, sagte Pitt. »Unglücklicherweise könnte seine Leiche, wenn das Boot gesunken und er mit seinen Begleitern ertrunken ist, längst auf halbem Weg nach Tahiti sein. Oder im Magen eines großen weißen Hais.«

»Gerade deshalb möchten wir, dass Sie das Boot für uns suchen«, sagte Ann Bennett mit einem bittenden Ausdruck in den Augen.

»Das klingt mir eher nach einem Job für das San Diego Police Department.«

»Wir wollen das Boot bergen, damit unsere Ermittler es daraufhin untersuchen können, ob Eberson an Bord war«, erklärte Fowler. »Laut unseren Informationen können die Gewässer dort stellenweise so tief sein, dass die Polizei mit ihren begrenzten technischen Möglichkeiten nicht besonders weit kommt.«

Pitt wandte sich an Sandecker. »Warum kümmert sich die Navy nicht darum?«

»Zufälligerweise befindet sich die an der Westküste stationierte Bergungsflotte der Navy zurzeit anlässlich einer Übung vor Alaska. Hinzu kommt, dass die Leichen in mexikanischen Hoheitsgewässern gefunden wurden. Die Umstände wären erheblich unkomplizierter, wenn die Suche und Bergung von einem Schiff für ozeanographische Forschung durchgeführt wird.«

Sandecker trat zu seinem Schreibtisch und sah auf eine Aktennotiz. »Wie ich sehe, liegt das NUMA-Vermessungsschiff *Drake* gerade im Hafen von San Diego und wartet auf eine neue Mission.«

Pitt schüttelte den Kopf. »Da wurde ich offenbar von meinen eigenen Leuten ausgetrickst.«

Sandeckers Augen funkelten belustigt. »Ich habe in Ihrem Haus immer noch ein paar Freunde.«

»Also dann«, sagte Pitt und streifte Ann Bennett mit einem Seitenblick, »es sieht so aus, als sei ich Ihr Mann.«

»Und wie wollen Sie bei der Suche vorgehen?«, fragte Cerny.

»Die *Drake* verfügt über mehrere unterschiedliche Sonarsysteme sowie über ein kleines Tauchboot. Wir berechnen ein Suchraster und führen mit Sonar eine gründliche Untersuchung der Gegend durch, in der Hoffnung, die *Cuttlefish* auf diese Weise zu lokalisieren. Wenn wir sie gefunden haben, wird sie durch ein paar Taucher oder – je nach Tiefe – vom Tauchboot inspiziert. Wenn die Jacht noch intakt ist, versuchen wir sie zu heben.«

»Ann wird Sie begleiten, um die gesamte Operation zu überwachen«, entschied Fowler. »Wir würden eine baldige Lösung dieses Problems natürlich begrüßen. Was meinen Sie, wie schnell Sie starten können?«

»Sobald ich einen Flug nach San Diego erwische … und Agent Bennett seetaugliche Kleidung für sich organisieren kann.«

Man bedankte sich bei Pitt für seine Bereitschaft, das Projekt in Angriff zu nehmen, und er verließ die Konferenz. Als sich die Tür hinter ihm geschlossen hatte, wandte sich Sandecker an Cerny.

»Mir gefällt es gar nicht, ihn im Dunkeln tappen zu lassen. Es gibt niemanden, dem ich mehr vertraue.«

»Befehl des Präsidenten«, entgegnete Cerny. »Es ist am besten, wenn niemand weiß, was wir wirklich verloren haben.«

»Kann er es schaffen?«, fragte Fowler. »Findet er das Boot, wenn es gesunken ist?«

»Das ist für Pitt ein Kinderspiel«, sagte Sandecker und blies einen dicken Rauchring zur Decke. »Worüber ich mir allerdings Sorgen mache, ist, was ihn möglicherweise an Bord des Wracks erwartet.«

10

Der Mann schlenderte mit einem Paar Pressluftflaschen unter jedem Arm über das Deck und schien sich dabei nicht mehr anzustrengen, als trüge er eine Daunenbettdecke spazieren. Seine Arme waren fast genauso dick wie seine Oberschenkel, während sich sein Brustkorb wie ein zu stark aufgepumpter Traktorreifen wölbte. Al Giordinos braune Augen und dunkle Locken verrieten seine italienische Herkunft, während seine markanten Augenbrauen und hochgezogenen Mundwinkel seinen sprühenden Geist und trockenen Humor erahnen ließen.

Er ging langsamer, als er Pitt und Ann Bennett näher kommen sah, und erwartete sie mit den Tauchflaschen unter den Armen am Niedergang.

»Sei gegrüßt, Kemosabe«, sagte er zu Pitt, »willkommen zurück in unserer geliebten salzhaltigen Luft. Hattet ihr einen guten Flug?«

»Klar. Der Vizepräsident hat dafür gesorgt, dass wir von einer Navy Gulfstream, die zwei Admiräle nach Coronado brachte, mitgenommen wurden.«

»Beneidenswert. Bei mir reicht es immer nur für einen Platz in einem Greyhound-Bus.« Giordino sah Ann Bennett neugierig an und lächelte. »Versuchst du schon wieder, die Mannschaft mit Schönheit und Raffinesse aufzupeppen?«

»Ann Bennett, das ist Albert Giordino, Chef der technischen

Abteilung der NUMA – und gelegentlich unser lüstern grinsendes Schiffsfaktotum. Miss Bennett kommt vom NCIS und leistet uns während der Suche Gesellschaft.«

»Freut mich, Sie kennenzulernen, Mr. Giordino.«

»Bitte, nennen Sie mich Al.« Er klapperte mit den Tauchflaschen. »Für ein ausgiebiges Händeschütteln haben wir später noch Zeit.«

»Ich glaube nicht, dass wir die Flaschen bei dieser Suche brauchen werden«, sagte Pitt. »Das Meer wird dort höchstwahrscheinlich zu tief sein.«

»Rudi sagte nur, wir hätten einen Unterwasser-Bergungsauftrag. Er hat nicht gesagt, um was es sich genau handelt.«

»Das konnte er auch nicht, weil er es nicht weiß. Ist er an Bord?«

»Ja. Wir sind soeben erst von der Beerdigung heute Morgen zurückgekommen.«

»Buddy Martin?«

Giordino nickte. Martin, der Kapitän der *Drake*, war völlig unerwartet nach kurzer, schwerer Krankheit gestorben.

»Es tut mir leid, dass ich es nicht rechtzeitig geschafft habe«, sagte Pitt. »Buddy war immer ein treuer Mitstreiter und liebenswerter Kumpel. Wir werden ihn schmerzlich vermissen.«

»In seinen Adern floss türkisfarbenes Blut«, sagte Giordino und spielte auf die Farbe an, in der sämtliche NUMA-Schiffe angestrichen waren. »Aber jetzt hat Rudi vorübergehend das Kommando auf dem Schiff übernommen. Und er ist schlimmer als Kapitän Bligh, wenn du mich fragst.«

Pitt wandte sich an Ann. »Gewöhnlich sorge ich dafür, dass sich Rudi die meiste Zeit in Washington aufhält, um ein wachsames Auge auf das NUMA-Budget zu haben.«

»Ihr trefft ihn sicher im Labor«, sagte Al, »wo er seine Herde Zierfische hütet.«

Pitt und Ann fanden zwei nebeneinanderliegende freie Kabinen, deponierten dort ihr Reisegepäck und machten sich auf die Suche nach Rudi Gunn. Lange brauchten sie nicht, denn die *Drake* war ziemlich kompakt und sowohl das neueste wie auch das kleinste Schiff der NUMA-Flotte. Mit einer Länge von knapp fünfunddreißig Metern war das Forschungsschiff für küstennahe Vermessungsarbeiten konstruiert, konnte jedoch auch für vielfältige Tiefseeaufgaben eingesetzt werden. Auf ihrem sehr beengten Deck führte sie ein Tauchboot für drei Personen Besatzung sowie ein autonomes Unterwasserfahrzeug mit. Jeden umschlossenen Raum, der nicht für ihre zahlenmäßig nur kleine Mannschaft vorgesehen war, hatte man als Doppellabor ausgestattet.

Sie betraten eins der Labore und stellten fest, dass es darin stockdunkel war. Da die Lampen ausgeschaltet und die Fenster verhüllt waren, stammte das einzige Licht von ein paar winzigen blauen Glühbirnen an der Decke. Pitt vermutete, dass die Klimaanlage nonstop in Betrieb sein musste, da sich die gefühlte Temperatur bei höchstens zehn Grad Celsius bewegte.

»Bitte halten Sie die Tür geschlossen.«

Als sich ihre Augen an das herrschende Dämmerlicht gewöhnt hatten, entdeckten sie den Besitzer der Stimme, einen hageren mit einem Jackett bekleideten Mann, der sich über ein großes Aquarium beugte, das beinahe den gesamten Raum ausfüllte. Er trug eine Nachtsichtbrille und blickte aufmerksam ins Fischbecken.

»Rudi, beobachtest du schon wieder die Paarungsaktivitäten des Kalifornischen Ährenfischs?«

Als er die Stimme erkannte, richtete sich der Mann ruckartig auf und drehte sich herum, um die Eindringlinge zu begrüßen.

»Dirk, ich hatte keine Ahnung, dass du es bist.« Gunn nahm die Nachtsichtbrille ab und ersetzte sie durch ein Horngestell. Gunn war ein hochintelligenter ehemaliger Fregattenkapitän der Navy und bekleidete jetzt das Amt des Vizedirektors der NUMA. Ebenso wie sein Boss entfloh er bei jeder sich bietenden Gelegenheit der Enge der Zentrale in Washington.

Pitt machte Gunn und Ann Bennett miteinander bekannt.

»Warum ist das ein so kalter und dunkler Raum?«, fragte sie.

»Kommen Sie, sehen Sie es sich an.« Gunn reichte ihr das Nachtsichtgerät.

Dann führte er sie an den Rand des Fischbeckens, wo sie die Spezialbrille aufsetzte und ins Wasser blickte. Ein halbes Dutzend Fische zog träge Kreise im Becken und leuchtete aufgrund der extremen Lichtverstärkung blau. Doch sie sahen ganz anders aus als alle Fische, die Ann je gesehen hatte – abgeplattete durchscheinende Leiber, übergroße teleskopförmige Augen und mehrere Reihen rasiermesserscharfer Zähne, die aus ihren offenen Mäulern ragten. Ann wich einen schnellen Schritt von dem Aquarium zurück.

»Was sind das für Ungeheuer? Sie sehen grässlich aus.«

»Rudis Schoßtiere der Tiefsee«, sagte Pitt.

»*Evermannella normalops* lautet ihr wissenschaftlicher Name«, sagte Gunn, »aber wir nennen sie Säbelzähne. Es ist eine ungewöhnliche Art, die man nur in großen Tiefen antrifft. Wir haben einen Schwarm von ihnen in nächster Umgebung einer hydrothermalen Quelle in der Nähe von Monterey gefunden und beschlossen, ein paar davon zu fangen, um sie eingehender zu untersuchen. Wir mussten zwar ziemlich oft mit dem Tauchboot hinuntergehen, haben aber immerhin zwanzig erwischt. Dies hier sind die letzten paar Exemplare, die wir noch nicht an Land gebracht haben.«

»Sie sehen aus, als könnten sie einem Haus und Hof wegfressen.«

»Trotz ihrer äußeren Erscheinung glauben wir nicht, dass es Raubtiere sind. Tatsächlich sind sie friedlich. Sie betrachten andere Fische offenbar nicht als Beute, darum nehmen wir auch an, dass sie möglicherweise Aasfresser sind.«

Ann Bennett schüttelte den Kopf. »Ich werde meine Hand trotzdem nicht ins Becken halten.«

»Keine Sorge«, sagte Pitt. »Für den Fall, dass denen in der Nacht Beine wachsen, verfügt Ihre Kabinentür über ein Schloss.«

»Sie sind nicht schlimmer als Goldfische«, wiegelte Gunn ab. »Auch wenn es besonders hässliche Goldfische sind, die in einer Meile Tiefe leben.«

»Wir überlassen sie jetzt deiner Fürsorge«, sagte Pitt. »Rudi, wann können wir starten?«

Gunn überlegte kurz. »Ich denke, wir schaffen es in der gleichen Zeit wie der nächste Pizza-Service. In dreißig Minuten oder weniger.«

»Dann sollten wir loslegen«, sagte Pitt. »Ich bin gespannt, wohin Ann uns bringen wird.«

Getreu seiner Prognose ließ Gunn die *Drake* eine halbe Stunde später vom Pier ablegen. Ann Bennett leistete ihm zusammen mit Pitt und Giordino auf der Brücke Gesellschaft und verfolgte, wie die grünen Hügel von Point Loma vorüberglitten, als sie aus dem Hafen ausliefen. Da sie sich auf dem Wasser um einiges sicherer fühlte, wurde sie gesprächig und erklärte Gunn und Giordino ihre Aufgabe, dann reichte sie Pitt einen Notizzettel.

»Dies sind die Koordinaten des Punktes, an dem die beiden Leichen gefunden wurden. Offenbar befanden sie sich in Sichtweite zueinander.«

»Das könnte ein Hinweis darauf sein, dass die Meeresströmungen noch nicht allzu viel Unsinn mit ihnen angestellt haben«, meinte Giordino.

Pitt tippte die Koordinaten ins Navigationssystem der *Drake*, das die Position als Dreieck auf dem digitalen Kartendisplay anzeigte. Sie befand sich jenseits einer kleinen Inselgruppe namens Islas Coronado vor der Nordwestküste Mexikos.

»Die Strömung verläuft in südlicher Richtung entlang der Küste«, sagte Pitt, »womit sich die untere Grenze des Gebiets, in dem wir suchen müssen, um einiges verschiebt.«

»Der Gerichtsarzt legte ihren Todeszeitpunkt auf eine Uhrzeit fest, acht bis zehn Stunden bevor sie gefunden wurden.«

»Damit hätten wir etwas, womit wir arbeiten können.« Mit einem Cursor zeichnete Pitt eine quadratische Box auf die Karte. »Wir fangen mit einem Quadrat von zehn Meilen Seitenlänge an, bewegen uns vom Fundort nach Norden und vergrößern das Gebiet, wenn nötig.«

Ann Bennett dachte an die Größe der *Drake*, dann fragte sie Pitt: »Wie wollen Sie die Bergung bewerkstelligen?«

Pitt blickte zu Gunn hinüber. »Rudi?«

»Ich habe in der Nähe ein Kranschiff aufgetrieben, das sich zum Auslaufen bereithält. Es kommt zu uns heraus, sobald wir das Boot gefunden haben. Ich nehme an, ich hätte vielleicht vorher fragen sollen, aber wie groß soll das Schiff denn sein, nach dem wir suchen?«

Ann Bennett warf einen Blick auf ihre Notizen. »Laut Schiffsregister ist die *Cuttlefish* dreizehn Meter lang.«

»Dann bekommen wir sie hoch.« Gunn übernahm das Ruder und brachte die *Drake* auf Kurs zu Pitts Suchraster.

Zwei Stunden später erreichten sie die Position, an der ein kreuzendes Segelboot die Leichen Heilands und seines Helfers Manny gefunden hatte. Pitt sah, dass der Meeresgrund an dieser Stelle bis auf einhundertvierzig Meter absank. Er entschied, die Suche mit dem Schleppsonar des NUMA-Schiffes durchzuführen, und wählte die Methode, die gegenüber dem für größere Tauchtiefen geeigneten AUV weniger aufwendig war. Matrosen brachten am Heck den hellgelben Sonarkörper zu Wasser, und schon bald sendete er mittels seines kombinierten Schlepp- und Übertragungskabels elektrische Impulse an ein Bearbeitungsmodul auf der Kommandobrücke. Pitt nahm an der Steuerkonsole des Sonarsystems Platz und betätigte die Kabelwinsch, bis der torpedoförmige Sonarkörper, kurz Fisch genannt, nur wenige Meter über dem Meeresboden dahinglitt.

Ann Bennett klebte geradezu an Pitts Schulter und starrte gebannt auf den Monitor, der ein golden schimmerndes Panorama des sandigen, sanft gewellten Meeresgrundes zeigte.

»Wie sieht das Boot aus?«

»Wir decken mit dem Sonar einen ziemlich breiten Streifen Meeresboden ab, daher wird es vom Maßstab her eher klein erscheinen. Aber es dürfte auf Anhieb erkennbar sein.« Er deutete auf den Sichtschirm. »Dort können Sie sich anschauen, wie im Vergleich dazu ein Fünfundfünfzig-Gallonen-Fass aussieht.«

Ann betrachtete ein vierteldollargroßes Objekt, während es vertikal über den Schirm wanderte, und erkannte es als ein altes Fass, das jemand im Ozean entsorgt haben musste.

»Die Darstellung ist erstaunlich klar.«

»Mittlerweile ist die Technik derart hoch entwickelt, dass man fast eine Warze auf einer Muschelschale erkennen kann«, sagte Giordino.

Außer einer großen Motorjacht mit mexikanischer Flagge in ein bis zwei Meilen Entfernung, deren Insassen nur auf ihre Angeln achteten, war weit und breit kein anderes Schiff zu sehen. Gunn ließ die *Drake* mit langsamer Fahrt einem Raster langer, breiter Bahnen folgen, die von Norden nach Süden verliefen. Das Sonar registrierte zwar einige alte Autoreifen, ein Paar verspielter Delphine und etwas, das sich bei näherem Hinsehen als Klosettbecken entpuppte – aber keine versunkenen Boote oder Schiffe.

Nach vierstündiger Suche näherten sie sich dem mexikanischen Schnellboot, das weiterhin seine Position hielt. Zwei verwaiste Angelruten ragten über seinen Heckspiegel.

»Sieht so aus, als müssten wir eine Bahn auslassen, um an diesen Typen vorbeizukommen«, sagte Gunn.

Pitt schaute zum Brückenfenster des Bootes in einer Viertelmeile Distanz, dann wandte er sich wieder zu dem Monitor um. Er lächelte, als ein dreieckiges Objekt am oberen Bildschirmrand auftauchte.

»Das wird nicht nötig sein, Rudi. Ich glaube, wir haben soeben gefunden, was wir suchen.«

Ann beugte sich verwirrt vor, dann konnte sie verfolgen, wie sich das Dreieck zu einem Bootsbug ausdehnte und schließlich zu dem vollständigen Abbild eines Kabinenkreuzers vergrößerte, der aufrecht auf dem Meeresgrund ruhte. Pitt markierte die Position des Wracks und ermittelte seine Länge mit Hilfe eines digitalen Maßstabs.

»Scheint genau dreizehn Meter lang zu sein. Ich würde sagen: Das ist unser vermisstes Boot.«

Gunn warf einen Blick auf den Bildschirm, dann klopfte er Pitt anerkennend auf die Schulter.

»Gute Arbeit, Dirk. Ich rufe das Kranschiff und gebe dem Skipper Bescheid, dass er auslaufen kann.«

Ann Bennett löste den Blick nicht von dem Bild, bis es den Sichtschirm am unteren Rand verließ. »Sind Sie sicher, dass Sie das Boot heben können?«

»Es sieht weitgehend intakt aus«, erwiderte Gunn, »daher dürfte es für das Kranschiff kein Problem sein.«

»Warten wir jetzt hier, bis das Kranschiff eintrifft?«

»Nicht unbedingt«, sagte Pitt und grinste Ann hinterhältig an. »Vorher locken wir noch eine Spionin aus Washington kurz auf den Meeresgrund hinunter.«

11

Das Tauchboot baumelte an einem Hängekran und drehte sich gemächlich, ehe Gunn es vorsichtig in die Fluten des Pazifiks abließ. Er löste eine hydraulische Halteklammer, die das Boot freigab. In seinem Innern aktivierte Pitt die Elektromotoren und lenkte das Boot von der *Drake* weg, während Giordino, der den Sitz des Copiloten einnahm, die Ballasttanks flutete. Ann Bennett saß auf einem beengten dritten Platz hinter ihnen und verfolgte aufgeregt wie ein kleines Kind das Geschehen.

Giordino blickte über die Schulter und bemerkte die Faszination, mit der sie die grünstichige Düsternis jenseits der Aussichtsfenster betrachtete. »Sind Sie schon mal getaucht?«

»Oft sogar«, antwortete Ann Bennett, »aber nur in einem Schwimmbecken. Ich bin auf dem College Turmspringerin gewesen.«

Das U-Boot ging in eine langsame Tauchfahrt über. Außerhalb der Reichweite der Außenscheinwerfer war die See nur noch eine undurchdringliche schwarze Wand.

»Ich hatte noch nie etwas dafür übrig, freiwillig von hohen Objekten in die Tiefe zu springen«, sagte Giordino. »Wie kommt man eigentlich vom Wasserspringen dazu, schlimme Kerle zu jagen?«

»Ich war das typische Kind eines Marineinfanteristen, also trat ich während der Collegezeit ins ROTC ein. Nach dem Abschluss habe ich mein Offizierspatent von der Navy erhalten und brachte sie mit einigen Tricks dazu, mir das Jurastudium zu bezahlen. Anschließend arbeitete ich für einige Monate bei einer JAG-Einheit in Bahrain, danach ging ich ebenfalls für einige Monate nach Guantánamo, wo ich eine Reihe wichtiger Kontakte mit Washington knüpfen konnte. Etwa zu dieser Zeit ging meine Ehe mit einem Angehörigen des Militärs in die Brüche, daher beschloss ich, etwas ganz anderes anzufangen. Ein Freund empfahl mich vor zwei Jahren dem NCIS, und so bin ich dort in der Abteilung für Spionageabwehr gelandet.«

»Sie klingen ja fast wie ein echter Perry Mason.«

»Das war ich auch. Im Büro des JAG hatte ich mehr für die Ermittlungen als für die jeweiligen Strafverfahren übrig. Genau das liebe ich bei meinem derzeitigen Auftrag. Der größte Teil meiner Arbeit bewegte sich im investigativen Bereich, wodurch ich die Möglichkeit habe, vorwiegend an vorderster Front tätig zu sein. Mir wurde der Eberson-Fall zugewiesen, damit ich feststelle, ob er oder das Boot einem Spionageangriff ausgesetzt waren.«

»Darüber werden wir in Kürze mehr wissen«, sagte Pitt. »Der Meeresgrund kommt bereits in Sicht.«

Giordino verringerte den Ballast, als der sandige Meeresboden erschien. Pitt entdeckte einen Hummer, der über den Sand rannte und ihn an seine versäumte Mahlzeit in Chile erinnerte. Er aktivierte die Schubdüsen und dirigierte das U-Boot vorwärts. Sie legten nur eine kurze Distanz zurück, ehe links von ihnen ein weißes Objekt zu erkennen war. Pitt lenkte das Tauchboot nach Backbord und näherte sich dem gesunkenen Boot.

In dieser Unterwasserwelt erschien die *Cuttlefish* wie ein verirrter Besucher von einem anderen Stern. Immer noch unberührt und das Licht der U-Boot-Scheinwerfer strahlend hell reflektierend, bildete sie einen krassen Kontrast zu dem dunklen, leblosen Untergrund. Pitt bugsierte das U-Boot näher an ihren Fund heran und umrundete ihn. Perfekt aufrecht im Sandbett ruhend, waren an der *Cuttlefish* keinerlei äußere Schäden zu erkennen.

»Ich glaube, sie ist im unteren Bereich geborsten«, sagte Pitt, als er einen feinen Riss im Rumpf entdeckte.

»Das werden wir genauer erkennen können, wenn wir sie heben«, erwiderte Giordino. »Es scheint, als könnte man problemlos vorn und achtern ein Schlingenpaar darunterschieben. Ich denke, wir sollten sie in null Komma nichts ans Tageslicht hieven können.«

Pitt steuerte das U-Boot zum Heck der *Cuttlefish*, ließ sie dann ein wenig steigen, um über den Bootsrand blicken zu können.

Zischend sog Ann Bennett die Luft ein. Am Heckspiegel lehnte der Körper eines Mannes. Seine bleiche Haut war aufgedunsen und an den Stellen zerfetzt, wo sich Meeresbewohner von seinem Fleisch bedient hatten. Ein kleiner Schwarm Fische drängte sich um sein Gesicht und knabberte daran.

»Joe Eberson?«, fragte Pitt mit leiser Stimme.

Ann nickte, dann wandte sie den Blick ab.

Pitt betrachtete das Bild ein wenig genauer. Eine dünne Schnur war um Ebersons Füße und Knöchel geschlungen. Das andere Ende war um einen Deckhaken geknotet und hatte den Körper an das Boot gefesselt, als es sank. An dem DARPA-Wissenschaftler waren auf den ersten Blick keinerlei Verletzungen oder Brandwunden zu erkennen, aber dann sah Pitt Ebersons Hände.

Sie waren ebenfalls aufgedunsen und auf fast das Doppelte ihrer normalen Größe angeschwollen, während die Haut mit dunklen Brandflecken übersät war. Das Gleiche hatte Pitt bei dem toten Matrosen in Chile gesehen.

Ebenso wie der Mannschaftsangehörige auf der *Tasmanian Star* war Joe Eberson eines grässlichen und unerklärlichen Todes gestorben.

12

Zwei weitere Tauchfahrten waren notwendig, um Ebersons Leiche zu bergen. Eine große Zeltplane, die eilig zu einem überdimensionalen Leichensack zusammengenäht worden war, wurde zu dem gesunkenen Boot hinuntergebracht. Mit Hilfe eines Paars gegliederter Greifarme, die seitlich aus dem Rumpf des Tauchboots herausragten, zog Pitt den Sack über Ebersons Kopf und Oberkörper. Die Monofilschnur wurde durchtrennt und der Sack behutsam an die Wasseroberfläche getragen. Ann Bennett bat darum, während der grausigen Prozedur, mit der Eberson aus dem Wasser und auf die *Drake* gehievt wurde, an Bord des U-Boots bleiben zu dürfen. Wieder an Deck des Mutterschiffs, bereiteten Pitt und Giordino die

Bandschlingen vor, mit denen sie die *Cuttlefish* heben wollten. Kurz darauf erreichte das ziemlich heruntergekommen wirkende Kranschiff seinen Einsatzort. Gunn hatte es im Hafen von San Diego aufgestöbert, wo es bei städtischen Ausbaggerungsarbeiten eingesetzt wurde. Pitt erwiderte das Begrüßungswinken eines freundlich lächelnden Mannes mit graumeliertem Bart, der im kleinen Ruderhaus des motorisierten Schwimmkrans stand.

Ann Bennett gesellte sich zu den beiden Männern an Deck, nachdem sie und Gunn die Leiche kurz untersucht hatten.

»Ist das Ihr Mann?«, fragte Giordino.

Ann nickte. »Wir haben in seiner Tasche eine vom Wasser durchweichte Brieftasche gefunden, aus deren Inhalt man darauf schließen kann. Eine genaue Identifikation und Feststellung der Todesursache müssen wir allerdings dem Gerichtsarzt überlassen.«

»Nach einer Woche im Wasser dürfte das nicht ganz einfach sein«, sagte Pitt.

»Zumindest deutet alles darauf hin, dass sein Tod ein Unfall war. Vielleicht hatten sie Probleme mit dem Boot und sind einfach ertrunken.«

Pitt äußerte sich nicht über Ebersons Hände, während er eine der Schlingen in die stählernen Greifhaken des U-Boots einklinkte.

Ann sah ihm bei seiner Tätigkeit aufmerksam zu. »Besteht große Gefahr, das Boot zu beschädigen, wenn es gehoben wird?«

»Da wir nicht genau feststellen können, wie weit das Boot bereits in Mitleidenschaft gezogen wurde, muss die Antwort notgedrungen Ja heißen. Es könnte passieren, dass es auseinanderbricht – aber ich glaube eher, dass seine Bergung wie geschmiert laufen wird.«

»Nur für alle Fälle«, sagte Ann Bennett, »würde ich gerne einen Blick auf das Deck und in die Kabine werfen, ehe Sie den ersten Versuch starten.«

»Dann kommen Sie an Bord. Wir sind gerade im Begriff, wieder runterzugehen.«

Kurze Zeit später kam die *Cuttlefish* erneut in Sicht. Diesmal wirkte sie – ohne Joe Ebersons Leiche an Bord – um einiges weniger bedrohlich. Pitt ließ das U-Boot dicht über dem Achterdeck verharren, dann versetzte er es in eine langsame Drehung, so dass die Außenscheinwerfer das Wrack vollständig ausleuchteten.

»Stopp!«, rief Ann Bennett plötzlich und deutete auf ihr Sichtfenster. »Diese Kiste dort!«

Mit Hilfe der Kontrollen fixierte Pitt ihr Tauchboot in seiner Position, so dass sie Gelegenheit hatten, eine längliche Kiste, die mit Leinen an der Reling festgezurrt war, eingehend zu studieren.

»Etwas Wichtiges?«, wollte Pitt wissen.

»Könnte sein, dem Vorhängeschloss nach zu urteilen.« Sie ärgerte sich über sich selbst, dass sie die Kiste bei ihrer ersten Tauchfahrt nicht entdeckt hatte. »Wir sollten sie gesondert heraufholen.«

»Ich finde, dass sie dort, wo sie sich jetzt befindet, ziemlich sicher ist«, meinte Giordino.

Ann schüttelte den Kopf. »Ich will auf keinen Fall das Risiko eingehen, dass sie beschädigt wird, während wir das Schiff bergen.«

Pitt zuckte die Achseln. »Soll mir recht sein, aber vorher müssen wir unsere Hände frei machen.«

Er bewegte die Greifarme des U-Boots und zeigte Ann die Bandschlinge, die von ihnen gehalten wurde. Er ging mit dem Tauchboot auf Distanz zum Wrack, ließ die Schlinge in den Sand sinken und legte sie um den Bug des Bootes. Er erfasste ein Ende und zog es so weit wie möglich unter den Rumpf, dann hob er das zu einer Schlinge geknüpfte Ende hoch und deponierte es auf dem Kabinendach. Das Gleiche tat er mit dem anderen Ende des Bandes. Nachdem er das Tauchboot wieder zum Wrackende gelenkt hatte, begann er die Plastikkiste zu bergen. Mit einiger Mühe löste er mit einem der Greifhaken die Haltegurte, bis die Kiste auf das Deck der *Cuttlefish* sank. Indem er den Behälter mit einem Greifer an einem Handgriff sicherte, schob er den anderen Arm unter die Kiste. Giordino pumpte Wasser aus den Ballasttanks, und das U-Boot stieg zur Meeresoberfläche auf.

Gunn erwartete sie an der Reling der *Drake* und hievte das U-Boot an Bord. »Wie hat es mit dem ersten Lasso geklappt?«, erkundigte er sich, als sie ausstiegen.

Giordino grinste. »So einfach, als würde man ein Kalb einfangen.«

»Am Heck wird es ein wenig schwieriger«, sagte Pitt. »Dort müssen wir graben, um die Schlinge unter das Boot zu ziehen.«

Gunn entdeckte die längliche Kiste, die von den Greifarmen gehalten wurde. »Habt ihr mir ein Geschenk mitgebracht?«

»Das gehört Miss Bennett.« Giordino hob die Augenbrauen, um Gunn zu warnen, seine Neugier zu zügeln.

Während Giordino die Kiste aus der stählernen Umarmung nahm und in einem geschützten Bereich des Oberdecks absetzte, verfolgte Ann Bennett wachsam jede seiner Aktionen. Gunn half Pitt dabei, eine zweite Schlinge in die Greifhaken einzuhängen, dann befestigten sie ein dickes PVC-Rohr mit angeschlossenem Schlauch am vorderen Auslassventil der Ballasttanks.

»Wie steht es mit der Batterieleistung?«, fragte Gunn.

»Wenn wir die zweite Schlinge ohne allzu große Schwierigkeiten in Position bringen können, dürften wir noch genug Saft haben, um ein weiteres Mal zu tauchen und die Hubtrosse anzubringen.«

»Ich sage dem Kranführer Bescheid, damit er sich bereithält.«

Pitt und Giordino wurden erneut – diesmal ohne Ann Bennett – in den Ozean hinabgelassen. Sobald sie den Meeresboden erreicht hatten, lenkte Pitt das Tauchboot zum Heck des Wracks und setzte es dicht an seiner Backbordseite in den Sand. Mit den Greifarmen legte er die Bandschlinge ab, erfasste das PVC-Rohr und bohrte es unter der Kielnaht des Bootsrumpfes in den Sand.

»Saugvorrichtung ist einsatzbereit.«

»Wann immer du willst.« Giordino ließ aus dem vorderen Ballasttank eine kleine Menge komprimierte Luft ausströmen, die durch den biegsamen Schlauch in das untere Drittel des PVC-Rohrs geleitet wurde. Luftblasen stiegen in der Röhre auf und sprudelten aus dem offenen Ende. Dabei dehnten sie sich aus und erzeugten einen Sog am unteren Rohrende. Der lockere Sand unter dem Boot wirbelte im Rohr hoch und bildete hinter dem U-Boot eine dichte braune Wolke, die von der Meeresströmung nach und nach aufgelöst wurde. Es dauerte nur ein paar wenige Minuten, bis die unter dem Bootsheck geschaffene Lücke groß genug war, um die Schlinge dorthin zu bugsieren.

Giordino schloss das Luftauslassventil, dann bewegten sie sich zur gegenüberliegenden Seite des Wracks und wiederholten die Prozedur. Danach zogen sie das Band unter dem freigelegten Rumpfabschnitt hindurch und legten auch dessen freie Enden auf das Dach des Ruderhauses. Während Pitt sie an Ort und Stelle mit einem Greifarm fixierte, präsentierte Giordino einen stabilen D-Ring und hängte die vier Enden der beiden Bandschlingen – mit Schlaufen versehen – in den Ring ein. Schweißtropfen glänzten auf seiner Stirn, als er die letzte Schlaufe mit Hilfe des Greifhakens mit dem D-Ring verband. Jetzt brauchten sie nur noch eine Hubtrosse vom Kran herabzuziehen und in den D-Ring einzuklinken, und schon konnte das Boot gehoben werden.

»Ein Chirurg hätte es nicht besser hinbekommen«, sagte Giordino stolz und fuhr die Greifarme in ihre Ausgangsposition zurück.

Pitt betrachtete die fleischigen Hände seines Partners und schüttelte den Kopf. »Wahrscheinlich eher ein Chirurg, der einen Nebenjob als Metzger hat. Trotzdem, gut gemacht.«

Pitt leerte die Ballasttanks, und das Tauchboot begann mit einem langsamen Aufstieg. Die Sonne war soeben am Horizont untergegangen, als sie querab von der *Drake* auftauchten. Gunn stand am Hebekran, während das U-Boot längsseits kam. Er ließ den Greifer ab und hakte ihn in den Hubring. Gunn hievte das U-Boot aus dem Wasser bis auf Deckniveau, dann ließ er es hängen.

»Komm schon, Rudi«, sagte Giordino. »Hol uns rein.«

Pitt blickte durch das Sichtfenster, dann erstarrte er. Ein großer Mann, den Pitt noch nie gesehen hatte, stand neben Gunn und hielt ihn mit einer Pistole in Schach. Der Mann lächelte Pitt an, aber es war kein warmes, freundliches Lächeln. Gunn löste die Hände von den Steuerelementen des Krans und ließ sie sinken. Dann schüttelte er den Kopf in Pitts Richtung, ehe er zurücktrat.

Giordino sah, dass Gunn die Kontrollen losließ, und fragte: »Was hat das zu bedeuten?«

Pitt löste den Blick nicht von dem Fremden, der mit der Pistole an Bord der *Drake* stand.

»Ich würde sagen, dass man uns zum Trocknen draußen hängen lässt.«

13

Unter dem Vorwand, Hilfe zu suchen, waren sie an Bord der *Drake* gelangt.

Die Mannschaft des mexikanischen Schnellboots, das in ihrer Nähe trieb, hatte das NUMA-Schiff schon den ganzen Tag beobachtet – bis sie endlich auch ihr Zielobjekt entdeckten. Als die Sonne dem U-Boot folgte und ins Meer eintauchte, rief eine Stimme mit spanischem Akzent die *Drake* über Seefunk und täuschte Treibstoffmangel vor. Gunn, der den Ruf auf der Kommandobrücke angenommen hatte, forderte das Boot auf, sofern sie dazu fähig seien, längsseits zu kommen, so dass er Benzin hinüberpumpen könne.

Das Boot schleppte sich überzeugend schwerfällig mit minimalem Tempo heran, schob sich um das hintere Ende des Kranschiffs herum, ehe es sich an das NUMA-Schiff herantastete. Während das Boot für einen kurzen Moment außer Sicht geriet, sprang ein einzelner bewaffneter Mann auf das Heck des Kranschiffs und schlich zum Ruderhaus.

Kurz darauf erschien ein großer Mann auf dem Achterdeck des Bootes und winkte Gunn kalt lächelnd zu. Er trug eine schwarze Hose und ein weit geschnittenes schwarzes Hemd, für eine Angeltour eigentlich eine seltsame Aufmachung. Die einsetzende Dämmerung verbarg seine braune Hautfarbe und seine glatten Gesichtszüge, die eher auf eine mittelamerikanische als eine mexikanische Herkunft hinwiesen. Der Mann warf einem bereitstehenden Matrosen eine Leine zu, dann wandte er sich an Gunn, der sich mit einem Fünf-Gallonen-Kanister Benzin in der Hand über die Reling lehnte.

»Danke, Señor«, sagte er mit einer tiefen Baritonstimme. »Wir waren zu lange zum Angeln draußen und befürchteten schon, dass wir es nicht mehr bis zur Küste schaffen würden.«

Er griff nach dem Kanister und stellte ihn aufs Deck. Dann, indem er sich mit katzenhafter Schnelligkeit bewegte, packte er die Reling und sprang über sie hinweg an Bord der *Drake*. Eine Glock tauchte aus seinem Paddle Holster auf, das er auf dem Rücken am Gürtel befestigt hatte – und wurde auf Gunns Brust gerichtet, sobald seine Füße das Deck berührten. »Sagen Sie Ihren Leuten, sie sollen die Hände auf die Reling legen und aufs Meer rausblicken.«

Gunn gab den Befehl an zwei geschockte Matrosen auf dem Deck weiter, die reflexartig nickten. Sie hoben die Arme und bewegten sich wie willenlose Puppen auf die Reling zu.

Zwei weitere Bewaffnete kletterten an Bord und rannten zur Kommandobrücke der *Drake* hinauf. Gunn zuckte zusammen, als er Schüsse hörte, atmete jedoch Sekunden später sichtlich erleichtert auf, als er sah, wie der wachhabende Rudergänger auf das Oberdeck hinuntergeführt wurde. Einer der Piraten hatte das halbstarre aufblasbare Rettungsboot der *Drake* entdeckt und es mit einigen Schüssen durchlöchert. Jetzt hing es schlaff wie ein geplatzter Luftballon auf seinem Schlitten. Als ein Wissenschaftler aus dem Labor kam, um nachzusehen, was der Lärm zu bedeuten hatte, wurde er unsanft gepackt und zu den anderen Matrosen hinübergetrieben.

Gunn sah den hochgewachsenen Mann in Schwarz fragend an. »Was wollen Sie?«

Der Mann ignorierte ihn, als ein kleines Funkgerät an seinem Gürtel zirpte.

»Das Kranschiff ist unter Kontrolle«, meldete eine unsichtbare Stimme.

»Dann bringt es längsseits und kommt an Bord des Forschungsschiffs«, erwiderte der Bewaffnete. »Wir sind in Kürze bereit.«

Das Funkgerät zirpte abermals. »Pablo, das U-Boot ist aufgetaucht.«

Der Mann in Schwarz stieß einen Fluch aus, während er ins Wasser blickte und den Rücken des Tauchboots hochkommen sah. Er steckte das Funkgerät in die Tasche, packte Gunn am Kragen und dirigierte ihn zu der Steuerkonsole des Hebekrans. »Hieven Sie Ihre Freunde aus dem Wasser, aber holen Sie sie nicht an Bord.« Er trat zurück, behielt die Waffe jedoch schussbereit in der Hand.

Gunn legte die Hände auf die Kontrollen und zermarterte sich das Hirn auf der Suche nach einer Möglichkeit, Pitt zu warnen. Die Idee verwarf er jedoch sofort wieder, als er die Mündung der Glock spürte, die gegen seine Wirbelsäule gedrückt wurde. Gunn hakte die Bergungsklammer ein, hob das Tauchboot aus dem Wasser und musste hilflos dabei zusehen, wie es in der Luft pendelte.

Ein paar Sekunden später stieß der alte Kahn gegen das Heck der *Drake*. Ein vierter Mann, der ebenfalls dunkle Kleidung trug und eine Pistole in der Hand hielt, rannte quer über das Deck des Kranschiffs und sprang auf die *Drake* hinüber. Sein Hemd war zerrissen, Blut sickerte aus seiner geschwollenen Unterlippe.

»Was ist denn mit dir passiert?«, fragte Pablo.

»Der Kapitän hat anfangs etwas Ärger gemacht.«

Pablo schüttelte verärgert den Kopf. »Schafft die Kiste an Bord. Und zwar augenblicklich!«

Der dritte Bewaffnete gesellte sich kleinlaut zu den beiden anderen und half ihnen, die Kiste, die von der *Cuttlefish* geborgen worden war, auf ihr Motorboot zu wuchten. Gunn wurde plötzlich bewusst, dass Ann Bennett nirgendwo an Deck zu sehen war.

Der Anführer des Piratentrupps wandte sich an Gunn und wedelte drohend mit der Glock. »Wagen Sie es nicht, uns zu verfolgen oder Hilfe zu rufen, sonst kehren wir um und machen kurzen Prozess mit Ihnen.« Pablo lächelte Gunn mit seinen dunklen, glänzenden Augen an. »Vielen Dank für Ihre Hilfe.« Er ging zur Reling und kletterte auf sein Boot zurück.

Pitt und Giordino mussten das Drama zur Untätigkeit verdammt aus dem U-Boot verfolgen. Zwar hätten sie durch die Luke des Tauchboots aus eigener Kraft aussteigen können, aber dann wären sie nur mit einem waghalsigen Sprung an Bord der *Drake* gelangt. Bevor sie handeln konnten, war ohnehin alles vorbei.

Während Pablo über die Reling stieg, gewahrte Pitt auf dem vorderen Teil des Schiffes eine Bewegung. Er drehte sich zu Al um. »Hast du jemanden in der Nähe der Brücke vom Schiff springen sehen?«

»Nein«, antwortete Giordino. »Ich hab nur auf den Typ geachtet, der Rudi in Schach gehalten hat.«

Sie beobachteten, wie Pablo auf das Motorboot zurückkehrte und sich damit von der Drake entfernte. Als es wendete und in Richtung Küste Tempo aufnahm, erhaschten sie im abnehmenden Tageslicht einen Blick auf seine gegenüberliegende Seite.

Giordino deutete auf sein Sichtfenster. »Siehst du auch, was ich sehe?«

Pitt war es nicht entgangen, und er nickte.

Es war die Gestalt einer durchnässten blonden Frau, die ausgestreckt auf dem schmalen Seitendeck des Bootes lag, während es in Richtung Mexiko davonraste.

14

Gunn beeilte sich, das Tauchboot an Bord zu holen, während Pitt und Giordino in der bereits geöffneten Einstiegsluke warteten.

»Sind alle okay?«, fragte Pitt.

»Niemand wurde verletzt«, erwiderte Gunn. »Sie haben damit gedroht, uns zu töten, sollten wir Hilfe rufen oder sie verfolgen.«

»Wer waren die Kerle?«, wollte Giordino wissen.

»Keine Ahnung«, sagte Gunn. »Der Anführer wurde Pablo genannt. Sie hatten es auf die Kiste abgesehen, die ihr von der *Cuttlefish* geholt habt. Irgendeine Idee, was sich darin befand?«

»Nein«, sagte Pitt, »aber ich denke, dass Ann es weiß. Wie ist sie überhaupt auf das andere Boot gekommen?«

»Ann? Ich dachte, sie ist in ihrer Kabine.«

»Wir haben gesehen, wie sie sich auf dem Boot neben dem Ruderhaus versteckte, als es abdrehte und sich aus dem Staub machte«, sagte Giordino.

Gunn wurde blass. »Sie werden sie umbringen, wenn sie sie erwischen.«

»Ruf die Küstenwache«, sagte Pitt. »Vielleicht haben sie in der Nähe ein Boot für die Jagd auf Drogenschmuggler stationiert. Aber erwähne Ann nicht – für den Fall, dass die Kerle mithören. Al und ich versuchen, mit dem Schlauchboot an ihnen dranzubleiben.«

»Das könnt ihr vergessen«, meinte Gunn. »Sie haben das Funkgerät auf der Kommandobrücke und das Schlauchboot zerschossen. Wir haben zwar noch einige tragbare Funkgeräte, über die ich einen Ruf absetzen kann, aber mit dem Schlauchboot habt ihr kein Glück.«

»Was ist mit dem Kranschiff?«, fragte Giordino.

»Zuerst sollten wir nach dem Skipper schauen. Ich glaube, sie haben ihn durch die Mangel gedreht.«

»Rudi, ruf die Küstenwache«, entschied Pitt. »Al und ich sehen uns auf dem Kranschiff um.«

Pitt und Giordino eilten zur Heckreling. Der Bug des Kahns drückte knapp unterhalb des Oberdecks gegen die *Drake*, und das ältere Schiff schob sie im Schneckentempo vor sich her. Sie sprangen an Bord und liefen über das ölige Oberdeck zum kleinen Ruderhaus am Heck. Ein Hund knurrte drohend, als sie sich näherten und eintraten.

Ein grauhaariger Mann kniete neben dem Ruder und drückte eine Handfläche gegen eine blutende Wunde am Haaransatz. Ein schwarzbrauner Dackel hatte sich wachsam vor ihm aufgebaut und kläffte die Eindringlinge an.

»Platz, Mauser«, befahl der Mann.

»Sind Sie okay, alter Freund?« Pitt half dem Mann auf die Füße, nachdem er sich am Dackel vorbeigeschlängelt hatte. Der Mann war mit knapp einem Meter achtzig fast genauso groß wie Dirk Pitt, hatte jedoch einige Pfund mehr Gewicht auf den Knochen.

»Dieser Hundesohn ist wie aus dem Nichts aufgetaucht und hat mein Funkgerät zertrümmert.« Während der alte Mann redete, kehrte ein wütendes Funkeln in seine blauen Augen zurück. »Ich hab ihm ordentlich eine verpasst, aber danach hat er mich mit dem Griffkolben seiner Pistole erwischt.«

Giordino fand schnell einen Erste-Hilfe-Kasten und verband die Wunde des Mannes.

»Danke, mein Sohn. Was waren das überhaupt für Männer?«

»Keine Ahnung«, sagte Pitt, »aber einer von unseren Leuten ist auf ihrem Boot. Haben Sie etwas, womit wir sie verfolgen können?«

»Hinten liegt ein kleines Zodiac. Der Motor ist ziemlich mickrig, aber bedienen Sie sich.«

Der Kapitän blickte durch die Windschutzscheibe – und erkannte, dass sein Kranschiff die *Drake* anschob. »Verdammt! Lassen Sie mich erst mal zu Ihrem Eimer auf Distanz gehen, ehe Sie starten.«

Er schaltete für ein paar Sekunden den Rückwärtsgang ein, dann ging er in den Leerlauf. Während er sich zu Pitt umwandte, runzelte er skeptisch die Stirn. »Nehmen Sie sich bei diesen Kerlen bloß in Acht.«

»Das tun wir ganz bestimmt.«

Pitt nickte dem Mann zu und machte dann Anstalten, Giordino nach draußen zu folgen. Während er das Ruderhaus verließ, fiel sein Blick auf die Kranführerlizenz des Skippers, die neben der Tür an der Wand hing. Als er den Namen Clive Cussler auf dem Dokument sah, runzelte Pitt irritiert die Stirn, dann eilte er aufs Deck.

Giordino hatte bereits die Leine gelöst, mit der das kleine Schlauchboot am Ruderhaus festgezurrt worden war. Anstatt sich die Zeit zu nehmen, es mit einer Winsch ins Meer abzulassen, bugsierten die beiden Männer es mit reiner Muskelkraft über die Reling und stiegen dann hinein. Pitt brachte den Außenbordmotor in Betriebsposition, zog mehrmals an der Starterleine und erweckte den Motor zum Leben. Indem er den Gashebel nach vorn schob, lenkte er das Boot vom Kranschiff weg zum Festland.

Das mexikanische Motorboot war in der zunehmenden Dunkelheit immer noch zu sehen, und Pitt suchte sich einen möglichst effektiven Kurs, um es zu verfolgen. Doch sie befanden sich auf verlorenem Posten, da der Kabinenkreuzer gut zehn Knoten schneller als das kleine Schlauchboot durch die Wellen rauschte. Alles, was

Pitt tun konnte, war zu versuchen, das Boot lange genug im Auge zu behalten, um festzustellen, wo es anlegen würde.

»Ich hoffe, du hast daran gedacht, unsere Reisepässe mitzunehmen«, rief Giordino. Ihr südöstlicher Kurs führte sie auf direktem Weg zum mexikanischen Festland.

»Ich wünschte, ich hätte stattdessen eine RPG mitgenommen.«

Giordino hatte das Zodiac bereits durchsucht. Ihre einzige potentielle Waffe war ein kleiner Anker. Aber Pitt hatte gar nicht die Absicht, sich auf eine Auseinandersetzung mit den bewaffneten Dieben einzulassen. Er hatte ausschließlich Ann Bennetts Sicherheit im Sinn.

Während die Umrisse des Motorboots in der Ferne verschwammen, dachte er an die beherzte NCIS-Agentin und fragte sich, was sie eigentlich in diesem Augenblick zu unternehmen gedachte.

15

Während sie sich triefnass, wie sie war, an die Reling des Kabinenkreuzers klammerte, stellte sich Ann Bennett die gleiche Frage. Am liebsten hätte sie das Boot beschlagnahmt und nach San Diego gebracht, aber allein gegen vier bewaffnete Männer war das zu viel verlangt. Sie tastete mit einer Hand ihren Rücken in Taillenhöhe ab, um sich zu vergewissern, dass das Holster mit der SIG Sauer P239 den Sprung in den Ozean unbeschadet überstanden hatte.

Ihr Entschluss, sich an Bord des mexikanischen Bootes zu schleichen, war eher Folge eines Adrenalinschubs als einer wohlüberlegten Strategie. Sie war gerade aus einem der Labore des Schiffes gekommen, wo sie nach einem sicheren Platz gesucht hatte, an dem sie Heilands Kiste hätte verstauen können, als sie sah, wie Pablo an Deck kam und Gunn mit einer Pistole bedrohte. Sie duckte sich in den Niedergang, huschte zu ihrer Kabine und holte ihre eigene Waffe. Als einer der Piraten die Aufmerksamkeit aller auf sich lenkte, indem er das Schlauchboot der *Drake* durchlöcherte, schlich sie zur Kommandobrücke – nur um festzustellen, dass das Funkgerät des Schiffes ebenfalls zerstört worden war. Während die Mannschaft von dem Überfall noch vollkommen geschockt war, wusste sie genau, weshalb die Männer erschienen waren. Sie hatten es auf die Kiste abgesehen. Sie – und nicht Ebersons sterbliche Hülle – war der eigentliche Grund für Anns Anwesenheit an Bord.

Die Bewaffneten handelten schnell und luden die Kiste um, ehe sie einen Gegenangriff planen und umsetzen konnte. Daraufhin entwickelte sich in ihrem Kopf nur noch ein einziger Gedanke: Wenn die Kiste nicht gerettet werden konnte, dann musste sie unbedingt zerstört werden.

Mit heftig pochendem Herzen bewegte sie sich zur Tür der Kommandobrücke und blickte nach achtern. Pablo war gerade mit Gunn in der Nähe des U-Boots beschäftigt, während die anderen Bewaffneten die Kiste an Bord des Motorboots sicherten. Sie machte einen tiefen Atemzug, trat auf die Brückennock hinaus und hechtete über die Brüstung ins Meer.

Dabei kam Anns jahrelanges Training als Turmspringerin zur Geltung. Sie spannte den Körper, während sie sich im freien Flug befand, und streckte die Hände über den Kopf, als griffe sie nach der See. Dann tauchte sie senkrecht ins Wasser und erzeugte dabei so gut wie keinen Spritzer. Der kalte Pazifik ließ ihren Körper erschauern, während sie tief eintauchte, sich dann unter Wasser drehte und zum mexikanischen Boot schwamm.

Sie tauchte auf der gegenüberliegenden Seite des Bootes auf und hielt sich dicht an seinem Rumpf, um nicht gesehen zu werden. Sie hörte, wie ein Mann an Bord sprang, und dann bemerkte sie, wie sich das Boot von der *Drake* löste. Mit einem kraftvollen Beinschlag schnellte sie ein Stück aus dem Wasser und bekam eine Stütze der Reling zu fassen. Dann röhrten die Motoren auf, und das Boot machte einen Satz vorwärts. Ann Bennett hielt sich fest und nutzte den Schwung des Bootes, schwang ein Bein hoch und hakte einen Fuß hinter den Bootsrand. Sie zog den Oberkörper nach und rollte sich auf das schmale Seitendeck, das neben dem rundum verglasten Cockpit verlief.

Geduldig blieb sie liegen, gewann die Kontrolle über ihren Atem zurück und wartete ab, dass sich ihre Nerven beruhigten, während das Boot Kurs aufs Festland nahm. Sie schätzte, dass die Fahrt gut eine halbe Stunde dauern würde. Den Schutz der Dunkelheit nutzend, wartete sie, dass sich der Himmel endlich schwarz färbte. Salzwasser sprühte ihr ins Gesicht, und sie wurde auf und ab geworfen wie ein Rodeoreiter, während sie mühsam ihre Stellung hielt und ein stummes Gebet zum Himmel schickte, dass niemand in ihre Richtung schauen möge.

Pablo und seine Männer drängten sich an der Heckreling und beobachteten die *Drake*, die hinter ihnen kleiner wurde. Das Kranschiff wendete ihnen den Bug zu, so dass nicht zu sehen war, wie das kleine Zodiac am Heck über die Reling geschoben wurde. Nach einigen Minuten begab sich die Bande in die Kabine. Pablo führte ein Telefongespräch, dann suchte er sich einen Sitzplatz und leerte eine Flasche Dos Equis.

Als sich der Himmel zu einer schwarzen Kuppel verdunkelt hatte, kroch Ann an der Reling entlang nach achtern, bis sie einen Blick auf das offene Oberdeck werfen konnte. Ein dunkler, massiger Mann saß auf einer Seitenbank und wiegte eine Pistole in der Armbeuge, während er vom Heck aufs Meer hinausblickte. Mit seiner hohen Stirn und einem Vollbart erinnerte er Ann lebhaft an den jungen Fidel Castro. Festgezurrt auf dem Deck, stand vor ihm Heilands Kiste, die er als Fußstütze zweckentfremdete.

Obgleich ihre Chancen in einer Schießerei mit der gesamten Mannschaft denkbar schlecht waren, musste sie diesen einzelnen Mann doch überwältigen können, vor allem wenn sie den Überraschungseffekt nutzte. Ihr Ziel war klar und eindeutig: die Kiste um jeden Preis über Bord werfen. Vielleicht könnten Pitt und das NUMA-Schiff sie später wieder auffinden. Zumindest würde sie vorerst nicht in fremde Hände fallen.

Sie schob sich an der Reling entlang weiter rückwärts und hangelte sich auf das Deck hinab. Stimmen drangen aus der Hauptkabine nach oben. Sie befand sich mehrere Stufen unter dem Deck und war nicht zu sehen. Direkt über der Kabine thronte das Cockpit des Bootes, wo Ann in geringer Entfernung die Beine des Steuermanns erkennen konnte. Während sich das Boot der Küste näherte, konnte sie nur hoffen, dass der Steuermann ausreichend damit beschäftigt war, auf den richtigen Kurs zu achten.

Sie fischte die kompakte SIG Sauer aus dem Holster, drehte sie in der Hand, um sie als Schlagwaffe einzusetzen, und erreichte Fidel mit einem katzenhaften Sprung. Er hörte sie nicht einmal kommen. Sie zielte auf seine Schläfe, traf jedoch zu hoch, und der Pistolengriff schrammte über seine Schädeldecke. Er ächzte und kippte zur Seite, wobei ihm die Pistole aus der Hand rutschte und aufs Deck polterte.

Ann beförderte sie mit einem Fußtritt außer Reichweite und ging auf die Knie hinunter, um die Kiste zu befreien, die an der Bank festgebunden war.

Von dem Treffer lediglich betäubt, presste der Mann eine Hand gegen seinen blutenden Kopf und tastete mit der anderen auf der Suche nach seiner Pistole über das Deck. Statt seiner Waffe fand er Ann Bennetts Fußknöchel. Er packte ihn mit wütendem Griff und zog mit aller ihm zur Verfügung stehenden Kraft daran.

Über die Kiste gebeugt, wurde Ann aus dem Gleichgewicht gebracht und stürzte der Länge nach aufs Deck. Aber sie hatte schnelle Reflexe, rollte sich herum und kam sofort auf die Füße. Der Wächter hielt ihren linken Fuß umklammert, daher holte sie mit dem rechten aus und versetzte ihm einen kraftvollen Tritt seitlich gegen den Kopf.

Der Mann grunzte und zog jetzt noch kräftiger, worauf sie mit einem zweiten Tritt reagierte, der sein Kinn traf. Seine Finger entspannten sich, die Augen wurden glasig, und er sank aufs Deck.

Ann huschte zur Kiste zurück, löste einen Gurt und dann den zweiten. Schließlich war die Kiste frei. Sie schleifte sie zum Heck und hievte ein Ende auf die Reling. Sie bückte sich, um das andere Ende anzuheben, und erstarrte. Ein kalter Ring aus Stahl berührte ihren Nacken.

»Dieses gute Stück bleibt ganz sicher hier, meine Liebe«, dröhnte die tiefe Stimme Pablos, während er die Glock in ihr Fleisch bohrte.

16

Blinkende Lichter ließen die Küstenlinie bernsteinfarben erstrahlen, aber dieses friedliche Bild irritierte Pitt. Die Umrisse des mexikanischen Motorboots waren schon längst nicht mehr zu erkennen, so dass sich sein Weg nur noch mit Hilfe seiner Fahrtscheinwerfer verfolgen ließ. Während der Lichtschein des schnellen Bootes in der Ferne verblasste, verschmolz er mit der Küstenbeleuchtung, bis er nicht mehr zu erkennen war.

Pitt hielt das Zodiac mit der Ruderpinne auf geradem Kurs und konzentrierte sich auf den Punkt, an dem er das Piratenboot ein letztes Mal hatte deutlich ausmachen können, wobei er gleichzeitig hoffte, dass es seinen Kurs danach nicht mehr wesentlich geändert hatte. Ihm war nicht bewusst, dass die mexikanische Küste fünfunddreißig Meilen weit von der Landesgrenze nach Süden keinen natürlichen Hafen aufwies. Nachdem sie mehrere Minuten lang ihrer flüchtigen Beute blind gefolgt waren, näherten sie sich dem Meeresufer und der Lichterflut auf den Berghängen darüber. Ringsum herrschte keinerlei Bootsverkehr, darum lenkte er das Zodiac nach Süden. Zwei Minuten später konnten sie den Kabinenkreuzer wieder erkennen.

»Dort!«, rief Giordino, der am Bug saß, und deutete geradeaus.

Etwa eine Meile vor ihnen erahnten sie die Umrisse einer kleinen Steinmole, die in den Pazifik ragte. Ein primitiver Kai war auf den ersten zwanzig Metern des Steinwalls erbaut worden – und dort lag ein erleuchtetes Boot mit laufenden Motoren. Je näher sie kamen, desto deutlicher konnten Pitt und Giordino mehrere Gestalten identifizieren, die zu einem viertürigen Pick-up-Truck gingen, der auf dem Kai geparkt war. Zwei Gestalten kehrten zum Boot zurück, schleppten dann einen länglichen Behälter zum Truck und stellten ihn auf der Ladefläche ab.

»Das ist unsere Kiste«, stellte Giordino fest. »Hast du Ann Bennett gesehen?«

»Nein, aber sie könnte bei den Leuten im Truck sein. Ich versuche, die andere Seite der Mole zu erreichen, damit wir dort ans Ufer kommen.«

Er blieb mit dem Zodiac auf Distanz zur Küste, während sie sich der Mole näherten, und nahm Gas weg, um den Lärm des Motors zu verringern. Als sie Kurs auf den Kai nahmen, legte das mexikanische Boot plötzlich ab und entfernte sich mit hohem Tempo. Es umrundete das Ende der Mole und verfehlte das unsichtbare Zodiac fast um Haaresbreite, als es dem Verlauf der Küste rasant folgte.

Von der Heckwelle in heftiges Schaukeln versetzt, kippte der einzelne Treibstoffkanister des Zodiac um. Giordino schüttelte ihn, ehe er ihn wieder aufrecht stellte. »Wir haben nicht genug Sprit, um die Jagd noch lange fortzusetzen.«

Pitt sah, wie die Rücklichter des Trucks aufleuchteten, als sein Motor gestartet wurde. »Dann sollten wir am besten an Land gehen.«

Er gab Vollgas und war nicht mehr länger darauf bedacht, weitgehend unbemerkt zu bleiben, während er das Schlauchboot an der Mole entlangsteuerte. Im Licht einiger Wohnhäuser und Läden, die in direkter Nähe lagen, konnte er erkennen, dass sich die Mole von einem flachen Strand aus ins Meer schob. Er lenkte das Boot durch die Brandung und so weit wie möglich auf den Strand hinauf, während sich der Pick-up in Bewegung setzte und auf der Strandstraße entfernte.

Giordino sprang aus dem Zodiac und zog es über die Brandungslinie weiter auf den Strand, ehe Pitt die Zündung des Motors unterbrechen konnte. Beide Männer spurteten zu der Schotterstraße hinüber. Der Lastwagen hatte nur einen Block Vorsprung. Ohne geeignete Alternative verfolgten sie ihn zu Fuß.

Der Wagen rollte langsam über die unbefestigte Straße, bis er zu einer asphaltierten Querstraße gelangte, die hell erleuchtet war und auf der lebhafter Verkehr herrschte. Eine Kette kleiner Läden in baufälligen Gebäuden mit schmuddeligen Stuckfassaden, von denen die meisten für die Nacht geschlossen waren, säumte die Straße. Aber dank einiger Cantinas und kleiner Restaurants wurden die Gehsteige von einem bescheidenen Strom Vergnügungssüchtiger bevölkert. Der Truck bog nach links ab und beschleunigte für eine kurze Strecke, dann hatte er zum langsam rollenden Verkehr aufgeholt. Pitt und Giordino erreichten die Kreuzung nur ein paar Sekunden später.

»Ohne meine Laufshorts, die in der Dunkelheit leuchten, bin ich nicht gerade scharf darauf, einen Nachtmarathon zu absolvieren«, keuchte Giordino atemlos, als sie miterleben mussten, wie der Truck erneut schneller wurde und sie ein größeres Stück zurückließ.

»Und ich habe mein Lieblingsstirnband vergessen«, stieß Pitt zwischen heftigen Atemzügen abgehackt hervor.

Sie hielten nach einem Taxi oder einem ähnlichen Transportmittel Ausschau, konnten aber weit und breit nichts dergleichen entdecken. Pitt deutete zur nächsten Straßenecke. »Ich glaube, ich sehe etwas Geeignetes.«

Zwei Elektriker in grauen Overalls arbeiteten am Schaltkasten eines zweistöckigen Industriegebäudes. Offenbar gingen sie neben ihrem Tagesjob bei der zentralen mexikanischen Energieversorgung noch einer zweiten Tätigkeit nach und benutzten dazu den kleinen Werkzeugwagen ihres staatlichen Arbeitgebers. Einige Meter von den Elektrikern entfernt war der Kleinbus am Bordstein mit weit offenen Türen und laut plärrendem Radio geparkt.

Pitt und Giordino erreichten den Wagen im Laufschritt und schwangen sich auf die vorderen Sitze. Der Schlüssel steckte im Zündschloss. Und ehe die Elektriker begriffen, was geschah, hatte Pitt den Motor angelassen und legte mit qualmenden Reifen einen Kavalierstart vor.

»*¡Alto! ¡Alto!*«, rief einer der Männer, ließ einen Schraubenzieher fallen und rannte hinter ihnen her. Sein Partner verfolgte für einen kurzen Moment das Geschehen, dann holte er sein Mobiltelefon hervor und wählte hektisch eine Nummer.

Pitt erwischte eine Lücke im fließenden Verkehr und ließ die Verfolger zügig hinter sich. Einige Werkzeuge und Drahtrollen purzelten aus dem Wagen, bis Pitt über eine Bodenschwelle holperte und die Hecktüren mit einem lauten Krachen zuschlugen.

»Die Jungs müssen sich bis morgen früh ein paar plausible Ausreden einfallen lassen«, meinte Giordino.

»Glaubst du nicht, ihr Chef wird ihnen abnehmen, dass der Wagen von zwei verrückten Gringos geklaut wurde?«

»Vielleicht. Aber ich finde, wir sollten trotzdem ein wenig behutsam damit umgehen«, sagte er und tätschelte das Armaturenbrett.

Prompt erwischte Pitt eine tiefe Bodenwelle, die beide Männer fast aus ihren Sitzen katapultierte.

Sie hatten den viertürigen Pick-up aus den Augen verloren, daher pflegte Pitt alles andere als einen defensiven Fahrstil. Er nagelte das Gaspedal aufs Bodenblech und überholte auf der engen Straße mehrere langsamere Fahrzeuge. Dann bremste er scharf, um zu vermeiden, dass sie eine Frau, die mit einem Hühnerpaar in einem Käfig unterm Arm blindlings die Straße überquerte, über den Haufen fuhren. Dann wich er am Stadtrand um Haaresbreite einem Rudel streunender Hunde aus.

Die Straße schlängelte sich einen Hügel hinauf, der Verkehr versiegte, und die Ladenzeilen blieben zurück – desgleichen die Straßenbeleuchtung. Während sie einen rostzerfressenen VW Beetle überholten, erspähte Pitt ein halbe Meile vor ihnen den Pick-up. Der schwache Motor des Werkstattwagens heulte protestierend auf, als er das Gaspedal weiterhin durchtrat, während die schmalen Reifen über den Asphalt radierten. Die Straße beschrieb eine scharfe Kurve, die Pitt mit vollem Tempo nahm und einen blauen Dodge Charger, der am Fahrbahnrand parkte, mit einer dichten Staubwolke überschüttete. Die Scheinwerfer des Chargers flammten augenblicklich auf, und er setzte sich in Bewegung.

»Tun dir diese beiden Monteure immer noch leid?«, fragte Pitt.

»Ein wenig schon. Warum fragst du?«

»Ich glaube, sie haben uns telefonisch die *Federales* auf den Hals gehetzt.«

»Woher willst du das wissen?«

Pitt warf einen Blick in den Rückspiegel, als auf dem Dach des Chargers eine Blaulichtleiste aufblitzte.

»Weil sie direkt hinter uns sind.«

17

Der Lichtbalken auf dem Dach des Chargers tauchte die ausgedörrten Berghänge in ein blau-rotes Blitzgewitter. Ein kurzes Stück weiter voraus packte der Fahrer des Pick-ups das Lenkrad fester, als er die Lampen hinter sich aufblitzen sah.

»Pablo! Da ist die Polizei. Sie haben hinter der letzten Kurve auf der Lauer gelegen.«

Pablo, der auf dem Rücksitz saß, blickte über die Schulter auf die rotierenden Warnlampen, dann schaute er auf den Tachometer.

»Du bist doch nicht zu schnell gefahren?«

»Ich schwöre, nicht mehr als einen oder zwei Stundenkilometer überm Limit.«

Auf Pablos bulligem Gesicht zeigte sich nicht ein Anflug von Besorgnis. »Schüttle sie ab, ehe wir in die Nähe des Flughafens kommen«, sagte er völlig emotionslos. »Wenn nötig trennen wir uns von unseren Waffen. Und der Frau.«

Ann Bennett spannte sich an und fragte sich, ob man sie zuvor noch töten werde. Eingekeilt saß sie zwischen Pablo und seinem bärtigen Kumpan namens Juan und wusste nicht, von welchem Mann sie mehr zu befürchten hatte. Zu Pablo suchte sie so viel Distanz wie möglich und musterte ihren anderen Wächter von der Seite. Mit einem blauen, geschwollenen Auge und getrocknetem Blut an der Wange saß Juan neben ihr und drückte eine Pistole gegen ihre Rippen. Ein hässliches Grinsen verzerrte sein Gesicht.

Anns Hände waren gefesselt, außerdem wurde sie mit einer Pistole in Schach gehalten, seit Pablo sie auf dem Motorboot entdeckt hatte. Angst hatte bisher jede andere Gefühlsregung verdrängt, doch jetzt keimte ein Hoffnungsschimmer in Gestalt der mexikanischen Polizei in ihr auf. Vielleicht hatte es Pitt ja geschafft, sie irgendwie zu informieren. Sie hoffte nur, dass sie nicht zwischen die Fronten und ins Kreuzfeuer geriet, falls es zu einer Schießerei kommen sollte.

Der Fahrer gab ruckartig Vollgas, wodurch der viertürige Pick-up auf der holprigen Straße ins Schlingern geriet. Er schlängelte sich durch mehrere Haarnadelkurven, ehe er den Kamm des hohen Küstengebirges erreichte. Sobald sie den höchsten Punkt überwunden hatten, wand die Straße sich auf der gegenüberliegenden Seite abwärts und tauchte in ein breites Tal hinab, das die Grenzstadt Tijuana beherbergte.

Millionen Lichter blinkten durch die Smogglocke, die auf der Stadt lastete. Von dem Panorama war schon bald nicht mehr viel übrig, als der Pick-up die Gebirgsflanke hinunterraste und die Außenbezirke der Stadt erreichte. Ein Blick in den Rückspiegel zeigte dem Fahrer, dass er das zuckende Blaulicht des Streifenwagens weit hinter sich gelassen hatte.

Der Kleinlaster gelangte zu einer stark befahrenen vierspurigen Schnellstraße, die um das südliche Ende von Tijuana herumführte. Pablo bemerkte, dass der Fahrer Anstalten machte, die Schnellstraße zu benutzen. »Nein, bleib vom Highway weg! Nimm lieber den Weg durch die Stadt. Dort können wir sie einfacher und schneller abhängen.«

Der Fahrer nickte und schlug die Richtung in das völlig verstopfte Stadtinnere von Tijuana ein. Er blickte wieder in den Rückspiegel. Ein anderes Fahrzeug verhinderte, dass der Polizeiwagen aufholte.

Es war ein Werkstattwagen. Pitt gab sich alle Mühe, trotz des Polizeiwagens, der sich an sie gehängt hatte, in Sichtweite des Pick-ups zu bleiben. Er hatte den schwachen Motor des Kombiwagens beinahe zum Kochen gebracht, als er in niedrigem Gang und mit hoher Drehzahl den Berg hinaufgerast war, um das Tempo zu halten. Der weitaus stärkere Polizei-Charger holte ohne große Mühe zu dem Van auf und blieb an seiner hinteren Stoßstange kleben.

Pitt verschaffte sich während der Fahrt bergab einen kleinen Vorteil, indem er den Van bis an seine Leistungsgrenzen trieb. Geröll wurde von der Piste hochgeschleudert, während er durch die Kurven driftete und sich mehr bemühte, an dem Pick-up dranzubleiben, als den Streifenwagen abzuschütteln. Der Fahrer des Chargers war vorsichtiger und ließ Pitt einen wachsenden Vorsprung, während sie sich der Innenstadt näherten.

»Wir müssen irgendetwas mit unserem Schatten tun«, sagte Pitt, während sie durch die Straßen der Stadt mit ihren fast zwei Millionen Einwohnern rollten.

Giordino warf einen prüfenden Blick in den Laderaum des Kleintransporters, der mit Werkzeug und elektrotechnischem Zubehör gefüllt war, das sich mit lautem Klappern bemerkbar machte.

»Mal sehen, ob ich dahinten etwas finde, um uns die *Federales* vom Leib zu halten.« Er kletterte aus seinem Sitz nach hinten, wobei er versuchte, die heftigen Schwingungen des Vans mit dem Körper auszugleichen.

An den Innenwänden des Laderaums hingen Drahtrollen und Behälter mit elektrischen Steckverbindern sowie verschiedenen Werkzeugen. Alles kaum als Verteidigungswaffe geeignet, dachte Giordino. Dann entdeckte er ein kleines Bündel Leitungsrohre. Gewöhnlich als Schutz für frei liegende Kabelsegmente verwendet, waren die knapp anderthalb Meter langen Abschnitte aus galvanisiertem Stahl an den Enden mit Gewinden versehen. Giordino runzelte nachdenklich die Stirn, als er auch noch einen Eimer voller Verbindungsstücke fand. Er rief Pitt zu: »Ich glaube, hier hab ich etwas Geeignetes.«

Eine Minute später schoss der Kombiwagen an der Auffahrt zur Schnellstraße vorbei und rollte weiter in Richtung City. Der Pick-up bog zwei Blocks vor ihnen an einer Ampel nach rechts ab, und Pitt warnte Giordino: »Achtung! Halt dich bereit!«

Er nahm den Fuß vom Gaspedal und erlaubte dem Polizeiwagen,

dicht zu ihnen aufzuholen. Als sie nur noch wenige Wagenlängen von der Verkehrsampel entfernt waren, gab Pitt das Kommando: »Jetzt!«

Giordino öffnete die Hecktüren mit einem Fußtritt und schob ein etwa drei Meter langes Rohrstück, das er zusammengeschraubt hatte, aus dem Laderaum. Ein Ende stemmte er gegen einen Holzklotz, den er vor den hinteren Radkästen verkeilt hatte, und stabilisierte es mit Draht, den er um die Türangeln wickelte. Pitt gab ihm ein paar Sekunden Zeit, um sich in Sicherheit zu bringen, dann rammte er den Fuß aufs Bremspedal.

Der Polizeibeamte hatte sich bereits zurückfallen lassen, als er das Rohr wie eine mittelalterliche Turnierlanze auftauchen sah, und bremste abrupt, als die Bremslichter des Vans aufleuchteten. Pitt war mit seinem leichteren Fahrzeug im Vorteil und steigerte die Wirkung seines Manövers, indem er in den Rückwärtsgang schaltete, sobald der Van zum Stillstand gekommen war.

Der Polizeiwagen rammte die hintere Stoßstange des Kombiwagens, kurz nachdem er von Giordinos Behelfswaffe aufgespießt worden war. Das Leitungsrohr durchlöcherte den Kühlergrill und den Kühler des Chargers, ehe es den Motorblock traf und sich wie eine Ziehharmonika zusammenschob. Eine Dampfwolke wallte aus dem Motorraum, von der die Polizisten im Wageninnern jedoch nichts mitbekamen, da ihnen die Sicht nach draußen durch explodierende Airbags versperrt wurde.

Pitt legte den ersten Gang ein und gab Gas. Ein knirschendes Geräusch erklang von hinten, als der Van wieder vorwärtsrollte. Die Stoßstange löste sich schließlich vom Charger, und der Van machte einen Satz. Giordino drehte sich um und sah, dass die Röhre wie der Schnabel eines Kolibris aus dem Kühlergrill des Polizeiwagens ragte, malerisch umwallt von einer dichten Dampfwolke.

Giordino turnte wieder zurück auf den Beifahrersitz. »Jetzt wird es für die Monteure richtig teuer.«

»Was nur beweist, dass die beiden Gringos wirklich verrückt waren.«

Pitt ergriff das Lenkrad fester und nahm die Straße vor ihnen mit neuem Elan unter die Räder. Jeder Cop in Tijuana würde schon bald nach dem ramponierten Werkstattwagen der staatlichen Elektrizitätsgesellschaft Ausschau halten. Nachdem er den Wagen mit quietschenden Reifen um die nächste Kurve manövriert hatte, nagelte er das Gaspedal wieder aufs Bodenblech. Sie mussten Ann Bennett zu Hilfe kommen – und zwar schnellstens.

18

»Ich sehe das Blaulicht der Polizei gar nicht mehr.« Der Fahrer des Pick-ups grinste Pablo triumphierend an. Jahre intensiven Drogengenusses hatten seinen Mund in eine Höhle voll braunen Zahnfleisches und verfaulter Zähne verwandelt. »Ich glaube, wir haben sie abgeschüttelt.«

»Fahr nicht zu schnell, damit du nicht auffällst«, sagte Pablo, »aber bring uns sofort zum Flughafen.«

Der Fahrer sah sich die Route auf dem Navigationsbildschirm des Trucks an: Sie verlief quer durch die Stadt zum Flughafen auf der nordöstlichen Seite der Stadt. Während er im Rückspiegel ständig Ausschau nach Polizeiwagen und rotierendem Blaulicht hielt, schenkte er dem kleinen Kombiwagen, der ihnen in kurzem Abstand folgte, nur wenig Beachtung.

Je mehr sie sich dem Stadtzentrum näherten, desto dichter wurde der Verkehr. Der Fahrer des Pick-ups bog nach Osten in eine Straße namens Plaza El Toreo ein, wo es auf den schmuddeligen Bürgersteigen von Menschen wimmelte. Als er einigen Fußgängern auswich, die die Fahrbahn überquerten, ohne nach rechts oder links zu schauen, sackte der Pick-up in ein Schlagloch, woraufhin die Kiste auf der Ladefläche hochgeworfen wurde.

Pitt und Giordino, die dichtauf folgten, verfolgten die unfreiwilligen Aktivitäten der ungesicherten Kiste.

Giordino massierte sich das Kinn. »Was meinst du, was in der Kiste sein mag und diese ganze Aufregung verursacht?«

»Ich wünschte, ich wüsste es.« Pitt musste wieder seinen aufkeimenden Zorn darüber unterdrücken, die Mannschaft der *Drake* ohne Vorwarnung in eine gefährliche Lage gebracht zu haben.

Giordino deutete auf den Kleinlaster. »Wenn du es schaffst, mit der Ladefläche auf gleiche Höhe zu kommen, kriege ich das Ding vielleicht zu fassen und kann es runterheben.«

Pitt ließ sich diese Idee durch den Kopf gehen. Da sie in einem gesuchten Fahrzeug saßen und keine Waffen zur Verfügung hatten, waren ihre Chancen gering, die Männer in dem Truck zu überwältigen. Ihre Optionen waren begrenzt, wenn nicht gar selbstmörderisch. »Vielleicht können wir ihnen später die Kiste im Austausch für Ann anbieten«, sagte er, »falls sie uns nicht sofort töten.«

Sie hatten den Vorteil, sich in einer dicht bevölkerten Stadt zu befinden, die zudem noch einen zweifelhaften Ruf genoss. Giordino stimmte zu, dass sie es auf jeden Fall riskieren sollten.

Pitt lenkte den Van so dicht wie möglich an die hintere Stoßstange des Pick-ups und wartete auf eine Lücke im Gegenverkehr, damit er sich neben ihn setzen konnte. Die Fahrzeuge kamen zu einem Stoppschild, an dem Pitt vorbeirollte, ohne anzuhalten. Zu seinem Leidwesen sah er, als er hochschaute, auf der Gegenfahrbahn einen Polizeiwagen.

Er blickte stur geradeaus, während der Wagen vorbeifuhr, dann verfolgte er ihn im Rückspiegel. Der Streifenwagen wendete abrupt auf der engen Straße, wobei er beinahe den Sturz eines Motorradfahrers verursachte.

»Ich glaube, sie haben uns entdeckt«, sagte Pitt.

Giordino fuhr sein Seitenfenster herunter. »Dann sollten wir zumindest zusehen, dass wir für unsere Mühe belohnt werden.«

Pitt fuhr den Van dichter an den Kleinlaster heran, als die Blaulichtbatterie hinter ihm explodierte.

Der Polizeiwagen wollte sich Vorfahrt verschaffen, um die Kreuzung schnellstens zu überqueren, doch jetzt hatte ein Sattelschlepper vor ihm zu wenden begonnen und beschrieb eine enge Kurve. Pitt behielt die Straße vor ihnen im Auge und wartete darauf, dass ein zerbeulter Isuzu auf der Gegenfahrbahn an ihm vorbeigerollt war, ehe er die Lücke im Gegenverkehr nutzte. Indem er das Gaspedal durchtrat, wechselte er auf die andere Fahrspur und gelangte mit dem Truck auf gleiche Höhe. Giordino lehnte sich aus dem Seitenfenster, streckte die Arme nach der Ladefläche aus und tastete sie suchend ab.

Der Fahrer des Pick-ups, durch das zuckende Blaulicht in seinem Rückspiegel alarmiert, sah, wie sich Giordino aus dem Van lehnte. Augenblicklich tippte er aufs Bremspedal. Giordino schaffte es so eben, seinen Oberkörper zurückzuziehen, um eine Kollision mit dem Führerhaus des Trucks zu vermeiden. Für einen kurzen Moment blieben die beiden Fahrzeuge auf gleicher Höhe.

»Ich hab's beinahe geschafft«, sagte Giordino zu Pitt. »Gib mir noch einen Versuch.«

Giordino saß Juan beinahe genau gegenüber, der schnellstens sein Fenster herunterfuhr.

Pitt bremste ebenfalls und blieb neben dem Truck, dann blickte er wieder auf die Straße vor ihm und gewahrte einen Betonmischer, der ihm auf seiner Fahrspur entgegenkam. »Beeil dich!« Pitt bremste stärker.

Der Pick-up beschleunigte, und Pitt bemühte sich mitzuhalten, ehe es zu einem Frontalzusammenstoß kam.

Während der Van wieder mit der Ladefläche des Pick-ups gleichzog, hielt Giordino Wort. Fast bis zur Taille aus dem Fenster hängend, bekam er den Griff an einem Ende der Kiste zu fassen. Mit einem kräftigen Ruck zog er sie von der Ladefläche, so dass sie in seiner Hand an der Seite des Vans hin und her schwang. »Ich hab sie!«

Pitt schaffte es nicht mehr, Gas zu geben und sich vor den Truck zu setzen, darum bremste er scharf. Aber der Truck wurde ebenfalls langsamer und zwang ihn, auf der Gegenfahrbahn zu bleiben, wo der Betonmischer nur noch wenige Meter entfernt war. Eine enge Seitenstraße tauchte auf der linken Seite auf – Pitt gab Vollgas und riss das Lenkrad herum.

Im Truck schaffte es Juan endlich, das Fenster vollständig herunterzufahren. Er schlängelte sich halb hindurch und zielte mit einer Glock 22 auf den Van. Dann feuerte er eine wilde Salve ab, bis ihn der Pick-up-Fahrer warnte: »Pass auf!«

Zu spät drehte sich Juan um. Er gewahrte den vorderen Kotflügel des Betonmischers, einen Herzschlag bevor er ihn in Kragenhöhe streifte. Seine Kleidung verfing sich daran, und er wurde aus dem Truck gehoben. Beide Beine wurden zerschmettert, als es ihn nach hinten riss.

Pitt vollführte einen Schlenker nach links und entging um Haaresbreite selbst einer Kollision. Als der Van die Bahn des Betonmischers kreuzte, durchschlug ein wahrer Kugelregen die Seitenwand bis hin zur Beifahrertür. Nur das letzte Projektil richtete Schaden an, fetzte Holzsplitter aus der Kiste und streifte Giordinos Hand. Nervenreflexe bewirkten, dass er den Griff löste und die Kiste aufs Pflaster krachte.

In panischer Hast trat der Fahrer des Betonmischers auf die Bremsen. Juan, der sich nur kurz hatte am Kotflügel festhalten können, rutschte jetzt auf die Fahrbahn und geriet unter das linke Vorderrad. Der gegenüberliegende Reifen fand die Kiste, und der Mischer rumpelte über beide Hindernisse hinweg. Dann kam das schwere Fahrzeug schlingernd zum Stehen, jedoch erst nachdem Juans Überreste und die Kiste unter den Hinterrädern vollständig zerquetscht worden waren.

Von dem, was er in seinem Rückspiegel mitansehen musste, war der Fahrer des Pick-ups wie vom Donner gerührt. Er verlor die Herrschaft über sein Fahrzeug, machte einen Schlenker nach rechts und rammte einen am Bordstein geparkten Chevy Cobalt. Der viertürige Pick-up schob sich halb auf das Heck des kleinen Kombiwagens, ehe er zur Ruhe kam. Ein lauter Knall ertönte, als ein Vorderreifen des Pick-ups von einer messerscharfen Blechkante des teilweise zertrümmerten Kombiwagens aufgeschnitten wurde und platzte.

Auf der anderen Straßenseite fuhr der Werkstattwagen, nachdem er sich an dem Betonmischer vorbeigeschlängelt hatte, beinahe auf einen Geländewagen auf. Dichter Verkehr verstopfte die Nebenstraße, und Pitt musste eine Vollbremsung hinlegen. Menschenmassen füllten die Gehsteige und die Fahrbahn und blockierten den Verkehr. Pitt bemerkte Blaulichtreflexe in den Ladenschaufenstern. Der Streifenwagen näherte sich dem Ort des Geschehens.

»Ich glaube«, sagte Pitt, »dies wäre ein geeigneter Moment, um unserem Kombiwagen Adieu zu sagen.«

Giordino schüttelte den Kopf. »Und ich fing gerade an, mich mit ihm anzufreunden.« Er fand eine Rolle Isolierband und umwickelte damit seine blutende Hand.

»Bist du okay?«, fragte Pitt, der erst jetzt bemerkte, dass sich sein Freund verletzt hatte.

»Ich muss wohl mit dem zweihändigen Trinken für eine Weile aussetzen, aber ich werd es überleben.«

Sie sprangen aus dem Van und mischten sich unter die Gaffer, die sich in immer größerer Zahl um den Betonmischer drängten. Dabei ignorierten sie Juans grässlich zugerichteten Leichnam und hatten ausschließlich Interesse für die zertrümmerte Kiste.

Dort gab es nur wenig zu sehen. Ein Durcheinander von Drähten, Platinen und Metallgehäusen verteilte sich wie ein zerfleischter Roboter unter dem Lastwagen auf dem Asphalt. Ganz gleich, was sich in der Kiste befunden hatte, jetzt war es derart gründlich zerstört, dass jeder Versuch einer Wiederherstellung zum Scheitern verurteilt war.

Sie entfernten sich von dem Betonmischer, als sich zwei Polizeibeamte mit gezogenen Waffen näherten. Pitt und Giordino bewegten sich unauffällig in Richtung Pick-up und nutzten die Menge der Schaulustigen als Deckung. Das Gedränge der Passanten war auf dem Fußweg um einiges dichter, daher ließen sie sich mit den anderen Leuten an der zerstörten Limousine und dem Lastwagen vorbeitreiben. Eine schlimme Vorahnung unterdrückend, näherte sich Pitt dem Pick-up und warf einen Blick hinein.

Beide Türen standen weit offen, aber von Ann Bennett und den anderen Insassen war nichts zu sehen.

19

Pablo hatte die Zerstörung der Kiste mit ungläubigen Blicken verfolgt. Der Tod seines Helfers war für ihn kaum mehr als ein Ärgernis, doch der Verlust der Kiste ließ sein Gesicht hochrot anlaufen. Er entlud seine gesamte Wut auf Ann.

»Was wissen Sie von dem Apparat?« Er stieß den Lauf seiner Pistole gegen ihr Brustbein.

Ann Bennett biss die Zähne zusammen und sagte nichts.

»Pablo… die Polizei kommt immer näher.« Das Gesicht des Fahrers war bleich, und seine Finger, die das Lenkrad hielten, zitterten.

Pablo funkelte Ann wütend an. »Sie werden später reden. Tun Sie, was ich sage, oder ich töte Sie. Und jetzt raus aus dem Wagen.«

Ann folgte ihm zur Beifahrertür hinaus, während sich der Fahrer eine leichte Jacke schnappte und sie über ihre gefesselten Hände deckte. Sie drehte sich zu dem Werkstattwagen um, konnte jedoch weder Pitt noch Giordino in seiner Nähe entdecken. Sie war ebenso geschockt gewesen wie Pablo, als sie plötzlich neben ihrem Pick-up aufgetaucht waren, und sie fragte sich, wie sie es geschafft haben mochten, ihre Spur aufzunehmen und sie zu verfolgen.

Als sie auf den Bürgersteig traten, wurde der Fahrer von einem jungen Mann in schwarzem Seidenhemd angesprochen.

»Das ist mein Wagen«, beschwerte er sich und deutete auf den zerdrückten Chevy. »Sehen Sie sich an, was Sie getan haben.«

Pablo kam zu ihm und rammte dem Mann den Pistolenlauf unauffällig in die Magengrube. »Halt die Klappe, oder du stirbst«, raunte er drohend.

Der Mann wich stolpernd zurück und nickte heftig. Mit erschreckt geweiteten Augen wandte er sich um und rannte die Straße hinunter.

Pablo kam zurück und packte Ann Bennett am Arm, dann warf er einen Blick über die Schulter. Er sah, wie die beiden Polizisten aus ihrem Wagen stiegen, und studierte dann die Menschenmenge. Schnell entdeckte er zwei Amerikaner in Arbeitskleidung, die sich vor allem für die rechten Hinterreifen des Betonmischers interessierten. Als sich der Van neben den Truck gesetzt hatte, hatte er in ihnen die Männer erkannt, die vorhin das Tauchboot der *Drake* gelenkt hatten.

Jetzt konzentrierte er sich wieder auf den Weg, der vor ihm lag, und stieß Ann vorwärts. »Los!«

»Was geschieht mit Juan?« Mit einem Ausdruck des Entsetzens blickte der Fahrer immer noch auf den großen Betonmischer.

Pablo sagte nichts und würdigte die Leiche seines Partners keines

Blickes, während er Ann Bennett in die Mitte des Menschenstroms auf dem Bürgersteig schob.

Als sie kurz darauf den Pick-up erreichten, suchten Pitt und Giordino die Menge nach Ann ab. Ein kleines Mädchen saß auf dem Bordstein und bot frisch geschnittene Blumen aus einem Pappkarton an. Sie fing Pitts suchenden Blick auf und streckte ihm einladend einen Strauß Gänseblümchen entgegen. Pitt bezahlte die Blumen, dann gab er sie dem Mädchen lächelnd zurück. Die Kleine errötete, steckte die Nase in die Blumensträuße und deutete daraufhin die Straße hinunter.

Pitt zwinkerte dem Mädchen zu und startete in die gleiche Richtung. »Dort entlang, Al.«

Das Gedränge wurde mit jedem Meter, den sie sich die Straße hinunterbewegten, dichter. Pitt schaute über die Köpfe der wogenden Menschenmassen und hielt nach Ann Bennetts blondem Lockenkopf Ausschau. Sie ließen sich mit der Herde bis zum Ende der Straße treiben, wo sie auf einem großen, restlos vollen Parkplatz endete. Schließlich erkannten Pitt und Giordino, wohin die Menschen strömten.

Am gegenüberliegenden Ende des Parkplatzes erhob sich ein aufwendig restaurierter Stadionbau. Der Grundriss war kreisrund, allerdings war dies hier deutlich kleiner als ein typisches amerikanisches Baseball- oder Footballstadion. In diesem Gebäude verschwanden die Menschen und verteilten sich auf den Rampen, die zu beiden Seiten auf die Sitzränge führten. Pitt hob den Kopf und las die Leuchtschrift am oberen Rand der riesigen Betonschüssel: PLAZA EL TOREO.

»Fußball?«, fragte Giordino.

»Nein. Stierkampf.«

»Verdammt, und ich hab tatsächlich vergessen, mir was Rotes anzuziehen.« Giordino hatte noch nicht bemerkt, dass seine blutende Hand eines der Hosenbeine mittlerweile rot gefärbt hatte.

Sie rannten die nächstliegende Rampe hinauf und beeilten sich, mit den letzten Besuchern eingelassen zu werden. Der Duft von geröstetem Mais, der von den Ständen der fliegenden Händler aufstieg, lag in der Luft. Giordino atmete tief ein und versuchte so, den Gestank von brennendem Abfall, der von einem in der Nähe gelegenen Slum herüberzog und sich mit den Schweiß- und Schnapsgerüchen der Zuschauer in der Arena mischte, zu überdecken.

Pitt, der die Rampe vor ihnen im Auge hatte, beobachtete, wie ein hochgewachsener Mann, der eine blonde Frau an seiner Seite festhielt, das Stadion betrat. »Ich glaube, ich sehe sie.«

Giordino wühlte sich mit Pitt im Schlepptau wie ein Bulldozer durch die Menge. Während sie sich zu den Drehkreuzen durchkämpften, fragte Pitt seinen Freund: »Hast du eigentlich Geld in der Tasche?«

Giordino suchte mit seiner unversehrten Hand in den Taschen und zauberte eine Handvoll Banknoten hervor. »Während der nächtlichen Pokerrunden auf der *Drake* war das Glück auf meiner Seite.«

»Gott sei Dank gibt es auf diesem Schiff keine Profis.« Pitt angelte sich einen Zwanziger und reichte ihn dem Kartenverkäufer.

Sie warteten nicht auf das Wechselgeld, sondern drängten sich durch die Drehkreuze und rannten ins Stadion hinein.

Lautes Trompetengeschmetter einer Kapelle hallte durch die Arena, als die Matadore der Corrida dieses Abends und ihre Assistenten vorgestellt wurden. In stolzer Haltung zog die farbenfrohe Prozession gemessenen Schritts durch das sandige Rund. Die begeisterte Menge, die das Stadion füllte, erhob sich und jubelte ihnen zu. Eingekeilt in die Masse der Zuschauer, waren Ann und ihre Entführer nirgendwo zu sehen.

»Möglich, dass sie durch den Ausgang auf der anderen Seite verschwinden wollen«, sagte Pitt.

Giordino nickte. »In diesem Fall sollten wir lieber getrennt marschieren.«

Sie stiegen eine Treppe zu den unteren Sitzreihen an der Arena hinunter, wo sich Giordino nach rechts wandte und Pitt nach links. Pitt durchquerte den ersten Tribünenblock, ließ den Blick über die Sitzreihen wandern, allerdings erfolglos. Als die Stierkampffanatiker in lautes Jubelgeschrei ausbrachen, schaute Pitt in die Arena, in der soeben ein einzelner Matador erschien, um den ersten Kampf des Abends zu absolvieren. Ein sichtlich ungehaltener Bulle namens Donatello, der etwa eine halbe Tonne wog, betrat nach ihm die Arena. Anfangs ignorierte er den Torero noch, blieb stehen, scharrte mit den Hufen im Sand und ließ sich von den Zuschauern gebührend beklatschen.

Pitt nahm sich den nächsten Block vor und musste mehrmals fliegenden Händlern ausweichen, die Zuckerwatte und kalte Getränke anboten. Plötzlich erhaschte er einen kurzen Blick auf eine Frau mit blondem Haar, die im nächsten Block direkt am Zwischengang saß. Es war Ann Bennett. Die massige Gestalt Pablos erdrückte sie fast, während er wachsam die Tribüne nach seinen Verfolgern absuchte. Er entdeckte Pitt sehr schnell, ihre Blicke trafen sich. Pablo redete hektisch auf den Fahrer ein, der neben ihm saß, dann stand er auf und zog Ann hoch. Für einen kurzen Moment sah sie zu Pitt hinüber, ihr Gesicht war angstverzerrt, und ein Flehen lag in ihren Augen. Während sich der Fahrer erhob und Pitt beobachtete, zerrte Pablo Ann hinter sich her und eilte mit ihr die Treppe zu einem schmalen Laufgang hinunter, der um die gesamte Arena herumführte.

Durch einen ganzen Block applaudierender Fans von den Flüchtigen getrennt, rannte Pitt die nächste Treppe abwärts. Im nächsten Zwischengang beeilte sich der Fahrer, seinem Beispiel zu folgen und mit ihm auf gleicher Höhe zu bleiben. Als Pitt die niedrige Holzwand erreichte, die die Stierkampfarena umgab, schlängelte er sich daran entlang, um Ann und Pablo zu folgen, die nur mit wenigen Schritten Vorsprung in die andere Richtung flüchteten. Dann sprang der Fahrer die letzten Stufen der nächsten Treppe herunter und versperrte Pitt den Weg.

Er war ein paar Zentimeter kleiner als Pitt, hatte jedoch umso breitere Schultern und eine stämmige Figur. Während er den Kopf schüttelte, um Pitt aufzufordern stehen zu bleiben, raffte er sein Hemd hoch und entblößte eine Pistole, die in einem Holster an seinem Gürtel steckte.

Pitt reagierte, ohne zu zögern, machte einen Satz vorwärts und schickte eine linke Gerade auf die Reise. Sie explodierte auf dem Jochbein des Fahrers, der daraufhin rückwärts gegen die Holzwand taumelte. Pitt gab ihm keine Gelegenheit, sich zu erholen, und schickte eine schnelle Kombination hinterher, mit der er den Kopf traf.

Der Fahrer versuchte instinktiv, die Schläge abzublocken, und hielt beide Hände als Deckung vor sein Gesicht, anstatt zur Pistole zu greifen. Dann gewann er den Überblick zurück. Er attackierte Pitt mit beiden Fäusten. Pitt konnte dem ersten Schlag noch ausweichen, musste dann jedoch einen Treffer auf seine Rippen einstecken, der ihm für einen kurzen Moment den Atem raubte.

Pitt konterte mit weiteren Kopftreffern, während sich der Fahrer gegen ihn warf und beide hart gegen die Schutzwand prallten. Der Fahrer schlang den linken Arm um Pitts Taille, während er mit der rechten Hand nach seiner Pistole griff. Doch die Füße der Männer verhakten sich ineinander, so dass beide das Gleichgewicht verloren, als sie von der Wand aufgefangen wurden.

Dabei bekam der Fahrer die Pistole zwar aus dem Holster, war jedoch gezwungen, sich mit derselben Hand abzustützen. Während er sie nach der Wand ausstreckte, rammte ihm Pitt einen Ellbogen gegen den Arm. Die Pistole kam frei, und beide Männer kippten über die Schutzwand.

Zuschauern in der Nähe verschlug es den Atem, als sie zwei Meter tief in die Arena stürzten. In der Mitte stand ein Matador mit dem Rücken zu ihnen und bemerkte von dem ganzen Zwischenfall nichts, während er den Stier mit seiner Muleta reizte.

Pitt war Hauptleidtragender des Sturzes und prallte hart auf die Schulter, als die beiden Männer im Sand landeten und voneinander wegrollten. Der Fahrer kam als Erster wieder auf die Füße und suchte in seiner Nähe auf dem Boden nach der Pistole. Während er gebückt zur Schutzwand ging, stieß er gegen ein Holzgestell, in dem *banderillas* bereitlagen. Das waren lange rasiermesserscharfe Pfeile, mit bunten Bändern verziert, die Waffen der *banderilleros*, die dem Matador bei seinem Duell mit dem Stier assistierten. Matadore stachen die *banderillas* in den massigen Wulst dicht hinter dem Schädel des Stiers und stachelten damit seine Wut an, schwächten aber auch gleichzeitig seine Nackenmuskeln, so dass er den Kopf beim Angreifen tiefer senkte.

Pitt war soeben im Begriff, sich aufzurichten, als der Fahrer einen der Pfeile ergriff und in seine Richtung schleuderte. Er hatte zu hoch gezielt, und Pitt brauchte sich nur leicht zu ducken, um dem Geschoss auszuweichen. Er ging rückwärts an der Schutzwand entlang, während sich der Fahrer drei weitere *banderillas* schnappte. Pitt entdeckte eine Muleta, die an einem Haken neben ihm hing. Er riss sie an sich und faltete sie zu einem behelfsmäßigen Schild.

Auf der anderen Seite der Arena bemerkten zwei *banderilleros* das Handgemenge und machten sich an der Schutzwand entlang eilends auf den Weg zu ihnen. Der Matador war noch immer ahnungslos und konzentrierte sich ausschließlich auf den Stier. Indem er mit der Muleta einen genau abgezirkelten Schwung ausführte, auch *veronica* genannt, animierte der Matador den Stier anzugreifen. Das Tier stürmte nur wenige Zentimeter entfernt an seinem Körper vorbei. Sobald die Muleta seine Augen nicht mehr verdeckte, trottete der Stier noch einige Schritte weiter – und blieb stehen, als er Pitt und den Fahrer vor der Schutzwand gewahrte.

Einige Stiere verhalten sich in der Arena eher still und müssen heftig gereizt und angestachelt werden, damit sie ihre menschlichen Gegner angreifen. Andere Stiere sind von Natur aus hochaggressiv und stürzen sich auf alles, was sich bewegt. Die rostfarbene Bestie namens Donatello rangierte auf der Aggressivitätsskala ganz weit oben. Und da er noch keine Bekanntschaft mit den Pfeilen der *banderilleros* gemacht hatte, war er ein streitlustiger Kampfstier im Vollbesitz seiner enormen Kraft. Er näherte sich den neuen Zielen mit langsamem Trott und beäugte misstrauisch die beiden Männer.

Zwar sah Pitt den Stier näher kommen, war jedoch mehr damit beschäftigt, die *banderillas* seines Gegners abzuwehren. Da dieser Pitt genau gegenüberstand, konnte der Fahrer den Stier nicht sehen.

Er machte einen Schritt vorwärts und feuerte seine Salve auf Pitt ab, wobei er die Pfeile wie ein Speerwerfer schleuderte. Pitt hatte den Blick starr auf die Wurfgeschosse gerichtet. Sich noch immer schrittweise zurückziehend, schlug er den ersten Pfeil mit der zusammengefalteten Muleta beiseite. Der zweite Pfeil zischte haarscharf an Pitt vorbei, als er mit einem Sidestep auswich. Der Fahrer holte mit der letzten *banderilla* aus und machte dann einen Schritt nach vorn, um besser zielen zu können. In dem Augenblick, als er den Pfeil auf die Reise schickte, griff der Stier an.

Der Wurf war perfekt. Die Spitze raste genau auf Pitt zu – und hätte sich in seine Brust gebohrt, wenn er sie nicht mit der Muleta aufgehalten hätte. Der rasiermesserscharfe Stahl drang durch das Gewebe und verlor an Tempo, ehe er Pitts Hand aufschlitzte. Als hätte er ein glühend heißes Gefäß in der Hand, schleuderte Pitt das zusammengefaltete Tuch mit dem darin steckenden Pfeil dem Fahrer entgegen und ließ sich dann in den Sand fallen.

Jegliche Unsicherheit, welche Gestalt er ins Visier nehmen sollte, verflüchtigte sich aus dem Bewusstsein des galoppierenden Stiers, das allein vom Instinkt geleitet wurde. Die Bestie folgte der fliegenden Muleta zum Fahrer, der die Arme ausstreckte und das Bündel auffing.

Der Stier senkte den Kopf und beschleunigte.

Der Fahrer wurde durch Pitts plötzliches Abtauchen irritiert und nahm dann eine Bewegung hinter sich wahr. Er fuhr herum, sah in nur wenigen Schritten Abstand den heranstürmenden Stier und erstarrte.

Donatello raste in den Mann hinein. Die Zuschauermenge schrie einstimmig auf, als die Hörner des Stiers den Leib des Fahrers durchbohrten und fast am Rücken wieder austraten. Indem er den Kopf hochwarf, hievte der Stier den aufgespießten Mann in die Luft und stolzierte ein paar Schritte mit ihm weiter, ehe er den schlaffen, bluttriefenden Körper in den Sand fallen ließ.

Pitt hörte einen verzögerten einzelnen Schrei aus dem Publikum und drehte sich um. Nicht weit entfernt hinter der Schutzwand am Rand der Arena rang Ann Bennett mit Pablo. In einer schnellen Bewegung hob der schwergewichtige Pirat die Frau hoch und warf sie über die Holzwand in die Stierkampfarena. Da ihre Hände noch gefesselt waren, landete sie unbeholfen und stürzte sofort. Sie wollte gleich wieder aufstehen, als ein brennender Schmerz durch ihren Knöchel schoss. Sie konnte nur noch auf einem Fuß stehen.

Durch seine erfolgreiche Attacke in einen Blutrausch versetzt, fixierte der Stier Ann für einen kurzen Moment und schnaubte. Dann senkte er den Kopf und griff die Frau an.

Die beiden *banderilleros* und der Matador spurteten mit lautem Gebrüll quer durch die Arena, doch der Stier beachtete sie nicht einmal. Sie waren viel zu weit entfernt, um das Interesse des Stiers zu wecken. Pitt hingegen stand näher.

Er sprang auf, rannte los und hob dabei die zerfetzte Muleta auf. Mittlerweile befand sich der Stier in vollem Lauf und war weniger als zehn Meter von Ann entfernt.

Sie versuchte, zur Schutzwand zu humpeln, kam aber wegen der Schmerzen in ihrem Fußgelenk kaum vom Fleck. Ihr Herz hämmerte, als sie den Stier auf sich zustürmen sah, dann blieb sie ebenso stocksteif stehen wie der Pick-up-Fahrer kurz zuvor. Ihre Angststarre wurde jedoch durch einen lauten Ruf gelöst.

»*¡Toro! ¡Toro!*«

Sie fuhr herum und sah Pitt herankommen und wild mit der Muleta winken. Der Stier warf nur einen kurzen Blick auf den hochgewachsenen rennenden Mann mit dem hellroten Tuch – und schnappte nach diesem Köder.

Ann spürte den heißen Atem der Bestie, als sie im letzten Moment abschwenkte und Pitt aufs Korn nahm.

Er rutschte durch den Sand, während ihn der Stier überholte. Er streckte die Muleta zur Seite und schüttelte sie, um den Stier von sich abzulenken. Donatello folgte der Bewegung sofort. Er stürmte auf das Tuch zu und hindurch, wobei seine spitzen Hörner mit einem Abstand von nur wenigen Millimetern an Pitts Körper vorbeiwischten.

Pitt riss das Tuch in die Höhe, während der Stier danach stieß, dann wirbelte er herum, um es im Auge zu behalten. Er war viel zu sehr darin vertieft, um sein Leben zu kämpfen, um den Applaus und die begeisterten *Olé*-Rufe der Zuschauermenge bewusst wahrzunehmen. Dann schüttelte er die Muleta und machte abermals einen schnellen Schritt zur Seite, als der Stier erneut losstürmte.

»Gestatten Sie, *señor*«, sagte der Matador, während er mit verwirrter Miene angerannt kam.

Mit Hilfe eines *banderilleros* trieb der Matador den Stier in die Mitte der Arena, während zwei andere Männer die Leiche des Pick-up-Fahrers bargen.

Pitt drehte sich zu Ann Bennett um und konnte beobachten, wie sie von Giordino auf die Tribüne gehoben wurde. Er ging weiter bis zur Schutzwand und ergriff Giordinos ausgestreckte linke Hand. Unter dem donnernden Applaus der Stierkampfbegeisterten kletterte Pitt über die Barriere. Bleich und am ganzen Leib zitternd, ergriff Ann seinen Arm. »Der Stier hätte mich zerfleischt, wenn Sie nicht gewesen wären. Was Sie getan haben, war zwar vollkommen verrückt, aber vielen Dank.«

Pitt reagierte mit einem müden Grinsen. »Sie vergessen, dass ich in Washington arbeite. Dort muss ich ständig gegen tollwütige Stiere kämpfen.«

Dann wurde seine Miene ernst, und er schaute sich suchend um. »Wo ist Ihr Entführer – Pablo?«

Ann schüttelte den Kopf. Giordino suchte bereits die Zuschauerränge ab, hatte jedoch keinen Erfolg.

Der große Mann hatte sich in der Menge klein gemacht und war verschwunden.

20

»Ich denke, wir sollten keine Zeit verplempern und nicht lange mit den Behörden palavern«, sagte Giordino und deutete mit einem Kopfnicken auf einen Angestellten der Stierkampfarena, der mit zwei Wachmännern quer durch das Stadion auf sie zukam.

»Dann nichts wie weg von hier«, sagte Pitt und legte einen Arm um Ann Bennetts Taille.

Sie machte einen vorsichtigen Schritt mit ihrem verletzten Bein, dann klammerte sie sich Halt suchend an Pitts Schulter, als erneut ein stechender Schmerz durch ihren Knöchel zuckte.

»Verlagern Sie Ihr Gewicht auf das unverletzte Bein, und wir werden es schon schaffen«, sagte Pitt. Er hatte keine Mühe, ihre einhundertzehn Pfund Gewicht zu stützen.

Giordino wühlte sich wie ein Schneepflug durch die Menschenmenge und schuf eine Schneise für das humpelnde Duo, das ihm dichtauf folgte. Sie fanden die Rampe zum hinteren Ausgang und verließen unter dem allmählich nachlassenden Beifall der Zuschauer eilig das Stadion. Ohne die geringste Chance, bis auf Reichweite an sie heranzukommen, konnten die Angestellten der Stierkampfarena nur verwirrt und machtlos zusehen, wie die drei Amerikaner in ein Taxi stiegen und in die Nacht entschwanden.

Ann Bennett bat darum, zum amerikanischen Konsulat gebracht zu werden, wurde jedoch von den beiden NUMA-Vertretern überstimmt. Sie hatten sich bereits mit dem Taxifahrer über den Erwerb einiger Liter seines Benzins geeinigt. Während das Taxi durch Tijuana flitzte, machte sich bei den Insassen die Erschöpfung infolge der überstandenen Verfolgungsjagd bemerkbar, und die Unterhaltung versiegte. Pitt hatte eine Menge Fragen an Ann, doch jetzt schien nicht der geeignete Zeitpunkt zu sein, sie zu stellen.

Sie hatte ihre Empfindungen seit dem Verlassen des Schiffes unterdrückt und nicht zugelassen, dass ihre Angst sie überwältigte. Nun aber, da Pablo keine direkte Bedrohung mehr darstellte und sie sich in Pitts und Giordinos Gesellschaft und damit in Sicherheit befand, machte sich die aufgestaute Angst bemerkbar. Ann fröstelte in der warmen Nachtluft und hatte Mühe, nicht die Kontrolle über sich zu verlieren. Pitt legte einen Arm um sie und drückte sie leicht an sich. Womit er ihre innere Anspannung offenbar löste. Nach wenigen Minuten war sie an seine Schulter gelehnt eingeschlafen.

Die Fahrt zur Küste dauerte unter Beachtung der Geschwindigkeitsbeschränkung über eine Stunde, so dass es schon fast zweiundzwanzig Uhr war, als sie den schmalen Streifen Sandstrand erreichten. Zu seiner Erleichterung fand Pitt das Schlauchboot des Kranschiffs genau dort, wo sie es zurückgelassen hatten. Er schleifte es zur Brandung hinunter und half Ann beim Einsteigen. Giordino holte den Treibstoffkanister aus dem Boot und reichte ihn dem Taxifahrer, der mit einem alten Schlauchende aus seinem Kofferraum einige Liter Benzin aus dem Tank seines Wagens in den Kanister umfüllte.

»*Gracias, amigo*«, sagte Giordino, während er sich von seinem Pokergewinn trennte. Dann trug er den Kanister zum Strand hinunter.

Während er seinen warmen Geldregen zählte, strahlte der Taxifahrer und rief: »*¡Buen Viaje!*«

Pitt schloss die Benzinleitung des Motors an den Kanister an, schob danach mit Giordinos Hilfe das Schlauchboot über die Brandungslinie und schwang sich hinein. Der Außenbordmotor sprang problemlos an, und schon bald schossen sie am Steinwall des Wellenbrechers entlang ins offene Meer hinaus.

»Sind Sie sicher, dass Sie die *Drake* finden werden?«, fragte Ann Bennett und suchte den schwarzen Horizont ab. Ihre Augen waren wieder wachsam, aber auch nicht ohne Sorge.

Pitt nickte. »Ich denke, Rudi hat für uns das Licht brennen lassen.«

Sobald die Mole hinter ihnen lag, lenkte er das Schlauchboot nach Norden und folgte dem Küstenverlauf. Nach ungefähr einer Meile schwenkte er aufs Meer hinaus und auf ihren ursprünglichen Kurs. Er blickte über die Schulter und orientierte sich an den Lichtern eines einsamen Hauses hoch oben auf einem Hügel, die sich genau senkrecht über einer blassgelben Straßenlaterne nicht weit von der Küste befanden. Indem er darauf achtete, dass diese beiden Lichtpunkte sich stets auf einer Fluchtlinie befanden, lenkte er das Boot von der Küste weg, bis die Lichter verschwanden. Für mehrere Minuten bewegten sie sich durch vollkommene Dunkelheit, wobei Ann Bennett ständig gegen ihre Angst, sich auf dem Meer zu verirren, ankämpfen musste. Als die Umgebung anscheinend von totaler Schwärze verschluckt wurde, erschien ein paar Strich neben dem Bug ein mattes Leuchten. Ein einzelnes weißes Licht tauchte in der Ferne aus dem Meer auf und löste sich nach und nach zu einer ganzen Ansammlung von Lampen auf. Als sie sich dieser Erscheinung näherten, konnten sie erkennen, dass die Lampen zu drei Schiffen gehörten.

Die *Drake* und das Kranschiff lagen dicht nebeneinander, während ein größeres Schiff in direkter Nähe Position bezogen hatte. Pitt betrachtete seinen Rumpf mit dem weiß-orangefarbenen Rennstreifen der U.S. Coast Guard. Zwei Ausgucker auf dem Deck beobachteten das Schlauchboot, während Pitt es neben die *Drake* bugsierte und den Motor ausschaltete.

Als er Ann entdeckte, beugte sich Rudi Gunn sichtlich erleichtert über die Reling und blickte auf sie hinunter. »Gott sei Dank ist Ihnen nichts passiert.«

»Vorsicht, ihr Fahrgestell hat etwas abgekriegt«, warnte Giordino. Er stemmte sie zur Reling hinauf, wo Gunn sie in Empfang nahm und ihr dabei behilflich war, an Bord zu klettern.

»Ich rufe gleich die *Edisto* und bitte sie, einen Arzt oder Sanitäter rüberzuschicken«, sagte Gunn.

Ann Bennett schüttelte den Kopf. »Alles, was ich brauche, ist Eis.«

»Ich auch«, schloss sich Giordino an, während er an Bord turnte. »Und zwar in einem Glas mit einem kräftigen Schuss Jack Daniel's.«

Pitt blieb im Schlauchboot und spielte Taxifahrer, um den Sanitäter der Coast Guard herüberzuholen. Ann wurde schnell in ihre Kabine gebracht, erhielt einen Eisbeutel und ein paar Schmerztabletten. Danach brachte Pitt den Sanitäter zu seinem Schiff zurück, vertäute das Schlauchboot und begab sich an Bord der *Drake*.

Als er zu Rudi Gunn und Al Giordino auf die Kommandobrücke kam, hatte Letzterer soeben ihre Verfolgungsfahrt durch Tijuana geschildert.

»*El Matador* Pitt – klingt richtig gut«, meinte Gunn grinsend.

»Ich muss wohl spanisches Blut in den Adern haben«, seufzte Pitt und schaute durch das Brückenfenster zur *Edisto* hinüber.

»Gut gemacht, die Coast Guard herzuholen, aber warum verfolgen sie nicht das mexikanische Boot?«

»Abgesehen davon, dass kein lebensbedrohlicher Notfall vorlag, durften sie ohne ausdrückliche Genehmigung nicht in mexikanische Hoheitsgewässer eindringen. Stattdessen haben sie die mexikanische Marine informiert, die alles Weitere veranlassen wird.« Gunn nahm seine Brille ab und putzte die Gläser. »Sie haben gerade kein Schiff in der Gegend, daher sind die Aussichten nicht allzu günstig. Ich hielt es für das Beste, wenn die *Edisto* in der Nähe blieb, bis wir ein Lebenszeichen von euch erhalten.«

»Eine kluge Entscheidung.«

»Es scheint, als hätten sich die Diebe bereitgehalten und darauf gewartet, dass wir die *Cuttlefish* bergen«, sagte Gunn. »Was war denn so Wertvolles in dieser Kiste?«

Pitts Augen verengten sich. »Das ist eine Frage, die ich liebend gern beantwortet hätte.«

»Was immer es gewesen sein mag«, sagte Giordino, »niemand wird über ihren Abgang besonders erfreut sein. Jetzt ist es nicht mehr als ein wertloses Knäuel verschlungener Drähte.«

»Apropos Drähte«, sagte Gunn, »wir haben das Brückenradio durch ein Reservegerät aus der Funkstation unter Deck ersetzt. Ich denke, wir sollten der *Edisto* melden, dass wir alle jetzt nach San Diego zurückkehren können.«

»Rudi, vergisst du nicht, dass es da unten noch einiges zu tun gibt?«, fragte Giordino und deutete aufs Meer.

Er musterte Giordino über seine markante Nase hinweg mit dem Anflug eines Grinsens. »Meinst du, wir hätten untätig herumgesessen und Däumchen gedreht, während ihr weg wart?«

Er trat an das rückwärtige Fenster der Kommandobrücke und deutete auf das Kranschiff. Beleuchtet vom matten Schein einer Deckslampe, ruhte dort die *Cuttlefish* auf einem Paar hölzerner Stützvorrichtungen.

»Ihr habt sie ohne uns heraufgeholt!« Giordino wandte sich an Pitt. »Wie konnte uns das entgehen?«

»Ich schätze, wir haben uns zu sehr auf den Kutter der Küstenwache konzentriert. Gab es irgendwelche Probleme beim Hochziehen?«

»Überhaupt keine. Wir haben die Schlingen, die das Tauchboot in Position gebracht hat, an den Schiffskran gehängt und die Winde eingeschaltet. Sie kam hoch wie nichts, aber ich vermute, du wirst dir irgendwann ihren Rumpf genauer ansehen wollen.«

»Das können wir auch jetzt gleich tun«, sagte Pitt.

Gunn suchte ein paar Taschenlampen zusammen, und sie schipperten mit dem Schlauchboot zum Bug des Kranschiffs. Auf dem Kahn herrschte eine geisterhafte Ruhe. Der Skipper teilte sich die Koje mit seinem Dackel, der zusammengerollt neben seinen Füßen lag.

Über ihnen ragte die *Cuttlefish* auf. Der Rumpf war sauber und trocken, die Chrombeschläge des Bootes funkelten im Licht der Taschenlampen. So gut wie nichts deutete darauf hin, dass das Boot fast eine Woche lang auf dem Grund des Ozeans gelegen hatte.

Giordino stieß einen leisen Pfiff aus, während sie ein klaffendes Loch im unteren Bereich des Rumpfs betrachteten. »Sie muss blitzartig abgesoffen sein.«

»Ich denke, dass man bei der DARPA durchaus einen Grund hatte, misstrauisch zu sein«, sagte Gunn. »So wie es aussieht, war es kein Unfall.«

»Unsere Freunde auf dem Kabinenkreuzer haben wahrscheinlich eine Sprengladung am Rumpf angebracht«, sagte Giordino. »Sie muss zu früh explodiert sein, ehe sie die Kiste an sich bringen konnten.«

»Tatsächlich haben sie die Sprengladung innerhalb des Bootes angebracht.« Pitt untersuchte die Beschädigungen mit Hilfe seiner Taschenlampe. »Die Spuren weisen auf eine Explosion hin, die im Schiffsinnern erfolgt ist.«

Gunn deutete auf einen sägeartig gezackten Teil der Rumpfhülle in der unmittelbaren Nähe des Lochs. Er war deutlich nach außen gebogen. »Du hast recht. Die Sprengladung muss sich in der Kabine befunden haben.«

Pitt ging vor der Öffnung in die Knie und leuchtete mit der Taschenlampe ins Bootsinnere. Die Überreste der Bordküche waren über ihm zu erkennen, dazu schwarz gefleckte Schotte und ein kraterförmiges Sprengloch in der Decke. Dennoch erschienen die Schäden innerhalb der Kabine bei weitem nicht so gravierend wie das Loch im Rumpf.

Während er den Schaden begutachtete, bemerkte Pitt zwei ausgefranste orangefarbene Drähte, die sich von dem Loch wegringelten. Er verfolgte den Weg der Drähte durch die Kombüse zu einer an achtern gelegenen Nische, in der sie durch ein gebohrtes Loch verschwanden. Nachdem er sich durch das Sprengloch gezwängt hatte, kletterte Pitt in die Kombüse und ging nach achtern durch den beengten Essbereich zu einer Treppe. Sie führte ins Ruderhaus, wo er stehen blieb und sich das Ruder genauer ansah. Vor dem Sitz des Steuermanns öffnete er eine Klappe in Fußhöhe, hinter der sich ein Gewirr von farbigen Drähten befand, die die Bordelektronik mit Strom versorgten. Schnell identifizierte er die orangefarbenen Drähte. Einer war mit einer Stromleitung verspleißt, während der andere zum Gehäuse des Gashebels verlief. Wenig später fand er auch das Ende der Leitung – ein versteckter Kippschalter unter dem Armaturenbrett vor dem Steuersitz.

Giordino und Gunn hatten die *Cuttlefish* umrundet und waren an ihrem Heck hochgeklettert. Als er Pitt nachdenklich am Ruder stehen sah, wollte Gunn wissen, was er entdeckt hatte.

»Einen kleinen Fehler in meiner Theorie«, antwortete Pitt auf seine Frage. »Nicht die Mexikaner haben die *Cuttlefish* gesprengt. Das hat Heiland selbst getan.«

21

Als er kurz nach Sonnenaufgang die Messe der *Drake* betrat, traf Pitt dort zu seiner Überraschung Ann Bennett an, die zusammen mit Gunn an einem Tisch saß und soeben ihr Frühstück beendete. Er holte sich eine Tasse Kaffee und trat zu ihnen.

»Guten Morgen. Was dagegen, wenn ich mich dazusetze?«

Gunn deutete auf einen Platz ihm gegenüber neben Ann. »Du verdirbst mir immer den Spaß.«

Pitt sah Ann prüfend an. »Haben Sie gut geschlafen?«

»Ganz wunderbar«, sagte sie leise und wich seinem Blick aus.

Pitt quittierte ihre plötzliche Verlegenheit mit einem Lächeln. Als er am Vorabend vom Kranschiff zurückgekommen war, hatte er sofort seine Kabine aufgesucht, um zu Bett zu gehen. Als es leise an seine Tür geklopft und er geöffnet hatte, stand Ann davor, einen erwartungsvollen Ausdruck in den Augen. Sie trug einen weit geschnittenen Schiffsbademantel, unter dem die Träger ihrer Unterwäsche hervorschauten. Barfuß balancierte sie auf ihrem heilen Bein, um den Druck auf ihren verbundenen und geschwollenen Fußknöchel zu mindern.

»Ich hatte gehofft, dass Sie noch vorbeikommen und gute Nacht sagen«, flüsterte sie.

Pitt unterdrückte ein ungutes Lustgefühl, während er in ihre flehenden Augen blickte. »Das war eine Unterlassungssünde von mir«, erwiderte er lächelnd.

Dann bückte er sich und hob sie hoch. Sie vergrub ihr Gesicht in seiner Halsbeuge, während er sie durch den schmalen Korridor in ihre Kabine trug. Er setzte sie behutsam auf ihre Koje, beugte sich vor und hauchte einen Kuss auf ihre Stirn.

»Gute Nacht, meine Liebe«, sagte er sanft. Ehe sie reagieren konnte, hatte er die Kabine schon wieder verlassen und die Tür hinter sich geschlossen.

»Ihr Koch ist hervorragend«, sagte Ann zu Gunn, schob den leeren Teller zurück und versuchte, das Thema zu wechseln.

»Die Verpflegung ist ein wesentliches Element, um die Moral der Schiffsbesatzung aufrechtzuerhalten. Wir achten stets darauf, dass auf all unseren Schiffen nur die besten Köche zum Einsatz kommen.« Gunn biss ein Stück von seinem Toast ab und wandte sich an Pitt. »Ann hat mir gerade erzählt, wie sie bei ihrem Sprung von der Brückennock gestern Abend von ihrem Training als Turmspringerin auf dem College profitieren konnte.«

»Ich hätte ihr dafür eine 9.0 gegeben«, meinte Pitt mit einem Augenzwinkern. »Wobei ich sogar bereit wäre, zu einer noch höheren Bewertung zu kommen, wenn sie mir verraten würde, um was es bei dieser Expedition in Wirklichkeit ging.«

Ann Bennett lachte nervös in ihre Serviette hinein. »Was meinen Sie?«

»Wir haben doch nach viel mehr gesucht als nur nach einem gesunkenen Boot, nicht wahr?«

»Es ging darum, dass wir das Boot finden und bergen und alles an Ausrüstung, was sich noch an Bord befand.«

»In beiden Punkten waren wir erfolgreich«, sagte Pitt, »wie wäre es also, wenn Sie uns etwas über die Ausrüstung erzählen würden?«

»Dazu darf ich mich nicht äußern.«

Pitt kniff die Augen zu Schlitzen zusammen. »Abgesehen davon, dass Sie beinahe getötet wurden, haben Sie auch das Schiff und seine Mannschaft in höchste Gefahr gebracht. Ich denke, wir haben einiges an Aufklärung verdient.«

Ann sah Pitt zum ersten Mal in die Augen – und erkannte, dass sie diesem Thema nicht ausweichen konnte. Sie schaute sich um und vergewisserte sich, dass sie nicht belauscht wurden.

»Wie Sie wissen, war Dr. Heilands Firma an einem High-level-

Forschungs-und-Entwicklungsprojekt für die DARPA beteiligt. Seine Arbeit stand im Zusammenhang mit einem geheimen U-Boot-Programm der Navy, das *Sea Arrow* heißt. Dabei hat er speziell an der Entwicklung eines zukunftsweisenden Antriebssystems gearbeitet. Ich kann Ihnen wirklich nicht mehr als das mitteilen, außer vielleicht dass er einige letzte Tests mit einem Prototyp durchführen wollte und kurz vor einem entwicklungstechnischen Durchbruch stand, als sein Boot auf See verschwand.«

»War dies der Inhalt der Kiste?«

»Ein maßstabsgetreues Modell«, sagte Ann. »Es gab zwar einen Verdacht auf verbrecherische Machenschaften im Zusammenhang mit dem Verschwinden der *Cuttlefish*, aber niemand rechnete mit einer Einmischung in unsere Such- und Bergungsaktion. Es tut mir aufrichtig leid, dass Ihre Mannschaft in Gefahr gebracht wurde. Wir handelten nach dem Grundsatz, dass es umso besser wäre, je weniger Leute über Heilands Forschungen informiert seien. Ich weiß, dass der Vizepräsident nicht sehr glücklich darüber war, Sie im Dunkeln tappen zu lassen, aber auf Geheiß Tom Cernys war er gezwungen mitzuspielen.«

»Und wer waren nun die Kerle, die versucht haben, das Modell zu stehlen?«, wollte Gunn wissen.

Ann Bennett zuckte die Achseln. »Das ist zurzeit noch ein Rätsel. Ihrem Aussehen nach zu urteilen kamen die Männer nicht aus Mexiko, sondern möglicherweise aus Mittel- oder Südamerika. Ich habe bereits mit Washington gesprochen, und mir wurde versichert, dass die mexikanischen Behörden bei der Untersuchung und Identifizierung der Leichen sowie der Überprüfung des Pick-up-Trucks behilflich sind.«

»Wir haben der mexikanischen Marine eine recht genaue Beschreibung ihres Bootes liefern können«, sagte Gunn.

»Sie kommen mir nicht gerade wie herkömmliche Technologiediebe im Bereich der Wehrtechnik vor«, stellte Pitt fest. »Glaubten

Sie, dass sie sich bereits mit Heilands magischer Kiste aus dem Staub gemacht hatten?«

»Ja«, gab Ann Bennett zu. »Als die Leichen von Heiland und seinen Assistenten gefunden wurden, nahmen wir an, dass sie auf hoher See überfallen wurden und der Prototyp gestohlen wurde. Deshalb war ich auch so geschockt, als ich die Kiste immer noch festgezurrt an Bord der *Cuttlefish* sah.«

»Ich glaube, dafür müssen Sie Heiland dankbar sein«, sagte Pitt. Er schilderte, wie er die orangefarbenen Drähte und den Kippschalter entdeckt hatte. »Ich vermute, dass Heiland begriffen hat, was der Überfall zu bedeuten hatte, und aus diesem Grund sein eigenes Boot in die Luft sprengte.«

»Spuren, die an beiden Leichen gefunden wurden, deuteten auf ein Feuer oder eine Explosion hin«, sagte Ann. »Wir haben niemals auch nur angenommen, dass beides von ihnen selbst ausgelöst wurde, doch dieser Punkt könnte eine grundlegende Neubewertung zur Folge haben.«

»Ich glaube, dass Heiland ihnen ganz knapp zuvorgekommen ist«, sagte Pitt. »Und um den Bösen ihren Coup vollkommen zu vermasseln, sank die *Cuttlefish* in einer Meeresregion, wo das Wasser für normale Tauchgänge zu tief war. Sie hatten sich offenbar gerade um ein eigenes Bergungsschiff bemüht, als wir am Ort des Geschehens auftauchten. Daher haben sie lediglich abgewartet, dass wir für sie das Schiff bergen.«

Gunn wandte sich an Ann. »Ihr Sprung von der Kommandobrücke hat uns gerettet.«

»Nein, das waren Dirk und Al, die die Kiste geborgen haben. Auch wenn ihre Zerstörung sie davor gerettet hat, in die falschen Hände zu fallen, hat der Verlust des Modells einige andere Probleme doch erheblich intensiviert.«

»Nämlich welche?«, fragte Pitt.

»Ich habe gehört, dass weder die DARPA noch die Navy im Besitz irgendwelcher detaillierter Pläne oder Entwürfe von Heilands Arbeit sind. Carl Heiland war ein hoch angesehener Ingenieur – im wahrsten Sinne des Wortes ein Genie. Deshalb hatte er völlig freie Hand. Im Laufe der Jahre hat er viele brillante Modifikationen im U-Boot- und Torpedo-Bau entwickelt. Sozusagen in Anerkennung seiner Verdienste brauchte er nicht die übliche Flut von Dokumentationen zu liefern, die von den meisten Waffenlieferanten und Rüstungsfirmen verlangt wird.«

»Weiß also niemand, wie die *Sea Arrow* vollendet wird?«, fragte Pitt.

»Genau«, erwiderte Ann Bennett mit zusammengekniffenen Lippen.

»Da Heiland tot und sein Modell zerstört ist«, sagte Gunn, »dürften diese Pläne überaus wertvoll sein.«

»Fowler meint, sie hätten zurzeit höchste Priorität.« Sie sah auf ihre Uhr und dann zu Pitt. »Das Büro des Vizepräsidenten hat für uns einen Rückflug nach Washington arrangiert. Die Maschine startet um ein Uhr in San Diego. Ich würde vorher noch gerne Heilands Firmenzentrale in Del Mar besuchen. Könnten Sie mich auf dem Weg zum Flughafen dort vorbeifahren?«

Pitt erhob sich und reichte Ann ihre Krücken. »Ich überhöre niemals die Bitten kleiner Kinder, alter Damen oder schöner Frauen mit angeknacksten Fußknöcheln.« Er deutete eine Verbeugung an. »Sie brauchen mir nur den Weg dorthin zu erklären.«

Eine Stunde später bogen sie auf den Parkplatz von Heiland Research and Associates ein. Die Firma residierte in einem mehrfach genutzten Bürobau auf einer Anhöhe oberhalb der Küstenstadt Del Mar, in nördlicher Nachbarschaft von San Diego. Die Lage bot einen ungehinderten Blick auf den Ozean im Westen sowie auf die berühmte Pferderennbahn von Del Mar unten im Tal. Ann zeigte am Empfang ihren Ausweis vor und trug sich ins Besucherbuch ein.

»Willkommen, Mrs. Bennett«, sagte die Empfangsdame. »Mrs. Marsdale erwartet Sie bereits.«

Eine Minute später betrat eine elegant gekleidete Frau mit dunkler Kurzhaarfrisur das Foyer und stellte sich als Carl Heilands Operations-Manager vor. Als sie die Besucher in einen angrenzenden Konferenzsaal führte, folgte Ann Bennett unbeholfen mit ihren Krücken.

»Wir wollen nicht allzu viel von Ihrer Zeit vergeuden, Mrs. Marsdale«, begann Ann. »Ich gehöre zu dem Team, das den Tod von Mr. Heiland untersucht, und möchte in diesem Zusammenhang seine Arbeitsunterlagen zum Projekt *Sea Arrow* in Sicherheit bringen.«

»Ich kann noch immer nicht fassen, dass er nicht mehr bei uns ist.« Der Schock über Heilands Tod stand ihr deutlich im Gesicht geschrieben. »Gehe ich recht in der Annahme, dass sein Tod kein Unfall war?«

»Wie kommen Sie zu der Vermutung?«

»Carl und Manfred waren einfach zu fachkundig, um bei einem Bootsunfall ums Leben zu kommen. Carl war ein vernünftiger Mensch und stets auf Sicherheit bedacht. Ich weiß, dass er sich ständig Sorgen wegen der Geheimhaltung seiner Arbeit gemacht hat.«

»Wir glauben nicht, dass es ein Unfall war«, sagte Ann Bennett, »aber die Ermittlungen laufen noch. Wir sind der Meinung, dass jemand versucht haben muss, das Testmodell in seinen Besitz zu bringen.«

Mrs. Marsdale nickte. »Das FBI war vor ein paar Tagen hier, und wir haben ihnen gegeben, was wir konnten. Aber wie ich ihnen erklärte, ist dies lediglich die geschäftliche Zentrale von Dr. Heilands Unternehmen. Wir sind für die Regierungsverträge und die damit verbundene Verwaltungsarbeit zuständig, mehr nicht. Die gesamte Firma beschäftigt nicht mehr als zwölf Angestellte.«

»Wo befindet sich denn Ihr Forschungsbetrieb?«, wollte Pitt wissen.

»Eigentlich haben wir so etwas gar nicht. Im hinteren Teil des Gebäudes gibt es eine kleine Werkstatt, wo einige Hilfskräfte mit Forschungsarbeiten beschäftigt sind, aber Carl und Manfred haben nur selten hier gearbeitet. Sie sind viel gereist und haben den größten Teil ihrer Forschungen in Idaho durchgeführt.«

»In Idaho?«, fragte Ann.

»Ja. In Bayview unterhält die Navy ein kleines Forschungszentrum. Dr. Heiland besitzt dort in der Nähe ein Ferienhaus, wohin er und Manfred sich immer dann zurückgezogen haben, wenn es größere Probleme zu lösen gab.«

»Sie sprechen von Manfred Ortega, dem Assistenten Dr. Heilands?«

»Ja. Carl nannte ihn Manny. Auch er war ein brillanter Ingenieur. Zusammen brachten die beiden wahre Wunderwerke hervor. Sie bildeten den Kopf der gesamten Firma. Ich weiß nicht, wie es jetzt weitergehen soll.«

Für längere Zeit herrschte Schweigen, da sie alle begriffen, dass der Tod von Carl und Manny aller Wahrscheinlichkeit nach das Ende von Heiland Research and Associates zur Folge hatte.

»Hat das FBI sämtliches Material, das hier verfügbar war, eingesammelt?«, fragte Ann.

»Sie haben alle unsere Verwaltungsakten mitgenommen – und vorübergehend sogar unsere Computer. Die technischen Unterlagen haben wir an die DARPA-Zentrale geschickt, was gut war, wie sich herausstellte. Die FBI-Agenten führten sich wie der sprichwörtliche Elefant im Porzellanladen auf, daher habe ich sie gar nicht erst in Carls Büro gelassen, doch ansonsten konnten sie sich hier frei bewegen.«

»Hätten Sie etwas dagegen, wenn ich mich mal in seinem Büro umschaue?«, fragte Ann Bennett. »Sie verstehen sicherlich, wie wichtig es für die nationale Sicherheit ist, seine sämtlichen Arbeitsergebnisse an einen sicheren Ort zu bringen.«

»Aber klar doch. Viel hat er hier allerdings nicht gesammelt. Sein Büro befindet sich nur ein kurzes Stück den Gang hinunter.« Mrs. Marsdale holte einen Schlüssel aus ihrem Schreibtisch und ging voraus zu einem Eckbüro. Heilands Domizil war von bescheidener Größe und sah aus, als sei es nur selten benutzt worden. Ebenso wie der Mann selbst wirkte die Einrichtung schlicht und bescheiden. Der Raumschmuck bestand aus einigen U-Boot-Modellen und dem Gemälde von einem Rumschmuggler aus Mahagoniholz unter vollen Segeln. Der einzige Gegenstand, der aus dem Rahmen fiel, war ein ausgestopfter Elchschädel an der Wand über dem Schreibtisch, an dessen Schaufeln mehrere Angelhüte hingen.

Mrs. Marsdale reagierte irritiert, als sie sah, dass mehrere Schreibtischschubladen offen standen. »Das ist seltsam.« Sie spannte sich plötzlich an. »Jemand war hier drin und hat seinen Schreibtisch durchsucht. Ich erinnere mich, einen Vertrag zum Unterschreiben in den Eingangskorb gelegt zu haben. Jetzt ist er verschwunden.«

Mit besorgter Miene wandte sie sich zu Ann um. »Ich bin im Gebäude die einzige Person, die über Schlüssel zu seinem Büro verfügt.«

»Wurden in diesem Zimmer noch andere wichtige Dokumente aufbewahrt?«

»Das kann ich nicht mit Sicherheit sagen, aber ich glaube … nein. Wie ich bereits erwähnte, er war nur selten für längere Zeit hier.«

Sie blickte auf den Schreibtisch und dann zu dem Elch hinüber. »Auf seinem Schreibtisch stand ein Foto von seinem Boot und seinem Haus – es ist auch verschwunden. Und Carl hatte die Schlüssel seines Ferienhauses immer an die Elchschaufel gehängt, wenn er hier war, und sie sind ebenfalls weg.«

»Haben Sie in diesem Gebäude eine Überwachungskamera?«, fragte Pitt.

»Die haben wir. Ich werde sofort bei unserer Sicherheitsfirma nachfragen.« Ihre Stimme wurde brüchig. »Es tut mir entsetzlich leid.«

»Wenn Sie nichts dagegen haben«, sagte Ann, »würde ich gerne noch einmal das FBI herkommen lassen, um das Zimmer gründlich durchzukämmen. Zusammen mit Ihrem Überwachungsvideo erhalten wir dadurch vielleicht einige aufschlussreiche Hinweise.«

»Ja, natürlich. Veranlassen Sie alles, was nötig ist, um herauszufinden, wer hinter dieser Sache steckt.«

Als Ann und Pitt zum Wagen zurückgingen, blieb die Agentin abrupt stehen und blickte auf den Ozean hinaus. »Sie waren hier, nicht wahr?«

»Darauf wette ich«, sagte Pitt.

»Ich muss Sie um einen Gefallen bitten.« Sie sah ihn ernst an. »Würden Sie unsere Rückkehr nach Washington um einen Tag verschieben? Ich möchte stattdessen nach Idaho fliegen. Wenn zutrifft, was Mrs. Marsdale sagte, liegen Heilands Pläne vielleicht unangetastet und sicher in Bayview, ohne dass wir etwas davon wissen.«

»Ich bin dabei«, sagte Pitt. »Tatsache ist, dass ich mir schon längst mal ansehen wollte, wo all diese berühmten Kartoffeln herkommen.«

22

Der regierungseigene Gulfstream-Jet sank aus dem saphirblauen Himmel heran und setzte auf der Hauptrollbahn des Cour d'Alene Airport Pappy Boyington Field auf. In der idyllischen Stadt geboren und aufgewachsen, hatte Gregory »Pappy« Boyington beim United States Marine Corps eine Ausbildung zum Jagdflieger absolviert und später im Pazifik die mit F4U Corsairs ausgerüstete legendäre Black Sheep Squadron gegründet, wofür er mit der Medal of Honor ausgezeichnet wurde. Der Flugplatz, der seinen Namen trug, war mittlerweile die Basis für harmlose Piper Cubs und Privatjets reicher Touristen. Pitt nahm Ann Bennetts Krücken und half ihr, auf dem Privatjet-Terminal aus dem Flugzeug zu steigen, wo sie einen Wagen mieteten. Mit Pitt am Lenkrad nahmen sie die Route 95 nach Norden.

Sie fuhren durch den nördlichen Landzipfel Idahos, eine Landschaft mit dicht bewaldeten Hügeln und kristallklaren blauen Seen, Welten entfernt von den Kartoffelfeldern in den südlichen Ebenen des Staates. Es herrschte nur spärlicher Verkehr, und Pitt hielt den Mietwagen nicht immer innerhalb der Geschwindigkeitsbegrenzung von fünfundsechzig Meilen pro Stunde. Zwanzig Minuten später erreichten sie die Stadt Athol, wo er auf eine Nebenstraße abbog und nach Osten fuhr. Eine große Schrifttafel hieß sie auf dem Gelände des Farragut State Park willkommen.

»Ein staatlicher Park in Idaho, der nach einem Bürgerkriegsadmiral benannt ist?«, fragte Pitt verwundert.

»So ist es tatsächlich.« Ann Bennett blätterte in dem Reiseprospekt, auf den sie im Flughafen gestoßen war. »Zu Beginn des Zweiten Weltkriegs richtete die Navy hier eine binnenländische Basis ein, da man befürchtete, dass die Japaner die Westküste bombardierten. Die Farragut Naval Training Station wurde in der Tat nach David Farragut benannt, dem Helden der Schlacht von Mobile Bay und erstem Admiral der U. S. Navy. Hier waren mal fast fünfzigtausend Mann stationiert. Nach dem Krieg wurde der Stützpunkt geschlossen, das Land an Idaho übergeben und von den neuen Besitzern in einen Staatspark umgewandelt.«

»Das sind interessante Informationen, mit denen Sie bei der nächsten Pentagon-Cocktailparty sicherlich glänzen können«, meinte Pitt.

Die Straße verließ den Park und schraubte sich an einem Hügel nach Bayview hinunter. Der Ort lag an der Spitze eines schmalen

Wasserarms am Pend Oreille, einem ausgedehnten Gletschersee. Pitt musste sich an einigen Straßenbaumaschinen vorbeischlängeln, ehe er auf die Küstenstraße gelangte. Mehrere Sporthäfen – gefüllt mit Angelbooten, Motorjachten und Hausbooten – okkupierten die nördliche Hälfte der Bucht. Das Navy Acoustic Research Detachment beherrschte das südliche Ufer.

»Dort ist der Eingang zum Labor«, sagte Ann und deutete auf ein prachtvolles Portal.

Pitt lenkte den Wagen auf den Besucherparkplatz und fand gleich neben der Wachstation einen freien Abstellplatz. Nachdem sie sich beim Wächter eingetragen hatten, erschien ein uniformierter Begleiter und fuhr mit ihnen in einer grauen Limousine auf das Gelände der Forschungsstation. Als sie am Wasser entlangkamen, fiel Pitt ein seltsam geformtes Unterseeboot namens *Sea Jet* auf seinem Liegeplatz am Kai auf.

Der Fahrer stoppte vor einem hohen beige-grünen Gebäude, das sich weit über das Wasser hinauslehnte, und geleitete Ann Bennett und Dirk Pitt dann zum Eingang. Ein lebhafter Mann mit hellrotem Haar und funkelnden blauen Augen begrüßte sie.

»Chuck Nichols, stellvertretender Laborleiter«, stellte er sich mit Maschinengewehrstimme vor. »Bitte folgen Sie mir.«

Er entließ den Fahrer mit einer Handbewegung und führte Ann und Pitt in ein kleines Büro, das mit Papieren und technischen Protokollen vollgestopft war. Er räumte Ordnerstapel von zwei Stühlen, damit sie darauf Platz nehmen konnten.

»Wir waren alle ziemlich geschockt, als wir von Carls und Mannys Unfall hörten«, sagte Nichols. »Haben Sie schon herausbekommen, was genau geschehen ist?«

»Nicht ganz«, antwortete Ann, »aber wir glauben nicht, dass es ein Unfall war. Dagegen haben wir Grund zu der Annahme, dass sie während des fehlgeschlagenen Versuchs irgendeiner bislang noch unbekannten Gruppierung, in den Besitz des Prototyp-Modells zu gelangen, das die beiden gerade testeten, ums Leben gekommen sind.«

Nichols presste die Lippen aufeinander. »Ja, *Slippery Mumm*. Darum hat er immer ein großes Geheimnis gemacht. Ich kann nicht mal glauben, dass irgendjemand außer ihm davon wusste.«

»*Slippery Mumm*?«

»Er gab seinen Modellen ausnahmslos irgendwelche Spitznamen. Das letzte Rumpfmodell nannte er *Pig Ghost*. Er bereitete uns allein damit viel Kummer, dass er unser Versuchs-U-Boot *Sea Jet* nannte.«

»Hat der Name irgendeine verborgene Bedeutung?«, wollte Pitt wissen.

»Sicherlich, aber wahrscheinlich nur für Carl und Manny. Er meinte, das *Mumm* beziehe sich auf eine Champagnersorte, die er bevorzugte. Er redete viel von Geschwindigkeit und Bläschen im Zusammenhang mit seinen Untersuchungen zur Superkavitation, also müsste man die Verbindung wohl dort suchen.«

»Erzählen Sie uns ein wenig mehr über diese Einrichtung«, bat Ann.

»Heiland hat die Anlage praktisch aufgebaut. Seine Familie besitzt am Lake Pend Oreille ein Ferienhaus, aus diesem Grund hat er sich dann in diese Gegend verliebt.«

Pitt bemerkte, dass er den Namen des Sees »Pond-o-ray« aussprach.

»Als er die Akustik-Abteilung im Naval Surface Warfare Center leitete«, fuhr Nichols fort, »überzeugte er die hochrangigen Militärs in Washington davon, hier ein Forschungslabor einzurichten und dazu Teile der alten Farragut-Marinebasis zu nutzen. Er hat das Ganze praktisch aus dem Nichts aufgebaut. Vor zehn oder zwölf Jahren verlor er dann die Lust an seiner Tätigkeit als Manager der Einrichtung und entschied sich, den Dienst zu quittieren. Damals gründete er seine Beratungsfirma. Carl war immer schon in erster Linie Ingenieur.«

»Sie sind hier aber ziemlich weit vom Ozean entfernt«, stellte Pitt fest.

»Stimmt, aber der See ist ein ideales Testgelände. Er ist groß, es herrscht nur wenig Schiffsbetrieb, und außerdem ist er stellenweise über dreihundert Meter tief. Wir konzentrieren uns mit unserer Arbeit auf neue Rumpfformen und Antriebssysteme – alles unter dem Aspekt, möglichst geringe akustische Spuren zu hinterlassen. Der See stellt eine nahezu perfekte Umgebung dar, um neue Konstruktionen und Technologien gründlichen Tests zu unterziehen.«

»Ist die *Sea Jet* demnach eine Versuchsplattform?«, fragte Pitt.

»Ganz genau«, bestätigte Nichols. »Sie ist das, was wir einen Advanced Electric Ship Demonstrator nennen. Obgleich sie ein wenig wie ein U-Boot aussieht, ist sie in Wirklichkeit ein Modell des neuen Zerstörers der DD(X)-Klasse mit einem Viertel von dessen Größe. Wir haben die *Sea Jet* benutzt, um einige neue Rumpfformen und Antriebssysteme auszuprobieren. Ursprünglich wurde sie mit einem Druckstrahlantrieb gebaut, aber wir haben mittlerweile einige andere Technologien entwickelt, über die ich wahrscheinlich noch nicht sprechen darf. Es war geplant, dass wir Carls neue Ideen in Bezug auf das *Sea-Jet*-Projekt testen sollten, aber aus den bekannten Gründen kommen wir jetzt irgendwie nicht weiter.«

»Die Technologie in der *Slippery Mumm*?«, fragte Ann.

»Ja. Er hat sie vor ein paar Wochen hier im See getestet. Ich erinnere mich noch, wie er den Leuten hier erklärte, er habe die Absicht, den Fischen damit einen heillosen Schreck einzujagen. Zwei von den Leuten waren zur gleichen Zeit draußen auf dem See und berichteten, dass er ziemlich wahnwitzige Geschwindigkeiten gemessen habe.«

»Aber er hat hier in der Einrichtung nicht daran gearbeitet?«

»Nicht sehr oft. Meist kam er hierher und benutzte unsere Computer, aber er war uns immer um mindestens drei Schritte voraus. Wenn er sich in der Stadt aufhielt, dann vergrub er sich häufig zusammen mit Manny in seinem Ferienhaus und bastelte dort herum.«

»Es ist sehr wichtig, dass wir sämtliche seiner technischen Aufzeichnungen in Bezug auf die *Slippery Mumm* sicherstellen«, sagte Ann.

»Die Leute von der DARPA haben die gleiche Bitte geäußert, und ich bin gerade dabei, alles zusammenzusuchen, was wir haben«, sagte Nichols. »Tatsache ist, dass Carl neunzig Prozent der Unterlagen in seinem Besitz hatte. Was nicht in seinem Kopf gespeichert war, befindet sich wahrscheinlich noch draußen in seinem Ferienhaus. Einen Moment, ich gebe Ihnen die Adresse.«

Er sah in seiner Rolodex-Kartei nach und notierte die Adresse auf einem Zettel, den er Ann Bennett reichte. Gleichzeitig gab er seinen Besuchern noch einige Hinweise. »Auf dem Terrassentisch hinter dem Haus steht eine verrostete Glocke. Darunter müssten die Reserveschlüssel zum Haus und zum Boot deponiert sein.«

Ann fragte ihn mit einem Blick, woher er das wisse.

»Im Laufe der Zeit habe ich mit Carl so einige Flaschen Bier auf seiner Terrasse und seinem Boot geleert«, erklärte Nichols augenzwinkernd.

Ann bedankte sich, dass er sich Zeit für sie genommen hatte, dann wurden sie zur Einfahrt zurückgebracht. Zum ersten Mal blickte Ann mit Optimismus in die Zukunft. »Sehen Sie, ich denke, dieser kleine Abstecher hat sich doch gelohnt. Wir sollten uns in Heilands Ferienhaus umsehen, und danach sage ich dem FBI Bescheid, dass sie herkommen und das Anwesen sichern.«

»Was dagegen, wenn wir vorher zu Abend essen?«, fragte Pitt. »Es wird bald dunkel.«

»Aber nur, wenn ich zahlen darf.«

Die Auswahl, die die kleine Stadt bot, war eher bescheiden. Pitt entschied sich für ein Restaurant namens Captain's Wheel direkt am Hafen, die Straße lediglich ein Stück weiter. Ann versuchte ihr Glück mit einem griechischen Salat, und Pitt verputzte einen Cheeseburger und ein Glas Bier, während sie zuschauten, wie im Bootshafen nach und nach die Beleuchtung eingeschaltet wurde.

Ann Bennett bemerkte einen besinnlichen Ausdruck in Dirk Pitts Gesicht, als er die glatte Oberfläche des Sees betrachtete. Diesen Mann umgab etwas Rätselhaftes, Hintergründiges, und dennoch fühlte sie sich bei ihm völlig sicher. Sie hatte ihn erst wenige Tage zuvor kennengelernt und wusste fast nichts über ihn – außer der enttäuschenden Tatsache, dass er verheiratet war.

»Ich weiß gar nicht, ob ich mich dafür bedankt habe, dass Sie mir in Tijuana das Leben gerettet haben«, sagte sie.

Pitt sah sie an und lächelte. »Ich bin mir nicht ganz sicher, ob der Sprung an Bord eines Bootes, das mit bewaffneten Gaunern besetzt war, die in diesem Moment klügste Verfahrensweise war, dem Gesetz Geltung zu verschaffen, aber ich bin froh, dass alles gut ausgegangen ist.«

»Gelegentlich habe ich eine Neigung zu Unbesonnenheit.« Dabei dachte sie auch an ihren spontanen Besuch in seiner Kabine in der vorangegangenen Nacht. »Ich hoffe, dass wir in Washington Freunde werden können, wenn dieser Fall abgeschlossen ist.«

»Es wäre mir eine Freude.«

Grinsend schob er die Rechnung über den Tisch zu ihr hin. »Aber einstweilen denke ich, wir sollten zu Heilands Ferienhütte fahren, ehe es völlig dunkel ist.«

Nichols hatte ihnen versichert, dass sie das Haus nicht verfehlen konnten, und er hatte recht gehabt. Seine Wegbeschreibung ließ sie auf eine einspurige Straße abbiegen, die am Acoustic Research Center vorbeiführte und entlang des südlichen Ufers des Wasserarms verlief. Sie passierten mehrere Ansammlungen von Ferienhäusern, die spärlicher wurden, je weiter die Lichter der Stadt hinter ihnen zurückblieben. Die Straße schlängelte sich zur Öffnung der Bucht und schwenkte dann nach Süden, um dem unregelmäßigen

Uferverlauf des Sees zu folgen. Sie fuhren einige Meilen, ehe die Straße in einem Kiefernwäldchen endete. Eine schmale, mit Schotter bestreute Zufahrt führte zu einem roten Holzhaus am Seeufer.

»Hier sind wir offenbar richtig«, sagte Ann, nachdem sie einen Blick auf die Adresse am Briefkasten geworfen hatte.

Pitt lenkte den Mietwagen die Zufahrt hinunter und parkte neben einer Anbaugarage, die groß genug erschien, um ein Dutzend Fahrzeuge aufzunehmen. Im Haus brannte kein Licht, und eine bedrückende Stille lag über dem Anwesen.

Ann Bennett bemerkte die ersten Sterne am Himmel, während sie gleichzeitig eine leichte Brise spürte, die ihr vom See ins Gesicht wehte. »Ich wünschte, wir hätten eine Taschenlampe«, sagte sie und tastete mit ihren Krücken den unebenen Untergrund ab, der zum See hin abfiel.

»Gehen Sie doch schon mal zur Haustür, während ich hinten die Schlüssel suche«, schlug Pitt vor.

Er schritt um die Garage herum und über einen Fußweg zur Hinterfront des Hauses. Nur eine schmale Reihe hoher Kiefern trennte den Garten des Hauses vom Wasser. Pitt erkannte, dass das Haus auf einem erstklassigen Grundstück stand, das einen atemberaubenden Blick auf den See bot. Mit einer Handbewegung verscheuchte er ein Moskito, das dicht an seinem Ohr summte, während er eine breite Veranda betrat, die sich über die gesamte Länge des Hauses erstreckte. Schnell entdeckte er die alte Glocke, die mitten auf einem Kaffeetisch mit mehreren Adirondack-Stühlen stand. Die Schlüssel lagen tatsächlich dort, befestigt an einer schwimmfähigen Kette, wie sie häufig von Bootsfahrern benutzt wird. Während er zurückging, warf er einen Blick hinunter zum See und entdeckte an der Grundstücksgrenze einen privaten Anlegesteg mit einem dunklen Boot, das dort vertäut war.

Ann war mittlerweile zur Haustür gehumpelt und wartete dort, auf ihre Krücken gestützt. »Hatten Sie Glück?«

Pitt ließ die Schlüssel in ihre Hand fallen. »Es war genauso wie beschrieben.«

Sie schloss die Tür auf, trat ein und suchte einen Schalter. Pitt folgte ihr, während sie eine Reihe Deckenspotlights anknipste, die das Innere des Hauses erhellten. Die altmodische Inneneinrichtung war im Laufe der Jahre geschmackvoll modernisiert worden. In der Küche funkelten Edelstahlarmaturen und Arbeitsplatten aus Granit, während das Wohnzimmer mit einem großen Flachbildfernseher aufwartete. Ein Paar ausgestopfter Forellen hing neben einer alten Fliegenrute über dem aus Natursteinen gemauerten Kamin, einer Ode an eine der langjährigen Liebhabereien des Eigentümers.

Sich voller Unbehagen im Refugium des Toten bewegend, humpelte Ann Bennett auf der Suche nach einem Büro oder einer Werkstatt eilig durch das Haus. Alles, was sie fand, waren vier große Schlafzimmer.

»Bleibt nur zu hoffen, dass uns die Garage weiterhilft.« Sie blickte zu einer Tür am Ende des Korridors.

Pitt folgte Ann, nachdem sie die Tür geöffnet und das Licht eingeschaltet hatte. Der Anblick, der sich ihnen bot, war für beide eine Überraschung.

Obgleich sie erwartet hatten, so etwas wie eine Werkstatt zu finden, hätten sie niemals damit gerechnet, mitten in den Wäldern Idahos auf ein hochmodernes Forschungslabor zu stoßen. Die Garage sah aus, als sei sie direkt aus dem Herzen des Silicon Valley an diesen See verlegt worden. Die hellen Leuchtkörper an der Decke erhellten einen fleckenlos weißen Raum mit Arbeitstischen aus Edelstahl. Regale voller elektronischer Testgeräte standen an einer Wand; eine Ecke des Raums war als Fertigungsstation eingerichtet. Ein langes, schmales mit Wasser gefülltes Becken zur Untersuchung des Strömungsverhaltens verschiedener Schiffsrumpfformen und zum Testen von Antriebssystemen erstreckte sich fast über die gesamte Länge des Gebäudes. Doch der Raum war nicht nur für die Arbeit reserviert worden, stellte Pitt fest. In einer Ecke stand ein Flipperautomat aus den 1950er Jahren neben einer kompliziert erscheinenden Espressomaschine.

»Volltreffer«, sagte er.

Ann humpelte quer durch den Raum zu einem großen Schreibtisch, neben dem zwei Polstersessel standen. Zwei Laptop-Computer lagen aufgeklappt neben mehreren Notizbüchern und Stapeln von Konstruktionszeichnungen. Ann griff nach einem der Notizbücher und las ein paar Zeilen der handschriftlichen Einträge.

»Dies hier wurde erst vor ein paar Tagen notiert«, sagte sie. »Er beschreibt eine Serie erfolgreicher Tests des ›SM‹ im See sowie seine Pläne für einen letzten Probelauf im Meer vor San Diego.«

»SM. Damit dürfte die *Slippery Mumm* gemeint sein.«

»Gott sei Dank. Offenbar sind seine Notizen und Arbeitsunterlagen vollständig. Die Pläne sind nicht verschüttgegangen.«

Sie hatte die Worte kaum ausgesprochen, als sämtliches Licht im Haus erlosch und durch absolute Schwärze ersetzt wurde.

23

Die beiden Männer hatten kurz vor dem Ferienhaus angehalten, als sie einen Wagen in der Zufahrt hatten stehen sehen. Der Fahrer öffnete den Kofferraum, und jeder von ihnen nahm eine Glock Halbautomatik sowie eine Nachtsichtbrille heraus. Die Dunkelheit hüllte den Bergsee mittlerweile vollkommen ein, und die mondlose Nacht bot wenig Licht.

Mit routinierter Heimlichkeit untersuchten sie die Außenwände der Ferienhütte und lokalisierten den elektrischen Sicherungskasten.

Nachdem sie seinen Deckel aufgehebelt hatten, identifizierte einer der beiden den Hauptschalter, legte ihn um und trennte damit das Haus vom Stromnetz.

Innerhalb des fensterlosen Labors wurde es so dunkel wie in einem Grubenschacht um Mitternacht. Ann Bennett atmete zischend ein. »Wie toll, dass ausgerechnet jetzt, wo wir hier sind, der Strom ausfällt«, sagte sie mit einem nervösen Kieksen in der Stimme.

»Vielleicht ist es nur eine kleine Schwankung im Netz«, sagte Pitt. »Bleiben Sie einen Moment lang stehen, damit Sie nicht stolpern und hinfallen.«

Während sie abwarteten, wurde Pitt plötzlich von einer unguten Vorahnung heimgesucht. »Versuchen Sie doch mal, den Laptop einzuschalten, damit wir ein bisschen Licht haben«, sagte er. »Sein Akku dürfte noch halbwegs geladen sein.«

»Gute Idee.« Ann legte das Notizbuch beiseite und tastete den Schreibtisch auf der Suche nach einem der Laptops ab. Sie fand einen, tippte auf mehrere Tasten und hoffte, auf diese Weise den Ein- und Ausschalter zu finden.

Im Haus hörte Pitt die Bodenbretter in der Eingangshalle knarren. Sie waren nicht allein. Er streckte die Hand nach der Werkbank neben ihm aus, fuhr damit über ihre Oberfläche und hoffte, eine Waffe zu finden. Er ignorierte einige lose Drähte, stieß mit den Fingern gegen ein Werkzeug – eine kleine Nadelzange – und ließ es in seiner Hand verschwinden.

»Ich glaube, ich hab's geschafft«, sagte Ann. Der Computer fuhr hoch, und sie drehte den Bildschirm zu Pitt hinüber, so dass der Raum in einen grünlichen Schimmer getaucht wurde. Der matte Lichtschein reichte gerade bis zur Tür, die in diesem Moment aufgestoßen wurde. Zwei Eindringlinge platzten herein und blieben abrupt stehen, um sich zu orientieren.

Pitt sah, dass beide zwar ziemlich klein, aber muskulös waren. Sie trugen schwarze Kleidung, und ihre Augen versteckten sich hinter

Nachtsichtbrillen. Sie hielten Glocks auf Armeslänge vor sich und schwenkten sie gewohnheitsmäßig herum, bis sie ihre Aufmerksamkeit auf Ann Bennett und Pitt konzentrierten.

»Nicht bewegen!«, rief der Erste der beiden mit spanischem Akzent, offenbar der Anführer.

Er holte eine Taschenlampe hervor und richtete sie auf sie. Ann musste blinzeln, als der Lichtstrahl auf ihrem Gesicht verharrte.

Der Mann kam näher und hielt die Waffe auf Pitt gerichtet. »Zurück an die Wand«, befahl er und leuchtete ihm den Weg.

Ann griff nach ihren Krücken und humpelte zu Pitt hinüber, dann zogen sich beide zur Wand zurück. Eine Tür in der Wand führte in den Garten hinter dem Haus. Pitt schob Ann sanft näher an sie heran, während der Mann mit der Pistole seinen Partner rief. Der zweite Mann kam herbei, baute sich vor Ann und Pitt auf und hielt sie mit seiner Pistole in Schach. Der andere Mann steckte seine Glock in ein Holster, schob die Nachtsichtbrille hoch und benutzte die Taschenlampe, um das Labor zu durchsuchen.

Pitt erkannte, dass er dabei gründlich vorging und offenbar genau wusste, wonach er Ausschau hielt. Er begann damit, die Laptops und die Notizbücher, die Ann gefunden hatte, zu inspizieren und kämmte danach das restliche Labor durch. Es dauerte fast zehn Minuten, ehe er zum Schreibtisch zurückkehrte und die Gegenstände aussortierte, die er mitnehmen wollte. Er fand eine leere Plastiktonne, die er mit Heilands Aufzeichnungen und Notizbüchern vollstopfte.

Ann drängte sich dicht an Pitt heran und konnte kaum fassen, dass sie schon zum zweiten Mal innerhalb von zwei Tagen in eine Pistolenmündung blickte. Zorn verdrängte ihre Angst, als sie mit ansehen musste, wie Heilands Arbeit vor ihren Augen gestohlen wurde. Der Dieb leerte die Schreibtischschubladen, kippte ihren Inhalt in die Tonne und packte die beiden Laptops obenauf.

»Bist du fertig?«, fragte der Mann, der Pitt und Ann bewachte.

»Fast.« Der andere Mann musterte Ann und Pitt verärgert. »Behalt sie im Auge, bis ich wieder zurück bin.«

Er lud sich die Tonne auf die Schulter und durchquerte mit Hilfe seiner Taschenlampe das Labor.

Ein paar Sekunden nachdem er das Labor verlassen hatte, rief der Wächter nach ihm, erhielt jedoch keine Antwort.

Pitt konnte hören, wie der Eindringling durch das Haus ging und es durch die Vordertür verließ. Er brauchte keine hellseherischen Fähigkeiten, um zu wissen, dass seine Rückkehr nichts Gutes bedeuten würde.

Ohne das Licht der Taschenlampe und der Computer war es in der Garage wieder stockdunkel. Zu dunkel, erkannte Pitt plötzlich, und Hoffnung keimte in ihm auf. Die Nachtsichtbrille ihres Bewachers brauchte irgendeine Form von Licht, um ihre Wirkung überhaupt zu entfalten, selbst wenn es nur ein mattes Sternefunkeln war. Deshalb hatte der Wächter auch nach seinem Partner gerufen – weil er nichts mehr sehen konnte.

Pitts Theorie fand ihre Bestätigung, als er hörte, wie der Reißverschluss an der Jacke des Wächters aufgezogen wurde. Er wollte seine eigene Taschenlampe hervorholen. Dazu ließ Pitt es jedoch nicht kommen.

Er entriss Ann eine ihrer Krücken, verwandelte sie in einen Rammbock, indem er sie umdrehte, und griff an. Er konnte nur hoffen, dass der Wächter dort stehen geblieben war, wo sein Partner ihn verlassen hatte, nämlich keine zwei Meter direkt vor Pitt.

Während er nach der Lampe angelte, hatte der Wächter die Pistolenhand sinken lassen und wurde völlig überrumpelt, als der mit einem Gummistopfen überzogene Fuß der Krücke gegen sein Brustbein prallte. Die unerwartete Attacke schleuderte ihn nach hinten und ließ ihn auf Heilands Schreibtisch fallen. Er schwang die Pistole herum und feuerte mehrere blinde Schüsse ab, ohne zu erkennen, dass er auf einen Punkt etwa einen Meter über Pitts Kopf zielte.

»Ann, verschwinden Sie schnellstens durch die Hintertür!«, rief Pitt.

Er duckte sich, drehte die Krücke abermals und begann damit um sich zu schlagen, um dem liegenden Schützen den Rest zu geben. Die Mündungsblitze verrieten ihm seine Position, und so schmetterte er die Aluminiumkrücke mit knochenbrechender Wucht gegen das Handgelenk des Schützen, so dass die Pistole in hohem Bogen durch die Luft flog.

Ann war bereits beim ersten Schuss auf Tauchstation gegangen und tastete sich an der Wand entlang, fand die Tür und schließlich auch den Knauf. Sie drehte daran, der Schließbolzen schnappte zurück, und sie stieß die Tür auf. Sie nahm ihre verbliebene Krücke, kroch auf allen vieren durch die Tür und entfernte sich dann hüpfend von der Ferienhütte.

Ehe die Tür wieder ins Schloss fiel, hörte sie noch, wie der Schütze vor Schmerzen in seinem gebrochenen Handgelenk aufschrie. Er ließ sich vom Schreibtisch rutschen, um Pitts Attacke zu entgehen. Pitt konnte hören, wie er sich wieder auf die Füße kämpfte, aber jetzt befand er sich bereits außerhalb seiner Reichweite und war nicht mehr zu sehen. Da er wusste, dass sich Ann mit ihrem verletzten Fußknöchel nicht allzu schnell bewegen konnte, bemühte sich Pitt, noch etwas an seinem Gegner dranzubleiben, um ihr mehr Zeit zu verschaffen. Er ließ die Krücke fallen und hechtete über den Tisch. Dabei glitt er über die Stelle, wo der Wächter gerade noch gelegen hatte.

Da er sich im Sprung drehte, landete Pitt auf den Füßen, machte einen Schritt vorwärts und ließ blindlings die Fäuste fliegen. Seine Knöchel streiften die Jacke des Wächters, der sich jetzt links von Pitt befand.

Der Wächter konterte mit seiner gesunden Hand und erwischte Pitt an der Schulter.

Pitt wich blitzschnell zurück und schüttelte die Wirkung des Treffers ab. Er wusste jetzt, wo er sein Ziel zu suchen hatte, und drang mit zwei schnellen Schwingern vor. Beide Fäuste trafen den Brustkorb des Wächters. Der Mann ächzte erstickt, während er rückwärtsstolperte, dabei über einen Stuhl fiel und unter lautem Poltern zu Boden ging.

Pitt hatte keine Zeit, seine Attacke erfolgreich abzuschließen. Die Flurtür wurde aufgestoßen, und der andere Bewaffnete, längst durch die Schüsse seines Komplizen alarmiert, stürmte herein. Er ließ den Lichtkegel seiner Taschenlampe durch den Raum wandern, verharrte auf der Gestalt des gestürzten Wächters, ehe er sich auf Pitt, ein paar Schritte entfernt, konzentrierte.

Pitt reagierte augenblicklich und warf sich rückwärts über den Schreibtisch. Sein Gegner versuchte, ihm mit dem Lichtstrahl der Taschenlampe zu folgen, während er einen Schuss abfeuerte, der jedoch weit daneben ging.

Pitt glitt vom Schreibtisch und duckte sich, so dass er für den Schützen nicht mehr zu sehen war. Er vergeudete keine Zeit damit, sich in seiner Deckung auszuruhen, sondern schlängelte sich auf dem Fußboden zur Wand. Dabei stieß er gegen die Krücke, die er hatte fallen lassen, und ergriff sie.

Der Schütze rannte hinter Pitt her. Der Lichtstrahl der Taschenlampe tanzte über den Fußboden und näherte sich schnell seiner Beute.

Aber im Licht war nun außerdem die Hintertür nur wenige Schritte von Pitt entfernt zu erkennen. Immer noch in geduckter Haltung sprang er und streckte die Hand nach dem Knauf aus, ehe er mit dem Oberkörper gegen die untere Hälfte des Türblatts prallte. Er erwischte den Knauf, drehte ihn, und sein Gewicht sprengte die Tür auf.

Sein Verfolger, der das Labor zur Hälfte durchquert hatte, hob seine Waffe und feuerte in vollem Lauf drei schnelle Schüsse ab. Pitt spürte ein Stechen im Bein, während er die Krücke hinter sich herzog und die Tür zuschlug.

Dann sprang er auf und verkeilte den Armbügel der Krücke unter dem Türknauf. Damit gewann er vielleicht zehn oder zwanzig Sekunden Vorsprung. Doch das würde noch immer nicht ausreichen. Irgendwo humpelte Ann Bennett durch die Dunkelheit. Er musste sie finden, und das so schnell wie möglich. Sie wären beide für die Schützen, sobald diese das Labor verlassen hätten, eine leichte Beute.

Er schlug den Weg zu ihrem Mietwagen ein, doch dann hörte er, wie in der Nähe ein Motor ansprang. Das Geräusch kam nicht von der Straße, sondern vom See. Pitt wechselte sofort die Richtung und rannte zum Wasser, plötzlich angetrieben von dem Gedanken, dass sie trotz allem vielleicht doch noch eine reelle Chance hatten.

24

Als der Motor startete, erklang nicht das blecherne Mahlen eines gemieteten Kleinwagens, sondern das kehlige Gurgeln eines Schnellboots. Während Pitt in Richtung Anlegesteg sprintete, war er voller Bewunderung für Anns Plan, mit Heilands Boot zu flüchten. Sie hatte die Schlüssel bereits in der Tasche und musste nur noch hoffen, es auch in Gang zu bringen.

Im Labor wurde der Bewaffnete durch die Hintertür aufgehalten. Die Aluminiumkrücke fixierte sie. Der Mann warf sich mit seinem gesamten Gewicht gegen die Tür, bis die Krücke nachgab, sich durchbog, unter dem Knauf wegrutschte und klappernd umfiel. Der Mann stürmte nach draußen und nahm sofort Kurs auf den Lärm des Bootsmotors. Dann entdeckte er die schemenhafte Gestalt Dirk Pitts zwischen den Uferbäumen und folgte ihr.

Pitt atmete heftig, und sein linkes Bein schmerzte, als er den Schotterweg erreichte, der zum Seeufer hinunterführte. Vage konnte er die Gestalt Anns erkennen, die im Cockpit des Bootes stand und in seine Richtung blickte. Da er das Krachen der aufgesprengten Labortür hinter sich gehört hatte, brauchte er sich nicht erst umzudrehen, um zu wissen, dass der Schütze keineswegs die Absicht hatte, sie entkommen zu lassen.

»Legen Sie ab, Ann!«, rief er. »Warten Sie nicht!«

Ann kletterte auf den Steg und löste die Heckleine, dann humpelte sie über den Steg und tat das Gleiche mit der Bugleine. Sie ließ sich in den Cockpitsitz gleiten, als Pitt den Steg erreichte.

Während er näher kam, erkannte er zu seiner Überraschung, dass er einen alten, aus Mahagoni erbauten Flitzer mit zweisitzigem Cockpit vor sich hatte. Bei besseren Lichtverhältnissen hätte er es als ein Chris-Craft aus den frühen 1940ern identifizieren können.

Ohne aus dem Tritt zu kommen, überquerte Pitt den Steg und sprang auf die hintere Sitzbank des Cockpits. Er federte vom Polster ab, schwang sich in den Pilotensitz davor und schob gleichzeitig den Gashebel nach vorn. Während er in den Sitz sank, schwenkte das alte Boot mit dem lauten Dröhnen seines alten sechszylindrigen Chrysler-Motors vom Steg weg.

»Das war schnell geschaltet«, sagte er zu Ann, während er das Boot zur Seemitte lenkte.

»Ich hatte schon befürchtet, Sie würden es nicht rechtzeitig schaffen.«

Er drehte sich zum Steg um, auf dem soeben die dunkle Gestalt des Anführers erschien.

»Gehen Sie lieber in Deckung!«, rief Pitt und riss das Ruder scharf herum.

Der Fußraum des Cockpits bot ausreichend Platz für sie beide, und sie kauerten sich auf den Boden, während das Boot nach Backbord herumschwenkte. Pitt griff nach oben und drehte das

Ruder wieder zurück, um das Boot auf Geradeausfahrt zu bringen.

Sein Manöver hatte sie auf einen Kurs gebracht, der parallel zum Seeufer verlief und sie damit vor den Augen ihrer Verfolger verbarg. Der Bewaffnete rannte bis zum Ende des Stegs, zielte auf das steuermannlose Boot und feuerte das Magazin leer.

Das Dröhnen der Maschine überdeckte zwar die Schüsse, aber Pitt nahm mehrere dumpfe Schläge wahr, als ein paar Kugeln den Bootsrumpf trafen. Er wartete eine Minute, dann hob er den Kopf zu einem kurzen Rundblick. Der Steg war zwischen den Bäumen nicht mehr zu erkennen, und das Boot hielt aufs Seeufer zu. Pitt ließ sich in den Sitz gleiten und drehte am Ruder, um sie in tieferes Wasser zu lenken. Sobald sie wieder auf dem richtigen Kurs waren, zog er Ann auf den Sitz neben sich. Da er sich ausschließlich auf ihre Flucht konzentriert hatte, waren ihm die pochenden Schmerzen in seinem Bein und die klebrige Nässe, die ihm signalisierte, dass er mittlerweile blutete, bisher völlig entgangen.

»Sind Sie okay?«, fragte er.

Sie nickte. »Das war wirklich verdammt knapp.«

»Es wäre sicherlich noch knapper gewesen, wenn ich Ihre Krücke nicht zur Hand gehabt hätte. Tut mir leid, Sie Ihres künstlichen Gleichgewichts beraubt zu haben.«

»Ich hatte solche Angst, dass ich schon gar nicht mehr an meinen Knöchel gedacht habe. Ich hab nur gesehen, dass es zum Steg bergab ging, und mich erinnert, dass ich die Hausschlüssel noch in der Tasche hatte. Glücklicherweise gehörten die Bootsschlüssel dazu.«

Unbewusst massierte sie ihr Fußgelenk, als sich die Schmerzen wieder meldeten.

»Wohin jetzt?«, fragte sie.

Pitts Gehirn arbeitete bereits auf Hochtouren. »Das ist ganz einfach«, sagte er. »Wir versperren ihnen den Weg.«

Es gab nur eine Straße, die von Heilands Ferienhaus wegführte.

Pitt wusste, dass die Diebe Bayview durchqueren mussten, um mit den gestohlenen Dokumenten zu fliehen. Sie könnten dabei an einer Stelle gestoppt werden, aber nur wenn er und Ann zuerst diesen Punkt erreichten. Es war ein Wettrennen, dessen Ausgang von einem siebzig Jahre alten Boot abhing.

Obwohl es wahrlich nicht mehr zu den Jüngsten zählte, bewegte sich Heilands Chris-Craft keineswegs im Schneckentempo. Das Custom Runabout war mit dem Model M-Motor der Firma ausgestattet, der 130 PS leistete. Mit seinem hochglanzlackierten Mahagoni-Finish, den Doppelsitzen und einem schnittigen »Barrelback«-Heck war das alte Motorboot sowohl stilvoll als auch schnell. Bereits im Jahr 1942, als es die Fabrik in Algonac, Michigan, verlassen hatte, war es ein begehrenswertes Objekt gewesen. Mittlerweile aber stellte es ein gesuchtes Sammlerstück für die Liebhaber klassischer Boote dar.

Das elegante Boot schnitt lässig durch die Wellen, während Pitt den Gashebel nach vorn drückte und dem Inbordmotor die volle Leistung abforderte. Auch wenn sie einen komfortablen Vorsprung hatten, wusste Pitt doch, dass die ungebetenen Besucher alles daransetzen würden, das Weite zu suchen, und auf der Straße fast doppelt so schnell unterwegs wären wie das Boot im Wasser.

Der mit Sternen übersäte Himmel spendete ihnen ausreichend Licht, und so lenkte er das Boot dichter ans Ufer, um die Strecke zu verkürzen. Nach ein paar Minuten schneller Fahrt öffnete sich links von Pitt ein breiter Wasserarm, und dort lenkte Pitt das Boot hinein. Die Lichter von Bayview erschienen vor dem Bug und funkelten am fernen Ende der Scenic Bay. Pitt schaute zur Uferstraße, konnte dort aber keine Scheinwerfer entdecken.

»Wie halten wir sie auf?«, rief Ann Bennett.

Diese Frage beschäftigte Pitt, seit sie vom Steg abgelegt hatten. Waffenlos – mit einer Frau, die kaum aus eigener Kraft gehen konnte, in einem siebzig Jahre alten Boot sitzend – blieben ihnen nicht viele Möglichkeiten. Die Vorgehensweise, die sich am ehesten anbot, wäre vielleicht die, in eine Einrichtung der Navy zu stürmen und dort um Hilfe zu bitten. Aber ein solcher Überfall würde eher zur Folge haben, dass sie erschossen oder zumindest verhaftet würden, anstatt dass man ihnen die gewünschte Unterstützung sicherte. Weit voraus entdeckte er einen Bootshafen in direkter Nähe des mit einem Schutzzaun gesicherten Eingangs zum Laborkomplex. Die Straße, die zu Heilands Feriendomizil führte, kreuzte die Hauptstraße der Stadt nicht weit davon entfernt. Er machte Ann auf den Bootshafen aufmerksam.

»Ich bringe uns dorthin«, sagte Pitt. »Sehen Sie zu, dass Sie es bis zum Wachhaus schaffen, und bringen Sie die Leute dazu, Wachpersonal zu mobilisieren und die Straße abzusperren. Ich versuche inzwischen, die beiden auf irgendeine Art und Weise zu bremsen.«

»Okay, aber seien Sie vorsichtig.« Sie griff nach hinten auf den Rücksitz, um ihre verbliebene Krücke an sich zu nehmen, und bereitete sich schon darauf vor, das Boot zu verlassen.

Das alte Chris-Craft rauschte durch eine Schutzzone mit Geschwindigkeitsbeschränkung und am Bootshafen vorbei. Aufgeschreckte Hausbootbewohner kamen an die Fenster, um die Ursache für die heftigen Schaukelbewegungen ihrer schwimmenden Domizile mit wütenden Blicken zu strafen. Der Anlegesteg war dicht an dicht mit kleinen Angelbooten besetzt, aber Pitt entdeckte einen freien Liegeplatz und hielt zügig darauf zu. Indem er im letzten Moment den Motor ausschaltete, glitt er in die Lücke und stieß nur leicht seitlich gegen den Steg. Dann schwang er sich aus seinem Sitz, sprang auf den Steg und half Ann beim Hinaufklettern.

»Ich schaffe es schon«, sagte sie, klemmte sich die Krücke unter den Arm und humpelte über den Steg davon.

Pitt überholte sie und rannte zur Hauptstraße, wobei er eine Spur aus blutigen Fußabdrücken hinterließ. Ann erschauerte, als sie begriff, dass die feuchten Abdrücke gar nicht vom Seewasser herrührten.

Die Straßen von Bayview waren verlassen, die ganze Stadt wirkte wie ausgestorben. Aus einiger Entfernung drang das Geräusch eines mit hoher Geschwindigkeit fahrenden Wagens an Pitts Ohren, also blickte er am Wasserarm entlang. Und tatsächlich, Scheinwerfer leuchteten zwischen den Bäumen an der Straße, die zu Heilands Ferienresidenz führte.

Pitt betrachtete den Verlauf der Straße an der Stelle, wo sie in die Stadt mündete, und hielt nach irgendetwas Ausschau, das er als Barrikade nutzen könnte. Auf der einen Seite wurde die Straße vom hohen Schutzzaun des Acoustic Lab begrenzt und auf der anderen Seite von einem ansteigenden Hügel. Nirgendwo ein Stein, ein Holzbalken oder gar andere Autos, die er zu einer Straßensperre hätte umfunktionieren können. Die einzigen Fahrzeuge, die er sah, waren für den Straßenbau bestimmt und parkten auf der Hügelkuppe: ein Kieslaster und eine gelbe Planierraupe.

Er schaute zu den tanzenden Scheinwerferkegeln, die schnell näher kamen. In weniger als einer Minute hätten sie ihn erreicht.

»Dann geht es eben nur mit Hilfe des Straßenbaus«, murmelte er und rannte so schnell er konnte den Hügel hinauf.

25

Ann Bennett stürmte mit der Vehemenz eines Kansas-Tornados in die Wachstation des Acoustic Lab.

»Ins Labor wurde eingebrochen, es wurde einiges gestohlen!«, rief sie. »Ich brauche Ihre Hilfe hier draußen, und zwar sofort!«

Der diensthabende Wachmann hatte gemütlich hinter der Scheibe aus Sicherheitsglas gesessen und im Sportteil einer Zeitung gelesen. Nun schoss er aus seinem Sessel hoch, als sei er von einem Elektroschocker zum Rinderhüten getroffen worden.

»Ma'am, ich darf meinen Posten nicht verlassen«, stammelte er. »Und jetzt beruhigen Sie sich mal ein wenig und erklären mir, wer Sie sind und um was es hier geht.«

Ann hatte bereits ihren Ausweis gezückt und drückte ihn gegen die Glasscheibe. »Rufen Sie Ihre Leute an. Ich will, dass sämtliche Straßen, die aus dieser Stadt herausführen, sofort gesperrt werden.«

Der Wachmann erkannte eine gewisse Ähnlichkeit zwischen der Frau mit den wilden Augen, die ihn anschrie, und der schicken und gepflegten Erscheinung auf der NCIS-Dienstmarke. Er nickte und griff nach dem Telefonhörer. Er war noch im Begriff zu wählen, als draußen ein durchdringendes Knirschen ertönte.

Beide, der Wachmann und Ann Bennett, fuhren herum und sahen, wie eine dunkle Limousine über die Uferstraße schlingerte. Auf der Hügelspitze erschien plötzlich die gelbe Planierraupe und rutschte, anscheinend außer Kontrolle, den steilen Abhang hinunter. Ann konnte erkennen, dass sie sich auf einem Kollisionskurs mit dem Pkw befand, was dessen Fahrer jedoch zu spät erkannt hatte. Im Lichtschein einer Straßenlaterne, die in der Nähe stand, erhaschte Ann einen kurzen Blick auf einen schwarzhaarigen Mann im Führerhaus des Bulldozers – Dirk Pitt.

Während er den Berg trotz der bohrenden Schmerzen in seinem linken Bein hinaufgestolpert war, hatte Pitt keine andere Möglichkeit gesehen. Der Kieslaster parkte zu dicht neben der Planierraupe, als dass er hätte um ihn herumlaufen können, daher war die Planierraupe seine einzige Chance. Die Straßenarbeiter in dieser ruhigen Stadt hatten sich nicht die Mühe gemacht, die beiden Fahrzeuge abzuschließen. Pitt ließ sich hinter den Kontrollinstrumenten nieder, schaute den Berghang hinab und gewahrte die Scheinwerfer des flüchtigen Wagens bereits an der Grenze der Marinebasis. In wenigen Sekunden würde er unter ihm vorbeirasen.

Pitt trat aufs Kupplungspedal, schob den Schalthebel in Leerlaufposition und löste mit der anderen Hand die Handbremse. Das große Vehikel ruckte vorwärts bergab und veranlasste Pitt, die Trommelbremsen zu betätigen. Er packte das mit Gummi ummantelte Lenkrad und überprüfte das Spiel. Der viel benutzte Erdräumer besaß kein Lenkradschloss, so dass Pitt ihn manövrieren konnte, solange seine Kraft ausreichte, das Lenkrad zu bewegen.

Als er den Berghang hinunterblickte, sah er nicht allzu weit entfernt den Wagen zwischen den Bäumen auftauchen. Er durfte keine Zeit verlieren.

Also ließ er das Bremspedal hochschnellen und den Erdräumer vorwärtsrollen, damit er Schwung aufnahm, dann drehte er das Lenkrad scharf nach rechts. Die Vorderräder reagierten sofort und pflügten durch die Erde am Fuß des Berghangs. Die mächtige Stahlschaufel schrammte über die Böschung, bremste das Fahrzeug für einen kurzen Moment, ehe es seine schwankende Fahrt fortsetzte.

Die schwerfällige Maschine klappte beinahe in der Mitte zusammen, als sie über den Erdwall rumpelte, schaffte es jedoch noch, sich während eines heftigen Hüpfers wieder aufzurichten. Der steile Berghang fiel fast dreißig Meter ab, so dass der Bulldozer zügig beschleunigte. Pitt richtete die Räder auf Geradeausfahrt aus und hoffte, dass das Vehikel nicht doch noch umkippte. Das gleißende Licht der näher kommenden Scheinwerfer füllte die rechte Hälfte der Windschutzscheibe.

Wäre der Fahrer des Wagens nicht zu schnell unterwegs gewesen, hätte er vielleicht vor dem außer Kontrolle geratenen Erdräumer noch rechtzeitig abbremsen können. Doch sein Tempo – kombiniert mit dem Schock, den er beim Anblick des den Berghang hinabrasenden Fahrzeugs erlitt – bewirkte, dass er überreagierte. Anstatt gleich zu bremsen, kurbelte er instinktiv am Lenkrad, um einer Kollision mit dem stählernen Ungetüm zu entgehen. Dann erst trat er aufs Bremspedal.

Das war die schlechteste Möglichkeit. Der Wagen schlitterte knapp zehn Meter über die Fahrbahn, ehe er mit dem rechten Kotflügel gegen einen Telegrafenmast prallte. Da er sich auf dem Beifahrersitz nicht angeschnallt hatte, flog der Mann, der in Heilands Haus die Wächterrolle gespielt hatte, durch die Windschutzscheibe. Sein Genick brach, und er war auf der Stelle tot.

Der Fahrer quetschte sich zwar nur ein Bein, aber seine Erleichterung war nicht von langer Dauer. Er blickte über einen Airbag, der mittlerweile langsam die Luft verlor, und musste registrieren, dass das gelbe Monstrum nur noch wenige Zentimeter entfernt war.

Die Schaufel des Räumbaggers rammte die Fahrertür, riss den Pkw vom Telegrafenmast weg und schob ihn seitlich vor sich her. Pitt ließ die stählerne Schaufel des Erdräumers sinken und bremste das Fahrzeug ab, während Funken vom Asphalt aufstoben. Es reichte aus, um den Schwung beider Fahrzeuge ausreichend zu mindern. Als der Pkw mit der Fahrerseite gegen den Zaun des Navy Labors krachte, kamen beide Fahrzeuge zum Stehen.

Ann näherte sich bereits humpelnd dem Geschehen, gefolgt von einem Wagen des Sicherheitsdienstes, der mit heulender Sirene durch das Haupttor des Laborkomplexes raste. Sie humpelte am Bulldozer entlang, während Pitt aus dem Führerhaus kletterte. Sein linkes Bein war blutüberströmt, sein Gesicht blass.

»Ihr Bein«, sagte Ann. »Ist sonst alles mit Ihnen in Ordnung?«

»Es ist nichts Ernstes«, beruhigte er sie und bewegte sich vorsichtig.

Sie gingen zu dem demolierten Wagen und schauten hinein. Der Körper des Fahrers war nach vorn geworfen worden, die Augen starrten leblos ins Leere. Sein blutüberströmter Partner lag seltsam verkrümmt zwei Meter vom Kühler entfernt am Boden.

»Sie haben ihnen aber gründlich den Weg abgeschnitten«, flüsterte Ann. Dann betrachtete sie die Gesichter der beiden ein wenig eingehender und bemerkte Details, die in der Dunkelheit in Heilands Labor unbemerkt geblieben waren. »Sind das möglicherweise Komplizen unserer Freunde in Tijuana?«

»Sie waren es vielleicht, die sich Zutritt zu Heilands Büro in Del Mar verschafften, und haben auf diesem Weg die Adresse seines hiesigen Ferienhauses in Erfahrung gebracht«, sagte Pitt. Er warf einen weiteren Blick auf die grausige Szene, während der Wagen des Navy-Sicherheitsdienstes in nächster Nähe stoppte. »Ich hoffe nur, dass sich der ganze Aufwand gelohnt hat.«

Ann humpelte zum Heck des Wagens und öffnete mit einiger Mühe den völlig zerbeulten Kofferraum. Ihr Blick fiel sofort auf die Plastiktonne mit Heilands Dokumenten. Sie sah Pitt mit einem Ausdruck grimmiger Genugtuung an.

»Das hat er.«

TEIL II

SELTENE ERDEN

Die Fortitude verlässt Hawaii

26

Der heftige Ruck, mit dem die Räder der Gulfstream aufsetzten, riss Ann Bennett aus dem Schlaf. Die Aufregung der vergangenen Tage hatte schließlich doch ihren Tribut gefordert, und so hatte sie geschlafen, seit die Maschine in Idaho gestartet war. Sie gähnte und blickte über den Mittelgang zu Dirk Pitt hinüber, der in einen Roman von Jeff Edwards vertieft war.

»Endlich wieder zu Hause«, sagte sie.

Pitt schaute hoch und lächelte, dann blickte er in den grauen Dunst hinaus, der im hereinbrechenden Abend über dem Reagan National Airport hing. »Ich habe schon fast daran zu zweifeln begonnen, dass wir tatsächlich wieder nach Hause kommen.«

Er hatte den größten Teil des Vormittags damit verbringen müssen, sich von der Navy, dem FBI und den örtlichen Polizeiorganen Idahos über den tödlichen Unfall am vorangegangenen Abend ausfragen zu lassen, obgleich er erschöpfend dargelegt hatte, wer er war. Ann Bennett übernahm so weit es ging die Beantwortung vieler Fragen und schaffte es am Ende, ihn zusammen mit den Plänen Heilands, die sie aus dem zertrümmerten Wagen geborgen hatten, freizubekommen.

Die Gulfstream verließ die Landebahn und rollte an den Passagierterminals vorbei zu einem privaten Hangar, der für Regierungsflugzeuge reserviert war. Ein blauer Ford Taurus kam in schneller Fahrt über das Rollfeld heran und stoppte neben dem Jet, während seine Räder mit Bremskeilen gesichert wurden. Dan Fowler stieg aus dem Wagen und wartete, wobei er ungeduldig mit den Füßen wippte und auf die Uhr sah, bis die Türen der Maschine geöffnet wurden. Er eilte Ann entgegen, ergriff ihre Hand und half ihr die Treppe hinunter.

»Ann, ist alles in Ordnung?«

»Dan, ich hatte gar nicht erwartet, Sie hier zu sehen. Wir sind zwar beide ein wenig müde, aber wir halten uns ganz gut.«

»Ich dachte mir, dass Ihnen eine Fahrgelegenheit nach Hause sicherlich willkommen wäre.«

Pitt folgte ihr aus der Maschine und reichte ihr ein neues Paar Krücken.

»Schön, Sie zu sehen, Dirk.« Fowler schüttelte Pitt die Hand.

»Nach den letzten beiden Tagen bin ich mir nicht mehr so sicher, ob ich mich freuen soll, Sie zu sehen«, sagte Pitt und erwiderte den Händedruck.

Fowler bemerkte, dass Pitt ebenfalls leicht humpelte. »Wurden Sie auch verwundet?«

»Eine Kugel hat mein Bein gestreift. Ich bin glimpflicher davongekommen als Ann.«

»Ich kann gar nicht ausdrücken, wie leid mir das alles tut«, sagte Fowler. »Offensichtlich hatten wir überhaupt keine Ahnung von der Gefahr, in die Sie sich begeben haben. Wir hatten lediglich angenommen, jemand könnte versuchen, sich nach Heilands Tod seine Forschungsergebnisse anzueignen. Wir hatten wirklich keine Vorstellung davon, wie akut diese Bedrohung war.«

»Sie meinen sicher die vielen Bedrohungen«, sagte Ann. »Wenigstens sind sie am Ende alle ins Leere gelaufen.«

Fowler musterte Ann Bennett besorgt. »Haben Sie Heilands Pläne gefunden?«

Pitt verschwand in der Gulfstream und kam mit der Tonne zurück, die Heilands Laptops und Forschungsprotokolle enthielt. »Es ist alles da«, sagte Pitt.

Fowler war sichtlich erleichtert. Er trat ans Heck seines Wagens und öffnete den Kofferraum. Pitt folgte ihm und musterte den Sicherheitschef prüfend, während er die Tonne in den Kofferraum stellte.

»Wahrscheinlich ist es Ihnen nicht bewusst«, sagte Fowler, »aber dies hier stellt ein unbezahlbares Stück Marinetechnologie dar.«

»Warum haben Sie dann keine bewaffnete Eskorte bereitgestellt, um seine Sicherheit zu gewährleisten? Jemand ist offenbar bereit, einen Mord zu begehen, um an diese Daten heranzukommen.«

»Keine Sorge. Das gesamte Konvolut wandert sofort in einen sicheren Raum in den Gewölben der DARPA-Zentrale – sobald ich Ann nach Hause gebracht habe.«

Pitt holte Anns Reisetasche aus der Gulfstream und deponierte sie neben der Dokumententonne.

»Kann ich Sie auch mitnehmen?«, fragte Fowler.

»Nein danke«, sagte Pitt. »Ich habe es nicht weit, und nachdem ich die letzten Stunden regelrecht eingesperrt war, wird mir ein kurzer Fußmarsch sicherlich ganz guttun.« Er verabschiedete sich von Ann Bennett.

»Viel Glück bei Ihren Ermittlungen.« Ann umarmte Dirk Pitt und küsste ihn auf die Wange. »Danke«, flüsterte sie.

»Achten Sie auf Ihr Bein.« Er half ihr beim Einsteigen in den Wagen und winkte, als sie in die Abenddämmerung fuhren.

Pitts linkes Bein schmerzte wegen der Schusswunde, während sein rechtes Schienbein von der Kollision mit dem Boot in Chile immer noch auf jede Berührung empfindlich reagierte. Er blieb stehen und atmete die nach einem Regenschauer nunmehr kühle und frische Nachtluft ein. Dann schwang er sich seine Reisetasche auf die Schulter und schlenderte über das Rollfeld, wobei sich die Anspannung in seinen Gliedmaßen schrittweise lockerte.

Das Heulen von Flugzeugturbinen folgte ihm über das Rollfeld, als er an einer Reihe privater Hangars vorbei in Richtung eines selten frequentierten Bereichs des Flughafens spazierte. Er überquerte eine freie Fläche und näherte sich einem abseitsstehenden Hangar, der aussah, als sei er seit mindestens fünfzig Jahren nicht mehr benutzt worden. Wucherndes Unkraut umgab den Bau, der zu gleichen Teilen mit Rost und Staub bedeckt war. Eine Fensterreihe war dicht unter der Dachtraufe mit Rissen durchzogen, und Glasscherben lagen verstreut auf dem Erdboden und rings um eine zerbeulte Abfalltonne. Nur ein Experte hätte bei eingehender Betrachtung des Gebäudes erkennen können, dass das heruntergekommene Aussehen in Wirklichkeit reine Fassade war, um keine Aufmerksamkeit zu erregen.

Pitt trat an eine Seitentür heran, die von einer matten gelben Glühbirne beleuchtet wurde, und streckte die Hand nach dem baustellengerechten Lichtschalter aus. Er betätigte ihn, und gleichzeitig sprang eine verborgene Klappe auf, unter der ein Tastenfeld zum Vorschein kam. Pitt gab einen Code ein, der das Alarmsystem deaktivierte, und öffnete das Türschloss.

Er trat über die Schwelle, schaltete die Beleuchtung ein – und wurde von einer Flotte glänzender antiker Automobile begrüßt, die in langen Reihen in dem Hangar standen und deren auf Hochglanz polierte Chromverzierungen im hellen Schein der Deckenlampen funkelten. Als Krönung einer lebenslangen Leidenschaft für alles Schnelle und Schöne, das von der Automobiltechnik in ihrer wechselvollen Geschichte hervorgebracht worden war, hatte er eine umfangreiche Kollektion zusammengetragen, die vom Beginn des zwanzigsten Jahrhunderts bis in seine fünfziger Jahre reichte. Die museale Präsentation wurde durch ein Ford-Trimotor-Flugzeug unterstrichen, das an der Seite neben einem liebevoll restaurierten Pullman-Eisenbahnwaggon stand, den seine erwachsenen Kinder gelegentlich als vorübergehende Wohnung nutzten.

Pitt schlenderte durch den Hangar und tätschelte den Kotflügel eines 1930er Packard Speedster 8 Runabout, der neben einer Werkbank parkte. Die rechte Seite seiner Motorhaube war aufgeklappt.

Pitt kam zu einer gusseisernen Wendeltreppe und stieg in seine Wohnung im zweiten Stock hinauf, die er sich mit Loren teilte.

Er ließ die Reisetasche in einen Sessel fallen, holte eine Flasche Shiner-Bockbier aus dem Kühlschrank und las die Nachricht, die an die Kühlschranktür gepappt war.

Dirk,
ich bleibe in meiner Wohnung in Georgetown, bis du zurückkommst. Hier stehen mir zu viele automobile Geister herum! Ausgedehnte Komiteesitzungen auf dem Washington Hill halten mich wahrscheinlich bis in die tiefe Nacht auf Trab.
Ich vermisse dich.

XXXX,
Loren

Pitt leerte die Bierflasche und kehrte in die Halle zurück. Irgendetwas störte ihn an der Heiland-Affäre, allerdings etwas, das er nicht genau benennen konnte. Die vergangenen Ereignisse in Gedanken noch einmal durchzugehen hatte den viel zitierten Funken auch nicht gezündet, daher schlüpfte er in einen Mechanikeroverall und ging zu dem alten Packard hinüber. Mit liebevoller Sorgfalt begann er, seinen Steigstromvergaser auseinanderzunehmen. Und ungefähr eine Stunde später, nachdem er den Mechanismus gründlich überholt hatte, wusste er genau, was ihm an der ganzen Sache nicht geheuer vorkam.

27

»Ich denke, es war eine gute Entscheidung, Pitt in dieser Angelegenheit hinzuzuziehen«, sagte Fowler, während sie den Flughafen hinter sich ließen.

»Er ist wirklich ein sehr findiger Mann.« Ann Bennett blickte aus dem Seitenfenster und ließ ihre Erlebnisse mit Dirk Pitt in Gedanken noch einmal Revue passieren. »Er hat mir zweimal das Leben gerettet.«

»Offenbar kann er eine beeindruckende Erfolgsbilanz im Abwenden von Katastrophen vorweisen«, sagte Fowler. »Ich bin sicher, dass man ihm trauen kann, jedoch – nur um das klarzustellen – ist ihm auch bewusst, in welchem Bereich Heiland gearbeitet hat und welche Bedeutung seine Erkenntnisse haben?«

»Er dürfte in etwa wissen, um was es geht, hat aber keine weiteren Fragen dazu gestellt. Ihm lag vorwiegend die Sicherheit seines Schiffes und der Mannschaft am Herzen.« Ann beugte sich vor und massierte ihren Fußknöchel. »Wir hätten ihn von Anfang an mit sämtlichen Fakten vertraut machen sollen.«

»Das war unmöglich. Tom Cerny bestand darauf, dass keinerlei technische Informationen weitergegeben werden durften. Ich denke, wir alle waren verblüfft über die Beharrlichkeit derer, die Jagd darauf machten.«

Fowler lenkte den Wagen durch die Tore des Flughafengeländes und stoppte vor dem Rotsignal einer Verkehrsampel. »Sie wohnen in Alexandria, nicht wahr?«

»Ja, in der Nähe von Old Town, nicht weit der King Street. Nehmen Sie am besten den Jefferson Davis Highway für die Fahrt in die Stadt.«

Fowler nickte und bog nach Süden ab.

»Gab es irgendwelche Neuigkeiten vom FBI, während wir in der Luft waren?«, wollte Ann wissen.

»Noch nicht. Es dürfte mehrere Tage dauern, bis wir etwas von den mexikanischen Dienststellen hören. Und über die beiden Typen in Schwarz, die in Idaho aufgetaucht sind, wissen Sie wahrscheinlich mehr als ich.«

»Der äußeren Erscheinung nach waren sie Latinos. Sollten sie tatsächlich mit den Männern in Tijuana in Verbindung stehen, dann vermute ich, dass sie aus Mittel- oder Südamerika kommen.«

»Venezolaner?«

»Möglich. Es herrscht wahrscheinlich kein Mangel an Weltmächten, die sich diese Technologie liebend gern aneignen und sie einsetzen würden. China und Russland dürften auf einer entsprechenden Liste ganz oben stehen. Vielleicht haben sie jemanden vorgeschickt, der für sie die Kastanien aus dem Feuer holt.«

»Vergessen Sie nicht die Iraner.« Fowler gab Gas, um noch bei gelbem Ampelsignal über eine Kreuzung zu fahren. Er bog in die King Street ein, eine Hauptverkehrsader, die Alexandria praktisch in zwei Hälften zerschnitt.

»Die Angreifer waren ziemlich dreist«, sagte Ann, »und dabei bestens informiert.«

»Für mich klingt es so, als seien sie absolut furchtlos gewesen.«

»Denken Sie jetzt das Gleiche, was ich denke?«, fragte Ann.

»Und was ist das?«, konterte Fowler mit einer Gegenfrage und lenkte den Wagen in eine Nebenstraße.

»Sie hatten Hilfe von innen. Es muss ein Sicherheitsleck existieren, wahrscheinlich sogar auf höchster Ebene.«

»Durchaus möglich, aber Sie wissen doch selbst, wie viele geheime Informationen den Weg in die Presse finden. Da war es sicher nicht schwierig, sich zusammenzureimen, dass Heiland an einem wichtigen Projekt arbeitete. Und da er nicht in einer gesicherten Umgebung tätig war, bot er ein leichtes Ziel.«

»Da könnten Sie recht haben.« Ann Bennett deutete die Straße hinunter. »Ich wohne dort hinten auf der rechten Seite, gleich nach der großen Eiche.«

Fowler entdeckte am Bordstein eine Parklücke und stoppte hinter einem Wagen, dessen Motor im Leerlauf schnurrte und dessen Scheinwerfer nicht angeschaltet waren. Ann erkannte das Fabrikat; es war eine Chrysler-360-Limousine.

»Warum gönnen Sie sich morgen keinen freien Tag?«, fragte Fowler. »Sie sind in den letzten achtundvierzig Stunden ziemlich heftig in die Mangel genommen worden und könnten wahrscheinlich ganz gut ein wenig Ruhe vertragen.«

Fowler unterbrach die Zündung des Motors, und Ann stieg aus. Als sie sich in den Wagen lehnen wollte, um ihre Krücken herauszuholen, wurde sie von hinten gepackt. Sie erhaschte nur einen kurzen Blick auf ihren Angreifer, einen hochgewachsenen Schwarzen, der seine Arme um sie schlang und sie auf einen kleinen Rasenfleck schleuderte. Blitzschnell folgte ihr der schwere Mann, rammte ihr ein Knie ins Kreuz und drückte ihr Gesicht mit einer tellergroßen Hand nach unten ins Gras. Sie warf sich hin und her, wollte sich freikämpfen, gab jedoch ihre Bemühungen auf, als sie spürte, wie eine Pistolenmündung gegen ihre Schläfe gedrückt wurde.

»Wag noch nicht mal zu atmen«, sagte der große Mann drohend.

Sie hörte Fowler aufschreien, gefolgt von dumpfen Lauten, als jemand auf ihn einschlug. Ein paar Sekunden später klimperten Wagenschlüssel, und der Kofferraum des Ford wurde geöffnet. Aus den Augenwinkeln beobachtete Ann, wie ein zweiter Mann etwas auf den Rücksitz des Chrysler legte und sich dann hinters Lenkrad schwang. Der Mann, der auf ihrem Rücken kniete, beugte sich hinab und blies ihr seinen stinkenden Atem ins Gesicht. »Und jetzt bleib fünf Minuten ganz still liegen, sonst muss der gute alte Clarence zurückkommen und dir wehtun.«

Er erhob sich von ihr, schlenderte zum Chrysler hinüber und stieg ohne Eile auf der Beifahrerseite ein. Der Wagen schoss mit quietschenden Hinterreifen vorwärts und raste die Straße hinunter. Ann hob den Kopf, um einen Blick auf das Nummernschild zu werfen, das jedoch mit ein paar Streifen Klebeband unkenntlich gemacht worden war. Profis, dachte sie. Nach dem nächsten Block würden sie das Klebeband entfernen, sich in den fließenden Verkehr einreihen und darauf achten, innerhalb der Geschwindigkeitsbeschränkung zu bleiben.

Ann sprang auf und humpelte zur anderen Seite des Taurus, wo Fowler neben dem Vorderrad bäuchlings auf dem Erdboden lag.

»Dan«, rief sie entsetzt und ging neben ihm auf die Knie hinunter.

Flatternd schlug er die Augen auf und kämpfte sich in eine sitzende Position hoch.

»Ich bin okay.« Er massierte sein Kinn. »Das habe ich nicht kommen sehen.« Sein Blick richtete sich auf Ann. »Sind Sie verletzt?«

»Nein, mir geht es gut. Aber das war kein wahlloser Überfall.« Sie deutete mit einer Kopfbewegung auf den offenen Kofferraum.

»Nicht die Pläne und Protokolle!«, rief Fowler und kam auf die Füße. Indem sie sich gegenseitig stützten, gingen sie zum Wagenheck und starrten in den Kofferraum.

Darin stand Ann Bennetts Reisetasche. Und sonst nichts.

28

Zum Gedenkgottesdienst für Joe Everson waren seine Forschungskollegen bei der DARPA zusammengekommen, und viele von ihnen traten auf das Podium der Annandale Church, um ihrer hohen Wertschätzung für ihn Ausdruck zu verleihen. Ann Bennett, die in einer Bank in der Mitte saß, fühlte sich ein wenig unbehaglich, da sie erst mit seinem Tod der Agentur zugeteilt worden war. Aber Eberson genoss ohne Zweifel hohes Ansehen, und das steigerte ihre Entschlossenheit, seinen Mörder zu fassen.

Fowler saß neben ihr. Er hatte einen kleinen Verband am Kinn, der an den Überfall am vorangegangenen Tag erinnerte. Der Rettungsdienst und die Polizei Alexandrias waren sofort zu Anns Adresse geeilt und hatten bei keinem von beiden eine ernsthafte Verletzung feststellen können. Aber die Polizei fand auch keine Spur von den Straßenräubern. Ann setzte die Bundespolizei von dem Diebstahl in Kenntnis, und eine Beschreibung des Chrysler, den die Diebe gefahren hatten, wurde in Washington und der näheren Umgebung in Umlauf gebracht. Gegen Morgen wurde der Wagen auf dem Parkplatz eines Lebensmittelmarkts gefunden. Er war am Vortag als gestohlen gemeldet worden, und sämtliche verräterischen Fingerabdrücke sowie Heilands Aufzeichnungen waren entfernt worden.

»Ich möchte Joes Angehörigen noch mein Beileid ausdrücken«, sagte Fowler, als der Gottesdienst beendet war. »Wir treffen uns dann gleich am Wagen, okay?«

Ann nickte. Sie war dankbar, dass er ihr angeboten hatte, sie zu fahren. Als sie wenig später in Fowlers Wagen stiegen, kam Ann auf Ebersons Beliebtheit zu sprechen.

»Er war viele Jahre in diesem Gewerbe tätig«, erklärte Fowler. »Dabei hat er eine Menge Freunde gewonnen. Sich aber auch einige Feinde gemacht.«

»Welche Art von Feinden?«, hakte Ann nach.

»Auf professioneller Ebene. An einem Forschungsprojekt der DARPA sind meistens verschiedene Firmen und Universitäten beteiligt. Am Ende fügen wir alles zusammen – und heimsen dafür das Lob und den Profit ein. Diejenigen, die für die wissenschaftlichen Durchbrüche sorgen, werden schließlich nicht einmal erwähnt.«

Er wandte sich zu Ann um. »Ich glaube nicht, dass irgendein

Wissenschaftler Eberson und Heiland aus dem Weg geschafft hat, falls Ihre Vermutungen sich in diese Richtung bewegen sollten.«

»Ich gehe nur alle Möglichkeiten durch«, sagte Ann. »Ich weiß, dass wir das Thema schon einmal angesprochen haben, aber ich frage erneut: Wie groß ist die Wahrscheinlichkeit, dass sich das Leck innerhalb der DARPA befindet?«

Fowler runzelte die Stirn. »Vollkommen ausschließen kann man es sicher nicht, aber ich glaube einfach nicht an eine solche Möglichkeit. Das Team, das an dem *Sea-Arrow*-Projekt arbeitet, ist relativ klein. Der größte Teil der Arbeiten wird außer Haus erledigt. Und dort liegt meines Erachtens das eigentliche Risiko – bei unseren Zulieferern. Natürlich gibt es auch auf der Werft Leute, die über alles Bescheid wissen und daher für die Gegenseite von Interesse sind.«

»Ja, deshalb haben wir ein spezielles NCIS-Team nach Groton geschickt.«

»Es mag nicht von Bedeutung sein«, sagte Fowler, »aber ich finde es irgendwie seltsam, dass Heiland und Eberson getötet wurden, kurz nachdem der Präsident die Werft besucht hatte. Ich war nicht dort, aber ich bin mal die Namensliste der Geheimnisträger durchgegangen.«

»Wollen Sie damit andeuten, dass jemand im Weißen Haus in die Angelegenheit verwickelt sein könnte?«

»Nicht direkt. Aber Sie wissen doch, dass das Weiße Haus das reinste Sieb ist. Obwohl diese Administration sicherlich besser ist als die meisten vorherigen, wäre ich nicht überrascht, wenn den falschen Leuten Einzelheiten über die *Sea Arrow* zugänglich gemacht wurden.«

»Können Sie mir die Namensliste geben?«, fragte Ann Bennett.

»Klar, sie liegt in meinem Büro – falls Sie nicht schon genug um die Ohren haben.«

»Zu diesem Zeitpunkt müssen wir ein weit reichendes Netz auswerfen. Ich würde mir gerne mal die Technologiediebstähle ähnlicher Art ansehen, die in jüngster Zeit bekannt geworden sind. Haben Sie mit Fällen ausländischer Spionage zu tun gehabt?«

»Nicht seitdem ich bei der DARPA bin«, antwortete Fowler. »Bei uns geht es im Wesentlichen um verschwundene Datenträger und dergleichen. Aber ich bin ja auch erst seit einem Jahr dabei. Wir hatten einige Spionagefälle, während ich für das Army Research Laboratory gearbeitet habe, und zwar richtete sich der Verdacht dort gegen chinesische und israelische Spione, reichte aber niemals aus, um ein Gerichtsverfahren in Gang zu setzen.«

»In diesem Fall haben die Akteure wenig Ähnlichkeit mit den typischen Spionen«, sagte Ann Bennett.

»Das ist richtig, aber man weiß nie, wer diese Typen bezahlt.«

»Das denke ich auch«, sagte Ann. »Können Sie einschätzen, welche Auswirkungen dieser Diebstahl auf das *Sea-Arrow*-Programm haben wird?«

»Dazu fehlen mir die technischen Kenntnisse, aber offenbar basierte das Programm auf Heilands Superkavitationsmodell, das die Leistungsfähigkeit der *Sea Arrow* in ungeahnte Bereiche steigerte. Nun, da seine Forschungsergebnisse verloren gegangen sind, könnte das Programm um Jahre zurückgeworfen werden. Niemand nimmt auch nur entfernt an, dass Heilands Arbeit ohne seine Entwürfe und Planung weitergeführt werden kann.«

»Ich mag einfach nicht glauben, dass uns all das in Alexandria so einfach geraubt wurde. Woher wusste die Gegenseite dermaßen genau darüber Bescheid?«

»Schwer zu sagen. Vielleicht hat sich jemand nach dem Zwischenfall in Tijuana an Ihre Fersen geheftet. Mir kam schon der Gedanke, dass ein dritter Angehöriger der Gegenseite in Idaho gewesen sein könnte und alles beobachtet hat. Irgendwie haben sie es dann geschafft, kurzfristig den Überfall auf uns zu arrangieren.«

Er musterte sie besorgt. »Vielleicht sollten Sie sich für ein paar Tage ein Hotelzimmer nehmen, um auf Nummer sicher zu gehen.«

»Nein, nein, ich bin schon okay«, sagte sie, als wäre ihre eigene Sicherheit für sie nicht von Interesse.

»Trotzdem sorge ich dafür, dass die Polizei von Alexandria Ihre Stadtwohnung überwacht.« Er massierte sein Kinn unter dem Verband. »Ich will, dass diese Kerle schnellstens zur Strecke gebracht werden.«

Fowler bog auf den Parkplatz der DARPA-Zentrale in Arlington ein. Dort arbeitete Ann Bennett lieber als in ihrem NCIS-Büro auf der anderen Seite des Flusses in Anacostia, nachdem sie ein kleines fensterloses Büro direkt neben Fowler bezogen hatte. Mit ihrem Laptop hatte sie Zugriff auf sämtliche polizeilichen Quellen, während sie gleichzeitig die Verbindung zum *Sea-Arrow*-Team der DARPA aufrechterhalten konnte.

Als sie an ihren Schreibtisch zurückkehrte, verspürte sie einen ungewöhnlichen Tatendrang. Abgesehen von seiner Bedeutung für die nationale Sicherheit, war dieser Fall zu einer persönlichen Angelegenheit geworden. Sie schüttelte die physische und emotionale Erschöpfung der letzten Tage ab, um sich voll motiviert das Beweismaterial vorzunehmen und herauszufinden, wer hinter den Diebstählen und den Morden steckte.

Ihr erster Telefonanruf galt der FBI-Außenstelle in San Diego. Dort leitete ein Agent namens Wyatt die örtlichen Ermittlungsarbeiten.

»Haben Sie schon irgendetwas aus Mexiko gehört?«, fragte sie.

»Einiges«, sagte Wyatt. »Die Toten, beide Anfang dreißig, waren keine Mexikaner. Bei beiden Leichen wurden kolumbianische Pässe gefunden. Ich kann Ihnen die Namen zwar nennen, höchstwahrscheinlich sind sie jedoch falsch. Wir haben im Außenministerium in Bogotá nachgefragt, aber beide Namen sind den kolumbianischen Behörden unbekannt.«

»Waren die Pässe gefälscht?«

»Ja, und zwar nahezu perfekt. Wir haben die Fingerabdrücke der

Toten überprüft und sind weder beim FBI noch bei INTERPOL fündig geworden. Wir vermuten, dass sie kurzfristig angeheuerte unbedeutende Helfer waren. Der Zoll meldete, dass sie vor ein paar Wochen zusammen mit drei anderen Männern in die Vereinigten Staaten eingereist seien. Sie haben die Grenze in Tijuana mit zeitlich befristeten Touristenvisa überschritten.«

»Hörte einer von ihnen vielleicht auf den Namen Pablo?«

»Negativ.«

»Was ist mit dem Pick-up-Truck und dem Motorboot?«

»Der Truck wurde kürzlich bei einem Gebrauchtwagenhändler in Tijuana gekauft. Bezahlt wurde in bar, und registriert war er auf die Adresse einer Imbissbude in Rosario Beach. Ich fürchte, dass die Mexikaner über das Boot nichts herausbekommen haben.«

»Gibt es irgendwelche Informationen über ihre Aktivitäten in den Staaten?«

»Daran arbeiten wir noch. Interessant ist in diesem Zusammenhang, dass fünf Personen mit dem Truck eingereist, aber nur drei zurückgekehrt sind. Wir sind Ihrem Tipp über einen möglichen Einbruch in Heilands Firmenbüro nachgegangen. Auf dem Überwachungsvideo ist ein Hausmeister zu sehen, der nach Feierabend Heilands Büro betrat. Der Mann hat große Ähnlichkeit mit dem Passfoto eines der Kolumbianer.«

»Wyatt, ich empfehle Ihnen, die Außenstelle in Spokane anzurufen, wenn wir fertig sind. Zwei Männer wurden in Bayview, Idaho, getötet, nachdem sie in Heilands Ferienhaus am See eingebrochen sind. Ich würde ein Monatsgehalt darauf verwetten, dass das Ihre beiden vermissten Männer sind.«

»Wie wäre es mit einem Bonus, wenn einer von ihnen sich als Ihr Hausmeister entpuppt?«, fragte Wyatt. »Wir haben es offenbar mit einer ziemlich umtriebigen Bande zu tun.«

»Da gebe ich Ihnen recht. Haben Sie sonst noch etwas?«

»Wir haben Heilands Boot von einem Sprengstoffexperten untersuchen lassen. Er hat bestätigt, dass eine Ladung billigen Plastiksprengstoffs innerhalb des Boots installiert und mechanisch gezündet wurde. Den Leitungsdrähten nach zu urteilen, muss sie schon seit längerer Zeit dort versteckt gewesen sein.«

»Demnach hat tatsächlich Heiland die Explosion ausgelöst«, sagte sie – Pitt hatte also richtiggelegen – »Irgendeine Idee, weshalb?«

»Vielleicht war er sich der Bedrohung bewusst, oder er hatte die Geheimhaltung seiner Arbeit im Auge. War sie es wert, dafür einen Mord zu begehen?«

»Es scheint so.«

»Im Zusammenhang mit diesem Vorfall gibt es noch ein ungelöstes Geheimnis.«

»Und das wäre?«

»Der Autopsiebericht über Eberson. Aufgrund der objektiven Beweismittel und der Position der Leiche im hinteren Teil des Bootes neigen wir zu der Annahme, dass er nicht durch die Explosion den Tod gefunden hat.«

»Seine Füße hatten sich in einer Angelschnur verheddert«, sagte Ann Bennett. »Ich denke, er geriet in Panik, als er sich nicht vom Boot entfernen konnte, und ist ertrunken.«

»Der Pathologe hat festgestellt, dass er bereits tot war, als er unter Wasser kam.«

»Wurde er erschossen?«

»Nein …« Wyatt bemühte sich um eine korrekte Beschreibung. »Seine Haut wies schwere Verbrennungen auf. Sein Tod war offenbar eine Folge dieser Verletzungen.«

Ann Bennett hatte die grauenhaft geschwärzten Gliedmaßen gesehen, jedoch angenommen, dass ihr Zustand damit zu tun hatte, dass sein Körper über längere Zeit in dieser Wassertiefe gelegen hatte. »Weshalb nimmt der Pathologe an, dass er nicht durch die Explosion ums Leben kam?«

»Weil seine oberflächlichen Verbrennungen für eine Einwirkung durch Feuer völlig untypisch waren – und bis tief unter die Haut reichten. Mit anderen Worten – er ist praktisch von außen und innen verbrannt.«

Ann schüttelte ungläubig den Kopf. »Von innen?«

»Die Schäden sind die gleichen wie nach einer akuten Bestrahlung durch Mikrowellen.«

Ann Bennett verstummte und suchte nach einer Erklärung für das, was in dem Bericht beschrieben wurde.

»Könnte es etwas mit den Apparaturen zu tun haben, die Heiland getestet hat?«, fragte Wyatt.

»Das kann ich mir nicht vorstellen. Die Geräte befanden sich noch in der Kiste.«

»Schon klar. Wir sind hier ebenfalls mit unserem Latein am Ende. Ich schicke Ihnen den Bericht, und wir können uns dann später noch einmal darüber unterhalten.«

»Danke, Wyatt. Und geben Sie mir bitte Bescheid, wenn Sie Neuigkeiten aus Mexiko erfahren.«

Ebersons Tod war eine seltsame Wendung, die überhaupt keinen Sinn ergab. Wenn Pablos Bande ihn töten wollte, weshalb hatten sie ihn nicht einfach erschossen? Und was könnte die Mikrowellenbestrahlung ausgelöst haben?

Ann Bennett kam Wyatt mit einem Anruf im FBI-Außenbüro in Spokane zuvor und erhielt die Bestätigung für das, was sie längst vermutete. Die beiden Männer, die in Bayview getötet wurden, hatten ebenfalls falsche kolumbianische Pässe besessen. Sie waren mit einer privaten Chartermaschine nach Idaho gekommen, was die Erklärung dafür lieferte, aus welchem Grund sie hatten Waffen mitbringen können. Die Chartergesellschaft wurde zwar überprüft, doch gab es dort keinerlei erkennbare Verbindung zu den Kolumbianern.

Ann klappte ihren Laptop auf und begann, die nationalen polizeilichen Datenbanken nach verbrecherischen Aktivitäten von kolumbianischen Staatsbürgern in den Vereinigten Staaten zu durchforsten. Mit Hilfe des Systems des National Crime Information Center stellte sie eine Liste solcher Kapitalverbrechen zusammen, die während der vergangenen fünf Jahre strafrechtlich verfolgt worden waren. Abgesehen von einigen vereinzelten Mordfällen und einem Bankraub, waren die meisten Verbrechen aber im Bereich der Drogenkriminalität begangen worden und konzentrierten sich im Wesentlichen auf Miami und New York. Auch eine Suche im Guardian Threat Tracking System des FBI förderte keine offensichtlichen Verbindungen zu Tage.

Und ehe das FBI die DNA-Analyse der Leichen in Idaho abgeschlossen hatte, machte sie ohnehin nur Jagd auf Gespenster. Daher begab sie sich auf die Suche nach möglichen internen undichten Stellen.

Fowler hatte Ann detaillierte Profile von fünfzehn DARPA-Wissenschaftlern und -Administratoren geliefert, die am *Sea-Arrow*-Projekt arbeiteten. Während der nächsten Stunden ging sie die Berichte durch und hielt nach den drei wesentlichen Auslösern für nicht ideologisch verbrämte Subversion Ausschau: Schulden, Drogen und Ehescheidung. Sie machte sich eine Notiz, Fowler zu bitten, eine Physikerin, die zurzeit in einen bitteren Scheidungskrieg verwickelt war, sowie einen eher unbedeutenden Techniker zu überprüfen, der sich soeben eine neue Corvette geleistet hatte. Bei flüchtiger Betrachtung stellte jedoch keiner der Angestellten ein ernsthaftes Sicherheitsrisiko dar.

»Haben Sie eine Sekunde Zeit?«

Fowler erschien in der Tür zu ihrem Büro, kam herein und legte einen dicken Aktenordner auf ihren Tisch. »Hier sind die Personalberichte über die von der DARPA ausgewählten Subunternehmen, die am *Sea-Arrow*-Projekt beteiligt sind. Offensichtlich überprüfen Groton und das Office of Naval Research zurzeit ihre eigenen Lieferanten.«

»Wie viele sind vor Ort betroffen?«

»Acht private Rüstungsfirmen, Heiland nicht mitgezählt, sowie drei Forschungsprogramme der Universität.«

»Das reicht, um uns für einige Zeit auf Trab zu halten. Danke, Dan. Können Sie mir noch einen Gefallen tun?«

»Klar. Was darf's denn sein?«

»Könnten Sie mir eine Liste der Reiseaktivitäten Ihres *Sea-Arrow*-Teams besorgen? Ich möchte sie auf Trips zu den wichtigsten Krisenherden in Ostasien, Russland und im Vorderen Orient überprüfen.«

»Kein Problem. Hier ist übrigens die Namensliste für die Werftbesichtigung des Präsidenten in Groton vor ein paar Wochen.« Er reichte ihr einen Bogen Papier, den sie an den Rand ihres Schreibtisches legte.

»Was halten Sie von einem gemeinsamen Mittagessen?«

»Im Augenblick nicht viel, danke«, sagte sie und vertiefte sich schon in die Unterlagen über die Subunternehmen. »Danke auch für die Berichte.«

Während sie die Akten durcharbeitete, erkannte Ann sehr schnell, dass zwischen den anderen Lieferanten und Heiland nur eine flüchtige Verbindung bestand. Die meisten Subunternehmen befassten sich mit dem Bau und der Konstruktion von Schiffsrümpfen und elektronischen Systemen mit nur wenigen Bezügen zu Heilands Superkavitationsantrieb. Eberson war der zentrale Verbindungsmann für sämtliche Systeme, an deren Entwicklung Heiland arbeitete.

Ann Bennett erhob sich und streckte sich, ehe sie sich die Liste der Teilnehmer am Präsidentenbesuch in Groton vornahm. Darauf standen nur sieben Namen, drei aus dem Weißen Haus und vier aus dem Pentagon. Tom Cernys Name fiel ihr sofort ins Auge. Aufgrund von Fowlers unbedachter Bemerkung gab sie die Namen telefonisch an einen NCIS-Kollegen durch und bat um eine gründliche Überprüfung. Während sie noch auf eine E-Mail mit den Ergebnissen wartete, ließ sie sich den Tod Heilands sowie seine ungewöhnlichen Begleitumstände durch den Kopf gehen.

Im Zusammenhang mit dem Diebstahl von industriellen und verteidigungstechnischen Geheiminformationen wurde nur selten die Grenze zum Mord überschritten. Dennoch mussten Heiland, Eberson und Manny allein wegen ihrer Arbeit an der *Sea Arrow* zu Tode gekommen sein. Nur eine Handvoll Schurkenstaaten würden zu derart drastischen Maßnahmen greifen, aber auch andere Staaten wären sicherlich dazu fähig, wenn sie sich dazu eines Erfüllungsgehilfen bedienen könnten. Die kolumbianische Regierung befand sich, was ihre Verteidigungstechnik betraf, ganz sicher nicht mit den USA in einem Rüstungswettstreit, daher arbeiteten die Diebe gewiss für jemand anders. Aber für wen?

Ann Bennett überprüfte andere inländische Spionagefälle und suchte nach Parallelen zu dem vorliegenden Fall. Indem sie terroristische und Hackeraktivitäten außer Acht ließ, stellte sie fest, dass sich die meisten aufgeflogenen Spione eher für diplomatische oder politische Geheimnisse interessierten. Meistenteils waren es Einzeltäter oder Angehörige von Gruppierungen, die für die alten Feinde in Moskau, Peking und Havanna arbeiteten. Von größerem Interesse waren einige Fälle, bei denen militärische und kommerzielle Technologiegeheimnisse von chinesischen Agenten gestohlen wurden. Auch wenn keiner dieser Fälle Ähnlichkeiten mit Heilands Fall aufwies, war doch allgemein bekannt, dass China weitaus aggressiver als andere Staaten hinter fremder Kriegstechnologie her war.

Sie stellte fest, dass China seit langem den Diebstahl und den Nachbau der Technologie fremder Großmächte betrieb, vorwiegend der Russen. Kopierte Artilleriesysteme, Flugabwehrraketen und sogar Navy-Zerstörer waren den hochrangigen Militärs im Kreml schon lange ein Dorn im Auge. Aber die Russen waren nicht das einzige Ziel. Mehrere Objekte im chinesischen Waffenarsenal wiesen eine starke Ähnlichkeit mit amerikanischen Waffen auf. Flugtechnikexperten hatten festgestellt, dass der chinesische Tarnkappenbomber J-20 dem amerikanischen F-22A Raptor verdächtig ähnelte. Die chinesische Regierung hatte erst vor kurzem die Einsatzbereitschaft eines Systems zur Kontrolle aufrührerischer Menschenansammlungen bekannt gegeben, das mit einem von der U.S. Army entwickelten Gerät identisch war. Und ein neuer chinesischer Kampfhubschrauber, der dem amerikanischen Apache nachempfunden war, sollte kurz vor seiner Fertigstellung stehen.

Sie war derart in ihre Arbeit vertieft, dass sie gar nicht bemerkt hatte, wie der Zeiger der Uhr auf die Sechs vorgerückt war, bis das Telefon klingelte. Zwar hatte sie umfangreiche Recherchen betrieben, war jedoch zu keinem brauchbaren Ergebnis gelangt. Sie meldete sich mit müder Stimme, wurde jedoch schlagartig hellwach, als sie ein vertrautes Organ hörte.

»Hi, Ann, hier ist Dirk. Immer noch in der Tretmühle?«

»So kann man es ausdrücken. Wie geht es Ihnen?«

»Bestens. Was meinen Sie, haben Sie morgen Abend Zeit für ein Dinner? Ich muss etwas mit Ihnen besprechen.«

»Morgen? Ja, das passt ausgezeichnet. Ist es etwas Wichtiges?«

»Möglicherweise«, antwortete Pitt und zögerte kurz. »Ich wüsste gern, ob Sie Lust haben, mit mir auf eine Kreuzfahrt zu gehen.«

29

Ann Bennett ertappte mehrere Männer dabei, wie sie ihr mit Blicken folgten, während sie nur leicht humpelnd durch den Speisesaal des Bombay Clubs schwebte. In ihrem safranfarbenen Leinenkleid, das sich an ihre Rundungen schmiegte, ähnelte sie eher einem Model als einer Kriminalistin. Sie ignorierte die Blicke, während sie das Restaurant durchquerte und auf eine elegante Terrasse mit Blick auf den

Lafayette Park gelangte. Dort entdeckte sie Dirk Pitt sofort an einem Tisch in einem lauschigen Winkel der Terrasse.

Er saß neben einer hochgewachsenen attraktiven Frau, die ihr vage vertraut erschien. Mit einem Anflug von Unbehagen zwang sich Ann zu einem Lächeln, während sie sich dem Tisch näherte.

Pitt erhob sich und begrüßte sie herzlich. »Keine Krücken mehr?«

»Nein, dem Knöchel geht es schon viel besser.«

»Ann, ich möchte Ihnen meine Frau Loren vorstellen.«

Loren Pitt sprang auf und umarmte Ann Bennett. »Dirk hat mir von Ihren Torturen in Mexiko und Idaho erzählt. Wobei er allerdings völlig vergessen hat zu erwähnen, wie gut Sie aussehen«, fügte sie ohne einen Anflug von Bosheit hinzu.

Was immer Ann an instinktiver Abneigung gegen Loren empfunden haben mochte, es schmolz nach diesem unerwarteten Kompliment dahin. »Ich fürchte, ich muss feststellen, dass all unsere Mühen umsonst waren.« Ann sah Pitt schuldbewusst an und beschrieb, wie ihr und Fowler Heilands Forschungsunterlagen geraubt worden waren.

»Das klingt nicht nach einem Zufall«, sagte Pitt, während tiefe Sorge seine Stirn furchte.

»In meinen Augen sieht das wie die reinste Spionage aus«, sagte Loren. »Wir müssen unbedingt irgendwelche Hilfstruppen auf höchster Ebene hinzuziehen.«

»Zurzeit arbeiten mindestens drei FBI-Teams an dem Fall«, sagte Ann, »sowie die Sicherheitsabteilung, die für das DARPA-Personal zuständig ist, und außer mir noch mehrere Ermittler des NCIS.« Sie sah Loren an, und in ihren Augen blitzte ein Funke des Erkennens auf. »Sie sind die Kongressfrau aus Colorado.«

»Vorsicht, lassen Sie bloß nicht ihre Tarnung auffliegen«, warnte Pitt grinsend.

»Sie sind mir auf Anhieb bekannt vorgekommen«, sagte Ann. »Ich erinnere mich an Ihre Bemühungen, ein Gesetz auf den Weg zu bringen, das eine bessere Unterstützung Militärdienst leistender Eltern regelt und ihnen den Abschied aus dem aktiven Dienst zu erleichtern versucht. Für die Frauen innerhalb der Streitkräfte sind Sie eine Heldin.«

Loren schüttelte den Kopf. »Das waren doch nur geringfügige Änderungen, die schon längst hätten vorgenommen werden müssen. Aber mal ernsthaft, falls es irgendwelche Ketten gibt, mit denen ich bei der Homeland Security rasseln kann, um Ihnen bei Ihrem Fall zu helfen, dann geben Sie bitte Laut.«

»Vielen Dank. Wir haben die Unterstützung des Vizepräsidenten und auch des Weißen Hauses, daher denke ich, dass unsere Hilfsquellen ausreichen. Wir brauchen nur einen entscheidenden Durchbruch, um dahinterzukommen, wer diese Leute sind.«

Ein Kellner erschien an ihrem Tisch, und jeder von ihnen bestellte ein Currygericht. Pitt fügte noch eine Flasche Saint Clair Sauvignon Blanc aus Neuseeland hinzu.

»Wie lange sind Sie schon verheiratet?«, fragte Ann Bennett.

»Erst ein paar Jahre«, antwortete Loren. »Da wir beide ziemlich häufig auf Reisen sind, kommen wir uns häufig wie Schiffe vor, die einander während der Nacht passieren. Aber wir tun alles, damit es funktioniert.«

»Der Trick«, sagte Pitt, »besteht darin, darauf zu achten, dass die Schiffe nicht regelmäßig kollidieren.«

Loren schaute Ann fragend an. »Gibt es jemanden in Ihrem Leben?«

»Nein, ich habe zurzeit das große Glück, ungebunden zu sein.«

Die Vorspeisen wurden gebracht, alle stark genug gewürzt, um eine zweite Flasche Wein kommen zu lassen.

»Das Krabbencurry ätzt mir glatt die Zunge weg, aber ich kann nicht genug davon bekommen«, sagte Ann. »Es ist absolut köstlich.«

Später entschuldigte sich Ann, um die Toilette aufzusuchen. Sobald sie sich außer Hörweite befand, beugte sich Loren zu Pitt hinüber. »Die Kleine hat eine Menge für dich übrig.«

»Kann ich etwas dafür, dass sie, was Männer betrifft, einen guten Geschmack hat?«, fragte er mit einem Grinsen.

»Nein, aber wenn du auf irgendwelche dummen Gedanken kommen solltest, schneide ich dir die Milz mit einem rostigen Buttermesser heraus.«

Pitt lachte und gab Loren einen langen Kuss.

»Keine Sorge. Ich hänge an meiner Milz – und möchte, dass sie mir auf ewig erhalten bleibt.«

Als Ann Bennett zurückkehrte, bestellten sie zum Nachtisch ein Sorbet. Sie ließen es sich genussvoll auf der Zunge zergehen, dann holte Pitt einen silberfarbenen Stein aus der Tasche und legte ihn auf den Tisch.

»Nur ein Klunker und keine zwei?«, fragte Loren.

»Es ist ein Souvenir aus Chile«, sagte Pitt. »Ich glaube, es könnte etwas mit Heilands Fall zu tun haben.«

»Was genau ist das?«, wollte Ann Bennett wissen.

»Einer unserer NUMA-Geologen identifizierte es als ein Mineral namens Monazit. Ich fand es an Bord eines verlassenen Frachters, der mit hoher Fahrt Kurs auf Valparaiso nahm.«

»Ich habe davon gehört«, sagte Ann. »Sie haben den Frachter abgelenkt und verhindert, dass er mit einem Kreuzfahrtschiff zusammenstieß, das mit Passagieren voll besetzt war.«

»Mehr oder weniger«, sagte Dirk Pitt. »Das Rätsel ist jedoch: Was geschah mit der Schiffsbesatzung? Und warum ist das Schiff tausende Meilen vom Kurs abgekommen?«

»Wurde es entführt?«

»Es war ein Schüttgutfrachter und hatte vermutlich Bauxit aus einer Mine in Australien geladen. Allem Anschein nach war die Ladung nur von bescheidenem Wert. Wir haben festgestellt, dass von den fünf Laderäumen des Schiffes drei Bauxit enthielten und die beiden hinteren leer waren.« Pitt nahm den Stein vom Tisch hoch. »Dieser Brocken lag in einem der leeren Frachträume.«

»Meinen Sie, das Monazit wurde aus dem Schiff gestohlen?«, fragte Ann.

»Genau das meine ich.«

»Weshalb sollte jemand daran interessiert sein und nicht am Bauxit?«, wollte Loren wissen.

»Ich habe die Gesteinsprobe analysieren lassen, und das Ergebnis war ziemlich interessant. Dieses Monazit enthält eine hohe Konzentration Neodym und Lanthan.«

Loren lächelte. »Das klingt ja fast wie eine gefährliche Krankheit.«

»Es handelt sich dabei um zwei von insgesamt siebzehn Elementen, die man auch als Metalle Seltener Erden kennt. Mehrere davon werden industriell verarbeitet und sind außerordentlich gefragt.«

»Natürlich«, erinnerte sich Loren. »Wir haben mal im Kongress eine Anhörung über den begrenzten Vorrat an Seltenerdelementen veranstaltet. Sie kommen in einer großen Anzahl von Hightech-Produkten zur Anwendung, unter anderem in Hybridautos und Windkraftanlagen.«

»Und in einigen wichtigen Verteidigungstechnologien auch«, fügte Pitt hinzu.

»Soweit ich mich erinnere«, sagte Loren Pitt, »ist China der Hauptproduzent von Seltenerdelementen. Außerdem gibt es nur eine Handvoll weiterer aktiver Bergwerke rund um den Erdball.«

»Russland, Indien, Australien und unsere eigene Mine in Kalifornien liefern den Löwenanteil der Weltproduktion«, sagte Pitt.

Ann Bennett schüttelte den Kopf. »Ich kann aber noch nicht erkennen, was dieses Gestein mit dem Heiland-Fall zu tun haben sollte.«

»Vielleicht hat es auch gar nichts damit zu tun«, räumte Pitt ein, »aber es gibt zwei interessante Zufälle. Der erste ist dieser Brocken in Ihrer Hand. Das darin enthaltene Neodym ist zufälligerweise eine wichtige Substanz, die auch in den Antriebsmotoren der *Sea Arrow* enthalten ist.«

»Woher wissen Sie das?«, fragte Ann verblüfft.

»Mein IT-Manager bei der NUMA brachte in Erfahrung, dass mehrere Seltenerdmetalle wichtige Bestandteile des Antriebssystems der neuen Navy-Zerstörer der Zumwalt-Klasse sind. Einige weitere Recherchen und Spekulationen ließen uns zu dem Schluss kommen, dass sie in den Elektromotoren der *Sea Arrow* eine wahrscheinlich noch wichtigere Rolle spielen.«

»Das müsste ich erst noch überprüfen, aber ich habe keinerlei Zweifel, dass es zutrifft«, sagte Ann. »Dennoch erkenne ich noch immer keinen wesentlichen Zusammenhang.«

»Vielleicht nicht«, sagte Pitt, »aber da ist noch eine zweite seltsame Verbindung – nämlich der DARPA-Wissenschaftler Joe Eberson, der auf der *Cuttlefish* den Tod gefunden hat. Ich wette, dass er gar nicht ertrunken ist, sondern durch eine besonders starke elektromagnetische Strahlung ums Leben kam.«

Ann ließ den Gesteinsbrocken fallen, und ihre Kinnlade folgte. »Woher können Sie das wissen? Ich habe erst heute Morgen seinen Autopsiebericht erhalten. Darin wird genau das bestätigt.«

»Ich kam aufgrund Ebersons Zustand zu dieser Schlussfolgerung. Seine Extremitäten waren aufgedunsen, seine Haut war mit Blasen übersät und geschwärzt. Die Aufgeblähtheit ist bei einem Ertrunkenen keine seltene Erscheinung, aber die stellenweise schwarze Haut war ungewöhnlich. Wir haben in Chile auf einem Frachter einen toten Matrosen gefunden, der genau die gleichen Charakteristika aufwies. Die chilenische Polizei meinte, er sei an Verbrennungen gestorben, die durch Mikrowellenstrahlung hervorgerufen wurden.«

»Die gleiche Ursache«, sagte Ann. »Ebersons Pathologe konnte jedoch die mögliche Quelle der Strahlung nicht identifizieren. Wie haben sie auf diese Art und Weise den Tod finden können?«

»Abgesehen davon, dass sie auf einer Mikrowellenantennenschüssel hätten einschlafen müssen, ist das schwer zu sagen. Ich habe einige meiner Wissenschaftler befragt, und wir entwickelten eine vage, aber dennoch mögliche Theorie.«

»Die würde ich mir gern anhören.«

»In den vergangenen Jahren gelangten einige Systeme zur Kontrolle größerer Menschenmengen zum Einsatz, die auf Mikrowellenbasis funktionieren und auf der Haut der Menschen, die in ihr Visier geraten, einen heftigen Verbrennungsschmerz erzeugen. Unsere Army benutzt eine Einrichtung mit der Bezeichnung Active Denial System, kurz ADS, häufig auch ›Schmerzkanone‹ genannt. Die Systeme sollten keine letale Wirkung haben, aber wir haben erfahren, dass einige simple Modifikationen durchaus tödliche Waffen aus ihnen machen können.«

»Lassen sie sich auch auf See einsetzen?«, fragte Loren.

»Zurzeit sind sie auf Lastwagen installiert, so dass man sie leicht auf einem Schiffsdeck aufstellen kann. Das ADS-System hat eine Reichweite bis zu siebenhundert Metern. Menschen im Innern eines Schiffes wären nicht in Gefahr, aber jeder, der sich an Deck aufhält oder durch ein Fenster zu sehen ist, wie zum Beispiel auf einer Kommandobrücke, würde in Mitleidenschaft gezogen werden. Ein ausreichend leistungsfähiges System könnte sogar die Kommunikationssysteme ausschalten. Ebenfalls wäre möglich, dass das System gegen ein größeres Schiff eingesetzt wird, um einer bewaffneten Entermannschaft Rückendeckung zu geben.«

»Meinen Sie, so etwas ist bei den Schiffen zum Einsatz gekommen?«, fragte Ann Bennett.

»Sie hätten es einsetzen können, um die Mannschaft der *Tasmanian Star* zu betäuben und das Monazit zu stehlen«, sagte Pitt, »und gegen die *Cuttlefish*, um Heiland, Manny und Eberson zu töten und das Testmodell der *Sea Arrow* in ihren Besitz zu bringen.«

»Das Modell hätten sie direkt von der *Cuttlefish* mitnehmen können, wenn Heiland das Boot nicht in die Luft gesprengt hätte«, sagte Ann. »Gibt es irgendwelche Hinweise auf das Boot der Angreifer?«

»Wir suchen, haben aber noch nichts gefunden.«

»Dann sind wir anscheinend mit unseren Ermittlungen, wer diese Leute sind, keinen Schritt weitergekommen.«

Dirk Pitt grinste hinterhältig. »Im Gegenteil, ich habe sogar die Absicht, es in einer Woche in Erfahrung zu bringen.«

»Aber du hast doch keine Ahnung, wo du suchen sollst«, gab Loren zu bedenken.

»Genau genommen«, sagte Pitt, »will ich es so drehen, dass sie mich finden. Es verhält sich genauso wie mit einer Falle, die man mit einem Stück Käse als Köder präpariert, um die Maus anzulocken. Nur ist unser Köder ein Gestein namens Monazit.«

Er holte eine Weltkarte aus der Jackentasche und breitete sie auf dem Tisch aus.

»Hiram Yaegers und mein Interesse wurde durch die Entführung der *Tasmanian Star* geweckt, daher forschten wir nach Schiffshavarien und verschollenen Schiffen während der letzten drei Jahre. Aus entsprechenden Aufzeichnungen über versicherungsrelevante Schadensfälle geht hervor, dass ungefähr ein Dutzend Handelsschiffe entweder mit Mann und Maus gesunken oder spurlos verschwunden sind. Von diesen hatten nicht weniger als zehn entweder Seltenerdmetalle oder damit verwandte Erze geladen.«

Er deutete auf die Landkarte. »Sieben Schiffe sind in den Gewässern vor Südafrika verschwunden, die anderen im Ostpazifik.«

Ann konnte erkennen, dass kleine Schiffbruch-Symbole auf der Karte eingetragen waren, und zwar unweit eines kleinen Atolls namens Clipperton Island ziemlich gehäuft. »Warum sind die Versicherungsfirmen diesen Vorfällen nicht auf den Grund gegangen?«

»Zahlreiche dieser Schiffe waren schon ziemlich betagt, wurden von mehreren Unternehmen genutzt und dürften unterversichert gewesen sein. Ich kann es nur vermuten, aber höchstwahrscheinlich wurde keine Versicherung derart umfangreich zur Kasse gebeten, dass sie den Schadensfällen auf den Grund gehen und nach einem möglichen Muster forschen musste.«

»Warum sollte sich jemand die Mühe machen, diese Schiffe zu versenken oder zu entführen«, führte Loren aus, »wenn diese Mineralien auf dem freien Markt angeboten werden und zu kaufen sind?«

Pitt zuckte die Achseln. »Das Angebot ist weltweit ziemlich knapp. Vielleicht versucht jemand, die Reserven zu kontrollieren und den Markt zu manipulieren.«

»Und wie haben Sie vor, diese Leute zu entlarven?«, wollte Ann Bennett wissen.

Pitt deutete auf den Klumpen Monazit. »Diese Gesteinsprobe stammt aus einer Mine namens Mount Weld, die in Westaustralien liegt. Zurzeit ist die Mine zwecks Ausbaus der Produktionsanlagen vorübergehend geschlossen. Wir haben ermittelt, dass die letzte planmäßige Erzladung vergangene Woche mit einem Erzfrachter nach Long Beach auf die Reise gegangen ist.«

»Meinst du, das Schiff wird überfallen?«, fragte Loren.

»Es nimmt die gleiche Route, auf der auch zwei andere Schiffe verschwanden und die *Tasmanian Star* angegriffen wurde. Es handelt sich um die letzte planmäßige Lieferung für mindestens sechs Monate. Ich denke, unter diesen Umständen ist der Frachter ein lohnendes Ziel.«

»Ist das die Kreuzfahrt, zu der Sie mich einladen wollten?«, fragte Ann mit einem Augenzwinkern.

Dirk Pitt nickte. »Der Frachter gehört einer Schifffahrtsgesellschaft, deren Boss zufälligerweise mit Vizepräsident Sandecker befreundet ist. Er hat entsprechende Arrangements getroffen, dass wir und ein SWAT-Team der Coast Guard südlich von Hawaii mit dem Schiff zusammentreffen.«

»Ist dieser Schutz ausreichend?« Lorens Sorge um ihren Mann war in ihren violetten Augen deutlich zu erkennen.

»Wir haben es sicher nicht mit einem Kriegsschiff zu tun. Außerdem stehe ich mit Rudi in der Zentrale in ständiger Verbindung, falls wir Verstärkung brauchen.« Nun wandte er sich an Ann. »Wir müssen in zwei Tagen nach Hawaii starten. Sind Sie dabei?«

Ann griff nach dem Erzklumpen und drehte ihn hin und her. »Ich wäre es liebend gern, aber ich stecke mitten in den Ermittlungsarbeiten und möchte sie nach Möglichkeit nicht unterbrechen. Außerdem wäre ich Ihnen an Bord des Schiffes sicherlich keine große Hilfe.« Sie sah Pitt in die Augen. »Aber ich kann Ihnen eins versprechen. Wenn Sie mit Ihrer Vermutung recht haben sollten, erwarten Loren und ich Sie am Pier in Long Beach.«

Pitt lächelte die beiden attraktiven Frauen an und hob sein Weinglas. »Das wäre ein Anblick, von dem jeder einsame Seemann träumt.«

30

Aus der Luft betrachtet, erstreckte sich der dichte Urwald wie ein üppiger grüner Teppich bis zum Horizont. Nur ein gelegentlicher Rauchfaden oder der flüchtige Blick auf eine Hütte auf einer Lichtung wiesen darauf hin, dass unter dem Laubdach menschliches Leben existierte.

Obgleich der Hubschrauber erst wenige Minuten zuvor vom Tocumen International Airport in Panama City gestartet war, ging das Dröhnen seines Turbinenmotors Pablo bereits gehörig auf die Nerven. Er blickte hinaus und gewahrte die ausgedehnte grüne Wasserfläche des Gatun Lake, eines riesigen Binnengewässers, das entstanden war, als der Panamakanal gebaut wurde. Bis zu ihrem Ziel war es nicht mehr weit.

Der Pilot beschrieb mit dem Helikopter eine enge Kurve, folgte dem Ostufer des Sees und überflog dabei mehrere größere Inseln, die für zahlreiche Arten an Primaten bekannt waren, die in ihren Wäldern lebten. Eine schmale Halbinsel erschien vor ihnen, und der Pilot lenkte den Hubschrauber zurück über den Dschungel und reduzierte nach und nach das Tempo. Als sie etwa die Mitte der Festlandmasse erreicht hatten, ging der Pilot mit der Maschine in den Schwebeflug über und blieb über dem grünen Laubdach in der Luft stehen.

Pablo betrachtete die Baumwipfel unter sich – und bemerkte, dass sie sich bewegten. Sie schwankten nicht vom Abwind der Rotorblätter, sondern wichen allmählich auseinander. Ein schmaler Spalt erschien in dem Laubteppich und verbreiterte sich zu einem großen Quadrat mit einem Hubschrauberlandeplatz, der mit Signallampen und einem weißen konzentrischen Kreis gekennzeichnet war, der Licht reflektierte.

Der Pilot brachte den Hubschrauber genau darüber in Position und ließ ihn sanft auf den Landeplatz herabsinken. Im selben Moment, in dem der Pilot den Motor ausschaltete, riss sich Pablo die Kopfhörer von den Ohren und stieg aus.

Sobald er sich außerhalb der Reichweite des Rotors befand, schaute er hoch und verfolgte, wie sich das künstlich geschaffene Laubdach schloss. Die hydraulisch betriebene Tarnvorrichtung war ein selbsttragender Bau und ruhte auf Pfählen in einer Urwaldlichtung. Zwei bewaffnete Männer in Tarnanzügen bedienten die Kontrollinstrumente, die sich in einem Geräteschrank am Rand der Lichtung befanden.

Während der Himmel verschwand, tauchte ein Golfwagen aus dem Urwald auf und hielt vor Pablo an.

»*El Jefe* wartet schon«, sagte der Fahrer mit leichtem schwedischem Akzent. Der kräftig gebaute hellblonde Mann mit seiner bleichen Haut und den eisblauen Augen wirkte im panamesischen

Dschungel vollkommen fehl am Platze. Er trug eine nicht näher zu identifizierende Offiziersuniform sowie eine Beretta in einem Gürtelholster.

Die beiden Männer musterten einander mit einer Mischung aus Respekt und Verachtung. Sie taten Dienst als Söldner und hatten miteinander einen kühlen, formellen Waffenstillstand geschlossen.

»Guten Tag, Johansson, ich freue mich auch, Sie zu sehen«, sagte Pablo. »Und ja, danke, ich hatte einen angenehmen Flug.«

Johansson trat aufs Gaspedal, während Pablo in den Golfwagen einstieg, und wartete nicht einmal, bis der andere richtig saß.

Die beiden Männer schwiegen, während Johansson einem asphaltierten Weg durch den Urwald folgte. Sie gelangten auf eine schattige Lichtung, die mit weiteren bewaffneten Männern in Tarnanzügen bevölkert war. Rechts von ihnen erhob sich ein pyramidenförmiger Haufen grauer Steine. Eine Gruppe von ausgemergelten Männern in schmutzigen, verschwitzten Arbeitsanzügen schaufelte die Steine in kleine Karren und schob diese dann über einen in den Fels gehauenen Weg hinunter.

Der Golfwagen rollte danach wieder durch einen Abschnitt dichten Urwalds und kam schließlich vor einem wuchtigen, fensterlosen Betonbau zum Stehen. Sein flaches, bunkerähnlich verstärktes Dach, das mit der Urwaldvegetation verschmolz, tarnte es noch naturgetreuer vor möglichen Blicken aus der Luft als der künstliche Laubbaldachin den Hubschrauberlandeplatz. Nur jeweils eine Reihe Palmen auf beiden Seiten des Eingangs vermittelte dem Bauwerk einen Anflug von einladender Wärme.

Pablo sprang aus dem Wagen. »Danke fürs Abholen. Sie brauchen den Motor nicht laufen zu lassen.«

»Ich würde an Ihrer Stelle gar nicht erst mit einem langen Aufenthalt rechnen«, erwiderte Johansson und entfernte sich.

Während Pablo die kurze Treppe zur Eingangstür hinaufstieg, kam vom See eine leichte Brise auf, die die schwüle Luft ein wenig in Wallung brachte. Ein Wächter öffnete die Tür und geleitete ihn hinein.

In deutlichem Kontrast zu den kahlen Außenwänden stellte das Innere des Gebäudes eine wahre Orgie an Opulenz dar. Das Anwesen diente als private Residenz, und die Einrichtung wurde von hellen tropischen Farben beherrscht, deren Wirkung noch durch zahlreiche zusätzliche Deckenlampen verstärkt wurde. Man führte Pablo durch einen Gang mit weißem Marmorboden und ebensolchen Wänden. Dabei passierte er auf der einen Seite einen abgesenkten Wohnraum, dessen Dekoration vorwiegend aus modernen Kunstwerken bestand, und auf der anderen Seite einen rundum verglasten Swimmingpool. Der hintere Teil des Hauses reichte bis an den Gipfelgrat eines flachen Hügels, der über das Wasser hinausragte. Durch Fenster, die vom Boden bis zur Decke reichten, fiel der Blick auf einen ausgedehnten Abschnitt des Gatun Lake.

Schließlich wurde Pablo in ein geräumiges offenes Büro geführt, das wie die Kommandobrücke eines Ozeanriesen über dem felsigen Seeufer schwebte. Noch frappierender wurde dieser Eindruck durch den Anblick eines Containerschiffes in der Ferne, das sich auf seinem Weg zum Pazifik nach Süden durch den Kanal schob.

Er blieb für einen Moment in der Türöffnung stehen, bis der Mann, der hinter einem antiken Mahagonischreibtisch saß, auf ihn aufmerksam wurde. Edward Bolcke blickte über den Rand einer Lesebrille hinweg und forderte Pablo mit einem Kopfnicken auf einzutreten.

Angefangen bei seinem konservativen Anzug und seiner dezenten Krawatte, verriet jedes Detail seiner äußeren Erscheinung seine anspruchsvolle Grundhaltung, die keine Nachlässigkeiten duldete. Das silbergraue Haar war perfekt frisiert, die Fingernägel wirkten sorgfältig manikürt und die Schuhe auf Hochglanz poliert. Das Büro war geradezu spartanisch eingerichtet, und auf dem Schreibtisch lag kein überflüssiger Gegenstand. Bolcke nahm die Brille ab, lehnte sich in seinem Sessel zurück, verschränkte die Arme vor der Brust und fixierte Pablo mit braunen Habichtaugen.

Pablo nahm auf der anderen Seite des Schreibtisches Platz und wartete darauf, dass sein Arbeitgeber das Wort ergriff.

»Was ist denn nun in Tijuana schiefgegangen?«, fragte Bolcke, dessen deutscher Akzent nicht zu überhören war.

»Sie wissen ja bereits, dass Heiland sein Boot während unserer ersten Operation eigenhändig zerstört hat«, sagte Pablo. »Dadurch ist unsere geplante Übernahme natürlich gescheitert. Ehe wir ein geeignetes Bergungsschiff dorthin beordern konnten, sind die Amerikaner aufgetaucht und haben das Testmodell gehoben. Sie kamen jedoch von einer zivilen Organisation namens NUMA, daher hatten wir keine Probleme, ihnen ihre Beute auf See gleich wieder abzunehmen. Zwei von ihren Männern konnten uns dann allerdings bis nach Mexiko verfolgen. Zu ihnen gehörte auch noch eine Ermittlerin.«

»Davon habe ich gehört.«

Verblüfft über Bolckes Kommentar räusperte sich Pablo. »Auf dem Weg zum Flughafen wurden wir in Tijuana in einen Verkehrsunfall verwickelt. Das Testmodell wurde dabei zerstört, und Juan kam bei der Kollision ums Leben. Meinen Helfer, Eduardo, verlor ich ebenfalls, als wir uns aus dem Staub machten.«

»Eine verdammt gute Gelegenheit, die uns da entgangen ist«, sagte Bolcke und kniff die Augen zu schmalen Schlitzen zusammen. »Immerhin hat das Ganze offenbar keine weiteren unangenehmen Folgen für uns gehabt.«

»Alle Männer, mit denen ich arbeite, sind ganz gewöhnlich ausgebildete Söldner aus Kolumbien mit falschen Identitäten und ohne irgendwelche Vorstrafen. Es ist absolut unmöglich, irgendeine Verbindung zu Ihnen herzustellen.«

»Das ist sehr gut, da das Team, das Sie nach Idaho geschickt haben, ebenfalls ausgeschaltet wurde.«

Pablo richtete sich auf seinem Stuhl ruckartig auf. »Alteban und Rivera sind tot?«

»Ja. Sie starben bei einem ›Verkehrsunfall‹, nachdem sie Heilands Ferienhütte verließen«, berichtete Bolcke mit ernster Miene. »Verantwortlich dafür waren die Ermittlerin, Ann Bennett, und der Direktor der NUMA, die Sie offenbar in Tijuana kennengelernt hatten. Glücklicherweise konnte ich die Bergung der Forschungsberichte und sonstigen wissenschaftlichen Unterlagen in Washington erfolgreich organisieren.«

Bolcke griff in eine Schreibtischschublade, holte einen dicken Briefumschlag hervor und schob ihn über die Tischplatte. »Sie können sich über einen üppigen Zahltag freuen. Ihr eigenes Honorar sowie das Ihrer vier toten Kameraden.«

»Das kann ich nicht annehmen«, sagte Pablo, während er die Hand ausstreckte und den Umschlag ergriff.

»Nein, ich bezahle für den Job und nicht für die Ergebnisse. In Anbetracht der Vorfälle habe ich jedoch entschieden, den Bonus, den ich Ihnen für Ihre gute Arbeit in der Mountain-Pass-Mine zahlen wollte, ersatzlos zu streichen.«

Pablo nickte und war froh, den Umschlag behalten zu dürfen. »Sie waren immer sehr großzügig.«

»Ich werde nicht mehr so großzügig sein, wenn sich die Fehlschläge häufen. Ich nehme an, Sie sind bereit, den nächsten Auftrag zu übernehmen?« Er verschränkte die Hände auf der Tischplatte und fixierte Pablo prüfend. Pablo wich dem Blick aus und starrte stattdessen auf Bolckes Hände. In Wahrheit waren sie es, die Aufschluss über den Mann gaben. Diese Hände waren klobig, knotig und von der Sonne verbrannt. Es waren nicht die Hände eines Mannes, der sich sein Leben lang in Konferenzsälen aufgehalten hatte, wie man beim ersten Eindruck von Bolcke noch hätte annehmen können. Es waren die Hände eines Mannes, der sein Leben damit verbracht hatte, die Erde umzugraben.

In Österreich geboren und aufgewachsen, war Edward Bolcke in seiner Jugend durch die Alpen gezogen und hatte nach Gold und seltenen Mineralien geschürft. Dies war seine Methode des Ausbrechens gewesen, nachdem seine Mutter mit einem amerikanischen GI durchgebrannt war und ihn in der Obhut eines alkoholkranken Vaters mit Hang zu Gewaltexzessen zurückgelassen hatte. Während seiner Bergwanderungen entwickelte der junge Bolcke eine leidenschaftliche Liebe zur Geologie, die mit einem Diplom in Bergbautechnik an der Universität von Leoben belohnt wurde.

Sein erster Arbeitsplatz war ein Kupferbergwerk in Polen, und es dauerte nicht lange, da hüpfte er kreuz und quer über die Erdkugel und arbeitete in Zinnminen in Malaysia, in Goldminen in Indonesien und in Silberminen in Südamerika. Dank der ungewöhnlichen Fähigkeit, stets die reichsten Erzvorkommen zu lokalisieren, sorgte er überall, wo er tätig war, für höhere Förderraten und Profite.

In Kolumbien geschah schließlich etwas, das seinem Leben eine völlig neue Richtung gab. Bolcke kaufte sich in eine kleine Silbermine im Departamento del Tolima ein, einer Provinz im Zentrum Kolumbiens. Die von ihm zuvor durchgeführte eingehende Untersuchung des Bergwerkstandorts deutete auf ein weitaus wertvolleres Platinvorkommen am Rand seines neuen Grundbesitzes hin. Er sicherte sich die Schürfrechte und stieß tatsächlich auf eine ergiebige Erzader, die ihm innerhalb weniger Monate zu enormem Reichtum verhalf. Während er in Bogotá seine Glückssträhne feierte und den verdienten Lohn seiner Arbeit genoss, lernte er die temperamentvolle Tochter eines brasilianischen Industriellen kennen und heiratete sie schon nach kurzer Zeit.

Mehrere Jahre lang führte er ein Leben wie in einem Bilderbuch und mehrte seinen Reichtum – bis er eines Tages in sein Haus in Bogotá zurückkehrte und seine Frau mit einem Angestellten des amerikanischen Konsulats im Bett antraf. Mit einer Wut, zu der er sich niemals für fähig gehalten hätte, zertrümmerte er mit einem

Hammer den Schädel des Mannes. Als Nächstes kam seine Frau an die Reihe – ihr drückte er mit seinen schweren, klobigen Händen den Hals zu.

Ein kolumbianisches Gericht, von seinem Anwalt großzügig geschmiert, ließ die Anklage aufgrund vorübergehender geistiger Umnachtung fallen. So verließ er das Gericht als freier Mann.

Physisch war er frei, aber nicht psychisch. Das Ereignis riss die alten Narben des Verlassenwerdens auf, während es ihm gleichzeitig frische Wunden zufügte. Blutrünstiger Zorn überflutete seine Seele – und wollte sich auch nicht mehr zurückziehen. Er sann auf Rache und suchte sich dazu die leichtesten Opfer aus, die er finden konnte: hilflose junge Frauen. Nachts streifte er durch die Elendsviertel von Bogotá, sprach junge Prostituierte an, bezahlte sie und verprügelte sie unbarmherzig, um seine Wut zu stillen. Als er eines Nachts von einem wachsamen Zuhälter beinahe erschossen worden wäre, ließ er von dieser Art der Vergangenheitsbewältigung wieder ab und verließ Kolumbien, nachdem er seine Anteile an der Mine verkauft hatte.

Bolcke hatte in eine ertragsarme Goldmine in Panama investiert, und dorthin zog er sich nun zurück. Jahre später, nachdem er den Bergwerksbetrieb einer gründlichen Prüfung unterzogen hatte, erkannte er, dass sie völlig unzureichend verwaltet und betrieben wurde. Sie gehörte einer privat geführten amerikanischen Firma mit zahlreichen anderen Holdings, und er konnte die Kontrolle nur übernehmen, wenn er die gesamte Firma erwarb. Um diesen Kauf zu tätigen, musste er jedoch einen Teil des Eigenkapitals der Firma der korrupten panamesischen Regierung, die seinerzeit noch von Manuel Noriega angeführt wurde, überschreiben. Als das amerikanische Militär Noriega aus dem Amt jagte, erhob die neue Regierung Besitzansprüche auf die Mine und zwang Bolcke zu einer ganzen Flut langwieriger Gerichtsklagen, um sich die Eigentumsrechte unter enormem Kostenaufwand zu sichern. Er machte die Amerikaner für seine finanziellen Verluste verantwortlich, wodurch sein seit langem tief verwurzelter Hass gegen diese Nation erneut aufflammte.

Neben dem Bergwerk gehörten ironischerweise auch einige kleine Unternehmen in Amerika zu dem Mischkonzern: eine Spedition, mehrere Handelsschiffe und eine kleine Sicherheitsfirma. Was als geringfügiges Ärgernis begonnen hatte, verwandelte sich schon bald in eine günstige Gelegenheit, seine Rachegelüste zu befriedigen.

Jede Nacht verfolgte ihn der Anblick seiner Frau mit dem amerikanischen Beamten in seinen Träumen: Er durchlebte immer wieder aufs Neue den Moment in seiner Kindheit, als er von seiner Mutter verlassen worden war, und wachte jeden Morgen mit einem Gefühl glühenden Zorns auf. Die Verursacher, obgleich schon lange tot, blieben weiterhin Ziele seiner Wut, und das galt auch für das Land ihrer Herkunft. Die Rachegefühle wurden nicht weniger und gaben ihn niemals frei. Doch anstatt seinen Hunger nach Vergeltung durch wahllos ausgeübte Gewalt zu stillen, suchte er sich eine andere, völlig neue Art und Weise, sich zu revanchieren. Indem er die in seinem Leben als Bergbauexperte erworbenen Fertigkeiten und Kenntnisse einsetzte, begann er seinen eigenen auf Vergeltung ausgerichteten Wirtschaftskrieg.

Bolckes freudlose dunkle Augen, von einem schmalen, scharfkantigen Gesicht umrahmt, musterten seinen Besucher prüfend, während er die Hände flach auf den Schreibtisch presste.

Pablo antwortete zögernd und mit deutlichem Unbehagen. »Ich bin nicht besonders scharf darauf, schon jetzt wieder nach Amerika zurückzukehren. Soweit ich es verstanden habe, sollte ich vor der nächsten Phase mehrere Wochen in Panama City bleiben.«

»Das ist richtig, aber der Zeitplan, der das vorsah, ist veraltet. Mittlerweile hat sich die Zeitachse nach vorn verschoben. Die Lieferung erfolgt in vier Tagen. Sie müssen sofort zurückkehren.«

Pablo widersprach nicht. Der ehemalige Angehörige der kolumbianischen Special Forces hatte noch nie die Ausführung eines Befehls verweigert. Seit er einmal engagiert worden war, um einen Arbeiteraufstand im Bergwerk zu unterdrücken, arbeitete er inzwischen länger als zwanzig Jahre für den alten Österreicher. Seine unerschütterliche Gefolgschaftstreue war im Laufe der Jahre reichlich belohnt worden, vor allem als das Verhalten seines Chefs zunehmend bizarrer wurde.

»Ich muss vorher noch eine neue Hilfsmannschaft zusammenstellen«, sagte Pablo.

»Dazu bleibt keine Zeit. Zwei amerikanische Unternehmer werden Ihnen helfen.«

»Hilfe von außen ist nicht vertrauenswürdig.«

»Dieses Risiko müssen wir eingehen«, schnappte Bolcke. »Sie haben Ihre gesamte Truppe verloren. Ich kann Ihnen einige von Johanssons Männern zur Verfügung stellen, aber sie sind für die von Ihnen geforderten Aktivitäten nicht entsprechend ausgebildet. Mein Repräsentant in Washington versichert mir, dass diese Unternehmer vertrauenswürdig und zuverlässig sind. Außerdem«, sagte er und blickte Pablo mit einem Anflug von Spott an, »haben sie geschafft, wozu Ihr Team nicht in der Lage war. Sie haben die Berichte und Berechnungen zur Superkavitation an sich gebracht.«

Bolcke schob einen kleineren Briefumschlag zu Pablo hinüber.

»Die Telefonnummer unseres Mannes in Washington. Nehmen Sie mit ihm Kontakt auf, und er wird ein Treffen mit den Lieferanten arrangieren. Alles andere wurde bereits vorbereitet, daher brauchen Sie sich nur um die Beschaffung und die Lieferung zu kümmern.«

»Wird erledigt.«

»Der Firmenjet steht ab morgen bereit, um Sie ins Land zu bringen. Noch irgendwelche Fragen?«

»Diese Ermittlerin und die Leute von der NUMA – sind sie ein Problem?«

»Die Frau ist nicht von Bedeutung.« Bolcke lehnte sich in seinem Sessel zurück und ließ sich die Frage durch den Kopf gehen. »Bei den NUMA-Leuten bin ich mir nicht so sicher. Vielleicht sollte man sie überprüfen und beobachten.« Er sah Pablo an. »Ich kümmere mich darum. Machen Sie wie geplant weiter. Ich werde in Peking auf Ihre Vollzugsmeldung warten.«

Seine Augen verdunkelten sich, als er sich wieder vorbeugte. »Ich habe viele Jahre auf diesen Moment hingearbeitet. Alles ist bereit. Enttäuschen Sie mich nicht, Pablo.«

Pablo pumpte seinen Brustkorb auf. »Keine Sorge, *Jefe*. Es wird der reinste Spaziergang.«

31

Ann kam gegen sieben Uhr voll einsatzfähig ins Büro, um Pitts Vermutung hinsichtlich der Schiffsentführung auf den Grund zu gehen. Ihre erste Anlaufstation war Joe Ebersons Nachfolger auf dem Platz des DARPA-Direktors für Sea Platforms Technology, Dr. Roald Oswald. Sie hatte den Wissenschaftler ein paar Tage zuvor kennengelernt und wunderte sich nicht, dass er bereits an seinem Schreibtisch saß und an einem Statusbericht arbeitete.

Sie schob den Kopf durch die Türöffnung. »Darf ich Sie in Ihrer morgendlichen Beschaulichkeit stören?«

»Natürlich, Miss Bennett. Ich kann jede Ablenkung von der deprimierenden Entwicklung des Lieferplans unseres neuen U-Boots vertragen.«

»Bitte nennen Sie mich Ann. Findet ein Stapellauf auch ohne das Superkavitationssystem statt?«

»Das ist unser Dilemma. Der gleichzeitige Verlust Ebersons und Heilands hat uns um Monate – wenn nicht gar um Jahre – zurückgeworfen. Ohne die Vorrichtung sind die Fähigkeiten des U-Boots erheblich beschnitten. Es wird sicherlich von Nutzen sein, das Antriebssystem zu testen, denke ich, falls wir es überhaupt je bis zur Endmontage schaffen.«

»Was hindert Sie daran?«

»Kritische Materialengpässe, wie ich hörte.«

»Gehören möglicherweise auch Seltenerdelemente dazu?«

Oswald trank einen Schluck aus seiner Kaffeetasse und musterte Ann prüfend mit seinen blassblauen Augen. »Ich verfüge nicht über genug Informationen, um Ihnen diese Frage beantworten zu können. Aber ja, Seltenerdmetalle spielen eine entscheidende Rolle beim Bau der *Sea Arrow* – vor allem im Bereich des Antriebssystems sowie des Sonars und der Elektronik. Warum fragen Sie?«

»Ich interessiere mich für eine mögliche Verbindung zwischen dem Tod Dr. Heilands und dem Diebstahl einer Schiffsladung Monaziterz, in dem hohe Konzentrationen von Neodym und Lanthan enthalten waren. Wie wichtig sind diese Mineralien für die *Sea Arrow*?«

»Äußerst wichtig. Unser Antriebssystem basiert auf zwei hochentwickelten Elektromotoren, die ihrerseits zwei Strahlpumpen sowie die restlichen Betriebssysteme des Schiffes in Gang halten. Beide Komponenten enthalten Seltenerdmetalle, allerdings trifft das insbesondere auf die Motoren zu.« Oswald trank wieder von seinem Kaffee. »In ihnen werden besonders starke Permanentmagnete eingesetzt, die für einen enormen Zuwachs an Effizienz und Leistung sorgen. Diese Magnete werden mit nur minimalen Toleranzen im Ames National Laboratory hergestellt. Sie enthalten eine Mischung mehrerer Seltenerdmetalle, auf jeden Fall aber Neodym.« Er zögerte einen Moment lang. »Wir glauben, dass bei Heilands Superkavitationssystem ebenfalls einige Seltenerdmetalle von entscheidender

Bedeutung sind. Ich denke, Sie sind da einer wichtigen Sache auf der Spur.«

»Wie kommen Sie darauf?«

»Die Motoren der *Sea Arrow* müssen noch eingebaut werden. Der erste Motor wurde gerade erst im Naval Research Lab an der Chesapeake Bay fertiggestellt und kann jederzeit nach Groton geliefert werden. Die Endmontage des zweiten wurde aufgrund ausbleibender Materiallieferungen aufgeschoben. Ich bin nicht ganz auf dem Laufenden, aber soweit ich es verstanden habe, ist es ein Mangel an Seltenerdelementen, der uns aufhält.«

»Können Sie in Erfahrung bringen, um welche Materialien es im Einzelnen geht?«

»Ich telefoniere mal herum und gebe Ihnen Bescheid.« Er lehnte sich mit nachdenklicher Miene in seinem Schreibtischsessel zurück. »Joe Eberson war ein Freund. Jeden Sommer haben wir in Kanada geangelt. Er war ein guter Mann. Sie müssen seine Mörder finden.«

Ann Bennett nickte ernst. »Genau das habe ich vor.«

Sie saß erst seit wenigen Minuten wieder an ihrem Schreibtisch, als Oswald anrief und ihr eine Liste der Elemente durchgab, durch deren Mangel sich die Fertigstellung der *Sea Arrow* zurzeit verzögerte: Gadolinium, Praseodym, Samarium und Dysprosium. An erster Stelle befand sich auf der Liste Neodym und damit das wichtigste Element in Pitts Monazitprobe aus Chile.

Eine schnelle Suche im Internet ergab, dass die Marktpreise für diese Elemente vor kurzem sprunghaft angestiegen waren. Analysten des Rohstoffmarktes machten zwei Faktoren für den Preisanstieg verantwortlich. Der eine war ein Feuer, das die Anlagen in Mountain Pass, Kalifornien, zerstört hatte, des einzigen aktiven Bergwerks für den Abbau von Metallen Seltener Erden in den Vereinigten Staaten. Den zweiten Faktor kannte Ann bereits. Es war die Ankündigung der Eigentümer der Mount-Weld-Mine in Australien, dass sie die Absicht hätten, die Produktion vorübergehend herunterzufahren, um das Bergwerk zu modernisieren und zu vergrößern.

Während sie all dies geistig verarbeitete, nahm Ann das Formular hoch, das Fowler auf ihren Tisch gelegt hatte. Es enthielt das Verzeichnis der Lebensläufe aller nichtmilitärischen Personen, die die *Sea Arrow* besichtigt hatten. Sie übersprang alle, die bei der DARPA oder beim ONR gearbeitet hatten, und studierte die restlichen Namen. Große Augen bekam sie, als sie den Lebenslauf von Tom Cerny, dem Assistenten des Präsidenten im Weißen Haus, überflog. Sie las ihn ein zweites Mal, machte sich ein paar Notizen und druckte dann die gesamte Datei aus.

Fowler erschien in der Tür und betrat ihr Büro mit einem Donut und einer Tasse Kaffee in der Hand. »Sie sind aber schon früh auf den Beinen. Wohin führt die Jagd Sie denn heute?«

»Würden Sie mir glauben, wenn ich den Südpazifik nenne?« Sie berichtete ihm von Pitts Verdacht bezüglich des Erzfrachters in Chile und von seinen Plänen, das von Australien kommende Schiff zu beschützen.

»Hat der Frachter Seltene Erden geladen?«

»Ja. Ich glaube, Pitt meinte, sein Name lautet *Adelaide*. Er ist in Perth in See gestochen.«

»Werden Sie ihn nicht begleiten?«

»Ich habe zwar daran gedacht, aber er bricht schon morgen auf. Wahrscheinlich ist es nichts anderes als eine sinnlose Jagd nach einem Phantom, und ehrlich gesagt glaube ich, dass ich hier besser vorankomme.«

Sie schob Tom Cernys Lebenslauf über den Schreibtisch zu Fowler hin. »Ich will nicht unbedingt behaupten, dass es im Weißen Haus ein Leck gibt, aber sehen Sie sich mal Cernys Vorgeschichte an.«

Fowler las einige von Cernys biographischen Eintragungen laut vor. »Ehemaliger Offizier der Green Berets, diente danach als militärischer Berater in Taiwan und später in Panama und Kolumbien. Verließ die Army, ging zu Raytheon und war dort als Manager im Rahmen des Forschungsprogramms für Laser- und Teilchenstrahlwaffen tätig. Später kam er als Verteidigungsexperte auf den Capitol Hill. Er arbeitete in der Direktion von drei Rüstungsfirmen, ehe er ins Weiße Haus geholt wurde. Verheiratet mit Jun Lu Yi, einer Taiwanesin. Sie leitet ein Kinderhilfsprogramm in Bogotá.« Er legte den Ausdruck zurück. »Wirklich ein abwechslungsreicher Lebenslauf.«

»Anscheinend hielt er sich des Öfteren in der Nähe irgendwelcher Verteidigungssysteme auf, die die Chinesen kopiert haben«, sagte Ann. »Aufgefallen ist mir diese Verbindung zu Kolumbien.«

»Das sollte man sich mal näher anschauen. Ich denke, man könnte einige diskrete Nachforschungen anstellen, ohne dass gleich irgendwelche Alarmglocken läuten.«

»Einverstanden. Ich habe zwar keine Lust, meine Karriere dadurch aufs Spiel zu setzen, dass ich im Weißen Haus aufmarschiere, aber ich werde wohl das Umfeld eingehender unter die Lupe nehmen. Wie läuft es mit Ihren internen Überprüfungen?«

Er schüttelte den Kopf. »Ich habe mir jeden DARPA-Angestellten vorgenommen, der an dem Programm mitarbeitet. Um ganz ehrlich zu sein, habe ich aber nichts gefunden, was auch nur andeutungsweise verdächtig wäre. Ich schicke Ihnen die Berichte, wenn ich die Befragungen abgeschlossen habe.«

»Danke, aber ich verlasse mich auf Ihre Einschätzungen. Was haben Sie als Nächstes vor?«

»Ich dachte, ich sollte unseren drei bedeutendsten Lieferanten mal einen Besuch abstatten. Vielleicht könnten Sie mich begleiten. Das würde unsere Arbeit beschleunigen.«

»Ich denke, ich sehe mir ein paar von den kleineren Lieferfirmen an. Diese drei insbesondere haben mein Interesse geweckt.«

»Viel zu weit unten in der Nahrungskette«, sagte Fowler. »Sie haben nur begrenzten Zugang zu Bereichen, die als geheim eingestuft sind.«

»Dort ein wenig herumzustochern kann nicht schaden«, sagte Ann. »Sie kennen ja das Sprichwort von dem blinden Huhn, das gelegentlich auch mal ein Korn findet.«

Fowler lächelte. »Wie Sie wollen. Ich bin den ganzen Tag im Hause, falls Sie auf etwas stoßen sollten, worüber Sie mit mir reden wollen.«

Im späteren Verlauf des Tages erzielte sie ihren nächsten Durchbruch. Nach weiteren Anfragen beim FBI kehrte sie zu ihrer Liste von Lieferfirmen zurück. Die ersten beiden Unternehmen waren börsennotiert, daher erhielt sie umgehend Informationen über ihre Geschäfte. Aber die dritte Firma befand sich in privater Hand, und dort musste sie etwas tiefer graben. Sie fand in einer Fachzeitschrift einen Artikel über den Betrieb und eilte damit sofort in Fowlers Büro.

»Dan, sehen Sie sich das mal an. Eins der Subunternehmen, eine Firma namens SecureTek, stellt sichere Datenleitungen bereit, so dass sich Techniker auch in abgelegeneren Regionen untereinander austauschen können. Ohne einer entsprechenden Unbedenklichkeitsprüfung unterzogen worden zu sein, sind sie in der Lage, jederzeit auf private Forschungsergebnisse zuzugreifen.«

»Das ist wahrscheinlich schwieriger zu bewerkstelligen, als man glaubt.«

»Viel interessanter ist, dass SecureTek Teil eines kleinen in Panama ansässigen Firmenkonglomerats ist, dem auch eine Spedition in den Vereinigten Staaten und eine Goldmine in Panama gehört.«

»Okay, aber ich kann nicht erkennen, wie uns das weiterbringen sollte.«

»Die Firma hält eine Minderheitsbeteiligung an Hobart Mining. Und Hobart besitzt in Australien eine Mine namens Mount Weld.«

»Na schön, demnach haben sie ihre Bergwerksaktivitäten ausgeweitet.«

»Mount Weld ist außerhalb Chinas einer der wichtigsten Produzenten von Seltenerdmetallen. Dr. Oswald hat mir heute Morgen erläutert, wie lebenswichtig Seltenerdmetalle für die Entwicklung der *Sea Arrow* sind – und dass das gesamte Programm wegen Lieferschwierigkeiten erheblich in Verzug geraten ist. Dort könnte es eine Verbindung geben.«

»Erscheint mir ein wenig vage«, sagte Fowler und schüttelte den Kopf. »Welches Motiv könnte dahinterstecken? Der Minenbesitzer sollte froh sein, dass wir kaufen, was er herstellt, und nicht einen seiner besten Kunden vom Nachschub abschneiden. Ich vermute, Sie lassen sich zu stark von Dirk Pitt beeinflussen.«

»Vielleicht haben Sie recht«, gab sie zu. »Es scheint, als klammerten wir uns an jeden Strohhalm.«

»So etwas kommt vor. Vielleicht sieht morgen früh alles schon wieder ganz anders aus. Ich habe die Erfahrung gemacht, dass mir sportliche Aktivitäten dabei helfen, Probleme zu lösen. Jeden Morgen jogge ich am Potomac entlang und stelle immer wieder fest, dass es eine hervorragende Methode ist, den Geist zu entspannen. Sie sollten es auch mal versuchen.«

»Vielleicht tu ich das. Darf ich Sie um einen Gefallen bitten?«, sagte sie. »Fügen Sie SecureTek der Liste von Subunternehmen hinzu, die Sie besuchen wollen.«

»Gern«, sagte er.

Ann befolgte seinen Rat und stattete auf dem Heimweg einem Fitnesszentrum einen Besuch ab, trabte auf einem Laufband ein paar Meilen und holte sich anschließend im Café einen Geflügelsalat zum Mitnehmen. Zu Hause angekommen, rief sie sofort Dirk Pitt an. Er antwortete nicht, daher sprach sie ihm einen längeren Bericht über ihre jüngsten Erkenntnisse aufs Band und wünschte ihm für seine Reise viel Glück.

Noch während sie auflegte, meldete sich aus dem Flur eine tiefe Stimme.

»Hoffentlich haben Sie nicht vergessen, sich zu verabschieden.«

Ann sprang beinahe aus ihren Schuhen. Sie drehte sich herum und sah zwei farbige Männer aus ihrem dunklen Schlafzimmer herauskommen. Sie erkannte den ersten Mann und musste sofort zittern.

Clarence grinste kalt, während er in den Raum trat und einen .45er Revolver auf ihren Kopf richtete.

32

Zhou Xing hatte die Physiognomie eines Bauern. Seine Augen standen dicht zusammen, von einem Kinn konnte kaum die Rede sein, die Nase war aufgrund eines vor langer Zeit schlecht verheilten Bruchs nach Steuerbord geknickt, und ein Paar Henkelohren und ein primitiver Topfhaarschnitt vervollständigten den überzeugenden Eindruck eines Trottels vom Land. Dieses Erscheinungsbild war für den Undercoverspion von großem Nutzen. Abgesehen davon, dass Zhou damit fast jeder noch so heiklen Situation gewachsen war, hatte sein Aussehen zur Folge, dass seine Vorgesetzten im chinesischen Ministerium für Staatssicherheit grundsätzlich seine Hinterlist und sein Geschick unterschätzten.

Zurzeit bediente er sich dieser Wirkung zur Täuschung eines weniger anspruchsvollen Publikums. In der zerschlissenen und staubigen Kleidung eines ungelernten Arbeiters sah er genauso aus wie die meisten Bewohner von Bayan Obo, einer Industriestadt in der Inneren Mongolei, die ebenfalls zerschlissen und staubig war. Zhou überquerte eine asphaltierte Straße, auf der es von Lastwagen und Autobussen wimmelte, und steuerte auf eine kleine Kneipe zu. Sogar auf der Straße konnte er die Stimmen der Gäste hören. Er holte tief Luft, dann zog er eine Holztür auf, die mit dem Bild eines verblichenen roten Ebers verziert war.

Der Geruch von billigem Tabak und schalem Bier stieg Zhou in die Nase, während er über die Schwelle trat und das Innere mit geübtem Blick einer schnellen Prüfung unterzog. Ein Dutzend Tische füllte den kleinen Raum, besetzt mit einer lärmenden und rauen Ansammlung von Bergarbeitern aus dem Erztagebau. Ein fetter einäugiger Barkeeper schenkte hinter einer erhöhten Theke, die mit trinkfreudigen Einheimischen besetzt war, Hochprozentiges aus. Der einzige Wandschmuck der Bar war zugleich ihr Namensgeber: ein ausgestopfter Eberkopf, der auf einer Holztafel befestigt war und bereits unter chronischem Haarausfall litt.

Zhou bestellte für sich ein Glas *baijiu*, einen Kornbranntwein, der sich bei den Einheimischen großer Beliebtheit erfreute, und ließ sich auf einem Stuhl in einer Ecke nieder, um die Gäste zu studieren. Jeweils zu zweit oder zu dritt zusammensitzend, waren sie damit beschäftigt, sich möglichst gründlich zu betäuben, um wenigstens für kurze Zeit ihre harte Arbeit zu vergessen. Er ließ den Blick auf der Suche nach einem lohnenden Objekt von Gesicht zu Gesicht wandern. Ein solches Objekt fand er ein paar Tische weiter in Gestalt eines dreist auftretenden großspurigen jungen Mannes, der ständig auf seinen stummen Partner einredete, der ihn um gut einen Kopf überragte.

Zhou wartete ab, bis der Redner sein Schnapsglas nahezu vollständig geleert hatte, ehe er sich dem Tisch näherte. Indem er so tat, als stolpere er, stieß er mit einem Ellbogen gegen das Glas des Redners und wischte es in hohem Bogen vom Tisch.

»Hey! Mein Glas!«

»Ich bitte tausend Mal um Verzeihung, mein Freund«, sagte Zhou mit einem künstlichen Lallen. »Komm mit zur Bar, und ich spendier dir ein frisches Glas.«

Der junge Bergarbeiter, der begriff, dass er soeben eingeladen worden war, kam schnell, wenn auch ein wenig unsicher, auf die Füße. »Ja, das ist gut.«

Als Zhou mit einer Porzellanflasche *baijiu* an den Tisch zurückkehrte, wurde er herzlich willkommen geheißen.

»Ich bin Wen«, stellte sich der junge Mann vor, »und mein stiller Freund hier ist Yao.«

»Ich bin Tsen«, erwiderte Zhou. »Arbeitet ihr beide in der Mine?«

»Natürlich.« Wen spannte seinen Bizeps. »Diese Muskeln kommen nicht vom Hühnerrupfen.«

»Und welche Arbeit macht ihr in der Mine?«

»Nun, wir sind die Zertrümmerer«, antwortete Wen lachend. »Wir schaufeln das abgebaute Erz in den ersten Zerkleinerer. Diese Apparate sind groß wie Häuser und können mächtige Felsblöcke bis auf diese Größe zermalmen.« Vor Zhous Nase ballte er die Faust.

»Ich komme aus Baotou«, erzählte Zhou, »und suche Arbeit. Gibt es im Bergwerk irgendwelche freien Stellen?«

Wen streckte eine Hand aus und drückte prüfend Zhous Oberarm. »Für jemanden wie dich? Du bist viel zu dürr, um in der Mine zu arbeiten.« Er lachte und schickte einen Speichelregen über den Tisch. Als er den traurigen Ausdruck in Zhous Gesicht sah, verspürte er einen Anflug von Mitleid. »Manchmal verunglückt einer der Männer, dann suchen sie Ersatz für ihn. Aber die Warteschlange vor dir ist sicherlich ziemlich lang.«

»Ich verstehe«, sagte Zhou. »Noch was zu trinken?«

Er wartete ihre Antwort gar nicht erst ab, sondern füllte ihre Gläser unaufgefordert. Der stumme Bergmann, Yao, sah ihn teilnahmslos an und nickte. Wen hob sein Glas und leerte es in einem Zug.

»Sagt mal«, fragte Zhou, während er einen Schluck aus seinem Glas trank, »wie ich hörte, gibt es in Bayan Obo auch ein Bergwerk, das den Schwarzmarkt beliefert.«

Yao spannte sich und musterte Zhou misstrauisch.

»Nein, alles kommt aus derselben Quelle.« Wen wischte sich mit einem Ärmel den Mund ab.

»Es ist besser, nicht darüber zu reden«, sagte Yao und brach mit tiefer, rumpelnder Stimme sein Schweigen.

Wen zuckte die Achseln. »Von alldem kriegen wir überhaupt nichts mit.«

»Wie meinst du das?«, wollte Zhou wissen.

»Die Sprengungen, das Graben und das Zertrümmern, das alles wird von der staatlichen Firma durchgeführt, die Yaos und meinen Lohn bezahlt«, sagte er. »Erst nach dem Zertrümmern greifen dann auch noch andere Hände in den Topf und sichern sich ihren Anteil.«

»Wessen Hände sind das?«

Yao setzte das Glas hart auf den Tisch. »Du stellst eine Menge Fragen, Tsen.«

Zhou deutete eine Verbeugung an. »Ich suche nur einen Job.«

»Yao ist in diesem Punkt ein wenig empfindlich, weil sein Cousin einen Lastwagen für diese Leute fährt.«

»Und wie läuft das Ganze ab?«

»Ich vermute, sie haben einige Lkw-Fahrer der Mine auf der Lohnliste«, sagte Wen. »Nachts holen sich ein paar von den Lastwagen, die das Roherz zum Zerkleinerer schaffen, eine Ladung des zerkleinerten Gesteins und deponieren sie in einem abgelegenen Teil des Minengeländes. Dann kommen Jiang und seine private Lkw-Flotte und transportieren alles ab. Hey, da ist er ja.« Wen winkte einem untersetzten, graugesichtigen Mann, der soeben die Bar betreten hatte. Er stolzierte mit betont arroganter Haltung durch den Gastraum.

»Jiang, ich erzähle gerade meinem Freund, wie du das heiße Erz aus der Mine holst.«

Jiang schmetterte eine Hand seitlich gegen Wens Kopf, so dass der junge Mann beinahe von seinem Stuhl kippte. »Du musst endlich mal mit deinem Gequatsche aufhören, Wen, sonst reißen sie dir am Ende noch die Zunge heraus. Du bist schlimmer als ein altes Waschweib.« Er musterte Zhou von Kopf bis Fuß, dann schaute er seinen Cousin Yao an. Der große Mann schüttelte fast unmerklich den Kopf.

Jiang kam um den Tisch herum und blieb dicht vor Zhou stehen. Plötzlich griff er nach unten, packte Zhous Kragen und hievte den Spion auf die Füße.

Zhou ließ die Arme an den Seiten herabhängen und lächelte unschuldig.

»Wer bist du?«, fragte Jiang, während sein Gesicht nur wenige Millimeter von Zhous entfernt war.

»Ich heiße Tsen und bin ein Bauer aus Baotou. Und jetzt nenn mir deinen Namen.«

In Jiangs Augen loderte der Zorn über diese Dreistigkeit auf. »Hör gut zu, Bauer.« Er packte Zhous Kragen fester. »Wenn du jemals wieder aus eigener Kraft nach Bayan Obo zurückkehren willst, dann empfehle ich dir, so zu tun, als seiest du niemals hier gewesen. Du hast niemanden gesehen und mit niemandem geredet. Hast du verstanden?«

Jiangs Atem roch nach Rauch und Knoblauch, aber Zhou zuckte nicht zurück. Mit einem freundlichen Grinsen nickte er Jiang zu. »Natürlich. Aber wenn ich niemals hier war, dann habe ich auch keine achtzig Yuan für Getränke mit deinen Freunden ausgegeben.« Er hielt die Hand auf, als warte er auf eine Rückzahlung.

Jiangs Gesicht rötete sich. »Betritt diese Bar nie wieder. Und jetzt verschwinde.«

Er ließ Zhous Kragen los, damit er seine Drohung mit der Faust unterstreichen konnte, aber er stand zu dicht vor seinem Gegner, um zuzuschlagen, daher machte er einen Schritt zurück.

Zhou hatte diese Aktion vorausgesehen und hakte einen Fuß hinter Jiangs und stellte dem Lkw-Fahrer auf diese Art und Weise ein

Bein. Jiang stolperte, schlug jedoch trotzdem mit der Rechten zu, während er nach hinten kippte. Zhou pendelte nach links, fing den Schlag mit der Schulter auf und revanchierte sich, indem er Jiangs Oberkörper einen Stoß versetzte. Jiang verlor seinen sicheren Stand und fiel nach hinten.

Zhou packte ihn, schob ihn zum Tisch zurück, mit dessen Kante Jiangs Kopf unsanft Bekanntschaft machte. Der Mann sackte wie ein gefällter Baum zu Boden und blieb reglos liegen.

Als er sah, wie sein Cousin außer Gefecht gesetzt wurde, sprang Yao auf und versuchte Zhou mit seinen Armen zu umschlingen.

Der kleinere und weitaus nüchternere Zhou schlängelte sich geschickt weg, dann versetzte er Yaos Knie einen harten Tritt. Der große Mann geriet ins Wanken, so dass Zhou weitere blitzschnelle Treffer an seinem Kopf landen konnte. Ein letzter Schlag traf seine Kehle. Yao drehte sich halb weg, sackte auf die Knie und umklammerte seinen Hals, weil er fälschlicherweise glaubte, jeden Moment zu ersticken.

In der Bar wurde es totenstill, alle Blicke richteten sich auf Zhou. Sich derart in den Vordergrund zu spielen mochte zwar töricht sein, aber es gab eben Situationen, in denen er sich nicht zurückhalten konnte.

»Keine Schlägerei!«, rief der Barkeeper. Allerdings war er viel zu sehr damit beschäftigt, seine Gäste mit Getränken zu versorgen, um einen der Streithähne hinauszuwerfen.

Zhou nickte ihm zu, dann nahm er sein Glas *baijiu* lässig vom Tisch und trank einen Schluck. Die anderen Gäste wandten sich wieder ihren eigenen Gläsern und Unterhaltungen zu und ignorierten die beiden Männer auf dem Fußboden.

Wen hatte die kurze Auseinandersetzung wie gebannt verfolgt und sich nicht von seinem Stuhl gerührt. »Für einen Bauern hast du verdammt schnelle Hände«, stotterte er.

»Das kommt vom vielen Graben und Hacken.« Zhou wedelte

mit den Händen in der Luft. »Was hältst du davon, wenn uns dein Freund Jiang ein Getränk spendiert?«

»Gefällt mir«, lallte Wen.

Zhou griff dem Bewusstlosen in die Jacke und holte seine Brieftasche hervor. Er fand seinen Ausweis und prägte sich Jiangs Namen und Adresse ein. Dann schob er die Brieftasche wieder an ihren Platz zurück, aber nicht ohne vorher einen Zwanzig-Yuan-Schein herausgeangelt zu haben, den er Wen reichte. »Trink einen für mich mit«, sagte Zhou. »Es ist schon spät, und ich muss gehen.«

»Ja, mein Freund Tsen, wenn du meinst.« Wen kam mit einiger Mühe von seinem Stuhl hoch.

»Wir sehen uns in der Mine«, sagte Zhou.

»In der Mine?«, fragte Wen. Er schaute verwirrt hoch, aber der kleine Bauer aus Baotou war bereits verschwunden.

33

Jiang Xianto, der Lastwagenfahrer, schlich sich am nächsten Morgen gegen halb sieben aus seinem Apartmenthaus. Ein Verband zierte seine Stirn, und er bewegte sich so sparsam wie möglich, um die Schmerzen zu verringern, die bei jedem Schritt durch seinen Schädel zuckten. Hätte er aufmerksam auf seine Umgebung geachtet, wäre ihm sein Gegner aus dem Roten Eber vielleicht aufgefallen, der auf der gegenüberliegenden Straßenseite in einem Toyota aus chinesischer Produktion saß und in einer Ausgabe der *People's Daily* las.

Zhou schmunzelte, als er beobachtete, wie Jiang die Straße hinunterhumpelte. Es hatte ihm keine Freude gemacht, Yao am Vorabend niederzuschlagen, aber er hatte keinen Funken Mitgefühl mit

Jiang. Er hatte ihn auf Anhieb durchschaut – als einen streitsüchtigen Mistkerl, der sich an Schwächeren schadlos hielt, um sich überlegen zu fühlen.

Der Lastwagenfahrer ging bis zu einer Bushaltestelle, die von einer Menschentraube umlagert war. Erwartungsgemäß drängte sich Jiang in die erste Reihe der Wartenden und ließ sich sofort auf einen der wenigen freien Sitze fallen, als der Bus eintraf. Zhou startete den Motor, fädelte sich mit dem Toyota in den Verkehr ein und folgte dem Bus mit ein paar Wagenlängen Abstand.

Als der Bus schließlich vor einem heruntergekommenen Apartmenthaus am südlichen Stadtrand anhielt, waren die meisten Fahrgäste längst ausgestiegen. Zhou lenkte seinen Wagen um eine Straßenecke, parkte hinter dem Verkaufsstand eines fliegenden Händlers und beobachtete, wie Jiang den Bus verließ. Zhou zog sich einen breitkrempigen Hut über die Augen und folgte dem Mann zu Fuß.

Jiang folgte einer Seitenstraße ein kurzes Stück weit und bog dann in eine mit Abfall übersäte Gasse ein. Ein eisiger morgendlicher Wind kam auf, und Jiang zog den Reißverschluss seiner Jacke hoch, als er ein weitläufiges, mit Stacheldraht umzäuntes Grundstück erreichte. Er schlängelte sich durch eine Lücke im Zaun und ging an Stapeln leerer Holzpaletten vorbei, die auf dem staubigen Platz herumstanden. Auf dem rückwärtigen Teil des Grundstücks standen fünf große Lastwagen, die mit Planen bedeckt waren. Sieben verwegen aussehende Männer standen zwischen den Lastwagen und tranken heißen Tee aus Pappbechern.

»Jiang«, sagte einer der Männer, »hat dir deine Frau die Haare heute Morgen mit einem Wok gekämmt?«

»Ich kämm dir deine gleich mit einer Eisenstange«, drohte Jiang. »Wo ist Xao?«

Ein hochgewachsener Mann in einer hüftlangen schwarzen Kapitänsjacke trat zwischen zwei Lastwagen hervor. »Jiang, da bist du ja endlich. Schon wieder zu spät, wie ich sehe. Mach so weiter, und du landest noch mal beim Straßenbau.« Er wandte sich an die anderen Männer. »Okay, Leute, wir können aufbrechen.«

Die Männer versammelten sich um ihn, während er einen zusammengefalteten Bogen Papier aus der Tasche holte.

»Wir deponieren die Ladung an Dock 27«, sagte Xao. »Ich sitze im ersten Wagen, also folgt mir, wenn wir durch ein anderes Tor hineinfahren. Wir werden gegen acht Uhr erwartet, daher sollten wir dafür sorgen, dass wir unterwegs nicht aufgehalten werden.«

»Wo tanken wir?«, fragte ein Mann mit einer abgewetzten Strickmütze.

»Wie immer an der Raststätte in Changping.« Xao schaute in die Runde, ob noch weitere Fragen beantwortet werden mussten, dann deutete er mit einem Kopfnicken auf die Lastwagen. »Okay, los geht's.«

Xao, Jiang und drei andere Männer gingen zu den großen Lastwagen, und die übrigen Männer stiegen in den Pick-up. Jiangs Lastwagen befand sich am Ende der Kolonne. Er stieg ein und startete den Motor, der ansprang und eine schwarze Qualmwolke ausstieß. Er stellte die Heizung ein und wartete darauf, dass die anderen Lastwagen vor ihm das Grundstück verließen. Als der Lastwagen direkt neben ihm anfuhr, legte er den Gang ein, ruckte vorwärts und bemerkte im Seitenspiegel einen dunklen Schatten, der gerade hinter dem Lastwagen verschwand.

Die Laster fuhren durch ein offenes Tor, das von einem massigen Glatzkopf bewacht wurde, der eine russische Makarow-Pistole unter seiner Jacke trug. Als Jiang das Tor erreichte, trat er aufs Bremspedal. »Sieh mal hinten nach!«, rief er, streckte die Hand aus dem Fenster und schlug gegen die Seitentür, um den Wächter auf sich aufmerksam zu machen.

Der Wächter nickte und ging zum Heck des Lastwagens. Als er über die hintere Ladeklappe blickte, wurde er von Zhous Stiefel empfangen, der gegen sein Kinn krachte. Der Treffer schleuderte ihn zwar nach hinten, aber trotzdem riss er im Fallen die Makarow unter der Jacke hervor. Er hob die Pistole und zielte auf den Lastwagen, doch Zhou war bereits bei ihm. Der Agent trat ihm die Waffe aus der Hand, dann ging er in die Hocke und hämmerte den Ellbogen gegen den Unterkiefer des Mannes. Bei dem Zusammenprall beider Knochen erklang ein gedämpftes Knacken, und der Wächter wurde schlaff.

Zhou sprang auf die Füße und wirbelte herum. Jiang war bereits in Höhe der Ladefläche und griff ihn mit einem Messer an, das er aus seinem Gürtel gezogen hatte. Zhou sah die Klinge blinken, als sie auf seine Brust zielte. Er versuchte sich wegzudrehen, doch die Spitze erwischte seinen Ärmel, und er spürte, wie sie durch seinen rechten Bizeps schnitt.

Er ignorierte die Verletzung und traf mit einem linken Schwinger Jiangs Schläfe. Jiang murmelte einen Fluch, als er begriff, dass sein Gegner der Mann war, der ihn am Vorabend mit dem Schädel gegen den Tisch gestoßen hatte.

Zhou ließ ihm keine Zeit, länger darüber nachzudenken. Die Makarow war zu weit entfernt, um sie an sich zu bringen, daher tat er das, was am wenigsten erwartet wurde, und griff weiter an. Er ließ dem Kopftreffer einen Rundtritt folgen, der Jiangs Oberschenkel streifte. Er sollte ihn nicht kampfunfähig machen, sondern ihn zu einer Reaktion zwingen, und diese Taktik hatte Erfolg. Jiang holte mit dem Messer aus und stieß damit in die Bauchgegend seines Widersachers.

Darauf hatte Zhou gewartet. Er packte mit der Linken Jiangs Handgelenk und drückte es ohne Mühe zur Seite. Indem er Jiangs Schwung nutzte, zog und drehte er an der Messerhand und ließ Jiang vorwärtstaumeln. Zhou setzte die Drehung weiter fort und rammte seine gegenüberliegende Schulter mit voller Wucht gegen Jiangs Arm.

Jiang hatte das Gefühl, ihm werde der Arm aus dem Gelenk gerissen, und er stürzte blind vor Schmerzen nach vorn. Das Messer rutschte aus seiner Hand, und er sank zu Boden. Augenblicklich befand sich das Messer in Zhous Hand und raste auf seinen Kopf zu. Zhou wollte den Mann töten und hätte es auch ohne Mühe getan, doch er widerstand dem Drang. Jiang würde mehr leiden, wenn er in einer Gefängniszelle schmorte. Also drehte er das Messer um und traf Jiang mit dem Messerknauf dicht unter dem Ohr. Jiangs Welt wurde schwarz, als der Schlag auf seine Karotisarterie die Blutzufuhr zu seinem Gehirn unterbrach. Zhou stand über ihn gebeugt und rang nach Luft. Ein Telefonanruf bei der chinesischen bewaffneten Volkspolizei würde dem Schläger zu einer unliebsamen Überraschung verhelfen, wenn er aufwachte. Aber zuerst musste Zhou den Lastwagenkonvoi einholen.

Die Lastwagen hatten sich entfernt und waren schon nicht mehr auf der Straße zu sehen. Zhou fand die Makarow und steckte sie in die Tasche. Dann wälzte er Jiang auf den Bauch und zog ihm die Jacke aus. Mit dem Messer des Mannes schnitt er einen Stoffstreifen von Jiangs Hemd ab, um ihn als Verband zu benutzen. Zhous rechter Arm war nass und klebrig, aber die Blutung hatte bereits nachgelassen. Er müsste improvisieren, was die Versorgung seiner Blessur betraf.

Zhou schwang sich in den Lastwagen, gab Gas und überschüttete die beiden Männer auf dem Erdboden mit einem Regen aus Staub und Geröll, während er aus dem Gelände herausrumpelte und zur Hauptschnellstraße von Bayan Obo rollte. Die Mine befand sich nördlich der Stadt, daher schlug er diese Richtung ein und trat das Gaspedal bis aufs Bodenblech durch.

Indem er sich durch den Verkehr schlängelte und rücksichtslos überholte, entfesselte er eine ohrenbetäubende Sinfonie aus wildem Gehupe und wütenden Beschimpfungen. Der Verkehr ließ allmählich nach, als er sich der nördlichen Stadtgrenze näherte. Die Straße stieg an und schraubte sich zwischen den spärlich bewachsenen Hügeln in die Höhe. Als er eine Anhöhe erreichte, entdeckte er den Konvoi in etwa einer Meile Entfernung und holte schnell zum letzten Truck auf.

Mit Zhou als Nachhut hinter dem Pick-up, der mit mehreren Männern besetzt war, rollten die Lastwagen an der Haupteinfahrt der Bayan-Obo-Mine vorbei und bogen zwei Meilen dahinter auf eine ausgefahrene Schotterstraße ab. Nach Süden schwenkend, überquerten sie einen umgelegten Zaunabschnitt und erreichten das Bergwerksgelände. Vor ihnen erschienen zwei riesige Förderschächte. Die Lastwagen dröhnten an ihnen vorbei und näherten sich dem Zentralbereich des Bergwerks. Der Pick-up drehte ab und führte die Lastwagen zu einem Lagerhaus, das von einem Feuer beschädigt worden war und einen verlassenen Eindruck machte. Sie rollten hinter dem Gebäude aus und hielten dort an, wo sich ein hoher Hügel zertrümmerten Erzgesteins erhob.

Der Diebstahl lief nach einem simplen Muster ab. Während bestimmter Nachtschichten ging jeder dritte Lastwagen, der zertrümmertes Erz zur Scheideanstalt transportierte, unterwegs »verloren« und kippte seine Ladung hinter dem alten Lagerhaus ab. Danach brauchte man nur noch ein paar ausgewählte Fahrer und Verwalter zu bestechen, die die Förderberichte der Mine frisierten, und das Erz konnte unauffällig abgeholt werden. Alle paar Tage schaffte der Lastwagenkonvoi das Erz dann auf den Schwarzmarkt.

Die Männer aus dem Pick-up öffneten die Hintertür des Lagerhauses, wo ein fahrbares Förderband bereitstand. Sie schoben es zu dem Erzhügel und schlossen es an einen tragbaren Stromgenerator an. Zhou beobachtete, wie der erste Lastwagen zurücksetzte, bis das Ende des Förderbands über seine Ladefläche ragte. Der Arbeitertrupp begann, das Erz auf das Förderband zu schaufeln, von dem es zum Lastwagen transportiert wurde. Es dauerte weniger als eine Viertelstunde, um die Ladefläche zu füllen, dann brachte sich das nächste Fahrzeug rückwärtsrollend in Position.

Zhou wischte seinen Arm ab und wickelte den Notverband frisch um die Messerwunde. Da er sich von dem Blutverlust ein wenig benommen fühlte, knabberte er einige Reiskräcker, die er in einer Tüte auf dem Beifahrersitz fand. Er tauschte seine Jacke mit der, die er Jiang ausgezogen hatte, und schlug den Kragen hoch. Dann atmete er heftig gegen das Seitenfenster, so dass es beschlug und er für die anderen Fahrer und Helfer nicht zu erkennen war, während er darauf wartete, dass er an die Reihe kam.

Als der vierte Lastwagen die Ladeposition verließ, dirigierte Xao den letzten Lkw mit Handzeichen zum Förderband. Zhou legte die Hände um den oberen Rand des Lenkrads, um sein Gesicht zu verbergen, während Xao vor die Motorhaube trat und ihm anzeigte, wie weit er zurücksetzen musste.

Das Erz prasselte mit dem Getöse einer Lawine auf die Ladefläche. Die Minuten verstrichen, während Zhou die Luft anhielt und inständig hoffte, dass ihn niemand ansprach. Schließlich ließ das Poltern nach, und das Förderband stoppte. Zhou blickte in den Seitenspiegel und beobachtete, wie der Helfertrupp das Förderband ins Lagerhaus zurückschob. Xao klopfte mit den Fingerknöcheln gegen den Kotflügel und ging dann zu seinem eigenen Fahrzeug weiter. Der Führer des Konvois stieg in den ersten Lastwagen ein, reckte den Arm aus dem Fenster und deutete voraus. Die Motoren der restlichen Trucks sprangen an, und sie folgten Xao.

Die schwer beladenen Laster bewegten sich schwerfällig über die unbefestigte Straße, bis sie die Hauptschnellstraße erreichten, dann rollten sie nach Süden durch die staubige Stadt, die von der Bergwerksfirma errichtet worden war. Sie ließen diese kleine Bastion der Zivilisation hinter sich und fuhren durch die kahlen Steppen der Inneren Mongolei, über die Dschinghis Khan acht Jahrhunderte zuvor geherrscht hatte. Zhou erwartete, dass sie ihre Fracht auf dem nächsten Güterbahnhof abluden. Als sie mehrere Stunden später die dicht besiedelte Stadt Baotou erreichten und nach Osten schwenkten, wurde er jedoch eines Besseren belehrt.

Der Konvoi fuhr auf den verkehrsreichen Jingzhang Expressway auf, der nach Peking führte. Außerhalb der Hauptstadt hielten sie im Vorort Changpin an, während die Abenddämmerung hereinbrach. Ein leichter Wind war aufgekommen und wehte ihnen Sand aus der Wüste Gobi entgegen. Zhou wickelte sich einen Schal, den er in Jiangs Jackentasche gefunden hatte, um den Kopf, wandte den anderen Fahrern den Rücken zu und streckte die Beine aus, während die Lastwagen aufgetankt wurden.

Langsam setzten die Trucks ihre Fahrt fort und kämpften sich durch den zunehmenden Stadtverkehr. Sie rollten durch die westlichen Bezirke Pekings, um den schlimmsten Staus auszuweichen, und folgten dann einer südöstlichen Route. Sie brauchten fast zwei Stunden bis zur Hafenstadt Tianjin. Dort leitete Xao den Konvoi durch ein Straßenlabyrinth ins Zentrum des Frachthafens.

Schließlich gelangten sie zu einem alten Lagerhaus und bogen in eine Nebengasse ein. Zwei Männer tauchten aus dem Dunkel auf und nahmen einen mit Geld gefüllten Stoffsack entgegen, den Xao aus dem Seitenfenster reichte. Ein Tor schwang am Ende der Gasse auf, und die Lastwagen rumpelten hindurch und in ein höhlenartiges Lagerhaus hinein, das sich am anderen Ende zu einem Pier öffnete. Die Trucks rollten durch das Gebäude und stoppten neben einem mittelgroßen Frachter, dessen Lampen den Pier erhellten.

Ein Förderbandsystem erstreckte sich vom Pier aus zu einem offenen Laderaum auf dem Schiff, und Xao setzte seinen Lastwagen rückwärts an das Ende des Förderbands. Arbeiter erschienen und begannen, die Erzladung vom Lastwagen auf das Förderband zu schaufeln. Zhou, der die Aktivitäten vom Ende der Lastwagenschlange aus beobachtete, entschied, dass er nun genug gesehen hatte. Er schlüpfte aus dem Führerhaus und schlich zum Heck seines Lastwagens.

Ein Offizier des Frachters, der auf dem Pier die Schiffsleinen kontrollierte, schaute zu Zhou hinüber. Indem Zhou blitzschnell in die

Rolle eines müden, erschöpften Lkw-Fahrers schlüpfte, streckte er sich und reckte gähnend die Arme, während er zu dem Schiffsoffizier hinüberging.

»Guten Abend«, sagte er und deutete eine Verbeugung an. »Wirklich ein schönes Schiff.«

»Die *Graz* ist alt und müde, aber sie dampft immer noch wie ein kräftiger Ochse über den Ozean.«

»Wohin geht die Fahrt?«

»Wir tauschen unsere Ladung in Shanghai, dann dampfen wir weiter nach Singapur.«

Er betrachtete Zhou eingehend im Licht der Schiffslampen und bemerkte einen roten Streifen an seinem Jackenärmel.

»Ist mit Ihnen alles in Ordnung?«

Zhou warf einen kurzen Blick auf den Blutfleck und grinste.

»Getriebeöl. Ich habe beim Nachgießen ein wenig verschüttet.«

Zhou sah, dass Xaos Truck vollständig entladen war und der nächste Lastwagen in der Warteschlange anfuhr, um seinen Platz einzunehmen. Er nickte dem Offizier zu und lächelte. »Gute Reise«, sagte er, wandte dem Pier und dem Schiff den Rücken zu und entfernte sich.

Der Schiffsoffizier musterte ihn misstrauisch. »Was ist mit Ihrem Lastwagen?«

Zhou ignorierte die Frage und schlenderte weiter über den Pier, bis ihn die nächtliche Dunkelheit verschluckt hatte.

34

Der Antriebsmotor der *Sea Arrow* sah aus wie eine Stretchlimousine, die in einem überdimensionierten Lkw-Reifen steckengeblieben war. Der Teil, der Ähnlichkeiten mit einer Limousine hatte, war eigentlich ein rechteckiges Gehäuse, das Wasser ansaugte und durch drei kardanisch aufgehängte Düsen im hinteren Abschnitt wieder ausstieß. Dicht davor, in der Mitte des Motors, enthielt ein ringförmiges Gebilde, das an einen übergroßen Donut erinnerte, die ausgeklügelte Druckstrahlwasserpumpe, die dem U-Boot zu seiner hohen Geschwindigkeit verhalf. Der gesamte Motor war mit einer extrem glatten schwarzen Substanz beschichtet, die eine wasserabweisende Wirkung hatte und dem gesamten Apparat ein kaltes, futuristisches Aussehen verlieh.

Das Licht hoher Deckenlampen brach sich grell an dem Prototyp des Antriebsmotors, als ihn der Kran von den Bodenstützen anhob und auf einen großen Flachbettauflieger abließ. Eine Kompanie Arbeiter sicherte ihn mit Stahlseilen und bedeckte ihn mit einer Segeltuchplane. Die Zugmaschine einer Firma, die auf Schwertransporte spezialisiert war, wurde rückwärts in die Halle dirigiert und an den Auflieger gekuppelt.

Es war halb sechs Uhr morgens, als der Sattelschlepper das Gelände des Naval Research Laboratory in Chesapeake Beach, Maryland, verließ. Während er landeinwärts rollte, waren die Wälder und Felder ringsum noch feucht vom Morgentau, und eine bleigraue Wolkendecke verhüllte den Sonnenaufgang.

»Wann kommen wir voraussichtlich in Groton an?«, fragte der Beifahrer und unterdrückte ein Gähnen.

Der Lkw-Fahrer warf einen Blick auf seine Uhr. »Das GPS hat für die Fahrt sieben Stunden ausgerechnet. Wahrscheinlich dauert es um einiges länger, wenn wir in den dichten Verkehr auf dem Beltway geraten.«

In der nur dünn besiedelten Region von Süd-Maryland war der frühmorgendliche Verkehr nach Washington praktisch nicht existent. Als sie eine weit geschwungene Kurve hinter sich gebracht hatten, bemerkten die beiden Männer eine schwarze Rauchwolke, die vor ihnen aufstieg. Als offensichtlich war, dass sich die Quelle des Rauchs auf der Straße befand, schaltete der Lkw-Fahrer herunter.

»Ein brennender Wagen?«, fragte der Beifahrer.

»Ich nehme es an. Offenbar eine alte Rostlaube.«

Es war in der Tat ein zwanzig Jahre alter Toyota Camry, der irgendwann in seiner wechselvollen Laufbahn schwer beschädigt worden war. Jetzt stand er auf vier blank gefahrenen Reifen mitten auf der Fahrbahn, während unter seiner zerbeulten Motorhaube Flammen hervorleckten.

Der Lkw-Fahrer brachte den Sattelschlepper ein paar Meter vor dem Wrack zum Stehen und suchte die Straße nach Unfallopfern ab. Ein weißer Kastenwagen stand in geringer Entfernung am Straßenrand, aber weder dort noch in der Umgebung des brennenden Wagens gab es irgendwelche Lebenszeichen.

»Wir sollten das lieber melden«, sagte der Fahrer, während sein Partner hinter die Sitzlehne reichte, um den Feuerlöscher herauszuholen.

Ein lautes Krachen ließ sie von ihren Sitzen hochfahren, als der Kopf eines Vorschlaghammers durch das Fenster ihrer Beifahrertür drang. Eine Hand in einem Handschuh folgte durch die zerschmetterte Glasscheibe und ließ einen qualmenden Kanister Tränengas ins Führerhaus fallen.

Innerhalb von Sekunden war das Innere der Fahrerkabine mit beißendem weißen Dampf gefüllt, der bei den Männern ein krampfhaftes Würgen auslöste. Ihre Augen brannten, als wogte heiße Lava unter ihren Lidern. Sie streckten die Hände nach den Türgriffen aus, um dieser Qual zu entfliehen.

Der Fahrer schaffte es als Erster und sprang aus dem Führerhaus auf die Fahrbahn. Ein Mann mit einer Skimaske erwischte ihn mit einem Betäubungsgewehr, so dass er zusammenbrach und sich zuckend auf dem Asphalt wälzte. Auf der anderen Seite des Lastwagens hatte es der Beifahrer geschafft, seine Pistole zu ziehen, während er aus dem Führerhaus flüchtete. Aber da er die Augen zum Schutz vor dem Tränengas krampfhaft geschlossen hatte, konnte er den zweiten Angreifer nicht sehen, der ihn ebenfalls mit einem Betäubungsgewehr ausschaltete.

Ein dritter Mann, der eine Gasmaske trug, kletterte ins Führerhaus und schleuderte den immer noch qualmenden Gasbehälter auf ein angrenzendes Feld. Er glitt hinter das Lenkrad und rammte ein Messer in die Dachinnenverkleidung des Führerhauses. Er riss das Gewebe auf, bis er einen Draht fand, den er sofort durchtrennte und so den auf dem Dach installierten GPS-Sender ausschaltete, der es der Spedition ermöglichte, das Fahrzeug zu verfolgen. Er legte den Gang ein und lenkte die Zugmaschine vorwärts, bis ihre breite verchromte Stoßstange den brennenden Wagen berührte. Dann gab er Vollgas, während er das Lenkrad leicht nach rechts drehte. Der Truck wischte den Toyota wie ein lästiges Insekt beiseite und beförderte ihn in einen Graben.

Nachdem er den Sattelschlepper wieder auf die kleine Straße zurückgelenkt hatte, schaltete der neue Fahrer in einen höheren Gang und ließ das Seitenfenster nach unten fahren. Innerhalb weniger Sekunden hatten sich die letzten Gasreste verflüchtigt. Pablo nahm die unbequeme Gasmaske ab und warf sie neben sich auf den Beifahrersitz.

Er sah auf die Uhr und lächelte. Er hatte nur zwei Minuten gebraucht, um eine der geheimsten amerikanischen Technologien in seinen Besitz zu bringen. Er holte ein Mobiltelefon hervor, wählte eine lange Ziffernfolge und grinste, als er an seine Bezahlung dachte.

35

Pablo fuhr mit dem langen Sattelschlepper eine weitere Meile, bis er ihn von der Schnellstraße auf eine kleine Schotterstraße lenkte. Der schmale, mit tiefen Rillen durchzogene Fahrweg führte mitten durch eine ausgedehnte Weide, auf der vereinzelte Kühe standen und die Störung mit schläfrigen Augen verfolgten. Nach einer halben Meile führte der Fahrweg an einem großen Teich vorbei und endete vor einer verlassenen Farm.

Die verkohlten Überreste des Farmhauses waren noch immer zu sehen, nachdem es Jahrzehnte zuvor ein Raub der Flammen geworden war. Nicht weit davon entfernt lehnte sich eine geräumige Scheune zur einen Seite und erweckte den Eindruck, als werde der nächste stärkere Sturm sie zusammenbrechen lassen. Pablo lenkte den Sattelschlepper zu der Scheune und bugsierte die Zugmaschine in die offene Einfahrt an einem Ende.

Im Innern fand er einen hohen Stapel frisch gemähter Heuballen sowie einen kleinen Gabelstapler. Am anderen Ende der Scheune parkte eine zweite Zugmaschine. Er lenkte den Flachbettauflieger neben die Heuballen, stoppte und stieg aus, um das Objekt unter der Abdeckplane zu inspizieren.

Ein paar Minuten später rollte der weiße Kastenwagen herein, und zwei farbige Männer stiegen aus.

»Habt ihr euch um die Fahrer gekümmert?«, fragte Pablo.

Der erste Mann nickte. »Clarence hat sie mit Handschellen an eine große Eiche in der Nähe des Highways gefesselt. Irgendein Farmer wird sie bestimmt in ein oder zwei Tagen finden.«

»Gut. Dann sollten wir uns jetzt an die Arbeit machen. Ich habe einen engen Terminplan.«

Die beiden Helfer entfernten die Planen, die den Motor der *Sea*

Arrow verhüllten. Dann zogen sie sich schwere Arbeitshandschuhe über und nahmen die Heuballen in Angriff. Clarence startete den Gabelstapler und begann mit Hilfe einer speziellen Vorrichtung, die Ballenpresse genannt wurde, jedes Mal mehrere Ballen gleichzeitig auf den Flachbettauflieger zu hieven. Der zweite Mann stand auf dem Auflieger und ordnete die Ballen rund um den Motor an.

Unterdessen kuppelte Pablo die Zugmaschine von dem Auflieger ab. Er parkte sie an der Seite und kehrte mit einer anderen großen Zugmaschine, einem blauen Kenworth-Modell, zurück. Innerhalb von zehn Minuten hatte er den Kenworth an den Auflieger angehängt. Er suchte den Auflieger nach einem zweiten GPS-Sender zur Positionsbestimmung ab. Als er nichts dergleichen fand, tauschte er die hinteren Nummernschilder aus.

Die anderen beiden Männer hatten die Errichtung einer Wand aus Heuballen um die Energieeinheit der *Sea Arrow* fast fertiggestellt. Pablo half ihnen, eine Plane über die Heuballen zu ziehen, sie an den Rändern der Ladefläche zu befestigen und damit die Tarnung als Heutransporter zu vervollständigen.

Clarence, der größere der beiden Männer, streifte die Handschuhe ab und kam zu Pablo. »Damit wäre unser Teil des Auftrags abgeschlossen«, sagte er. »Hast du unser Honorar?«

»Ja«, antwortete Pablo. »Und habt ihr die Pläne?«

»Sie liegen hinten im Kastenwagen. Zusammen mit einem zusätzlichen kleinen Geschenk für dich«, fügte er grinsend hinzu.

»Bringt die Dokumente zum Lastwagen. Ich hole euer Geld.«

Clarence öffnete die Hecktür des Vans und holte die Plastiktonne heraus, in der sich Heilands Pläne für das Superkavitationssystem befanden. Er folgte Pablo zum Kenworth und stellte sie auf den Beifahrersitz. Pablo griff hinter den Sitz und reichte dem Helfer einen dicken Briefumschlag. Der große Mann riss ihn an einem Ende auf, und zum Vorschein kamen mehrere Stapel mit Banderolen versehener Einhundert-Dollar-Scheine.

»Donnerwetter, ist das ein schöner Anblick!« Er faltete den Umschlag zu. »Und wenn du jetzt so nett wärst und dein Geschenk in Empfang nehmen würdest, könnten wir endlich verschwinden.«

Pablo sah ihn ein wenig irrtiert an. Clarence deutete mit dem Daumen auf den Kastenwagen und geleitete Pablo zur offenen Hecktür, wo der andere Mann bereits stand und grinste.

Als Pablo an ihm vorbei ins Innere des Kastenwagens blickte, loderte Wut in seinen Augen auf. Geknebelt und gefesselt lag Ann Bennett auf der Ladefläche des Kastenwagens.

Zorn verzerrte ihr Gesicht, bis ihr Blick auf Pablo fiel, dann jedoch traf sie der Schock des Erkennens. Der kolumbianische Terrorist war tatsächlich die letzte Person, die sie an diesem Ort anzutreffen erwartet hätte. Ihr Kampfeswille schmolz dahin, und sie verkroch sich tiefer im Laderaum des Kastenwagens.

Pablo wandte sich an Clarence. »Was hat die denn hier zu suchen?«

»Wir erhielten den Auftrag, sie einzukassieren«, sagte Clarence. »Wir sollten sie aber nicht kaltmachen, und da ist sie also.«

Pablo griff in seine Jacke, holte eine Glock-Pistole hervor und zielte damit in den Kastenwagen.

»Hey, Mann, erschieß sie bloß nicht in dem Wagen«, warnte Clarence. »Er ist gemietet.«

»Okay.«

Pablo wirbelte herum und feuerte die Glock mitten in Clarence' Gesicht ab. Während dieser tot nach hinten kippte, stürzte sich sein Partner auf Pablo. Aber der Kolumbianer war schneller. Er drehte sich um und jagte drei Kugeln in die Brust des Mannes. Der sterbende Helfer konnte gerade noch nach Pablos Jacke greifen und ihn auf die Knie hinunterziehen, ehe er zusammenbrach.

Ann schrie auf, aber ihr Schrei wurde durch das Klebeband gedämpft. Pablo musterte sie einen Moment lang. Dann steckte er die Glock lässig ins Holster zurück. Er griff in den Kastenwagen, zog Ann heraus und stieß sie auf einen überzähligen Heuballen. »Ich fürchte, es hat keinen Sinn, Sie hier zu töten.«

Während sie ihm voller Entsetzen zusah, wuchtete er die beiden Leichen in den Kastenwagen und schloss die Hecktüren. Nachdem er den nunmehr blutbesudelten Geldumschlag Ann zugeworfen hatte, sah er sie an und riet ihr: »Nicht bewegen.«

Sekunden später lenkte Pablo den Kastenwagen aus der Scheune und hinterließ eine Wolke aus Staub und Heu. Er fuhr nur ein kurzes Stück, dann hielt er wieder an und brachte den Van sorgfältig in Position. Er drehte die Fenster nach unten, nahm sämtliche Schlüssel bis auf den Zündschlüssel, ging dann gebückt herum und suchte einen großen flachen Stein. Er wurde fündig, legte den Stein aufs Gaspedal und drückte es nach unten. Nun stieg er aus dem Van, griff durch das offene Seitenfenster und startete den Motor. Ehe die Drehzahl in die Höhe schnellte, schob er den Schalthebel auf Fahrtposition und brachte sich mit einem Sprung in Sicherheit.

Die Hinterräder schleuderten loses Geröll hoch, und der Kastenwagen schoss den Fahrweg hinunter. Er rollte weniger als zehn Meter weit, ehe er von dem Weg abkam und durch einen schmalen Graben pflügte. Sein Schwung trug ihn über den gegenüberliegenden Grabenrand und eine niedrige Böschung, hinter der er in den Teich eintauchte.

Eine einsame Gans gackerte protestierend, als der Van eine grün schimmernde Wasserwand hochwallen ließ. Nach ein paar Sekunden füllte sich der Kastenwagen mit Wasser und verschwand in dem tiefen Teich. Zurück blieben lediglich ein paar kleine Luftbläschen, die an der Wasseroberfläche zerplatzten.

Pablo wartete nicht, bis der Wagen vollends gesunken war, sondern rannte zur Scheune zurück. Er hob den Geldumschlag auf und schleuderte ihn ins Führerhaus des Sattelschleppers, ehe er zu Ann zurückkehrte. Wortlos schleppte er sie zum Führerhaus und deponierte sie in einem niedrigen Abteil hinter den beiden Vordersitzen.

»Sie können es sich ruhig gemütlich machen«, sagte er, startete den Motor und schaltete in den ersten Gang. »Wir haben eine ziemlich lange Reise vor uns.«

36

Der Helikopter näherte sich mit hohem Tempo in Baumwipfelhöhe, schwebte dicht über den Hangars ein und überraschte die Würdenträger, die auf einer Tribüne am Rand der Rollbahn saßen. Es war ein Militärhubschrauber, dessen Rumpfprofil auffällige scharfe Kanten aufwies und mit einem Material beschichtet war, das Radarstrahlen absorbierte und ihn nahezu unsichtbar machte. Ein fünfflügeliger Hauptrotor, der aus einem speziellen Komposit gefertigt war, sowie ein entsprechender Heckrotor vervollständigten seine Tarnkappenfähigkeiten, indem sie die Geräuschsignatur erheblich reduzierten. Ein Luftfahrtexperte von *Jane's Defence Weekly* hätte ihn wahrscheinlich nur einmal zu Gesicht bekommen müssen, um ihn als Stealth Hawk zu identifizieren, einen der aufwendig modifizierten UH-80 Black Hawks der U. S. Army, wie sie bei dem Angriff auf Osama bin Laden zum Einsatz kamen. Doch dieser Helikopter war vollständig in China gebaut worden.

Die Maschine schoss über die Yangcun Air Base südlich von Peking hinweg und schwirrte mehrmals über das Flugfeld, ehe sie landete. Das Publikum, das aus Generälen und hochrangigen Angehörigen des Verteidigungsministeriums bestand, erhob sich von seinen Plätzen und belohnte diese Demonstration des neuesten technischen Triumphs mit frenetischem Applaus. Die Jubelrufe ließen deutlich nach, als ein Parteifunktionär das erhöhte Podium betrat und eine ermüdende Hetzrede anstimmte, um Chinas Größe und Erhabenheit hervorzuheben.

Edward Bolcke lehnte sich zu einem Mann hinüber, der einen auffallend stechenden Blick hatte und eine mit Orden übersäte Uniform trug. »Ein hervorragendes Fluggerät, General Jintai.«

»Ja, das ist es wirklich«, bestätigte Jintai. »Und wir brauchten nicht einmal Ihre Hilfe, um es zu bauen.«

Bolcke überging diesen Seitenhieb mit einem Grinsen. Nachdem er soeben Pablos Nachricht aus Maryland empfangen hatte, war sein Selbstvertrauen grenzenlos.

Die Besucherschar musste eine Anzahl weiterer ermüdender und weitschweifiger Reden über sich ergehen lassen, ehe sie in einen offenen Hangar geleitet wurde, in dem ein Büfett aufgebaut worden war. Bolcke folgte dem General, einem stellvertretenden Vorsitzenden des chinesischen Zentralen Militärrats, während er sich zu anderen Funktionären der Volksbefreiungsarmee gesellte. Nachdem er sich nach dem neuen Wohnsitz eines Generalskollegen in Hongkong erkundigt hatte, kehrte Jintai zu Bolcke zurück.

»Jetzt habe ich meine Pflichten als Gastgeber erfüllt«, sagte er zu dem Österreicher. »Haben wir etwas Geschäftliches zu besprechen?«

»Wenn es Ihnen recht ist«, erwiderte Bolcke.

»Na schön. Ich gebe unserem Spionagechef Bescheid, dann können wir uns unter sechs Augen unterhalten.«

Jintai ließ den Blick über die Besucherschar wandern, bis er einen zierlichen, bebrillten Mann entdeckte, der ein Heineken-Bier trank. Tao Liang war Leiter eines Direktorats im Ministerium für Staatssicherheit, also der Behörde, die die chinesischen Spionage- und Spionageabwehraktivitäten lenkte. Tao unterhielt sich gerade mit Zhou Xing, dem residierenden Außendienstler aus Bayan Obo. Der Mann mit der bäuerlichen Erscheinung machte Tao diskret darauf aufmerksam, dass sich Jintai an ihn heranpirschte, während der General den Raum erst halb durchquert hatte.

»Da sind Sie ja, Tao«, sagte der General. »Kommen Sie, wir müssen uns über ein neues geschäftliches Vorhaben mit unserem alten Freund Edward Bolcke unterhalten.«

»Mit unserem alten Freund Bolcke«, sagte Tao mit einem Anflug von beißendem Spott. »Ja, ich kann es wirklich kaum erwarten, mir seine neuesten Angebote anzuhören.«

Mit Zhou als Nachhut durchquerten die Männer den Hangar und betraten ein kleines privates Büro. Es war mit einer tragbaren Hausbar und einem Serviertablett voller Dim-Sum-Happen ausgestattet worden. Jintai schenkte sich einen Whiskey ein und nahm mit den anderen an einem Konferenztisch aus Teakholz Platz.

»Ich darf Ihnen zu Ihrer jüngsten Errungenschaft gratulieren, Gentlemen«, sagte Bolcke. »Dies ist ein großer Tag für die Wächter Chinas. Wenn auch in einem eher bescheidenen Umfang.«

Er hielt inne, damit seine Beleidigung auch gebührend zur Kenntnis genommen wurde. »Ich wollte Ihnen einen Vorschlag machen, der Ihnen im Hinblick auf die Verteidigung Ihres Landes vielleicht schon morgen einen revolutionären Schritt nach vorn ermöglicht.«

»Wollen Sie vielleicht das russische und das amerikanische Militär für uns kastrieren?«, fragte Jintai und amüsierte sich kichernd über seine Formulierung, während er sein Whiskeyglas leerte.

»Ja, so könnte man es ausdrücken.«

»Sie sind ein Bergmann und ein ordinärer Dieb, Bolcke. Worauf wollen Sie hinaus?«

Bolcke fixierte den General mit zusammengekniffenen Augen. »Ja, ich bin ein Bergmann. Ich kenne den Wert von wichtigen Mineralien wie zum Beispiel Gold und Silber … und Seltenen Erden.«

»Wir kennen ebenfalls den Wert von Seltenerdmetallen«, sagte Tao. »Deshalb manipulieren wir ja auch den Preis, indem wir Sie als Makler einsetzen, um auf dem freien Markt einzukaufen.«

»Es ist kein Geheimnis, dass China praktisch das Monopol in der Produktion von Seltenerdmetallen hält«, sagte Bolcke. »Aber dieses

Monopol wird durch Aktivitäten zweier großer Minen außerhalb Ihres Landes bedroht. Die Amerikaner haben kürzlich ihre Mountain-Pass-Mine wiedereröffnet, während die Mount-Weld-Anlage in Australien vergrößert wird.«

Jintai warf sich in die Brust. »Wir werden immer an erster Stelle stehen.«

»Schon möglich. Aber Sie werden nicht mehr den Markt kontrollieren.«

Bolcke holte ein großes Foto aus seinem Aktenkoffer. Es war eine Luftaufnahme von einigen schwelenden Gebäuden in einer Wüstenlandschaft, die in der unmittelbaren Nähe eines Tagebaus lag.

»Dies sind die Überreste des amerikanischen Bergwerks in Mountain Pass«, erläuterte Bolcke. »Die Verarbeitungsanlagen wurden in der vergangenen Woche durch ein Feuer zerstört. Man wird dort während der nächsten beiden Jahre keine Unze Seltenerdmetalle mehr produzieren können.«

»Wissen Sie etwas über das Feuer?«, fragte Tao.

Bolcke sah ihn schweigend an, während ein selbstgefälliges Grinsen um seine Lippen spielte. Er legte ein zweites Foto auf den Tisch. Es zeigte einen anderen Tagebau in einer Wüstenlandschaft.

»Dies ist die Mount-Weld-Mine in Westaustralien. Sie gehört der Hobart Mining Company, an der ich seit kurzem eine kleine Beteiligung halte.«

»Soweit ich weiß, haben die Australier die Produktion vorübergehend gestoppt, um den Betrieb zu modernisieren«, sagte Tao.

»Das ist richtig.«

»Ich finde das alles sehr interessant«, sagte Jintai, »aber was hat es mit uns zu tun?«

Bolcke holte tief Luft und sah den General herausfordernd an. »Es hat mit zwei Aktionen zu tun, die Sie ausführen werden. Zuerst einmal werden Sie fünfhundert Millionen Dollar bereitstellen, damit ich die australische Mine in Mount Weld erwerben kann. Zweitens werden Sie den Export von chinesischen Seltenerdmetallen umgehend verbieten.«

In dem Raum wurde es für einen Moment totenstill, ehe Jintai leise zu kichern begann. »Sonst noch einen Wunsch?«, fragte er und erhob sich, um sich Whiskey nachzuschenken. »Vielleicht den Posten des CEO von Hongkong?«

Tao starrte Bolcke mit erwachendem Interesse an. »Verraten Sie uns doch bitte, weshalb wir diese beiden Dinge tun werden.«

»Aus wirtschaftlichen Gründen und aus solchen der Sicherheit«, sagte Bolcke. »Zusammen könnten wir den gesamten Markt an Seltenerdmetallen kontrollieren. Wie Sie wissen, habe ich als Makler die Hand auf dem größten Teil der Förderleistung der restlichen Welt – ich denke an Produzenten wie Indien, Brasilien und Südafrika –, die ich an Sie verkaufen könnte, um den Preis hochzuhalten. Ich könnte auch langfristige Lieferverträge mit diesen Quellen abschließen, ehe Sie den Exportstopp bekannt geben, und damit die Vorräte für den Weltmarkt unerreichbar machen. Was Mount Weld betrifft – wenn Sie meinen Erwerb finanzieren, würde ich die Rückzahlung in Form von Erz vornehmen, das Sie mit exorbitantem Profit an ausgewählte Handelspartner verkaufen können, wenn Sie wollen. Da die Amerikaner vorübergehend aus dem Geschäft sind, würde China praktisch die gesamte Weltproduktion an Seltenerdmetallen kontrollieren.«

»Wir kontrollieren bereits den größten Teil des Marktes«, sagte Jintai.

»Das ist zwar richtig, aber Sie können ihn eben nicht vollständig kontrollieren. Das Feuer in Mountain Pass war kein Unglücksfall. Und Mount Weld hat seine Tätigkeit nicht ausschließlich aus eigenem Gutdünken eingestellt. Das alles geschah auf meinen Einfluss hin.«

»Sie sind immer ein wertvoller Handelspartner für Mineralien und amerikanische Verteidigungstechnologie gewesen«, sagte Tao.

»Daher gehen die Preise hoch, und wir profitieren letztlich vom Verkauf der Mineralien …«

»Nein«, sagte Bolcke, »es könnte für Sie noch wesentlich besser laufen. Mit der vollständigen Kontrolle des Marktes können Sie jede weltweit agierende Firma, die Seltenerdmetalle verarbeitet, zwingen, ihre Produktion sowie ihre Technologie an China zu binden. Jedes Smartphone und jeder Laptop, jede Windturbine, jeder Weltraumsatellit gehört Ihnen. Und Technologie ist der Schlüssel. In jeder innovativen Technologie werden Seltenerdmetalle eingesetzt, und damit nähmen Sie eine dominante Position hinsichtlich der Weiterentwicklung von Konsumprodukten und, was noch wichtiger ist, von Verteidigungswaffen ein.«

Beschwörend sah er Jintai an. »Würden Sie nicht viel lieber der restlichen Welt den fortschrittlichsten Angriffshubschrauber vorstellen, anstatt ein fremdes Modell zu kopieren?«

Der General nickte.

»Anstatt westlicher Technologie hinterherzulaufen, würde China zum Weltführer werden. Indem Sie die Versorgung mit Seltenerdmetallen kontrollieren, würden Sie zahlreiche Weiterentwicklungen westlicher Militärmächte schlagartig stoppen. Neue Generationen amerikanischer Raketen, Laser, Radarsysteme – sogar neue Schiffsantriebssysteme – sind auf Seltenerdmetalle angewiesen. Indem Sie die Versorgung unterbrechen, können Sie den technologischen Vorsprung leicht aufholen. Nicht China wird die westliche Verteidigungstechnologie kopieren, sondern die Welt wird sich bei China bedienen.« Bolcke sammelte die Fotos ein und verstaute sie wieder in seinem Aktenkoffer. »Wie ich schon sagte, es ist eine wirtschaftliche Frage und zugleich eine Frage der Sicherheit. Beide gehen Hand in Hand – und Sie wären in der Lage, die Welt in beiden Bereichen zu beherrschen.«

Diese Bemerkungen trafen bei Jintai, der sich ständig über die unterlegenen Waffen beklagte, die die Volksbefreiungsarmee ins

Rennen schickte, einen wunden Punkt. »Vielleicht ist dies ein geeigneter Zeitpunkt zum Handeln«, sagte er zu Tao.

»Vielleicht«, räumte Tao ein, »aber würde das bei unseren westlichen Handelspartnern nicht ein entsetzliches Chaos auslösen?«

»Das wäre möglich«, sagte Bolcke, »aber was könnten sie tun? Um ihre eigene schwankende Wirtschaft zu erhalten, hätten sie keine andere Wahl, als mit Ihnen eine Partnerschaft einzugehen und Sie an ihren technischen Entwicklungen teilhaben zu lassen.«

Der Spionagechef zündete sich mit einem teuren Feuerzeug eine Zigarette an. »Was steckt in dieser Sache für Sie drin, Mr. Bolcke?«

»Ihre Aktivitäten werden mir in meinem Mineralienhandel zu höheren Profiten verhelfen. Und ich denke, dass Sie mir gestatten werden, einen Teil der Mount-Weld-Produktion mit reichlichem Profit an befreundete Handelspartner zu verkaufen.« Er verriet weder etwas von seiner Absicht, den wachsenden Schwarzmarkt für Seltenerdmetalle mit dem zu versorgen, was die Mine produzierte, noch die Tatsache, dass er die Anlage für zweihundert Millionen Dollar weniger erwerben konnte, als er von den Chinesen verlangte.

Tao nickte. »Wir werden diese Angelegenheit mit vorrangiger Priorität im Politbüro zur Sprache bringen«, versicherte er.

»Vielen Dank. In der Hoffnung auf eine für beide Seiten vorteilhafte Entscheidung darf ich Ihnen noch etwas anderes anbieten. In der Vergangenheit konnte ich einige militärische Technologien aus meiner amerikanischen Sicherheitsfirma weitergeben, wofür Sie mich stets großzügig entschädigt haben.«

»Ja«, sagte Jintai. »Wir haben bereits den Apparat zur Demonstrationskontrolle eingesetzt, um einige Unruhen in den westlichen Provinzen niederzuschlagen.«

»Ich habe diese Apparate auf zwei von meinen Schiffen installiert und sie so weit modifiziert, dass sie eine tödliche Wirkung entfalten können. Ich würde Ihnen diese Modifikationen, wenn Sie interessiert sind, auch gern zur Verfügung stellen. Aber diese Technologie ist verglichen mit dem, was ich Ihnen jetzt anbieten kann, eher belanglos.«

Er legte zwei weitere Fotos auf den Tisch.

»Dies ist eine Art künstlerische Darstellung der *Sea Arrow*.« Bolcke deutete auf das erste Foto. »Die *Arrow* wird nach ihrer Fertigstellung das höchstentwickelte Tarnkappen-U-Boot der Welt sein.«

Jintai betrachtete das Foto neugierig, und Tao nickte, als er das Objekt erkannte.

»Die *Arrow* operiert mit extrem hoher Geschwindigkeit unter Verwendung eines komplexen Strahlantriebs in Verbindung mit einem Superkavitationssystem.« Bolcke deutete auf das zweite Bild. »Dies dürfte die U-Boot-Flotte der amerikanischen Navy gegenüber Ihrer eigenen um einige Generationen in die Zukunft katapultieren.«

Jintais Gesicht lief rot an. »Wir hängen immer um mindestens drei Schritte zurück.«

»Diesmal nicht«, sagte Bolcke mit einem Haifischgrinsen. »Vor weniger als einer Stunde gelangte ich in den Besitz des ersten Triebwerks, das in der nächsten Woche in die *Sea Arrow* eingebaut werden sollte. Außerdem verfüge ich über die einzige Kopie der Pläne und Zeichnungen vom Superkavitationssystem des Unterseeboots.«

Mit einem hämischen Grinsen beugte er sich über den Tisch. »Die Amerikaner können das Triebwerk nur mit Hilfe von Seltenerdmetallen nachbauen. Und ohne die Pläne des Superkavitationssystems ist ihr U-Boot wertlos.«

Die chinesischen Regierungsvertreter gaben sich alle Mühe, sich ihr brennendes Interesse nicht anmerken zu lassen. »Sind Sie gegebenenfalls gewillt, uns dieses Objekt zu überlassen?«, fragte Tao betont gleichgültig.

»Ich weiß aus verschiedenen Quellen, dass die Amerikaner insgeheim über eine Milliarde Dollar für die Entwicklung der *Sea Arrow* ausgegeben haben. Wenn wir in den anderen Punkten, über die wir gesprochen haben, zu einer Einigung kommen können, wird es mir ein Vergnügen sein, Ihnen den Motor und die Pläne für einen zusätzlichen Betrag von fünfzig Millionen zu überlassen.«

Tao blinzelte nicht einmal. »Wann können Sie alles liefern?«

»Der Motor und die Pläne kommen in fünf Tagen in Panama an. Dort kann dann auch die Übergabe stattfinden.«

»Es ist ein reizvolles Angebot«, sagte Tao. »Wir werden es einer wohlwollenden Prüfung unterziehen.«

»Hervorragend.« Bolcke sammelte die Fotos ein und warf einen Blick auf die Uhr. »Ich fürchte, ich muss mich beeilen, um die nächste Maschine nach Sydney zu erwischen. Ich habe bereits mit ersten Verhandlungen über den Erwerb von Mount Weld begonnen, darum warte ich gespannt auf Ihre Entscheidung.«

»Wir werden uns so bald wie möglich melden«, versprach Jintai.

Der General rief einen Adjutanten, und Bolcke wurde hinausgeleitet, nachdem jeder Gesprächsteilnehmer aufgestanden war und ihm die Hand geschüttelt hatte. Jintai schenkte Tao einen Whiskey ein und gönnte sich selbst einen weiteren.

»Nun, Tao, unser österreichischer Freund hat wirklich ein äußerst reizvolles Angebot. Da unsere Wirtschaft stark ist, können wir es uns leisten, unseren Einfluss auf den Markt geltend zu machen. Und warum sollten wir nicht versuchen, den technologischen Sprung zu wagen, der unsere Sicherheit für das nächste Jahrhundert garantiert?«

»Es könnte zu möglichen wirtschaftlichen Auswirkungen kommen, die dem Generalsekretär nicht gefallen werden«, gab Tao zu bedenken, »aber ich stimme zu, dass es das Risiko lohnt.«

»Wird er bei dem Darlehen und den Bargeldzahlungen einen Rückzieher machen?«

»Nicht wenn ich ihm den Wert der *Sea-Arrow*-Technologie vor Augen führe. Wir haben Agenten auf dieses Projekt angesetzt, jedoch ohne Erfolg. Ich stelle Bolckes Schätzung ihrer Aufwendungen nicht in Frage. Tatsächlich könnte er bei der Schätzung der Kosten sogar zu niedrig gegriffen haben.« Versonnen betrachtete er sein Whiskeyglas. »Wir müssen alles Erdenkliche versuchen, um uns dieses technische Wunderwerk zu verschaffen.«

Jintai lächelte. »Dann sind wir uns also einig. Wir werden den Vorschlag gemeinsam dem Generalsekretär vortragen und seine Annahme empfehlen.«

»Bei unserem österreichischen Freund gibt es nur ein Problem.« Tao wandte sich zu Zhou um, der während der gesamten Besprechung geschwiegen hatte. »Bitte erzählen Sie dem General, was Sie erfahren haben.«

Zhou räusperte sich. »General, ich hatte den Auftrag, den wiederholten Diebstahl von Seltenerdelementen aus unserer wichtigsten Mine in Bayan Obo zu untersuchen. Dort stieß ich auf einen Fall organisierter Kriminalität in Form eines Diebstahlrings, der systematisch zerkleinertes Erz abzweigte und nach Tianjin transportierte. Ich habe eine solche illegale Lieferung verfolgt, die auf einen Frachter namens *Graz* geladen wurde.« Er hielt inne und sah Tao an, als wartete er auf die Aufforderung weiterzusprechen.

»Sollte der Name irgendeine Bedeutung für mich haben?«, fragte Jintai.

»Die *Graz*«, sagte Tao, »gehört Bolckes Schifffahrtsgesellschaft.«

»Bolcke inszeniert den Diebstahl unserer eigenen Seltenerdmetalle?«

»Ja«, bekräftigte Tao. »Er wurde vor einigen Jahren als Bergbauberater hinzugezogen und erhielt auf diese Art und Weise die Möglichkeit, den Diebstahlring zu etablieren. Aber das Ganze ist noch wesentlich schlimmer.« Er gab Zhou mit einem Kopfnicken das Zeichen zu berichten, was er wusste.

»Ich untersuchte eine Reihe Hafenpapiere, um den Weg des Frachters zurückzuverfolgen«, sagte Zhou. »Von Tianjin dampfte er nach Shanghai und weiter nach Hongkong, wo er dreißig metrische

Tonnen zerkleinertes Bastnaesit entlud, die das Handelsministerium auf dem freien Markt erworben hatte. Der Kauf wurde durch Bolckes Firma, Habsburg Industries, abgewickelt.«

»Bolcke verkauft uns unsere eigene Seltene Erde?« Jintai sprang beinahe aus seinem Sessel.

Zhou nickte.

»Dieses habgierige Schwein!« Jintai atmete tief durch und wandte sich an Tao. »Was tun wir jetzt?«

Tao drückte seine Zigarette sorgfältig in einem Aschenbecher aus, ehe er Jintai in die Augen blickte.

»Die amerikanische Technologie muss um jeden Preis erworben werden. Wir werden Zhou nach Panama schicken, um den Ankauf durchzuführen.«

»Was ist mit den Seltenen Erden? Sprechen wir das Exportverbot aus, und finanzieren wir die Übernahme des Bergwerks?«

»Wir verfolgen weiterhin das Ziel eines Exportverbots. Was die Finanzierung des Bergwerkkaufs betrifft ...« Sein scharf gezeichnetes Gesicht bekam einen hinterhältigen Ausdruck. »Wir werden es Mr. Bolcke auf eine Art und Weise heimzahlen, die zum gleichen Ergebnis führt.«

37

Der Duft roter Frangipaniblüten, gemischt mit dem schwachen Geruch von Flugbenzin, erfüllte die Luft, als Dirk Pitt und Al Giordino den International Airport in Honolulu verließen. Der helle Sonnenschein und die tropische Brise vertrieben augenblicklich die Erschöpfung ihres zwölfstündigen Fluges von Washington hierher.

Giordino hielt ein Taxi an, und sie ließen sich das kurze Stück nach Pearl Harbour bringen.

Die mit Palmen gesäumten Straßen riefen in Pitt eine Flut von Erinnerungen wach. Er hatte während seiner ersten Jahre bei der NUMA eine beträchtliche Zeit auf den Hawaiiinseln verbracht. Dort hatte er sich in eine weibliche Schönheit namens Summer Moran verliebt. Auch wenn es einige Jahrzehnte zurücklag, seit er sie das letzte Mal lebend gesehen hatte, standen ihr fein geschnittenes Gesicht und ihre funkelnden Augen jetzt so deutlich vor seinem geistigen Auge wie der Himmel, der sich über ihm wölbte. Die Mutter seiner beiden Kinder hatte ihre letzte Ruhestätte auf einem Friedhof mit Blick aufs Meer gefunden – auf der anderen Seite der Insel.

Pitt vertrieb die Reminiszenzen, als sie den Eingang zur Marinebasis erreichten. Ein junger Fähnrich erwartete sie am Besuchereingang und lud ihre Reisetaschen in einen Jeep. Er fuhr zum Hafenpier hinaus und stoppte neben einem Schiff mit glattem Rumpf und einem schlanken, runden Schiffsaufbau, der aussah, als sei er mit einem scharfen Messer abgehackt worden.

»Was ist das?«, fragte Giordino. »Eine aufgemotzte Autofähre?«

»Da liegst du gar nicht so schief«, sagte Pitt. »Die Konstruktion der *Fortitude* basiert auf einer Hochgeschwindigkeits-Autofähre, die von einer australischen Firma gebaut wird.«

»Mit Doppelrumpf?«, fragte Giordino, als er sah, dass der gerundete Bug von zwei vertikalen Rümpfen getragen wurde.

»Ja, und sie besteht aus Aluminium. Angetrieben wird die *Fortitude* von einer Wasserstrahlturbine. Sie gehört zum Military Sealift Command und wurde konstruiert, um Soldaten und Ausrüstung schnellstens von einem Ort zum anderen zu transportieren. Die Navy besitzt eine kleine Flotte von diesen Modellen.«

Während sie ihr Gepäck aus dem Jeep holten, näherte sich ihnen ein hohlwangiger Mann in Kampfanzug. »Mr. Pitt?«

»Ja, ich bin Pitt.«

»Lieutenant Aaron Plugrad, Coast Guard Maritime Safety.« Mit eisernem Griff schüttelte der Mann Pitts Hand. »Meine Männer befinden sich bereits an Bord der *Fortitude*. Mir wurde gesagt, dass wir jederzeit ablegen können.«

»Wie umfangreich ist Ihr Team, Lieutenant?«

»Ich führe einen Trupp von acht Männern, die auf Kampfeinsätze gegen Piraten spezialisiert sind. Sollte es zu einem Entführungsversuch kommen, werden wir ihn unbedingt vereiteln.«

Plugrad und seine Leute kamen von einem kaum bekannten Kommando namens Coast Guard Deployable Operations Group. Eigentlich ein auf See operierendes SWAT-Team, waren sie in Antiterror-Maßnahmen, hochriskanten Enter-Operationen und im Aufspüren von Sprengladungen ausgebildet.

»Ich habe eine Frage, Sir«, sagte Plugrad. »Wir haben von der NUMA eine Kiste mit einem Dutzend Hazma-Anzügen erhalten. Wir haben diese Kiste an Bord genommen.«

»Die Anzüge sind für Ihre Männer bestimmt«, sagte Pitt. »Achten Sie darauf, dass jedem ein solcher Anzug zugeteilt wird, wenn wir uns an Bord der *Adelaide* begeben. Wir gehen davon aus, dass bei dem möglicherweise stattfindenden Überfall ein auf Hochleistung getrimmtes Mikrowellensystem zum Einsatz kommt, wie die Armee es für die Kontrolle von Menschenansammlungen entwickelt hat.«

»Ich kenne dieses System«, sagte Plugrad. »Wir werden die notwendigen Vorkehrungsmaßnahmen treffen.«

Pitt und Giordino gingen an Bord des schnittigen Schiffes, wo sie vom Kapitän der *Fortitude*, einem vorzeitig ergrauten Fregattenkapitän der Navy namens Jarrett, begrüßt wurden. Er führte die beiden Angehörigen der NUMA auf die Kommandobrücke, wo er ihnen den vorausberechneten Kurs auf einem Navigationsmonitor zeigte.

»Wir werden an diesem Punkt mit der *Adelaide* zusammentreffen«, sagte Jarrett und deutete mit dem Zeigefinger auf eine einsame Meeresregion südöstlich der Hawaiiinseln. »Er ist etwa elfhundert

Meilen von Oahu entfernt. Wir folgen dem Kurs der *Adelaide*, sobald wir näher dran sind, aber wir sollten sie in weniger als vierundzwanzig Stunden eingeholt haben.«

»In vierundzwanzig Stunden.« Giordino schüttelte den Kopf. »Besitzt dieses Ding etwa Düsentriebwerke?«

»Nein, bloß vier große Dieselmotoren mit Turbolader. An guten Tagen schaffen wir knapp fünfundvierzig Knoten. Da wir nur eine geringe Last mit uns führen, sollten wir annähernd mit diesem Tempo unterwegs sein.«

»Warum fliegen, wenn man sich eine anständige Brise um die Nase wehen lassen kann?«, sagte Giordino.

»Dafür wurde die *Fortitude* gebaut. Wir sind in der Lage, in zwei Tagen ein ganzes Bataillon über den Atlantik zu schaffen.« Jarrett blickte auf eine Chronografenuhr. »Falls Sie nichts dagegen haben, Gentlemen, können wir starten.«

Die Dieselmotoren der *Fortitude* sprangen mit einem dumpfen Grollen an. Die Leinen wurden gelöst, und das über einhundert Meter lange Schiff schob sich durch die enge Hafeneinfahrt von Pearl Harbour und ging auf Kurs nach Süden. Es passierte Waikiki und die hoch aufragende Tuffsteinwand des Diamond Head, ehe es Tempo aufnahm. Das kastenförmige Schiff beschleunigte zügig und erhob sich auf seinen messerscharfen Rümpfen. Die See war ruhig, so dass Jarrett die Maschinenleistung voll ausfahren konnte. Pitt betrachtete staunend den Navigationsmonitor, als die Vierzig-Knoten-Marke locker überschritten wurde.

Nach ein paar Stunden verschwand die letzte der Hawaiiinseln hinter ihnen am Horizont, während sie in rasender Fahrt in eine verlassene Region des Pazifiks vordrangen. Pitt und Giordino gesellten sich an Deck zu Plugrad und seiner Truppe und unterhielten sich darüber, was sie möglicherweise erwartete, während sie sich über Abwehrmaßnahmen im Fall eines Enterversuchs Gedanken machten. Nachdem sie in der höhlenartigen Kantine des Schiffes ihr Abendessen eingenommen hatten, zogen sie sich für die Nacht in ihre Quartiere zurück.

Während er am nächsten Morgen zusammen mit Giordino das Schiff besichtigte, bemerkte Pitt nach kurzer Zeit, wie die Maschinen der *Fortitude* gedrosselt wurden. Die beiden Männer begaben sich auf die Kommandobrücke, wo sie die *Adelaide* etwa eine Meile vor sich entdeckten.

Sie war ein Schüttgutfrachter, rund zweihundert Meter lang, mit dunkelgrünen Laderäumen und einem goldfarbenen Decksaufbau. Ein verrußter Schornstein und Rost rund um die Ankerklüse deuteten auf eine wechselvolle Geschichte hin, sonst aber machte das Schiff einen sorgfältig gewarteten Eindruck. Sie stampfte mit beträchtlichem Tiefgang durch die Wellen, da ihre Laderäume bis zum Rand gefüllt waren.

»Ihr Kapitän hat unsere Ankunft bestätigt und ist bereit, Sie an Bord aufzunehmen«, meldete Jarrett.

»Vielen Dank für die schnelle Fahrt, Captain«, sagte Pitt. »Dieses Schiff ist ein wahres Schmuckstück.«

»Sind Sie ganz sicher, dass Sie nicht noch eine Weile in der Nähe bleiben können?«, wollte Giordino von Jarrett wissen. »Falls auf der *Adelaide* akute Dürre herrscht, brauche ich Sie vielleicht, um ein paar Bier rüberzubringen.«

»Tut mir leid, aber wir müssen schon in sechsunddreißig Stunden wieder zurück sein.« Jarrett verabschiedete sich von beiden Männern mit einem kräftigen Händedruck. »Ich habe Befehl gegeben, dass unsere Barkasse für Sie zu Wasser gelassen wird. Viel Glück und eine sichere Fahrt.«

Plugrad hatte sein Coast-Guard-Team antreten lassen, als Pitt und Giordino an Deck kamen. Sie stiegen in ein überdachtes Beiboot und wurden zur Adelaide gebracht, an deren Flanke man bereits eine Leiter herabgelassen hatte. Plugrads Männer sprangen auf die Plattform und eilten in einem Tempo die Sprossen hinauf, als hätten sie weder Waffen noch sechzig Pfund schwere Rucksäcke auf dem Buckel. Pitt winkte dem Steuermann der Barkasse zu, ehe er von Bord ging und Giordino die Leiter hinauf folgte.

Ein mürrisches Matrosenpaar in schlecht sitzenden Overalls und schwarzen Stiefeln erwartete sie an Deck. »Zu Ihren Quartieren geht es hier entlang«, sagte einer der beiden und deutete zum Decksaufbau am Heck des Frachters. »Der Kapitän erwartet Sie in zwanzig Minuten in der Messe.«

Die beiden Matrosen geleiteten die Gruppe nach achtern, während die Maschinen der *Adelaide* ihre Drehzahl steigerten und das Schiff wieder auf seine alte Reisegeschwindigkeit ging. Als sie zu ihren Kojen in der zweiten Etage des Decksaufbaus geführt wurden, warf Giordino einen letzten Blick auf die *Fortitude*, die sich schnell nach Nordosten entfernte, und verspürte plötzlich einen heftigen Durst auf Bier.

38

Der Chef der *Adelaide* entpuppte sich als vollkommen anders, als Pitt erwartet hatte. Anstelle der gesetzten, erfahrenen Kapitäne, die gewöhnlich auf den Kommandobrücken großer Handelsschiffe anzutreffen waren, sah Pitt einen jungen, hageren Mann mit nervös hin und her zuckenden Augen vor sich. Er betrat die Messe und fixierte Pitt, Giordino und Plugrad mit eisigen Blicken, ehe er sich zu einem Händedruck durchrang und mit ihnen an einem Tisch Platz nahm.

»Ich heiße Gomez. Mir wurde mitgeteilt, dass Sie mit einem Entführungsversuch rechnen.« Falls ihm diese Nachricht Sorgen bereitete, war seiner Miene nichts davon anzumerken.

»Wir hatten bereits eine ganze Serie ähnlich gelagerter Vorfälle im Pazifik zu verzeichnen«, sagte Pitt. »Die Schiffe hatten ausnahmslos Seltene Erden geladen, also das Gleiche wie Sie.«

»Dann müssen Sie falsch informiert sein«, sagte Gomez. »Dieses Schiff hat Manganerz geladen.«

»Mangan?«, fragte Giordino. »Haben Sie nicht in Perth eine Ladung Monazit aufgenommen?«

»Wir kommen zwar aus Perth, aber unsere Ladung besteht aus Mangan.«

»Ihre Firmenzentrale«, sagte Pitt, »hat uns andere Informationen übermittelt.«

Gomez schüttelte den Kopf. »Ganz klarer Irrtum. Die elektronische Frachtliste muss uns mit einem anderen Schiff der Firma verwechselt haben. So was kann passieren. Ich rufe Ihr Versorgungsschiff, damit man Sie wieder abholt.«

»Das wird nicht möglich sein«, sagte Pitt. »Die *Fortitude* hat einen eigenen Fahrplan, an den sie sich halten muss.«

»Außerdem«, sagte Giordino, »sind wir wahrscheinlich nicht die Einzigen, die falsch informiert wurden.«

»Das ist richtig«, sagte Plugrad. »Ich möchte nicht meine Männer abziehen und später doch noch erfahren müssen, dass Sie in Schwierigkeiten geraten sind. Wir sollen an Bord bleiben, bis Sie in Long Beach anlegen, also halten wir uns an unseren Plan.«

»Na schön«, sagte Gomez in ungehaltenem Tonfall. »Dann beschränken Sie Ihre Anwesenheit aufs Hauptdeck und die Räumlichkeiten im zweiten Stock.«

»Al und ich wechseln uns auf der Brücke ab und dienen als Verbindungsleute für den Lieutenant – für den Fall, dass wir mit einem anderen Schiff aneinandergeraten.«

Gomez nahm Pitts entschlossenen Tonfall zur Kenntnis und nickte. »Wie Sie wünschen. Aber Bewaffneten ist das Betreten der Kommandobrücke nicht gestattet.« Gomez erhob sich. »Ich muss wieder zu meinen dienstlichen Pflichten zurückkehren. Willkommen auf dem Schiff. Ich bin sicher, dass Sie eine ruhige und in keiner Hinsicht ungewöhnliche Reise vor sich haben.«

Nachdem sich Gomez entfernt hatte, schaute Giordino Dirk Pitt und Plugrad kopfschüttelnd an. »Nun, wie gefällt euch das? Erst keine Seltenen Erden und dann auch noch ein unsympathischer Schnösel als Kapitän, mit dem wir uns für den Rest dieser Fahrt herumschlagen müssen.«

»Dagegen können wir jetzt nicht viel tun«, sagte Pitt. »Und falls wir uns geirrt haben sollten, sind Ruhe und Routine ja auch nicht gerade das Schlimmste, was uns blühen konnte.«

Tatsache war, dass Pitts innerer Radar ständig auf Empfang geschaltet war, seit er die *Adelaide* betreten hatte. Irgendetwas stimmte nicht mit der Mannschaft und dem Kapitän. Er hatte sich oft genug an Bord von Handelsschiffen aufgehalten, um zu wissen, dass man dort Mannschaften in allen Konstellationen und Schattierungen antreffen konnte. Und eine unfreundliche Begrüßung war an sich nichts Ungewöhnliches. Angesichts einer drohenden und möglicherweise sogar tödlichen Gefahr hätte die Schiffsbesatzung über jede Unterstützung und zusätzliche Versicherung eigentlich froh sein können – oder zumindest verwundert sein und ein wenig Neugier zeigen müssen. Während sich Pitt und seine Männer auf dem Schiff einrichteten, waren sie jedoch wie Störenfriede behandelt worden. Mannschaftsmitglieder verfolgten misstrauisch jeden ihrer Schritte und weigerten sich andererseits beharrlich, sich auch nur in ein belangloses Gespräch verwickeln zu lassen.

Auf der Brücke wurden Pitt und Giordino abgedrängt und ignoriert, und ihre Bitten um Information trafen jedes Mal auf taube Ohren. Gomez nahm kaum ihre Anwesenheit zur Kenntnis und weigerte sich sogar, zusammen mit Pitt eine Mahlzeit einzunehmen. Wenn er dienstfrei hatte, verkroch er sich in seiner Kabine.

Während ihres zweiten Tages an Bord ging Pitt auf der Brücke, wo seine Anwesenheit wie üblich übergangen wurde, auf und ab. Kurz bevor die Schicht um Mitternacht endete, erschien ein Matrose, ging zu Gomez und beäugte Pitt argwöhnisch, während er halblaut mit dem Kapitän redete.

Als er einen Blick auf den Radarschirm warf, bemerkte Pitt, dass vor ihnen das Symbol eines Schiffes erschien, das mit gleichem Kurs unterwegs war. Er trat näher an den Radarschirm heran, um sich die AIS-Registrierung des Schiffes anzusehen. Das Automatic Identification System, ein Satellitenprogramm, dessen Einsatz für alle Schiffe über dreihundert Bruttoregistertonnen vorgeschrieben war, lieferte für alle seefahrenden Schiffe Daten über Geschwindigkeit und Kurs sowie eine unverwechselbare Identifikation. Aber von dem Schiff, das gerade auf dem Radar zu sehen war, gab es keinerlei Hinweise auf seine Identität.

»Offensichtlich haben sie ihr AIS nicht eingeschaltet«, sagte Pitt zu Gomez. »Das erscheint mir hier draußen ein wenig verdächtig.«

»Manchmal geht das Signal verloren«, sagte Gomez. »Oder es ist ein Kriegsschiff. Das hat nichts zu bedeuten.«

Der Kapitän trat dicht an seinen Rudergänger heran, flüsterte ihm etwas ins Ohr und ging dann zum anderen Ende der Kommandobrücke. Pitt ignorierte den Kapitän und verfolgte stattdessen die Geschwindigkeit und den Kurs der *Adelaide*. Es überraschte ihn nicht, als das geheimnisvolle Schiff ein oder zwei Knoten langsamer wurde, bis es vom Radarschirm verschwand.

Vierzig Minuten angespannten Schweigens verstrichen, ehe Giordino die Brücke betrat, um Pitt abzulösen. »Sind wir heute in ruhiger See unterwegs?«

»Mit Kurs ins Ungewisse.«

Pitt, der sich anschickte, die Brücke zu verlassen, erwähnte noch die kurze Begegnung mit dem anderen Schiff. Ein neuer Steuermann erschien, um den Platz mit dem diensthabenden Rudergänger zu tauschen, doch Gomez blieb auf dem Posten. Als Pitt kehrtmachte, um hinauszugehen, blickte er noch einmal auf den Radarschirm. Etwas fiel ihm auf, und er zögerte und studierte die Zahlen. Es war die Kursangabe. Das Schiff war plötzlich von einem nordöstlichen auf einen ost-südöstlichen Kurs umgeschwenkt.

»Warum fahren wir nach Südosten?«, fragte Pitt.

»In diesen Breiten gibt es eine starke Gegenströmung«, erklärte Gomez. »Wir weichen ihr für ein oder zwei Tage aus, um unser Tempo zu halten, dann nehmen wir wieder direkten Kurs auf Long Beach.«

Soweit Pitt sich erinnerte, verlief die nördliche Äquatorialströmung zwar in einiger Entfernung südlich von ihrer derzeitigen Position, doch er widersprach nicht, sondern wandte sich ab und warf Giordino einen skeptischen Blick zu. »Ich denke, ich werde mich schlafen legen. Wir sehen uns beim nächsten Schichtwechsel.«

Pitt ließ die Brücke endlich hinter sich und stieg den Niedergang hinunter. Anstatt aber im zweiten Stock seine Kabine aufzusuchen, setzte er den Weg hinab zum Hauptdeck fort, um frische Luft zu schnappen. Dort traf er auf Plugrad, der ihm in großer Eile entgegenkam. Der Lieutenant der Coast Guard befand sich offenbar in heller Aufregung.

»Sie sind aber schon früh auf den Beinen«, stellte Pitt fest.

»Ich suche zwei meiner Männer, die sich nicht zum Wachantritt gemeldet haben. Auf der Brücke haben Sie sie nicht gesehen, oder?«

»Nein. Schauen Sie doch mal in der Messe nach. Wahrscheinlich sind sie einen Kaffee trinken gegangen, um wach zu bleiben.«

Plugrad murmelte etwas Zustimmendes und schwenkte in Richtung Messe ab.

Als Pitt das Hauptdeck betrat, war die Nacht kühl, und ein frischer Wind wehte von Backbord. Nach mehreren Stunden auf der Brücke mit ihrer feindseligen Atmosphäre empfand Pitt die Luft als erfrischend. Er lockerte seine Beine, indem er über das lange, freie Deck marschierte, am Bug stehen blieb und über die Reling blickte.

Ein matter Lichtschein erschien kurz am Horizont, verschwand und tauchte wieder auf, als die *Adelaide* sich mit der Dünung abwechselnd hob und senkte. Das geheimnisvolle Schiff war also noch immer da, sogar direkt vor ihnen, fast außerhalb der Sichtweite von Augen und Radar.

Pitt hielt für eine oder zwei weitere Minuten Ausschau, vergewisserte sich, dass das andere Schiff seine Position beibehielt, dann schlenderte er zum Deckhaus. Er blieb stehen, als er den vorderen Frachtraum passierte und auf dem Deck irgendwelchen Abfall oder Schutt liegen sah. Ein Teil der Manganladung war nicht weit von der Laderaumabdeckung verschüttet worden. Pitt hob einen faustgroßen Brocken auf und betrachtete ihn im Licht einer Deckslampe in der Nähe. Silberfarben, schien das Erz dem Monazit zu gleichen, das er in Chile an Bord der *Tasmanian Star* gefunden hatte.

Gomez hatte ihn über das Mangan belogen – aber warum? Und warum verhielt sich die Mannschaft so seltsam? Und was war mit dem Schiff, das sich vor ihnen befand? Ein unbehagliches Gefühl meldete sich in Pitts Magengrube.

Plugrad. Er musste Plugrad warnen.

Pitt wollte den Weg nach achtern einschlagen, als mehrere Gestalten aus dem Deckhaus auftauchten. Pitt ging neben der nächsten Luke auf Tauchstation und beobachtete, wie zwei Männer zusammen einen dritten mit sich schleiften. Sie überquerten das Deck und gerieten für einen kurzen Moment in den Lichtkegel einer hellen Lampe. Daher konnte Pitt einigermaßen deutlich erkennen, dass die beiden Männer, die sich aus eigener Kraft vorwärtsbewegten, zur Mannschaft gehörten und bewaffnet waren. Der schlaffe Körper, den sie trugen, war Plugrad, auf dessen Stirn ein Blutspritzer glänzte.

Sie schleppten ihn zur Backbordseite des Deckaufbaus, wo sie eine Tür aufschlossen und ihn hineinbugsierten. Sobald sie nicht mehr zu sehen waren, sprintete Pitt quer über das Deck zur gegenüberliegenden Seite des Aufbaus. Er stürmte den Niedergang hinauf, gelangte in den zweiten Stock und eilte zu den vier Kabinen, die die Angehörigen des Coast-Guard-Teams beherbergten.

Er klopfte an die erste Tür, riss sie auf, traf in der Kabine dahinter jedoch niemanden an. Als er auch die zweite Kabine leer vorfand, befürchtete er das Schlimmste. Die dritte und vierte Kabine waren ebenfalls verwaist. Die gesamte Coast-Guard-Truppe war in aller Stille ausgeschaltet worden. Pitt wollte gerade die vierte Kabine verlassen, als er im Korridor Stimmen flüstern hörte. Er zog sich in die Kabine zurück und trat hinter die offene Tür.

Durch den Türspalt verfolgte er, wie zwei Mannschaftsmitglieder durch den engen Korridor schlichen und vor der Tür der Kabine stehen blieben, die ihm zugewiesen worden war. Sie brachten ihre Waffen in Anschlag, dann drehte einer den Türknauf, und sie stürmten beide hinein. Als sie die Kabine leer vorfanden, kehrten sie in den Korridor zurück und unterhielten sich leise auf Spanisch. Einer entfernte sich in Richtung Niedergang, während sein Partner an Ort und Stelle ausharrte. Langsam bewegte er sich zum anderen Ende des Korridors und betrat vorsichtig Giordinos Kabine. Als er auch dort niemanden antraf, kam er zurück und überprüfte dabei die anderen Kabinen.

Pitt hielt die Luft an, als sich der Mann seinem Versteck näherte. Der Lauf eines Sturmgewehrs schob sich an der Tür vorbei, während der Mann einen Schritt in die Kabine machte. Dirk Pitt wartete eine Sekunde, dann verließ er seine Position. Indem er sich mit aller Kraft gegen die Tür warf, rammte er den Bewaffneten gegen das Schott. Da er den Erzklumpen immer noch in der Hand hielt, schmetterte er ihn dem Mann seitlich gegen den Schädel. Getroffen verlor der Mann das Bewusstsein und brach zusammen, ehe sein Finger den Abzugsbügel der Waffe fand.

Pitt zog den Matrosen in die Kabine hinein und lauschte nach dessen Partner. Als er nichts von ihm hörte, ergriff er die Kalaschnikow des schlafenden Gegners, trat hinaus in den Flur und schloss die

Kabinentür hinter sich. Er erreichte den Niedergang und schickte sich an, die Stufen hinunterzusteigen, um Plugrad zu befreien, als er einen Gewehrschuss hörte.

Der Schuss war offensichtlich irgendwo über ihm gefallen. Wenn er auf der Kommandobrücke abgefeuert worden war, konnte das nur eins bedeuten: Giordino.

Pitt änderte die Laufrichtung und eilte so leise er konnte die Treppe hinauf. Vor der Kommandobrücke hielt er an und lugte durch die Tür. Die Beleuchtung war für den nächtlichen Betrieb gedämpft worden, so dass die Brücke bis auf den matten Schimmer einiger Monitore im Dunkeln lag. Eine Konsole in der Nähe versperrte ihm größtenteils die Sicht, aber alles schien ruhig zu sein. Vielleicht war der Schuss woanders gefallen. Da er nur den Rudergänger sah, wagte er sich vorsichtig in den Raum.

»Mr. Pitt«, erklang Gomez' Stimme. »Ich dachte mir schon, dass Sie Ihrem Freund zu Hilfe kommen.« Der Kapitän richtete sich aus seiner Hockstellung auf. In der Hand hielt er eine Pistole. Sie war nicht auf Pitt, sondern auf den Boden gerichtet. Pitt machte einen weiteren Schritt und erkannte, dass Gomez auf Giordino zielte, der auf dem Boden lag und sein Bein umklammerte.

»Weg mit der Waffe«, befahl Gomez, »sonst sterben Sie beide.«

Aus dem Augenwinkel nahm Pitt eine Bewegung wahr. Der erste bewaffnete Matrose tauchte hinter einer anderen Konsole auf und hatte sein AK-47 auf Pitts Rücken gerichtet.

Während Pitts Blick von seinem verwundeten Freund zu Gomez wanderte, loderte in seinen Augen die nackte Wut. Wortlos ließ er sein Gewehr aufs Deck fallen.

39

Der Präsident rollte eine kalte Zigarre zwischen Daumen und Zeigefinger hin und her. »Warum?«, fragte er ungehalten. »Warum stoppen die Chinesen plötzlich sämtliche Exporte Seltener Erden?«

Ein unbehagliches Schweigen entstand im Oval Office.

»Ich kann nur vermuten, dass sie das Exportverbot als Druckmittel einsetzen«, sagte der Außenminister. »Als etwas, das sie benutzen, um sich unserem Druck auf ihre Handelsbeziehungen mit dem Iran oder unserer Forderung nach Freigabe des Yuan-Kurses zu widersetzen.«

»Haben sie etwas Derartiges verlauten lassen?«

»Nein, der Außenminister hat lediglich angedeutet, dass es aus ›strategischer Notwendigkeit‹ geschehe.«

»Klar«, sagte Vizepräsident Sandecker. »Aus der Notwendigkeit, unsere Wirtschaft zu torpedieren.« Selbst Liebhaber guter Zigarren, betrachtete er voller Neid den Stumpen des Präsidenten.

»Es ist eine ziemlich dreiste Maßnahme«, meinte der Außenminister. »Ich hätte erwartet, dass über die Angelegenheit verhandelt wird, aber die Chinesen halten sich wieder mal bedeckt.«

Der Präsident wandte sich an seine nationale Sicherheitsberaterin, eine schwarzhaarige Frau namens Dietrich. »Wie sehr schadet uns das?«

»Über neunzig Prozent unserer Importe an Seltenen Erden kommen aus China«, antwortete sie. »Wirtschaftlich wird sich das verheerend auf einige Industriezweige auswirken, speziell auf die Elektronikindustrie und auf den Bereich der alternativen Energien. Nahezu jeder Hightech-Industriezweig des Landes wird davon in Mitleidenschaft gezogen.«

»Geht es dabei nur um höhere Preise?«, wollte Tom Cerny wissen.

»Steigende Preise sind nur der erste Effekt. Bis irgendwelche Übergangslösungen gefunden werden, wird in gewissen Bereichen eine empfindliche Produktknappheit die Folge sein – die Produkte werden einfach unerschwinglich teuer. So oder so wird die Nachfrage zurückgehen, und damit bleiben Jobs auf der Strecke. Das Ganze könnte durchaus zum Auslöser für eine ernste wirtschaftliche Rezession werden.«

»Was ist mit den anderen Produktionsstätten für Seltene Erden?«, fragte der Präsident. »Ich weiß, dass wir dieses Bergwerk in Kalifornien haben. Sagen Sie mir, dass die Chinesen nicht die einzigen Lieferanten sind.«

»Die Mountain-Pass-Mine wurde vor einigen Jahren eröffnet und war gerade im Begriff, ihre Produktion zu steigern«, erklärte Dietrich. »Anlässlich einer vor kurzem anberaumten Lagebesprechung ließen sie jedoch verlauten, dass ein Feuer die Scheideanstalt des Bergwerks zerstört habe. Daher ist das Bergwerk für einen unbestimmten Zeitraum – wahrscheinlich zwei Jahre lang – geschlossen. Und das war unsere einzige einheimische Quelle.«

»Hat sich wenigstens jemand für die Ursache des Feuers interessiert?«, wollte Sandecker wissen.

»Man ging von einem Unfall aus, aber mittlerweile haben die Eigentümer das FBI hinzugezogen, um festzustellen, ob nicht doch Brandstiftung dahintersteckt.«

»Was ist mit ausländischen Lieferanten Seltener Erden?«, fragte der Präsident.

»Wir beziehen einen kleinen Teil unserer Importe auch noch aus anderen Quellen – außer China«, sagte Dietrich. »Dabei war Australien der wichtigste Lieferant, und geringere Mengen kamen auch aus Russland, Indien und Malaysia. Aber selbst dort gibt es Probleme. Der wichtigste australische Produzent hat eine zeitweise Schließung seiner Anlagen wegen eines umfangreichen Expansionsprogramms angekündigt.«

Der Präsident stieß seine Zigarre in einen Aschenbecher. »Demnach müssen wir gute Miene zu dem bösen Spiel machen, während unsere Wirtschaft langsam, aber sicher auf Grund läuft.«

Dietrich nickte mit düsterer Miene. »Ich fürchte, wir haben – wenn überhaupt – nur geringe Kontrolle über die Nachschubsituation.«

»Und das ist lediglich ein Teil des Problems«, fügte Sandecker hinzu. »Der Versorgungsengpass dürfte sich geradezu katastrophal auf einige unserer wichtigsten Technologien im Bereich der Verteidigung auswirken.«

»Der Vizepräsident hat recht«, bestätigte Dietrich.

»Und wie sieht dieser Schaden aus?«, fragte der Präsident.

»Die Navy wird besonders empfindlich getroffen«, sagte die Sicherheitsberaterin. »Das Antriebssystem des Zerstörers der Zumwalt-Klasse und der neue Tarnkappenkreuzer sind auf Seltenerdmetalle angewiesen, darum werden diese Programme wohl zum Stillstand kommen. Ich warte zwar noch auf einen Bericht der Air Force, aber soweit ich bereits gehört habe, wird sich das Exportverbot auf die Fertigstellung des gemeinsam entwickelten Kampfflugzeugs und auf mehrere Satellitenprogramme auswirken.«

»Wir reden dabei über Programme, deren Kosten sich im Milliardenbereich bewegen«, sagte Cerny.

»Für mich klingt das«, sagte der Präsident, »als ob die Chinesen ihr Monopol nutzen, um waffentechnisch aufzuholen.«

Sämtliche Anwesenden im Oval Office nickten zustimmend.

»Was wäre, wenn wir den Chinesen klarmachten, dass ihr Exportstopp unzumutbar ist?«

Der Außenminister rutschte unbehaglich auf seinem Platz hin und her. »Ich glaube nicht, dass wir damit irgendetwas erreichen, Sir. Die chinesische Führung lässt sich von Drohungen nicht einschüchtern. Sollte es zu einem Handelskrieg kommen, sind wir die größeren Verlierer. Und wenn sie unsere Darlehenssicherheiten nicht mehr kaufen, kämen sogar noch größere Probleme auf uns zu.«

»Demnach droht uns ein wirtschaftlicher Absturz zu einem Zeitpunkt, da wir uns so etwas am wenigsten leisten können«, sagte der Präsident. »Außerdem riskieren wir unsere militärische Kampfbereitschaft, wenn wir die nächste Zerstörer-Klasse, das nächste Kampfflugzeugmodell und die nächsten Spionagesatelliten auf Eis legen.«

»Es gibt auch noch ein weiteres Opfer«, sagte Sandecker. Er beugte sich zum Präsidenten hinüber und flüsterte: »Ich denke an die *Sea Arrow*.«

Der Präsident nickte. »Natürlich.«

Er trat zu seinem Schreibtisch und blickte mehrere Minuten lang durch die hohen Fenster dahinter. Als er sich wieder zu seinen Zuhörern umdrehte und erneut das Wort ergriff, klang seine Stimme leise und resigniert. »Bringen Sie in Erfahrung, was die Chinesen wollen«, sagte er, »und geben Sie es ihnen.«

40

Nachdem der Motor der *Sea Arrow* gestohlen worden war, wurde augenblicklich eine landesweite Schleppnetzfahndung angeordnet. Auf jeder größeren Land- oder Schnellstraße, die nach Norden oder Süden aus Washington herausführte, wurden Straßensperren errichtet. FBI-Teams wurden zu sämtlichen in der Nähe gelegenen Flughäfen beordert und ebenso zu jedem Ostküstenhafen, von dem man annahm, dass der Motor auf diesem Weg außer Landes geschmuggelt werden konnte. Sogar die im Nordosten gelegenen Grenzübergänge nach Kanada hatte man zusätzlich gesichert.

Dennoch wurde der gestohlene Motor an keinem dieser Orte gefunden. Er war nach Westen transportiert worden, also fort von den wichtigen Schiffshäfen und Flugplätzen und durch das ländliche Appalachia hindurch – perfekt getarnt auf der Ladefläche eines Heutransporters. Als er sich Lexington, Kentucky, näherte, drosselte Pablo das Tempo des schweren Lasters und hielt wachsam Ausschau nach patrouillierenden Streifenwagen.

Ann war in den hinteren Teil des Führerhauses verbannt worden, wo er sie mit einer Hand an den Rahmen der Sitzbank gefesselt hatte. So konnte sie sich auf dem schmalen Sitz teilweise ausstrecken, musste sich jedoch ziemlich heftig verrenken, um aus dem Fenster blicken zu können. Die Fahrt verlief für beide schweigend. Da Pablo die Flut ihrer bohrenden Fragen von Anfang an ignorierte, hatte sie sich schnell entschieden, ihre Kräfte zu schonen. Zwar musste sie erst einige Überlegungen anstellen, am Ende aber brachte sie Pablos Diebstahl der Pläne der *Sea Arrow* doch mit dem großen Objekt in Verbindung, das versteckt auf dem Flachbettauflieger stand. Es musste der neue Strahlantrieb des Unterseeboots sein.

Erfreut stellte Pablo fest, wie gut er bisher durchgekommen war. Immerhin hatte er vierhundert Meilen in sieben Stunden geschafft, ehe er auf eine kleine Nebenstraße abbog und Ann gestattete, sich die Beine zu vertreten. Wenig später erreichten sie Lexington, wo er eine Raststätte fand und neben einer ein wenig abgelegenen Zapfsäule parkte. Nachdem er den Tank des Sattelschleppers gefüllt hatte, öffnete er die Tür des Führerhauses und sah Ann fragend an.

»Wollen Sie etwas zu essen?«

»Ja bitte«, sagte Ann. »Ich habe Hunger.«

»Ich bin gleich wieder zurück.« Er schlug die Tür zu und verriegelte sie.

Ann beobachtete, wie er an mehreren Tankinseln vorbeiging und schließlich das Gebäude der Raststätte betrat. Sie ließ den Blick auf der Suche nach potentieller Hilfe über den Parkplatz wandern. Es war schon spät, und sie entdeckte nur eine einzige Person in ihrer Nähe. Es war ein bärtiger Lastwagenfahrer, der in einem Dutzend

Metern Entfernung soeben die Windschutzscheibe seines mit Standgas laufenden Fahrzeugs putzte.

Sie winkte und schrie so laut sie konnte. Aber die getönten Fenster des Führerhauses machten sie für den Betrachter von außen so gut wie unsichtbar, und ihre gedämpften Rufe gingen im Rumpeln des laufenden Motors völlig unter. Sie streckte die Hand nach der Hupe des Lasters aus, konnte die Finger jedoch nicht weit genug strecken. Der bärtige Fahrer stieg in seinen Laster und verließ, von Anns Notlage nicht das Geringste ahnend, den Parkplatz der Raststätte.

Sie suchte im Führerhaus nach irgendetwas, das sie als Waffe benutzen konnte. Doch es war bis hin zum Handschuhfach mit Ausnahme einer Landkarte und eines Laptops auf dem Beifahrersitz vollkommen leer geräumt. Ann streckte sich nach dem Computer aus.

Sie erreichte ihn mit ihrer freien Hand, ergriff ihn, klappte den Deckel mit dem Monitor auf und schaltete ihn ein. Während er hochlief, schaute sie aus dem Fenster. Pablo stand an der Kasse und war gerade im Begriff, einige Einkäufe zu bezahlen. Sie hätte nur wenig Zeit, um einen Hilferuf zu senden – falls die Raststätte überhaupt WLAN besaß.

Sie hielt den Atem an, als der Bildschirm allmählich aufleuchtete. Nach einer Ewigkeit fragte die Schrift unter einem sprechblasenähnlichen Symbol, ob sie eine Verbindung mit dem Diesel & Dine-Netzwerk wünsche.

»Ja!« Sie klickte auf das Symbol. Wenige Sekunden später öffnete sich ein Internet-Suchfenster.

Ihre Freude war nur von kurzer Dauer, als sie aus dem Autofenster schaute und sah, wie Pablo das Raststättengebäude verließ. Ihr Puls raste, während sie überlegte, was sie tun sollte. Ihr bliebe keine Zeit, um sich in ihr E-Mail-Konto einzuloggen und über die NCIS-Website eine Nachricht zu senden. Eine verzweifelte Idee schoss ihr durch den Kopf. Eilig tippte sie vier Buchstaben und wartete auf eine Reaktion. Als sich eine neue Seite öffnete, scrollte sie nach unten und fand einen Anfrage-Link. Diesen klickte sie an, dann tippte sie eilig eine Nachricht und schaute hoch. Pablo war nur noch drei Meter entfernt.

Ihre Finger flogen über die Tastatur, hielten inne, um auf »Senden!« zu klicken, während die Türverriegelung aufsprang. Sie klappte den Laptop zu und schob ihn auf den Beifahrersitz, während Pablo bereits die Tür öffnete.

Ihr Herz hämmerte wie wild, und sie spürte, wie ihr Gesicht rot anlief, während er sich auf den Fahrersitz schwang. Er wandte sich um und sah sie fragend an, während er die Hände hob.

»Schinken oder Thunfisch?« Er hielt zwei in Frischhaltefolie eingewickelte Sandwiches hoch.

»Thunfisch, bitte.« Sie atmete aus und griff nach einem der Sandwiches.

Pablo fuhr auf den Highway zurück und aß, während er lenkte. Die Pause hatte ihm gutgetan und seine Nerven ein wenig beruhigt. Schließlich drehte er sich halb um und blickte über die Schulter. »Sie sind in mich verliebt«, sagte er grinsend zu Ann.

»Wie bitte?«

»Ja, Sie müssen in mich verliebt sein. Warum sonst begegnen wir uns immer wieder?«

»Ich habe keineswegs darum gebeten, auf diese Reise mitgenommen zu werden«, antwortete sie. »Bitte lassen Sie mich gehen.«

Pablo lachte kehlig. »Sie sind viel zu clever, als dass ich Sie gehen lassen dürfte … und zu schön, um getötet zu werden.«

Ann spürte einen Anflug von Ekel, hielt das Gespräch jedoch weiter in Gang. »Ist das der Motor der *Sea Arrow*, den wir da spazieren fahren?«

»Vielleicht.«

»Warum haben Sie die Männer getötet, die Ihnen geholfen haben, ihn zu stehlen?«

»Ihr Nutzen hatte sich erschöpft, und außerdem wussten sie mehr, als sie wissen durften. Ich denke aber, das waren jetzt genug Fragen.« Er schaltete das Radio ein und drehte die Lautstärke hoch, nachdem er einen regionalen Sender mit Bluegrass-Musik gefunden hatte.

Sie überquerten die Berge von West-Kentucky und hörten dazu die fröhlichen Melodien von Flatt and Scruggs. Vier Stunden später gelangten sie nach Paducah. Pablo parkte an einer Tankstelle am Stadtrand und telefonierte. Nach wenigen Minuten erschien ein rostiger Pick-up, gelenkt von einem über und über mit Tätowierungen bedeckten Mann, der den Heulaster zum Fluss hinuntergeleitete. Ein Schlepper und ein Lastkahn, beladen mit Frachtcontainern, waren an einem altersschwachen Holzpier vertäut. Pablo lenkte den Sattelschlepper neben den dunklen Lastkahn und hielt an.

Es war weit nach Mitternacht, eine gespenstische Stille lag über der Anlage. Pablo kuppelte den Flachbettauflieger von der Zugmaschine ab und lenkte Letztere auf einen angrenzenden Parkplatz. Als er zum Pier zurückkam, hatte der Tätowierte Kranseile unter dem Auflieger durchgezogen und war gerade damit beschäftigt, ihn mit einem Hafenkran auf den Kahn zu heben. Pablo sprang auf den Lastkahn hinüber und half, den Auflieger auf dem Deck zu sichern, ehe er zur Zugmaschine zurückkehrte, um Ann zu holen.

Sie tat so, als sei sie von den Strapazen der langen Fahrt benommen, während er sie vom Rahmen der Sitzbank losmachte und die Hände gleich wieder an ihren Leib fesselte. Zum ersten Mal bemerkte sie jetzt, dass in die Handschellen ein Sensor eingebaut war. Pablo zog sie aus dem Führerhaus und führte sie zum Pier.

Die Lichter von Paducah blinkten rechts von ihr am Ufer des Ohio River, der sich wie ein dunkler Melassestrom durch die Nacht wälzte. Pablo hielt ihren Oberarm mit festem Griff umklammert, während er sie zum Schlepper dirigierte. Das verwitterte Boot war mit der Heckmitte am Lastkahn befestigt und bereit, ihn flussabwärts zu schleppen. Auf das Schleppschiff gelangte man über eine schmale Gangway, die sich über das Wasser spannte. Ann zögerte, sie zu betreten, bis Pablo ihr einen leichten Stoß versetzte.

Sie hatte keine Angst vor dem Überqueren der Planke, sondern vor dem, was vor ihr lag. Zuerst an einen Lastwagen gefesselt, dann an ein Schleppschiff – und danach an was denn noch? Ganz gleich, wohin man sie bringen mochte, am meisten fürchtete sie sich vor dem Moment, wenn ihr die Handschellen abgenommen wurden. Diese Angst war es, die sie zum Handeln trieb.

Sie wappnete sich innerlich und holte tief Luft, als Pablo ihr einen zweiten Stoß versetzte. Indem sie so tat, als stolpere sie, machte sie zwei Schritte auf die Laufplanke und beugte die Knie. Sie stieß sich nach vorn ab und vollführte einen halben Sprungschritt. Die Laufplanke bog sich, verlieh ihr zusätzlichen Auftrieb, und dann hechtete sie mühelos über das Geländer.

Pablo griff nach ihr, streifte mit der Hand jedoch nur noch ihren Fußknöchel. Die Arme nach vorn gestreckt, tauchte Ann in den Fluss, erzeugte lediglich ein leises Plätschern und verschwand im dunklen, trüben Wasser.

41

Der Reservelagerraum der *Adelaide* war ein dunkler heißer Ofen und wie für den Teufel geschaffen. Pitt konnte verwesendes Fleisch gemischt mit Schweiß riechen, als die mit einem schweren Riegel versehene Tür aufgerissen wurde und er und Giordino mit vorgehaltener Pistole hineingestoßen wurden. Er hatte sich bemüht, seinen verwundeten Freund auf das Hauptdeck hinunterzutragen und unter seinem Gewicht nicht zusammenzubrechen. In dem Lagerraum entdeckte er eine zusammengefaltete Segeltuchplane und bettete Giordino behutsam darauf, während die Tür hinter ihnen zugeschlagen und verriegelt wurde.

»Gibt es bei Ihnen einen Sanitäter?«, fragte Pitt, während er zu der Coast-Guard-Truppe hinüberblickte, die nicht weit entfernt zusammengekauert auf dem Fußboden saß.

Ein junger Mann stand auf und kam langsam zu Dirk Pitt herüber.

»Sie heißen Simpson, nicht wahr?«, fragte Pitt.

»Ja, Sir. Ich kann helfen.« Er ging vor Giordino auf die Knie hinunter und entdeckte sofort die Blutpfütze unter dem verletzten Bein, die sich schnell ausbreitete. »Wurde er angeschossen?«

»Ja.« Pitt riss ein zerfetztes Stück von Giordinos Hose ab. »Er hat eine Menge Blut verloren.«

Simpson lokalisierte die bluttriefende Wunde auf der Außenseite von Giordinos Oberschenkel und drückte mit der Handfläche darauf. »Ich brauchte etwas als Verband.«

Pitt zog sein Hemd aus und trennte die Ärmel ab, um sie anschließend in lange Streifen zu reißen. Jemand reichte eine Flasche Wasser herüber, damit der Sanitäter die Wunde säubern konnte. Er faltete einen der Stoffstreifen zu einem kleinen Kissen zusammen. Dieses legte er auf die Wunde und fixierte es mit den restlichen Stoffstreifen.

Giordino schlug die Augen auf und sah sich um. »Wohin sind wir unterwegs?«

»Bier holen«, sagte Pitt. »Mach ein Nickerchen. Ich weck dich dann, wenn es kalt genug ist.«

Giordino quittierte den Scherz mit einem schiefen Grinsen, dann döste er nur wenige Sekunden später wieder ein.

Simpson zog ein Stück Abdeckplane über ihn und winkte Pitt beiseite. »Er hat Glück gehabt. Da waren zwei Wunden, woraus man schließen kann, dass die Kugel glatt hindurchgegangen ist. Höchstwahrscheinlich hat sie den Knochen verfehlt. Aber sie muss seine Oberschenkelarterie verletzt haben, daher das viele Blut. Bei dem hohem Blutverlust könnte er in den Schock gehen, darum sollten wir ihn vorläufig lieber im Auge behalten.«

»Er ist ein zäher Knochen«, sagte Pitt.

»Im Augenblick geht es ihm gut. Sein größtes Problem wird sein, in diesem Dreckloch eine Infektion zu vermeiden.«

Pitt erkannte im schwachen Licht, dass Simpson in Höhe seines Wangenknochens einen Bluterguss im Gesicht hatte. »Was ist Ihnen denn zugestoßen?«

»Ich wurde im Korridor überfallen, gerade als ich meine Wache antreten wollte. Der Kerl hat mich mit einer Kette erwischt. Ich hatte mehr Glück als einige andere Leute von unserer Truppe.«

Pitt sah sich im Raum um, der von einer einzelnen flackernden Deckenlampe erhellt wurde. Das Coast-Guard-Team hockte in der Nähe, während sich eine andere Gruppe – Angehörige der eigentlichen *Adelaide*-Mannschaft – im hinteren Teil des Raums verteilte. Zwei längliche Gebilde, in Abdeckplanen eingewickelt und auf einer Seite abgelegt, waren für den grässlichen Gestank verantwortlich.

»Der Kapitän und ein anderer Mann«, sagte Simpson. »Sie wurden bei dem Überfall getötet, bevor wir aufs Schiff kamen.«

Pitt nickte, dann wandte er seine Aufmerksamkeit der Coast-Guard-Truppe zu. Jeder der Männer hatte irgendeine Verletzung oder Blutergüsse. Plugrad saß zwischen ihnen, lehnte sich mit dem Rücken an das Schott und starrte mit leerem Blick vor sich hin.

»Wie geht es Plugrad?«

»Sie haben dem Lieutenant kräftig eins über den Schädel gegeben«, sagte Simpson. »Er hat eine Gehirnerschütterung, aber sonst scheint er okay zu sein.«

Pitt ging durch den Raum zu der anderen Gruppe hinüber. Deren Angehörige wirkten ziemlich niedergeschlagen, waren jedoch unverletzt geblieben. Ein breitschultriger Mann mit einem buschigen grauen Schnurrbart erhob sich und stellte sich vor.

»Frank Livingston, leitender Offizier«, sagte er mit deutlichem australischem Akzent. »Wie geht es Ihrem Kameraden?«

»Schusswunde im Oberschenkel. Hat viel Blut verloren, aber der Sanitäter meint, dass er bald wieder auf die Beine komme.«

»Tut mir leid, dass ich nicht helfen konnte. Unser Oberbootsmann war gleichzeitig Schiffsarzt. Er liegt dort drüben neben dem Kapitän.« Er deutete auf die Körper, die in Abdeckplanen gewickelt waren.

»Wie haben sie das Schiff in die Hand bekommen?«

»Ein schneller Frachter kam vor drei Tagen während der Abendwache längsseits. Drängte sich ganz nah heran, so dass es der Steuermann mit der Angst zu tun bekam. Als sie auf unsere Funksprüche nicht reagierten, ging der Kapitän mit dem Bootsmann an Deck. Auf dem Schiff wurde ein mittschiffs installiertes radarähnliches Gerät eingeschaltet, das sie beide getötet hat.« Sein Mund verzog sich voller Abscheu. »So etwas habe ich noch nie gesehen. Es war fast so, als würden sie bei lebendigem Leib gekocht. Kurz danach wurde von dem Frachter eine bewaffnete Entermannschaft herübergeschickt. Es gab nicht viel, das wir hätten tun können. Seitdem sind wir hier drin eingesperrt.«

»Tut mir leid, dass wir zu spät gekommen sind«, sagte Pitt. »Ich vermute, sie wurden vor unserer Ankunft gewarnt und haben Sie schon früh überfallen.«

Livingstons müde Augen glühten rachsüchtig. »Wer sind diese Leute?«

Pitt schüttelte den Kopf. »Sie gehören zu einem Ring, von dem wir annehmen, dass er eine ganze Reihe von Frachtschiffen überfallen hat, die Seltenerdmetalle in ihren Frachträumen transportierten.«

»Wir haben etwas geladen, das Monazit genannt wird«, sagte

Livingston. »Ich nehme an, sie werden gefunden haben, was sie suchten. Haben Sie irgendeine Ahnung, wohin sie wollen?«

Pitt sah sich um, um sicher sein zu können, dass ihn keiner der anderen Männer belauschte. »Wir glauben, dass sie die Fracht auf See umladen und dann die Schiffe fluten. Zumindest sind zwei andere Frachter in diesen Gewässern versenkt worden.«

Livingston nickte, aber nicht mit der Miene eines Mannes, der dazu verurteilt worden war, an Bord eines sinkenden Schiffes zu sterben. »Sagen Sie mal, Mr. Pitt, wie groß waren diese anderen Frachter, die überfallen wurden?«

»Nicht sehr groß. Es waren ältere Massengutfrachter. Vielleicht zehntausend Tonnen. Warum fragen Sie?«

»Die *Adelaide* rangiert bei vierzigtausend Bruttoregistertonnen. Und ich habe einen ziemlich genauen Blick auf den angreifenden Frachter werfen können, ehe wir hier eingesperrt wurden. Er ist im Vergleich mit uns ein Zwerg und kann auf keinen Fall mehr als nur die Hälfte unserer Ladung übernehmen.«

»Besteht Ihre gesamte Fracht aus Monazit?«

»Bis zur letzten Unze. Nein, Sir, ich glaube nicht, dass sie die *Adelaide* versenken werden. Jedenfalls noch nicht. Was wir geladen haben, ist einfach zu wertvoll.«

Pitt ließ den Blick über die demoralisierten und völlig verstörten Männer schweifen.

»Mr. Livingston, ich hoffe inständig, dass Sie recht haben.«

42

Es dauerte nur wenige Sekunden, bis Ann in Panik geriet.

Nachdem sie glatt ins Wasser eingetaucht war, schlug sie kräftig mit den Beinen, hatte die Hände nach vorn gestreckt und suchte vorübergehenden Schutz in der Tiefe des Ohio River. Das Wasser war wärmer, als sie erwartet hatte, um die zwanzig Grad Celsius. Nachdem sie einen komfortablen Kulminationspunkt erreicht hatte, bog sie den Oberkörper hoch und versuchte mit den Händen Schwimmbewegungen zu machen. Doch da ihre Handgelenke aneinandergefesselt waren, schaffte sie es nicht.

Sie erlebte einen kurzen Moment des Grauens, als sie glaubte, ertrinken zu müssen.

»Ruhig, ganz ruhig«, wiederholte eine Stimme in ihrem Kopf ständig.

Mit heftig pochendem Herzen zwang sie sich, sich ganz still zu verhalten und einige Sekunden lang mit der Strömung treiben zu lassen. Das beruhigte ihre Nerven, und sie begann mit den gefesselten Händen Wasser zu schöpfen wie ein paddelnder Hund, um an die Oberfläche zu gelangen. In dem tintenschwarzen Wasser konnte sie jedoch nicht mehr erkennen, wo oben oder unten war.

Die Antwort erhielt sie umgehend, als sie mit der Schulter gegen den korrodierten Rumpf des Lastkahns prallte. Sie stieß sich davon ab, trieb in freies Wasser und verhielt sich noch einige Sekunden lang völlig still, ehe sie in die kühle Nachtluft hinaufstieg.

Die Strömung war stark und schnell, und sie stellte fest, dass sie sich von dem Lastkahn und dem Schlepper entfernte. Sie blickte zurück und sah Pablo auf dem Pier hin und her laufen und die Wasseroberfläche absuchen. Als er Anns Kopf zwischen den Wellen entdeckte, zog er die Glock aus dem Holster.

Ann holte sofort tief Luft und tauchte ab. Sie konnte nicht feststellen, ob er auf sie schoss, aber es hatte keinen Sinn, ihm ein Ziel zu bieten.

Diesmal fiel es ihr nicht mehr so schwer, unter Wasser zu bleiben, und sie hielt den Atem fast eine Minute lang an, während sie mit den Beinen schlug, mit den Händen paddelte und sich von der Strömung mitnehmen ließ. Als sie wieder auftauchte, war sie mehr als einhundert Meter vom Lastkahn entfernt – und für jeden, der auf dem Pier stand, so gut wie unsichtbar. Von Pablo war nichts mehr zu sehen.

Sie orientierte sich jetzt flussabwärts, hielt nach einer Stelle Ausschau, um an Land zu gehen und Hilfe zu suchen. Aber der Pier befand sich an der Peripherie der Stadt, und das Flussufer in ihrer nächsten Nähe war dunkel und verwaist. Eine Lichtertraube funkelte nicht weit entfernt auf dem gegenüberliegenden Flussufer und markierte die Lage der kleinen Stadt Metropolis, Illinois.

Angelockt durch die Aussicht auf Sicherheit, begann Ann mit den Beinen schlagend und den Händen paddelnd in Richtung der Lichter zu schwimmen. Sie mühte sich ein paar Minuten lang ab und kämpfte gegen die Flussströmung. Dann erkannte sie, dass ihre Bemühungen, die Stadt zu erreichen, vergebens sein würden. Der Fluss war an dieser Stelle fast eine ganze Meile breit, und die Strömung würde sie längst an ihren Lichtern vorbeigetragen haben, ehe sie das andere Ufer erreichen könnte.

Der kraftraubende Versuch, mit gefesselten Händen zu schwimmen, steigerte ihre Erschöpfung, daher drehte sie sich auf den Rücken und ruhte sich aus, während sie sich mit der Strömung treiben ließ. Als sie zum Himmel schaute, bemerkte sie ein Paar roter Blinklichter in der Ferne. Indem sie sich halb auf die Seite rollte, beobachtete sie aufmerksam, wie sie regelmäßig aufflammten und erloschen – Flugzeugwarnlampen. In ihrer kurzen Helligkeitsphase konnte sie erkennen, dass sie an zwei hohen Betonschornsteinen befestigt waren. Sie konnten nur Teil eines am Flussufer gelegenen Kraftwerks sein.

Während sie an den Lichtern von Metropolis vorbeitrieb, kämpfte sie sich zu dem näher gelegenen Ufer zurück. Für etwa eine Meile waren beide Flussufer vollständig dunkel, und Ann fühlte sich plötzlich ausgekühlt und allein. Doch sie behielt die roten Blinklichter im Auge und kam ihnen Stück für Stück näher. Ein diffuser Lichtschein am Fuß der Schornsteine löste sich in eine Anzahl heller Lampen auf, die die Gebäude des Kraftwerks beleuchteten. Die Lampen waren in einem beträchtlichen Abstand zum Ufer aufgestellt worden, aber als Ann einen mit Büschen bewachsenen Uferabschnitt passierte, entdeckte sie einen schmalen Wasserarm, der vom Fluss bis zum Kraftwerk reichte.

Als sie sich der Mündung des Wasserarms näherte, verstärkte sie ihren Beinschlag. Die Strömung des Ohio versuchte, sie von der Mündung wegzuziehen, aber sie konnte sich gegen die Kraft des Wassers behaupten und gelangte in die ruhigen Fluten des künstlichen Wasserarms. Der Einschnitt reichte mit seiner Länge von gut einer Drittelmeile bis zum Kraftwerk und versorgte dort die mit Kohle beheizten Dampfkessel.

Erschöpft von ihrem jüngsten Kampf gegen die Flussströmung, strebte Ann dem nächstgelegenen Ufer entgegen. Sie blieb mehrere Minuten lang im Morast liegen, dann verließ sie den Uferbereich und kletterte eine Böschung hinauf, die weitgehend eingeebnet worden war, damit sie befahren werden konnte.

Sie fröstelte in der nassen Kleidung, während sie zum Kraftwerk marschierte und den würzigen Geruch von verbrannter Kohle einsog. Während sie sich dem Komplex näherte, zählte sie mehrere Fahrzeuge, die vor dem Kraftwerk parkten. Zum Glück war noch eine umfangreiche Nachtschicht im Werk tätig. Links von ihr flackerten Scheinwerfer, und sie sah, wie ein weißer Pick-up den Parkplatz gerade in gemächlichem Tempo verließ. Auf dem Führerhaus rotierte ein orangefarbenes Blinklicht. Ann beschleunigte ihre Schritte und begann mit den gefesselten Armen zu winken, sobald sie glaubte, dass der Fahrer sie sehen konnte.

Der Truck beschleunigte und nahm Kurs auf die Böschung. Er rumpelte über einen schmalen Fahrweg und kam in einer aufwallenden Staubwolke vor Ann zum Stehen. Sie hob die gefesselten Hände und näherte sich dem offenen Fenster auf der Fahrerseite. »Würden Sie mir bitte helfen?«

Ihre Stimme begann zu zittern, als sie sah, wie Pablo den Kopf aus dem Fenster reckte und mit einem tragbaren GPS-Empfänger, der auf den Sender in ihren Handschellen eingestellt war, und mit der Glock winkte.

»Nein, meine Liebe«, sagte er mit mitleidloser Stimme. »Sie können mir helfen.«

TEIL III

PANAMA HIGH NOON

Der Miraflores-Damm

43

Summer Pitt löste den Blick von einem Klemmbrett auf ihrem Schoß und schaute durch das Kunststoffkuppelfenster des Tauchboots. Da ringsum nur undurchdringliche Schwärze herrschte, kam sie sich vor, als sei sie in einem Schrank eingeschlossen. »Wie wäre es mit ein wenig Außenbeleuchtung?«, fragte sie.

Ihr Zwillingsbruder, der das Boot steuerte, legte ein paar Schalter um. Eine Batterie heller LED-Lampen flammte auf und zauberte einen hellen Schimmer in das kohlschwarze Wasser. Aber noch war – abgesehen von Schwebeteilchen, die an der Acrylglaskuppel vorbeiwirbelten – wenig zu erkennen. Immerhin erhielt Summer einen visuellen Eindruck von ihrer augenblicklichen Sinkgeschwindigkeit.

»Hast du immer noch Angst vor der Dunkelheit?«, fragte ihr Bruder.

Während Summer die wie Perlmutt glänzende Haut und das rote Haar ihrer Mutter geerbt hatte, war Dirk Pitt junior nahezu das Ebenbild seines Vaters. Er hatte die gleiche hochgewachsene schlanke Statur, das gleiche dunkle Haar und sogar das gleiche unbeschwerte Lächeln.

»Hier unten kann dir das, was du nicht siehst, einige Probleme bereiten«, sagte sie. Sie warf einen Blick auf den Tiefenmesser des Überkopfmonitors. »In fünfzig Metern haben wir Grundberührung.«

Dirk justierte die Ballasttanks, um den Sinkvorgang zu verlangsamen, und versetzte das Boot in einen auftriebslosen Schwebezustand, als es schien, als käme ihnen der Meeresboden entgegen. In einer Tiefe von einhundert Metern glich der Meeresgrund einer walnussbraunen Wüste, die nur noch von ein paar kleinen Fischen und Krustentieren bevölkert wurde.

»Die Bruchlinie müsste sich bei null-sechs-fünf Grad befinden«, sagte Summer.

Dirk aktivierte die elektrischen Strahlruder des U-Boots und brachte sie auf einen nordöstlichen Kurs. Durch den Steuerknüppel konnte er die starke Grundströmung spüren, die sie seitlich wegdrückte. »Der Agulhasstrom ist heute wieder ziemlich aktiv. Er würde uns am liebsten nach Australien schieben.«

Der starke Agulhasstrom fließt an der Ostküste Afrikas entlang nach Süden. In der Nähe der Südspitze von Madagaskar, wo Dirk und Summer zurzeit tauchten, verschmolz er mit der Ost-Madagaskar-Strömung und anderen Strömungen aus dem Indischen Ozean und schuf einen unberechenbaren Wirbel.

»Wir sind während der Sinkphase bestimmt erheblich abgetrieben«, stellte Summer fest, »aber wenn wir auf Kurs bleiben, dürften wir trotzdem irgendwann die Bruchlinie überqueren.« Sie drückte die Nase an der Kuppel platt und ließ den Blick über den leicht gewellten Meeresgrund unter ihnen gleiten. Nach mehreren Minuten entdeckte sie einen flachen, aber deutlich erkennbaren Grat. »Das ist unsere Anhebung.«

Dirk ließ das Boot ein wenig steigen und positionierte es in etwa drei Metern Höhe über dem Grat. »Wir können die Videoaufnahme starten.«

Summer schaltete zwei Außenkameras ein, die an den Kufen des Tauchboots befestigt waren, danach überprüfte sie die Bildqualität auf einem Monitor. »Die Kameras laufen, die Fahrt kann beginnen«, sagte sie. »Dann lass uns mal der Bruchlinie folgen.«

Dirk ließ das Tauchboot Fahrt aufnehmen und orientierte sich an dem Erdwall auf dem Meeresgrund. Sie arbeiteten mit einem

NUMA-Forschungsschiff zusammen, das diese Region vorher mit einem Multistrahl-Sonarsystem untersucht hatte, und inspizierten eine aktive Bruchlinie vor der Küste von Madagaskar. Sie taten dies in der Hoffnung, neue Erkenntnisse darüber zu gewinnen, auf welche Art und Weise Erdbeben für die Entstehung von Tsunamis verantwortlich sind, und daraus ein Tsunami-Frühwarnsystem entwickeln zu können. Die mit Hilfe des U-Boots erstellten Videoaufnahmen lieferten den auf dem Schiff tätigen Geologen eine zuverlässige Grundlage für ihre weiteren Untersuchungen in dieser Gegend. Nach entsprechenden Berechnungen würde das Tauchboot dann zurückkehren und kleine Sensoren absetzen, die jede seismische Aktivität präzise aufzeichneten.

Das Projekt erforderte eine interdisziplinäre Kombination verschiedener Talente, mit denen beide Geschwister aufwarten konnten. Während Dirk eine Ausbildung in Schiffsbautechnik absolviert und Summer sich auf Ozeanographie spezialisiert hatte, empfanden die Zwillinge ebenso wie ihr Vater eine leidenschaftliche Liebe für das Meer. Sie waren Pitt erst vor wenigen Jahren zur NUMA gefolgt, kosteten jedoch schon sehr bald in vollen Zügen die Möglichkeit aus, in jeden Winkel der Welt vordringen zu können, um die Rätsel der See zu lösen. Ihre Arbeit war vor allem dann erfolgreich, wenn alle drei an ein und demselben Projekt beteiligt waren – wie vor kurzem in Zypern, wo sie einen wahren Schatz an altertümlichen Artefakten entdeckt hatten, die dem historischen Jesus und seiner Zeit zugeordnet werden konnten.

»Wir passieren soeben Kilometer Nummer acht des unterseeischen Berggrates, der niemals endet«, verkündete Dirk zwei Stunden nach Beginn ihrer Tauchfahrt, und er konnte bereits spüren, wie sich seine Armmuskeln verhärteten.

»Du langweilst dich doch nicht etwa schon?«, fragte Summer.

Dirk blickte auf den eintönigen braunen Meeresboden, der unter ihnen entlangglitt. »Ich fände es ganz in Ordnung, wenn jemand in der Nachbarschaft einen Walhai oder einen Riesenkraken aussetzen würde.«

Sie folgten der Auffaltung für eine weitere Stunde, ehe Dirk begann, sich Sorgen wegen ihrer Batteriereserven zu machen.

»Der ständige Kampf gegen die Strömung hat die Motoren zusätzlich belastet. Ich denke, wir sollten unseren Tauchgang in Kürze abbrechen.«

Summer überprüfte die Strecke, die sie zurückgelegt hatten. »Wie wäre es mit weiteren sechshundert Metern? Damit hätten wir dann genau zwölftausend geschafft.«

»In Ordnung.«

Nachdem sie den letzten Abschnitt hinter sich gebracht hatten, stoppte Dirk das Tauchboot, und Summer schaltete die Videokameras ab. Er begann die Ballasttanks zu leeren, um aufzusteigen, als Summer auf das vordere gewölbte Sichtfenster deutete.

»Ist das ein Schiffswrack?«

Außerhalb der Reichweite ihrer Außenscheinwerfer konnte Dirk ganz schwach ein fremdartiges Objekt ausmachen. »Könnte sein.« Er deaktivierte die Ballastpumpe und ging mit dem Tauchboot auf Vorwärtsfahrt.

Nach und nach tauchte eine aufragende schwarze Masse vor ihnen auf, die schon bald die Form eines Schiffsrumpfs annahm. Als sie sich ihrem Fund weiter näherten, war auch der Rest des Schiffes zu erkennen, das aufrecht stehend auf dem Meeresgrund ruhte und bemerkenswert unversehrt aussah. Die rote Farbe, die den Rumpf bedeckte, leuchtete hell im Licht der U-Boot-Lampen und ließ jede Niete und jede Schweißnaht deutlich hervortreten.

»Sieht fast so aus, als sei es erst vor kurzem gesunken«, stellte Dirk fest. Er lenkte das Tauchboot seitlich am Rumpf vorbei und über die Deckreling. Dort, auf dem Vorderdeck, entdeckten sie drei große offene Ladeluken. Dirk steuerte das Tauchboot zum Bug und warf einen Blick in jeden der drei Frachträume, die mit nichts anderem als mit Meerwasser gefüllt waren. Sie betrachteten das scharfkantige vordere Rumpfende, konnten am Bug jedoch keinerlei Beschädigung entdecken. Sie machten kehrt, folgten der Steuerbordreling bis zum achtern gelegenen Deckaufbau und stiegen über mehrere Etagen bis zur Kommandobrücke auf. Aus nur wenigen Metern Entfernung blickten sie durch die intakten Fenster in einen völlig leeren Steuerstand.

»Sieht so aus, als hätten sie die gesamte Elektronik ausgebaut«, sagte Dirk. »Das spricht dafür, dass dieses Schiff absichtlich versenkt wurde.«

»Jemand sollte mal Lloyd's of London benachrichtigen«, sagte Summer. »Ich habe noch nie ein derart makelloses Schiffswrack gesehen. Der Kahn muss wirklich erst vor kurzer Zeit gesunken sein.«

»Höchstens vor ein paar Monaten, dem minimalen Muschel- und Algenbewuchs nach zu urteilen.«

»Warum sollte jemand einen absolut intakten Frachter fluten?«

»Schwer zu sagen. Möglich, dass er abgeschleppt wurde, um einer gründlichen Renovierung unterzogen zu werden, und dann in einem Unwetter gesunken ist.« Er überprüfte abermals den Leistungsstand ihrer Batterien. »Es wird Zeit, dass wir auftauchen, aber mal sehen, ob wir wenigstens den Schiffsnamen herausbekommen.«

Er bugsierte das Tauchboot um den Deckaufbau herum und sank bis unter die Heckreling. Ein verbogener Flaggenmast ragte einsam über die Reling. Von seinen früheren Farben war nichts mehr zu erkennen. Als ihr Abstand zum Schiff gut fünf Meter betrug, wendete er das Tauchboot, so dass sie auf den Heckspiegel des Frachters blicken konnten, und veränderte die Stellung der Scheinwerfer, um sie auf den Schiffsnamen zu richten.

»Ich glaube, ich fass es nicht«, murmelte Dirk leise. »Das Schiff wurde tatsächlich geflutet und versenkt.«

Vor ihnen ragte eine glatte rote Wand auf, die durch einen breiten horizontalen Roststreifen, auf dem sich der Name des Schiffes und seines Heimathafens befunden haben musste, in zwei Hälften geteilt wurde. Jemand hatte mit voller Absicht den Namen und die Farbe entfernt und den Frachter in vollständiger Anonymität in sein nasses Grab sinken lassen.

44

Das NUMA-Forschungsschiff *Alexandria* war vier Meilen entfernt, als das U-Boot auftauchte und Summer per Funk darum bat, geborgen zu werden. Während das Tauchboot mit der Strömung dahintrieb, verbrachten sie und Dirk die Wartezeit damit, die graubraune Küste von Süd-Madagaskar zu betrachten, die in der kabbeligen See abwechselnd versank und wieder auftauchte.

Die *Alexandria*, wie jedes Schiff der NUMA mit einem türkisfarbenen Rumpf ausgestattet, der unter einem wolkenlosen Himmel mit der Sonne um die Wette leuchtete, erschien schon nach kurzer Zeit. Ein bulliger Mann mit buschigem Schnurrbart und breitem texanischem Akzent leitete die Aufnahme des Tauchboots und den Absetzvorgang auf dem Achterdeck des Forschungsschiffes. Jack Dahlgren öffnete die achtern gelegene Luke des Tauchboots und half Dirk und Summer beim Aussteigen. »War der Ausflug erfolgreich?«

»Kann man so sagen«, antwortete Summer und hielt eine tragbare Computerfestplatte hoch. »Wir haben hervorragende Aufnahmen von der Auffaltung und sollten damit einige ideale Absetzpunkte für die Bodensensoren festlegen können.« Sie drängte sich an ihm vorbei und machte sich auf die Suche nach dem Meeresgeologen des Schiffes, um sich gemeinsam mit ihm und Dirk die Aufnahmen vom Meeresgrund anzusehen.

»Muss ich daraus schließen, dass sofort eine weitere Tauchfahrt vorbereitet werden soll?«, fragte Dahlgren und machte ein langes Gesicht.

Dirk klopfte ihm auf die Schulter. »Ich fürchte, Sie haben richtig kombiniert, mein Freund.«

Dirk half Dahlgren, mehrere schwere Batteriesätze, die das Tauchboot mit Energie versorgten, auszubauen und durch frische zu ersetzen. Während sie auf dem Achterdeck beschäftigt waren, näherte sich ihnen ein großes Patrouillenboot von der Küste Madagaskars. Das Boot umkreiste die *Alexandria* in gemächlicher Fahrt, und zwei Insassen in Freizeitkleidung auf der offenen Kommandobrücke beobachteten das Forschungsschiff mit einem Ausdruck des Missfallens. Als die *Alexandria* ihre Position verließ, kehrte das Patrouillenboot zur Küste zurück.

»Ich wüsste gern, was diese Typen im Schilde führen«, sagte Dahlgren.

»Sie sahen nicht gerade wie Regierungsvertreter aus.« Dirk blickte dem kleiner werdenden Boot nach. »Ich dachte, die Küste in dieser Region wäre eine menschenleere Wüste.«

»Ein kleiner Frachter kam vorbei, während Sie unten waren. Er nahm Kurs auf die Küste, darum denke ich, dass in der Nähe so etwas wie ein Hafen existieren muss.«

Sie beendeten den Austausch der Batterien und schlossen den vor jedem Tauchgang obligatorischen Sicherheitscheck ab, ehe sie Summer aus einem der Schiffslabore herausholten. Sie hatte eine kleine Kiste mit winzigen batteriegespeisten Bodensensoren vorbereitet, die jedes Zittern und jede Bewegung der Bruchlinie aufzeichnen sollten. Jeder dieser Sensoren steckte in einem Edelstahlbehälter, der mit einer hellorangefarbenen metallenen Markierung versehen war.

»Wir haben den idealen Ort gefunden«, sagte Summer. »Jetzt müssen wir nur noch genau dorthin zurückkehren und jeweils im

Abstand von fünfhundert Metern entlang derselben Linie zehn Sensoren eingraben.« Sie sah Dahlgren gespannt an. »Können Sie uns noch einmal am selben Startpunkt absetzen?«

»Kann ein Baumwollkäfer in Mississippi ein Baumwollfeld finden? Sehen Sie nur zu, dass Sie es sich in meinem U-Boot gemütlich machen, ehe ich auf die Idee komme, Sie ohne Boot ins Wasser zu werfen.« Er stürmte aus dem Labor hinaus und schlug den Weg zur Kommandobrücke ein, um sich mit dem Kapitän abzustimmen.

»Warum ist er denn so gereizt?«, wollte Summer wissen.

»Ich habe den Fehler gemacht und ihm von dem Wrack erzählt, das wir entdeckt haben«, sagte Dirk. »Jetzt ist er sauer, dass wir es mit seinem U-Boot gefunden haben und er nicht dabei war.«

Sie schüttelte den Kopf. »Jungs und ihre Spielzeuge.« Summer schnappte sich die Sensoren und trug sie zu einem Gerätekorb, der am Bug des Tauchboots befestigt war. Sobald sie sicher untergebracht waren, stieg sie ins Boot und ging zusammen mit Dirk die letzten Punkte der Sicherheitscheckliste durch.

Dahlgren erschien wenige Minuten später und steckte den Kopf durch die Luke. »Ich bin bereit, wenn Sie es sind.«

»Wir können starten«, sagte Dirk. »Stellen Sie uns ein paar Flaschen kalt, bis wir wieder zurück sind.«

»Klar, aber rechnen Sie damit, dass sie am Ende zwar kalt, aber leer sind. Sonst noch was?«

»Ja. Sehen Sie mal nach, was Sie über Havarien während der letzten fünf Jahre vor Süd-Madagaskar herausfinden können.«

»Das kann ich tun. Viel Spaß beim Aussäen.«

Dahlgren verriegelte die Luke und hievte das Tauchboot über die Heckreling der *Alexandria*. Er wartete, bis von der Kommandobrücke gemeldet wurde, dass sie sich am vorgesehenen Absetzpunkt befanden, dann senkte er das U-Boot ins Wasser. Sobald der Greifhaken gelöst war, erhielt Dirk das Okay zum Fluten der Ballasttanks, und das gelbe U-Boot tauchte ab.

Wenige Minuten später erschien der Meeresgrund unter ihnen. Dirk brachte das Tauchboot auf seinen früheren Nordostkurs. Diesmal legten sie nur fünfzig Meter zurück, ehe sie die vertraute Erhebung auf dem Meeresgrund überquerten.

»Ein dickes Lob für Jack«, sagte Summer. »Er hat die Strömungen nahezu perfekt berechnet.«

»Sollen wir den ersten Sensor absetzen?«, fragte Dirk.

Summer überprüfte ihre Position, die beim Start des U-Boots von einem Koppelnavigationsprogramm errechnet worden war. »Eigentlich sollten wir noch etwa dreißig Meter weiter nach Osten vorrücken, um auf unsere erste Bahn zu kommen.«

Dirk nahm die nötige Änderung vor. Er lenkte das Tauchboot zu einem ebenen Abschnitt Meeresboden dicht neben der Auffaltung und schaltete die Strahlruder aus, damit sich die Sedimentwolken setzten, die sie aufgewirbelt hatten. Nun machte sich Summer ans Werk und aktivierte ein Paar Roboterarme. Mit dem einen Arm grub sie einen vertikalen Schacht in den Meeresboden und angelte mit dem anderen einen Sensor aus dem Gerätekorb. Dann drückte sie den Sensor in den Schacht, bedeckte seinen Korpus mit Sand, bis nur noch die orangefarbene Markierung aus dem Meeresboden herausragte.

»Das ging ausgezeichnet«, lobte Dirk. Er schaltete die Strahlruder ein und schoss mit Höchstgeschwindigkeit am Grat entlang.

»Hast du es eilig?«, fragte Summer.

»Ich dachte, wir könnten uns noch einmal das Wrack ansehen, wenn wir fertig sind.«

Summer lächelte. Sie hatte den gleichen Gedanken gehabt und auch darauf geachtet, eine leere Festplatte an Bord mitzunehmen, damit sie das Wrack ausgiebig filmen konnten.

Sie glitten an der Auffaltung entlang und verteilten die restlichen neun Sensoren über eine Strecke von sieben Meilen. Als sich der letzte Sensor an Ort und Stelle befand, überprüfte Dirk ihre Position in Relation zur Lage des Schiffswracks. Er ließ das U-Boot ein kurzes Stück weitergleiten, bis die dunkle Masse vor ihnen erschien. »Genau dort, wo wir es zurückgelassen haben.«

»Diesmal mache ich ein Video«, sagte Summer und aktivierte die vorderen Kameras.

Dirk stieg mit dem U-Boot bereits auf, während sie sich dem Schiffsrumpf näherten, und nahm sich sofort das Hauptdeck zum Ziel. Er überquerte die gegenüberliegende Reling, so dass Summers Kameras die gesamte Breite des Schiffes sowie seine offenen Frachträume, deren Abdeckungen fehlten, aufnehmen konnten. Er hatte sich zur Aufgabe gemacht, das Schiff zu identifizieren. Daher wendete er das Tauchboot, so dass seine Videokameras auf den hohen Deckaufbau gerichtet wurden. Dessen Konstruktion und Design würden sicherlich weitere Hinweise auf das Alter des Schiffes und seinen Erbauer liefern.

Langsam stieg er vor der Fassade des Aufbaus in die Höhe, schob sich über die Kommandobrücke und verharrte in der Nähe des Schornsteins, der vom Heck aufragte. Handelsschiffe trugen dort meistens die Farben oder das Logo ihrer Schifffahrtsgesellschaft, aber dieser Schornstein war rundum schwarz gestrichen.

»Seltsam, dass keine Kratzer zu sehen sind«, meinte Summer. »Es sieht ganz so aus, als sei die Farbe noch ganz frisch.«

»Noch ein Versuch, die Identität des Frachters zu verschleiern.«

»Bring uns ein wenig näher heran.« Summer beugte sich vor und betrachtete eingehend den Schornstein.

Während Dirk die entsprechenden Manöver ausführte, aktivierte Summer einen der Roboterarme und streckte ihn in Richtung des Schornsteins. Als es zum Kontakt kam, zog sie die Klaue über die schwarze Farbfläche und hinterließ einen dreißig Zentimeter langen Kratzer.

»Ich hoffe, du hast nicht vor, unsere Initialen da drin zu hinterlassen«, sagte Dirk. »Ich möchte nicht erleben, dass ein Agent von Lloyd's morgens um zwei Uhr an meiner Tür klingelt.«

»Ich will nur nachschauen, was sich darunter befindet.«

Als die Farbsplitter mit der Meeresströmung davonwirbelten, konnten sie einen ockerfarbenen Streifen unter dem Kratzer erkennen.

»Der Schornstein war ursprünglich goldfarben, oder er hatte jedenfalls einen goldenen Streifen«, sagte sie.

»Ein weiterer Hinweis.«

Sie filmten während der nächsten halben Stunde das Wrack aus allen möglichen Perspektiven, fingen seine Länge, seine Decksaufteilung und jedes andere Detail ein, das bei der Identifikation helfen konnte.

»Die Batterien schalten gleich auf Reserve um«, meldete Summer.

»Ich glaube, wir haben jetzt auch alles in Erfahrung gebracht, was in Erfahrung zu bringen war«, sagte Dirk. »Außerdem wäre Jack sicher nicht gerade glücklich, wenn wir erst nach Einbruch der Dunkelheit auftauchten.«

Er pumpte die Ballasttanks leer, und sie stiegen auf. Mehrere Minuten später gelangten sie an die Meeresoberfläche. Die See war kabbelig, ein böiger Westwind war aufgekommen. Die Sonne versank bereits hinter einer Wolkenbank am Horizont und tönte den verblassenden Himmel mit ihren letzten Strahlen violett und orangefarben. Während vereinzelte Wellen über die Acrylglaskuppel spülten, sah Dirk in der Nähe ein Boot, das auf sie zukam. Es war dasselbe Patrouillenboot, das er und Dahlgren kurz zuvor beobachtet hatten.

»Sieht so aus, als erwarte man uns bereits.« Das Boot nahm jetzt direkten Kurs auf sie, während es beschleunigte. »Dies wäre vielleicht der geeignete Zeitpunkt, um die *Alexandria* zu rufen, damit man uns auffischt.«

»Ich glaube, ich habe sie am Horizont gesehen.« Summer reckte den Hals, um über die Wellen hinwegzuschauen. »Sie sind immer noch einige Meilen entfernt.«

Sie streckte die Hand nach der Sendetaste ihres Funkgeräts aus und erstarrte. »Dirk, was haben die vor?«

Ihr Bruder hatte bereits das Patrouillenboot, das mit ungemütlich hohem Tempo auf sie zuhielt, im Visier. Das Schiff mit dem stählernen Rumpf war höchstens noch einhundert Meter von ihnen entfernt. Es hätte längst sein Tempo drosseln oder zumindest abdrehen müssen.

»Sie wollen uns rammen!«, rief Summer.

Dirk hatte die Strahlruder eingeschaltet, aber mit einer Höchstgeschwindigkeit von nur drei Knoten konnte das Tauchboot noch nicht einmal eine Schildkröte abhängen. Ohne eine Chance, dem Patrouillenboot zu entkommen, und ausreichende Zeit, um zu tauchen, reagierte Dirk auf die einzige Art und Weise, die ihm noch blieb: Er lenkte das Tauchboot dem heranrauschenden Schiff frontal entgegen.

Summer sah ihn von der Seite an, als hätte er den Verstand verloren. Dirk hielt den Blick starr auf das Boot gerichtet und zielte in scheinbar selbstmörderischer Absicht auf den scharfkantigen Bug. Er wartete, bis das Schnellboot sie fast erreicht hatte, dann riss er den Steuerknüppel plötzlich herum, während er die Steuerbordruder auf Gegenschub schaltete.

Das Tauchboot reagierte, als ob es in einem Treibsandtümpel steckte, und Dirk befürchtete schon, dass er zu spät reagiert hatte. Aber nach kurzem Zögern schwenkte es nach Steuerbord und glitt um Haaresbreite am Bug des angreifenden Bootes vorbei.

Damit erfüllte sich Dirks Hoffnung. Der Steuermann des Patrouillenboots hatte den Kurs fixiert und wurde durch das Manöver in letzter Sekunde überrumpelt. Daher streifte das Schnellboot das Tauchboot nur leicht.

Dirk und Summer hörten ein Dröhnen und spürten, wie sich ihr Boot schüttelte, als durch den Kontakt eines der hinteren Strahlruder abgerissen wurde. Die Kollision führte kurzfristig zu einer Unterbrechung in der Energieversorgung und legte sämtliche elektrischen Systeme des U-Boots still. Während Dirk mit hektischer Eile die Strahlruder wieder aktivierte, blickte er aus dem runden gewölbten Fenster, als das Patrouillenboot an ihnen vorbeirauschte. Ein Mann in grünem Kampfanzug stand an der Reling und zielte mit einem Sturmgewehr auf das kleine U-Boot. Aber der Mann schoss nicht, sondern grinste nur bösartig.

Summer unterdrückte den Impuls, sich mit einer obszönen Geste zu revanchieren. »Das war knapp.« Sie konzentrierte sich wieder auf das Funkgerät. »Können wir tauchen?«

»Ich kann es versuchen.« Dirk hatte bereits vor der Kollision begonnen, die Ballasttanks zu fluten, musste jedoch erst einmal die Pumpen einschalten, nachdem für kurze Zeit der Strom ausgefallen war. Ihnen blieben nur wenige Sekunden, ehe das Patrouillenboot beidrehte und sie aufs Neue aufs Korn nahm.

»Das Funkgerät ist noch immer ohne Strom«, stellte Summer fest und betätigte die Sicherungsschalter hinter ihrem Sitz. Als sie damit keinen Erfolg hatte, blickte sie kurz aus der Kunststoffkuppel. Die Ballasttanks füllten sich bereits und zogen das U-Boot fast vollständig unter die Wellen.

»Sie haben gewendet. Gleich sind sie wieder bei uns«, meinte sie beiläufig.

Dann schlängelte sie sich in ihren Sitz und zurrte den Hüftgurt fest.

»Nun komm schon, geh auf Tauchstation.« Dirk drückte den Steuerknüppel mit aller Kraft nach vorn. Da die Hälfte ihrer Strahlruder den Betrieb noch nicht wieder aufgenommen hatten, trug dieses Manöver nicht dazu bei, den Tauchvorgang zu beschleunigen.

Sie konnten die Maschinen des angreifenden Bootes hören – und dann hatte das Schnellboot sie erreicht. Das Tauchboot war ein paar Zentimeter gesunken, aber der Steuermann des Patrouillenboots hatte sorgfältig gezielt. Der scharfkantige Bug glitt über das Tauchboot hinweg, dafür erzielte der untere Rumpfabschnitt einen Treffer.

Der knirschende Zusammenprall erzeugte eine explodierende Bläschenwolke, als die Acrylglaskuppel zerbarst und die Ballasttanks aus ihren Verankerungen gerissen wurden. Das Tauchboot geriet unter den Rumpf des Schnellboots, musste ein paar heftige Stöße einstecken und wurde am Ende seitlich abgedrängt.

Die ramponierte Hülle schwankte noch einen Moment lang, ehe sie in einer tödlichen Spirale auf den Meersgrund hinabsackte.

45

Das U-Boot protestierte wie ein zorniger Dämon, als der Wasserdruck mit zunehmender Tiefe anwuchs. Es landete mit der Nase auf dem Meeresgrund und wirbelte dabei eine dichte Wolke braunen Sediments hoch. Die Grundströmung zerfaserte die Wolke und legte den Rumpf des U-Boots frei.

Dirk kam sich vor, als hätte er das Vollprogramm in einer Waschmaschine überstanden. Da die Ballasttanks zerquetscht worden waren, hatte sich das U-Boot unzählige Male um die eigene Achse gedreht, während es gesunken war. Ein Monitorschirm hatte sich während der Höllenfahrt aus seiner Verankerung gelöst und Dirk am Kopf getroffen. Behutsam berührte er seine Schädeldecke und strich mit dem Finger über eine ansehnliche Platzwunde. Abgesehen davon und von diversen Prellungen, war er unverletzt geblieben – und dankbar, noch am Leben zu sein.

Der hintere Abschnitt des Tauchboots hatte bei der Kollision mit dem Patrouillenboot am meisten abbekommen. Strahlruder, Batteriefach und Sauerstofftanks waren zertrümmert. Trotz zahlreicher Haarrisse war die Acrylkuppel des Cockpits weitgehend heil geblieben und hatte den Insassen einen schnellen Tod durch Ertrinken erspart. Durch ein Dutzend winziger Lecks drang eisiges Wasser in die Kabine, doch insgesamt hatte das Boot den Sturz in die Tiefe halbwegs unversehrt überstanden und war noch immer mit Luft gefüllt.

»Bist du okay?«, fragte Dirk ins dunkle Bootsinnere. Er griff nach einer kleinen Taschenlampe, die gewöhnlich am Armaturenbrett befestigt war. Aber sie war verschwunden.

»Ja«, sagte Summer mit zitternder Stimme, »ich glaube schon.«

Dirk löste seinen Sicherheitsgurt und fiel nach vorn in dreißig Zentimeter tiefes kaltes Wasser. Das Boot war aufs Gesicht gefallen, was bei den Insassen ein seltsames Gefühl vollständiger Desorientierung auslöste. Ein Zischen erklang an mehreren Stellen innerhalb des U-Boots. Dirk konnte nicht erkennen, ob es vom Wasser herrührte, das durch winzige Risse eindrang, oder von den Überresten eines der Sauerstofftanks ausging. Er kletterte über die Rückenlehne seines Sitzes und suchte tastend nach einem Ablagefach, in dem sich eine zweite Lampe befand. Durch ein kaltes, dunkles, langsam mit Wasser volllaufendes U-Boot zu waten hätte die meisten Menschen in einen Zustand der Panik versetzt, aber Dirk verspürte eine gespenstische Ruhe. Ein Teil dieser Gelassenheit ergab sich aus der Tatsache, dass er für einen solchen Notfall trainiert hatte. Doch es gab auch noch eine persönliche Komponente.

Er hatte im Jahr zuvor eine Frau, die er liebte, bei einem Terroristenangriff in Jerusalem verloren. Das hatte ihn verändert. Seitdem fiel es ihm schwer, eine fröhliche Haltung einzunehmen, und er war dazu übergegangen, die Welt mit kühleren, zynischeren Augen zu betrachten. Er ging sogar noch weiter und sah im Tod mittlerweile einen Gefährten, der ihm keine Angst mehr machte.

»Wir müssen warten, bis sich die Kabine vollständig mit Wasser gefüllt hat, ehe wir die Luke öffnen können«, sagte er in einem ruhigen, sachlichen Tonfall. »Mit den Ponyflaschen müssten wir es bis zur Oberfläche schaffen.«

Er fand das Gerätefach und holte eine kleine Taschenlampe heraus. Er knipste sie an und richtete sie auf seine Schwester.

Ein Blick in Summers Gesicht verriet ihm, dass etwas absolut nicht in Ordnung war. In ihren Augen lag ein Ausdruck von Schmerz und Angst, während sie ihre Lippen krampfhaft zusammenpresste. Sie öffnete ihren Sicherheitsgurt und versuchte aufzustehen, konnte jedoch nur eine nach vorn gebeugte Haltung einnehmen.

Dirk ließ den Lichtstrahl zu ihrem rechten Bein wandern, das gegen den Sitz gepresst wurde. Ein kleiner Blutfleck war auf ihrem Hosenbein dicht über dem Fußknöchel zu erkennen. »Das ist nicht der richtige Moment, an diesem Ort festzusitzen«, sagte er.

Summer versuchte sich zu bewegen, schloss die Augen, während sie ihr Bein anzog, aber es hatte keinen Sinn. »Mein Fuß ist eingeklemmt«, sagte sie. »Und zwar gründlich.«

Dirk bückte sich, um sich einen genaueren Eindruck von Summers augenblicklicher Lage zu verschaffen. Durch die Kollision war einer der Sauerstofftanks nach vorn gerutscht und hatte dabei ein Bodenpaneel eingedrückt. Eine Stahlplatte hatte sich hochgewölbt und drückte Summers Fußknöchel gegen den Sockel ihres Sitzes.

Das Wasser war bereits bis zu ihrer Wade gestiegen, als Dirk nach unten griff, um die verbogene Stahlplatte zu untersuchen. »Kannst du den Fuß nach vorn schieben?«

Sie versuchte es und schüttelte den Kopf. »Keine Chance.«

Er schlängelte sich an ihr vorbei. »Ich versuche mal, den Sockel zu verschieben.«

Indem er sich mit dem Rücken gegen die Acrylglaskuppel stemmte, setzte er einen Fuß auf den Sockel und streckte das Bein. Wegen des knappen Raums konnte er allerdings nur einen Bruchteil seiner Kraft einsetzen. Der Sockel gab ein wenig nach, aber bei weitem nicht genug, um Summers Bein zu befreien. Dirk versuchte es an mehreren anderen Stellen, um den Sockel des Sitzes zu lockern, aber auch damit hatte er keinen Erfolg.

»Ich kann nicht genug Hebelwirkung entfalten«, sagte er.

»Ist schon okay.« Summer bemühte sich um einen möglichst gelassenen Tonfall. Sie wollte ihre eigene Angst kaschieren und ihren Bruder keinem unnötigen Druck aussetzen. »Das Wasser steigt. Du solltest lieber die Luftflaschen holen.«

Dirk sah, dass das Wasser bereits bis zu Summers Taille reichte. Die Lecks waren größer geworden, und die Kabine füllte sich schneller. Er tauchte die Beine ins Wasser, dessen eisige Kälte ihm fast bis auf die Knochen drang, und kletterte an den Sitzen vorbei ins Heck des U-Boots. Dort befand sich direkt neben der Luke ein Gestell, das die Notfallausrüstung enthielt – zwei Druckluftflaschen mitsamt Atemregler und Taucherbrillen.

Er reichte Summer eine Flasche und hängte sich die andere über die Schulter. Dann kramte er in einer kleinen Werkzeugkiste und stellte fluchend fest, dass sich die Schraubenschlüssel und Zangen höchstens für kleinere Reparaturen an der Elektronik des U-Boots eigneten. Das größte Werkzeug war ein Kugelhammer, den er zusammen mit einem kurzen Bügelsägeblatt an sich nahm. Das Sägeblatt ließ vor seinem geistigen Auge das Bild von Aaron Ralston entstehen, jenem heldenhaften Mountainbiker, der sich den eigenen Arm abgeschnitten hatte, nachdem er damit in der Nähe von Moab unter einem Felsen eingeklemmt wurde. Summers Fuß mit dem Sägeblatt zu amputieren wäre vielleicht eine letzte grässliche Maßnahme, um ihr Leben zu retten.

»Irgendeine Idee?«, fragte Summer, als er sich mit den Werkzeugen in der Hand zurückhangelte.

»Ich versuche, den Sockel deines Sitzes auseinanderzubiegen, damit du rausrutschen kannst.« Er reichte ihr die Lampe und hoffte, dass sie das Sägeblatt nicht bemerkte.

»Okay«, erwiderte sie und erschauerte fröstelnd, als das kalte Wasser gegen ihren Oberkörper schwappte.

Dirk schob sich die Taucherbrille über die Augen, stopfte sich den Atemregler in den Mund und tauchte ab. Während er den Hammerstiel in die Lücke neben Summers Fußknöchel schob, erkannte er sofort, dass auch in diesem Fall die Hebelwirkung nicht ausreichen würde. Trotzdem verkeilte er sich in dem engen Raum und stemmte sich so gut es ging mit seinem Gewicht gegen den Hammerstiel. Der Sockelrahmen des Sitzes gab zwar ein wenig nach, ließ sich jedoch nicht verbiegen. Weitere Versuche waren keinen Deut erfolgreicher. Um die stabilen Platten auseinanderzubiegen, hätte er ein besser geeignetes Werkzeug zur Verfügung haben müssen. Doch es gab nichts, was er hätte benutzen können. In hilfloser Wut drehte er den Hammer um und schlug damit gegen den Sitzrahmen und hinterließ darin eine kleine Delle.

Als er wieder auftauchte, sah er, dass ihr das Wasser mittlerweile bis ans Kinn reichte. Sie hatte bereits ihre Taucherbrille aufgesetzt, als sie ihm die Lampe mit einem enttäuschten Blick reichte. Er richtete den Lichtstrahl auf die Einstiegsluke. Als er ihn herumschwenkte, glitt er über ein Objekt außerhalb des Bootsrumpfs. Er spürte, wie Summer seinen Arm umklammerte, und sie reckte den Kopf aus dem Wasser, um etwas zu sagen.

»Mach ohne mich weiter.«

Weder Wut noch Panik schwangen in ihrer Stimme mit, sondern nur Resignation. Sie wusste, dass Dirk alles versucht hatte. Da sie Zwillinge waren, bestand eine Bindung zwischen ihnen, die den meisten Geschwistern fremd war. Sie vertrauten einander blind. Sie wusste, wenn die Situation es erforderlich machte, würde er bereitwillig sein Leben für sie opfern. Sie war dankbar, dass wenigstens er überleben würde.

Dirk sah ihr in die Augen und schüttelte den Kopf.

»Dann schneide es ab«, rief sie. »Sofort!« Sie hatte das Sägeblatt längst gesehen. Dirk konnte ihre Tapferkeit nur bewundern, vor allem als sie ein Halstuch aus einer Tasche ihres Overalls zog, es zu einer Aderpresse verdrehte und um ihren Unterschenkel schlang.

Dirk musste warten, bis sie wieder den Kopf aus dem Wasser reckte, ehe er etwas erwidern konnte. »Noch habe ich keine Lust, Dr. Kildare zu spielen«, sagte er und lächelte mühsam. »Warte auf mich.«

Ehe sie begriff, was geschah, hatte er schon die Luke geöffnet, sich aus dem U-Boot geschlängelt und sie in der Dunkelheit allein zurückgelassen.

46

Summer konnte sich nicht entsinnen, jemals eine derartige Angst verspürt zu haben. Gefangen in der totalen Schwärze, die in den Tiefen des Ozeans herrschte, spürte sie, wie ihr Herz raste. Sobald das Innere des Tauchboots vollkommen überflutet war, hatte Dirk die Luke geöffnet und war mit der wasserdichten Taschenlampe weggeschwommen. Sie zitterte vor Angst und Kälte, und ihre Finger und Ohren wurden allmählich taub.

Aber das Schlimmste war die fast absolute Stille. Zusammengekauert auf dem umgedrehten Sitz hockend, konnte sie nur den Schlag ihres Herzens und das gelegentliche Zischen und Gurgeln ihres eigenen Atems im Atemregler hören. Während ihr Geist begann, ihre verschiedenen Ängste zu katalogisieren, rückte das Atmen an die erste Stelle der Liste. Ihr Atemluftverbrauch war in dieser Tiefe wesentlich höher als an der Wasseroberfläche. Die Flasche enthielt vielleicht nur für wenige Minuten Luft. Aber wenn sie nicht vollständig gefüllt worden war? Eine teuflische Stimme in ihrem Kopf fragte bei jedem Atemzug aus der Flasche, ob es nicht ihr letzter sein könnte.

Krampfhaft schloss sie die Augen und versuchte sich zu entspannen. Dabei dehnte sie den zeitlichen Abstand zwischen den einzelnen Atemzügen so weit wie möglich aus und zwang sich zu einem ruhigen und regelmäßigen Atemrhythmus. Als sie spürte, wie ihre Herzfrequenz allmählich langsamer wurde, schlug sie die Augen auf. Aber sie musste feststellen, dass sie noch immer von vollständiger Schwärze umgeben war. Niemals anfällig für klaustrophobische Reaktionen, konnte sie nichts dagegen tun, dass sie sich so vorkam, als sei sie in einem besonders dunklen und engen Schrank eingeschlossen.

Allmählich fragte sie sich, ob ihr Bruder es sich anders überlegt hatte und längst zur Wasseroberfläche aufstieg – dann gewahrte sie einen matten Lichtschein außerhalb der U-Boot-Kabine. Das Licht wurde heller, bis sie den Lichtstrahl der Taschenlampe ausmachen konnte, als er stetig näher kam. Obgleich es ihr so vorkam, als wäre er für Stunden fort gewesen, waren in Wirklichkeit nur ein paar Minuten vergangen.

Als Dirk eine Sekunde später durch die Luke hereinkam, sah sie, dass er einen ein Meter fünfzig langen Stahlstab mit einer dicken Kugel an dem einen Ende in der Hand hatte. Es war der abgeknickte Flaggenmast vom Schiffswrack. Das Tauchboot war direkt neben dem Wrack auf Grund gegangen, was Dirk bei seinem Blick durch das U-Boot-Fenster erkannt hatte.

Dirk kroch nach vorn und klemmte die Stange zwischen den Sitzrahmen und den Sockel, der gegen Summers Bein drückte. Dann packte er das freie Ende und zog daran wie ein Ruderer im Olympia-Achter. Das Metall, das den Sitz stützte, gab sofort nach und gestattete Summer, ihren Fuß zu befreien. Sie umarmte Dirk erst noch, dann gab sie mit dem Daumen das Zeichen »Aufsteigen!«.

Dirk richtete die Taschenlampe auf die offene Luke und gab Summer einen Stoß. Sie hatten eine gefährlich lange Zeit in einer Tiefe von fast einhundert Metern verbracht und wussten, dass sie sich kein langes Trödeln mehr erlauben durften.

Summer wartete vor dem U-Boot auf ihn, und sie verschränkten die Arme miteinander und begannen gemeinsam mit dem Aufstieg. Gemächlich schlugen sie mit den Beinen und nutzten die aufsteigenden Bläschen ihrer ausgeatmeten verbrauchten Luft als Geschwindigkeitsmesser. Zu schnell aufzutauchen wäre ein sicherer Auslöser für die Dekompressionskrankheit, darum achtete Dirk darauf, dass sie hinter den schnell hochwirbelnden Luftblasen deutlich zurückblieben.

Es dauerte anscheinend eine Ewigkeit. Summer war für die körperliche Anstrengung, die ihre durchgefrorenen Knochen ein wenig aufwärmte, zwar dankbar, aber ihr Geist schien ihr noch immer Trugbilder vorzugaukeln, indem er den Eindruck vermittelte, dass sie eigentlich gar nicht aufstiegen, sondern in Wirklichkeit in die Tiefe zurücksanken. Es war die Kälte, sagte sie sich, die ihre Sinne sowie ihre Gliedmaßen betäubte. Sie klammerte sich an Dirk, der sich wie ein Roboter bewegte und offenbar gegen die Kälte völlig immun war.

In einer Tiefe von fünfzig Metern hellte sich die Umgebung merklich auf, weil das Licht über der Wasseroberfläche bis in diese Tiefe vordrang. Bei vierzig Metern passierten sie eine Thermokline, während die Wassertemperatur merklich anstieg. Und bei knapp dreißig Metern ging Dirk die Atemluft aus.

Allerdings war dies keine Überraschung für ihn. Wegen seines anstrengenden Ausflugs zum Schiffswrack – um den Flaggenmast zu holen – wusste er, dass sein Luftvorrat lange vor Summers erschöpft wäre. Indem er mit der Hand eine Bewegung ausführte, als würde er sich den Hals durchschneiden, teilte er Summer sein Problem mit, dann trennte er sich von seiner Luftflasche und dem Atemregler. Sie reichte ihm ihren Regler, und sie bedienten sich abwechselnd von ihrer Luftflasche, wobei sie unbewusst ihren Aufstieg ans Tageslicht beschleunigten.

Dirk schaute nach oben und sah ein silbernes Flirren hoch über ihren Köpfen. Sie waren jetzt nahe genug, um bis an die Oberfläche zu gelangen, sogar dann, wenn Summers Luftvorrat erschöpft war. Dafür hatten sie inzwischen ein anderes Problem.

Bei einem längeren Aufenthalt in großer Wassertiefe bilden sich winzige Stickstoffbläschen im Körpergewebe. Wenn ihnen nicht mittels behutsamer Druckreduzierung die Möglichkeit geschaffen wird, sich aufzulösen und zu verflüchtigen, können diese Gasbläschen die schmerzhafte und manchmal tödliche Dekompressionskrankheit auslösen.

Dirk schätzte, dass sie sich etwa fünfzehn Minuten lang auf dem Meeresgrund aufgehalten hatten. Laut den Tauchtabellen der Navy waren in diesem Fall mehrere Dekompressionspausen nötig, aber diesen Luxus konnten sie sich nicht leisten. Sie stiegen bis auf etwa sieben Meter auf und blieben dort in Position. Ihr natürlicher Auftrieb und die starke Strömung machten dies zu einer erheblichen Strapaze, doch er achtete darauf, dass sie in Position blieben.

Sie hingen für weitere zehn Minuten an der Luftflasche, bis Summer den Atemregler ausspuckte und nach oben deutete. Nun schossen sie zur Wasseroberfläche hinauf und atmeten dabei langsam und gründlich aus.

Ihre Köpfe tauchten inmitten von kabbeligen Wellen mit kleinen weißen Schaumkronen auf. Die Sonne war bereits untergegangen, und der Himmel hatte das dunkle Grau von Zinn angenommen. Diese äußeren Bedingungen hatten zur Folge, dass sie für ein vorbeifahrendes Schiff so gut wie unsichtbar waren, selbst wenn es gezielt nach ihnen suchte. Aber dies war nicht der erste Gedanke, der Summer durch den Kopf ging.

Während sie tief einatmete, wandte sie sich zu ihrem Bruder um. »Eine Fahnenstange?«

»Das war das Beste, was ich unter den gegebenen Umständen finden konnte. Wie geht es dem Fuß?«

»Der Fuß ist okay, aber ich habe einen schmerzhaften Krampf in meinem Knöchel.« Sie musterte ihn besorgt. »Ich glaube, wir haben nicht annähernd unsere Dekompressionspausen eingehalten.«

Dirk schüttelte den Kopf. »Nein, aber fast. Spürst du irgendwo ein Jucken?«

»Ich bin viel zu betäubt, um überhaupt irgendetwas zu spüren.«

»Wir könnten heute Nacht in der Dekompressionskammer der *Alexandria* schlafen.« Er suchte den Horizont ab. »Unser nächstes Problem.«

Schließlich entdeckte er das NUMA-Schiff weit im Westen. Der dunkle Streifen der Küste von Madagaskar war in geringerer Entfernung im Norden zu erkennen.

»Die *Alexandria* liegt stromaufwärts«, sagte Dirk. »Für uns unmöglich schwimmend zu erreichen.«

»Wahrscheinlich sind sie längst hier vorbeigekommen und kehren jetzt mit einem Sonar zurück, um das Tauchboot zu suchen. Wenn sie erst mal hier sind, sind wir aber längst bis nach Australien abgetrieben.«

»Dann müssen wir zur Küste«, entschied Dirk. »Hast du Lust auf ein wenig Schwimmen?«

»Hab ich eine Wahl?«

Sie warf einen Blick auf die Küstenlinie, tauchte das Gesicht ins Wasser und schwamm los. Sie waren beide hervorragende Schwimmer und in Topform. Normalerweise wäre die Strecke durch freies Wasser bis zur Küste allenfalls eine anstrengende Übung gewesen. Doch die mentale Belastung, die mit ihrem Entkommen aus dem U-Boot zusammenhing, kombiniert mit dem langen Aufenthalt im eisigen Wasser, verwandelte diese sportliche Strapaze in einen Kampf auf Leben und Tod. Summer konnte nicht glauben, wie schnell in ihren Armen und Beinen das Gefühl entstand, sie seien aus Blei.

Die unruhige See war dabei keine Hilfe. Die Wellen warfen sie manchmal hin und her und füllten ihnen den Mund mit Salzwasser. Zur Küste zu schwimmen bedeutete, dass sie sich auch gegen die Strömung wehren mussten. Zudem trug sie jeder Schwimmzug zur Küste die nahezu gleiche Strecke nach Osten und damit von der *Alexandria* weg.

Sie schwammen nebeneinander und legten alle zehn Minuten eine kurze Pause ein. Wassertretend holte Dirk dann die Taschenlampe aus der Tasche und wedelte mit dem Lichtstrahl in Richtung des Forschungsschiffes. Während ihrer dritten Pause rutschte ihm die Lampe aus den tauben Fingern und versank in der Tiefe wie eine Kerze in einem Brunnen. Mittlerweile schien sich das NUMA-Schiff noch weiter von ihnen entfernt zu haben und war nicht mehr als ein gelegentlich tanzender Lichtpunkt am Horizont.

Dirk wandte sich zu Summer um. »Komm, wir haben nur noch eine knappe Meile vor uns.«

Sie gab ihren Gliedmaßen den Befehl, sie weiter zu tragen, aber sie hatten ihren eigenen Willen. Ein heftiger Schmerz loderte in ihrem linken Bein auf und ließ wieder nach. Damit verabschiedete sich jedoch auch gleichzeitig jedes weitere Gefühl. Sie legte jetzt immer häufigere Pausen ein, und Dirk konnte erkennen, dass sie rapide nachließ.

»Stell dir vor, wir sind auf Hawaii«, sagte er. »Und ich schwimme mit dir um die Wette nach Waikiki.«

»Okay«, war alles, was sie dazu hervorbrachte. Selbst im schnell nachlassenden Tageslicht sah Dirk, dass ihre Augen einen apathischen Ausdruck annahmen.

Er packte ihren Overall und schwamm mit Seitenschlag, obgleich auch seine eigenen Kräfte nachließen. Die Kälte drang bis tief in seine Knochen vor, und seine Zähne klapperten mit denen Summers um die Wette.

Er spürte, wie ihr Körper absackte, und erkannte, dass sie nicht mehr vom Fleck kam. Die ersten Anzeichen von Unterkühlung machten sich bemerkbar. Sie mussten beide zusehen, dass sie aus dem Wasser kamen, und zwar schnellstens.

Auch wenn ihm das Atmen zunehmend Mühe bereitete, hielt er einen ständigen Dialog mit Summer in Gang, sprach ihr Mut zu und stellte zahllose Fragen, auf die er jedoch keine Antwort erhielt. Als sie ihre Arme und Beine nur noch kraftlos bewegen konnte, drehte er sie auf den Rücken und zog sie am Kragen hinter sich her. Jetzt durfte es keine Pause mehr für ihn geben.

Er kämpfte sich weiter, Schwimmzug für Schwimmzug. Seine Reserven waren erschöpft, und seine Muskeln flehten um Erbarmen, aber irgendwie schaffte er es, die Schmerzen auszublenden und sich weiter durchs Wasser zu wühlen. Die Brandungslinie war nach und nach deutlicher zu erkennen, bis er schließlich sogar das Getöse der Wellen hören konnte, die sich auf den Strand ergossen. Dieser Klang animierte ihn, seine allerletzten Reserven zu mobilisieren.

Eine Woge rollte über ihn hinweg, und Dirk kam hustend und spuckend hoch. Summer würgte und hustete ebenfalls, spie eingeatmetes Wasser aus, während sie von einer Welle, die sich über ihnen brach, weitergeschoben wurden. Dirk behielt Summer fest im Griff, während sie durch die Brandung rollten und schließlich auf den Strand geworfen wurden. Endlich hatten sie wieder Festland unter den Füßen.

Angetrieben von den Wellen, die auf den Strand leckten, stolperte Dirk durch den Sand und zerrte Summer hinter sich her. Er zog sie bis über die Gezeitenlinie, dann ließ er sich einfach fallen.

»Wie fühlst du dich?«, keuchte er.

»K-k-k-kalt«, flüsterte sie.

Es war ein gutes Zeichen, dass sie überhaupt noch sprechen konnte, aber er musste sie eilends abtrocknen. Die Nachtluft war noch warm und würde ihr guttun.

Als er wieder genug Kraft gesammelt hatte, um aufzustehen,

kämpfte sich Dirk auf die Füße und sah sich um. Sie waren an einem kahlen Abschnitt der Südküste an Land gegangen und befanden sich unweit der unbewohnten Parklandschaft von Cape Sainte Marie. Der Strand und das dahinterliegende Festland waren vollkommen dunkel. Er hatte keine Ahnung, wie weit sie laufen müssten, um Hilfe zu finden, aber das war in diesem Augenblick auch nicht so wichtig. Er hatte ohnehin weder die Kraft noch die Lust, um jetzt gleich auf die Suche zu gehen.

Er schaute zurück, doch der Ozean war nach wie vor schwarz und leer. Die Küste verlief in einem Bogen nach Osten und verdeckte die Lichter der *Alexandria*. Er wandte sich wieder landeinwärts und ging den Strand hinauf, um einen Unterschlupf zu suchen. Unter seinen Füßen verwandelte sich der Sand in hartes Geröll, auf das eine mit aufragenden Felsen und Hügeln durchsetzte Region folgte. Nirgendwo entdeckte er etwas, das ihnen eine sichere Zuflucht hätte bieten können.

Er kehrte zu Summer zurück – und stolperte über eine kleine Erhebung an der oberen Strandgrenze. Sie ragte etwa drei Meter in die Höhe und endete auf der windabgewandten Seite in einer kleinen Senke. Diese Formation böte einigen Schutz vor dem Seewind und war der beste Zufluchtsort, den Dirk finden konnte. Er entdeckte einige Büschel Seegras, sammelte davon so viel, wie er ertasten konnte, und breitete es in der Vertiefung aus. Dann kehrte er zu Summer zurück, lud sie sich auf die Arme, trug sie den Strand hinauf und bettete sie auf das Behelfslager.

Das Seegras bewirkte, dass ihre Haut schnell trocknete, während er auf den Strand hinunterlief, um mehr davon zu sammeln. Viel war es nicht, aber was er zusammenraffen konnte, brachte er zu ihrem behelfsmäßigen Unterstand. Er hockte sich auf den Hügel und rieb mit dem Seegras Summers Haut trocken, ehe er es ebenfalls in der Vertiefung verteilte. Als er sich erhob, brach er einen Brocken trockenen und festgebackenen Sandes von dem Hügel ab und legte einen hellen Streifen irgendeines festen Materials frei, das darunter vergraben war.

Er schenkte ihm keine weitere Beachtung, während er seinen eigenen Overall abstreifte und sich in den Seewind stellte, bis seine Haut ebenfalls trocken war. Dann streckte er sich als zusätzlicher Windschutz neben Summer aus. Sie murmelte etwas, und ihr Körper fühlte sich nicht mehr eisig an. Während er sich in der warmen Nachtluft ausstreckte, gelangte Dirk zu der Überzeugung, dass sich seine Schwester schnell von den Strapazen erholen werde.

Bei ihm forderten die Anstrengungen der letzten Stunden ebenfalls ihren Tribut, und seine Augenlider wurden schwer. Eine Mondsichel tauchte hinter einer Wolke auf und übergoss den Strand mit ihrem silbernen Licht. Über seinem Kopf konnte Dirk das halb vergrabene und teilweise aus dem Sandhügel ragende Gebilde ein wenig deutlicher erkennen. Es war blassgelb und mit einer Aufschrift aus verblichenen schwarzen Lettern versehen. Sein müder Geist formte einen Namen, der einen seltsamen Klang hatte und ihn bis in den Schlaf verfolgte.

Barbarigo.

47

Summer wurde von einem Scharren in der Nähe ihres Ohrs geweckt. Sie schlug die Augen auf und gewahrte ein schwergewichtiges Objekt, das sich nicht allzu weit von ihrem Kopf entfernt über den sandigen Untergrund bewegte.

»Dirk!«, schrie sie auf und stieß ihren schlafenden Bruder neben sich an.

Er schreckte hoch, richtete sich auf und grinste, als er erkannte, wovor sich Summer offensichtlich fürchtete. Es war eine von der Sonne durchwärmte Strahlenschildkröte. »Möchtest du etwa zum Frühstück Schildkrötensuppe?«

Das betagte Reptil blickte an seinem grauen Geierschnabel entlang auf Dirk, als wollte es zum Ausdruck bringen, dass es nicht sehr erfreut sei. Dann wandte es sich ab, grub seine Klauen in den Sand und setzte seine träge Wanderung über den Strand fort.

Summer musste über ihre ängstliche Reaktion lachen, während sie der großen Schildkröte nachblickte. »Wie kann jemand einer derart stattlichen Kreatur nur etwas Schlimmes antun?«

»Kommt darauf an, wie hungrig man ist.« Dirk stand auf und betrachtete ihre Umgebung bei Tageslicht. Der Strand war eben und sandig. Umrahmt wurde er von schroffen Kalksteinhügeln, die landeinwärts anstiegen. Die Vegetation war spärlich, da in dieser Region nur selten mehr als ein paar Zentimeter Niederschläge im Jahr fielen.

Summer richtete sich ebenfalls auf. »Siehst du irgendwo die *Alexandria*?«

Ein Blick zur Küste lieferte Dirk lediglich das Panorama einer leeren blauen See, die mit weißen Schaumkronen gefleckt war. Nirgendwo ein Zeichen des NUMA-Schiffes oder von anderen Schiffen. »Ich vermute, wir sind weiter nach Osten abgetrieben, als wir angenommen haben. Wenn wir weit genug an der Küste entlangmarschieren, können wir sie vielleicht irgendwann durch Winken auf uns aufmerksam machen.«

Was sie nicht wussten, war, dass Jack Dahlgren und zwei Matrosen die ganze Nacht lang die Küste mit einem Zodiac, das mit einem Suchscheinwerfer ausgerüstet war, abgegrast hatten. Sie hatten sogar diesen Strandabschnitt zwei Mal unter die Lupe genommen. Aber Dirk und Summer hatten diese Besuche hinter ihrem Schutzwall verschlafen, da die Brandung den Motorenlärm des Zodiac verschluckt hatte.

»Dirk?«

Der Klang ihrer Stimme sagte ihm, dass etwas nicht stimmte. »Was ist los?«

»Ich kann mein linkes Bein nicht bewegen.«

Dirk wurde bleich. Er hatte sofort einen Verdacht, weshalb nicht: Sie hatte sich trotz allem doch noch die Dekompressionskrankheit geholt. Diese machte sich gewöhnlich durch Schmerzen in den Gelenken oder Gliedmaßen, aber manchmal eben auch durch Lähmungserscheinungen bemerkbar. Und Lähmungen im Bereich der Beine wurden gewöhnlich durch Gasblasen hervorgerufen, die sich im Rückenmark festgesetzt haben mussten.

Er eilte zu ihr und ging neben ihr auf die Knie hinunter. »Bist du sicher?«

Summer nickte. »Ich habe absolut kein Gefühl in meinem linken Bein. Das rechte scheint völlig in Ordnung zu sein.« Sie sah ihn ängstlich an.

»Und was ist mit den Schmerzen?«

»Nicht so schlimm, aber ich brauche ein wenig Hilfe, um zum Schiff zurückzukehren.«

Sie wussten beide, dass eine sofortige Behandlung in einer Überdruckkammer für eine erfolgreiche Genesung vonnöten war. Summer hatte das Glück, dass die *Alexandria* über eine solche Kammer verfügte – wahrscheinlich war es sogar die einzige in einem Umkreis von einigen hundert Meilen. Aber sie könnte sich genauso gut auf dem Mond befinden, dachte Dirk, wenn sie das Schiff nicht erreichten.

Er blickte zu einer felsigen Anhöhe hinauf, die den Strand beherrschte. »Ich steige mal schnell diesen Hügel da hoch. Ich möchte wissen, wo das Schiff ist und welche Möglichkeiten wir haben.«

»Ich warte hier«, sagte Summer und lächelte krampfhaft.

Dirk überquerte im Dauerlauf den Strand und nahm den kahlen Hügel in Angriff. Der felsige Untergrund schnitt durch die Socken in seine Füße, und er bedauerte, seine Schuhe abgestreift zu haben, als er das Tauchboot schwimmend verlassen hatte. Der Hügel ragte steil in die Höhe, und er hatte schon bald eine ungehinderte Sicht auf den benachbarten Küstenabschnitt.

Schon ein erster Blick aufs Meer verriet ihm die Position der *Alexandria.* Sie war ein winziger Punkt in der Ferne und ankerte, wie er vermutete, genau über dem gesunkenen Tauchboot. Dirk schätzte, dass er ungefähr fünf Meilen an der Küste entlangmarschieren müsste, um einen Punkt zu erreichen, an dem ihn die Mannschaft, sofern sie Ausschau hielt, vielleicht bemerkte. Als er den Blick landeinwärts richtete, fiel er auf eine weitgehend kahle Hügelkette, die zur Cap Sainte Marie Special Reserve gehörte. Der weitläufige Nationalpark, geschaffen, um der einheimischen Fauna einen ungestörten Lebensraum zu bieten, besaß bis auf ein paar Wanderwege und Lagerplätze nur wenige künstliche Einrichtungen.

Er ließ den Blick nach Osten wandern und entdeckte zu seiner Überraschung in zwei oder drei Meilen Entfernung auf einem schmalen Wasserarm, der ins Land hineinreichte, ein Schiff. Außer diesem Schiff waren auch noch eine Handvoll Gebäude zu erkennen sowie ein kleiner Schwimmbagger, der in der Nähe vertäut war. Dirk dachte an das Patrouillenboot, das ihr Tauchboot gerammt hatte, suchte den Wasserarm ab, machte jedoch nichts dergleichen aus.

Nachdem er keine weiteren Anzeichen für menschliche Aktivitäten entdecken konnte, kehrte er eilig zum Strand zurück.

»Was möchtest du zuerst hören – die gute oder die schlechte Nachricht?«, wollte er von Summer wissen, die mit einem Stück Treibholz prüfend im Sandhügel stocherte.

»Ich bin krankhafte Optimistin, also nenn mir zuerst die gute Nachricht.«

»Die *Alexandria* hat uns nicht aufgegeben. Unglücklicherweise glaubt man dort noch immer, dass wir uns an Bord des U-Boots befinden. Soweit ich es beurteilen kann, ankern sie an der Stelle, wo wir abgesoffen sind. Plan B bedeutet, dass ich fünf oder sechs Meilen am Strand entlanglaufen und versuchen werde, sie auf mich aufmerksam zu machen.«

»Ich habe keinen Plan A gehört.«

»Weniger als drei Meilen von hier gibt es einen Meeresarm mitsamt einer kleinen Hafenanlage und einem Frachter.«

»Und mit einem Patrouillenboot mit eingedrückter Nase?«

»Kein Patrouillenboot. Ich kann es in weniger als einer Stunde bis dorthin schaffen und die *Alexandria* rufen. Und in null Komma nichts wirst du dich in der Dekompressionskammer ausschlafen können.«

»Dann nehmen wir Plan A.«

Dirk legte eine Hand auf ihre Schulter. »Kann ich dich hier gefahrlos allein lassen?«

»Klar, solange unsere Freundin da drüben nicht auf die Idee kommt, mir meinen Unterschlupf streitig zu machen.« Sie deutete auf die alte Schildkröte. Das große Reptil hatte zwanzig Meter zurückgelegt, seit sie aufgewacht waren, lag jetzt am Strand und grub mit den Füßen im Sand.

»Von ihr droht dir keine Gefahr.«

Dirk machte kehrt und entfernte sich den Strand hinunter. Die Morgensonne heizte bereits das sandige Gelände auf, daher folgte er dem Strandverlauf, wo der Seewind für ein wenig Abkühlung sorgte. Die zunehmende Hitze und eine trockene Kehle ließen ihn immer sehnsüchtiger von einem Schluck Wasser träumen. Er wusste, dass er heftig dehydriert war, wodurch sich seine Lethargie merklich steigerte. Aber Dirk verbannte den Gedanken an Wasser aus seinem Bewusstsein und konzentrierte sich lieber darauf, so schnell voranzukommen, wie seine müden Beine und unbeschuhten Füße es nur gestatteten.

Der schmale Strand endete abrupt an einer steilen Kalksteinformation, die ins Meer hinausragte. Er musste sich landeinwärts bewegen, bis die Felsrampe abfiel und er einen kurzen Berghang ersteigen konnte. Die obere Fläche der Felsbastion war weitgehend eben und ging in eine Reihe niedriger Hügel über, die sich zwei Meilen weit bis zum Meeresarm erstreckten. Der weiße Deckaufbau des ankernden Frachters schwebte wie eine Fata Morgana über einem fernen Bergrücken.

Summers Zustand beherrschte Dirks Gedanken und trieb ihn zu einer schnellen Gangart an. Sie hatten sich vor weniger als zwölf Stunden aus dem Tauchboot befreien können, daher war ihre Chance auf eine vollständige Genesung immer noch sehr gut – sofern sie es möglichst bald schaffte, die Vorteile der Überdruckkammer zu nutzen. Seine Sorge hielt ihn weiter auf Trab, bis er nach einer knappen Dreiviertelstunde eine Anhöhe erreichte. Unter ihm erstreckte sich die kleine Lagune, umgeben von niedrigen Bergen, die das Schiff und die Hafenanlagen perfekt tarnten.

Während er über den westlich gelegenen Hügel abstieg, konnte er erkennen, dass ihn ein eher bescheidener Komplex erwartete. Es gab nur zwei stehende Bauten. Ein wohnheimähnliches Gebäude war ein Stück landeinwärts errichtet worden, während sich am gegenüberliegenden Ende des Piers ein Lagerhaus erhob. Dazwischen befand sich eine hohe metallene Dachkonstruktion, die er für ein drittes Gebäude gehalten hatte. Das Dach erstreckte sich über den gesamten Pier und spendete mehreren Haufen eines körnigen Sediments Schatten. Dirk tippte zuerst auf Salz – aus einigen nahe gelegenen Verdunstungsbecken –, erkannte jedoch dann seine graue Farbe.

Das Schiff, ein mittelgroßer Schüttgutfrachter, lag gegenüber und beanspruchte die gesamte Länge des Piers für sich. Dirk konnte seinen Namen nicht erkennen, sah jedoch, dass der Schornstein mit dem Bild einer weißen Blume versehen war. Eine Handvoll Männer schafften einen der Erzhaufen mit Radladern und einem Förderband auf das Schiff.

Das schwere Gerät, angetrieben von einem Generator, der in nächster Nähe stand, sorgte für eine laute Geräuschkulisse. Niemand nahm Notiz von Dirk, als er den Hügel hinunterstieg und sich dem offenen Lagerhaus näherte. In seinem Innern traf er einen Mechaniker an, der soeben einen kleinen Motor überholte. Dirk machte Anstalten, das Gebäude zu betreten, dann blieb er ruckartig stehen.

Aus dem Augenwinkel hatte er den Blick auf ein weiteres Schiff in der Lagune erhascht. Da der Frachter den Pier besetzte, war es gezwungen gewesen, an der Seite des Frachters anzulegen, die dem Land abgewandt war. Es war vor seinem Blick verborgen gewesen, als er den Hügel heruntergekommen war, aber die in der Lagune herrschende Strömung hatte es an seinen Leinen so weit herumschwingen lassen, dass sein Bug nun deutlich zu sehen war – und nicht nur der, sondern auch ein frischer mit gelber Farbe verschmierter Kratzer am Bugüberhang.

Im Lagerhaus blickte der Mechaniker hoch und entdeckte Dirk. Er musterte ihn misstrauisch und stieß einen lauten Ruf aus. Aus dem rückwärtigen Teil des Lagerhauses näherte sich ein junger Mann in grünem Kampfanzug. In seiner Armbeuge lag ein AK-47-Sturmgewehr, das auf Dirks Brust zielte. Eine Flut von Worten in einem Dialekt, den Dirk nicht kannte und verstand, sprudelte über seine Lippen, doch ihre Bedeutung war eindeutig.

Dirk starrte den Bewaffneten ungläubig an, dann spreizte er die Hände und streckte die Arme langsam in die Höhe.

48

Summer war mit ihren Gedanken ganz woanders. Sie verfolgte, wie die Strahlenschildkröte über den Strand trottete, und blickte dann sehnsüchtig auf das offene Meer hinaus. Schließlich wandte sie sich dem Objekt zu, das in dem Hügel steckte, neben dem sie geschlafen hatte.

Das Material, das Dirk freigelegt hatte, war dick und gummiartig. Jetzt, bei Tageslicht, konnte sie erkennen, dass der Hügel eine längliche Form hatte und offenbar von diesem Objekt gestaltet wurde, das sich in ihm verbarg. Summer untersuchte das Material und rieb mit den Fingern über die einst schwarzen und mittlerweile verblichenen Buchstaben.

Barbarigo. Es klang italienisch, wodurch ihre Neugier geweckt wurde. Mit Hilfe ihrer Treibholzschaufel kratzte sie den Sand über dem Wort ab und legte eine zusammengepresste Rolle des gummiartigen Materials frei. Sie konnte erkennen, dass es früher aufgeblasen gewesen sein musste. Als sie weitergrub, wurde ihr klar, dass sie ein Schlauchboot vor sich hatte. Es war zwar alt, aber durch die Sandschichten, die sich darauf angesammelt hatten, bestens erhalten.

Sie grub auf der gegenüberliegenden Seite der zusammengepressten Gummischichten in die Tiefe und stieß schon bald auf ein hartes, flaches Objekt. Den Sand wegschaufelnd, sah sie, dass es sich um eine Holzbank handelte, wahrscheinlich eine von mehreren in dem großen Boot, was einen weiteren Hinweis auf sein hohes Alter darstellte. Weitergrabend legte sie noch eine Gummischicht frei, offenbar der Boden des Bootes. Ein schmaler Streifen blauen Materials ragte aus dem Sand und fiel ihr ins Auge. Mit den Händen wischte sie den Sand behutsam beiseite und legte mehr und mehr von ihrem Fund frei. Er war rund, und sie identifizierte eine Seemannsmütze. Vorsichtig zupfte sie daran, befreite sie aus dem Sandgrab, atmete jedoch abrupt zischend ein und ließ sofort los.

Unter der Mütze kam der grinsende Schädel ihres Trägers zum Vorschein.

In dem Lagerhaus befand sich eine kleine Maschinenwerkstatt neben mehreren Werkbänken, auf denen Schreinerwerkzeug bereitlag. Behälter, mit Schmieröl und Dieselkraftstoff gefüllt, standen in der Nähe eines großen summenden Generators in einer Reihe vor einer Wand. Ein kleiner Gabelstapler und zwei Quads parkten neben einem offenen Werkzeugkarren nicht weit von der Tür. Der Werkstattbereich war nur unzureichend erleuchtet, wirkte jedoch aufgrund der Klänge einer afrikanischen Band, die aus einem CD-Player drangen, beinahe heimelig.

Dirk registrierte all dies, während er ins Lagerhaus dirigiert wurde und den Befehl erhielt, vor einer Wellblechwand stehen zu bleiben. Der Mechaniker und der Bewaffnete unterhielten sich eine Weile auf Madagassisch, wie Dirk vermutete, dann entfernte sich der Mechaniker im Laufschritt, um die Anwesenheit des Eindringlings zu melden.

Der Bewaffnete hatte sich in der Nähe der Werkbank mit dem Motor aufgebaut, der in seine Einzelteile zerlegt war, wippte auf den Füßen vor und zurück und hielt Dirk mit seinem Gewehr in Schach. Er war noch jung, sicher nicht älter als siebzehn. Sein Haar war lang, und er nahm eine halb geduckte Haltung ein. Leicht war zu erkennen, dass er noch keine formelle militärische Ausbildung absolviert hatte. Ölspuren besudelten seinen militärischen Kampfanzug und seine Finger. Dirk vermutete, dass er vorwiegend als Werkstatthelfer und nur gelegentlich als Wächter eingesetzt wurde.

Völlig entspannt machte Dirk mit einer Hand eine Geste, als trinke er etwas. »Wasser?«, fragte er mit krächzender Stimme. »*L'eau?*«

Der Bewaffnete musterte Dirk eingehend. Der NUMA-Ingenieur hatte keine sichtbaren Waffen bei sich, sein Haar war voller Sand. Und sein Overall war stellenweise mit getrocknetem Schlamm bedeckt. An den Füßen hatte er keine Schuhe, sondern nur zerschlissene Socken. Wer in diesem Zustand aus der Wüste kam, stellte gewiss keine Bedrohung dar.

Der Bewaffnete entspannte sich also ein wenig und wandte sich langsam zu der Werkbank um. Auf einem Hocker, der davor stand, lag ein Khakirucksack. Er holte eine Feldflasche daraus hervor und warf sie Dirk zu.

Dirk schraubte den Verschluss auf und trank mehrere Schlucke von dem Wasser. Es war warm und irgendwie brackig, aber er wäre in diesem Moment für eine ganze Gallone von dieser Brühe dankbar gewesen. Er lächelte den Bewaffneten an, dann trank er noch ein paar weitere Schlucke.

»Danke«, sagte er und schraubte den Verschluss wieder zu.

Er machte einen vorsichtigen Schritt vorwärts und streckte den Arm aus, um die Feldflasche zurückzugeben. Der Bewaffnete zögerte, ehe er vortrat und mit seiner freien Hand zugriff. Dirk wartete, bis die Finger des jungen Mannes die Flasche fast berührten, dann ließ er sie fallen.

Der Junge warf sich nach vorn, doch die Flasche entglitt seiner ausgestreckten Hand und landete klappernd auf dem Boden. Zwar wurde er plötzlich wachsam und richtete sich auf, wurde aber von einem linken Haken empfangen, der seine Wange streifte. Stolpernd wich er zur Werkbank zurück, hob jedoch gleichzeitig sein Gewehr.

Dirk gab ihm gar nicht erst die Gelegenheit zu schießen. Er drängte sich gegen den Wächter und klemmte das Sturmgewehr zwischen ihren beiden Körpern ein. Der junge Mann wollte sich umdrehen und sich von Dirk befreien, aber dazu fehlte ihm die Kraft.

Dirk ignorierte die Waffe, die nur wenige Zentimeter von seinem Gesicht entfernt war, krallte eine Hand in den Kampfanzug des jungen Mannes und zog ihn dicht an sich heran, um ihn daran zu hindern, genau zu zielen. Dann tastete er mit der anderen Hand die Werkbank ab. Als er mit den Fingern gegen einen harten Gegenstand stieß, ergriff er ihn und schmetterte ihn gegen den Schädel des Bewaffneten. Drei Treffer waren nötig, ehe er schlaff wurde und zu Boden sackte.

Dirk schaute auf seine Hand und sah, dass sich ein Kolben des zerlegten Motors mitsamt Pleuelstange darin befand. »Ganz offensichtlich ein Klopfproblem«, murmelte er und legte beides auf die Werkbank zurück.

Er rannte zu einem der Quads, die in der Nähe der Tür geparkt waren. Jedes hatte einen kleinen Anhänger, um Ersatz- und Ausrüstungsteile zu transportieren – wichtiger war aber, dass in jedem Zündschloss ein Schlüssel steckte. Er schwang sich auf eins der Geländefahrzeuge und drehte den Zündschlüssel. Der Motor sprang im selben Moment an, als drei Männer im Eingang des Lagerhauses erschienen.

Dirk lehnte sich zur Seite und riss das Zündkabel des neben ihm stehenden ATVs heraus, während er bei seinem eigenen Fahrzeug Gas gab. Das Quad machte einen Satz nach vorn und rollte auf die offene Tür zu. Dirk sah, dass der Mechaniker zurückgekehrt war, begleitet von einem Hafenarbeiter und einem Mann in Kampfkleidung, der mit einer Pistole herumfuchtelte. Dirk drehte am Gasgriff und steuerte genau auf sie zu.

Der Mechaniker sprang nach rechts, während sich die beiden anderen Männer für die linke Seite entschieden und um die Ecke des Gebäudes verschwanden. Mit dem wild tanzenden Anhänger im Schlepptau raste Dirk aus dem Lagerhaus hinaus ins Sonnenlicht. Er riss die Lenkstange nach links, rauschte um die Gebäudeecke und hinter den beiden Männern her. Der Hafenarbeiter brachte sich im letzten Moment mit einem Satz in Sicherheit, doch der Mann im Kampfanzug zögerte. Der ausladende Kotflügel des ATV streifte ihn am Bein und stieß ihn zu Boden. Dirk musste nach rechts schwenken, um die Kollision mit einer Wand aus Ölfässern zu vermeiden, wodurch der leere Anhänger herumschwang und den liegenden Mann traf. Der Mann schrie auf, als er vom Anhänger überrollt und vollends in den Staub gestreckt wurde.

Dirk hatte gehofft, umkehren und am Lagerhaus vorbei zum Strand hinunterfahren zu können, wurde jedoch daran gehindert, als der Hafenarbeiter mit einem Sturmgewehr in den Händen aus dem Lagerhaus auftauchte.

Er verfluchte sich für die Dummheit, die Waffe nicht an sich genommen zu haben, lenkte das Quad scharf nach links und raste zum Hafen hinunter. Er wartete auf den Bleiregen aus dem Gewehr, doch der blieb aus. Er erkannte auch schnell, weshalb.

Direkt vor ihm waren ein halbes Dutzend Arbeiter am Förderbandsystem tätig. Der Hafenarbeiter hinter ihm wollte seine Kollegen nicht treffen. Dirk behielt die Richtung bei, um die Distanz zu dem bewaffneten Arbeiter zu vergrößern, letztlich hatte er aber kein festes Ziel, das er hätte erreichen wollen. Vor ihm blockierte das Förderband die Zufahrt zum Hafenpier, während links von ihm die hohen Haufen grauen Erzes lagerten.

Er lenkte dichter an den Hafenpier heran, während die Arbeiter am Förderband auf ihn aufmerksam wurden, mit den Händen deuteten und laute Rufe ausstießen. Indem er auf das schwere Förderband zuraste, verfolgte er offenbar selbstmörderische Absichten. Diese Frage hatte er sich zwar auch schon gestellt, doch blieb ihm keine andere Wahl. Indem er auf dem Pier schnell an Tempo gewann, behielt er die Fahrtrichtung bis wenige Meter vor dem Förderband bei. Und während die Arbeiter hinter der Rampe in Deckung gingen, zog er das ATV nach links.

Die grobstolligen Reifen des ATV rutschten über den sandigen Pier, als Dirk eine scharfe Kurve beschrieb und den Gasgriff bis zum Anschlag gedreht hielt. Alle vier Räder griffen jetzt, und das ATV schoss in Richtung des Erzhaufens vorwärts, der ins Schiff geladen wurde. Dirk wurde fast von seinem Sitz geworfen, als die Vorderräder auf den Erzhaufen trafen, aber das ATV zeigte, was in ihm steckte, indem es den Erzhügel hinauffuhr. Es schoss an einem Radlader vorbei, der im Leerlauf vor sich hin orgelnd an der Seite stand, und schaffte es bis zum Einfüll-Ende des Förderbandes. Er war etwa fünf Meter weit den Erzhügel hinaufgefahren, als der Schwung des Quads nachließ und Dirk die Vorderräder behutsam nach rechts einschlug. Fast kam es so weit, dass das Fahrzeug umkippte, aber der kleine Anhänger entfaltete die Wirkung eines Ankers und half Dirk, das Quad zu wenden.

Einer der Arbeiter rannte brüllend los, während Dirk den Hügel hinabrollte und sich auf der anderen Seite am Förderband entlangschob. Eine kleine Erzlawine ergoss sich hinter ihm auf den Pier und trieb die anderen Hafenarbeiter in Deckung. Als es mit hoher Geschwindigkeit auf den Pier gelangte, hüpfte das ATV hoch in die Luft, ehe es auf allen vier Rädern landete. Der Anhänger war zu einer solchen artistischen Leistung nicht fähig, riss sich von der ATV-Kupplung los, krachte gegen den Frachter und versank im Hafenbecken.

Dirk musste das ATV in eine scharfe Linkskurve legen, um das gleiche Schicksal zu vermeiden. Bremsend und schlitternd klammerte er sich an den Lenker, als das ATV unkontrolliert weitertanzte. Eines der Hinterräder prallte gegen einen Poller, wodurch das Fahrzeug wieder stabilisiert wurde, und Dirk raste mit zunehmendem Tempo über den Pier.

Vor sich, durch eine Lücke zwischen Pier und Wohnheim, konnte er die Freiheit der Wüste winken sehen. Aber als er darauf zuhielt, kam ein weiteres ATV um die Gebäudeecke gerollt. Dirk bremste leicht und winkte, als er den anderen Fahrer passierte, in dem er den spöttisch grinsenden Gewehrschützen in grünem Kampfanzug auf dem Patrouillenboot erkannte. Der Mann hatte für Dirk nur einen leeren Blick übrig, doch dann blitzte der Funke des Erkennens in seinen Augen auf. Mittlerweile gab Dirk Vollgas und raste an dem Gebäude vorbei.

Männer rannten scharenweise quer über den Pier auf sie zu. Sie stießen laute Rufe aus und gestikulierten aufgeregt mit den Armen. Der Mann vom Patrouillenboot riss sein ATV herum und machte sich an die Verfolgung.

Ein schroffer Felsgrat schirmte die Lagune ab und zwang Dirk, einen niedrigeren Hügel zu erklimmen, der parallel zum Pier verlief. Schüsse hallten von unten herauf und schlugen ringsum in den Berghang ein. Er fuhr im Zickzackkurs den Berg hinauf und erzeugte eine Staubwolke, die seinen Weg verhüllte. Sich tief über den Lenker beugend, prügelte er das ATV weiter, bis er den höchsten Punkt der Anhöhe überquerte und von unten nicht mehr zu sehen war.

Als er die Richtung wechselte und zum Strand hinunterfuhr, riskierte er einen Blick über die Schulter. Mister Grüner Kampfanzug war ihm dicht auf den Fersen und weniger als fünfzig Meter hinter ihm.

Dirk drehte am Gasgriff, während das Quad durch ein ausgetrocknetes Flussbett rumpelte. Als er vorher das andere ATV passiert hatte, war ihm ein Holster am Gürtel des Lenkers aufgefallen. Erneut musste er sich ohne eine Waffe gegen einen bewaffneten Gegner behaupten. Aber zumindest hatte er das ATV und wusste, was und wohin er wollte.

Mister Grüner Kampfanzug besaß tatsächlich ein Holster mit einer geladenen Pistole, die er mit einer Hand hervorholte, als die Fahrzeuge auf einen ebenen Strandabschnitt gelangten. Mit der rechten Hand lenkend und beschleunigend, feuerte er mit der linken einige Schüsse ab, die jedoch allesamt weit danebenlagen.

Bei einem Blick über die Schulter entdeckte Dirk die Pistole und lenkte das ATV in einen Schlängelkurs. Nachdem das Quad bereits eine dichte Staubwolke aufwirbelte, schleuderten seine Räder nunmehr regelrechte Wände braunen Sandes hoch, die ihm zusätzlich Deckung gaben.

Aber dieses Manöver gestattete es dem Verfolger auch, sich näher heranzuarbeiten, bis der Abstand zu Dirk höchstens noch zwanzig Meter betrug. Dirk scherte nach links auf eine mäßig ansteigende Anhöhe über dem Strand aus und verlor seinen Verfolger kurz in dem Staubschleier, den er hinter sich herzog. Als Mister Grüner Kampfanzug die Staubwolke hinter sich ließ, hatte er einen ungehinderten Blick auf Dirk und feuerte zwei weitere Schüsse ab. Einer davon traf.

Dirk hörte einen lauten dumpfen Knall, als einer der Hinterreifen platzte. Der Reifen erzeugte ein lautes Rumpeln, und nun musste Dirk an der Lenkstange seine ganze Kraft aufwenden, um sein Fahrzeug unter Kontrolle zu behalten.

Er war mit seinem Latein so gut wie am Ende. Mister Grüner Kampfanzug würde ihn überholen oder mit ihm auf gleiche Höhe kommen und ihn – wie auf einem Schießstand – mit einem einzigen Schuss ausschalten. Indem er seine Möglichkeiten durchging, wappnete sich Dirk, das ATV herumzureißen und eine Kollision zu erzwingen. Aber ein Stück voraus gewahrte er Fußspuren im Sand, die landeinwärts führten. Es waren seine eigenen Fußabdrücke, die er früher am Tag hinterlassen hatte, und sie eröffneten ihm die Chance auf einen Gegenschlag – einen Gegenschlag, der ihm möglicherweise zu einer reellen Chance verhalf, als Sieger aus diesem Duell hervorzugehen.

49

Der sandige Untergrund ging in staubbedeckten Fels über und stieg dabei wellenartig an. Die kaum merklich steiler werdende Anhöhe verbarg den Steilabbruch, den Dirk an diesem Morgen erstiegen hatte – und von dem er nun hoffte, ihn zu seinem Vorteil nutzen zu können.

Auf dem felsigen Untergrund wurde die Staubwolke, die das Quad hinter sich erzeugte, merklich dünner und zwang Dirk zu einem gefährlichen Manöver. Anstatt seinem Verfolger auszuweichen, fuhr er in dem verzweifelten Bemühen, ihm die Sicht nach vorn zu versperren, genau vor ihm her.

Als Dirk seine alten Fußspuren überquerte, nahm er behutsam Gas weg. Die Kante des Abgrunds erschien eine Sekunde später. Er zögerte, lockte seinen bewaffneten Verfolger näher an sich heran, ehe er erst herunterschaltete und schließlich eine Vollbremsung ausführte. Das ATV schlingerte, als seine dicken Reifen über den Fels radierten. Dirk schwang ein Bein über den Sitz, ließ die Lenkstange los und sprang.

Knapp drei Meter von der Kante entfernt, nahm Dirks Quad wieder Schwung auf und segelte über die Stufe. Mister Grüner Kampfanzug erreichte den Punkt mit seinem ATV nur wenige Sekunden später. Er gewahrte den Steilabbruch zu spät. Er betätigte die Bremsen und riss den Lenker noch verzweifelt herum, aber es nutzte nichts. Der ATV schleuderte über die Kante und stürzte die Klippe hinab. Mister Grüner Kampfanzug begleitete diesen Flug und stieß einen lauten Schrei aus, während er abstürzte.

Davon hatte Dirk nichts mitbekommen. Nachdem er von seinem eigenen Quad abgesprungen war, hatte er sich zusammengerollt, ehe er aufschlug und sich mehrmals um die eigene Achse drehte. Mit den Füßen voraus auf die Abbruchkante zurutschend, krallte er die Hände in den Untergrund, während sich seine Beine über die Kante schoben. Dann stoppte er, als seine Beine schon über den Abgrund ragten. Mit einem dumpfen Pochen in seinem Kopf rollte er den Unterleib zurück über die Felskante und streckte sich auf dem Rücken aus, um seine Kräfte zu sammeln.

Zwar spürte er Kratzer und Prellungen, aber er hatte es geschafft, sich keinen Knochen zu brechen. Nach einer Minute raffte er sich auf und blickte über den Rand in die Tiefe.

Fünfzehn Meter unter ihm stand sein ATV senkrecht in der Landschaft, die Nase halb im Sand vergraben und die Karosserie zum Teil ineinandergeschoben. Ein paar Schritte entfernt lag das andere Quad auf dem Rücken. Die Räder drehten sich noch. Dirk konnte seinen Verfolger anfangs nicht sehen, doch dann entdeckte er ein regungsloses Bein, das unter dem Quad hervorragte.

Dirk ging über die Klippe und bewegte sich dabei so vorsichtig wie möglich, bis sich seine verkrampften Gliedmaßen ein wenig gelockert hatten. Als er zur Hafenanlage blickte, bemerkte er dort eine Bewegung. Ein Fußtrupp hatte sich auf den Weg gemacht und marschierte nun in seine Richtung. Dahinter, in der Einfahrt zur Lagune, fuhr das Patrouillenboot mit Kurs aufs offene Meer. Sie nahmen den Diebstahl des ATV ziemlich ernst, dachte Dirk.

Er folgte seinen morgendlichen Fußspuren, bis er zu einer flacheren Stelle gelangte, an der er ohne viel Mühe absteigen konnte. Am Absturzort stellte er fest, dass das umgekippte Quad zwar ziemlich ramponiert aussah, jedoch weitgehend intakt war. Er grub die Füße in den Sand, stemmte die Füße gegen die Seite, streckte sich und wälzte das Fahrzeug zurück auf die Räder. Der geschundene Körper des Fahrers lag im Sand, Rücken und Kopf unnatürlich gekrümmt und verdreht.

Dirk nahm die Pistole des Mannes an sich und schwang sich auf das ATV. Sitz und Lenkstange waren zwar verbogen, und zwei

Kotflügel fehlten, aber der Antrieb machte einen unversehrten Eindruck. Er betätigte den Starterknopf und hörte, wie der Anlasser zu mahlen begann. Treibstoff war aus der Benzinleitung gesickert, während das Fahrzeug auf dem Rücken gelegen hatte, und es waren mehrere Versuche nötig, bis der Motor ansprang. Dirk gab vorsichtig Gas, und das ATV startete, wobei ihn die kotflügelfreien Räder mit einem Sandregen überschütteten.

Am Ende des Strandes hielt Dirk neben der niedrigen Böschung an. Summer tauchte aus einem Erdloch in der Mitte der Vertiefung auf und winkte ihm. In der Zwischenzeit hatte sie das Gummiboot fast zu einem Drittel ausgegraben.

Er ließ den Motor des ATV laufen, rutschte von seinem Sitz und eilte zu seiner Schwester. »Alles okay mit dir?«

»Alles gut, bis auf das linke Bein.« Sie bemerkte seine lädierte Erscheinung und das noch erheblich stärker ramponierte Quad.

»Ich dachte, ich hätte ein lautes Krachen gehört. Was ist passiert?«

»Ich hatte eine kurze Meinungsverschiedenheit mit einem gemeinsamen Bekannten.« Er deutete mit dem Daumen über die Schulter. »Die Leute in dieser Hafenanlage sind dieselben, die uns gerammt haben. Ich hab mir eins ihrer ATVs ausgeliehen, und darüber sind sie gar nicht glücklich.«

Summer sah den gehetzten Ausdruck in seinen Augen. »Müssen wir von hier verschwinden?«

»Ich glaube, das wäre eine gute Idee.«

Er hievte sie vom Boden hoch und trug sie zum ATV hinüber.

»Warte«, sagte sie. »Das Logbuch der *Barbarigo*.«

Dirk sah sie fragend an.

»Das ist ein Schlauchboot, das im Sand vergraben war. Es gehört zu einem Schiff namens *Barbarigo*. Unter der Bank habe ich ein in Öltuch eingewickeltes Buch gefunden«, sagte sie und deutete auf den Sandhügel. »Ich kann es nicht lesen, weil die Einträge auf Italienisch vorgenommen wurden, aber es sieht wie ein Logbuch aus.«

Dirk ging zu dem teilweise noch vergrabenen Rettungsboot und griff hinein. Er erstarrte, als er ein nacktes Skelett entdeckte, das ihm Sekunden zuvor noch völlig entgangen war. Der Torso lag in der Nähe einer Sitzbank, auf der das in Öltuch eingewickelte Logbuch lag. Er nahm es an sich, schwang sich hinter Summer auf das ATV und reichte ihr das Buch. »Du hattest vergessen zu erwähnen, dass sein Autor auch noch da ist.«

»Es sind noch mindestens zwei weitere Leichen. Wir müssen den Archäologen des Schiffes bitten, sich diesen Fundort einmal anzusehen.«

Sie ließen die Knochen und den Strand hinter sich und fuhren über einen Felsgrat, der sich weit in den Ozean hinausschob. Von seinem höchsten Punkt aus konnten sie erkennen, wie die gegenüberliegende Küstenlinie einen weiten Bogen beschrieb und aus zahlreichen ebenen Sandinseln bestand. Der türkisfarbene Rumpf der *Alexandria* schaukelte in einigen Meilen Entfernung auf den Wellen. Dirk konzentrierte sich auf den felsigen Untergrund und fuhr so schnell er konnte, wobei er sich durchaus darüber bewusst war, dass Summers Fähigkeit, sich auf dem Sitz zu halten, aufgrund ihres zurzeit funktionslosen Beins erheblich eingeschränkt war.

Summer entdeckte das Schiff zuerst, ein kleines Zodiac, das parallel zu dem Strand, der vor ihnen lag, durch die Brandung pflügte. Als die Räder des ATV über den ebenen Ufersand rollten, gab Dirk Vollgas. Das Zodiac entfernte sich von ihnen, aber er holte seinen Vorsprung sehr schnell wieder auf. Indem er die schrille Hupe des Quads wiederholt ertönen ließ, machte er Jack Dahlgren, der das Zodiac zusammen mit einem Matrosen des NUMA-Schiffes lenkte, auf sie aufmerksam. Nachdem sie sich durch eindeutige Handzeichen miteinander verständigt hatten, lenkte Dirk das Quad in die Wellen, während Dahlgren ihnen mit dem Zodiac entgegenkam.

»Wie ich sehe, habt ihr eine komfortable Möglichkeit gefunden, die örtlichen Sehenswürdigkeiten zu besichtigen«, meinte Dahlgren anstelle einer Begrüßung. Die Erleichterung des Texaners, dass er sie endlich gefunden hatte, war seinen Augen deutlich abzulesen.

»Ausgiebiger, als uns lieb war«, sagte Dirk. »Haben wir die Erlaubnis, an Bord zu kommen?«

Dahlgren nickte und manövrierte das Zodiac dicht neben das Quad.

»Summer spürt in ihrem linken Bein nichts mehr«, erklärte Dirk. »Wir nehmen an, dass es die Dekompressionskrankheit ist.«

Dahlgren hob Summer, die das Logbuch der *Barbarigo* an ihre Brust drückte, vom ATV und setzte sie in das motorisierte Schlauchboot.

»Jeder auf der *Alexandria* kann es kaum erwarten zu erfahren, was geschehen ist. Wir haben uns große Sorgen gemacht, als wir das U-Boot ohne Sie als Insassen vorgefunden haben. Ich denke, Sie haben in der Druckkammer genug Zeit, uns auf den neuesten Stand zu bringen.«

Er musste sich hinsetzen und den Motor kurz aufheulen lassen, um zu verhindern, dass das Zodiac von einer Welle überspült wurde. Während Dahlgren zum ATV zurückkehrte, damit auch Dirk an Bord kommen konnte, fielen ihm der zerfetzte Overall und die zahlreichen Prellungen und Blutergüsse auf. »Wenn Sie mir diese Bemerkung gestatten – Sie sehen aus, als hätten Sie mit einer Bodenfräse Walzer getanzt.«

»Falls es ein Trost für Sie ist, genau so fühle ich mich auch«, sagte Dirk.

»Wollen Sie dieses ATV nicht an Land bringen?«

»Nein, der Eigentümer war ziemlich verärgert, dass ich mir das Ding ausgeliehen habe. Ich schlage vor, dass wir so schnell wie möglich zur *Alexandria* zurückkehren.«

Dahlgren ließ den Außenbordmotor abermals aufheulen und steuerte das Zodiac in Richtung Forschungsschiff. Dirk blickte zum Horizont und entdeckte das Patrouillenboot, das mit Höchstgeschwindigkeit auf sie zurauschte. Einen kurzen Augenblick später übertönte ein tiefes Brummen das schrille Singen des Außenbordmotors, und ein Schatten huschte über das Zodiac. Dirk hob den Kopf und verfolgte, wie sie von einer C-130 in geringer Höhe überflogen wurden. Sie war grau lackiert und trug die bunte Flagge Südafrikas auf dem Schwanzleitwerk. Dahlgren winkte der Maschine und drosselte die Fahrt des Zodiac, um sich über den Motorenlärm hinweg verständlich zu machen.

»Ein Suchflugzeug, das wir aus Pretoria angefordert haben. Wurde auch Zeit, dass sie endlich erscheinen. Ich denke, wir sollten ihnen lieber Bescheid sagen, dass Sie in Sicherheit sind.« Er holte sich ein tragbares Funkgerät und informierte die *Alexandria* von Dirks und Summers Auftauchen.

Während sie darauf warteten, dass die Nachricht an das Flugzeug weitergeleitet wurde, tippte Dirk Dahlgren auf die Schulter und deutete auf das herannahende Patrouillenboot. »Rufen Sie noch mal durch und fragen Sie nach, ob die Maschine diese Typen aufs Korn nehmen könnte. Sagen Sie, wir hätten den Verdacht, dass sie zu einem hiesigen Piratenring gehören.«

»Ich denke, dass die Zuständigkeit der FAA nicht bis in diese Gewässer reicht«, sagte Dahlgren und leitete die Nachricht weiter.

Die C-130 war bereits zu einem winzigen Punkt am Horizont zusammengeschrumpft. Nun machte sie kehrt und wurde wieder größer. Der Pilot brachte sie tief herunter, auf weniger als zwanzig Meter über dem Wasser. Da sie sich dem Schnellboot von achtern näherte, überrumpelte sie die Mannschaft vollkommen. Mehrere Männer warfen sich auf dem Deck hin, als das Getöse der vier 4200 PS starken Turboprop-Motoren das Patrouillenboot einhüllte.

Die Maschine flog vorbei, vollzog eine gemütliche Kehre und kehrte zu einem zweiten Besuch zurück. Diesmal schüttelten einige von den mutigeren Besatzungsmitgliedern zwar drohend ihre Waffen, aber niemand feuerte einen Schuss ab. Völlig unbeeindruckt vollführte der Pilot der C-130 drei weitere Vorbeiflüge, jeder niedriger als der jeweils vorangegangene. Das Patrouillenboot akzeptierte diese unmissverständliche Aufforderung, drehte widerstrebend ab und kehrte zur Küste zurück. Sicherheitshalber hielt sich die C-130 noch für etwa eine Stunde bei niedriger Flughöhe in Sichtweite, ehe sie mit den Tragflächen wackelte und in Richtung Heimatflughafen abschwenkte.

Dirk sah Dahlgren an. »Erinnern Sie mich bei nächster Gelegenheit daran, der südafrikanischen Luftwaffe einen Kasten Bier zu spendieren.«

»Diese Jungs fackeln nicht lange, nicht wahr?«

Ein paar Minuten später gingen sie neben der *Alexandria* längsseits. Als sie an Bord gehievt wurden, sahen Dirk und Summer zu ihrer Überraschung ihr demoliertes Tauchboot auf dem Achterdeck stehen.

»Wir haben es sehr schnell mit dem Sonar gefunden und konnten es mit einem ROV entsprechend herrichten, um es heben zu können«, erklärte Dahlgren. »Als wir Sie nicht darin antrafen, haben wir unsere Suche entlang der Küste wieder aufgenommen.«

Die Zwillinge wurden herzlich an Bord begrüßt, aber Summer spürte eine allgemeine Nervosität, sogar bei Dahlgren, als man ihr half, sich auf einer Bahre auszustrecken. Ein Schiffsarzt brachte sie eilig zur Dekompressionskammer, die bereits mit ausreichender Verpflegung und medizinischen Hilfsmitteln präpariert worden war.

Dirk versuchte, sich vor einem Aufenthalt in der Kammer zu drücken, aber der Arzt bestand darauf – als notwendige Vorsichtsmaßnahme. Ehe die Luke geschlossen wurde, schaute Dahlgren noch einmal herein, um sich zu vergewissern, dass es ihnen während ihres Zwangsaufenthaltes in der Kammer an keiner Annehmlichkeit fehlte.

»Ist vielleicht keine gute Idee, sich noch länger in dieser Region aufzuhalten«, sagte Dirk. »Wir konnten sämtliche seismischen Sensoren vor unserer unschönen Begegnung mit dem Patrouillenboot installieren. Die Abrechnung mit diesen Kerlen können wir auf später verschieben.«

»Der Kapitän trifft bereits Vorbereitungen für eine Expressfahrt nach Durban.« Dahlgrens Miene war angespannt und ernst.

»Warum nach Durban? Ich dachte, von hier aus sollte es nach Mozambique gehen.«

Der Arzt rief, sie sollten die Luke der Kammer jetzt endlich schließen.

»Schlechte Neuigkeiten, fürchte ich«, sagte Dahlgren. »Ihr Dad und Al werden im Pazifik vermisst.«

Ehe die Worte richtig ankamen, wurde die schwere stählerne Luke geschlossen, und die Insassen der Kammer wurden luftdruckmäßig wieder in die Tiefen des Ozeans zurückbefördert.

50

Dirk Pitt senior kam sich wie in einem Gruselkabinett vor.

Von Stunde zu Stunde empfand er das stickige Gefängnis, das er mit seinen Leidensgenossen teilte, als bedrückender. Ein täglicher Anstieg der Außentemperatur hatte den Raum in einen erstickend heißen Backofen verwandelt. Um das Ganze noch zu verschlimmern, intensivierte die Hitze den fauligen Gestank, der von den eingekerkerten Männern und den beiden Leichen erzeugt wurde.

Pitt verspürte einen nagenden Hunger, war jedoch gleichzeitig dankbar, dass man sie reichlich mit Trinkwasser versorgte. In regelmäßigen Abständen wurde die Lukentür geöffnet, und zwei bewaffnete Männer schoben Kartons mit Brot und anderen getrockneten

Lebensmitteln aus der Bordküche herein. Die Gefangenen waren für den kurzen Frischluftnachschub mindestens ebenso dankbar wie für die Verpflegung.

Pitt und das SWAT-Team hatten sich wegen eines Fluchtplans die Köpfe zerbrochen, aber Möglichkeiten dazu hatten sie praktisch keine. Der Lagerraum war vollkommen leergeräumt worden, so dass es nichts gab, womit sie sich aus ihrem Gefängnis hätten befreien können. Sie hatten schnell feststellen müssen, dass die verriegelte Lukentür rund um die Uhr bewacht wurde. Mehrfache Versuche, den Türgriff oder die Türangeln zu testen, hatten ein warnendes Klopfen mit einem Gewehrlauf auf der anderen Seite zur Folge. Immer wenn die Luke geöffnet wurde, um Lebensmittel und Wasser abzuliefern, hielten sich mindestens zwei mit Sturmgewehren bewaffnete Männer bereit, im Fall des Falles einzugreifen.

Als er bemerkte, dass die trockenen Brötchen, die man ihnen als Verpflegung zuteilte, die Konsistenz von Granit hatten, schlug Giordino vor, sie zu benutzen, um die Wachen auszuschalten.

Pitts Freund erholte sich schnell von seiner Schussverletzung, die aus irgendwelchen unerfindlichen Gründen auch nicht die Spur einer Infektion zeigte. Nachdem er fast drei Tage lang so gut wie ununterbrochen durchgeschlafen hatte, war Giordino unternehmungslustig aufgewacht und gewann trotz der mageren Diät schon bald seine früheren Kräfte zurück.

Während sich die meisten Männer widerspruchslos in ihr Gefangenenschicksal ergaben, verloren einige die Kontrolle über sich. Streitigkeiten brachen zwischen den Mannschaftsangehörigen der *Adelaide* aus, während ein anderer Mann einen hysterischen Anfall hatte. Pitt verspürte eine zwiespältige Dankbarkeit, als er bemerkte, dass die Maschinen des Schiffes gedrosselt wurden, weil man offenbar in geschützten Gewässern angekommen war.

Seit seiner Gefangennahme hatte er die verstreichenden Stunden gezählt. Bei einer Reisegeschwindigkeit von sechzehn Knoten konnte die *Adelaide* nach seinen Berechnungen eine Strecke von fast viertausend Meilen zurückgelegt haben, womit sie sich irgendwo zwischen Alaska und Peru befinden mussten. Die hohen Temperaturen deuteten jedoch auf eine äquatornahe Region hin. Wenn das Schiff seinen südöstlichen Kurs beibehalten hatte, könnten sie irgendwo vor Süd-Mexiko oder Mittelamerika angekommen sein.

Schon bald erhielt er eine Bestätigung für seine Vermutungen, nachdem das Schiff mehrmals angehalten hatte und wieder gestartet war, begleitet von typischen Hafengeräuschen. Es setzte sich wieder in Bewegung und war weitere drei Stunden unterwegs, bis es endgültig still lag. Kurz darauf wurden die Gefangenen aus ihrem Kerker geholt.

Die Männer traten aus dem heißen und feuchten Lagerraum auf ein ebenso heißes und feuchtes Deck. Das Schiff hatte mit dem Heck zuerst an einem Pier angelegt und war auf drei Seiten von dichtem Dschungel umgeben. Nur ein kleiner blauer Streifen vor dem Bug zeigte, dass sie auf einem größeren Gewässer unterwegs gewesen waren und sich rückwärts in einen Nebenarm geschoben hatten, der kaum breit genug war, um den Frachter aufzunehmen.

Das helle Licht des Morgens schmerzte ihnen in den Augen, aber Pitt musste feststellen, dass die Sonne nirgendwo zu sehen war.

»Jemand scheint den Dschungel ganz besonders zu lieben«, sagte Giordino und deutete mit dem Zeigefinger himmelwärts.

Pitt überschattete seine Augen und blickte zum Laubdach über ihren Köpfen. Es dauerte mehrere Sekunden, ehe er erkannte, dass ein riesiges Tarnnetz über den gesamten Hafenbereich gespannt worden war.

»Vielleicht sind sie auch nur Privatsphärenfanatiker«, sagte Pitt. Ein Blick zur *Adelaide* bestätigte seinen Verdacht. Der Schiffsname war in *Labrador* umgeändert worden, und Schornstein und Deckreling erstrahlten in frischen Farben. Die Entführer waren offenbar besonders versiert, wenn es um Diebstahl und großräumiges Spurenverwischen ging.

Die Gefangenen wurden zu einer Gangway und vom Schiff heruntergetrieben, wo sie von einer Reihe bewaffneter Männer in Tarnanzügen erwartet wurden. Einige führten Wachhunde mit sich. Man ließ die Gefangenen einige Minuten lang untätig auf dem Pier herumstehen, wodurch Pitt und Giordino Gelegenheit bekamen, sich einen detaillierten Eindruck von ihrer Umgebung zu verschaffen. Die Hafenanlagen waren eher bescheiden und bestanden aus zwei kleinen Kränen und einem Förderbandsystem. Dahinter erstreckten sich mehrere große Zementflächen, die mit grauen Gesteinsrückständen bedeckt waren – Lagerplätze für das Roherz und die bearbeiteten Seltenerdmetalle, die abwechselnd in die Anlage hinein- und wieder heraustransportiert wurden. Jenseits der Hafenanlagen schoben sich hier und da die Umrisse niedriger Gebäude durch die dichte Urwaldflora. Pitt tippte bei diesen Bauwerken auf Scheide- und Extraktionsanlagen, in denen die gestohlenen Seltenerderze aufbereitet wurden.

Das leise Knattern eines kleinen Motors kündigte die Ankunft eines Golfwagens an, der von einem muskulösen hellblonden Mann in maßgeschneiderter Uniform mit einer Pistole in einem Holster an der Seite gelenkt wurde. An seinem Gürtel hing auf der anderen Seite eine zusammengerollte Bullenpeitsche. Pitt bemerkte, wie sich die Wachen bei seinem Eintreffen sichtlich anspannten.

»Offenbar der Löwenbändiger hier«, kommentierte Giordino im Flüsterton.

»In einem Zirkus, der mir eigentlich gestohlen bleiben kann«, sagte Pitt ebenso leise.

Der Aufseher, Johansson, überquerte den Pier und unterhielt sich mit Gomez, der den Gefangenen vom Schiff gefolgt war. Der Schwede betrachtete den Frachter mit zufriedener Miene.

»Die Ladung besteht aus zerkleinertem Monazit«, erklärte Gomez.

»Erste Tests haben hohe Konzentrationen an Neodym, Cerium und Dysprosium ergeben.«

»Hervorragend. Die Extraktionsanlage wartet schon auf Nachschub. Wir werden die neuen Gefangenen beim Entladen einsetzen.«

»Was ist mit dem Schiff?«

»Es würde ganz gut zur Flotte passen. Überlegen Sie sich, welche Umbauten vorgenommen werden müssen, um seine Identität zu verschleiern, und wir werden mit Bolcke darüber reden, nachdem die Ladung gelöscht wurde.«

Johansson wandte sich von Gomez ab, um die neuen Gefangenen zu begutachten. Er betrachtete die Männer mit spöttischen Blicken und interessierte sich vor allem für das SWAT-Team.

»Willkommen in Puerta del Infierno«, sagte er. »Wie der Name schon andeutet, ist dies das Tor zur Hölle. Ihr gehört jetzt mir.«

Er deutete über den Pier hinweg auf die Gebäude, die dahinter standen. »Dies ist eine Erzverarbeitungsanlage. Wir nehmen Roherz und gewinnen daraus verschiedene Mineralien von sehr hohem Wert. Ihr werdet dabei als Arbeiter eingesetzt. Wenn ihr fleißig seid, bleibt ihr am Leben. Wenn ihr euch nicht beklagt, bleibt ihr am Leben. Und wenn ihr nicht zu fliehen versucht, bleibt ihr ebenfalls am Leben.« Er ließ den Blick an der Reihe geschwächter Männer entlangwandern. »Habt ihr irgendwelche Fragen?«

Ein Matrose der *Adelaide*, der sich mit seinem Schicksal als Gefangener nicht hatte abfinden können, räusperte sich. »Wann werden wir freigelassen?«, wollte er wissen.

Johansson ging auf den Mann zu und lächelte ihn an. Dann holte er lässig die Pistole aus dem Holster und schoss dem anderen in die Stirn. Bei dem Knall kreischte ein Schwarm Vögel in der Nähe protestierend auf, während der Mann rückwärtstaumelte und bereits tot war, als er in das Wasser des Urwaldhafens stürzte.

Die anderen Gefangenen verfolgten das Geschehen mit entsetztem Schweigen.

Johansson grinste. »Noch irgendwas unklar?«

Als niemand reagierte, verstaute er seine Waffe wieder im Holster. »Gut. Also noch einmal, willkommen in Puerta del Infierno. Und jetzt an die Arbeit.«

51

Das tiefe Pochen des Schleppschiffmotors verstummte und überließ dem leiseren Geräusch von kleinen Wellen, die plätschernd gegen den Schiffsrumpf schlugen, das Feld. Durch das plötzliche Fehlen des Dröhnens und der Vibrationen aus dem Schlaf gerissen, erhob sich Ann aus ihrer Koje und reckte die Arme. Sie massierte ihre Handgelenke, wo die Handschellen die Haut aufgescheuert hatten, und trat zu dem kleinen Bullauge im Steuerbordschott hinüber.

Noch war es dunkel. Vereinzelte Lichter sprenkelten das Ufer ungefähr eine Meile entfernt auf der anderen Seite des Flusses und verrieten ihr, dass sie am östlichen Ufer angelegt hatten. Der Fluss musste, dessen war sie sich sicher, der Mississippi sein. Von ihrem Ausgangspunkt in Paducah gab es nur eine Möglichkeit, sich flussabwärts zu bewegen, indem man den Ohio bis zu seinem Zusammenfluss mit dem Mississippi in der Nähe von Cairo, Illinois, wählte. Am Abend vorher hatte sie hinausgeblickt, die Lichter einer großen Stadt gesehen und auf Memphis getippt. Als dann die Silhouette eines großen Frachters flussaufwärts vorbeidampfte, vermutete sie, dass sie sich irgendwo in der Nähe von New Orleans befand.

Sie spülte sich das Gesicht in einem kleinen Waschbecken ab und durchsuchte abermals ihre Kabine nach etwas, das sie als potentielle Waffe verwenden konnte. Es war ein hoffnungsloses Unterfangen, das sie vorher schon mindestens zwanzig Mal durchgeführt hatte, aber wenigstens hielt es ihren Geist auf Trab. Diesmal kam sie nur bis zu einem leeren Schreibtisch, als sie hörte, wie das Türschloss klirrte und die Kabinentür aufschwang. In der Türöffnung stand Pablo, einen verträumten Ausdruck in den Augen und einen Baseballschläger in den Händen.

»Kommen Sie«, befahl er, »wir wechseln das Schiff.«

Er führte sie auf das Deck des Schleppers, wo er ihr den Baseballschläger auf dem Rücken durch die Armbeugen schob.

»Diesmal gibt es keine Schwimmübungen.« Mit einer Hand den Baseballschläger festhaltend, geleitete er sie vom Schleppschiff hinunter.

Als sie den spärlich beleuchteten Pier betraten, verursachten die Verrenkung und die unnatürliche Körperhaltung heftige Schmerzen in Anns Schultern. Pablo dirigierte sie an einem Lastkahn vorbei, von dessen Deck ein fahrbarer Kran den Flachbettauflieger heruntergehoben hatte. Vereinzelte Heuhalme trieben durch die Luft, während Pablo und Ann dem Kran folgten, der über ein Gleis zu einem kleinen Frachtschiff rollte. Im trüben Licht konnte Ann den Namen des Schiffes auf dem Heckspiegel entziffern. *Salzburg.* Obgleich der Pier bis auf den Kranführer verlassen war, hatten sich mehrere mit Gewehren bewaffnete Männer in Kampfanzügen an der Reling des Frachters aufgebaut.

»Bitte lassen Sie mich gehen«, flehte Ann, als ihre Angst übermächtig wurde.

Pablo lachte. »Nicht bevor wir unseren Auftrag ausgeführt und geliefert haben. Danach können Sie sich Ihre Freiheit vielleicht … erarbeiten«, fügte er mit einem lüsternen Grinsen hinzu.

Dann begab er sich mit ihr über die vordere Gangway auf den Frachter und überquerte das Deck. Eine große rechteckige Schüssel, die auf einer fahrbaren Plattform ruhte, versperrte ihnen den Weg. Daneben war ein Matrose gerade damit beschäftigt, Kabel und Leitungen zu kontrollieren, die an einer Steuerkonsole zusammenliefen, die mit Stromaggregaten und Computermonitoren ausgestattet war. Als sie daran vorbeigingen, hob der Mann den Kopf und blickte Ann kurz in die Augen.

Sie sah ihn unterwürfig an und flehte stumm um Hilfe.

Er lächelte, während sie ihn passierten. »Nehmen Sie sich in Acht, dass Sie nicht gegrillt werden«, warnte er.

Pablo stieß Ann weiter und brachte sie zum Deckaufbau am Heck und danach in die zweite Etage, wo sich die Mannschaftsquartiere befanden. Ihre neue Kabine war ein wenig größer als die vorherige, hatte jedoch ebenfalls nur ein winziges Bullauge.

»Ich hoffe, Sie sind mit Ihrem Quartier zufrieden«, sagte Pablo und zog den Baseballschläger aus ihren Armbeugen. »Vielleicht können wir später auf unserer Reise ein wenig Zeit miteinander verbringen.« Er verließ die Kabine und schloss die Tür von außen ab.

Ann ließ sich auf die harte Koje sinken und starrte die Tür an. Im Gegensatz zu ihrer Show Pablo gegenüber hatten sich ihre Ängste weitgehend verflüchtigt und dafür einer rasenden Wut Platz gemacht. Es war offensichtlich, dass der Frachter im Begriff war, das Land zu verlassen, und mit ihm der Motor der *Sea Arrow* und seine Konstruktionspläne. Von nun an wäre sie für Tage, wenn nicht für Wochen, in der Kabine eingesperrt. Anstatt sich darüber zu beklagen, überlegte sie, wie all das hatte inszeniert werden können.

Ihr analytischer Geist wurde aktiv und beschäftigte sich zuerst einmal mit den Diebstählen. Die Pläne der *Sea Arrow* und den Antrieb an sich zu bringen war für Pablo erstaunlich einfach gewesen. Dabei musste ihm jemand geholfen haben, der mit allen Einzelheiten bestens vertraut war und wahrscheinlich aktiv an dem Projekt mitwirkte. Die Beteiligung der beiden Männer, die sie entführt hatten und dann getötet worden waren, legte diese Vermutung nahe. Und was war mit ihr? Warum war sie überhaupt entführt worden?

Sie konnte nur den Schluss daraus ziehen, dass sie offensichtlich kurz davor stand, die Informationsquelle zu identifizieren. Sie zerbrach sich den Kopf und ging sämtliche Subunternehmer und Lieferanten sowie alle Personen durch, denen ein solches Verhalten zuzutrauen war. Doch sie kehrte immer wieder zu Tom Cerny zurück. War es möglich, dass der Helfer des Präsidenten über ihre Ermittlungen im Bilde war?

Sie ging in der kleinen Kabine auf und ab und bemerkte dabei auf dem Ecktisch mehrere Brandflecke von Zigaretten. Diese Flecken riefen ihr den Matrosen und seine seltsame Bemerkung in Erinnerung.

»Nehmen Sie sich in Acht, dass Sie nicht gegrillt werden«, wiederholte sie. Die Worte gingen ihr immer wieder durch den Kopf, bis ihre Bedeutung ihr plötzlich blitzartig klar wurde.

»Natürlich!«, sagte sie und ärgerte sich, dass sie nicht schon früher darauf gekommen war. »Sieh zu, dass du nicht gegrillt wirst.«

52

Ein nächtlicher Geschäftsflug von Durban über Johannesburg war für Dirk und Summer die schnellste Möglichkeit, nach Washington zurückzukehren. Sie waren völlig übernächtigt, als sie früh am nächsten Morgen auf dem Reagan National Airport aus der Maschine stolperten. Bemerkenswerterweise marschierte Summer ohne fremde Hilfe durch den Terminal, bewegte sich nach dem langen Flug zwar noch ein wenig steif, hatte von ihrer Dekompressionskrankheit jedoch keine bleibenden Lähmungen zurückbehalten.

Ein rechtzeitiger Aufenthalt in der Dekompressionskammer der *Alexandria* hatte ihre Genesung sichergestellt. Während das NUMA-

Schiff von der Spitze Madagaskars im Eiltempo nach Durban gedampft war, waren Summer und Dirk einem Luftdruck ausgesetzt worden, der einer Wassertiefe von einhundertfünfunddreißig Metern entsprochen hatte. Augenblicklich war die Lähmung aus Summers Bein verschwunden. Danach wurde der Druck kontinuierlich verringert, so dass sich die Stickstoffbläschen im Körpergewebe allmählich abbauten. Als sie zwei Tage später die Kammer verließen, stellte Summer fest, dass sie sich schon wieder nahezu schmerzfrei bewegen konnte.

Da ein Flug die Symptome möglicherweise neuerlich hätte verschlimmern können, bestand der Schiffsarzt darauf, dass sie noch mindestens vierundzwanzig Stunden warten sollten, ehe sie eine Maschine bestiegen. Glücklicherweise nahm die Schiffspassage nach Durban so viel Zeit in Anspruch. Einmal aus der Kammer entlassen, hatten sie ausgiebig Zeit, ihre Kollegen auf dem Schiff über ihre Arbeit im U-Boot zu unterrichten, dessen Schäden zu begutachten und ihren Heimflug zu buchen, ehe sie sich schnellstens zum King Shaka International Airport in Durban begaben, kaum dass die *Alexandria* im Hafen vor Anker gegangen war.

Nachdem sie auf dem Reagan Airport ihr Gepäck geholt hatten, ließen sie sich von einem Taxi zum Hangar ihres Vaters bringen. Dort deponierten sie alles Gepäck und nutzten die Gelegenheit, um sich in der Loftwohnung frisch zu machen.

»Meinst du, Dad hätte irgendetwas dagegen, wenn wir uns einen seiner Wagen ausborgen, um ins Büro zu fahren?«, fragte Summer.

»Er bietet uns doch ständig an, wir könnten als fahrbaren Untersatz nehmen, was immer wir wollen«, erwiderte Dirk. Er deutete auf einen rot-silbernen Sportwagen, der neben einer Werkbank stand. »Kurz vor seiner Abreise in den Pazifik hat er in einer E-Mail verlauten lassen, er habe diesem Packard gerade den letzten Schliff gegeben. Warum nehmen wir das Prachtstück nicht gleich?«

Er sah nach, ob genug Benzin im Tank war, während Summer

das Garagentor öffnete. Dirk schlängelte sich in den Fahrersitz, zog den Choke, justierte den Gashebel, der am Lenkrad befestigt war, und betätigte den Anlasser. Der große Achtzylinder-Reihenmotor erwachte brummend zum Leben. Nachdem er ihn einen Moment lang hatte warm laufen lassen, lenkte Dirk das Fahrzeug nach draußen und wartete darauf, dass Summer den Hangar verriegelte.

Sie schwang sich samt Reisetasche auf den Beifahrersitz und bemerkte den weißen Minilaster nicht, der auf der anderen Seite eines angrenzenden Feldes parkte. »Wie fühlt man sich in dieser altmodischen Einrichtung?«, fragte sie.

Das enge Cockpit des Packard enthielt zwei starre Sitze. Summers Beifahrersitz war ein paar Zentimeter weiter vom Armaturenbrett entfernt als Dirks Fahrersitz.

»Dadurch hat der Fahrer mehr Platz, um bei hohem Tempo zu lenken und zu schalten«, erklärte Dirk und deutete auf den Ganghebel, der aus dem Wagenboden ragte.

»Und ich bin für den zusätzlichen Fußraum dankbar.«

1930 erbaut, trug das Chassis des Packard Model 734 eine der schönsten Karosserien des Herstellers, nämlich die eines schlanken Flitzers mit Torpedoheck. Der Kofferraum spitzte sich zu und verlieh dem Wagen ein stromlinienförmiges Aussehen. Auf beiden Seiten mit je einem Reserverad ausgestattet, glänzte die Karosserie in zinngrauem Lack, der mit burgunderroten Kotflügeln und einem karosserielangen Zierstreifen kontrastierte. Schmale Woodlite-Scheinwerfer am Bug, kombiniert mit einer schräg gestellten Windschutzscheibe, verstärkten den Eindruck, dass sich der Wagen in voller Fahrt befand, selbst wenn er geparkt war.

Dirk fuhr auf dem George Washington Parkway nach Norden und stellte fest, dass der Packard mit dem Schnellstraßenverkehr locker Schritt hielt. Die Fahrt zur NUMA-Zentrale, einem hohen Glasaufbau am Ufer des Potomac, dauerte zehn Minuten. Dirk parkte in der Tiefgarage, dann fuhren sie mit einem Angestelltenlift ins oberste Stockwerk zu Rudi Gunns Büro. Dessen Sekretärin schickte sie ins Rechen- und Computerzentrum, daher fuhren sie wieder drei Etagen abwärts und begaben sich in die Hightech-Höhle Hiram Yaegers.

Gunn und Yaeger saßen vor einem wandgroßen Videoschirm und untersuchten Satellitenfotos von einem leeren Ozean. Mit ungekämmtem Haar und Ringen unter den Augen sahen beide aus, als hätten sie seit Tagen nicht mehr geschlafen. Beim Anblick von Pitts Sprösslingen aber lebten die Männer regelrecht auf. »Schön, dass ihr wieder zurück seid«, sagte Gunn. »Wir haben uns die größten Sorgen gemacht, als euer U-Boot vermisst wurde.«

Summer lächelte. »Wir uns auch.«

»Ich dachte schon, wir müssten Rudi künstlich ruhigstellen«, sagte Yaeger. »Ist dein Bein okay, Summer?«

»Alles bestens. Ich glaube, der Sitz in der Maschine von Johannesburg hierher war schlimmer als die ganze Taucherkrankheit.« Sie betrachtete die Ansammlung benutzter Kaffeetassen auf dem Schreibtisch, ehe sie ein ernstes Thema ansprach. »Irgendwelche Neuigkeiten von Dad und Al?«

Beide Männer wurden ernst. »Leider gibt es nicht viel zu berichten«, sagte Gunn. Er beschrieb Pitts Mission zum Schutz des Erzfrachters, während Yaeger auf dem Bildschirm eine Karte des östlichen Pazifiks aufrief.

»Sie sind etwa eintausend Meilen südlich von Hawaii an Bord der *Adelaide* gegangen«, erklärte Yaeger. »Eine Fregatte der Navy auf Übungsfahrt von San Diego sollte mit ihnen zusammentreffen, als sie sich der Küste näherten, und sie nach Long Beach begleiten. Aber die *Adelaide* ist nicht aufgetaucht.«

»Wurden Trümmer gefunden?«, fragte Dirk.

»Nein«, antwortete Gunn. »Wir haben die Region mit Suchflugzeugen aus Hawaii und vom Festland tagelang überfliegen lassen. Die Navy hat zwei Schiffe zum Ort des Geschehens beordert, und die Air Force hat sogar Langstreckendrohnen auf die Reise geschickt. Sie alle haben nichts gefunden.«

Dirk bemerkte eine horizontale weiße Linie, die am linken Bildschirmrand begann und dort endete, wo sie auf eine rote Linie traf, die ihren Ausgang von Hawaii nahm. »Ist das der Kurs der *Adelaide*?«

»Ihr AIS-Sender lieferte die entsprechenden Daten bis zu diesem Punkt – das war kurz nachdem dein Vater und das SWAT-Team an Bord gingen«, sagte Yaeger. »Danach stoppte das AIS-Signal.«

»Heißt das, sie ist gesunken?«, fragte Summer mit brüchiger Stimme.

»Nicht unbedingt«, sagte Gunn. »Sie könnte auch das Ortungssystem ausgeschaltet haben, was nach einer Entführung ein durchaus logischer Schritt wäre.«

»Wir haben große Kreise um ihre letzten gemeldeten Positionen gezeichnet, um daraus abzuleiten, wohin sie sich davongeschlichen haben könnte.« Yaeger teilte den Bildschirm und fügte der Seekarte zwei Satellitenfotos hinzu. Am unteren Rand erschien außerdem ein Archivbild von einem großen grünen Schüttgutfrachter namens *Adelaide*. »Zurzeit gehen wir Satellitenfotos von der Küstenregion durch, für den Fall, dass sie irgendwo aufgetaucht ist.«

»Hiram hat jede öffentliche und weniger öffentliche Quelle für Satellitenüberwachung angezapft. Unglücklicherweise liegt der Standort ihres Verschwindens mitten in einer Zone, die von Beobachtungssatelliten nicht erfasst wird, daher halten wir uns an die Küstenbereiche.«

»Für den Anfang wären das Nord-, Süd- und Mittelamerika.« Yaeger unterdrückte ein Gähnen. »Damit dürften wir bis Weihnachten beschäftigt sein.«

»Wie können wir helfen?«, fragte Summer.

»Von den meisten Häfen an der Westküste haben wir Satellitenfotos, die während der letzten vier Tage gemacht wurden. Ich teile sie auf, so dass ihr nachsehen könnt, ob ihr dort ein Schiff findet, das Ähnlichkeiten mit der *Adelaide* hat.«

Yaeger ließ zwei Laptops aufstellen und lud die Bilder herunter. Alle machten sich an die Arbeit und suchten nach einem großen grünen Frachtschiff. Damit waren sie den ganzen Tag beschäftigt, studierten Bild für Bild, bis ihnen die Augen tränten. Ihre Hoffnungen nahmen zu, als sie insgesamt elf Schiffe auf den teilweise verschwommenen und dunklen Fotos fanden, deren Profil mit dem der *Adelaide* übereinstimmte.

»Drei in Long Beach, zwei in Manzanillo, vier im Panamakanal und je eins in San Antonio, Chile, und in Puerto Caldera, Costa Rica«, sagte Yaeger.

»Ich kann mir nicht vorstellen, dass eins der Schiffe in Long Beach das von uns gesuchte ist«, sagte Dirk. »Es sei denn, sie haben vorher einen anderen Hafen angelaufen, um ihre Ladung zu löschen.«

Gunn sah auf die Uhr. »Im Westen ist es noch früh. Was haltet ihr von Abendessen? Danach können wir damit anfangen, die jeweiligen Hafenbehörden anzurufen. Sie müssten uns bestätigen können, ob die *Adelaide* ihre Einrichtungen benutzt hat.«

»Gute Idee«, sagte Dirk, während er sich erhob, sich dann reckte und streckte. »Nachdem ich die letzten Stunden nur von Flugzeugmenüs und Kaffee gelebt habe, brauche ich wieder etwas Anständiges, um meine Batterien aufzuladen.«

»Einen kurzen Moment noch«, bat Summer. »Ehe wir uns trennen, muss Hiram mir einen Gefallen tun, und danach brauche ich dann deine Hilfe, um etwas abzuliefern.« Sie griff nach ihrer Reisetasche, in der einige Flaschen klirrten.

»Ich bin ziemlich hungrig. Könnten wir uns unterwegs vielleicht irgendeinen Imbiss suchen?«

»Dort, wo wir hinwollen«, sagte sie, »erwartet uns etwas viel Besseres als ein Imbiss. So viel kann ich dir versprechen.«

53

Röhrend verließ der Packard die Tiefgarage und schoss an einem weißen Kleinlaster vorbei, der am Rand des Außenparkplatzes stand, ehe er sich in den dichten Feierabendverkehr einfädelte. Eine abendliche Brise spielte mit Summers rotem Haar, während Dirk den offenen Sportwagen nach Georgetown lenkte. In einer schattigen Wohnstraße, die von eleganten Häusern gesäumt wurde, hielt Dirk vor einem ehemaligen Kutscherhaus an, das vor einer halben Ewigkeit in eine vornehme freistehende Residenz umgewandelt worden war.

Sie hatten kaum die Klingel betätigt, als die Haustür von einer gewaltigen Erscheinung mit wallendem grauem Vollbart aufgerissen wurde. St. Julien Perlmutters Augen blitzten fröhlich, als er Dirk und Summer begrüßte und eilig ins Haus zog.

»Ich hätte beinahe schon ohne euch mit dem Essen angefangen«, sagte er.

»Du hast uns erwartet?«, fragte Dirk verblüfft.

»Natürlich. Summer hat mir eine E-Mail mit den Einzelheiten eures Abenteuers vor Madagaskar geschickt. Ich habe darauf bestanden, dass ihr zum Dinner zu mir kommt, sobald ihr wieder hier eingetrudelt seid. Redet ihr gar nicht miteinander?«

Summer lächelte ihren Bruder verlegen an, dann folgte sie Perlmutter durch einen von Büchern beherrschten Wohnraum in einen formellen Essbereich, in dem ein antiker Tisch aus Kirschholz, überladen mit köstlichen Speisen, bereitstand. Perlmutter war Schifffahrtshistoriker und als solcher einer der besten der Welt, aber seine zweite Liebe galt dem Essen und seinem Leben als Gourmand. Seine Augen leuchteten auf, als Summer ihre Reisetasche öffnete und seinen Blick auf drei Flaschen Wein aus Südafrika lenkte.

»Ein Vergelegen Chardonnay und ein Paar roter Sorten von De Toren.« Voller Begeisterung untersuchte er die Etiketten. »Sensationelle Tropfen. Sollen wir?«

Er vergeudete keine Sekunde mit der Suche nach einem Korkenzieher und schenkte den Chardonnay ein.

»Ich bin natürlich voller Sorge, seit ich von dem Verschwinden eures Vaters gehört habe. Möge er mittlerweile einen sicheren Hafen gefunden haben«, sagte er und hob sein Glas.

Während sie sich über Pitts mögliches Schicksal unterhielten, verzehrten sie Schweinelende in Chipotle-Sauce, Rosmarinkartoffeln und überbackenen Spargel. Zum Dessert gab es frische Pfirsiche aus Georgia mit einer Cognac-Sahne-Sauce. Die französische Köchin und Haushälterin hatte ihren freien Tag, daher halfen Summer und Dirk Perlmutter nach dem Essen, den Tisch abzuräumen und das Geschirr zu spülen, ehe sie sich wieder hinsetzten.

»Der Wein war köstlich, Summer, aber treib bloß keine Spielchen mit mir«, sagte Perlmutter. »Du weißt genau, was ich eigentlich gerne sehen möchte.«

»Ich dachte schon, du würdest gar nicht mehr danach fragen.« Sie öffnete ihre Reisetasche und holte das sorgfältig eingewickelte Tagebuch aus dem gestrandeten Schlauchboot hervor. »Das Logbuch der *Barbarigo*«, sagte sie.

»Darum geht es also«, sagte Dirk. »Und ich hatte schon gedacht, du freust dich nur, uns zu sehen.«

Perlmutter brach in schallendes Gelächter aus, das durch das ganze Haus hallte. Als langjähriger Freund ihres Vaters hatte er nach und nach für Pitts Kinder die Rolle eines lieben Onkels übernommen.

»Mein Junge, eure Gesellschaft ist mir jederzeit willkommen.« Er öffnete die zweite von Summers Flaschen und schenkte reihum ein. »Aber ein handfestes nautisches Rätsel ist nun mal besser als jeder noch so gute Wein.«

Perlmutter ergriff das Paket und entfernte behutsam die Öltuchverpackung. Der Ledereinband des Buchs zeigte deutliche Gebrauchsspuren, war jedoch ansonsten völlig unbeschädigt. Perlmutter schlug das Buch andächtig auf und las den handgeschriebenen Text auf der ersten Seite.

»*Viaggio di Sommergibile Barbarigo, Giugno 1943. Capitano di corvetta Umberto de Julio.*« Perlmutter sah Summer an und lächelte. »Das ist unser U-Boot.«

»U-Boot?«, fragte Dirk.

»Das Schlauchboot am Strand«, sagte Summer. »Darin lagen die Überreste von Mannschaftsmitgliedern eines italienischen Unterseeboots aus dem Zweiten Weltkrieg.«

»Und zwar der *Barbarigo*, eines großen Schiffes der Marcello-Klasse«, fügte Perlmutter erklärend hinzu. »Im Atlantik hat sie in der Anfangsphase des Krieges allerhand geleistet, sechs Schiffe versenkt und außerdem ein Flugzeug abgeschossen. Aber dann hat man ihr im Jahr 1943 die Zähne gezogen, als sie einem Projekt mit dem Decknamen Aquila zugeteilt wurde.«

»Das ist das lateinische Wort für ›Adler‹«, warf Dirk ein.

Summer musterte ihren Bruder argwöhnisch von der Seite.

»Ich weiß es aus der Astronomie«, erklärte er. »Das ist ein Sternbild in der Nähe des Wassermanns.«

»Maultier wäre eine passendere Bezeichnung gewesen«, sagte Perlmutter. »Die Deutschen machten sich Sorgen wegen ihrer hohen Verluste an Überwasserschiffen, auf denen sie Kriegsmaterial nach Japan transportierten, also haben sie die Italiener überredet, acht ihrer größten und teilweise veralteten Unterseeboote für den Frachtdienst abzustellen. Sie wurden praktisch ausgeweidet – der größte Teil ihrer Waffen und ihrer Panzerung wurde entfernt, damit sie möglichst viel Fracht aufnehmen konnten.«

»Das klingt nach einem ziemlich gefährlichen Unternehmen«, sagte Dirk.

»Das war es auch. Vier Schiffe wurden gleich beim ersten Einsatz versenkt, eins wurde geflutet, und die anderen drei sind in Asien aufgebracht worden, ehe sie ihre Heimreise antreten konnten. Zumindest steht es so in den Geschichtsbüchern.« Perlmutter überflog die Seiten und kontrollierte die Datumsangaben.

»Was ist denn mit der *Barbarigo* geschehen?«, fragte Summer.

»Sie hatte den Codenamen Aquila Fünf und stach am 16. Juni 1943 in Bordeaux in See. Ihr Ziel war Singapur, und geladen hatte sie Quecksilber, Stahl und Aluminiumbarren. Ein paar Tage später brach der Funkkontakt ab, und man nahm an, dass sie irgendwo in der Nähe der Azoren gesunken ist.«

Er blätterte weiter bis zur letzten Seite. »Mein Italienisch ist zwar erbärmlich, aber soweit ich es erkennen kann, erfolgte der letzte Eintrag am 12. November 1943.«

»Fast fünf Monate später«, sagte Dirk. »Irgendetwas passt da nicht.«

»Ich hoffe, ich habe die Antwort hier.« Summer zog einen Stapel Papiere hervor. »Ich habe nämlich Hiram gebeten, das Logbuch zu scannen und im Computer zu speichern. Er behauptete, die Übersetzung ins Englische sei ein Kinderspiel und hat mir das Ergebnis gegeben, kurz bevor wir uns auf den Weg machten.«

Sie verteilte die Blätter am Tisch, damit Dirk und Perlmutter sie wie hungrige Kojoten verschlingen konnten.

»Dann hört mal zu«, sagte Dirk. »Hier steht, dass sie von zwei Flugzeugen in der Bucht von Biscaya entdeckt und angegriffen wurden, kurz nachdem sie den Hafen verlassen hatten, den Verfolgern aber entkommen konnten. Der Funkmast wurde beschädigt, wodurch sie daran gehindert wurden, mit dem Oberkommando Verbindung aufzunehmen.«

Anhand des Logbuchs verfolgten sie die Fahrt der *Barbarigo* um das Kap der Guten Hoffnung und über den Indischen Ozean. Das U-Boot löschte seine Ladung in Singapur und wurde dann zu einem kleinen malaysischen Hafen in der Nähe von Kuala Lumpur geschickt.

»›Übernahmen am 23. September von den Einheimischen 130 Tonnen rostigen Erzes, Roter Tod genannt‹«, las Summer vor. »›Ein deutscher Wissenschaftler namens Steiner überwachte den Ladevorgang und begleitete die Ladung auf der Rückreise.‹«

»Der Erste Offizier schrieb später, dass sich Steiner mit einem Stapel Physikbücher für den Rest der Reise in seiner Kabine verkroch«, sagte Dirk.

»Der Rote Tod?«, sagte Perlmutter. »Ich frage mich, ob es so was Ähnliches war wie Edgar Allan Poes gleichnamige Seuche. Ich muss mir das mal näher ansehen – und diesen Steiner auch. Wirklich eine seltsame Fracht.«

Die drei blätterten die Eintragungen mehrerer Wochen durch, in denen die Rückkehr des U-Boots über den Indischen Ozean beschrieben wurde. Am neunten November wirkte die Handschrift dann undeutlicher, gehetzter, und auf den Seiten des Logbuchs waren Salzwasserflecken zu erkennen.

»Hier sind sie in Schwierigkeiten geraten, während sie sich vor der Küste von Südafrika befanden«, stellte Perlmutter fest. Er las den Bericht über ein Tauchmanöver der *Barbarigo*, um einem nächtlichen Luftangriff zu entgehen, laut vor. Nachdem sie mehrere Bombenabwürfe überstanden hatten, glaubte die Mannschaft, man sei dem Angriff entronnen – um kurz darauf feststellen zu müssen, dass die Schraube des U-Boots entweder aufgrund einer Beschädigung unbrauchbar geworden oder vollständig abgebrochen war.

Dirk und Summer hörten schweigend zu, während Perlmutter den Bericht über den weiteren Fortgang der Tragödie vorlas. Ohne Antrieb blieb das Boot zwölf Stunden lang auf Tauchstation – aus Furcht, dass weitere Flugzeuge zu Hilfe gerufen worden waren. Als sie gegen Mittag auftauchten, war die See völlig leer, und sie trieben nach Südosten. Fern aller Schifffahrtslinien und ohne Langstreckenfunkanlage befürchteten die Offiziere, dass sie bis in die Antarktis abgetrieben werden könnten und dort sterben würden. Kapitän De Julio gab Befehl, das Schiff zu verlassen, und die Mannschaft verteilte sich auf die vier Schlauchboote, die unter dem Vorderdeck bereitlagen. Dann verabschiedete er sich salutierend von ihrem geliebten Schiff. Aufgrund eines unklaren Befehls versäumte der letzte Offizier jedoch, die Flutventile zu öffnen und die Sprengladungen der Selbstversenkungsanlage zu aktivieren, und schloss stattdessen die Hauptluke. Anstatt vor ihren Augen zu versinken, trieb die *Barbarigo* davon und verschwand am Horizont.

Perlmutter hörte auf zu lesen und hob die Augenbrauen. »Wie ich schon sagte«, meinte er leise. »Das ist höchst seltsam.«

»Was geschah denn mit den anderen drei Booten?«, wollte Summer wissen.

»Die Logbucheintragungen werden an diesem Punkt spärlicher«, sagte Perlmutter. »Sie haben versucht, Südafrika zu erreichen und befanden sich bereits in Sichtweite des Kontinents, als ein Sturm aufkam. Die Boote wurden in der schweren See auseinandergetrieben, und Kapitän De Julio schrieb, dass die Männer in seinem Boot die anderen drei nie wieder zu Gesicht bekamen. Während des Unwetters verloren sie fünf Männer, all ihre Lebensmittel und ihr Trinkwasser sowie die Segel und Ruder. Das Boot wurde von der Küstenströmung nach Osten und aufs offene Meer hinausgetragen. Das Wetter änderte sich, es wurde heiß und trocken. Ohne Trinkwasser verloren sie zwei weitere Männer, so dass nur noch der Kapitän, der Erste Offizier und zwei Ingenieure übrig blieben.«

»Von Durst gequält, sahen sie wenig später wieder Land und konnten sich paddelnd darauf zubewegen. Starke Winde und hohe Wellen trugen sie landwärts und warfen sie an den Strand«, sagte Perlmutter. »Sie befanden sich in einer heißen Wüste und brauchten dringend Wasser. Der letzte Eintrag besagt, dass der Kapitän allein losmarschierte, um danach zu suchen, da die anderen zu schwach zum Laufen waren. Die Eintragungen enden mit ›Gott sei der *Barbarigo* und ihrer Mannschaft gnädig‹.«

»Die Kargheit der Landschaft können wir nur bestätigen«, sagte Summer nach einiger Zeit. »Wie tragisch, dass sie es beinahe bis nach Südafrika geschafft hatten und am Ende eintausend Meilen weiter entfernt in Madagaskar gelandet sind.«

»Ihnen erging es kaum besser als den Männern in den anderen Booten«, stellte Dirk fest.

Perlmutter nickte, obgleich er in Gedanken versunken schien. Er erhob sich von seinem Platz und verschwand im Wohnraum. Wenige Minuten später kehrte er mit einem Armvoll Bücher und einem neugierigen Blick zurück. »Herzlichen Glückwunsch, Summer. Sieht ganz so aus, als hättest du zwei alte Rätsel des Meeres gelöst.«

»Zwei?«, fragte sie.

»Ja, das Schicksal der *Barbarigo* und die Identität des Südatlantischen Phantoms.«

»Das erste kann ich bestätigen«, sagte Dirk, »aber was ist das für ein Phantom?«

Perlmutter schlug das erste Buch auf und blätterte darin. »Aus dem Logbuch des Handelsschiffs *Manchester* vor den Falklandinseln am 14. Februar 1946: Leichter Seegang, Wind aus Südwest, Stärke drei bis vier. Um 11.00 Uhr meldet der Erste Offizier ein Objekt an Steuerbord. Wurde anfangs für einen Wal-Kadaver gehalten, dürfte aber eher ein von Menschenhand geschaffenes Schiff gewesen sein.«

Er schlug das Buch zu und öffnete ein anderes. »Vom Frachter *Southern Star*, 3. April 1948, in der Nähe von Santa Cruz, Argentinien. Unbekanntes Objekt, möglicherweise Segelschiff, in zwei Meilen Entfernung gesichtet. Schwarzer Rumpf, kleiner Deckaufbau mittschiffs. Scheint verlassen zu sein.«

Perlmutter griff nach einem dritten Buch. »Berichte einer Walfangstation in Südgeorgien. Im Februar 1951 erschien der Walfänger *Paulita* mit drei ausgewachsenen erlegten Grauwalen. Der Kapitän berichtet, ein Geisterschiff gesichtet zu haben, niedriger schwarzer Rumpf, kleines Segel mittschiffs, Position einhundert Meilen nördlich. Die Mannschaft gab ihm den Namen Südatlantisches Phantom.«

»Und du meinst, die *Barbarigo* ist dieses Südatlantische Phantom?«, fragte Summer.

»Das ist durchaus möglich. Für einen Zeitraum von zweiundzwanzig Jahren wurde wiederholt ein Geisterschiff gesichtet, das im Südatlantik trieb. Aus dem ein oder anderen Grund hat anscheinend niemand einen genaueren Blick darauf werfen können, aber die Beschreibungen waren einander sehr ähnlich. Auf jeden Fall denke ich, dass ein hermetisch verschlossenes U-Boot ganz schön lange über ein einsames Meer treiben kann.«

»In diesen südlichen Breiten wird auch der Kommandoturm häufig vereist sein«, sagte Dirk, »so dass man ihn, aus größerer Entfernung betrachtet, mit einem Segel verwechseln kann.«

»Das findet vielleicht durch die zuletzt vorgenommene Sichtung seine Bestätigung.« Perlmutter schlug das letzte Buch auf. »Zu der kam es 1964. Ein Marathonsegler namens Leigh Hunt unternahm eine Solo-Weltumseglung, als er etwas Ungewöhnliches beobachtete. Ah ja, da ist es«, sagte er und begann die Passage vorzulesen.

»›Als ich mich der Magellanstraße näherte, traf ich auf einen furchtbaren Sturm, der sogar für diese Region ungewöhnlich heftig war. Dreißig Stunden lang kämpfte ich gegen bis zu zehn Meter hohe Brecher und tobende Winde, die mich mit aller Kraft auf den Felsen um Kap Hoorn zerschmettern wollten. Mitten in diesem Kampf erblickte ich plötzlich das Südatlantische Phantom. Anfangs hielt ich es für einen Berg auf einer Insel oder dem Festland, denn es war vollkommen mit Eis bedeckt, doch dann konnte ich die gleichmäßigen, scharfen Stahlkanten unter der Eisschicht erkennen. Das Schiff trieb schnell an mir vorbei. Geschoben vom Wind und getragen von den Wellen, drohte ihm die sichere Zerstörung an den Gestaden von Tierra del Fuego.«

»Donnerwetter«, sagte Summer. »Sie war also noch 1964 schwimmfähig.«

»Aber nicht mehr lange, wenn Hunts Bericht zutrifft«, sagte Perlmutter.

»Lebt Hunt noch?«, fragte Summer. »Vielleicht können wir uns mal mit ihm unterhalten.«

»Ich fürchte, er ist vor ein paar Jahren auf See verschollen. Aber seine Familie besitzt vielleicht noch seine Logbücher.«

Dirk leerte das Weinglas und sah seine Schwester an.

»Also, Summer, ich denke, damit hast du uns zwei weitere Rätsel beschert, die wir lösen müssen.«

»Ja«, sagte sie und führte seinen Gedanken zu Ende. »Wo die *Barbarigo* gesunken ist und was sie geladen hatte.«

54

Dirk und Summer verließen Perlmutters Haus, von gutem Essen und gutem Wein gesättigt und betroffen über das seltsame Schicksal der *Barbarigo*. Das Abendessen war eine willkommene Ablenkung von den Sorgen um ihren Vater gewesen, die sich jedoch sofort wieder meldeten, nachdem sie sich von ihrem Gastgeber verabschiedet hatten.

»Am besten fahren wir zurück und fragen nach, ob Rudi und Hiram bei ihren Telefonaten mit den Hafenbehörden einen Treffer gelandet haben«, sagte Dirk.

»Ich hatte darüber nachgedacht, ob wir noch einmal die Möglichkeit ins Auge fassen sollen, dass die *Adelaide* Kurs nach Westen genommen hat.«

Als sie die Straße hinuntergingen, hörten sie, wie eine Wagentür zugeschlagen wurde. Dirk bemerkte zwei Männer, die in einem weißen Van wenige Schritte hinter seinem Packard saßen. Er ließ den Motor des Packards an und schaltete die Scheinwerfer ein. So gut die Woodlite-Scheinwerfer bei Tageslicht aussahen, so wenig entsprach ihre Leuchtkraft der Leistungsfähigkeit des restlichen Fahrzeugs. Er lenkte den Wagen vom Bordstein weg und langsam die Straße hinunter. Dabei beobachtete er im Rückspiegel, wie die Scheinwerfer des Vans aufflammten, als sie das Ende der Straße erreichten.

Dirk bog nach rechts ab und raste mit Vollgas eine mit Bäumen gesäumte Straße hinunter. Ein paar Sekunden später kam der Van mit quietschenden Reifen um dieselbe Ecke gerauscht.

Summer bemerkte, wie sich Dirk auf den Rückspiegel konzentrierte, und warf einen Blick über die Schulter. »Nicht dass du meinst, ich leide unter Verfolgungswahn«, sagte sie, »aber ich glaube, dass derselbe Kleinlaster schon auf dem NUMA-Parkplatz gestanden hat, als wir das Gebäude vorhin verlassen haben.«

»Da kann ich noch eins draufsetzen«, sagte Dirk. »Ich glaube, er parkte auch heute Morgen neben Dads Hangar.« Er kurvte durch Georgetown, bog auf die O Street ab und fuhr dann nach Westen. Der Van imitierte jedes Manöver und blieb ein Dutzend Wagenlängen hinter ihnen.

»Wer sollte uns denn verfolgen?«, fragte Summer. »Jemand, der Verbindung zu den Leuten in Madagaskar hat?«

»Das kann ich mir nicht vorstellen. Es könnte jemand sein, der sich für Dad interessiert. Vielleicht sollten wir sie einfach fragen.«

Er bremste, als sie sich einer Querstraße näherten. Auf der gegenüberliegenden Seite befand sich ein mit Sperrpfosten und einem Tor versehener Fußgängereingang zur Georgetown University. Normalerweise standen dort auch tragbare Barrieren, um Fahrzeuge an der Benutzung des Eingangs zu hindern, doch diese waren vor kurzer

Zeit entfernt worden, um einem Lieferwagen die Zufahrt zum Campus zu ermöglichen. Während der Lieferwagen die Einfahrt hinter sich ließ, gab Dirk Gas und folgte ihm durch das offene Tor.

Ein Wachmann starrte den antiken Packard an, als er vorbeirauschte. Ein paar Sekunden später musste er sich durch einen Sprung in Sicherheit bringen, als der weiße Kleinlaster hinter ihm herraste. Dirk folgte der Straße über das Gelände ein kurzes Stück bis zu einem Kreisverkehr. In der Mitte stand eine Statue, die den Gründer der Universität, John Carroll, mit Blick auf den Eingang darstellte. Bodenscheinwerfer tauchten die Statue in eine gelblich leuchtende Lichtglocke und verliehen dem schon vor langer Zeit verstorbenen Bischof eine ausgesprochen lebendige Aura.

Dirk lenkte den Packard hinter die Statue und bremste, trat dann auf die Kupplung und schaltete in den ersten Gang hinunter. Er achtete auf die Scheinwerfer des Vans, als dieser eilig auf den Campus kam und in den Kreisverkehr einbog. Dirk schaltete die Woodlites aus und gab Gas. Der alte Wagen machte einen Satz vorwärts, während Dirk das Lenkrad herumriss, in den zweiten Gang schaltete und das Gaspedal bis aufs Bodenblech durchtrat.

Während der Van seine Fahrt verlangsamte, schoss der Sportwagen um den Kreisverkehr. Anstatt zur Einfahrt zurückzukehren, hielt Dirk das Lenkrad im Anschlag und vollendete die Kreisfahrt. Vor ihm erschienen die Rücklichter des Vans, und Dirk musste bremsen, um ihn nicht von hinten zu rammen. Summer griff über ihn hinweg und schaltete die Woodlites wieder an – als Signal für die Verfolger, dass das Spiel aus war.

Der Fahrer des Vans zögerte. Er war sich nicht sicher, was geschehen war, bis er die blassgelben Scheinwerfer des Packards hinter sich gewahrte. Nicht auf eine persönliche Konfrontation vorbereitet, trat er seinerseits aufs Gaspedal. Die Reifen des Vans gaben ein Zwitschern von sich, während der Wagen durchstartete und den Kreisverkehr verließ. Er nahm die erste Abzweigung, die er erreichte. Es war eine gerade Straße, die hinter dem stattlichen Bau der Healy Hall und weiter zum Zentrum des Campus verlief.

»Häng dich an ihn dran«, sagte Summer. »Ich konnte sein Nummernschild nicht lesen.«

Dirk legte den ersten Gang ein und folgte dem Kleinlaster. Der Packard war zu seiner Zeit ein schneller Wagen gewesen, angetrieben von einem Acht-Zylinder-Reihenmotor, der eine Leistung von 150 PS entwickelte. Auf dem Highway mochte der Van den Oldtimer vielleicht locker hinter sich lassen, aber nicht in dem engen Straßengewirr des Collegecampus.

Der Van passierte einen imposanten Steinbau. Nur wenige Studenten waren zu sehen, und diejenigen, die die Straße bevölkerten, machten dem heranrasenden Van eilig Platz. Die Straße ging abrupt nach links in eine Kurve zu einem Nebengebäude ab, wurde jedoch durch einen Campuspolizisten in einem Streifenwagen blockiert, der angehalten hatte, um sich mit einem Studenten zu unterhalten.

Da er nicht wenden konnte, setzte der Fahrer des Vans seine Geradeausfahrt fort und benutzte einen asphaltierten Fußweg, der eine Wiese durchschnitt. Ein Mädchen auf einem Fahrrad stieß einen entsetzten Schrei aus, als sie einer Kollision nur um Haaresbreite entging. Der Packard folgte in kurzem Abstand und entfesselte beim Streifenwagen eine Blaulichtkaskade.

»Ich glaube, wir sind nicht mehr in Gefahr, sondern in Schwierigkeiten«, sagte Summer, als sie die Lichtorgie hinter ihnen bemerkte.

Dirk packte das Lenkrad fester, während der Sportwagen über den unebenen Untergrund pflügte. Er folgte dem Van über den Fußgängerweg bis zu einem Parkplatz vor einem Studentenwohnheim. Zwei Studienanfänger waren gerade dabei, ein Bierfass ins Gebäude zu schmuggeln, als der Van auf sie zuraste. Die Studenten brachten sich mit einem Sprung in Sicherheit, als der Van vorbeijagte und das Bierfass touchierte.

Das Aluminiumfass schlitterte über den Parkplatz und prallte von einer Begrenzungsmauer ab. Dirk bremste scharf, konnte dem Fass jedoch nicht ausweichen. Die vordere Stoßstange erwischte das Fass zuerst und bohrte ein Loch in die Aluminiumwand, ehe der rechte Kotflügel das Fass beiseitekickte. Das heftig geschüttelte Bier explodierte in einer schaumigen Fontäne und ergoss sich auf die ihr zugewandte Wagenseite – und auf Summer, die darin saß.

»Das wird Dad gar nicht mögen«, sagte Dirk.

Summer wischte sich die Schaumflocken aus dem Gesicht. »Du hast recht. Es ist alkoholfreies Bier.«

Der Van und der Packard flitzten über den Parkplatz, zusätzlich noch durch den Streifenwagen angetrieben. Der Van erreichte das Ende des Platzes und gelangte auf eine Querstraße. Da er sich nicht entscheiden konnte, welche Richtung er einschlagen sollte, fuhr der Fahrer geradeaus und kam auf eine gekrümmte Schotterstraße. Sie führte einen kleinen Hügel hinab und endete am Rand des Footballfeldes der Universität. Die Männer des Lacrosse-Teams, das dort soeben sein Training absolvierte, waren gezwungen, ihre jeweiligen Positionen zu verlassen, als der Van über den Kunstrasen schlitterte.

Als sie den alten Packard und den Polizeiwagen sahen, der ihn verfolgte, attackierten mehrere Spieler den Van mit ihren Lacrosse-Bällen und verschönten seine Karosserie mit mehreren Dellen. Einige zielten auch auf den Packard, bis sie durch ein Winken und ein Lächeln der von Bier triefenden Summer gebremst wurden.

Der Van gewann einen beträchtlichen Vorsprung vor dem Packard, als er die gegenüberliegende Seite des Spielfelds verließ und durch ein offenes Tor rollte. Der Fahrer wandte sich auf der angrenzenden Straße nach links und folgte einem Hinweisschild, das sie zum Universitätsausgang in der Canal Street leitete. »Beeil dich, wir können sie abschütteln«, sagte der Mann auf dem Beifahrersitz des Vans.

Fünfzig Meter hinter ihnen bekam Dirk von Summer eine ähnliche Aufforderung zu hören. »Lass dich bloß nicht abhängen, ich hab immer noch nicht die vollständige Nummer.«

Dirk bog ebenfalls nach links ab, musste jedoch leicht bremsen, weil drei Studentinnen die Straße auf ihrem Weg zum Tennisplatz überquerten. Hinter ihnen hatte der Campuspolizist fast aufgeholt.

Die Straße passierte ein weiteres Wohnheim, ehe sie sich an einem künstlichen Hügel hinab- und aus dem Campus hinausschlängelte. Dirk sah, wie der Van bergab beschleunigte, und versuchte, seine Geschwindigkeit zu halten. Am Fuß des Hügels markierte eine Ampel die Kreuzung mit der Canal Road, einer viel befahrenen Durchgangsstraße, auf der man in das ländliche Maryland gelangte.

Die Ampel zeigte grün, und Dirk befürchtete, dass sie umsprang, ehe er sie erreichte. Dann leuchtete sie gelb, und er wusste, dass der Van jetzt anhalten musste.

Nur tat er das nicht.

Angetrieben von seinem Beifahrer, behielt der Fahrer den Fuß auf dem Gaspedal, als das Lichtsignal zu Gelb wechselte. Der Van war noch etwa zwanzig Meter von der Kreuzung entfernt, als die Ampel endgültig auf Rot umsprang. Erstaunlicherweise zögerte der Querverkehr. Vielleicht hatten die Wartenden die tanzenden Lichtkegel des Vans bemerkt, als er den Hügel herabraste.

Mit mehr als siebzig Meilen pro Stunde überquerte der Kleinlaster die ersten Fahrspuren und wollte auf der anderen Straßenseite nach links abbiegen. Aber seine Geschwindigkeit war zu hoch, und der Fahrer trat in seiner Panik auf die Bremse und versetzte den Van ins Schleudern. Er schlingerte über den Asphalt, bis der rechte Vorderreifen den Bordstein küsste. Der Reifen platzte, doch der Van wurde keinen Deut langsamer, setzte über den Bordstein hinweg und rauschte gegen eine niedrige Begrenzungsmauer. Dabei gab der vordere Kotflügel nach, während die Hinterräder ebenfalls den Bordstein überwanden. Die Fliehkräfte warfen den Van auf der Begrenzungsmauer auf die Seite. Er rutschte noch ein paar Schritte weiter, dann rollte er vollends über die Mauer und tauchte mit dem Dach zuerst in den Namensgeber der Straße ein, den Chesapeake and Ohio Canal, der sich gleich dahinter befand.

Dirk brachte den Packard vor der Ampel schlingernd zum Stehen und rannte quer über die Straße. Summer folgte ihm mit höchstens einem Schritt Abstand. Sie erreichten die Begrenzungsmauer und warfen einen Blick hinüber. Der Kanal hatte den größten Teil des Vans verschluckt, nur seine immer noch rotierenden Räder tauchten teilweise aus dem Wasser auf. Ein mattes Leuchten erhellte das trübe Wasser an dem einen Ende, wo die Scheinwerfer des Vans noch auf den Kurzschluss warteten, der sie zum Erlöschen bringen würde.

Dirk schlüpfte aus seiner Jacke und streifte die Schuhe ab. »Ich versuche, sie herauszuholen«, sagte er. »Sieh zu, ob du die Campuspolizei um Hilfe bitten kannst.«

Er hechtete in den Kanal, schwamm zum Van hinüber und tauchte gleichzeitig zur Beifahrertür hinab. Die leuchtenden Scheinwerfer steigerten die Sehweite im trüben Wasser von null zu kaum mehr als null, während er das offene Fenster ertasten musste. Der Rahmen war kaum dreißig Zentimeter hoch, was ihm verriet, dass das Dach beim Aufprall eingedrückt worden sein musste. Das verhieß für die Insassen nichts Gutes.

Als er ins offene Fenster griff, spürte er einen leblosen Körper angeschnallt im Sitz. Blind umhertastend, fand er das Gurtschloss und löste den Sitzgurt. Der Körper kippte haltlos nach vorn, also zog er an seiner Schulter und zerrte ihn durch das schmale Fenster.

Dirk schoss nach oben zur Wasseroberfläche und schnappte gierig nach Luft, während er den Kopf und den Oberkörper aus dem Wasser drückte. Ein heller Lichtstrahl aus der Taschenlampe des Campuspolizisten traf das Gesicht des Unfallopfers, und Dirk wusste sofort, dass er Zeit und Mühe vergeudet hatte. Der Kopf des Beifahrers bildete einen grotesken Winkel zu seinem Körper. Sein Genick war gebrochen.

Dirk zog den Körper aufs Ufer und rief den Polizisten zu sich. »Geben Sie mir Ihre Lampe.«

Der Polizist reichte Dirk das Verlangte, während er sich bückte, um ihm dabei zu helfen, die Leiche aufs Trockene zu schaffen. Dirk schwamm zur anderen Seite des Kleinlasters und tauchte abermals. Dank der Taschenlampe erkannte er schon jetzt, dass der Fahrer, dessen Oberkörper zwischen dem eingedrückten Dach und dem Lenkrad eingeklemmt war, ebenfalls den Tod gefunden hatte. Im Gegensatz zu seinem Partner hatte er sich nicht angeschnallt gehabt.

Obgleich ihm die Luft knapp wurde, leuchtete Dirk mit der Lampe am Fahrer vorbei in den hinteren Teil des Wagens. Eine Reihe elektronischer Module zur Signalverarbeitung waren auf einem Armaturenbrett montiert. Daneben war ein großer Parabolschirm aus Acrylglas zu erkennen, wie er gewöhnlich bei Lauschaktionen zum Einsatz kam.

Dirk stieß sich von der Tür ab und schwamm zum Wagenheck, um einen Blick auf das Nummernschild zu werfen, ehe er wieder zur Wasseroberfläche aufstieg. Er schwamm ans Ufer, wo Summer ihm die Hand reichte und ihn die Böschung hinaufzog.

»Hattest du bei dem anderen kein Glück?«

»Nein, er ist auch tot.«

»Ich habe Sanitäter angefordert«, sagte der Polizist. Seine Unerfahrenheit im Umgang mit Todesfällen ließ sich in seinem bleichen Gesicht deutlich ablesen. Er bewahrte zwar Haltung, musste sich aber zwingen, seiner Stimme Festigkeit und Autorität zu verleihen. »Wer sind diese Leute? Und weshalb haben Sie sie verfolgt?«

»Ich weiß nicht, wer sie sind, aber sie haben uns etwas gestohlen.«

»Haben sie Ihnen Geld entwendet? Oder war es Schmuck oder Elektronik?«

»Nein«, erwiderte Dirk und betrachtete den Toten. »Es waren unsere Worte.«

55

Es war bereits nach Mitternacht, als Dirk und Summer ins NUMA-Computerzentrum zurückkehrten. Gunn und Yaeger betrachteten noch immer Bilder auf dem großen Sichtschirm.

»Ich hatte keine Ahnung, dass ihr euch Zeit für ein Sieben-Gänge-Menü genommen habt«, sagte Gunn. Dann fiel ihm ihre äußere Erscheinung auf. Dirks Haar war zerzaust und seine Kleidung durchnässt, während Summers Outfit einen großen dunklen Fleck aufwies. Noch dazu roch sie nach schalem Bier. »Was ist euch beiden denn zugestoßen?«

Summer schilderte die Ereignisse inklusive des zweistündigen Verhörs durch die Polizei des District of Columbia.

»Habt ihr irgendeine Ahnung, wer es gewesen sein könnte, der euch beschattet hat?«, fragte Yaeger.

»Fehlanzeige«, sagte Dirk. »Ich vermute, dass es etwas mit Dad zu tun hat.«

»Wäre möglich«, sagte Gunn, »vor allem, wenn sie heute Morgen gesehen haben, wie ihr seinen Hangar verlassen habt. Aus der Ferne betrachtet, seid ihr beiden euch frappierend ähnlich.«

Summer reichte Yaeger einen Notizzettel. »Da ist die Nummer des Kleinlasters. Die Polizei wollte uns den Fahrzeughalter nicht nennen, aber vielleicht kannst du den Eigentümer ja identifizieren.«

»Nichts einfacher als das«, sagte Yaeger.

»Wie stehen die Dinge mit der *Adelaide*?«, fragte Dirk.

»Nicht gut«, antwortete Gunn. »Wir haben die Behörden jedes größeren Hafens von Nord-, Süd- und Mittelamerika kontaktiert. Niemand hat die *Adelaide* in der vergangenen Woche zu Gesicht bekommen.«

»Ich vermute, damit bleiben nur zwei Möglichkeiten übrig«, sagte

Dirk. »Entweder haben sie die Ladung bei irgendeinem privaten Unternehmen gelöscht, oder sie sind zu einem anderen Ziel unterwegs.« Er verzichtete auf die Nennung einer dritten Möglichkeit, nämlich der, dass das Schiff gesunken war.

»Mit diesen Möglichkeiten haben wir uns bereits befasst«, sagte Yaeger, »und wir glauben nicht, dass sie nach Westen unterwegs sind. Erstens ergibt es nicht viel Sinn, ein Schiff, das von Australien gestartet ist, im Ostpazifik zu überfallen, wenn man seine Ladung zu irgendeinem Ort im Westpazifik bringen will. Das zweite Problem ist der Treibstoff. Voll beladen hätte die *Adelaide* Mühe, den Pazifik zwei Mal zu überqueren, ohne irgendwo nachzutanken.«

»Das leuchtet ein. Damit bleiben nur ungefähr eintausend andere Orte an der Küste übrig, wo sie sich verstecken könnte.«

Gunn und Yaeger nickten. Sie suchten eine durchsichtige Nadel in einem Heuhaufen. Gunn schilderte die Einzelheiten ihrer Hafenüberprüfungen und der jüngsten Satellitenbilder, während sich Yaeger eine Tastatur heranzog und zu tippen begann. Ein paar Minuten später meldete er sich.

»Ich habe etwas über euren Kleinlaster«, sagte er, als ein Anmeldeformular des Virginia Department of Motor Vehicles auf dem Bildschirm erschien. »Der Eigentümer ist SecureTek in Tysons Corner, Virginia.«

Yaeger rief eine andere Website auf seinem Bildschirm auf. »Den Angaben der staatlichen Wirtschaftskammer zufolge bieten sie die Datenverschlüsselung für geschlossene Computernetzwerke an. Die Firma hat acht Angestellte, und ihr Hauptkunde ist die amerikanische Regierung.«

»Klingt nicht gerade nach einer Sicherheitsfirma, die Leute belauscht«, sagte Summer.

»Es sei denn«, wandte Dirk ein, »ihre Geschäftstätigkeit ist nur eine Fassade.«

»Das scheint aber nicht der Fall zu sein«, meinte Yaeger nach einigen weiteren Nachforschungen. »Sie haben mit der Army und der Navy mehrere Verträge für die Installation von Datenverbindungen geschlossen.«

Als er auf die Website der Wirtschaftskammer zurückkehrte, stellte er fest, dass SecureTek eine hundertprozentige Tochterfirma von Habsburg Industries war. »Es ist eine nicht börsennotierte Firma, daher sind die Informationen ziemlich mager, aber sie sitzen in Panama und machen ihre Geschäfte im Bergbau und in der Schifffahrt.«

Yaeger führte mehrere Suchläufe durch, stieß aber nur auf wenige Erwähnungen der Firma. Eine Fachzeitschrift enthielt ein Foto von einem der Schüttgutfrachter, die zu der Firma gehörten, der *Graz*, und zwar am Kai in Singapur.

Dirk blickte auf das Foto und richtete sich auf seinem Stuhl auf. »Hiram, kannst du das vergrößern?«

Yaeger nickte und blies das Bild auf, bis es den gesamten Bildschirm ausfüllte.

»Was ist los?«, fragte Summer.

»Das Logo auf dem Schornstein.«

Alle starrten auf das Bild einer weißen Blume, das mitten auf dem gedrungenen goldenen Schornstein des Schiffes prangte.

»Ich glaube, das ist ein Edelweiß«, sagte Summer. »Weil es zu dem österreichischen Namen passt, nehme ich an.«

»Diese Blume habe ich auch auf dem Frachter gesehen, der in Madagaskar ankerte«, sagte Dirk.

Im Computerraum wurde es still. Dann fragte Gunn: »Hiram, kannst du irgendwie feststellen, welche Art von Bergbau Habsburg Industries betreiben?«

»Sie besitzen eine kleine Goldmine in Panama, ganz in der Nähe der kolumbianischen Grenze. Die Firma makelt außerdem mit speziellen Erzen wie Samarium, Lanthan und Dysprosium.«

»Seltenerdmetalle?«, fragte Summer.

Gunn nickte. »Metalle der Seltenen Erden. Und plötzlich sieht Habsburg Industries richtig interessant aus.«

»Die Organisation in Madagaskar betrieb den Diebstahl von Seltenerdmetallen«, sagte Dirk. »Angegriffen haben sie unser U-Boot, weil wir in der Region gearbeitet haben, in der sie einen Erzfrachter überfallen oder versenkt hatten.«

»Wir fanden in der Gegend ein nahezu unversehrtes Wrack, das erst vor kurzem versenkt worden sein kann«, berichtete Summer. »Es wies keinerlei offensichtliche Schäden auf, und der Schiffsname war sorgfältig entfernt worden.«

»Jack Dahlgren hat mal ein wenig herumgeschnüffelt und meint, es sei ein Schüttgutfrachter namens *Norseman*«, fügte Dirk hinzu. »Sie verschwand vor vier Monaten im Indischen Ozean, als sie Bastnäsit-Erz aus Malaysia transportierte. Falls ihr es nicht wissen solltet, aber Bastnäsit enthält Seltenerdmetalle.«

»Könnte das Habsburg-Schiff in Madagaskar ebenfalls entführt worden sein?«, fragte Summer.

Yaeger zog das panamesische Schiffsregister zu Rate. »Habsburg Industries besitzen vier Schiffe, allesamt Massengutfrachter. Sie heißen *Graz*, *Innsbruck*, *Linz* und *Salzburg*.«

»Welche Verbindung gibt es nach Österreich?«, wollte Dirk wissen.

»Die Firma gehört Edward Bolcke, einem Bergbauingenieur, der aus Österreich stammt«, sagte Yaeger. »Ich kann nirgendwo einen Hinweis finden, dass eins der vier Schiffe als vermisst gemeldet wurde.«

»Dann dürfte Habsburg im Fall des Verschwindens der *Adelaide* zu den Hauptverdächtigen gehören«, sagte Summer.

»Der Schlüssel«, meinte Gunn, »sind sicherlich ihre vier Schiffe.«

Yaeger ließ seine Finger über die Tastatur fliegen. »Mal sehen, was wir finden.«

Summer besorgte Kaffee für alle, während Yaeger seinen Computer bearbeitete und Nachfragen nach den vier Schiffen und ihren derzeitigen Aufenthaltsorten startete. Es dauerte fast eine Stunde, ehe er ihre Standorte eingrenzen konnte. Er rief eine Weltkarte auf, die mit einer Vielzahl farbiger Punkte versehen war, welche jeweils die letzten Zielhäfen der Schiffe markierten.

»Die blauen Punkte gehören zur *Graz*«, sagte Yaeger. »Sie soll zurzeit in Malaysia oder jedenfalls dort in der Gegend sein. Im Verlauf der letzten drei Wochen wurde sie in Tianjin, Shanghai und Hongkong gesehen.«

»Sie ist nicht im Spiel«, entschied Gunn.

»Die gelben Markierungen gehören zur *Innsbruck*. Sie hatte vor drei Wochen einen Transit durch den Panamakanal und wurde vor acht Tagen in Kapstadt, Südafrika, gesehen.«

»Jede Wette, dass dies das Schiff ist, das ich in Madagaskar gesehen habe«, sagte Dirk.

»Höchstwahrscheinlich. Bleiben noch die *Linz* und die *Salzburg*. Die *Linz* wurde vor zehn Tagen im Trockendock in Jakarta gemeldet und soll wegen umfangreicher Reparaturen immer noch dort sein.«

»Dann müssten die grünen Punkte zur *Salzburg* gehören, nicht wahr?«, meinte Summer.

»Ja. Sie erschien vor einem Monat in Manila und dann, vor vier Tagen, im Panamakanal auf der Fahrt nach Norden. Die Hafenüberwachung der Home Security meldet, dass sie gestern in New Orleans vor Anker ging.«

Yaeger zeichnete auf der Karte eine Linie ein, die quer über den Pazifik von Manila nach Panama verlief. Dann platzierte er im östlichen Teil des Ozeans ein rotes Dreieck. »Dieses Dreieck markiert die letzte bekannte Position der *Adelaide* vor etwa sechs Tagen.«

Der Kurs der *Salzburg* passierte die Markierung der *Adelaide* in einem Abstand von zweihundert Meilen.

»Sie brauchten nicht allzu weit vom Kurs abzuweichen, damit sich ihre Wege kreuzten«, stellte Dirk fest.

»Das Timing passt genau«, sagte Gunn. »Die *Salzburg* hatte sich fünf oder sechs Tage lang in der Gegend aufgehalten, ehe sie den Kanal erreichte, und zu dieser Zeit verschwand die *Adelaide*.«

Yaeger kehrte zu einer früher aufgerufenen Datenbank zurück. »Laut entsprechenden Datensätzen der Panama Canal Authority machte sie den Transit am vergangenen Freitag und fuhr gegen drei Uhr nachmittags in die Pazifik-Schleusen ein. Vielleicht finde ich sogar ein Foto von ihr.«

Ein paar Minuten später lieferte er eine Videosequenz, die von einer der Schleusen stammte. Sie zeigte in grobkörnigem Schwarzweiß einen Frachter mittlerer Größe, der darauf wartete, dass die Schleusenkammer geflutet wurde. Eine Edelweißblüte auf dem Schornstein war deutlich zu erkennen.

Dirk betrachtete das Bild mit einem Anflug von Hoffnung. »Seht euch mal ihre Plimsoll-Marke an. Sie liegt hoch im Wasser. Demnach müssen ihre Frachträume leer sein.«

»Du hast recht«, sagte Gunn. »Wenn sie die *Adelaide* überfallen und entführt hat, wurde die Fracht noch nicht umgeladen.«

Yaeger rief ein Profil der *Salzburg* auf. »Die *Adelaide* ist einhundert Fuß länger. Sie müssten einen großen Teil der Ladung zurückgelassen haben, wenn sie sie zu diesem Zeitpunkt geplündert und versenkt hatten.«

»Das Seltenerd-Erz, das sie geladen hatte, war dafür sicher zu wertvoll«, sagte Gunn. »Nein, sie schwimmt noch. Ich komme allmählich zu der Überzeugung, dass sie irgendwo hingebracht wurde, wo ihre Fracht gelöscht werden konnte.«

»Aber wohin?«, fragte Summer. »Du hast doch sämtliche wichtigen Häfen überprüft.«

»Sie könnte ohne unser Wissen auch zu einer privaten Anlage gebracht worden sein.«

»Es gibt noch eine andere Möglichkeit«, sagte Dirk, während er sich von seinem Platz erhob. »Ich denke an das Wrack, das wir in

Madagaskar entdeckt haben, die *Norseman*. Ihr Name ist doch vom Rumpf entfernt worden. Was wäre denn, wenn sie zwar das Gleiche mit der *Adelaide* gemacht, ihr jedoch ein anderes Aussehen und einen anderen Namen verpasst haben?«

Yaeger und Gunn nickten, und Dirk begann, seine Siebensachen einzusammeln. Als er Anstalten machte, zur Tür zu gehen, rief Summer: »Wo willst du hin?«

»Nach Panama. Und du kommst mit.«

»Nach Panama?«

»Na klar. Wenn die *Salzburg* hinter dem Verschwinden der *Adelaide* steckt, dann muss doch irgendjemand bei Habsburg Industries darüber Bescheid wissen.«

»Vielleicht, aber wir wissen nichts über Habsburg Industries oder wo sie residieren.«

»Das stimmt«, erwiderte Dirk und schaute erwartungsvoll zu Gunn und Yaeger hinüber. »Aber wir werden es wissen, wenn wir dort eintreffen.«

56

Die Bullenpeitsche knallte, und jeder Mann in Hörweite zuckte aus Furcht vor ihrer geknoteten Schnur zusammen. Gelegentlich zeigte Johansson so etwas wie Barmherzigkeit und ließ die Peitsche nur zur Abschreckung knallen. Aber meistens zielte er mit der Spitze der Schnur auf die nackte Haut eines Zwangsarbeiters und entlockte ihm damit einen qualvollen Schrei.

Es waren fast siebzig von ihnen, Sklaven, die von den entführten Schiffen mit den Ladungen Seltener Erden stammten. Jetzt waren sie es, die die Seltenen Erden transportierten und das Erz zu den verschiedenen Extraktionsanlagen schafften, die im Urwald versteckt waren. Geschwächt durch harte Arbeit und unzureichende Ernährung, erinnerten die Männer schon bald an ausgehungerte Zombies. Die soeben eingetroffenen Gefangenen von der *Adelaide* waren von dem Anblick ihrer zerlumpten, schmutzigen Kleidung und von der Teilnahmslosigkeit, mit der sie als Neuankömmlinge angestarrt wurden, geschockt.

Pitt und Giordino genügte ein Blick auf die Männer, um zu erkennen, dass sie nichts gewinnen würden, wenn sie eine Flucht hinauszögerten.

»Ich bin von der ärztlichen Langzeitversorgung, die hier angeboten wird, nicht besonders beeindruckt«, murmelte Giordino, während sie in Arbeitsgruppen aufgeteilt wurden, um die Fracht der *Adelaide* zu löschen.

»Darin stimme ich dir durchaus zu«, sagte Pitt. »Ich denke, wir sollten uns allmählich nach einer anderen Anstellung umsehen.«

»Was ist mit diesen Hundehalsbändern?«

Pitt hatte ebenfalls gesehen, dass alle Arbeiter röhrenförmige Stahlkragen trugen. Die Männer mieden den Rand des Kais und wagten sich nicht aus ihrem unmittelbaren Arbeitsbereich heraus.

Johansson ließ die Peitsche wieder knallen, und die Gefangenen der *Adelaide* wurden auf eine Lichtung geführt. Ein Tisch und eine Kiste mit den Kragen wurden aufgestellt, und nacheinander wurden die Männer mit den Geräten ausgerüstet, die mit einem Schlüssel abgeschlossen wurden. Giordinos massiger Hals passte beinahe gar nicht in seinen Kragen, der dicht auf seiner Haut auflag.

»Bekommen wir auch ein Brandzeichen verpasst?«, fragte er den bewaffneten Mann, der ihm den Kragen anlegte. Als Antwort erhielt er ein eisiges Grinsen.

Als alle Männer präpariert worden waren, baute sich Johansson vor ihnen auf.

»Falls es euch interessiert, die Halsbänder, die ihr jetzt tragt, sind eine Schutzmaßnahme. Sie schützen vor Flucht.« Er grinste bösartig. »Wenn ihr auf den Kai blickt, seht ihr zwei weiße Linien auf dem Boden.«

Pitt entdeckte die verblassten Streifen, zwischen denen ein Abstand von einigen Schritten bestand. Die Linien entfernten sich vom Kai und verschwanden im Dschungel.

»Die weißen Linien schließen ein fünf Morgen großes Gelände mit dem Erzlager, der Gesteinsmühle und euren Quartieren ein. Dies ist eure kleine Überlebensinsel. Unter den Linien verlaufen Stromkabel, die euren Stahlkragen einen fünfzigtausend Volt starken Schlag versetzen, solltet ihr versuchen sie zu überqueren. Mit anderen Worten, ihr würdet sterben. Wünscht jemand eine Demonstration?«

Die Männer schwiegen und hatten nicht den Wunsch, einem weiteren Menschenopfer beizuwohnen.

Johansson lachte. »Ich bin froh, dass wir uns verstehen. Und jetzt wird es Zeit, an die Arbeit zu gehen.«

Gomez' Mannschaft vom Schiff schob das auf dem Kai bereitstehende Förderband zum ersten Laderaum der *Adelaide* und begann damit, das zerkleinerte Monazit aus dem Schiff zu holen. Das Erz wurde auf einer Zementfläche innerhalb der weißen Linien aufgeschüttet und wuchs schon bald zu einem kleinen Hügel an. Von einer Gruppe ausgemergelter Sklaven wurden Schaufeln und gummibereifte Erzloren auf den Kai gebracht, und die neuen Sklaven machten sich an die Arbeit. Plugrad und sein Coast-Guard-Team wurden mit Schaufeln ausgerüstet, während Pitt, Giordino und die anderen die weniger anstrengende Aufgabe hatten, die gefüllten Loren zu der nahe gelegenen Gesteinsmühle zu schieben und dort zu entleeren.

Die tropische Hitze und Luftfeuchtigkeit forderten von den Männern ihren Tribut und laugte sie nach und nach völlig aus. Pitt und

Giordino arbeiteten so langsam sie konnten, um mit ihrer Energie hauszuhalten, während ihre Gesichter vor Schweiß troffen. Aber ständig hörten sie das Knallen der Peitsche, die zu höherem Tempo antrieb.

Für Giordino mit seinem verwundeten Bein war es schwierig, die gefüllten Loren zu schieben. Er bewegte sich unsicher und stieß seine Lore mit kurzen Humpelschritten vor sich her. Pitt folgte ihm dichtauf, als Johansson plötzlich aus dem Dschungel trat. Eine Sekunde später knallte seine Peitsche, und der Lederriemen traf Giordinos Unterarm. Obgleich sich die Stelle sofort tiefrot verfärbte, reagierte Giordino, als sei eine Mücke auf seiner Haut gelandet, und wandte sich lediglich mit einem unfreundlichen Lächeln zu Johansson um.

»Warum ist die Lore nur halbvoll?«, brüllte der Schwede, während zwei Wächter im Laufschritt zu ihm kamen und sich rechts und links von ihm aufbauten.

Pitt konnte den Ausdruck in Giordinos Augen erkennen und wusste, dass sein Freund bereit war, sich zu wehren. Die beiden Wächter würden jedoch einen sinnlosen Verzweiflungsakt aus dem Ganzen machen. Pitt schob seine Lore weiter, bis sie leicht gegen Giordino stieß, um ihn zu ermahnen, ruhig zu bleiben. Giordino wandte sich zu Johansson um und entblößte den blutigen Verband um sein Bein.

»Willst du etwa den Invaliden spielen?«, fragte Johansson drohend. »Füll gefälligst die Lore randvoll, sonst mach ich das Gleiche auch noch mit deinem anderen Bein.« Er sah zu Pitt hinüber und ließ die Peitschenschnur fliegen. »Gleiches gilt auch für dich.«

Die Schnur zuckte gegen Pitts Bein. Ebenso wie Giordino ignorierte auch er den stechenden Schmerz und starrte Johansson mit nackter Mordlust an. Diesmal bremste Giordino mit einem leichten Rippenstoß ihn, und die Männer entfernten sich mit ihren Erzloren, während sich Johansson die nächste Gruppe Arbeiter vorknöpfte.

»Weh mir und meiner aufsässigen Art«, sagte Giordino halblaut.

»Ich habe einige Ideen, was ich am liebsten mit der Peitsche täte«, sagte Pitt.

»Ich auch, Bruder, ich auch.«

Sie entleerten ihre Karren neben der Gesteinsmühle, kehrten zum Kai zurück und versuchten, sich bei dieser Gelegenheit einen Überblick über die Aufteilung des Lagers zu verschaffen. Vier lange, niedrige überdachte Gebäude hinter der Gesteinsmühle beherbergten die Auswaschungs- und die Scheideanlagen. Dahinter, durch das Urwalddickicht nur undeutlich zu erkennen, erhob sich das Gebäude mit den Quartieren für die Wachen und die Facharbeiter der Anlage. Das Haus der Gefangenen stand am gegenüberliegenden Ende des Mühlengebäudes. Es war ein Bau mit offenen Wänden und einem Essbereich an dem einen Ende, umgeben von einer drei Meter hohen Mauer mit einer Stacheldrahtkrone. Tiefer im Urwald versteckt und weit außerhalb der weißen Linien erzeugte eine kleine Generatorstation den elektrischen Strom für die gesamte Anlage.

Die Gefangenen schufteten bis zum Einsetzen der Dunkelheit und standen zu diesem Zeitpunkt bereits kurz vor dem Zusammenbruch. Während er seine leere Erzlore zurückbrachte, hörte Pitt vom Kai einen lauten Schrei. Einer von Plugrads Männern war gestolpert, als er eine Schaufel zu den Arbeitsgeräten zurücklegen wollte, und im Sturz der weißen Linie zu nahe gekommen. Ein elektrischer Schlag schüttelte seinen Körper durch, ehe er sich noch in eine sichere Entfernung rollen konnte. Er zitterte am ganzen Körper, während sein Herz raste – doch er überlebte den Stromschlag als lebende Warnung für die anderen.

Pitt und Giordino schlurften in den Kantinenbereich des Lagers, während es zu regnen begann und das mit Palmblättern gedeckte Dach an allen möglichen und unmöglichen Stellen leckte. Sie erhielten ein Stück Brot und einen Teller wässrige Suppe, die sie zu einem

Tisch in der Nähe trugen. Zwei abgemagerte Männer leisteten ihnen dort Gesellschaft.

»Ich heiße Maguire, und das ist mein Freund Brown«, stellte sich einer der Männer mit neuseeländischem Akzent vor. Er hatte hellblondes Haar und einen strähnigen Bart. »Wir sind mit der *Gretchen* gefahren. Kommen Sie von der *Labrador*?«

»Ja. Als wir an Bord gingen, hörte sie allerdings noch auf den Namen *Adelaide*.« Pitt stellte sich und Giordino vor.

»War das erste Mal, dass ich hier ein entführtes Schiff gesehen habe«, sagte Maguire. »Gewöhnlich stehlen sie die Ladung auf See und versenken das Schiff. Jedenfalls haben sie es vor Tahiti genauso mit der *Gretchen* gemacht. Knipsten uns mit ihrer Mikrowellenwaffe aus und haben dann das Kommando übernommen, ehe wir wussten, wie uns geschah.«

»War es so ein Ding mit einer großen rechteckigen Schüssel?«, fragte Pitt.

»Ja. Wissen Sie, was das ist?«

»Wir vermuten, dass es eine Variante eines Geräts ist, das von der Army benutzt wird und Anti Denial System heißt oder kurz ADS.«

»Ein ziemlich hässliches Ding, egal, wie man es nennt.«

»Wie lange sind Sie schon hier?«, fragte Giordino.

»Etwa zwei Monate. Sie sind die zweite Mannschaft, die ich ankommen sah. Unser Verein ist erheblich zusammengeschrumpft, da die Schwundquote hier sehr hoch ist«, sagte er mit leiser Stimme. »Trinken Sie nur genug Wasser, und alles ist okay. Wenigstens damit halten sie uns nicht zu kurz.« Er tupfte die Reste seiner Suppe mit einem harten Stück Brot auf.

»Entschuldigen Sie unsere Unwissenheit«, sagte Pitt, »aber wo genau sind wir hier eigentlich?«

Maguire lachte. »Das ist immer die erste Frage. Sie befinden sich im heißen, regnerischen, verdammten Urwald von Panama. Wo genau in Panama, das kann ich allerdings nicht sagen.«

»Maguire hat sich mit einem der Wächter angefreundet«, erklärte Brown. »Offensichtlich nehmen sie, wenn sie Urlaub haben, regelmäßig ein Boot nach Colón, daher befinden wir uns wohl auf der Atlantikseite.«

Maguire nickte. »Einige von den Jungs meinen, wir sind in der Kanalzone, aber das kann man nicht mit Sicherheit sagen, da wir unsere kleine Fünf-Morgen-Vergnügungsinsel niemals verlassen. Der Boss kommt und geht per Hubschrauber, darum dürfte die wahre Zivilisation wohl etwas weiter entfernt sein.«

»Hat schon mal jemand von hier fliehen können?«, fragte Giordino. »Scheint doch, als seien die Gefangenen zahlenmäßig um einiges stärker vertreten als die Wachen.«

Beide Männer schüttelten die Köpfe. »Einige haben es versucht«, sagte Brown. »Selbst wenn man es bis über die Todesstreifen schafft, sind da immer noch die Hunde, mit denen sie hinter einem herkommen.« Er bemerkte die Schwellung an Giordinos Arm. »Haben Sie heute schon Bekanntschaft mit Johnny der Peitsche gemacht?«

»Eine ziemlich intensive Bekanntschaft sogar«, sagte Giordino.

»Er ist wirklich krank. Am besten hält man sich so fern wie möglich von ihm.«

»Wer leitet diesen Laden hier denn wirklich?«, fragte Pitt.

»Ein Typ namens Edward Bolcke. Eine Art genialer Bergbauingenieur. Sein Wohnhaus steht irgendwo dort drüben.« Maguire deutete zum Kai. »Er hat diese ganze Anlage gebaut, um Seltenerderze zu gewinnen und zu veredeln. Soweit wir gehört haben, spielt er eine wichtige Rolle auf dem Weltmarkt und arbeitet besonders eng mit den Chinesen zusammen. Einer der Arbeiter in der Auswaschanlage meint, dass hier pro Jahr Seltenerdmetalle in einem Wert von einer Viertelmilliarde Dollar gewonnen werden, das meiste davon ist gestohlen.«

Giordino stieß einen Pfiff aus. »Das ergibt einen ganz hübschen Profit.«

»Ich denke gerade an die Extraktionsanlage«, sagte Pitt, der nach einer Fluchtmöglichkeit suchte. »Ich nehme an, dabei kommen doch sicherlich große Mengen Chemikalien zum Einsatz, oder?«

»Einige davon sind gefährlich, hoffe ich doch«, fügte Giordino hinzu.

»Ja, aber völlig außer Reichweite«, sagte Maguire. »Die wichtigen Verfahren finden in den Gebäuden statt, an die wir nicht herankommen. Wir sind doch nur die gemeinen Fußtruppen. Wir holen das Zeug aus den Schiffen raus und halten die Mühle in Gang. Denken Sie daran, ein wenig zu zündeln?«

»Etwas in dieser Richtung, ja.«

»Das können Sie sofort wieder vergessen. Brown und ich haben auch lange an so etwas gedacht, aber wir haben schon zu viele gute Leute bei dem Versuch sterben sehen. Eines Tages wird jemand diesen Ort finden und auffliegen lassen. Wir müssen nur so lange durchhalten, bis es so weit ist.«

Über ihren Köpfen flackerte für einen kurzen Moment eine Lampenreihe.

»Licht aus in fünf Minuten«, sagte Maguire. »Ihre Jungs sollten sich lieber einen Schlafplatz suchen.«

Er führte sie zu einem großen abgeschirmten Raum mit Schlafpritschen aus Rattan. Pitt und Giordino suchten sich zwei aus und streckten sich darauf aus, während sich der Saal mit Männern füllte und die Beleuchtung erlosch. Pitt achtete gar nicht auf die allgemeine Ungemütlichkeit des stickigen Raums und der harten Matte, während er in der Dunkelheit lag und darüber nachdachte, wie er aus diesem Todeslager ausbrechen könnte. Er schlief ein, ohne eine Antwort gefunden zu haben, und ahnte nicht, dass sich seine Chance schon viel früher ergeben sollte, als er auch nur zu träumen gewagt hätte.

57

Die Arbeiter erstarrten, als sie das rhythmische Flappen der Rotorblätter eines landenden Helikopters hörten. Johanssons Peitsche trieb die Männer sofort wieder an ihre Arbeit zurück und vereitelte jede Hoffnung, dass eine bewaffnete Streitmacht erschienen sein könnte, um sie zu befreien.

Stattdessen war es Bolcke persönlich, der aus Australien angeflogen kam, wo er die letzten Schritte zur Übernahme der Mount-Weld-Mine eingeleitet hatte. Er stieg aus dem Hubschrauber, ging mit zwei bewaffneten Wächtern im Schlepptau an einem wartenden Golfwagen vorbei und weiter zum Kai.

Ein zerlumpter Trupp Arbeiter, darunter auch Pitt und Giordino, leerten soeben den letzten Laderaum der *Adelaide*, als Bolcke den Kai betrat. Geringschätzig betrachtete er die Sklaven und blickte Pitt kurz in die Augen. In diesem Moment schien Pitt die Psyche des Österreichers ganz klar zu erkennen. Er sah einen freudlosen Mann, frei von Gefühlen, Moral und sogar ohne Seele.

Bolcke begutachtete kühl das aufgehäufte Erz, ehe er seinen Weg fortsetzte, um das Schiff zu inspizieren. Er wartete kurz auf Gomez, der vom Schiff geholt wurde und die Gangway heruntereilte.

»Entsprach die Fracht unseren Erwartungen?«, fragte Bolcke.

»Ja, dreißigtausend Tonnen zerkleinertes Monaziterz. Das dort ist der Rest.« Gomez deutete auf den letzten Haufen.

»Gab es Probleme bei der Übernahme?«

»Die Schifffahrtslinie schickte ein zusätzliches Rettungsteam. Wir haben sie ohne weitere Folgen ausgeschaltet.«

»Hatte jemand den Überfall erwartet?«

Gomez nickte. »Glücklicherweise kamen sie aber erst, als wir das Schiff bereits in unserer Gewalt hatten.«

Ein besorgter Ausdruck glitt über Bolckes Gesicht. »Dann müssen wir das Schiff loswerden.«

»Nachdem wir auf See den Namen gewechselt haben, benutzten wir den Kanal, ohne dass irgendwelche Fragen gestellt wurden«, sagte Gomez.

»Das Risiko kann ich mir aber nicht leisten. Ich stehe vor einer wichtigen Transaktion mit den Chinesen. Warten Sie drei Tage, dann entsorgen Sie das Schiff.«

»In São Paulo gibt es einen Schrottplatz, zu dem ich sie hinbringen kann. Die zahlen höchste Preise.«

Bolcke überlegte einen Moment lang. »Nein, das lohnt das Risiko nicht. Bauen Sie aus, was von Wert ist, und versenken Sie sie im Atlantik.«

»Jawohl, Sir.«

Pitt drückte sich in der Nähe des Erzhaufens herum und versuchte, von der Unterhaltung etwas aufzuschnappen, während seine Lore gefüllt wurde. Er beobachtete, wie Bolcke kehrtmachte und sich in Richtung seines Wohnhauses entfernte, während Gomez zum Schiff zurückkehrte.

»Die *Adelaide* verlässt uns in ein paar Tagen«, sagte er zu Giordino. »Ich denke, wir sollten an Bord sein, wenn sie ablegt.«

»Soll mir recht sein. Ich möchte dabei nur nicht geröstet werden.« Er tippte gegen seinen Stahlkragen.

»Was diese Hundehalsbänder betrifft, habe ich eine Theorie«, sagte Pitt. Er verstummte, als Johansson aus dem Dickicht auftauchte und schon wieder mit seiner Peitsche knallte.

»Beeilt euch gefälligst«, rief er. »Die Mühle braucht Material.«

Die Arbeiter bewegten sich sofort schneller, vermieden jedoch jeden Augenkontakt mit dem Schweden. Johansson ging auf dem Kai auf und ab, bis er Giordino entdeckte, der humpelnd einen vollbeladenen Karren schob. Die Bullenpeitsche knallte und traf Giordino hinten am Oberschenkel. »Du da. Beweg dich schneller.«

Giordino wandte sich um und schickte ihm einen Blick, in dem die reine Mordlust irrlichterte. Seine Fingerknöchel färbten sich weiß, während Giordino den Karren vor sich herschob, als wäre er ein leerer Supermarkt-Einkaufswagen. Johansson nahm diese Kraftdemonstration mit einem zufriedenen Grinsen zur Kenntnis und entfernte sich dann, um anderen Arbeitern das Leben noch schwerer zu machen.

Pitt folgte Giordino auf dem Weg zum Mühlenbau, der parallel zu den beiden weißen Linien auf dem Kai verlief, und Pitt lenkte seinen Wagen behutsam immer dichter an die nächste Linie heran. Als der Abstand dazu einen Meter betrug, spürte er ein Kribbeln im Kragen. Er machte einen schnellen Schritt und zog sich für einen Moment auf die Lore, die aus eigener Kraft weiterrollte. Das Kribbeln ließ sofort nach. Er lenkte die Lore auf den Weg zurück und verspürte einen kurzen Schock, als er sich mit einem Fuß abstieß. Als er zu Giordino aufholte, lächelte Pitt.

Nach einem kurzen Mittagessen, das aus einer kalten Fischsuppe bestand, wurden die Männer in den Mühlenbau geführt, wo sie zum Befüllen der Kugelmühle eingeteilt wurden. Das war ein riesiger Stahlzylinder, der horizontal auf einem Rollmechanismus ruhte. Zerkleinertes Erz wurde an einem Ende eingefüllt und traf auf Kugeln aus gehärtetem Stahl, die sich in dem Zylinder bewegten, wenn er rotierte. Die Kugeln zermalmten das Erz fast zu Staub, der am anderen Ende des Zylinders abgesaugt wurde. Die Mühle rumpelte wie eine überdimensionale Waschmaschine, die mit Murmeln gefüllt war.

Das Roherz, das vom Hafenkai dorthin transportiert worden war, lagerte in großen Haufen an der offenen Seite des Gebäudes. Ein kurzes Förderband trug das Erz zu einer Plattform oberhalb der Kugelmühle, wo es durch einen großen Trichter von Hand in die Maschine eingefüllt wurde. Ein Wächter schickte Pitt auf die Plattform, um die Mühle zu füttern, während Giordino zusammen mit einem anderen Mann das Erz aufs Förderband schaufelte.

Diese Arbeit war weniger strapaziös als das Schieben der Erzloren. Die Kugelmühle brauchte ihre Zeit, um das Erz zu verarbeiten, was den Arbeitern regelmäßige Verschnaufpausen ermöglichte. Während einer dieser Pausen ließ sich Johansson blicken. Der Aufseher betrat das Gebäude am hinteren Ende, wo Arbeiter den Erzsand in Loren sammelten und zum nächsten Verarbeitungsprozess brachten. Der Mühlenaufseher kam herüber und unterhielt sich mit dem Schweden kurz über die Mahlleistung der Anlage.

Ein paar Minuten später schlenderte Johansson durch die lang gestreckte Halle des Mühlenbaus. Diesmal sogar mit leeren Händen, denn die Bullenpeitsche hing zusammengerollt an seinem Gürtel. Während er sich den Erzhaufen näherte, sah er, dass Giordino und die anderen Arbeiter auf einem der Erzhaufen saßen. Johanssons Gesicht lief rot an, und in seinen Augen loderte nackte Wut.

»Auf die Beine!«, brüllte er. »Warum arbeitet ihr nicht?«

»Die Mahltrommel ist voll«, sagte Giordino und deutete lässig auf den rotierenden Stahlzylinder. Er blieb sitzen, während sein Gefährte aufsprang.

»Ich sagte: auf die Beine!«

Giordino versuchte aufzustehen, aber sein verletztes Bein rutschte zur Seite weg, und er sackte auf ein Knie. Johansson machte einen Satz vorwärts und erreichte Giordino, ehe er sich aufraffen konnte. Der Schwede packte eine Schaufel, die aus dem Roherzhaufen ragte, holte damit aus und zielte auf das verletzte Bein.

Das Schaufelblatt traf Giordinos Oberschenkel knapp oberhalb der Wunde. Er brach zusammen, während die aufgeplatzte Wunde wieder zu bluten begann.

Pitt hatte diese Entwicklung von seiner Plattform aus kommen sehen, konnte jedoch nicht rechtzeitig reagieren. Mit der eigenen Schaufel in der Hand überquerte er mit einem schnellen Schritt die Plattform und sprang von der Kante ab. Er stürzte zwar Johansson entgegen, war aber zu weit entfernt, um direkt auf ihm zu landen.

Stattdessen führte er mit der Schaufel einen Rundumschlag aus, während er sich in der Luft befand, und zielte mit gestreckten Armen auf Johanssons Kopf.

Die Schaufel verfehlte den Kopf des Aufsehers, prallte jedoch hart gegen seine linke Schulter. Johansson krümmte sich und wirbelte herum, während die Schaufel von ihm abprallte und Pitt auf den Füßen landete. Johansson hatte seine eigene Schaufel immer noch in der Hand und schlug damit nach Pitt. Dieser war, da er noch im Begriff war, sich aufzurichten, gezwungen, sich nach hinten zu werfen, und fing sich nur einen Treffer an der Körperseite ein, während er sich in Richtung Kugelmühle wegrollte.

Wie ein tollwütiges Tier stürzte sich Johansson sofort auf Pitt und hob die Schaufel zu einem vernichtenden Schlag auf den Kopf. Pitt rollte sich jedoch unter den Rotationsmechanismus der Mahltrommel, so dass die Schaufel dicht neben ihm auf den Zementboden krachte. Pitt reagierte und ergriff den Holzstiel der Schaufel, um einen weiteren Schlag zu vereiteln. Johansson versuchte, die Schaufel an sich zu reißen, aber sein linker Arm war noch taub von dem Treffer, den er abbekommen hatte. So hatte er nicht genug Kraft. Indem er seine Taktik änderte, drückte er den Schaufelstiel nach unten, während er sich auf Pitt warf.

Der massige Schwede war mindestens fünfundsiebzig Pfund schwerer als Pitt und landete auf ihm wie ein Felsbrocken. Der Aufprall presste sämtliche Luft aus Pitts Lunge. Johansson schaffte es, den Schaufelstiel auf Pitts Kehle zu schieben, als er auf ihm landete. Und mit seinem gesamten Gewicht übte er einen mörderischen Druck aus.

Pitt kämpfte, um den Stiel wegzuhebeln, aber er wurde in einer hilflosen Position auf dem Boden festgenagelt. Während der Stiel seine Kehle mehr und mehr zusammenpresste, bemerkte er ein großes Zahnrad des Antriebssystems der Mahltrommel, das dicht über seinem Kopf rotierte. Pitt bäumte sich auf und warf sich hin und her, um Johansson gegen das Rad zu stoßen – oder zumindest seinen Druck auf den Schaufelstiel zu mindern.

Doch es hatte keinen Sinn. Johansson gab nicht nach, und er setzte seine gesamte Kraft ein, um jeden Funken Leben aus Pitt herauszupressen.

Ein dumpfes Pochen dröhnte in seinem Kopf, während Pitt krampfhaft nach Luft rang. Verzweiflung trübte seinen Geist, so ließ er den Stiel mit der rechten Hand los und schlängelte sie zu Johanssons Hüfte, wo er tastend nach seiner Pistole suchte.

Aber die Pistole befand sich an der anderen Seite. Stattdessen stießen Pitts Finger gegen die zusammengerollte Peitsche an seinem Gürtel. Er packte sie, hakte sie vom Gürtel, doch dann wurde er schlaff, und rote Punkte engten sein Gesichtsfeld ein.

Ein dumpfes Geräusch ertönte, und der würgende Druck auf seine Kehle ließ für einen winzigen Moment nach.

Giordino hatte sich kriechend bis auf Wurfweite genähert und Johansson mit einer Salve Erzbrocken unter Beschuss genommen. Einer davon, von Giordino mit der Wucht eines Erstligabaseballs geworfen, hatte Johansson hinterm Ohr getroffen. Der Schwede knurrte, wandte sich zu Giordino um und duckte sich, als ein weiterer Erzbrocken angeflogen kam.

Diese kurze Ablenkung gab Pitt genug Zeit, um einen tiefen Atemzug zu machen, in dessen Folge sich seine Sicht wieder klärte. Den Moment nutzend, riss er den freien Arm hoch und schlang die Peitschenschnur um Johanssons Kopf.

Dieser konterte, indem er die Schaufel losließ und Pitt die rechte Faust gegen den Kopf schmetterte.

Pitt konnte nichts tun, um den Schlag abzuwehren, da er nach dem Peitschenstiel griff. Während Johanssons Faust in seinem Gesicht explodierte, rammte er einen Schlüsselring am Peitschenstiel zwischen die Zacken des Zahnrads, das sich über seinem Kopf drehte.

Der Treffer ließ Pitt beinahe wegtreten, und doch blieb er wach genug, um verfolgen zu können, wie sich die Peitschenschlinge um Johanssons Hals zusammenzog und ihn in die Höhe riss. Da er sich nicht befreien konnte, trug das Zahnrad den Schweden weiter nach oben. Ein heiserer Schrei drang über Johanssons Lippen, als er zur gegenüberliegenden Seite der Maschine geschleift wurde.

An seiner Basis war das außen liegende Getriebe mit dem Schwungrad des achthundert PS starken Motors der Kugelmühle verbunden. Johansson wehrte sich zwar mit aller Kraft, wurde jedoch ins Getriebe hineingezogen. Die gierigen Stahlzähne fraßen sich in die Lederpeitsche und dann in den Hals des Aufsehers. Sein Schrei brach abrupt ab, und aus dem Trommelgetriebe spritzte ein dünner roter Faden quer durch den Raum. Die Maschine bockte und wurde für einen Moment langsamer, erreichte jedoch gleich wieder ihr Betriebstempo. Darunter breitete sich eine rote Pfütze auf dem Boden aus – als Spur von Johanssons enthauptetem Leichnam.

Pitt kam auf die Füße. Der Wächter am anderen Ende des Mühlenbaus hatte endlich etwas bemerkt und rannte auf Pitt zu.

»Diesmal hast du wirklich eine Schweinerei hinterlassen«, sagte Giordino und grinste trotz seiner Schmerzen.

»Danke für die Hilfe.« Pitt kam zu ihm. »Bist du okay?«

»Ja, aber das Bein blutet wieder. Du solltest dich lieber allein aus dem Staub machen.«

Der Wächter brüllte Pitt jetzt an, während er versuchte, seine Pistole zu ziehen.

Pitt nickte seinem Freund zu. »Ich komme zurück.« Er tauchte unter dem Förderband durch, als Schüsse durch das Gebäude hallten. Giordino warf einige Hände voll von dem zertrümmerten Erz auf den Boden, als der Wächter angerannt kam und Pitt verfolgte. Da er nur Augen für seine Jagdbeute hatte, rutschte der Wächter auf dem Geröll aus und stürzte beinahe.

Pitt nutzte diese Gelegenheit, um auf der gegenüberliegenden

Seite unter dem Förderband hervorzukriechen und aus dem Gebäude zu flüchten.

Ein paar verspätete Schüsse folgten ihm, während er um eine Ecke bog und in ein Gebüsch in der Nähe eindrang. Auf der Fünf-Morgen-Insel gefangen, machte er sich keine Illusionen, sich lange verstecken zu können. Die Schüsse hatten bereits die Aufmerksamkeit mehrerer Wächter in der nächsten Umgebung geweckt.

Pitt suchte sich einen Weg durch das Dickicht und nutzte es als Deckung, um sich ungesehen vom Mühlengebäude zu entfernen. Der Wächter, der ihn verfolgte, kam zu spät aus dem Gebäude, um ihn noch sehen zu können, und war also gezwungen, die Umgebung sorgfältig abzusuchen und auf Verstärkung zu warten.

Pitt kämpfte sich durchs Unterholz, bis er den Karrenweg erreichte. Dort spurtete er zum Kai, so schnell ihn seine geschwächten Beine trugen. Der Weg endete auf dem Kai und vor dem letzten Erzhaufen. Plugrad und einige seiner Männer schaufelten sich gerade durch den Haufen.

Als der Weg hinter ihm lag, hielt Pitt den Atem an, da er wusste, dass ihm nur eine einzige Möglichkeit zur Flucht blieb. Während er die Männer bemerkte, fand er, wonach er Ausschau hielt. Mit frischen Kräften beschleunigte er seine Schritte und verdrängte den Gedanken, dass er schon bald den Tod fände, wenn seine Vermutung nicht zutraf.

58

Plugrad schaute von der Schaufel voller Erz auf, die er in seinen Händen hielt, als Pitt gerade über den Karrenweg auf ihn zugerannt kam und auf eine Stelle hinter ihm deutete.

»Ich brauche eine von diesen«, rief Pitt.

Plugrad schaute sich um und sah drei Erzloren. Die Männer, die ihn umstanden, machten Platz, als Pitt sich näherte. Ohne langsamer zu werden, rannte er zu einer höchstens zur Hälfte gefüllten Lore und schob sie in Richtung Kai.

»Die weißen Linien!«, warnte Plugrad, aber Pitt winkte nur ab und stemmte sich mit aller Kraft gegen den Karren.

Auf dem Kai hatte sich der einzelne Wächter, der Plugrads Arbeitstrupp zugeteilt war, die ganze Zeit über mit seinem Funkgerät beschäftigt und reagierte nicht, bis er sah, wie Pitt die Lore in Richtung der weißen Linien schob. Er schwang seine Kalaschnikow herum und gab einen Feuerstoß ab.

Die schlecht gezielte Salve wirbelte jedoch nur den Staub um Pitts Füße hoch und veranlasste ihn, noch kräftiger zu schieben. Die vorderen Räder des Karrens rollten über die erste weiße Linie, und nun begann er ein Kribbeln im Nacken zu spüren. Die Lore rollte jetzt aus eigener Kraft. Während der Schmerz um seinen Hals intensiver wurde, sprang er ab und schwang sich in die Lore.

Er landete auf einem kleinen Erzhaufen, während auch die hinteren Räder des Karrens die Linie überquerten. Fünfzigtausend Volt hätten durch seinen Kragen schießen und ihn auf der Stelle töten sollen. Doch der elektrische Strom musste einen Weg vom unterirdischen Kabel bis zum Kragen finden. Die dicken Gummireifen der Erzlore leiteten den Strom jedoch nicht weiter, und das elektrisierende Gefühl an seinem Hals verflüchtigte sich schnell.

Zu Pitts Glück war der Untergrund völlig eben, und der Karren rollte weiter, überquerte die zweite weiße Linie und gelangte danach auf den Kai. Eine weitere Gewehrsalve wurde abgefeuert, und Pitt wühlte sich tiefer in das Erz in der Lore. Einige Löcher erschienen dicht über seinem Kopf in der Seitenwand der Lore, nachdem der Wächter besser gezielt hatte. Pitt wurde vom Splitter eines von einer Kugel zertrümmerten Erzbrockens getroffen, blieb sonst aber unversehrt.

Der Karren holperte über den Kai, dann prallte er gegen den hochgestellten Randabschluss des Piers. Pitt gewahrte über sich den Rumpf der *Adelaide*, die am Kai vertäut war. Er kam hoch wie ein Kastenteufel, katapultierte sich aus der Lore und über den Rand des Kais und tauchte ins Wasser des Urwaldhafens ein.

Völlig überrumpelt durch die Aktion, feuerte der Wächter auf dem Pier – ehe Pitt verschwand – keinen Schuss mehr ab. Dann erst rannte er zur Kante des Piers und richtete den Lauf der Waffe auf die konzentrischen Kreise auf der Wasseroberfläche, die durch Pitts Landung erzeugt worden waren – und wartete darauf, dass er an die Oberfläche kam.

Pitt tauchte in der Nähe des Achterschiffs der *Adelaide*, die rückwärts in den Wasserarm bugsiert worden war, ins Wasser. Er ließ sich tief absinken, ehe er sich drehte und zum Heck schwamm. Das trübe Wasser gestattete ihm wenigstens eine geringe Sichtweite, und problemlos konnte er immerhin den dunklen Konturen des Schiffsrumpfs folgen, bis dieser schmaler wurde und ein großer bronzener Propeller erschien.

Als erfahrener Taucher fühlte sich Pitt im Wasser zu Hause und konnte die Luft ohne Schwierigkeiten länger als eine Minute anhalten. Er machte ein paar Schwimmstöße am Schiff entlang und entfernte sich dann vom Kai. Obgleich er noch einige weitere Schwimmzüge geschafft hätte, hielt er an, stieg langsam auf und führte einen kräftigen Beinschlag aus, ehe er vollends auftauchte, um Luft zu holen.

Sein Kopf brach durch den Wasserspiegel, dann schwamm er auf der anderen Seite ein Stück in Richtung Ufer, ehe er ein zweites Mal tief einatmete und sich wieder in die Tiefe sinken ließ. Nun drehte er sich und tauchte mit schnellstmöglichem Beinschlag, um gleich wieder zum Schiff zurückzuschwimmen, während ein wahrer Kugelregen über ihm ins Wasser prasselte.

Als Pitt tatsächlich zurückschwamm, hatte sich der Wächter durch Pitts kurze Finte in Richtung Ufer täuschen lassen und entsprechend gezielt, als er schoss. Der Schütze hielt lange genug inne, um zwei weiteren Wächtern, die sich gerade näherten, etwas zuzurufen. »Überwacht das Ufer am Ende. Er will dorthin.«

Die beiden Männer rannten zum Ende des Wasserarms und suchten die Wasseroberfläche nach Pitt ab, der, wie sie meinten, jeden Moment auftauchen werde.

Aber Pitt war längst zur *Adelaide* zurückgekehrt und schwamm an ihrem Rumpf entlang. Es war eine anstrengende Strecke über die gesamte Länge des großen Schiffes hinweg, die Pitt unter Wasser zurücklegte, wobei er mehrmals zum Luftholen an die Oberfläche kam. Als er den relativen Schutz des Bugs erreichte, unterzog er beide Seiten des Schiffes einer visuellen Prüfung.

Wächter mit Hunden durchsuchten gruppenweise den Dschungel auf der anderen Seite des Wasserarms. Auf dem Kai unterhielt sich der Wächter, der geschossen hatte, mit einem anderen Wächter und deutete ins Wasser. Pitt fand nur wenige sichere Orte, um sich zu verstecken, und seine Position in der Nähe der *Adelaide* schien ihm einfach zu exponiert, um sich für längere Zeit dort aufzuhalten.

Ein kurzes Stück vor dem Frachter war ein kleines Mannschaftsboot am Kai vertäut. Das Boot war jedoch mit einer dicken Kette gesichert, die mit einem Schloss an einem Eisenring auf dem Kai befestigt worden war. Zwischen beiden Schiffen führte eine verrostete Leiter auf den Kai hinauf. Das brachte Pitt auf eine Idee. Er tauchte ab und schwamm mit einem einzigen Atemzug bis zu dieser Leiter.

Dort zog er sich immer mehrere Sprossen auf einmal hinauf, um einen Blick über den Rand des Kais zu werfen – und sah die beiden Wächter auf sich zurennen.

Überrascht, dass sie ihn entdeckt hatten, rutschte er an der Leiter abwärts. Er wollte auf Tauchstation gehen, zögerte jedoch beim Klang von Stiefeln auf Metall. Er schaute hoch und sah die Männer über die Gangway auf die *Adelaide* und zum Heck rennen. Also hatten sie ihn gar nicht gesehen.

Der Kai war jetzt leer, und Pitt gab sich einen Ruck, sprang auf und überquerte ihn. Er entdeckte einen Lagerschuppen in der Nähe des Mannschaftsboots und dachte noch einmal daran, auf dem Wasserweg zu fliehen. In dem Schuppen wurde sicherlich auch Werkzeug aufbewahrt, und er fände dort ganz sicher etwas, womit er das Boot freimachen könnte. Um aber ungesehen dorthin zu kommen, müsste er sich erst wieder ein Stück durch den Dschungel schlagen.

Er gelangte bis zum Dschungelrand und entschied sich für einen schmalen Fußweg. Diesem folgte Pitt um den dicken Stamm einer Zeder herum, als er plötzlich mit einem anderen Mann kollidierte, der ihm aus der anderen Richtung entgegengeeilt kam. Die Männer prallten voneinander ab und stürzten zu Boden. Pitt reagierte zuerst. Er sprang auf die Füße und hielt dann inne, als er den anderen Mann erkannte.

Es war Bolcke, der eine makellos gebügelte Leinenhose und ein Polohemd trug. Der Österreicher erhob sich nur langsam, wartete aber keine Sekunde damit, ein Funkgerät von seinem Gürtel zu nehmen und hineinzusprechen. »Johansson, der geflohene Sklave befindet sich in der Nähe des nördlichen Kais.«

Pitt schüttelte den Kopf. »Ich fürchte, Johnny die Peitsche wird keine Hausbesuche mehr machen.«

Bolcke starrte Pitt an, als auf seinen Funkruf ein langes Schweigen folgte. Eine weitere Stimme erklang und redete jetzt in gehetztem Spanisch mit Bolcke. Der Österreicher ignorierte sie, während er Pitt anstarrte.

»Bleiben Sie dort stehen, wo Sie sind.«

»Sorry«, erwiderte Pitt, »aber ich habe mich entschlossen, aus Ihrem Hotel der Qualen auszuziehen.« Er konnte Stimmen vom Kai hören und eine Bewegung oben auf dem Pfad wahrnehmen, der, wie Pitt jetzt erkannte, geradewegs zu Bolckes Wohnhaus führte.

»Sie werden wieder eingefangen und am Ende erschossen.«

»Nein, Edward Bolcke«, sagte Pitt und starrte den alten Bergbaufachmann voller Verachtung an. »Ich habe die Absicht, zurückzukommen und Sie zu holen.«

Er machte kehrt, tauchte in den Urwald ein und verschwand außer Sicht, Sekunden bevor ein Trupp Wächter erschien. Als sie Bolcke sahen, kamen sie eilig auf ihn zu.

»Haben Sie gemeldet, dass Sie den geflohenen Sklaven gesehen haben?«, fragte einer von ihnen.

Bolcke nickte und deutete auf Pitts Spur, dann reichte er dem Mann das Funkgerät. »Alle verfügbaren Wächter sollen sofort hierherkommen«, befahl er. »Ich will, dass der Sklave in einer Stunde zurückgebracht wird. Tot.«

59

Zweige zerbrachen und Äste schwankten, als sich Pitt durchs dichte Unterholz wühlte. Er hatte keine Ahnung, wie viele Männer sich an seine Fersen geheftet haben mochten, und da er sich nicht zugleich schnell und leise vorwärtsbewegen konnte, ließ er alle Vorsicht fahren und sah zu, dass er so zügig wie möglich vorankam.

Er hielt sich in dem Streifen natürlicher Vegetation, der vom Hafenkai auf der einen Seite und von der Straße zu Bolckes Residenz auf der anderen begrenzt wurde. Als sich das Dickicht lichtete und links von ihm zwei weiße Linien erschienen, wusste er, dass er seinen Kurs ändern musste. Er suchte sich einen Weg zum Rand der Straße, duckte sich unter einen Farnwedel und hielt den Atem an, als ein Golfwagen, besetzt mit mehreren Wächtern, vorbeijagte. Sobald der Wagen außer Sicht war, rannte er über die Straße und suchte im Dickicht auf der gegenüberliegenden Seite Deckung.

Nach nur wenigen Metern blieb er stehen. Unterhalb einer Felsleiste erschien ein See auf seinem Weg. Pitt erkannte erst jetzt, dass Bolckes Betrieb auf einer schmalen Halbinsel erbaut worden war. Seine Hoffnung auf eine erfolgreiche Flucht würde sich nur dann erfüllen, wenn er es schaffte, die Halbinsel unentdeckt in Richtung Festland zu überwinden und sich anschließend einen Weg durch das Land dahinter zu suchen.

In der stickigen schwülen Luft mühsam nach Atem ringend, eilte er weiter und wurde nur dann langsamer, als ihm eine der Extraktionsanlagen den Weg versperrte. Während er sich dem einen Ende des Gebäudes näherte, entdeckte er einen Wächter, der das Gebäude umkreiste. Er warf sich auf den Boden und schlich aus dem Gebäude hinaus, dann erhob er sich und sprintete in den Dschungel hinein. Am Fuß eines kleinen Mahagonibaums ließ er sich zu Boden sinken, um sich auszuruhen.

Aber seine Verschnaufpause wurde durch ein Geräusch beendet, das ihn auf die Füße und zum Weiterrennen trieb. Es war das durchdringende Gekläff von Wachhunden, die unaufhaltsam näher kamen.

Pitt hatte mehrere Wächter mit Dobermännern und einen mit einem Deutschen Schäferhund gesehen, hatte sie jedoch aus seinem Bewusstsein verdrängt. Nun aber stellten sie außerhalb der Industrieanlage die größte Gefahr dar, die ihm drohte.

Die Lautstärke ihres Kläffens verriet Pitt, dass sie nicht weiter entfernt waren als die Extraktionsanlage. Also konnte er hoffen, einen ausreichenden Vorsprung zu haben. Er musste einfach darauf vertrauen, dass sie keiner besonderen Witterung folgten.

Aber seine nassen Fußabdrücke auf dem Kai hatten den Hunden einen ersten sicheren Hinweis gegeben, und sie hatten wahrscheinlich genug Witterung aufgenommen, um eine – seine – Spur verfolgen zu können. Die Hundeführer hatten zwei Tiere von der Leine gelassen, um ihn ungehindert zu jagen. Doch drei andere ließen sie angeleint und folgten deutlich langsamer, um sicherzugehen, dass sie die Spur nicht verloren.

Pitt raffte sich widerwillig auf und rannte weiter. Stachlige Blätter und starre Äste zerkratzten ihm das Gesicht und zerrten an seiner Kleidung, während er sich seinen Weg suchte. Das ständige Bellen der Hunde scheuchte ihn weiter und vertrieb die Schmerzen aus seinem Bewusstsein. Die unzureichende Verpflegung der letzten Tage forderte ihren Tribut, als seine Kräfte nachließen und sich eine Ermüdung bemerkbar machte, mit der er so frühzeitig gar nicht gerechnet hatte. Aber Pitts mentale Kraft war ein Bollwerk, verhalf ihm zu einem unbeugsamen Willen und ließ ihn für Schmerz und Erschöpfung wenig anfällig werden.

Doch selbst seine Willenskraft reichte nicht aus, um den Hunden zu entkommen, sie waren einfach zu schnell. Ihr unaufhörliches Gebell wurde stetig lauter und erinnerte ihn an eine Lokomotive, die sich einem Bahnhof nähert. Er hielt an und hob einen Knüppel auf, der an einem Ende eine scharfe Spitze bildete, dann eilte er zu einem freien Felsvorsprung zu seiner Linken, wo er sich dem Kampf stellen wollte. Er fand kaum die Zeit, sich umzudrehen, als plötzlich zwei große Dobermänner in vollem Lauf aus dem Dickicht hervorbrachen und ihn ansprangen.

Pitt konnte den Knüppel nicht mehr wie einen Speer benutzen, um den ersten Hund aufzuspießen. Stattdessen musste er ihn als Abwehrwaffe einsetzen und schmetterte ihn gegen den Hals des Hundes, als dieser versuchte, ihm ein Ohr abzubeißen. Er schüttelte den Dobermann ab, doch der zweite Hund sprang in diesem Moment von hinten auf seine abgewandte Schulter. Pitt zog den Kopf ein, als eine Reihe scharfer Zähne nach seinem Hals schnappte.

Pitt erwartete jeden Moment, dass sein Fleisch zerfetzt wurde, aber es kam nur zu einem schwachen Biss in seine Schulter – dann erschlaffte der Hund. Als er ihn vollends abschüttelte und zu Boden fallen ließ, sah Pitt einen leblosen Ausdruck in seinen Augen. Doch der erste Hund hatte sich bereits so weit erholt, dass er es erneut auf Pitts Halsschlagader abgesehen hatte. Als er absprang, hörte Pitt zwei dumpfe Laute und sah, wie auf der Brust des Hundes zwei rote Punkte erschienen. Die offene Schnauze klappte zu, als Pitt ihn mit dem Knüppel beiseitewischte und das Tier seinem Partner tot auf dem Felsboden Gesellschaft leistete.

Pitt wusste, dass dies kein Akt göttlicher Vorsehung war, und so wirbelte er herum, um festzustellen, wer oder was dahintersteckte. Auf der Anhöhe nahm er im Gras eine Bewegung wahr und ging ein paar Schritte darauf zu, um nachzuschauen. Ein kleiner, schlanker Mann tauchte aus einem Gebüsch auf und kam ihm entgegen.

Zhou trug Tarnkleidung und Kampfstiefel und hatte einen Buschhut tief ins Gesicht gezogen. In der Hand hielt er ein AK-47-Sturmgewehr, aus dessen Mündung sich die letzten Schwaden eines dünnen Rauchfadens hervorkräuselten. Er musterte Pitt mit steinerner Miene, dann ging er an ihm vorbei zu einem der Hunde. »Schnell in die Schlucht damit«, sagte er in gebrochenem Englisch.

Er packte den Dobermann am Halsband und schleifte ihn über die Anhöhe. Auf der anderen Seite fiel der Berg steil in eine tiefe Schlucht ab. Ein kleiner Bach floss plätschernd auf dem Grund der Schlucht und verschwand stellenweise unter dichtem Farn. Zhou zog den Hundekadaver zum Rand des Abgrunds und rollte ihn über die Kante. Der Kadaver purzelte über den Abhang und wurde von einem dichten Farnteppich schnell verschluckt.

Nachdem er wieder zu Atem gekommen war, schnappte sich Pitt den zweiten Dobermann und wiederholte Zhous Entsorgungsaktion. Dann folgte er dem chinesischen Agenten zu einem provisorischen Lager, das zwischen den Büschen auf dem Berghang versteckt war.

»Was tun Sie hier?«, fragte Pitt und horchte auf das Bellen der restlichen Hunde.

»Sagen wir einfach, ich gehe Geschäften nach«, erwiderte Zhou, nahm einen Laptop von einem Baumstumpf, klappte ihn zu und verstaute ihn in einem Rucksack. Aber ehe der Bildschirm erlosch, konnte Pitt erkennen, was darauf dargestellt wurde: ein Schachmuster aus Videobildern, die Bereiche von Bolckes Industrieanlage zeigten. Der Agent hatte winzige drahtlose Überwachungskameras rund um die Anlage installiert, um sämtliche Aktivitäten und alle Bewegungen der Wachmannschaften aufzuzeichnen.

»Sie müssen verschwinden«, sagte Zhou. Er beeilte sich, sein Lager abzubrechen, rollte die Matratze zusammen und stopfte sie mitsamt Moskitonetz in den Rucksack.

Ein zweiter großer Rucksack stand offen neben Pitts Füßen. Darin konnte er mehrere Pakete elektronischer Zündkapseln neben den Paketen eines rötlichen lehmartigen Materials erkennen, das in Klarsichtfolie eingewickelt war. Pitt war an genug Unterwassersprengungen beteiligt gewesen, um zu wissen, dass es sich bei dem rötlichen Material um Semtex-Plastiksprengstoff handelte.

Zhou reichte Pitt einen Proteinriegel und eine Feldflasche aus seinem Rucksack, ehe er ihn sich auf den Rücken schwang. Dann verstreute er Laub auf dem zusammengedrückten Gras, in dem er in der vorangegangenen Nacht geschlafen hatte. Schließlich schulterte er auch den zweiten Rucksack und musterte Pitt wachsam, als er bemerkte, dass der Rucksack offen stand.

»Gehen Sie«, sagte er zu Pitt. »Sie sind weniger als zehn Minuten hinter Ihnen.«

»Wann sprengen Sie den Betrieb?«, fragte Pitt.

Zhou starrte Pitt ausdruckslos an. Die Amerikaner wurden von jeher als Feinde betrachtet. Aber er empfand Bewunderung für diesen Mann, nachdem er den größten Teil seiner Flucht mit Hilfe seiner versteckten Videokameras beobachtet hatte. Auch wenn er in China Arbeitslager kannte, fühlte er sich von Bolckes verstecktem Sklavenbetrieb abgestoßen.

»In genau vierundzwanzig Stunden«, sagte er.

»Und die Gefangenen?«

Zhou zuckte die Achseln und richtete dann seine Kalaschnikow wie zufällig auf Pitt.

»Es wird Zeit zu gehen. Sie nach Westen, ich nach Osten.« Er deutete in den Dschungel. »Folgen Sie mir nicht.«

Pitt blickte in Zhous ausdrucksloses Gesicht und seine schwarzen Augen, in denen eine versteckte Intelligenz und Barmherzigkeit nur vage zu erahnen waren.

»Danke«, sagte Pitt.

Zhou nickte, machte kehrt und verschwand zwischen den Büschen.

60

Yaeger hockte noch immer vor seinem XXL-Videoschirm, als Gunn zu einem Update hereinkam. Im Gegensatz zu Yaegers lässiger Aufmachung trug der Stellvertretende Direktor der NUMA Sportsakko und Krawatte.

»Was spricht man denn im Kreis der Anzugträger?«, fragte Yaeger.

»Ich wurde zu einem Meeting mit dem Vizepräsidenten gerufen. Er möchte wissen, wie weit die Suche nach Pitt und Giordino gediehen ist.«

Yaeger schüttelte den Kopf. »Sämtliche Such- und Rettungsaktionen sind bisher vergeblich gewesen. Außerdem hat uns die Navy informiert, dass sie am Ende des Tages ihre Nachforschungsmaßnahmen einstellen wird.«

»Gibt es etwas Neues über die *Adelaide*?«

»Nichts Konkretes. Unsere formellen Nachfragen bei INTERPOL und jeder Küstenwache zwischen Alaska und Chile haben ebenfalls nichts ergeben.«

»Wenn sie noch flott ist, muss sie doch jemand gesehen haben«, sagte Gunn. »Sind Dirk und Summer in Panama eingetroffen?«

»Sie haben versucht, noch eine Nachtmaschine nach Panama City zu erreichen.« Er warf einen Blick auf den Videoschirm, an dessen unterem Rand auch die Ziffern einer Digitaluhr zu sehen waren. »Wenn sie ihren Flug noch erwischt haben, müssten sie in diesem Moment landen.«

Gunn folgte Yaegers Blick auf den Bildschirm und bemerkte eine E-Mail mit Pitts Namen. »Was dagegen, dass ich frage, was das zu bedeuten hat?«

»Überhaupt nicht. Im Gegenteil, ich wollte dich gerade fragen, ob das irgendeinen Sinn für dich ergibt. Es ist eine E-Mail, die vor ein paar Tagen an die NUMA-Website geschickt wurde. Eine der Angestellten in der Public-Relations-Abteilung hat sie an mich weitergeleitet, weil sie nicht wusste, was sie darauf antworten sollte. Wahrscheinlich hat das vierjährige Kind irgendeines Users auf einer Tastatur rumgetippt.«

Er vergrößerte die E-Mail, bis die kurze Nachricht deutlich zu lesen war:

AN PITT. NTFÜR MSEARR HEULW LEXKYANN

»Das sieht aus wie Wortsalat«, sagte Gunn, »bis auf das letzte Wort. Es muss von jemandem namens Ann in Lexington, Kentucky, geschrieben worden sein.«

»Mehr habe ich auch nicht verstanden.«

»Ich neige zu deiner Kinder-Theorie.« Er klopfte Yaeger auf die Schulter. »Sag Bescheid, wenn irgendwas Neues über das Schiff reinkommt.«

»Versprochen. Grüß den Admiral von mir.«

Gunn fuhr mit der Metro in die City von Washington, stieg an der Station Farragut West aus und ging die drei Blocks bis zu Sandeckers Büro im Eisenhower Building. Der Vizepräsident hieß ihn an einem Konferenztisch willkommen, der aus alten Schiffsbalken gezimmert war, und machte ihn mit dem Sicherheitsdirektor der DARPA, Dan Fowler, und einer Abteilungsleiterin des FBI bekannt, die Elizabeth Meyers hieß.

Sandecker konnte an Gunns besorgtem Gesicht ablesen, dass Pitts Verschwinden schwer auf ihm lastete. »Was ist das Letzte, das wir über Pitt und Giordino wissen?«

»Die Such- und Rettungsteams haben noch immer keine Spur von ihnen gefunden. Die Navy beendet ihre Bemühungen heute.« Er sah Sandecker an und wartete auf eine Reaktion.

Er wurde nicht enttäuscht. Der Vizepräsident lief rot an, dann ging er zu seinem Schreibtisch und rief seine Sekretärin an. »Martha, verbinden Sie mich mit dem Chief of Naval Operations.«

Ein paar Sekunden später las er einem Admiral, der rangmäßig vor kurzem noch über ihm gestanden hatte, die Leviten. Dann knallte er den Hörer auf die Gabel und kehrte zum Konferenztisch zurück. »Die Navy hat die Suche soeben um drei Tage verlängert.«

»Danke, Mr. Vice President.«

»Was ist mit dem Schiff, von dem Sie mir erzählt haben?«, fragte Sandecker.

»Sie meinen die *Salzburg*?«, sagte Gunn. »Sie wurde zuletzt in New Orleans gesichtet. Homeland Security fragt gerade bei den örtlichen Hafenbehörden nach, ob sie noch immer dort liegt.«

»Welche Verbindung besteht da?«, fragte Fowler.

»Wenn überhaupt, dann nur eine ganz vage«, sagte Gunn. »Die *Salzburg* war offenbar in der Nähe der *Adelaide*, als sie mit Pitt an Bord verschwand. Sie ist nur einer der Strohhalme in einem Rätsel ohne greifbare Hinweise, an den wir uns klammern.«

»Ich kenne dieses Gefühl«, sagte Meyers.

»Ist mir irgendetwas entgangen?«, fragte Gunn.

»Rudi«, erklärte Sandecker, »ehe Pitt verschwunden ist, war er an der Wiederbeschaffung einiger geheimer Pläne im Zusammenhang mit einem Unterseeboot-Projekt namens *Sea Arrow* beteiligt.«

»Die *Sea Arrow*. Ist das nicht eine Idee für ein Hochgeschwindigkeits-Angriffs-U-Boot?«

»Die Entwicklung ist längst über eine Idee hinaus. Zumindest gilt das bis jetzt.«

»Ich vermute«, sagte Gunn, »dass es mit der Bergung dieses Bootes vor San Diego, der *Cuttlefish*, zu tun hat.«

»Genau«, sagte Sandecker. »Nur haben sich die Dinge mittlerweile zu einem ausgewachsenen nationalen Sicherheitsdesaster entwickelt. Elizabeth, ich denke, Sie sollten ihn ins Bild setzen.«

Die FBI-Vertreterin räusperte sich. »Ich möchte Sie darauf hinweisen, dass dies geheim eingestufte Informationen sind. Vor vier Tagen wurde ein zukunftsweisendes Antriebsaggregat, das für die *Sea Arrow* entwickelt wurde, während des Transports vom Forschungslabor der Navy in Chesapeake, Maryland, gestohlen.«

»Ist deshalb vor kurzem ein Warnhinweis von der Homeland Security in Umlauf gesetzt worden?«, fragte Gunn.

»Das trifft zu«, sagte Meyers. »Unsere Behörde arbeitet rund um die Uhr und überwacht jeden Flughafen, jeden Schiffshafen und jede Autobahnraststätte im Land. Ich will gar nicht erst damit anfangen aufzuzählen, wer alles auf diesen Fall angesetzt wurde.«

»Und noch immer keine Spuren?«, fragte Sandecker.

»Sogar zahlreiche, die sich aber als falsch oder als Sackgassen erwiesen haben. Das Beste, was wir haben, ist die Beschreibung eines Latino, der einen schrottreifen Toyota gekauft hat, der später an dem Diebstahl beteiligt war. Ansonsten suchen wir noch immer nach Hinweisen.«

»Meinen Sie, der Motor befindet sich nach wie vor im Land?«, fragte Gunn.

»Wir denken schon«, sagte Meyers, aber ihre Unsicherheit war nicht zu überhören.

»Zum Teil deswegen sind Sie hier, Rudi«, sagte Sandecker. »Das FBI zapft alle möglichen Quellen an und wünscht sich, dass auch die NUMA-Flotte hilft. Da Ihre Schiffe recht häufig an abgelegenen Orten stationiert sind, möchte es über alle ungewöhnlichen Erscheinungen und Vorkommnisse im Bereich der Binnenschifffahrt informiert werden.«

»Dieselbe Bitte haben wir auch gegenüber der Navy, der Coast Guard und den Behörden einiger wichtiger Häfen geäußert«, fügte Meyers hinzu.

»Natürlich«, sagte Gunn. »Ich gebe das gleich weiter.«

Sandecker wandte sich an Fowler. »Dan, haben Sie dem noch etwas hinzuzufügen?«

»Nein, Sir. Nur dass wir zweifelsfrei ermitteln konnten, dass Ann kurz vor dem Diebstahl verschwunden ist. Wir – sowie das FBI – haben den Verdacht, dass sie entweder getötet oder von derselben Organisation der Gegenseite entführt wurde.«

»Ann Bennett?«, fragte Gunn. »Wurde sie entführt?«

»Ja, und wir befürchten das Schlimmste«, sagte Meyers. »Sie wird jetzt seit fünf Tagen vermisst.«

Gunn fiel fast vom Stuhl. In diesem Augenblick löste die verstümmelte E-Mail, die Yaeger ihm gezeigt hatte, ein Klicken in seinem Kopf aus. »Ann lebt«, sagte er, »und ich weiß, wo sie ist. Oder, genauer, wo sie vor ein paar Tagen war. In Lexington, Kentucky.«

»Und sie ist noch am Leben?«, fragte Fowler.

»Ja. Wir haben bei der NUMA eine rätselhafte E-Mail empfangen. Es muss eine Warnung oder ein Hilferuf gewesen sein. Wir können den Text nicht vollständig verstehen, aber ich denke, er weist zum Teil darauf hin, dass sie zusammen mit dem Motor der *Sea Arrow* entführt wurde.«

Meyers richtete sich in ihrem Sessel auf. »Ich werde sofort die Außenstelle mobilisieren.«

Fowler sah den Vizepräsidenten verständnislos an. »Warum Lexington, Kentucky?«

»Vielleicht wegen eines Flugplatzes, den die Diebe unbehelligt benutzen können.«

»Sie könnten immer noch unterwegs sein«, sagte Meyers. »Vielleicht wollten sie zur Westküste oder nach Mexiko.«

»Es sieht so aus, als wüssten Sie jetzt, was Sie zu tun haben, Elizabeth«, sagte Sandecker. »Na schön, dann ran an die Arbeit. Ich möchte ein Update, und zwar morgen um die gleiche Uhrzeit.«

Die Besucher des Vizepräsidenten erhoben sich. Als sie zur Tür gingen, kam Meyers zu Gunn herüber. »Ich möchte diese E-Mail so bald wie möglich sehen.«

»Natürlich«, sagte Gunn. Aber nicht, dachte er, bevor er und Yaeger die volle Bedeutung der Nachricht entschlüsselt hatten.

61

Mit einem lauten Knall flog die Kabinentür auf. Ann saß auf einem kleinen Eckschreibtisch und blickte durch ein winziges Bullauge auf die vorbeigleitende See hinaus. Sie hatte den größten Teil der Reise auf diesem Platz und in dieser Haltung verbracht. Abgesehen von einem frühen Anfall Seekrankheit nach Verlassen des Mississippi-Deltas, war die Reise von Eintönigkeit bestimmt gewesen. Ihre einzige Abwechslung waren die zwei Mahlzeiten, die ihr regelmäßig von einem hässlichen kahlköpfigen Mann gebracht wurden, in dem sie den Koch des Schiffss vermutete.

Aus ihren stundenlangen Beobachtungen durch das Steuerbordbullauge hatte sie geschlossen, dass sie auf südlichem Kurs unterwegs waren. Bei einem geschätzten Tempo zwischen fünfzehn und zwanzig Knoten müssten sie nach ihren Berechnungen am zweiten Tag eine Position etwa eintausend Meilen südlich von New Orleans erreicht haben. Ihre geographischen Kenntnisse waren zwar nicht die besten, aber sie tippte auf einen Punkt unweit der Yucatán-Halbinsel von Mexiko.

Seit sie an Bord gekommen war, hatte sie Pablo nicht mehr gesehen, war gegen sein Erscheinen jedoch ständig gewappnet. Als die Tür aufflog, wusste sie sofort, dass er es war. Er kam mit wiegenden Schritten in die Kabine und schlug die Tür hinter sich zu. Dabei wirkte er viel lockerer, als Ann ihn je zuvor erlebt hatte, und als er näher kam, erkannte sie auch, warum. Er roch nach billigem Rum.

»Hast du mich vermisst?«, fragte er und grinste wie ein Haifisch.

Ann wich weiter in die Schreibtischecke zurück und zog die Knie bis ans Kinn hoch.

»Wohin sind wir unterwegs?«, fragte sie in der Hoffnung, seine Gedanken damit in eine andere Richtung lenken zu können.

»Dorthin, wo es heiß und stickig ist.«

»Kolumbien?«

Pablo hob den Kopf, überrascht, dass sie seine Nationalität kannte oder erriet.

»Nein, aber vielleicht können wir beide, nachdem wir unsere Fracht abgeliefert haben, zu einem langen romantischen Wochenende nach Bogotá fliegen.«

Er näherte sich dem Schreibtisch.

»Wann soll denn die Übergabe stattfinden?«

»Immer diese Fragen.« Er beugte sich vor, um ihr einen schmatzenden Kuss zu geben.

Ann hob die Füße, stemmte sie gegen seine Brust und stieß mit aller Kraft zu. Zu ihrer Überraschung stolperte der massige Mann rückwärts und fiel auf ihre Koje.

Ann erschauerte. Würde er sie töten, weil sie ihn zurückwies? Aber der Alkohol hatte ihn betäubt, und lachend kam er wieder auf die Füße.

»Ich wusste doch, dass eine kleine Wildkatze in dir steckt«, sagte er.

»Ich mag es nicht, so eingesperrt zu werden.« Sie hielt die mit Handschellen gefesselten Hände hoch. »Warum nehmen Sie die nicht vorher ab?«

»Wild und clever«, sagte er. »Nein, ich glaube, dass ist das Einzige, was du anbehalten darfst.«

Er knöpfte sein Hemd auf und betrachtete sie mit einem lüsternen Grinsen.

Zitternd saß sie immer noch auf dem Schreibtisch in der Ecke und dachte daran, zur Tür zu rennen und einen Fluchtversuch zu riskieren.

Pablo schien ihre Gedanken zu lesen, machte einen Schritt zur Seite und versperrte ihr den Weg, dann kam er näher.

Ann wollte einen Schrei ausstoßen, als ein anderes lautes Geräusch durch die Kabine schnitt.

Es war ein Rauschen, das aus einem Deckenlautsprecher drang, der an das interne Kommunikationssystem des Schiffes angeschlossen war. Dann röhrte eine Stimme durch die Kabine und das restliche Schiff. »Señor Pablo, kommen Sie sofort auf die Kommandobrücke. Señor Pablo, sofort auf die Kommandobrücke.«

Pablo schüttelte den Kopf und warf dem Lautsprecher einen wütenden Blick zu. Ungeschickt knöpfte er sein Hemd wieder zu und starrte Ann mit hungrigen Augen an. »Ich werde meinen Besuch später wiederholen.« Er verließ die Kabine und schloss die Tür hinter sich ab.

In ihrer Ecke sank Ann in sich zusammen. Tränen der Erleichterung und Dankbarkeit für den Aufschub, der, wie sie befürchtete, wahrscheinlich nur von kurzer Dauer sein würde, rannen über ihr Gesicht.

Nachdem Pablo ihre Kabine verlassen hatte, stieg er zur Kommandobrücke hinauf und ging ungehalten zum Kapitän. »Was ist los?«

»Ein dringender Anruf über Satellitentelefon für Sie.« Der Kapitän deutete auf einen Hörer, der auf der Konsole lag.

Pablo schüttelte die Benommenheit durch den Alkohol ab und meldete sich. Die Unterhaltung war einseitig. Pablo schwieg, bis er das Gespräch mit einem kurzen »Jawohl, Sir« beendete. Dann wandte er sich an den Kapitän. »Wie weit ist es noch bis zum Kanal?«

Der Kapitän justierte den Darstellungsmaßstab auf dem Navigationsbildschirm. »Knapp über sechshundert Meilen.«

Pablo blickte auf die digitale Seekarte und studierte die nahe gelegene Küste.

»Wir müssen einen dringenden Abstecher nach Puerto Cortés in Honduras machen, um Farbe und Fracht aufzunehmen.«

»Eine Lieferung für das Anwesen?«

»Nein, es wird an Bord gebraucht.«

»Aber wir haben auf der *Salzburg* nur eine Notmannschaft.«

»Dann soll jeder Mann sein Bestes geben«, sagte Pablo, »sonst hat die *Salzburg* bald keine Mannschaft mehr.«

62

Pitt kam Zhous Aufforderung nach und wählte den Weg nach Westen durch den Dschungel. Er dachte kurz daran, auf einem Umweg zurückzukehren und zu versuchen, das Boot ausfindig zu machen, mit dem Zhou höchstwahrscheinlich in den panamaischen Urwald gekommen war, kam nach einigen Überlegungen aber zu dem Ergebnis, dass es sich wahrscheinlich in einem sicheren Versteck befand. Während er sich einen Weg durch die Büsche suchte, rätselte Pitt, wer der Mann sein mochte und weshalb er ausgesandt wurde, um Bolckes Betrieb zu zerstören. Nicht dass Pitt nicht ähnliche Gefühle hegte, aber er nahm an, dass das Motiv eher mit dem Handel mit Seltenen Erden als mit humanitären Gründen zu tun hatte.

Kurz nachdem sie sich getrennt hatten, war die Sonne untergegangen, und das Laubdach des Dschungels hatte sich dunkel gefärbt. Pitt stolperte durch Wolken von Moskitos, die bei Einbruch der Dämmerung erschienen, um sich auf seine entblößte Haut zu stürzen. Das Gehen wurde zunehmend heikel, weil die ohnehin schon dichte lichtarme Welt nach und nach vollkommen schwarz wurde. Immer wieder traf er auf dornige Zweige oder stolperte über unsichtbare Äste, doch es gab nichts, was er hätte tun können, um dies zu vermeiden.

Die Hunde setzten ihre Verfolgung fort, langsam und methodisch. Pitt hatte gehofft, dass die Hundeführer Zhous Spur folgen würden, aber sie orientierten sich weiterhin an seiner Witterung. Er konnte dem gelegentlichen Hundegebell entnehmen, dass sie sich nur wenige hundert Meter hinter ihm befanden. Alle paar Minuten blieb er stehen und versuchte, ihre jeweilige Position einzuschätzen.

Ringsum vom Urwald eingeschlossen, verlor er jegliches Gefühl dafür, welche Richtung er einschlagen musste. Die Laute der Hunde waren schon bald seine einzige Orientierungshilfe. Aus Furcht davor, unbemerkt zurückzugehen und zwischen den Fangzähnen seiner Jäger zu landen, hatte er die Ohren ständig gespitzt und lauschte auf das Gekläff.

Der Urwald erwachte in der Nacht zum Leben und füllte sich mit einem Konzert seltsamer Pfiffe, Rufe und Schreie. Pitt behielt seinen spitzen Knüppel abwehrbereit in der Hand – für den Fall, dass diese akustischen Signale nicht von einem Vogel oder einem Fisch, sondern von einem Jaguar oder Kaiman stammten.

Die Laute halfen ihm, nicht an seine Müdigkeit zu denken. Ohne Zhous Wasser und Proteinriegel wäre er vielleicht längst zusammengebrochen, aber diese geringe Menge an Nahrung hielt ihn ständig in Bewegung. Dabei hüllte Erschöpfung seine Knochen ein und ließ jeden Schritt zu einer schmerzhaften Aktion werden. Dass er an diese heiße, feuchte Umgebung nicht gewöhnt war, steigerte seine Lethargie noch. Ständig von der Vorstellung gelockt, stehen zu bleiben und sich einfach hinzulegen, um sich auszuruhen, dachte er an Giordino und die anderen Gefangenen, und seine Füße versahen weiter widerspruchslos ihren Dienst.

Obgleich seine Kleider nach seinem vorherigen Bad inzwischen getrocknet waren, troffen sie jetzt vor Schweiß. Er hoffte auf Regen, weil er wusste, dass die Spurensucher dadurch abgelenkt werden würden. Aber der normalerweise zuverlässige panamaische Himmel spielte nicht mit und lieferte nicht mehr als ein gelegentliches Nieseln.

Er rutschte in einer Schlammpfütze aus, dann kletterte er auf einen Baumstumpf und rastete eine Weile. Offenbar bremste die

Dunkelheit auch die Spurensucher. Ein fernes Kläffen verriet ihm, dass er immer noch einen komfortablen Vorsprung hatte, aber schon bald gewahrte er durch das dichte Laubwerk das Licht der Suchscheinwerfer. Pitt quälte sich auf die Füße und wagte sich erneut in die Spießrutengasse unsichtbarer Baumäste. Stunde um Stunde schleppte sich die Nacht in einem Zyklus aus Suchen, Tasten und Stolpern dahin. Und immer wieder überlagerte der Lärm der Hunde alle anderen Urwaldgeräusche.

Automatenhaft wie ein lebender Toter taumelte Pitt durch einen Bambushain – dann machte er einen Schritt und spürte unter seinem Fuß nichts als Luft. Er kippte über den Rand einer engen Schlucht und rollte Hals über Kopf einen grasbewachsenen Hügel bis in einen Bach hinunter. Mehrere Minuten saß er nur da und genoss, wie das frische Wasser den Schmerz der Blutergüsse und Risswunden linderte. Am Himmel über ihm lieferte ein Streifen funkelnder Sterne ein mattes, aber willkommenes Licht.

Das Wasser bot ihm die Chance, die Hunde abzuschütteln. Nachdem er Zhous Feldflasche aufgefüllt hatte, watete er in der Mitte des Baches stromabwärts. Zwar reichte ihm das Wasser nur selten höher als bis zu den Knien, trotzdem war es tief genug, um seine Spur zu verbergen. Dank des Sternenscheins kam er schneller voran, auch wenn er einmal ausrutschte und sich in voller Länge ins Bachbett legte. Er folgte ihm nach seiner Schätzung meilenweit, tatsächlich waren es jedoch nur einige hundert Meter.

Er gelangte zu einem niedrigen Uferabschnitt, stieg auf der gegenüberliegenden Seite aus dem Wasser und ging noch eine kurze Strecke weiter bis zu einer Gruppe von Kapokbäumen. Ein niedriger Ast winkte einladend, also schob er sich vorsichtig darauf und entspannte sich.

Der Dschungel hatte sich beruhigt, und außer dem Bach hörte er nur wenige andere Geräusche. Auch die Suchhunde waren verstummt und weckten die Hoffnung in ihm, dass er ihnen endlich entkommen war. Während er sich erleichtert gegen den Baumstamm lehnte, wurde ihm bewusst, dass die Jagd mental mindestens genauso strapaziös gewesen war wie physisch.

Er kämpfte gegen den überwältigenden Drang einzuschlafen, als er in den Büschen auf der anderen Seite des Bachs ein Rascheln vernahm. Er blickte über die Schulter, als ein gelbes Leuchten durch das Laub drang. Er erstarrte, als am gegenüberliegenden Bachufer die Silhouette eines großen Hundes erschien und suchend auf dem Boden schnüffelte.

Pitt verfluchte sein Pech. Indem er dem Bachbett gefolgt war, musste er ungewollt die Richtung geändert haben und war seinen Jägern entgegengegangen.

Das Verhalten des Deutschen Schäferhundes verriet nicht, ob er Pitt gesehen oder gewittert hatte. Pitt blieb stocksteif zwischen den Bäumen stehen und wagte nicht einmal zu atmen. Das gelbe Leuchten verstärkte sich, bis ein bewaffneter Verfolger mit Taschenlampe aus einem Dickicht auftauchte und den Hund rief. Dieser schaute zu seinem Führer auf und folgte ihm, jedoch nicht ohne vorher drohend zu knurren.

Drei Meter von Pitt entfernt ertönte plötzlich ein Brüllen wie von einem Löwen auf einem elektrischen Stuhl. Pitt fiel fast von seinem Ast, konnte sich im letzten Moment aber festhalten, während der Hundeführer seine Taschenlampe auf den Baum richtete. Der Lichtkegel fand eine pelzige schwarz-braune Kreatur, die nicht weit über Pitt im Geäst des Baums hockte. Es war ein Brüllaffe, der einen weiteren heiseren Schrei ausstieß, ehe er auf einen anderen Ast sprang und vor dem Licht flüchtete.

Pitt saß starr am Rand des Lichtkegels, während der Hund wild zu bellen begann. Der Lichtstrahl wanderte, dann kam er zurück und erfasste Pitt. Pitt ließ sich vom Ast fallen und huschte durchs Unterholz davon. Nur eine Sekunde später zertrümmerte eine Gewehrsalve den nunmehr leeren Ast des Kapokbaums.

Der Dschungel verstummte, während das Echo der Gewehrsalve verhallte. Dann füllte sich die Landschaft mit einer Kakophonie aus schrillen Schreien und panischem Gebrüll, als tausende von Tieren panisch die Flucht ergriffen. Dabei bildete Pitt die Spitze und rannte mit vorgestreckten Händen durch das Pflanzen- und Baumgewirr. Die ersten Vorboten der Morgendämmerung erhellten den Himmel und begünstigten seine Flucht. Und diesen Vorteil nutzte er weidlich.

Der Deutsche Schäferhund sollte ihm folgen, zögerte jedoch, den Bach zu überqueren, und half Pitt damit, seinen Vorsprung zu vergrößern. Aber dann fand der Schäferhund eine schmale Stelle im Bach und nahm sofort die Verfolgung wieder auf. Sein wütendes Kläffen signalisierte Pitt, dass er stetig aufholte. Obgleich ebenfalls müde und erschöpft nach der langen Jagd, ließ der Schäferhund Pitts Vorsprung zunehmend schrumpfen.

Aber Pitt hatte nur noch wenig Energie für einen ausgedehnten Sprint übrig. Er wusste, dass er dem Hund nicht würde davonlaufen können. Aber wenn er es schaffen sollte, ihn von seinem Führer zu trennen, hätte er vielleicht eine Chance, ihn abzuhängen. Die Frage war nur, ob er noch die Kraft hatte, ihn in einem Kampf zu überwinden.

Das Gebell kam näher, und Pitt entschied, dass es nun an der Zeit war, kehrtzumachen und es auf eine Auseinandersetzung ankommen zu lassen. Allerdings stellte er fest, dass er seine Waffe – den Knüppel mit der scharfen Spitze – am Baum zurückgelassen hatte, als er von dort geflüchtet war. Während er seine Umgebung nach einer neuen Waffe absuchte, übersah er einen niedrig hängenden Ast und rannte ungebremst dagegen. Die Kollision warf ihn um wie einen nassen Sack. Während er versuchte, seine Benommenheit zu vertreiben, stürmte das laute Gebell auf ihn zu. Aber er hörte auch ein metallisches Klirren, das den Boden unter ihm in Schwingungen versetzte.

Allein von seinem Instinkt getrieben, kroch er vorwärts, an einem Baum vorbei und auf einen kleinen Hügel. Das Geräusch wurde lauter. Er kämpfte gegen seine Schmerzen an und warf einen vorsichtigen Blick über die Hügelkuppe.

Im matten Sternenschein gewahrte er einen Eisenbahnzug – keine zehn Meter entfernt. Er verscheuchte den Gedanken, dass dies ein Wunder war, und kam schwankend auf die Füße. Der Zug war ganz real und kroch durch eine schmale Schneise im Dschungel. Er bestand aus Niederbordwagen, die mit Frachtcontainern beladen waren.

Pitt stolperte auf die Schienen zu, während der Schäferhund den Hügel erklomm und ihn erblickte. Mit frischem Jagdeifer startete der Hund durch und rannte hinter Pitt her, während dieser auf wackligen Beinen den Zug erreichen wollte.

Ein nur zur Hälfte beladener Güterwagen rollte vorbei, und Pitt machte einen verzweifelten Satz. Er landete mit dem Oberkörper auf der Ladefläche und krallte die Finger in die schartigen Holzplanken, während der Hund angriff. Er vollführte einen kraftvollen Sprung und schnappte nach Pitts rechtem Fuß.

Pitt zog sich ganz auf die Ladefläche, während der Hund weiter an seinem Fuß hing und mit den Beinen in der Luft strampelte. Pitt nahm Zhous Feldflasche, die er sich mit ihrem Riemen um den Hals gehängt hatte, und benutzte sie als Wurfgeschoss. Die Flasche traf die Hundeschnauze, und der Schäferhund jaulte und ließ los. Aber kaum war er auf dem Schotterbett neben dem Gleis gelandet, gehorchte der Hund wieder seinem Jagdinstinkt und verfolgte Pitts Güterwagen. Für eine Viertelmeile rannte der Hund neben dem Waggon her, kläffte und knurrte wütend, ohne jedoch aufspringen zu können. Dann überquerte der Zug eine Schlucht auf einer schmalen Bockbrücke, und der Hund musste seine Jagd abbrechen. Pitt winkte ihm zum Abschied zu, während das Tier den verschwindenden Zug weiter anbellte. Pitt kroch über die Ladefläche des Waggons, rollte sich neben einem verrosteten Container zusammen, schloss die Augen und schlief auf der Stelle ein.

63

Der langsam fahrende Güterzug kam mit einem heftigen Ruck zum Stehen, der seinen einsamen Passagier weckte. Auf seinem Pritschenwagen schlug Pitt die Augen auf und sah blinzelnd in die grelle Morgensonne.

Der Zug der Panama Railway hatte seine Endstation – einen Güterbahnhof in der Hafenstadt Balboa – erreicht. In der Nähe der Pazifik-Einfahrt in den Panamakanal und nur wenige Meilen südlich von Panama City gelegen, war Balboa der wichtigste Transitpunkt für den Schiffsverkehr über die Landenge. Pitt sprang von dem Pritschenwagen herab und fand sich in einem stählernen Dschungel wieder. Berge von aufgestapelten mehrfarbigen Frachtcontainern reihten sich aneinander, so weit das Auge reichte. Er blickte an einer langen Reihe von Güterwagen entlang und entdeckte einen Brückenkran über den Gleisen – und dann waren da Arbeiter zu sehen, die gerade damit anfingen, die allgegenwärtigen Frachtcontainer abzuladen.

Pitt, der am Ende des Zugs stand, verließ den Güterbahnhof auf den Gleisen. Er konnte sich vorstellen, dass ihn die örtliche Eisenbahnverwaltung wie einen Landstreicher behandeln würde. Sobald er sich außerhalb des Güterbahnhofs befand, kletterte er über einen rostigen Maschendrahtzaun und gelangte in eine Gegend, die von alten Lagerhäusern beherrscht wurde. Einen halben Block entfernt parkte eine Handvoll Wagen vor einem schmalbrüstigen Gebäude.

Es war eine ziemlich heruntergekommene Bar, die vorwiegend von Hafenarbeitern frequentiert wurde. Ein verblichenes Schild verkündete den Namen des Etablissements, *El Gato Negro*, nebst einem Gemälde von einer schwarzen Katze mit durchgestrichenen Augen.

Pitt betrat die dämmrige Bar und handelte sich die neugierigen Blicke der wenigen frühmorgendlichen Gäste ein, die bereits die Barhocker besetzten. Pitt ging auf den Barkeeper zu und erhaschte dann einen Blick auf sein eigenes Konterfei im großen Spiegel hinter der Bar. Der Anblick jagte ihm beinahe einen Schreck ein.

Es war das Bild eines müden, ausgezehrten Mannes mit einem ramponierten, blutigen Gesicht, der schmutzige, zerfetzte und ebenfalls blutbesudelte Kleider trug. Er sah aus wie jemand, der von den Toten zurückgekehrt war.

»*¿El teléfono?*«, fragte Pitt.

Der Barkeeper sah Pitt an, als sei er direkt vom Mars gekommen und soeben erst gelandet, dann deutete er in eine Ecke neben der Toilette. Pitt schlug die angezeigte Richtung ein und fand zu seiner Erleichterung einen ramponierten Münzfernsprecher. Obgleich in Amerika inzwischen so gut wie ausgestorben, hatte der ehrwürdige Münzfernsprecher doch überall auf der Welt an den unwahrscheinlichsten Orten überlebt.

Nachdem er eine Englisch sprechende Vermittlung erreicht hatte, die nur kurz zögerte, als er um ein R-Gespräch nach Washington, D.C., bat, hörte Pitt kurz darauf das Rufzeichen in der Leitung. Rudi Gunns Stimme stieg um eine Oktave, als er Pitt *Hallo* sagen hörte.

»Seid ihr beiden, du und Al, in Sicherheit?«

»Nicht ganz.« Pitt schilderte in knappen Worten den Überfall auf die *Adelaide*, ihre Ankunft in der Erzhütte in Panama und dann seine Flucht.

»Panama«, sagte Gunn. »Wir haben die Panama Canal Authority gebeten, nach der *Adelaide* Ausschau zu halten.«

»Sie haben den Namen des Schiffes auf See geändert. Wahrscheinlich hatten sie zu diesem Zeitpunkt bereits falsche Papiere vorbereitet. Bolckes Betrieb liegt irgendwo mitten in der Kanalzone, daher gibt es bei den Schleusen sicherlich Leute, die für ihn arbeiten.«

»Sagtest du Bolcke?«

»Ja, Edward Bolcke. Ein alter österreichischer Bergbauingenieur, der dieses Lager des Grauens leitet. Ich hörte, dass er auf dem Markt für Seltenerdelemente eine große Nummer sein soll.«

»Er war eine unserer Spuren bei eurer Entführung«, sagte Gunn. »Er besitzt ein Schiff namens *Salzburg*, das in der Nähe der *Adelaide* gesichtet wurde, als sie verschwand.«

»Wahrscheinlich ist es dasselbe Schiff, das die *Tasmanian Star* aufbrachte, ehe sie ihren großen Auftritt in Chile hatte. Und vielleicht war sie das auch bei der *Cuttlefish*. Offenbar ist sie mit einer Art Mikrowellenanlage bewaffnet, deren Wirkung tödlich ist.«

»Bolcke unterhält möglicherweise auch in Madagaskar einen Betrieb«, sagte Gunn. »Ich bringe mal das Pentagon auf Trab, damit sie sich um Al und die anderen kümmern. Ich denke, in diesem Fall ist eine gemeinsame militärische Operation mit den panamaischen Sicherheitskräften angesagt.«

»Pass auf, Rudi, wir haben nur ein ziemlich enges Zeitfenster zur Verfügung.« Pitt beschrieb seine Begegnung mit dem chinesischen Agenten Zhou und dessen Plan, die Anlage zu zerstören. Nach einem Blick auf seine Doxa-Tauchuhr fuhr er fort: »Uns bleiben weniger als fünf Stunden, um Al und die anderen dort herauszuholen, bevor das Feuerwerk gezündet wird.«

»Das ist verdammt knapp.«

»Ruf Sandecker an und setz alle Hebel in Bewegung.«

»Ich tue, was ich kann. Wo bist du jetzt?«

»In einer Bar namens *El Gato Negro*, irgendwo in der Nähe des Güterbahnhofs auf der Pazifikseite.«

»Bleib dort. Ich lasse dich von jemandem, den du kennst, innerhalb von einer Stunde abholen.«

»Danke, Rudi.«

Pitt spürte, wie sich die Strapazen seiner Flucht in Wohlgefallen auflösten und durch frische Energie für die bevorstehende Aufgabe ersetzt wurden. Giordino und die anderen zu retten war jetzt das Einzige, das zählte. Er kehrte zur Bar zurück, und der Barkeeper dirigierte ihn zu einem freien Barhocker. Als er sich darauf schwang, stand ein frisches Glas mit einer glasklaren Flüssigkeit darin vor ihm. Daneben lag ein großer Bolzenschneider mit langen Griffen.

Pitt griff sich an den Hals und ertastete den Stahlkragen. Den hatte er vollkommen vergessen. Er sah den Barkeeper an, der seinen Blick erwiderte und nickte.

»*Muchas gracias, amigo*«, sagte Pitt, griff nach dem Glas und leerte es in einem Zug. Es war ein einheimischer Schnaps, der Seco Herrerano genannt wurde, nach Rum schmeckte und in seinem Magen eine angenehme Wärme entwickelte. Er stellte das Glas auf die Theke zurück, griff nach dem Bolzenschneider und grinste den Barkeeper an.

»Wer hat eigentlich behauptet, dass eine schwarze Katze Unglück bringt?«

64

»Bist du sicher, dass wir hier richtig sind?«

Dirk bedachte seine Schwester mit einem gereizten Blick. »Da man hier offenbar nicht viel davon hält, Schilder mit Straßennamen anzubringen, lautet die Antwort nein.«

Er wich einem stehen gebliebenen, mit Bananen beladenen Laster aus und gab ihrem Mietwagen auf der verstopften Straße die Sporen. Seit ihrer Landung auf dem Tocumen International Airport an diesem Morgen waren sie kreuz und quer durch Panama City gefahren, und zwar zuerst in ihr Hotel und danach zur Roherz-Handelszentrale von Habsburg Industries. Es handelte sich um ein kleines gemietetes Ladenbüro, das geschlossen war und einen wenig benutzten Eindruck machte. Der Inhaber der Bäckerei nebenan bestätigte, dass es nur selten geöffnet hatte. Dirk und Summer gelangten schon zu der Überzeugung, dass ihr Ausflug nach Panama reine Zeitvergeudung war, als sie von Gunn angerufen wurden und erfuhren, dass ihr Vater lebte und am Stadtrand auf sie wartete.

Jetzt fuhren sie an einem Schild vorbei, das sie im Distrikt Balboa willkommen hieß, und Dirk wusste, dass sie auf dem richtigen Weg waren. Er folgte zwei Sattelschleppern, von denen er meinte, dass sie zum Hafen wollten, und bog dann auf eine unbefestigte Nebenstraße ab, als vor ihnen die Einfahrt zum Hafengelände erschien.

Nach drei Blocks ortete Summer das Schild mit der schwarzen Katze.

Dirk hatte den Wagen kaum geparkt, als Summer bereits ausstieg, in die Bar eilte und deren unappetitliches Erscheinungsbild dabei völlig ignorierte. Fast erkannte sie ihren Vater nicht, der in zerlumpter Kleidung an der Bar saß und eine *empanada* verzehrte. Er war mindestens genauso geschockt, so plötzlich seine Kinder zu sehen.

»Dad, wir müssen dich ins Krankenhaus bringen«, sagte Summer.

Pitt schüttelte den Kopf. »Keine Zeit. Vielmehr sollten wir uns mit dem panamaischen Militär abstimmen, um Al und die anderen zu retten.«

Dirk betrachtete die versammelten Barbesucher, die die hereingeschneiten Amerikaner allesamt neugierig anstarrten. »Dad, meinst du nicht, wir sollten darüber lieber draußen im Wagen diskutieren?«

»Keine schlechte Idee«, sagte Pitt. Er deutete auf das leere

Schnapsglas und den leeren Speiseteller. »Hast du zufälligerweise hiesige Währung bei dir?«

Dirk klappte seine Brieftasche auf. »Soweit ich weiß, sind unsere Greenbacks auch in Panama das bevorzugte Zahlungsmittel.«

Pitt fischte einen Einhundert-Dollar-Schein aus der Brieftasche seines Sohnes und reichte ihn dem Barkeeper, dann schüttelte er ihm die Hand.

»Das war mindestens ein doppelter Tagessatz«, meinte Dirk, während sie die Bar verließen.

Pitt zwinkerte ihm zu. »Setz es auf deine Spesenrechnung.«

Dirk zog eine Straßenkarte zu Rate, ehe sie losfuhren und sich einen Weg durch die Fahrrillen der Schotterstraße suchten.

»Was hat Rudi mit den Panamaern ausgemacht, um sich Zugang zu Bolckes Betrieb zu verschaffen?«, fragte Pitt.

»Rudi rauft sich die Haare«, sagte Summer. »Er hat uns während unserer Reise hierher drei Mal angerufen. Wie du wahrscheinlich weißt, verfügt Panama seit Manuel Noriegas forciertem Rücktritt nicht mehr über ein stehendes Heer. Paramilitärische Gruppen innerhalb der Panamanian Public Forces sind zu einem gemeinsamen Unternehmen mit einem U.S.-Team bereit, aber erst, nachdem sie sich die Beweise genau angesehen und Vorbereitungen für einen taktischen Angriff getroffen haben. Niemand rechnet damit, dass innerhalb von achtundvierzig Stunden eine entsprechende Sondereinheit zusammengestellt wird.«

Dirk sah seinen Vater fragend an. »Meinst du, dass Al und die anderen schon früher in Gefahr geraten?«

Pitt berichtete von seinem Treffen mit Zhou. »Sobald die Sprengladungen hochgehen, erwarte ich, dass Bolckes Leute sämtliche Gefangenen exekutieren und ihre sterblichen Überreste verschwinden lassen. Haben wir irgendwelche amerikanischen Einheiten, die die Angelegenheit auf eigene Faust in die Hand nehmen können?«

Dirk schüttelte den Kopf. »Die Angehörigen der Special Forces des Southern Command sind das Beste, was wir aufbieten können. Sie befinden sich zwar im Alarmzustand, sind aber immer noch zehn Stunden weit entfernt. Rudi meinte, das einzige amerikanische Kontingent, das er in unserer Nähe finden konnte, sei ein Schiff der Navy im Pazifik, das mit Kurs auf den Kanal unterwegs ist.«

Nachdem sie ein kurzes Stück durch Balboa gefahren waren, lenkte Dirk ihren Mietwagen einen Hügel hinauf zu einem eindrucksvollen, verschnörkelten Gebäude mit Blick auf den Hafenbezirk und den Kanal. Ein Schild auf dem sorgfältig gestutzten Rasen verriet seine Funktion: PANAMA CANAL AUTHORITY ADMINISTRATION BUILDING. Es war der Sitz der Verwaltung des Panamakanals.

»Die Verwaltung ist für die Sicherheit des Kanals und der angrenzenden Kanalzone zuständig«, sagte Summer. »Rudi ist der Meinung, sie sei unsere einzige Hoffnung auf eine schnelle Reaktion.«

Im Gebäude zog Pitts äußere Erscheinung die Blicke von Personal und Besuchern auf sich. Eine Empfangsdame geleitete sie zum Büro des Direktors der Canal Security, einem selbstsicher auftretenden Mann mit schmalem Schnurrbart, der Madrid hieß. Er musterte Pitt eingehend, während er sich vorstellte. »Ich wurde über die Dringlichkeit Ihres Besuchs schon hinreichend aufgeklärt. Ihr Vizepräsident ist ein sehr überzeugender Mann«, sagte er, immer noch sichtlich geschockt, von ihm persönlich angerufen worden zu sein.

»Eine Menge Leben sind in Gefahr, und die Zeit ist knapp«, sagte Pitt.

»Ich lasse unsere Krankenschwester kommen und Ihnen frische Kleidung besorgen, während wir uns unterhalten.«

Madrid führte sie in sein Büro, in dem eine große Wandkarte hing, die den Kanal abbildete. Ein Mann in Tarnkleidung studierte einige Luftaufnahmen, die auf einem Tisch lagen.

»Darf ich Sie mit Commander Alvarez bekannt machen? Er ist der Chef unserer Einsatztruppe und wird Ihre Rettungsaktion leiten.«

Sie gingen zu dem Tisch hinüber, tauschten einige Höflichkeiten aus, ehe Pitt seine Entführung und die Abläufe in Bolckes verstecktem Urwaldunternehmen beschrieb.

»Wir haben uns die Transitprotokolle von Habsburg Industries einmal näher angesehen und ein höchst seltsames Muster gefunden, nach dem die Kanaldurchfahrten stattgefunden haben«, sagte Madrid.

»Ihre Schiffe fahren am einen Ende hinein«, sagte Pitt, »und kommen erst Tage später am anderen Ende wieder heraus.«

»Stimmt genau.«

»Sie bringen gekauftes oder gestohlenes Roherz zu der Anlage und fahren mit dem fertigen Produkt wieder hinaus.«

Madrid nickte mit gequälter Miene. »Die Passage von Handelsschiffen durch den Kanal wird strengstens überwacht. Offensichtlich bekommen sie aber Hilfe von den Lotsen oder unserem eigenen Schleusenpersonal, um zu gewährleisten, dass solche Durchfahrten nicht auffallen.«

»Bei ihrem Produkt geht es um eine Menge Geld«, warf Pitt ein. »Daher können sie fürstliche Schmiergelder zahlen.«

»Mr. Pitt, können Sie uns zeigen, wo genau sich die Anlage befindet?«, fragte Alvarez.

Pitt trat an die Wandkarte und folgte mit einem Finger den Gleisen der Panama Canal Railway, die nicht weit vom Ostufer des Kanals verliefen.

»Ich kann nur raten, dass ich irgendwo in dieser Region auf das Bahngleis gestoßen bin.« Er deutete auf eine abgelegene Zone in der Nähe des Gatun-Sees, etwa dreißig Meilen von Panama City entfernt. »Der Betrieb muss irgendwo zwischen dem Kanal und der Eisenbahnlinie versteckt sein.«

Alvarez blätterte in einem Aktenordner und holte ein Päckchen farbiger Luftaufnahmen heraus.

»Das müsste in etwa die Region sein.« Er untersuchte jedes Foto aufmerksam, ehe er es die Runde machen ließ. Darauf waren dichte Dschungelgebiete zu sehen, die stellenweise bis an den Gatun-See heranreichten. Einige Bilder zeigten die Strecke der Panama Railway, die den Dschungel durchquerte, doch auf keinem Foto befand sich auch nur ein vager Hinweis auf Bolckes Betrieb. Sie überprüften vierzig Fotos, und Madrids Miene wurde von Foto zu Foto skeptischer.

»Einen Moment mal«, sagte Summer plötzlich. »Zeig das letzte Foto noch mal.«

Dirk reichte ihr das Foto, und sie legte es neben ein anderes auf den Tisch. »Sehen Sie sich mal auf beiden Bildern den Dschungel ganz genau an.«

Die vier Männer reckten die Hälse und sahen auf beiden Fotos ein gleichförmiges Laubdach, das den Dschungel überspannte.

Niemand sagte etwas, bis Pitt ein drittes Foto daneben legte. »Es ist die Farbe«, sagte er. »Sie verändert sich.«

»Genau.« Summer deutete auf eins der Fotos. »Da ist eine schnurgerade Naht, an der sich der Dschungel ein wenig grau färbt.«

»Das sehe ich«, sagte Madrid.

»Über der gesamten Anlage wurden künstliche Dächer installiert«, sagte Pitt. »Sie sind jedoch im Laufe der Zeit verblichen und stimmen farblich nicht mehr mit dem restlichen Urwald überein.«

Alvarez setzte die Bilder aus mehreren aneinander angrenzenden Fotos zusammen, bis das Bilderpuzzle eine ausgeprägte Halbinsel zeigte, die in den Gatun-See ragte. Mit einem Markierungsstift umrahmte er die verfärbten Bereiche und erhielt eine große rechteckige Fläche neben einem Flickenteppich mehrerer kleinerer quadratischer.

»Das große Rechteck dürfte wohl den Hafenkai und den Wasserarm überdecken«, sagte Pitt. »Einige künstliche Mangroven verbergen die Einfahrt und werden beiseitegeschoben, wenn ein Schiff kommt oder geht.«

»Was sind die anderen Quadrate?«, fragte Summer.

»Die anderen Gebäude in der Anlage.« Er nahm Alvarez' Markierungsstift und kennzeichnete Bolckes Wohnhaus, den Mühlenbau, das Schlafhaus für die Zwangsarbeiter und die zahlreichen Gebäude mit den Extraktionsanlagen. Soweit er konnte, beschrieb er den Sicherheitsdienst der Anlage und bemühte sich, kein Detail auszulassen.

»Wie viele Gefangene?«, fragte Madrid.

»Achtzig.«

»Unglaublich«, kommentierte Madrid. »Ein geheimes Arbeitslager direkt vor unserer Nase.« Er wandte sich an Alvarez. »Haben Sie den Betrieb gefunden?«

»Ja, Sir. Er ist genau dort.« Er fand die Halbinsel auf der Wandkarte und markierte sie mit einer Reißzwecke.

»Eindeutig in unserem Zuständigkeitsbereich. Wie gehen wir rein?«

»Da eine schnelle Aktion angesagt ist, müssen wir uns vom Gatun-See Zugang verschaffen. Wir können die *Coletta* aus Miraflores als Kommandoschiff herbeordern und mit drei Patrouillenbooten angreifen.«

Er studierte Pitts Markierungen auf den Fotos. »Wenn wir es durch die Barrikade schaffen, schicken wir ein Boot in den Wasserarm, lassen die anderen beiden außerhalb landen und unsere Leute zu Fuß vorrücken. Sobald die Anlage fest in unserer Hand ist, holen wir die *Coletta* an den Kai, um die Gefangenen zu evakuieren.«

»Sie sollten die Männer und die Ausrüstung sofort zusammensuchen«, sagte Madrid. »Wegen der *Coletta* kommen wir in zwei Stunden noch einmal zusammen, und die Einsatzbesprechung mit dem Angriffsteam findet während des Transits statt.«

»Ja, Sir.« Alvarez stand auf und verließ eilig das Büro.

»Sie sind herzlich eingeladen, mir während der Operation auf der *Coletta* Gesellschaft zu leisten«, sagte Madrid zu Pitt und den Zwillingen.

»Wir werden ganz sicher dabei sein«, erwiderte Pitt. »Ich musste einen verletzten Freund zurücklassen.«

»Ich verstehe. Was die *Salzburg* betrifft, so habe ich die Bitte Ihres Vizepräsidenten berücksichtigt und zusätzliche Sicherheitsmaßnahmen an den Gatun-Schleusen ergreifen lassen. Sollte das Schiff erscheinen, um den Kanal zu benutzen, stehen wir bereit, um es anzugreifen und zu beschlagnahmen.«

Pitt zuckte die Achseln. »Ich denke, wenn wir uns Bolckes Schiff geschnappt haben, erhalten wir auch Antworten auf einige weitere Fragen.«

Summer konnte erkennen, dass ihr Vater die ganze Angelegenheit noch nicht vollständig durchschaute. »Dad, hat Rudi dir von deiner Freundin Ann Bennett erzählt?«

Pitt schüttelte den Kopf.

»Sie verschwand vor etwa einer Woche – etwa zur gleichen Zeit wurde irgendein spezieller Schiffsmotor von dem Lastwagen eines Forschungslabors der Navy gestohlen. Rudi meinte, es gebe eine Verbindung zwischen diesen beiden Vorfällen.«

»Die *Sea Arrow*«, murmelte Pitt.

»Rudi glaubt, dass Ann zusammen mit dem Motor verschleppt wurde. Er und Hiram fanden eine rätselhafte E-Mail, die sie an die Website der NUMA geschickt haben muss und aus der hervorging, dass sie sich in Kentucky befand.«

»Dann lebt sie noch.«

»Rudi ist davon überzeugt. Sie glauben, sie habe mitteilen wollen, dass der Motor auf einem Heulaster versteckt war. Rudi vermutete, dass sie bei ihrem Versuch, ihre Beute außer Landes zu bringen, die Ostküste gemieden haben. Er meinte, sie haben den Motor auf dem Mississippi flussabwärts transportiert, und Hiram hat tatsächlich ein Video von der Horace Wilkinson Bridge in Baton Rouge aufgetrieben, auf dem ein Lastkahn mit einem Heutransporter zu sehen ist.«

»Das klingt als Beweis ziemlich dünn«, sagte Pitt.

»Aber nicht mehr, als herausgekommen ist, dass Bolckes Schiff, die *Salzburg*, zur gleichen Zeit in New Orleans vor Anker lag – und einen Tag später ablegte.«

»Die *Salzburg*«, sagte Pitt nachdenklich. »Demnach steckte Bolcke von Anfang an hinter den *Sea-Arrow*-Diebstählen.«

»Aber was hat er damit vor?«, fragte Summer.

Pitt erinnerte sich an seine Begegnung mit Zhou und an die Antwort, die er gab, als er gefragt wurde, was er dort zu suchen habe.

»Ein Geschäft«, sagte Pitt. »Er will den Motor an die Chinesen verkaufen, wahrscheinlich als Teil eines Geschäfts im Zusammenhang mit ihren gemeinsamen Beteiligungen im Seltenerdbergbau.« Fragend sah er Summer an. »Was meintest du, wann hat die *Salzburg* New Orleans verlassen?«

»Vor etwa vier Tagen.«

»Auf Beobachtungsfotos war zu erkennen, dass sie nach Süden zum Mississippi-Delta gedampft ist«, fügte Dirk hinzu.

»Warum haben die Coast Guard oder die Navy sie nicht verfolgt und geentert?«, fragte Pitt.

»Das hätten sie sicherlich gern getan«, erwiderte Dirk. »Aber das Schiff ist verschwunden.«

65

Wie vom Gebäude der Kanalverwaltung aus deutlich zu sehen war, ankerte ein mit Rost bedeckter Getreidefrachter und wiegte sich sanft auf den Wellen des Pazifiks. Getauft auf den Namen *Santa Rita*, fuhr das Schiff unter der Flagge Guams, obgleich die Regierung von Guam, wenn sie davon erfahren hätte, äußerst überrascht gewesen wäre. Abgesehen davon, dass dort niemals Schiffspapiere für den Frachter hinterlegt worden waren, hatte die *Santa Rita* noch nie auch nur eine einzige Unze Getreide transportiert.

Vielmehr war sie ein mittlerweile betagtes Hilfsmittel des chinesischen Ministeriums für Staatssicherheit. Ursprünglich als Spionageschiff zur Überwachung der Straße von Taiwan konstruiert und ausgerüstet, lieferte sie in ihrer Tarnung als Getreidefrachter später Raketen in den Iran. Mit weniger geheimen Aufgaben betraut, hatte sie eine Ladung mexikanischer Pharmazeutika nach Shanghai liefern sollen, als Zhou vor Costa Rica das Kommando übernahm.

Kurz nachdem er von seinem nächtlichen Ausflug in Bolckes Lager zurückgekehrt war, ruhte sich der müde Agent gerade auf der Kommandobrücke aus, als sein Mobiltelefon klingelte. Ein Blick auf das Display zauberte einen überraschten Ausdruck auf seine Züge.

»Zhou«, meldete er sich knapp.

»Zhou, hier ist Edward Bolcke. Ich muss Sie darüber informieren, dass es bei unseren Rendezvousplänen eine kleine Änderung gibt.«

»Ich erwarte die Übergabe in einer Stunde.«

»Es ist zu einer eher unbedeutenden Sicherheitsstörung gekommen, aber das ist kein Grund für ernste Besorgnis. Die Fracht ist absolut sicher. Wir müssen das Rendezvous jedoch um sechs Stunden verschieben.«

Zhou sagte nichts. Seine Sprengladungen würden in etwa vier Stunden in Bolckes Betrieb explodieren. Er hatte den Zeitpunkt dergestalt gewählt, dass sie hochgingen, nachdem er den Motor und die Pläne der *Sea Arrow* übernommen haben würde. Die gesamte Transaktion war jetzt in Gefahr.

»Das ist nicht hinnehmbar«, sagte Zhou ruhig. »Ich habe einen klaren Zeitplan, an den ich mich halten muss.«

»Ich entschuldige mich ja auch, aber Sie verstehen sicherlich die sehr sensible Natur unserer Transaktion. Mein Schiff nähert sich den Gatun-Schleusen und muss den Kanal vollständig durchfahren.

Wenn Sie wollen, können Sie von Ihrem Ende in den Kanal einfahren. Wenn Sie auf Ihrer Fahrt nach Norden die Miraflores-Schleusen passieren, können wir den Transfer auf dem Miraflores-See durchführen. Das würde die Wartezeit bis zur Lieferung um ein oder zwei Stunden verkürzen. Ich könnte anrufen und dafür sorgen, dass Sie nicht warten müssen und sofort in die Schleuse dirigiert werden.«

Das Letzte, was Zhou sich wünschte, war, mitten im Panamakanal festzusitzen. Aber wenn dies die einzige Möglichkeit war, in den Besitz der *Sea-Arrow*-Geheimnisse zu gelangen, dann musste es wohl sein. Mit ein wenig Glück würde Bolcke noch gar nichts davon wissen, dass sein Laden eine qualmende Ruine war, wenn er die Technologie übergab.

»Na schön«, sagte Zhou. »Treffen Sie die Transit-Arrangements, und ich komme zum Miraflores-See. Bitte beeilen Sie sich. Ich warte nämlich.«

Er legte auf, blickte aus dem Fenster und hatte plötzlich das Gefühl, als erwarte ihn ein Tanz auf der Rasierklinge.

66

Fast vierzig Schiffe ankerten in der Limon Bay und verstopften sie wie ein Bienenschwarm, der um einen Stock herumschwirrt. Jedes Schiff wartete darauf, im Atlantischen Ozean in den Panamakanal eingelassen zu werden. Ein kleines Containerschiff erschien und zog an der langen Reihe vorbei, die aus Frachtern, Tankern und anderen Handelsschiffen bestand, um den ersten Platz in der Warteschlange einzunehmen.

Die im Volksmund »Big Ditch« – oder »Großer Graben« – genannte und vor fast einem Jahrhundert erbaute Wasserstraße wurde mittlerweile von mehr Schiffen befahren als je zuvor, aber ihre Kapazitäten sollten noch wachsen. Eine umfangreichere Vergrößerungsmaßnahme war im Gange, in deren Verlauf zwei neue Schleusen gebaut wurden, die die größten Containerschiffe der Welt aufnehmen konnten. So teuer eine Durchfahrt auch sein mochte, der Panamakanal verkürzte die Alternativroute um Kap Hoorn um einige tausend Meilen, was einer Zeitersparnis von durchschnittlich drei Wochen entsprach.

Als sie erleben mussten, wie das Containerschiff an ihnen vorbeirauschte, wussten die Kapitäne, die in der Limon Bay darauf warteten, endlich an die Reihe zu kommen, dass diesem Sprung an die Spitze der Wartenden die Zahlung einer größeren Prämie vorausgegangen sein musste.

Das Containerschiff verlangsamte seine Fahrt, als ein Lotsenboot längsseits ging und einen Beamten der Panama Canal Authority sowie einen Kanallotsen absetzte. Der Kapitän des Schiffes begleitete die Männer zur Kommandobrücke, wo er das Kommando über sein Schiff an den Lotsen übergab, was für alle Schiffe, die den Kanal durchquerten, obligatorisch war. Der Bordbeamte überprüfte Tonnage und Außenmaße des Schiffes, um den individuellen Passagenpreis in jedem Einzelfall festzulegen.

»Die Frachtpapiere, bitte«, verlangte er vom Kapitän.

Der Beamte blätterte das Dokument durch und fand eine kurze Liste mit Ersatzteilen.

»Sind die meisten Container leer?«, fragte er.

»Ja, wir bringen sie nach Balboa«, antwortete der Kapitän.

»Ich habe wohl bemerkt, dass Sie hoch im Wasser liegen.« Der Beamte der Kanalverwaltung rechnete die Gebühr aus und fügte einen hohen Bonus für die beschleunigte Abfertigung hinzu. »Der Betrag wird von Ihrem Bankkonto abgebucht.« Dann kehrte er zum Lotsen zurück. »Die *Portobelo* kann die Fahrt fortsetzen.« Er verließ die Kommandobrücke und kehrte auf das Lotsenboot zurück. Dies brachte ihn zum nächsten Schiff, das in der Schlange wartete.

Der Lotse lenkte die *Portobelo* durch einen langen Kanal zu den Gatun-Schleusen, der Atlantik-Einfahrt des Panamakanals. Die Schleusen bestanden aus einer parallelen Anordnung von jeweils drei großen aufeinanderfolgenden Kammern, die nach Süden fahrende Schiffe fast dreißig Meter über das Meeresniveau anhoben, um die Landenge überqueren zu können.

Der Panamakanal selbst war wie ein flüssiger Hochzeitskuchen angelegt. Sein höchster Punkt, ein großes künstliches Gewässer namens Gatun-See, befand sich genau in der Mitte des Kanals. Der See ergoss sich an beiden Seiten über drei Stufen abwärts. Aufgrund einer geographischen Eigenart floss das Kanalwasser im Norden zum Atlantik und im Süden zum Pazifik. Der erhöht liegende See ließ zu, dass die Schwerkraft die Schleusen füllte und leerte und damit die Schiffe anhob oder absenkte, je nachdem in welcher Richtung sie unterwegs waren. Aber der Panamakanal bildete aufgrund getrennter Schleusen auf der Pazifikseite einen unebenen Hochzeitskuchen. Während die drei Kammern im Gatun-See auf der Atlantikseite direkt aufeinanderfolgten, waren die Schleusen auf der Pazifikseite weit voneinander getrennt. Eine Schleuse mit einer einfachen Kammer, Pedro Miguel genannt, befand sich im See und eine Schleuse mit doppelter Kammer, die Miraflores-Schleuse, lag eine Meile davon entfernt.

Ein Schiff brauchte im Durchschnitt etwa acht Stunden, um die gut achtzig Kilometer lange Strecke von Ozean zu Ozean zurückzulegen.

Der Lotse steuerte die *Portobelo* dicht an die erste Schleusenkammer von Gatun heran und stoppte dicht vor den großen geöffneten Toren. Hilfsleinen, die an schweren stählernen Schlepptrossen befestigt waren, wurden an Bord gehievt und gesichert. Am anderen Ende wurden sie an kleinen Treidellokomotiven, Mulis genannt, angehängt, die nach dem Prinzip einer Zahnradbahn am Schleusenrand entlangfuhren. Entsprechend den Anweisungen des Lotsen zogen die Mulis den Frachter in die Schleusenkammer und hielten ihn dort in Position, während die Schleusentore am Heck geschlossen wurden. Danach wurde Wasser in die riesige Kammer eingelassen, bis das Schiff um fast zehn Meter angehoben worden war.

Bewaffnete Wächter, die man normalerweise nie bei den Schleusen antraf, patrouillierten auf dem Schleusengelände und behielten das Schiff ständig im Auge. Als der Wasserspiegel dem in der nächsten Kammer entsprach, wurden die vorderen Tore geöffnet, und die Mulis zogen das Schiff in die nächste Kammer.

Dieser Prozess fand noch zweimal statt, bis die *Portobelo* schließlich die letzte Kammer verließ und in den Gatun-See einfuhr – etwa dreißig Meter höher als vor den Schleusen. Nachdem die letzte Schleuse hinter dem Schiff lag, gab der Lotse dem Steuermann die Anweisung, das Tempo zu erhöhen.

»Steuermann, vergessen Sie den Befehl«, mischte sich der Kapitän ein. »Alle Maschinen stopp.«

Das Gesicht des Lotsen rötete sich. »Ich führe hier das Kommando, während wir den Kanal passieren!« Sein Zorn legte sich ein wenig, als er bemerkte, dass eine weitere Person die Kommandobrücke betreten hatte. Er drehte sich um und sah Pablo auf sich zukommen. »Pablo! In meinen Augen hat dieser Eimer hier eine gespenstische Ähnlichkeit mit der alten *Salzburg*. Seit wann sind Sie auch im Containerhandel tätig?«

»Seit etwa sechsunddreißig Stunden«, sagte Pablo. »Ab hier übernehmen wir wieder.«

»Klar, klar.« Der Lotse entdeckte die Tragetasche in Pablos Hand, die sein übliches Schmiergeld sowie eine Flasche Chivas Regal enthielt.

»Für Sie ist ein zusätzlicher Tausender dabei«, sagte Pablo und reichte dem Lotsen die Einkaufstasche. »Und kein Wort mehr über die *Salzburg*.«

»Ganz wie Sie meinen. Die Affen auf dem Kai hatten Sie schon erwartet, aber ich denke, Sie werden sie erfolgreich an der Nase herumgeführt haben. Wir sehen uns bei der nächsten Fahrt.«

Zwei Angehörige der Schiffsmannschaft ließen ein Schlauchboot zu Wasser und brachten den Lotsen ans Ufer, wo er ein Taxi rufen und sich zur nächsten Bar karren lassen konnte. Als das Schlauchboot zurückkehrte, setzte sich die als *Portobelo* verkleidete *Salzburg* wieder in Bewegung.

»Sind Sie sicher, dass man dem Kerl trauen kann?«, fragte der Kapitän.

Pablo nickte. »Wir werden den Transfer vollzogen haben, ehe er die Flasche Scotch zur Hälfte geleert hat.«

Pablo atmete selbst innerlich erleichtert auf. Seit Bolckes Warnung vor zwei Tagen hatte er bei jedem Funkspruch und jedem Schiff, dem sie begegneten, eine bohrende Angst verspürt. Aber die schnelle Umwandlung der *Salzburg* in die *Portobelo*, unterstützt durch einen neuen Farbanstrich der Kommandobrücke und des Schornsteins sowie eine Ladung leerer Frachtcontainer, hatte die Kanalaufsicht bei den Gatun-Schleusen täuschen können. Daraus ergab sich mit Sicherheit *eines*.

Sie hatten es geschafft.

67

Die *Coletta* rauschte durch den Panamakanal und passierte die zu langsamer Fahrt gezwungenen Handelsschiffe, als lägen sie völlig still. Vierzig Meter lang und in Italien erbaut, war das Patrouillenboot mit einer drehbaren 20-mm-Kanone auf dem Bug ausgerüstet.

Unter Deck drängten sich dreißig bewaffnete Kommandosoldaten und erhielten von Alvarez letzte Anweisungen für ihren Einsatz. Sie waren bestens ausgebildet und hatten in häufigen gemeinsamen Übungen mit internationalen Streitkräften Scheinangriffe auf den Kanal abgewehrt. Pitt versuchte ihre offensichtliche Begeisterung für die Mission zu dämpfen, indem er die Schlagkraft von Bolckes Wach- und Schutztruppe detailliert beschrieb.

Trotzdem spürte er seine eigene Ungeduld. Geduscht, frisch verbunden und in geborgter Tarnkleidung, konnte er es kaum erwarten, in den Urwald zurückzukehren und Giordino zu befreien. Aber ein Überfall bei Tageslicht wäre riskant, zumal alles von seiner kurzen Begegnung mit Zhou abhängig blieb. Pitt hoffte nur, dass er sich auf seinen Instinkt verlassen konnte.

Alvarez reichte ihm ein Holster mit einer SIG Sauer P228 Automatik. »Wissen Sie, wie man damit umgeht?«

Pitt nickte.

»Wir sollten in zehn Minuten die Aufmarschzone erreicht haben. Ich führe Boot 1 in die Bucht. Wir sichern den Kai, legen den Generator still und befreien die Gefangenen. Boot 2 landet auf der Halbinsel, sichert das Wohnhaus, hoffentlich mit Bolcke darin. Boot 3 folgt als Reserve. Sie können in Boot 3 mitfahren, aber ich muss darauf bestehen, dass Sie sich nur als Beobachter betätigen.«

»Wenn nötig, werde ich helfen, wo ich kann. Viel Glück, Alvarez.«

Pitt hielt nach Dirk und Summer Ausschau, konnte sie in der Offiziersmesse jedoch nicht finden. Dafür hörte er, wie der Motor des Patrouillenbootes gedrosselt wurde, und folgte den anderen an Deck.

Die *Coletta* war der Transitroute des Kanals am Ostufer von Barro Colorado Island entlang gefolgt, eines ausgedehnten Naturreservats in der Mitte des Gatun-Sees. Das schmale Fahrwasser des Kanals war mit Lichtern und Schildern markiert, um Schiffe davor zu bewahren, in den nahe gelegenen Untiefen auf Grund zu laufen. Die mit nur geringem Tiefgang konstruierte *Coletta* brauchte sich diese Sorgen nicht zu machen, während sie den Weg eines sich nähernden Containerschiffs kreuzte. Sie blieb für eine Meile auf östlichem Kurs, bis sie sich einer schmalen Landmasse, die mit dichter Vegetation bedeckt war, näherte.

Die *Coletta* trieb unter der glühenden Sonne weiter, während drei aufblasbare Sturmboote, jedes mit zehn Kommandosoldaten besetzt, zu Wasser gelassen wurden. Als er sich zwischen zwei unbewaffnete Soldaten zwängte, die die Buschhüte tief in ihre Gesichter gezogen hatten, schloss Pitt, dass sein Boot zusätzliche Passagiere mit sich führte.

»Ist hier noch Platz für einen alten Herrn?«, fragte er.

Dirk schaute unter seinem Hut hervor. »Wir wollten mitkommen, um zu helfen.«

»Mir wäre lieber, ihr bleibt auf dem Boot.« Pitt hakte das Holster vom Gürtel und reichte Dirk die SIG Sauer. »Pass auf deine Schwester auf.«

»Macht euch keine Sorgen«, flüsterte Summer hinter ihnen.

Ein Soldat hatte den Außenbordmotor bereits gestartet und steuerte das Schlauchboot jetzt hinter den ersten beiden Sturmbooten in Richtung Ufer. Das erste Boot scherte nach links aus zur Bucht, während die anderen beiden nach rechts zu einer kleinen dicht bewachsenen Felszunge manövrierten. Die Boote befanden sich weniger als fünf Minuten im Wasser, als ihr gesamter Angriffsplan katastrophal in die Binsen ging.

Ein Absperrring aus fest verankerten Bojen mit Sensoren und Videokameras hatte ihren wohlgeordneten Aufmarsch aufgezeichnet. Überall in der Anlage erklangen Alarmsignale und riefen Bolckes Sicherheitstruppe auf den Plan. Die meisten Wächter verteilten sich auf dem Kai, nachdem sie die Gefangenen in ihre Quartiere zurückgetrieben hatten, während sich eine andere Truppe auf dem Dach von Bolckes Residenz postierte.

Boot 1, mit Alvarez als Truppführer, musste den ersten Rückschlag einstecken. Nachdem sie den künstlichen Mangrovensumpf passiert hatten, näherten sie sich dem Kai – und wurden von einer heftigen Geschosssalve empfangen. Alvarez und seine Männer feuerten mutig zurück und konnten ihre Gegner auch für kurze Zeit in Deckung zwingen, bis eine Formation raketengetriebener Granaten auf sie zuraste. Eine Granate landete im Boot und rutschte bis zum Heck, ehe sie explodierte. Zwei Männer fanden sofort den Tod, als das Heck zertrümmert wurde und die anderen Männer sich im Wasser wiederfanden.

Die Boote 2 und 3 waren dadurch viel zu kurz vorgewarnt, als massives Gewehrfeuer vom Dach von Bolckes verstecktem Wohnhaus losbrach. Dem Strand am nächsten, zog Boot 2 den größten Teil des Feuers auf sich und hatte mehrere Verluste zu verzeichnen, während es auszuweichen versuchte und das Feuer erwiderte. Der Steuermann schaffte es gerade noch, das Boot auf den Strand zu setzen, wo die Soldaten hinter einer niedrigen Felsböschung ein wenig Schutz fanden. Allerdings wurde das Team von den Schützen auf dem Dach in dieser Position wirkungsvoll festgenagelt.

»Nach rechts!«, rief Pitt dem Steuermann von Boot 3 zu, als vor ihnen die Schlacht entbrannte.

Er hatte die missliche Lage von Boot 2 vorausgesehen und dem Steuermann angezeigt, eine scharfe Rechtskurve zu fahren und außer Sicht des Wohnhauses an Land zu gehen. In seiner Panik gab der Steuermann Vollgas und rammte das Steuer nach rechts. Sie schafften es beinahe unbehelligt, während der Anführer des Teams, ein stämmiger Mann namens Jorge, den Gegenangriff organisierte. Als die Schützen auf dem Dach jedoch das dritte Boot ins Visier nahmen, wurde Jorge zweimal in den Bauch getroffen.

Pitt sah den ängstlichen Ausdruck in den Augen der anderen Soldaten, von denen keiner je eine ernste Kampfsituation erlebt hatte. Also übernahm er sofort die Führung.

»Wir müssen die Schützen auf dem Dach ausschalten, um die Männer von Boot 2 vom Strand zu holen. Folgt mir zum Haus.«

Als der Rumpf ihres Bootes auf Grund lief, setzte Pitt über den Randwulst und sprintete in den Dschungel. Inspiriert von seiner offensichtlichen Furchtlosigkeit, rannten die Kommandosoldaten hinter ihm her.

»Ich bleibe hier und kümmere mich um Jorge«, sagte Summer zu Dirk, während sie nach einem Erste-Hilfe-Kasten suchte. »Geh und hilf Dad.«

Dirk nickte, entsicherte seine Pistole und sprang aus dem Boot. Schnell holte er die anderen ein, die sich bereits einen Schleichweg durch den Urwald suchten. Pitt ließ sie am Rand einer Lichtung anhalten, die das Haus umgab. Mehrere Schützen waren auf dem Dach zu sehen, wo sie darauf warteten, dass die Angreifer aus dem Dickicht auftauchten.

Pitt studierte den Bau und fand eine Außentreppe, die auf das Dach führte. Er wandte sich an den jungen Mann, der neben ihm kauerte. »Haben Sie Granaten bei sich?«

»Nur Rauchgranaten.«

»Dann geben Sie mal her, was Sie haben.«

Nachdem er vier Rauchgranaten eingesammelt hatte, stellte Pitt die Männer in einer Schützenreihe auf.

»Auf mein Zeichen nehmt ihr das Dach unter Beschuss, um mir Deckung zu geben. Wenn ich die Treppe erreiche, werfe ich die Granaten aufs Dach. Ihr kommt sofort hinterher und sichert das Dach.«

Geduckt begab sich Pitt in eine Position näher am Haus und brüllte dann: »Jetzt!« Der Dschungel explodierte regelrecht mit einem Trommelfeuer, das die Wächter auf dem Dach überschüttete. Pitt startete, während die Wächter in Deckung gingen. Sie erholten sich schnell von dem Schreck und erwiderten das Feuer. Als Pitt zum Haus sprintete, sah er, dass die Wächter durch die überdachte Vorderveranda des Hauses abgeschirmt wurden, daher steuerte er direkt auf den Hauseingang zu. Er näherte sich der Verandatreppe, als die Haustür aufgerissen wurde und zwei Wächter herausstürzten. Ihnen folgte Bolcke wie ein Running Back seinen Blockierern beim Football. Das Trio stürmte die ersten Stufen hinunter, dann erstarrte es beim Anblick Pitts, der nur ein paar Schritte entfernt war.

Bolckes Augen weiteten sich geschockt. Aber seine Stimme schwankte keineswegs, als er sie über den Schusslärm im Hintergrund erhob und den knappen Befehl gab: »Tötet ihn!«

68

Bolckes Leibwächter richteten ihre Gewehre auf Pitt, um zu feuern. Aber Pitt war ihnen einen Schritt voraus. Er zog den Sicherungsstift einer Rauchgranate heraus und warf sie auf die Treppe. Die Granate kullerte über die Steinplatten und blieb vor Bolckes Füßen liegen.

Die Wächter ließen die Waffen sinken, packten Bolcke und wuchteten ihn über die Balustrade am Ende der Veranda. Ein Wächter folgte ihm, um ihn zu decken, der andere zögerte jedoch. Er hatte die Granate zischen gehört und eine erste Rauchschwade gesehen, die von ihr aufwallte. Als er erkannte, dass es keine Sprenggranate war, beförderte er sie mit einem Fußtritt von den Treppenstufen, und nun hüpfte sie, eine graue Qualmwolke hinter sich herziehend, über den Rasen. Der Wächter drehte sich zu Pitt um, der völlig ungedeckt nur ein paar Schritte von ihm entfernt vor der Gartenmauer stand.

Der Wächter brachte sein Gewehr in Anschlag und nahm Pitt ins Visier. Doch ehe sein Zeigefinger den Abzugsbügel fand, erschienen zwei rote Flecken auf seiner Brust, und er taumelte rückwärts. Dann geriet er ins Schwanken, stürzte die Treppe hinab und blieb zu ihren Füßen liegen.

Pitt sah seinen Sohn auf dem Rasen knien, die SIG Sauer in Kombathaltung in den Händen. Dirk sprang auf und rannte zur Seitenwand des Hauses, während eine Geschosssalve neben seinen Füßen das Erdreich aufwühlte.

»Danke für den Feuerschutz«, sagte Pitt.

Dirk lächelte. »Rauch ist nun mal kein Ersatz für Blei.«

Pitt deutete auf die Verandatreppe. »Bolcke.«

Dirk bildete die Vorhut, als sie über die Veranda schlichen, aber Bolcke und der andere Leibwächter hatten sich bereits auf einem Dschungelpfad aus dem Staub gemacht. Pitt machte kehrt, stieg vor seinem Sohn die Seitentreppe hinauf und blieb einige Stufen vor dem oberen Ende stehen. Er schleuderte die restlichen Granaten auf das Dach und hüllte es auf diese Art und Weise in eine dichte Rauchwolke ein. Der Beschuss vom Rand der Lichtung stoppte, als die Kommandosoldaten von Boot 3 aus dem Dschungel kamen und die Außentreppe hinaufstürmten. Wenige Sekunden später verließen die restlichen Insassen von Boot 2 ihre Position am Ufer und schlossen sich den Angreifern an. Gemeinsam überwältigten sie die Wachen und säuberten das Dach, während sich der künstliche Rauch verzog.

Als Stille einkehrte, hörten sie vereinzeltes Gewehrfeuer vom Hafenkai herüber.

»Hat Alvarez sich gemeldet?«, fragte Pitt, als sich die Kommandosoldaten auf dem Hausdach versammelten.

»Auf meinen Funkruf hat er nicht geantwortet«, meldete der Teamführer von Boot 2. »Wir sollten lieber zum Kai vorrücken.«

»Ich zeige Ihnen den Weg«, sagte Pitt.

Die Soldaten polterten die Treppe hinunter. Ein kleines Kontingent trennte sich von der Gruppe, um das Innere des Hauses zu sichern, während der Rest Pitt auf demselben Weg folgte, den Bolcke benutzt hatte. Als sie den Kai erreichten, hatten sich etwa ein Dutzend Sicherheitsleute darauf verteilt und schossen ins Wasser. Unterstützt wurden sie von zwei bewaffneten Matrosen am Bug der *Adelaide*, die von ihrer erhöhten Position aus ein besseres Schussfeld hatten.

Die Soldaten der Kanalverwaltung eröffneten das Feuer, erwischten mehrere ungedeckte Wächter und schalteten sie aus. Die restlichen Schützen auf dem Kai zogen sich zurück und suchten Schutz im Dschungel. Aber die Matrosen auf dem Schiff blieben in Position und erwiderten das Feuer. Ein längerer Schusswechsel begann, bis die besser ausgebildeten Kommandosoldaten beide Männer kurz nacheinander ausschalten konnten.

Über dem Knattern der Gewehrschüsse hatte Pitt das Aufheulen eines Motors wahrnehmen können. Er erhaschte einen kurzen Blick auf ein kleines Beiboot, das den Wasserarm in schneller Fahrt verließ. Die weißhaarige Erscheinung Bolckes war neben dem Lenker deutlich zu erkennen.

Pitt machte sich beim Kommandanten von Boot 2 bemerkbar, der neben einem Gummibaum kniete und gerade eben sein Gewehr nachlud. »Bolcke ist in einem kleinen Boot geflüchtet. Rufen Sie Madrid auf der *Coletta*, damit er ihn abfängt.«

Der Soldat nickte. Er schob das Magazin in sein Gewehr und hakte dann das Sprechfunkgerät von seinem Gürtel, um das Hilfsschiff zu rufen.

An Bord der *Coletta* hatte Madrid durch ein Fernglas beobachtet, wie sich ein kleines Containerschiff näherte, als ihn der Funkruf erreichte. Er sah, wie Bolckes Beiboot auf dem Wasserarm auftauchte, und änderte den Kurs seines Patrouillenboots. »Schütze, setzen Sie einen Warnschuss vor den Bug des auflaufenden Boots«, sagte er. »Und Feuer!«

Ein Mann gehorchte mit einer Salve aus der 20-mm-Kanone, die vor dem Beiboot eine Wasserfontäne hochpeitschen ließ. Das flüchtende Boot wurde für einen kurzen Moment langsamer, behielt seinen Kurs auf die *Coletta* jedoch bei. Da er sich ausschließlich darauf konzentrierte, Bolckes Boot aufzuhalten, hatte Madrid nicht auf das Containerschiff geachtet, das sich von achtern näherte.

»Schütze, setzen Sie den nächsten Schuss auf den Motor. Feuer!«

Der Schütze zielte, stürzte jedoch, ehe er feuern konnte, aufs Deck und schlug mit den Armen um sich, als würde er von einem Bienenschwarm angegriffen. Schreiend rollte er zur Reling und stürzte sich über den Bootsrand, um im Wasser Schutz zu suchen.

Im Ruderhaus wurde Madrid plötzlich von grässlichen Schmerzen überfallen, als stünde seine Haut in Flammen. Schwankend wich er von der Ruderkonsole zurück und konnte die Instrumente nicht mehr bedienen. Vor Schmerzen schreiend schaute er aus dem Fenster und sah, wie sich das Containerschiff unaufhaltsam auf ihn zuschob.

Das Schiff rammte die *Coletta* mit mäßiger Geschwindigkeit und zertrümmerte mit seiner Masse den Bug des Patrouillenbootes. Das Boot prallte vom Rumpf des Frachters ab, während es sich gleichzeitig mit Wasser füllte. Innerhalb von Sekunden stieg sein Heck in die Höhe, und dann sackte es vollständig in die Tiefe.

Bolcke verfolgte, wie das Patrouillenboot verschwand, während sein Beiboot längsseits am Containerschiff anlegte. Er eilte mit seinem Leibwächter im Schlepptau die Bordleiter hinauf, überquerte das Deck und gelangte zur Kommandobrücke. Außer Atem ging er zur Ruderkonsole, wo Pablo stand und mit zufriedener Miene die Wirkung des modifizierten Active Denial Systems, das wie eine Mikrowellenkanone eingesetzt werden konnte, am Bug des Frachters beobachtete.

»Offenbar sind wir gerade noch rechtzeitig eingetroffen«, sagte Pablo.

»Sie haben … die Anlage … angegriffen«, keuchte Bolcke.

»Wer hat das getan?«

»Einer der Gefangenen. Er ist gestern geflohen.«

»Das dürfte jemand von der Kanalverwaltung gewesen sein. Ich dachte, das da draußen war deren Boot. Ich bin sicher, dass sich Johansson ihrer in angemessener Weise annehmen wird.«

»Nein. Johansson wurde getötet. Ebenfalls von dem Mann, der geflohen ist.«

»Ist es möglich, dass sie über das Geschäft informiert sind?«

Bolcke schüttelte den Kopf.

»Für fünfhundert Millionen können Sie sich eine Menge neuer Anlagen kaufen«, sagte Pablo.

»Sind die Pläne und der Motor sicher an Bord?« Prüfend betrachtete Bolcke die veränderte Außenansicht der *Salzburg*.

»Ja.«

»Der Chinese erwartet uns im Miraflores-See.«

Pablo blickte ihn an wie ein Kind, das auf sein Geburtstagsgeschenk wartet. »Dann sehe ich keinen Grund, warum wir mit der Bezahlung auch nur eine Minute länger warten sollten.« Er befahl, auf die Hauptfahrrinne des Kanals zuzusteuern – und die *Salzburg* nahm Fahrt auf.

69

Die Kommandosoldaten der Kanalverwaltung fischten Alvarez und die Überreste seines Teams auf, die in den trüben Fluten des Wasserarms herumpaddelten oder zwischen den Stützpfeilern des Hafenpiers Schutz gesucht hatten. Der Leiter der Operation sah aus wie eine nasse Ratte, aber er schüttelte seine Niederlage und den Verlust der Hälfte seiner Truppe ab, um das Kommando über den Rest des Kampfverbands zu übernehmen.

Er deutete auf einen breiten Weg, der sich am Ende des Kais in den Dschungel schlängelte. »Sind dort die Gefangenen untergebracht?«

»Ja«, antwortete Pitt. »Der Weg führt zur Gesteinsmühle. Die Unterkunft der Gefangenen befindet sich direkt dahinter.«

Alvarez teilte seine Männer in zwei Gruppen auf und folgte mit der ersten Gruppe sowie mit Pitt und Dirk dem Weg in den Dschungel. Sie rückten vorsichtig vor, rechneten jeden Moment mit einem Hinterhalt, doch die restlichen Angehörigen des Wachpersonals waren nirgendwo zu sehen. Der Weg verbreiterte sich, als sie sich der Gesteinsmühle näherten, einem Bau mit hohem Dach und halbhohen Seitenmauern. Alvarez schickte drei Männer los, um den Nebeneingang zu erkunden, doch dazu kamen sie gar nicht.

Schützen eröffneten aus jeder Tür und jedem Fenster des Gebäudes das Feuer. Der Rest von Bolckes Sicherheitstruppe, etwa ein Dutzend Männer, hatte sich zu einer letzten Verteidigungsaktion und einem letzten Angriff im Mühlenbau versammelt. Ihr plötzliches Trommelfeuer hatte zur Folge, dass nahezu die Hälfte von Alvarez' Männern ausfiel.

Alvarez selbst wurde ins Bein getroffen, und Pitt schleifte ihn in Deckung. Der Anführer der Operation brachte seine Reservestreitmacht, die ihm an der Flanke gefolgt war, schnellstens in Stellung. Im Schutz des massiven Gegenfeuers holte er seine verwundeten Männer zwar in den Schutz des Dschungels zurück, der Kampf kam jedoch aufgrund einer Pattsituation zum Erliegen. Alvarez funkte die *Coletta* mit der Bitte um Hilfe an, hörte aus dem Lautsprecher allerdings nur ein leises Rauschen. »Ich bekomme keine Antwort«, sagte er zu Pitt. »Ohne zusätzliche Unterstützung müssen wir uns zurückziehen.«

»Nicht ohne die Gefangenen.« Pitt nahm einem verwundeten Soldaten, der ohnmächtig geworden war, das Sturmgewehr aus der Hand. »Beschäftigen Sie die Kerle. Wir versuchen, von der Seite an die Unterkunft heranzukommen.« Er winkte Dirk.

Die beiden Männer drangen in den Urwald ein und umgingen den Gesteinsmühlenbau in einem weiten Bogen auf der linken Seite. Am Ende des Bogens steuerten sie wieder geradewegs auf das hohe Gebäude zu. Durch den Stamm einer knorrigen Zeder gedeckt, beobachteten sie das hintere Ende des Mühlenbaus und die Gefangenenunterkunft, die sich in geringem Abstand dahinter erhob.

Die Unterkunft stand in der Mitte einer breiten Lichtung im Schussfeld der Wachen des Mühlenbaus. Pitt und seine Männer konnten mehrere Gefangene erkennen, die durch das einzelne Tor der Unterkunft den Verlauf der Schießerei verfolgten.

Pitt entdeckte eine Erzlore, die auf der grasbewachsenen Fläche auf halbem Weg zwischen ihnen und dem Tor stand. »Mal sehen, wie lange ich bis zu dieser Lore brauche. Wenn ich unbemerkt hinkomme, müsste ich es auch bis zum Tor schaffen.«

Dirk schätzte die Entfernung zwischen ihnen und der Gesteinsmühle. »Ziemlich weit für dich. Ich komme mit.«

Ehe Pitt protestieren konnte, spurtete Dirk los. Pitt folgte ihm auf den Fersen, obwohl seine geschwächten Beine das Tempo nicht allzu lange halten konnten.

Dann wurden sie von einem Schützen im zweiten Stock des Mühlenbaus gesehen. Kugeln schlugen neben der Erzlore ins Erdreich ein, während Dirk sich dahinter duckte. Pitt, der nur zwei Schritte hinter ihm war, musste sich mit einem Hechtsprung in Deckung retten und prallte heftig gegen seinen Sohn, während ringsum Kugeln einschlugen.

Dirk schob die SIG Sauer aus der Deckung und feuerte zweimal. Damit machte er jedoch nur weitere Schützen aus dem Mühlenbau auf sie aufmerksam. Die Erzlore schepperte und klirrte, als sie das Kreuzfeuer mehrerer Schützen auffing.

»Nicht gerade der unbemerkte Stellungswechsel, den ich mir gewünscht hatte«, sagte Pitt.

»Die müssen das gesamte Gebäude mit Wachen besetzt haben.«

Dirk peilte über den Rand der Lore, feuerte zwei weitere Schüsse ab und duckte sich wieder. »Im zweiten Stock ist ein Typ mit einer RPG.«

Pitt feuerte um den Erzkarren herum und traf mit einer kurzen Salve aus seinem Sturmgewehr ein offenes Fenster. Die Kugeln zertrümmerten die Scheibe und den Rahmen. Während er das Gewehr zurückzog, sah Pitt, wie ein Wächter mit einem röhrenförmigen Gebilde auf der Schulter aus dem Schatten auftauchte. Er wusste, dass ein Treffer mit der Panzerfaust sie beide verglühen lassen würde.

Er hatte das Gewehr auf den Rand der Lore gelegt und wollte abermals feuern, als der Donnerschlag einer Explosion erklang. Niemand dachte mehr daran zu schießen, sondern alle Augen verfolgten gebannt, wie hinter der Gefangenenunterkunft eine schwarze Rauchwolke in die Höhe wallte.

Pitt warf einen Blick auf die Uhr und grinste. Zhou hatte es trotz allem geschafft. »Du hast dich allerdings um zehn Minuten verspätet«, murmelte Pitt.

Eine Sekunde danach wurde die gesamte Gesteinsmühle von einem Feuerball verschlungen. Ein halbes Dutzend weiterer Explosionen folgte und machte die Bauten mit den Extraktions- und Scheideanlagen, die über das gesamte Gelände des Betriebs verteilt waren, dem Erdboden gleich. Über weite Flächen war der Dschungel nun ein Inferno aus Rauch und Flammen, als Bolckes verstecktes Unternehmen systematisch zerstört wurde. Zhou hatte lediglich den Gefangenenbau, Bolckes Wohnhaus und ein Gebäude verschont, in dem ein Dutzend Techniker während der Schießerei Schutz gesucht hatten.

Dachtrümmer des Mühlenhauses regneten rings um Pitt und seinen Sohn herab, während sie sich hinter der Erzlore so klein wie möglich machten. Durch die Explosion wurde die Kugelmühle aus ihrer Verankerung gerissen, und die riesige Trommel brach durch eine Seitenwand und rollte in den Dschungel hinein. Die meisten

Wächter in dem Bau fanden sofort den Tod, einige wurden jedoch durch die Fenster geschleudert und landeten weitgehend unversehrt auf dem Grasland zwischen den Gebäuden. Soldaten der Kanalverwaltung mähten sie augenblicklich nieder.

Pitt und Dirk rückten schnell zum Gefangenenbau vor. Pitt zertrümmerte das Torschloss mit einem Gewehrschuss und öffnete das Tor mit einem Fußtritt. Die Gefangenen kamen ihm schon entgegen.

»Lieber Himmel, sind wir froh, Sie zu sehen«, sagte Plugrad, drängte sich zwischen den Männern hindurch, um Pitt auf die Schulter zu klopfen.

Maguire und die anderen kamen ebenfalls heran und schüttelten ihm die Hand. Pitt schob sich durch die Schar der Gefangenen, zählte sie besorgt durch und hielt gleichzeitig Ausschau nach seinem Freund. Als er bis zum letzten Mann gekommen war, fehlte ihm nur dieser eine. Giordino.

Mit einem unguten Gefühl in der Magengegend durchquerte Pitt die Kantine und die Wohnquartiere. Hier war alles leer. Als er sich umwandte, um zum Eingang zurückzukehren, fiel sein Blick auf eine Hängematte, die zwischen zwei Grillgerüsten in der offenen Küche aufgespannt war. Darin lag die reglose Gestalt Al Giordinos. Pitt trat näher heran und starrte auf seinen Freund. Dann drang ein vertrautes Schnarchen aus Giordinos halb offenem Mund.

Pitt grinste breit. »Raus aus den Federn, alter Junge!«

Schläfrig schlug Giordino ein Auge auf. »Du bist aber verdammt schnell zurückgekommen.«

»Ich wusste doch, dass ich dir fehle.«

Giordino gähnte und richtete sich auf. »Ein tolles Feuerwerk, das muss ich schon sagen. Habt ihr Bolcke geschnappt?«

»Nein, er machte sich dünn, als die Show begann.« Er reichte Giordino eine Krücke, die jemand aus einem dicken Zebrano-Ast geschnitzt hatte. »Wie fühlst du dich?«

»Wie ein Titelanwärter für die nationale Hüpfkästchen-Meisterschaft.« Giordino hopste auf einem Fuß durch die Küche und klemmte sich die Krücke unter den Arm. Sein verletztes Bein war derart dick verbunden, dass es beinahe wie ein Baumstumpf aussah. Pitt half ihm, zum Ausgang zu humpeln, wo sich die anderen Gefangenen drängten und ungeduldig darauf warteten, aufbrechen zu können.

Ein Kommandosoldat kam an der qualmenden Ruine des Mühlenbaus vorbei auf Pitt zugerannt. »Alvarez schickt mich. Sind das alle Gefangenen?«

»Ja, ich hab sie durchgezählt.«

»Wie kam es zu den Explosionen?«

»Die Ladungen wurden schon vor längerer Zeit deponiert. Sie haben uns gerettet.«

»Das kann man wohl sagen«, stimmte der Mann zu. »Alvarez meint, alle sollten zum Kai runtergehen.« Er machte kehrt und entfernte sich im Laufschritt. »Wir haben zahlreiche Verwundete, die versorgt werden müssen.«

Pitt führte die Gefangenen hinaus, als Giordino eine Hand auf seinen Arm legte und zum Himmel deutete.

»Will da jemand ohne uns in See stechen?«

Pitt folgte dem Finger seines Freundes und sah eine dünne Rauchwolke über dem Urwaldhafen aufsteigen – es waren die Abgase eines Schiffsmotors.

»Das ist die *Adelaide*«, stellte Pitt fest und presste die Lippen zu einer schmalen Linie zusammen. Ihr Kampf war noch nicht beendet.

70

»Al, sieh zu, dass die Männer sich beeilen«, rief Pitt, während er in Laufschritt verfiel und sich entfernte. »Dirk, komm mit!«

In seiner Eile, die Gefangenen zu befreien, hatte es Alvarez glatt versäumt, jemanden an Bord der *Adelaide* zu schicken, um das Schiff zu sichern. Gomez, der sich auf der Kommandobrücke versteckte, hatte zu Beginn des Angriffs die Maschinen gestartet. Nachdem er Bolckes Flucht und die anschließenden Explosionen im Dschungel beobachtet hatte, sah er keinen Grund, noch länger auszuharren.

Als Pitt und Dirk den Dschungel hinter sich ließen, lag die *Adelaide* noch immer am Pier. Die Heckleine war bereits gelöst, und Pitt bekam gerade noch mit, wie Gomez sie an Deck zog und dann im Deckaufbau des Schiffes verschwand. In Höhe des vorderen Schiffsbereiches machte ein Matrose auf dem Pier soeben Anstalten, auch die Bugleine loszumachen.

Pitt und sein Sohn wurden keinen Deut langsamer. Die vordere Gangway befand sich nach wie vor an Ort und Stelle, daher hatten sie noch die Chance, an Bord zu gelangen, wenn nicht sogar ein Lösen der Bugleine zu verhindern. Diese Chance verpuffte jedoch, als der Matrose die Leine über den Poller schob und dann zur Mündung des Wasserarms blickte. Der schrille Klang eines Außenbordmotors war über dem dumpfen Rumpeln der warm laufenden Maschinen der *Adelaide* zu hören. Während Pitt und Dirk an dem großen Schiff entlangrannten, erblickten sie schließlich die Geräuschquelle.

Es war Summer, die Boot 3 steuerte. In ihrer Gesellschaft befanden sich vier oder fünf triefnasse Männer, die erschöpft im Boot lagen.

Der Matrose beobachtete das Boot einen Moment lang, dann warf er die Bugleine ins Wasser. Während sich das Boot dem Kai näherte, holte er ohne Eile eine Pistole aus einem Holster und legte auf Summer an.

Heftiges Gewehrfeuer erklang, als ein halbes Dutzend Projektile in den Rücken des Matrosen einschlugen. Mindestens zwei Kugeln stammten aus Dirks SIG Sauer, die anderen aus Pitts Sturmgewehr. Der Matrose wirbelte herum und konnte blindlings noch einen Schuss abfeuern, ehe er tot zusammenbrach.

Eine Sekunde später hallten ein durchdringendes Kreischen und ein lautes Krachen durch die Luft.

»Sie hat abgelegt!«, rief Dirk.

Gomez hatte den Schiffspropeller eingekuppelt und entfernte sich vom Kai. Der Lärm kam von der Gangway, die vom Rand des Kais abrutschte, gegen den Schiffsrumpf prallte und an ihrer Verankerung hin und her baumelte.

Summer lenkte das Schlauchboot zum Kai, während das Schiff ablegte. »Ein Containerschiff hat die *Coletta* gerammt«, rief sie Pitt und Dirk zu. Sie war mit dem Schlauchboot herübergekommen und hatte die Überlebenden aufgefischt, während das Containerschiff das Weite gesucht hatte. »Ich bin ziemlich sicher, dass sie Bolcke an Bord genommen haben. Es könnte die *Salzburg* gewesen sein.«

Eine ganze Flut von Gedanken rauschte Pitt durch den Kopf. Wenn Summer recht hatte, dann befanden sich die Pläne der *Sea Arrow* und ihr Motor an Bord des Schiffes. Und möglicherweise auch Ann Bennett. Das Schiff musste also gestoppt werden, ehe es durch den Kanal fliehen konnte.

Er gab den Zwillingen mit ruhiger Stimme Anweisungen, während er der *Adelaide* aufmerksam nachschaute. »Dirk, renn zum Ende des Kais. Summer, lass den Motor laufen, ich komme an Bord.«

Er hängte sich das Sturmgewehr an seinem Riemen quer über den Rücken und hechtete vom Kai herunter. In nächster Nähe des Schlauchboots tauchte er ins Wasser, kraulte dann jedoch hinter dem Schiff her. Er konnte unmöglich mit dem flüchtenden Schiff mithalten, doch er hatte auch ein anderes Ziel im Sinn: die Bugleine des Schiffes, die aus der Klüse heraushing und durchs Wasser gezogen wurde. Er bekam das dicke Tau zu fassen, hangelte sich daran entlang bis zu einer massiven Schlinge an seinem Ende. Daran war eine dünnere Hilfsleine befestigt, die er einem der Männer im Schlauchboot zuwarf.

»Bleib in der Nähe des Schiffes«, rief er Summer zu und klammerte sich an den Randwulst des Schlauchboots, während sie wendete und hinter dem Schiff herjagte.

Ein deutlich geschwächter Madrid beugte sich über den Bootsrand und half Pitt an Bord. Zusammen zogen sie das schwere Bugtau ein. Pitt wies seine Tochter an, das Schiff zu überholen und die Leine wie ein Ankertau mitzuziehen. Am Ufer rannte Dirk zum Ende des Kais, wo ein letzter Vertäupfahl aufragte. Während das Schlauchboot näher kam, erriet Gomez, welche Absicht sie verfolgten, und drehte die *Adelaide* so weit in den Wasserarm, wie seine Breite es zuließ.

Dirk erkannte, dass das Schiff ablegte, und drängte Summer zur Eile. Pitts und Madrids Arme schmerzten vom Ziehen der schweren Leine, während Summer Gas gab und auf ihren Bruder zuhielt, der sich am Ende des Kais befand. Dirk legte sich auf den Bauch und beugte sich über die Kante des Piers, während sich das Schlauchboot seitlich heranschob und Summer den Motor ausschaltete. Pitt stemmte die Schlinge am Ende der Leine hoch, und Dirk erfasste sie im gleichen Moment, als sich die Leine straffte. Sie mit aller Kraft hoch hievend, schob er sie im letzten Moment noch über den Vertäupfahl.

»Bring dich in Sicherheit, falls die Leine reißt«, warnte Pitt.

Dirk kam auf die Füße und spurtete den Kai hinunter, während Summer das Schlauchboot drehte und ihrem Bruder folgte. Plötzlich scherte das Schlauchboot vom Ufer weg und hielt direkt auf die

Adelaide zu – und Dirk erkannte auch schnell, weshalb. Summer manövrierte das Boot unter die herabhängende Gangway, und Pitt sprang hoch und bekam sie zu fassen. Hand über Hand greifend, hangelte er sich daran hoch und enterte auf diese Weise das Schiff.

Die Bugleine spannte sich, übte auf die Nase des Schiffes Zug aus und hielt es in seiner Position fest. Da der Propeller mit voller Kraft rotierte, wanderte das Heck nach Steuerbord, und das Schiff drohte nun, sich im Wasserarm quer zu legen. Auf dem Pier ächzten die Verankerungen des Vertäupfahls unter dem zunehmenden Druck, den sie ertragen mussten, um das Schiff zu fixieren.

Während das Tauziehen andauerte, lenkte Summer das Schlauchboot unter eine Leiter am Kai, wo Dirk Madrid und den anderen verletzten Männern half, an Land zu klettern. Als Jorge, der letzte Gerettete, festen Boden unter den Füßen hatte, sprang Dirk ins Schlauchboot. »Bring mich rüber«, rief er. »Ich muss ihm helfen!«

Summer gab Gas und folgte der *Adelaide*, bis Dirk ebenfalls mit einem beherzten Sprung die baumelnde Gangway erreichte.

»Nimm dich in Acht!«, rief sie.

Dirk nickte. »Halte dich bloß von dieser Leine fern.«

Summer kehrte zum Kai zurück, als die gespannte Leine zu singen begann. Gomez hatte das Ruder herumgelegt, und der Propeller stemmte sich jetzt mit voller Kraft gegen das Haltetau. Irgendetwas musste nachgeben, und genau das geschah schließlich auch.

Die ausgefranste Schlinge am Ende der Bugleine riss am Vertäupfahl und ließ die Leine wie eine Peitschenschnur zur *Adelaide* zurückschlagen. Dirk, der sich an die Gangway klammerte, duckte sich, als die Leine gegen den Schiffsrumpf knallte und ihn beinahe geköpft hätte. Während die nunmehr schlaffe Leine an den Rumpfplatten herabrutschte, setzte Dirk seinen Aufstieg auf der Gangway fort und gelangte schließlich an Bord.

Von seiner Fessel befreit, preschte das Schiff vorwärts und schob sich aus dem schmalen Wasserarm. Dirk suchte das Deck nach seinem Vater ab, aber abgesehen von den Leichen der beiden Schützen am Bug schien das Schiff vollkommen leer zu sein. Er warf einen Blick zur Kommandobrücke auf dem Deckaufbau am Heck und trabte über das lange, offene Deck. Er gelangte zur Tür und hatte die ersten Stufen des Niedergangs überwunden, als über ihm heftiges Gewehrfeuer aufbrandete.

Für fast eine halbe Minute ertönten wiederholte kurze Feuerstöße, während Dirk die Treppe hinaufstürmte. Als er die vierte Etage erreichte, verstummten die Schüsse, und er setzte seinen Weg zum Brückendeck nun um einiges vorsichtiger fort. Als er in geduckter Haltung die Kommandobrücke betrat, hielt er die SIG Sauer schussbereit in der Hand.

Er hatte kaum ein paar Schritte gemacht, als ihm eine heiße Laufmündung gegen den Nacken gepresst wurde. Er erstarrte mitten in der Bewegung, aber der Druck auf die Mündung ließ sofort nach, als die Waffe zurückgezogen wurde.

»Ich kann mich nicht erinnern, dir die Erlaubnis gegeben zu haben, an Bord zu kommen.«

Dirk drehte vorsichtig den Kopf und sah, dass sich sein Vater am anderen Ende der Waffe befand, die ihm in den Nacken gedrückt worden war. Erleichtert lächelte er.

»Und ich hatte keine Ahnung, dass du der Kapitän dieses Eimers bist«, sagte Dirk.

»Wie es scheint, bin ich es jetzt tatsächlich.« Pitt deutete auf die andere Seite der Kommandobrücke.

Dort hatte ein grässliches Gemetzel stattgefunden. Die Fenster der Kommandobrücke waren von Kugeln zertrümmert worden, die Radar- und Navigationsmonitore waren zerborsten. Beißender Qualm von durchgebrannter Elektronik sättigte die Luft mit seinem ätzenden Geruch. In einer Ecke lag Gomez' blutüberströmte Leiche.

»Ich habe ihm eine Chance gegeben, aber er wollte sie nicht nutzen.«

Dirk nickte, dann blickte er durch das scheibenlose Vorderfenster des steuermannslosen Schiffes. Die *Adelaide* hatte zwar fast das Ende des Wasserarms erreicht, jedoch wurde ihr nun der Weg durch eine Wand aus Felsen und Mangroven versperrt.

»Achtung! Gleich kracht es!«, rief er und stand mit einem schnellen Schritt am Ruder.

»Das alles ist nicht echt«, beruhigte ihn Pitt. »Es ist ein Teil der künstlichen Kulisse, um die Bucht unsichtbar zu machen.«

Ein paar Sekunden später rauschte das Schiff durch die Attrappen. Eine heftige Kollision fand nicht statt. Stattdessen dampfte das Schiff völlig ungehindert weiter. Durch das Seitenfenster sah Dirk einen gekenterten Styroporfelsen, der in den Ausläufern der Bugwelle der *Adelaide* tanzend hinter ihnen zurückblieb.

Nach Verlassen des Meeresarms gelangte die *Adelaide* ins freie Wasser des Gatun-Sees. Ein großes Kranschiff war im Kanal nach Norden unterwegs, während sich zwei Tanker und ein Containerschiff einer Biegung im Süden näherten. Pitt trat ans Ruder und fuhr die Maschinen des Schiffes auf volle Kraft hoch.

»Willst du nicht erst zurückfahren und die anderen holen?«, fragte Dirk.

Pitt richtete einen stählernen Blick auf das Containerschiff, das soeben um die Kanalbiegung verschwand.

»Nein«, sagte er. »Wir müssen dieses Schiff aufhalten.«

71

Bolcke blickte aus dem hinteren Brückenfenster. Schwarze Qualmwolken, die vom Gelände seiner geheimen Roherzaufbereitungsanlage aufstiegen, verdunkelten den Horizont. Er wusste, dass die Anlage in Trümmern lag, und er wusste auch, wer dafür verantwortlich war: dieser geflohene Gefangene, der die Rauchgranate auf die Eingangstreppe seines Hauses geworfen hatte.

Aber Pablo hatte recht. Das Geld, das er für den Verkauf der *Sea-Arrow*-Technologie erhielte, würde bei weitem für eine neue Anlage zur Trennung und Gewinnung von Seltenerdmetallen ausreichen. Er hatte auf Madagaskar bereits mit dem Aufbau einer neuen Produktion begonnen. Problemlos konnte er ganz dorthin umziehen und seine Aktivitäten an einem neuen Ort konzentrieren. Aber er würde wertvolle Monate eines profitablen Handels ausgerechnet während einer kritischen Phase für den weltweiten Rohstoffmarkt verlieren. Sobald er in Kolumbien und damit in Sicherheit wäre, so schwor er sich, würde er Pablo Jagd auf den Gefangenen machen und sich seinen Kopf auf einem Silbertablett präsentieren lassen.

Er blickte in Fahrtrichtung, während die *Salzburg* eine besonders schmale Stelle des Gatun-Sees, Gamboa Reach genannt, passierte. »Wie weit ist es noch bis zur Schleuse?«

Pablo, der nach wie vor am Ruder stand, wandte den Kopf. »Es sind noch etwa zwölf Meilen bis Pedro Miguel.« Ihm entging der sorgenvolle Ausdruck in Bolckes Gesicht nicht. »Ich habe unser Kommen bereits per Funk angekündigt. Der Schleusenmeister erwartet uns. Bei der Abfertigung wird es keinerlei Probleme geben.«

Aus dem Lautsprecher des Funkgeräts auf der Kommandobrücke drang die Stimme eines Tankerlotsen, der ein anderes Schiff beschimpfte, weil es auf dem See überholt hatte. Bolcke und Pedro achteten nicht auf das Geplapper, sondern warfen einen prüfenden Blick auf den Motor der *Sea Arrow* auf dem Deck unter ihnen, wo er zugedeckt und versteckt hinter aufgestapelten Frachtcontainern auf dem Flachbettauflieger eines Sattelschleppers ruhte.

Zwei Meilen weiter hinter ihnen spuckte der Tankerlotse noch immer Gift und Galle gegen den großen Schüttgutfrachter, der sich offenbar dreist vor ihn gesetzt hatte. »Die erlaubte Höchstgeschwindigkeit beträgt in diesem Kanalabschnitt acht Knoten, Schwachkopf«, funkte er.

Auf der Kommandobrücke der *Adelaide* konnte Pitt von dem, was der Mann erzählte, nichts hören, da das Funkgerät des Schiffes während der Schießerei mit Gomez einen Volltreffer abbekommen hatte. Er kannte noch nicht einmal sein Tempo, da die Navigationsinstrumente ebenfalls beschädigt worden waren. Aber er hatte nur geringe Zweifel, dass das Schiff mit deutlich über acht Knoten unterwegs war.

Ohne Fracht und mit fast leeren Treibstoffbunkern war die *Adelaide* ausgesprochen gut zu Fuß. Pitt kitzelte jedes bisschen Tempo aus dem Schiff heraus und näherte sich zügig der Zwanzig-Knoten-Marke. Die *Adelaide* ließ den Tanker mitsamt seinem erbosten Lotsen in ihrer Abgaswolke zurück, während Pitt bereits das nächste Schiff vor ihnen ins Visier nahm. Es war ein holländischer Panamax-Tanker, der mit seinen rund dreihundertfünfunddreißig Metern Länge den für die Kanalschleusen ursprünglich zulässigen Schiffsmaßen entsprach.

Die Fahrrinne verengte sich noch weiter, als Pitt das holländische Schiff einholte und sich an seiner Backbordseite entlangtastete, um zu überholen. Die *Adelaide* hatte sich kaum neben den Tanker manövriert, als ein großes blaues Containerschiff auftauchte, das den Kanal in entgegengesetzter Richtung befuhr.

Dirk schätzte die Strecke, die nötig war, um den Tanker zu passieren, und schüttelte den Kopf. »Vor diesem Containerschiff kommen wir niemals an dem Tanker vorbei.«

Er erwartete, dass sein Vater Fahrt zurücknahm und sich hinter dem Tanker einfädelte, bis sie genug Platz zum Überholen hätten. Stattdessen stand Pitt in lässiger Haltung am Ruder und signalisierte auf diese Art und Weise, dass er keineswegs die Absicht habe, die Geschwindigkeit zu drosseln.

Dirk grinste ihn an und schüttelte den Kopf. »Da werden die Jungs in dem Containerschiff aber gar nicht glücklich sein.«

Der Lotse des sich nähernden Schiffes hatte die *Adelaide* bereits in seiner Fahrrinne entdeckt und verlangte mit wütender Stimme per Funk, dass der Schüttgutfrachter gefälligst Platz machen solle. Aber die zunehmend hektischen Aufforderungen blieben unbeantwortet, während der Abstand der beiden Schiffe zueinander rapide schrumpfte.

Pitt holte weiter zu dem Tanker auf, doch dessen monströse Länge machte aus dem Überholvorgang eine Aufgabe, die in einem überschaubaren Zeitraum unlösbar schien. Vor ihnen hatten der Bug des Containerschiffs und des Tankers einander bereits passiert, daher gab es für niemanden von ihnen eine Möglichkeit zum Ausweichen. Pitt hatte sich ausgerechnet, dass die Fahrrinne breit genug war, dass drei Schiffe einander gleichzeitig passieren konnten, aber er wusste nicht, ob sie für alle drei Schiffe auch tief genug war. Da er selbst die mittlere Fahrrinne einnahm, wo der Kanal am tiefsten sein musste, interessierte es ihn auch nicht besonders.

Der Tankerlotse tat, was er konnte, um sein Schiff zu bremsen, und lenkte es zur rechten Seite der markierten Fahrrinne. Aber da sein Schiff den größten Tiefgang hatte, wollte er es nicht noch dichter an das Ufer heranmanövrieren. Damit hatte es der Lotse des Containerschiffs in der Hand, den Verlauf des Hühnchenspiels zu bestimmen.

Pitt beschleunigte die Dinge, indem er sich längsseits so dicht an den Tanker heranwagte, dass man von einem Schiff aufs andere springen konnte. Allem Anschein nach war eine Kollision unvermeidlich.

Während das Containerschiff aus der anderen Richtung auf sie zuhielt, wappneten sich Pitt und Dirk für die Kollision. Das sich nähernde Schiff, mit himmelhohen Containerstapeln beladen, füllte ihr Gesichtsfeld vollkommen aus, als sein Bug in ihre Richtung zielte. Doch der Lotse war weise genug zu entscheiden, dass am Ufer auf Grund zu laufen allemal sicherer war als eine Kollision, und so lenkte er das Schiff zur Seite, um für Pitt Platz zu machen.

Die Schiffe passierten einander mit minimalem Abstand, wobei der Rumpf des Containerschiffs über den Grund schleifte und sein Propeller sich durch Morast wühlte. Der Lotse und die Deckoffiziere entfesselten eine Flut von Beschimpfungen, während sich die Kommandobrücken der beiden Schiffe auf gleicher Höhe befanden. Pitt lächelte nur und winkte freundlich.

»Dafür verlangen sie ganz sicher deine Lotsenlizenz«, sagte Dirk.

»Stell dir vor, wie wütend sie sein werden«, erwiderte Pitt, »wenn sie erfahren, dass ich so etwas gar nicht besitze.«

Die Fahrrinne vollführte einen Schwenk und verengte sich so, dass die Sicht auf die *Salzburg* teilweise verdeckt war. Auf ihrer Kommandobrücke wurden Bolcke und Pablo bei dem neuesten Zornesausbruch, der aus dem Lautsprecher drang, wachsam. Als das blaue Containerschiff die *Adelaide* passiert hatte und der Lotse den Schiffsnamen auf ihrem Heck las, schickte er über Funk weitere Drohungen. »*Labrador*«, sagte er, »ich werde eine förmliche Klage vor der Kanalverwaltung in Colón erheben.«

Bolcke erstarrte, als der Schiffsname genannt wurde. »*Labrador*. Das ist doch der Name des entführten Schiffes an unserem Kai.« Er griff nach einem Fernglas und eilte zum hinteren Brückenfenster. Der große Schüttgutfrachter, der eine Meile hinter ihnen an dem holländischen Tanker vorbeizog, war unverwechselbar. Es war tatsächlich die *Adelaide*.

Er wurde bleich. »Sie sind hinter uns her«, sagte er zu Pablo.

Gelassen betrachtete Pablo den Navigationsbildschirm. »Wir sollten es eigentlich unbehelligt durch die Schleusen vor uns schaffen. Wenn nicht«, fügte er hinzu, während seine Augen eiskalt wurden, »werden wir dafür sorgen, dass sie es bitter bereuen werden, uns jemals verfolgt zu haben.«

72

Die beiden Schiffe waren in den gefährlichsten Abschnitt des Kanals, den Gaillard Cut, eingefahren. Er war dreizehn Kilometer lang, durchschnitt die kontinentale Wasserscheide und hatte seinerzeit für die Erbauer des Kanals die größte Herausforderung dargestellt. Unter fast übermenschlichem Arbeitsaufwand wurde ein Graben ausgehoben, der an einigen Stellen knapp neunzig Meter tief war. Eingesetzt wurden dazu Scharen von menschlichen Arbeitskräften sowie mit Dampfkraft betriebene Erdbewegungsmaschinen und Bagger. Tausende fanden bei den Bauarbeiten den Tod, einige durch Unfälle und Erdrutsche, die meisten aber durch Gelbfieber und Malaria.

Von der enormen Arbeitsleistung war nicht mehr viel zu sehen, nachdem die Kanalschleusen im Jahr 1914 geöffnet worden waren und der tiefe Durchstich geflutet wurde. Die fast idyllische Ruhe, die die Gewässer dieses Kanalabschnitts rein äußerlich auszeichnete, täuschte von Anfang an über die stellenweise nicht ungefährlichen Strömungsverhältnisse hinweg, die ein Befahren dieser Strecke zu einem navigationstechnisch höchst anspruchsvollen Abenteuer machen konnten.

Im Sturmlauf dampfte Pitt in den Durchstich hinein und ignorierte die Warnschilder, die auf das Tempolimit von sechs Knoten für große Schiffe aufmerksam machten. Gelegentlich spürte er die Auswirkungen der Strömungen, wenn das Heck unkontrolliert hin und her schwenkte. Aber er verzichtete darauf, sein Tempo zu verringern. Sein Ziel war die *Salzburg*, zu der er so weit aufgeholt hatte, dass ihr Vorsprung nur noch eine halbe Meile betrug.

Auch wenn Pablo dem Kapitän befohlen hatte, auf volle Kraft zu gehen, brauchte die *Salzburg* doch wertvolle Zeit, um ihre Geschwindigkeit zu steigern. Ein Blick nach hinten auf die schnellere *Adelaide* machte ihm klar, dass er in die Offensive gehen musste.

Als Pitt beobachtete, wie sich ein paar Männer auf dem Vorderdeck der *Salzburg* versammelten, übergab er das Ruder an Dirk.

»Nur damit kein falscher Eindruck entsteht«, sagte Dirk, »ich habe noch nie zuvor ein so großes Schiff gesteuert.«

»Es ist einfacher, als einen Duesenberg zu lenken«, sagte Pitt. »Halt dich nur vom Ufer fern. Ich bin gleich zurück.«

Während sie sich der *Salzburg* weiter näherten, konnte Dirk drei Männer erkennen, die am Bug mit einem Objekt herumhantierten, das wie eine große Radarschüssel aussah. Die Männer schoben sie auf Rollen an einigen Frachtcontainern auf der Backbordseite vorbei und stellten sie auf, so dass sie nach hinten zielte – auf die *Adelaide*.

Sekunden später erschien Pitt wieder auf der Kommandobrücke. Dirk schaute zweimal hin, als er sah, dass sein Vater in einen Anzug aus silbern glänzender Gefahrgut-Schutzfolie geschlüpft war. »Warum dieses Buck-Rogers-Kostüm?«, fragte er.

»Wir haben die Dinger vorsichtshalber mitgenommen, als wir an Bord kamen«, erklärte Pitt. »Bolckes Schiffe sind mit einem Mikrowellengerät namens ADS ausgerüstet, das zur Kontrolle von großen Menschenmassen eingesetzt wird, nur ist seine Version dieses Geräts extrem schädlich. Höchstwahrscheinlich haben sie so ein Ding auch auf der *Salzburg*.«

Dirk deutete auf das andere Schiff. »Meinst du diese Schüssel am Bug?«

Pitt sah, dass das Active Denial System auf sie gerichtet war und warf Dirk einen zweiten Anzug zu. »Schnell, zieh das an!«

Dirk war gerade dabei, sich unter abenteuerlichen Verrenkungen in den Hazmat-Overall zu zwängen, als er auf seinem Rücken ein heftiges Brennen verspürte. »Offenbar haben sie es bereits eingeschaltet«, sagte er und zog den Reißverschluss zu.

Pitt hatte die gleiche Empfindung im Gesicht und zog sich schnell die mit einem Visier ausgestattete Kapuze über den Kopf. Dann kam er zum Ruder.

»Bleib lieber hinter dem Schott«, sagte er zu Dirk, wobei seine Stimme durch die Kapuze erheblich gedämpft wurde.

Er legte das Ruder hart nach Steuerbord und spürte das Brennen weiter auf seiner Brust und seinen Armen. Vor dem zertrümmerten Brückenfenster stehend, befand er sich genau in der Schusslinie der Mikrowellenkanone. Der Hazmat-Anzug bot zwar einigen Schutz, konnte die Strahlung jedoch nicht vollständig abschirmen.

Aus seiner Position am Bug der *Salzburg* heraus musste das System an der Backbordseite des Schiffes entlangzielen, um die *Adelaide* zu treffen. Pitt konnte dem Energiestrahl der Waffe entgehen, wenn er sich in der Fahrrinne weit rechts hielt und möglichst dicht zu dem führenden Schiff aufholte. Und nach wenigen Minuten tat er genau das.

Bolcke sah, wie die *Adelaide* plötzlich ihren Kurs änderte. »Sie schwenkt zum Ufer ab. Ich glaube, wir haben sie erwischt.«

»Der Schütze meldet einen Volltreffer auf der Kommandobrücke«, sagte Pablo.

Dann ging die *Adelaide* wieder auf ihren alten Kurs. Der Verfolger hatte noch immer einen leichten Tempovorteil und rückte dem Heck der *Salzburg* ständig näher.

»Ich glaube, sie wollen uns rammen«, sagte Bolcke.

Pablo warf einen Blick auf den Navigationsmonitor und stellte fest, dass sie sich den ersten Schleusen bei Pedro Miguel zügig näherten. »Wir müssen sie abschütteln, ehe die Schleusen in Sicht kommen.« Er wechselte einige Worte mit dem Kapitän, dann verließ er die Kommandobrücke.

Bolcke blieb dort, wo er war – wie festgenagelt am hinteren Fenster – und starrte auf das Verfolgerschiff.

Pitt hielt einen Sicherheitsabstand zu dem Schiff vor ihnen. Er hatte gehofft, neben der *Salzburg* längsseits gehen und sie zum Kanalufer abdrängen zu können, aber als das ADS-System plötzlich einsatzbereit neben der Backbordreling auftauchte, hatte sich dieser Plan zerschlagen. Er überlegte sich seinen nächsten Schritt, als die *Salzburg* vor ihm scharf herumschwang.

Auf Pablos Befehl hatte der Kapitän die *Salzburg* hart nach Backbord gelenkt. Die ADS-Schützen zielten augenblicklich mit dem Mikrowellenstrahl auf die Kommandobrücke der *Adelaide*. Pitt spürte das vertraute Kribbeln auf der Haut, allerdings standen ihm die Haare erst richtig zu Berge, als er sah, was neben der Energiewaffe auf ihn wartete. Es waren Pablo und ein anderer Mann, die sich mit Granatwerfern auf den Schultern an der Reling aufgebaut hatten. Nur einen Lidschlag später feuerten sie ihre Ofenrohre ab.

»Runter von der Brücke!«, brüllte Pitt, als die RPGs auf sie zurasten.

Da ihm keine Zeit zur Flucht blieb, warf er sich auf den Boden und stieß gleichzeitig das Ruder nach Backbord.

Dirk, der sich auf der anderen Seite der Kommandobrücke befand, tauchte in den seitlich gelegenen Niedergang ab.

Die erste Granate traf die stählerne Fassade des Deckaufbaus der *Adelaide* dicht unterhalb der Kommandobrücke. Sie fiel aufs Deck hinunter und explodierte auf einer Ladeluke, ohne Schaden anzurichten.

Die zweite RPG hatte Pablo abgefeuert, und er traf ins Schwarze. Die Granate flog durch das zertrümmerte Fenster dicht über Pitts Kopf. Aufgrund des steilen Winkels, mit dem sie in den Brückenraum eindrang, wurde sie von der Decke gestoppt und zum hinteren Schott abgelenkt, wo sie schließlich detonierte. Der gesamte Aufbau erzitterte von der Explosion, die die Kommandobrücke in einer Wolke aus Rauch und Flammen verschwinden ließ.

Pablo, der das Geschehen vom Oberdeck der *Salzburg* aus verfolgte, grinste zufrieden. Aus einem solchen Inferno kam niemand mehr lebend heraus.

73

Zwei Dinge retteten Pitt das Leben. Das erste war die Flugbahn der Granate, die vom hinteren Schott abprallte und vor einer Instrumentenkonsole explodierte. Granatsplitter flogen in die Höhe, um die Konsole herum und in die Konsole hinein – aber nicht durch sie hindurch. Dadurch blieb Pitt, der auf der anderen Seite lag, von dem tödlichen Regen glühender Stahlfragmente verschont.

Seine zweite Rettung war der Hazmat-Anzug. Er schirmte ihn vor dem Feuerblitz ab, der die Explosion begleitete und die Brücke einhüllte. Die Druckwelle schüttelte ihn so kräftig durch, dass er zwar Mühe hatte zu atmen, aber sofort wieder auf die Beine kam, als Dirk zurückkehrte und ihn aus den Trümmern zog.

»Bist du okay?«, fragte Dirk.

Das Klingeln in seinen Ohren war derart heftig, dass Pit seine eigenen Worte kaum verstehen konnte. »Ja, Buck Rogers sei Dank.«

Die Nachwirkungen der Explosion abschüttelnd, stolperte er zum nächsten Fenster. »Eigentlich müssten wir längst an ihr dran sein.« Er musste brüllen, um seine eigene Stimme hören zu können.

Die Worte waren ihm kaum über die Lippen gekommen, als am

Bug ein lautes und hohles Krachen ertönte. Pitt und Dirk mussten sich am Schott vor ihnen abstützen, als das Schiff abrupt zum Stillstand kam.

Sein Tritt gegen das Ruder, als er gestürzt war, hatte die *Adelaide* nach Backbord drehen lassen und auf einen Kollisionskurs mit der *Salzburg* gebracht. Im engen Fahrwasser gefangen, musste die *Salzburg* versuchen, die eingeleitete Kehre zu vollenden, und konnte nur hoffen, sich knapp an der *Adelaide* vorbeizustehlen. Und genau dieses Manöver hatte Pitt durch seine geistesgegenwärtige Reaktion wirkungsvoll vereitelt.

Ungläubig verfolgte Bolcke, wie sich die *Adelaide*, von deren Kommandobrücke nur noch eine qualmende Ruine übrig geblieben war, wie von einer unsichtbaren Hand dirigiert, in ihre Richtung drehte. Die *Salzburg* hatte ihre Backbordwende zur Hälfte bereits vollzogen, als sie vom Bug der *Adelaide* mittschiffs getroffen wurde. Begleitet vom Kreischen aneinanderreibender Stahlplatten, bohrte sich der heranstürmende Schüttgutfrachter gut fünf Meter tief in die Flanke der *Salzburg*. Wäre die *Salzburg* voll beladen gewesen, hätte sie der kombinierte Druck auf ihren Rahmen in zwei Teile zerbrochen. So jedoch wölbten sich die Rumpfplatten auf beiden Schiffsseiten hoch und brachen teilweise auf, so dass Wasser in breiter Flut ins Schiffsinnere eindrang.

Auf dem Deck flogen die aufgestapelten Frachtcontainer wie Bauklötze durcheinander. Mehrere stürzten über die Steuerbordreling in den Kanal. Auf der Backbordseite landeten zwei leere Container auf dem ADS-System, zermalmten die Projektionsschüssel und zerquetschten die beiden Männer, die sie bedienten. Pablo musste zusehen, wie ein weiterer Container in seiner Nähe auf die Seite kippte und das Bein des anderen RPG-Schützen einklemmte. Der Mann schrie um Hilfe, aber es gab nichts, was Pablo in diesem Moment für ihn hätte tun können. Also wandte er sich ab und entfernte sich.

Beide Schiffe waren tödlich verwundet, aber die *Salzburg* befand sich eindeutig in einem noch schlechteren Zustand. Das Schiff bekam Schlagseite nach Backbord, so dass weitere Container übers Deck und ins Wasser rutschten. Es sackte noch mehr ab, als die ersten Wellen über das Hauptdeck spülten. Dann sank die *Salzburg* endgültig.

Pablo rannte zur Kommandobrücke, wo Bolcke reglos stand und wie ein Zombie auf das Chaos starrte. Pablo drängte sich an ihm vorbei zu einem verschlossenen Schrank, den er mit einem Fußtritt öffnete. Darin befand sich die Plastiktonne mit Heilands Konstruktionsplänen für die *Sea Arrow*. »Wo ist der Kapitän?«, fragte er. »Wir müssen das Schiff verlassen.«

»Er sucht den Chefingenieur.«

»Die Zeit drängt, wir sollten uns ins Beiboot retten. Folgen Sie mir.« Er klemmte sich die Tonne unter den Arm und verließ die Kommandobrücke.

Bolcke folgte ihm. Als sie das Hauptdeck erreichten, eilten sie weiter zur erhöhten Steuerbordreling, wo Bolckes Beiboot hing. Pablo warf die Plastiktonne hinein. »Steigen Sie ein!«, befahl er seinem Chef. »Ich lasse Sie ins Wasser runter und komme nach.«

Bolcke gehorchte. Pablo hatte bereits die Bedienungskonsole der Winde ergriffen und machte Anstalten, das Boot abzulassen, als Bolcke ihn aufhielt.

»Sehen Sie mal da drüben, auf dem anderen Schiff.«

Am Fuß des Deckaufbaus der *Adelaide* erschienen zwei Gestalten in Hazmat-Anzügen. Der eine war schwarz von Ruß. Pablo konnte erkennen, dass einer der Männer ein Gewehr schwenkte.

»Ich weiß, wie ich sie aufhalten kann.« Er ließ das Beiboot hart aufs Wasser fallen, dann band er die Bugleine der *Salzburg* los, während Bolcke das Windenkabel ausklinkte. Pablo rannte zu den Mannschaftsquartieren und schloss Anns Kabine auf.

Dieses eine Mal war sie froh, ihn zu sehen. Sie hatte keine Ahnung, was geschehen sein mochte, aber sie konnte immerhin feststellen, dass das Schiff sank, und sie hatte schon befürchtet, dass man sie in ihrem Gefängnis vergessen hatte.

»Los, komm schon!« Pablo ergriff die Kette der Handschellen zwischen ihren Handgelenken und zerrte seine Gefangene durch den Korridor hinter sich her.

Auf dem Hauptdeck sah Ann zu ihrem Schrecken den mächtigen Rumpf der *Adelaide*, der sich tief in die Seite der *Salzburg* gegraben hatte. Dass die beiden Schiffe derart ineinander verkeilt waren, hatte nicht verhindern können, dass die Seitenneigung der *Salzburg* zugenommen und mittlerweile ein gefährliches Maß erreicht hatte.

Pablo führte Ann über das abfallende Deck zur Backbordreling, wo das Kanalwasser bereits bis zu ihren Fußknöcheln reichte. Er blieb vor einem einzelnen Frachtcontainer stehen, der bis zur Kante des Decks gerutscht und halb durch die Reling gebrochen war. Neben den anderen Containern fiel er sofort ins Auge, und Pablo sorgte dafür, dass er sich noch deutlicher von den anderen abhob. Er angelte einen Schlüssel aus der Hosentasche und schloss eine der Handschellen auf.

Ann entspannte sich, mimte die Gehorsame, während er sie zum Container zog. Dann machte sie einen Schritt und griff Pablo mit einem Kniestoß an, verfehlte jedoch knapp seinen Unterleib.

Er konterte sofort, erwischte sie mit einem Rückhandschwinger am Kopf und schleuderte sie gegen den Container, an dem sie benommen herabrutschte. Er packte das Handgelenk mit der Handschelle und hakte das freie Ende in eine Öse an der Bodenplatte des Containers. »Tut mir leid, dass aus uns nichts geworden ist«, sagte er. »Vergiss nicht, deinen Freunden zum Abschied zu winken.«

Er machte kehrt, trabte über das Deck und duckte sich, als hinter ihm ein lautes Klirren erklang – irgendetwas prallte gegen den Container. Er beschleunigte seine Schritte und drehte sich dabei kurz um. An der Reling der *Adelaide* stand ein Mann, der mit einer

Pistole auf ihn schoss. Pablo machte einen Schritt zur Seite und trat in die Deckung, die eine Reihe Container boten, während zwei weitere Schüsse fielen.

Dirk ließ die SIG Sauer enttäuscht sinken, während sein Vater zu ihm an die Reling kam. Sie hatten sich der unbequemen Schutzanzüge entledigt, in denen sie fast in ihrem eigenen Schweiß ertrunken waren.

»Sie haben eine Frau an einen Frachtcontainer gefesselt«, sagte Dirk. »Ich habe auf den Kerl geschossen, der sie an Deck gebracht hat, habe ihn jedoch verfehlt.«

Pitt entdeckte eine Frau mit kurzem blondem Haar, die auf dem Deck saß und an einem Frachtcontainer lehnte. »Das ist Ann.«

Jedes Gefühl der Erleichterung, Ann Bennett lebend zu sehen, wurde durch den angeschlagenen Zustand der *Salzburg* gründlich zunichtegemacht. Das Schiff sank erschreckend schnell. Das von der *Adelaide* geschlagene Leck bedeutete ihr Ende, und Pitt konnte erkennen, dass dieses Schiff kentern würde, ehe es endgültig unterging.

»Sehen wir zu, dass wir schnellstens zu ihr kommen.« Er startete zum Bug der *Adelaide*. Die gesamte Sektion war bei der Kollision zusammengedrückt worden, war jedoch immer noch mit der *Salzburg* verzahnt und verkeilt. Die verbogenen Deckbalken des sinkenden Containerschiffs ächzten gequält, als die Zugkräfte, die sie auf den Bug der *Adelaide* ausübten, durch seine zunehmende Schlagseite stetig zunahmen.

Pitt suchte sich einen Weg durch die Bugruine, bis er auf das Deck der *Salzburg* hinunterspringen konnte. Dort eilte er nach achtern, schlängelte sich zwischen den verstreuten Containern hindurch, bis er zu Ann gelangte.

Sie starrte ihn ungläubig an, als er auf sie zuwatete. »Was machen Sie denn hier?«

Er grinste sie an. »Wie ich hörte, wollten Sie ohne mich auf Kreuzfahrt gehen.«

Ihre Todesangst war zu überwältigend, als dass sie seine Bemerkung mit einem Lächeln hätte quittieren können. »Können Sie mich befreien?«

Er kam näher, um sich ihre Fessel genauer anzusehen. Sie saß auf dem Deck, wobei ihre Hand mit der unteren Kante des Containers verbunden war. Das Wasser schwappte bereits über dem Ellbogen gegen ihren Oberarm. Dann knarrte der Container protestierend, rutschte ein Stück weiter über die Backbordreling und zog die Frau mit sich.

»Eine Handschelle?«, fragte Pitt.

Sie nickte.

Dirk näherte sich, und gemeinsam suchten sie nach einem Werkzeug, mit dem sie sie befreien konnten. Irgendwo auf dem Schiff würden sie sicherlich geeignetes Werkzeug finden, aber sie hatten keine Zeit mehr, um danach zu suchen. Das Schiff befand sich bereits halb unter Wasser. Desgleichen der Container.

»Er geht jeden Moment über Bord«, flüsterte Dirk. »Ich wüsste nicht, wie du sie befreien kannst.«

Pitt nickte und schaute kurz zur *Adelaide* hoch. »Du hast recht«, sagte er, und in seinen Augen erschien ein unternehmungslustiges Glitzern. »Ich denke, dann müssen wir beide retten.«

74

Ebenso wie die *Tasmanian Star* in Chile verfügte die *Adelaide* über ihr eigenes Förderband zum Laden und Entladen von Fracht. Die Förderbandanlage der *Adelaide* befand sich auf ihrer Steuerbordseite, und zwar unmittelbar über Pitts augenblicklichem Standort.

Er turnte an dem zertrümmerten Bug des Erzfrachters nach oben und fand eine Steuerkonsole direkt neben dem Förderband. Die Kollision hatte das Notstromaggregat des Schiffes nicht beschädigt, und der Generator unter Deck summte unbeirrt weiter, als Pitt die hydraulischen Kontrollen bediente. Das Förderband konnte neben jeder Ladeluke in Stellung gebracht werden. Auf der gegenüberliegenden Deckseite standen Kübelkräne, die das Erz aus den Laderäumen baggerten und auf das Förderband kippten.

Pitt aktivierte das Förderband und dirigierte es zum ersten Frachtraum. Er experimentierte mit den Kontrollen, bis er wusste, wie sich das Förderband drehen ließ. Dann schwenkte er es von der *Salzburg* weg und dirigierte es zu Anns Container hinüber. Mit Hilfe einer separaten Vertikalsteuerung konnte er das andere Ende des Förderbands absenken, bis es sich unterhalb der Reling befand.

Dirk, der neben Anns Container stand, gab ihm durch Handzeichen zu verstehen, er solle das Förderband noch näher heranschieben, als plötzlich ein hohles Poltern in den Eingeweiden der *Salzburg* erklang. Container verschoben sich überall, als das Schiff unterging. Mit einer langsamen, stetigen Bewegung senkte sich das Backborddeck dem Kanal entgegen, während das Steuerborddeck in die Höhe stieg und die Container polternd ins Wasser glitten.

Pitt schob das Ende des Förderbands weiter nach vorn, senkte es dann so weit wie möglich ab und schaltete es ein. Alles, was er von seinem Standort aus erkennen konnte, war ein Berg von Containern, der ins Wasser stürzte. Am Heck konnte er den Kapitän und eine Handvoll Matrosen erkennen, die um ihr Leben sprangen.

Als sich das Schiff um die eigene Achse drehte, rutschten Ausrüstungsgegenstände, Vorräte und die restliche Fracht das schräge Deck abwärts und verschwanden im Wasser. Plötzlich durchlief ein Ruck das Schiff, es löste sich von der *Adelaide* und kenterte. Die umgekippte *Salzburg* trieb für ein oder zwei Minuten auf den Wellen und verabschiedete sich in Richtung Kanalgrund.

Das Ende des Förderbands der *Adelaide* sackte so weit tiefer, bis es sich unterhalb des Wasserspiegels befand, und Pitt dachte schon, sein Plan sei fehlgeschlagen. Aber das Förderband ruckte und zitterte, und ein beigefarbener Klotz erschien unter der Wasseroberfläche. Einen Moment später tauchte ein Frachtcontainer auf, der schief auf dem Band lag. Pitt blickte über die Reling und sah Ann und Dirk, die vollständig im Freien hingen und sich an die Basis des Containers klammerten, während ihre Füße über den Wellen baumelten.

Wasser rann in breiten Bahnen über das Förderband, das den Container nach oben bis zur Seitenreling trug, woraufhin Pitt den Motor des Förderbands abschaltete.

»Guter Fang«, sagte Dirk, »wenn ich auch nicht mit einem Bad gerechnet hatte.« Er sprang vom Förderband, während Ann neben ihm die Füße vorsichtig aufs Deck setzte.

»Alles okay bei Ihnen?«, wollte Pitt von Ann Bennett wissen.

»Ich dachte schon, mir würde der Arm aus dem Gelenk gerissen werden. Aber ja, bei mir ist alles okay.« Sie schüttelte sich das Wasser aus den Haaren.

»Gib mir mal die Pistole«, bat Pitt seinen Sohn.

Dirk zog die SIG Sauer aus dem Holster an seiner Hüfte und reichte sie seinem Vater. Pitt schüttelte sämtliches Wasser so gut es ging heraus und drückte die Mündung gegen Anns Handschellen. Der Schuss zerteilte die Kette, die die Handschellen miteinander verband, und befreite Ann vom Container.

»Das hätte ich schon früher versucht, nur waren Sie zu tief unter Wasser, als wir Sie fanden.«

»Aber dann wäre mir ja auch die Achterbahnfahrt entgangen.« Zum ersten Mal seit Tagen lächelte Ann. Sie erhob sich und schaute in den Kanal, in dem die *Salzburg* verschwunden war. »Sie hatte den Motor der *Sea Arrow* an Bord.«

»Sie werden ihn jetzt nicht mehr in die Finger bekommen«, meinte Pitt.

»Aber sie haben immer noch die Pläne«, sagte Ann Bennett. »Ich habe sie bei Pablo im Boot gesehen.«

Pitt nickte. Er hatte Bolckes und Pablos Flucht mit dem Boot beobachtet, während er scheinbar ausschließlich mit Anns Rettung beschäftigt war. »Es gibt nur einen Ort, den sie aufsuchen können.« Nachdem er sich die Karte vom Kanal auf der Kommandobrücke der *Adelaide* genau angesehen und eingeprägt hatte, wusste er, dass die nächste Schleuse nur ein kurzes Stück entfernt war.

Dirk ging bereits über das Deck zu einem Schlauchboot, das unter einer Abdeckplane auf seinen Einsatz wartete. Innerhalb weniger Minuten hatte er es mit Pitt und Ann an Bord mit einer Winde über die Reling geschwenkt und aufs Wasser hinabgelassen. Da er ohnehin schon durchnässt war, hechtete er ins Wasser und schwamm zum Boot, wo ihm beim Hineinklettern geholfen wurde. Pitt startete den kleinen Außenbordmotor und lenkte das Gefährt in zügiger Fahrt kanalaufwärts.

Der Kanal beschrieb einen weiten Bogen und führte am Gold Hill vorbei, einem kleinen, aber auffälligen freistehenden Felshügel am Ufer, der die kontinentale Wasserscheide und den Punkt des tiefsten Aushubs markierte. Dahinter verlief der Kanal schnurgerade zu den Pedro-Miguel-Schleusen, die in zwei Meilen Entfernung zu erkennen waren. Bolcke und Pablo hatten die Schleuse bereits erreicht und glitten nun in die nördliche Kammer, deren Tore bereits in Erwartung der *Salzburg* geöffnet worden waren.

Pablo legte am Mitteldamm an, der die beiden Schleusenkammern voneinander trennte. Er half zwei Schleusenarbeitern, die vordere und die hintere Leine am Beiboot zu befestigen, ehe er an Land ging. Die Arbeiter verzichteten auf die kleinen Zahnradlokomotiven, die stets bereitstanden, um die großen Schiffe in Position zu ziehen, und schleppten das Boot samt Bolcke, der an Bord geblieben war, ans andere Ende der ersten Schleusenkammer und machten es dort fest.

Pablo eilte zum Schleusenhaus, einem mehrstöckigen weißen Gebäude in der Mitte des Damms, von dem aus der Wasserzufluss für die Schleusenkammern gesteuert wurde.

Ein unfreundlicher Aufseher mit einem Schreibbrett in der Hand kam Pablo entgegen. »Das ist aber kein vierhundert Fuß langer Massengutfrachter.«

»Wir hatten einen Unfall mit dem Schiff und müssen sofort passieren. Mr. Bolcke zahlt Ihnen das Dreifache Ihres üblichen Honorars, wenn Sie ihn nicht registrieren.«

»Ist er das im Boot?«

Pablo nickte.

»Hab ihn lange nicht mehr gesehen.« Der Aufseher hakte das Sprechfunkgerät vom Gürtel und rief das Schleusenhaus. Eine Minute später begannen sich die massiven Schleusentore zu schließen. Nicht lange und das Wasser in der Schleusenkammer würde abfließen und das Boot auf das Niveau des nächsten Kanalabschnitts absenken.

»In zehn Minuten sind Sie wieder draußen«, versprach der Aufseher.

Pablo warf einen flüchtigen Blick auf die sich schließenden Tore, dann sah er genauer hin. Ein kleines Schlauchboot näherte sich mit hoher Geschwindigkeit. Seine Besatzung bestand aus drei Personen – zwei Männer und eine Frau mit kurzem blondem Haar. Ann Bennett.

»Einen Moment.« Er deutete auf das Schlauchboot. »Diese drei haben unser Schiff angegriffen und versenkt. Behandeln Sie sie wie potentielle Terroristen und halten Sie sie mindestens eine Stunde lang auf.«

Der Schleusenaufseher betrachtete das sich nähernde Boot. »Die sehen aber nicht wie Terroristen aus.«

»Für Sie sind noch mal zehntausend zusätzlich drin.«

Der Aufseher strahlte. »Wissen Sie, es ist schon möglich, dass ich mich in diesem Punkt geirrt habe«, sagte er. »Grüßen Sie Mr. Bolcke von mir.«

Alles, was er als Antwort erhielt, war Pablos Rücken, als der Kolumbianer eilig zum wartenden Boot ging.

75

Während sich die Tore der nördlichen Schleusenkammer schlossen, um Bolckes Boot aufzunehmen, wurden die Tore der südlichen Kammer geöffnet, um einen großen Frachter zu entlassen. Pitt lenkte das Schlauchboot um den breiten Frachter herum und in die Schleusenkammer hinein. Er hielt auf das Schleusenhaus zu und legte am Kai an, wo der Schleusenaufseher mit zwei bewaffneten Wachtposten stand. Der Wasserspiegel in der benachbarten Kammer war bereits um einige Meter gesunken, so dass das Beiboot Pitts Blick entzogen war.

Dirk sprang mit der Bugleine des Schlauchboots in der Hand auf den Kai und hielt das Boot fest, während Ann herauskletterte. Dirk wandte sich an den Aufseher.

»Das Boot mit den beiden Männern.« Er deutete auf die andere Schleusenkammer. »Es muss sofort angehalten werden.«

»Ich fürchte, Sie sind es, die angehalten werden müssen«, erwiderte der Aufseher und gab den Wachmännern ein Zeichen. »Verhaften Sie diese Leute.«

Pitt hatte am Schleusenbau vorbeischauen können und Pablo entdeckt, der sich auf dem Kai entfernte. Als er hörte, wie die Wachen Dirk und Ann aus dem Verkehr zogen, gab er Gas. Dirk ließ die Bootsleine durch seine Hand gleiten, und das kleine Schlauchboot rauschte durch die Schleusenkammer.

Die Distanz zwischen dem Schleusenhaus und den vorderen Schleusentoren betrug gut einhundertfünfzig Meter, und Pablo hatte die Strecke fast schon bewältigt, als er das Schlauchboot näher kommen hörte. Er fuhr herum und bekam einen gelinden Schock, als er Pitt mit seiner SIG Sauer in der Faust am Ruder sitzen sah.

Pablo, der unbewaffnet war, blickte zu den Wachen am Schleusenhaus hinüber. Sie waren damit beschäftigt, Dirk und Ann festzunehmen, und machten keinerlei Anstalten, Pitt zu verfolgen. Trotz fürstlicher Bezahlung hatte ihre Loyalität Grenzen.

Bis zum Beiboot waren es für Pablo nur noch ein paar Schritte, aber Pitt fuhr einen Bogen, um ihm den Weg abzuschneiden. Gleichzeitig bemerkte Pablo, dass ein Serviceteam auf dem Kai ein Gleis der Treidelloks repariert und eine beschädigte Schiene zurückgelassen hatte. Er hob die Schiene auf – schlank geschmiedeter Stahl, etwa zwei Meter lang – und machte einen Schritt vorwärts.

Pitt überholte Pablo und steuerte dann das Schlauchboot zum Kai. Von Pablos behelfsmäßiger Waffe sah er nichts, als er sich aus dem Boot auf den Kai schwang und seine Pistole auf den Kolumbianer richtete.

Pitts Reflexe hatten durch die vorangegangenen Strapazen gelitten, und als Pablo mit der Stahlstange ausholte, reagierte Pitt zu spät. Er zielte und drückte ab, doch die Schiene erreichte ihn zuerst und prallte gegen seine ausgestreckte Hand. Der Schuss ging harmlos in Richtung Himmel, ehe die Pistole aus Pitts Hand geprellt wurde und in hohem Bogen in die Schleusenkammer flog und versank.

Pitt wich zurück, als Pablo den Rundumschlag in die entgegengesetzte Richtung ausführte, musste jedoch einen harten Treffer auf die Rippen hinnehmen, der ihn rückwärtsschleuderte. Er schaffte es dennoch, auf den Füßen zu bleiben, und zog sich weiter zurück, während Pablo ihn erneut attackierte.

Die Schiene schnitt mit einem pfeifenden Geräusch durch die

Luft, als Pablo sie wie eine Sense schwang. »Du hast einen langen Weg zurückgelegt, um zu sterben.«

»Nicht lang genug«, erwiderte Pitt.

Während er auf dem Rückzug blieb, um nicht von der zur Waffe umfunktionierten Schiene getroffen zu werden, hatte Pitt die Tore und das Boot, das am Ende der Kammer vertäut war, beinahe erreicht. Die Schleusenkammer leerte sich schnell, und das Beiboot war bereits mehr als sechs Meter gesunken. Er warf einen Blick auf das Boot, erkannte jedoch, dass es für einen Sprung zu weit entfernt war.

Da er Pitts Verwundbarkeit spürte, wollte Pablo kurzen Prozess machen und packte die Schiene mit festerem Griff.

Pitt sah, dass das Gewicht der Stahlstange Pablos Rundumschlag deutlich bremste, und entschied sich, in die Offensive zu gehen. Er machte einen Schritt rückwärts, als Pablo mit der Stange auf seinen Kopf zielte. Doch anstatt weiter auf Distanz zu gehen, suchte Pitt festen Stand und sprang.

Pablo reagierte, indem er die Schiene zur Verteidigung hochriss und vor seine Brust hielt, als Pitt gegen ihn prallte. Pitt schaffte es, Pablo leicht aus dem Gleichgewicht zu bringen, so dass er stolpernd zur Seite auswich. Pitt ließ nicht locker, packte die Stange neben Pablos Händen und versetzte ihm einen wuchtigen Stoß.

Pablo hatte keine andere Wahl, als zurückzuweichen und zu versuchen, erneut in Kampfstellung zu gehen. Aber er war in Richtung Kai abgedrängt worden, und als er einen Fuß hinter sich aufsetzen wollte, trat er ins Leere. Er kippte rückwärts vom Kai und zog Pitt mit sich in die Tiefe.

Von dem Platz vor dem Schleusenhaus aus hatten Dirk und Ann den Zweikampf verfolgt, während die Wachen sie mit ihren Gewehren in Schach hielten. Dirk sah die beiden Männer mit einem lauten Platschen in die Schleusenkammer stürzen und wartete darauf, dass sie wieder auftauchten. Während sich das Wasser beruhigte, zählte er die Sekunden – und spürte, wie es ihm kalt über den Rücken lief.

Eine Minute war verstrichen, aber keiner der Männer war an die Wasseroberfläche zurückgekehrt.

76

Pablo war der Hauptleidtragende des Sturzes gewesen, da er auf dem Rücken landete und Pitt ihn mit seinem Gewicht unter Wasser drückte. Der Höhe des Kais wegen kam es ihm so vor, als wäre er auf Beton geprallt. Sämtliche Luft wurde aus seinem Körper gepresst, und ein grässlicher Schmerz setzte seinen Rücken in Flammen. Sein Körper verkrampfte sich derart, dass er sich nicht mehr rühren konnte.

Pitt behielt jedoch die Kontrolle, als er ins Wasser eintauchte. Mit kräftigen Beinschlägen drückte er seinen Gegner tiefer. Er war sich sicher, dass er dank seiner Erfahrung als Taucher Pablo in dieser Situation überlegen war, und übte weiterhin Druck auf die Schiene aus, um ihm ein vorzeitiges Auftauchen unmöglich zu machen.

Da er sich ausschließlich auf seine Angriffstaktik konzentrierte, bemerkte Pitt nichts von dem Sog des zunehmend heftiger herumwirbelnden Wassers. Zu seiner Verwunderung spürte er lediglich einen wachsenden Druck auf den Ohren und machte schnelle Kaubewegungen, um ihn zu mildern und die Taubheit zu vertreiben.

Während er sich allmählich von dem Sturz erholte, wollte Pablo in einem ersten Impuls den Stahlstab wieder in seine Gewalt bekommen. Aber Pitt hielt ihn fest und benutzte ihn, um Pablo vor sich herzuschieben. Schließlich kam Pablo vollends zu sich und erkannte, dass er dringend frische Luft benötigte. Er stieß sich von der Schiene ab und bewegte sich zur Seite, um sich von Pitt zu lösen.

Doch jetzt geschah etwas Seltsames. Anstatt aufzusteigen, wurde er von einer unsichtbaren Kraft weiter in die Tiefe gezogen. Alarmiert drehte er sich um und ergriff erneut die Stange, während er heftig mit den Beinen gegen den Sog ankämpfte.

Pitt, am anderen Ende der Stange, hörte auf, mit den Beinen zu schlagen, doch ein neuerlicher Schmerz in den Ohren signalisierte ihm, dass sie auf den Grund der Schleusenkammer gezogen wurden.

Die beiden Männer waren genau über einer der Abflussöffnungen im Boden der Schleusenkammer ins Wasser gefallen. Wenn die Schieber in den Abflusstrichtern geöffnet wurden, strömte das Wasser in einen seitlich wegführenden Tunnel, der seinerseits eine größere, in die Wand eingebaute Abflussleitung speiste. Durch diese Röhre, die einen Durchmesser von sechs Metern hatte, strömte das Schleusenwasser nun in den Miraflores-See.

An der Oberfläche waren die Wirbel des abfließenden Wassers kaum wahrzunehmen. Auf dem Grund der Schleusenkammer aber vereinigten sie sich zu einem Strudel, aus dem es kein Entkommen gab. Ebenso wie Pablo ließ Pitt die Schiene für einen kurzen Moment los und versuchte mit kräftigen Schwimmbewegungen aufzusteigen. Doch der Sog der Wassermassen ließ kein bisschen nach. Pitt glitt an Pablo vorbei und griff wieder nach der Stahlstange, so dass er parallel zum Schleusenboden in der Abflussströmung hing.

Der Sog nahm ständig zu und ließ sie auf die anderthalb Meter große Öffnung des Abflusstrichters zutreiben. Pablo wehrte sich zwar gegen die Kraft, die ihn in die Tiefe zerrte, jedoch vergebens. Seine Beine und sein Oberkörper wurden ins Rohr gezogen. Die Stahlschiene wäre sicherlich gefolgt, aber im letzten Moment veränderte Pitt ihre Lage so, dass beide Enden am Rand der runden Öffnung sicheren Halt fanden und beide Männer mit einem heftigen Ruck gestoppt wurden. Keinem von ihnen war bis zu diesem Moment klar gewesen, mit welcher Kraft das Wasser sie mitgerissen hatte, so dass ihre Hände beinahe von der Schiene abrutschten.

Der heftige Ruck, der sie bremste, kam für Pitt vollkommen überraschend. Seine Beine wurden in den Abflusstrichter gesogen. Sein restlicher Körper folgte, und plötzlich hing er einträchtig neben Pablo und klammerte sich verzweifelt an die Stahlstange über seinem Kopf, während tausende Gallonen Wasser an ihnen entlangrauschten. Nicht länger daran interessiert, den Gegner auszuschalten, kämpften beide Männer jetzt jeder für sich um ihr Leben.

Ihr unfreiwilliger Tauchgang hatte nur eine halbe Minute in Anspruch genommen, aber aufgrund ihrer energieraubenden Anstrengungen verfügte keiner von ihnen noch über weitere Luftreserven. Pablo hatte seit seinem Eintauchen ins Wasser Mühe gehabt, den Atem anzuhalten, und jetzt kämpfte er dagegen an, dass sein Wille erlahmte. Sein Herz raste, und in seinem Kopf breitete sich ein dumpfer Schmerz aus. Die Angst zu ertrinken überwältigte ihn, und er geriet in Panik.

Pitt, der nur wenige Zentimeter entfernt neben ihm hing, konnte verfolgen, wie sich Pablos Augen weiteten, hervorquollen und ein Zittern über sein Gesicht lief.

Die Verzweiflung überwältigte ihn, und Pablo gab seinem Instinkt nach. Er ließ die Schiene los, trat mit den Beinen und ruderte mit den Armen, um zur Wasseroberfläche aufzusteigen.

Er hatte nicht die geringste Chance.

Stattdessen schoss er an Pitt vorbei und verschwand im gierigen Schlund des Abflusstrichters.

Pablos Kapitulation stärkte Pitts Überlebenswillen. Er konzentrierte sich darauf, seinen Griff an der Stange um keinen Preis zu lockern und das Pochen in seinem Kopf und den überwältigenden Drang einzuatmen möglichst zu ignorieren. Er wusste, dass das Füllen und Entleeren der Schleusenkammern stets in kürzester Zeit geschah und der Wasserspiegel bereits um mehr als sechs Meter gefallen war, als sie in die Kammer gestürzt waren. Also tröstete er sich damit, dass die Kammer schon bald geleert sein würde.

Während seine Finger allmählich taub wurden, nahm er unter sich ein tiefes Rumpeln wahr. Für einen kurzen Moment spürte er, wie der Sog des abfließenden Wassers noch zunahm. Es waren die Absperrklappen in den Abflussrohren, die geschlossen wurden. Dann hörte er ein lautes Dröhnen, und der tödliche Sog der Wassermassen ließ schlagartig nach.

Anfangs noch ungläubig, zog Pitt an der Schiene und stellte fest, dass er aufstieg. Er ließ also los, schlug kräftig mit den Beinen und atmete langsam und stetig aus, während er von seinen Schwimmbewegungen nach oben getragen wurde. Bis zur Oberfläche waren es noch zehn Meter, aber die überwand er schnell und atmete tief und keuchend die feuchtheiße Luft ein, die ihn empfing.

Während er nach und nach wieder vollständig zu sich kam, hörte er laute Rufe auf dem Kai über sich und das wiederholte Aufheulen eines Motors in seiner nächsten Nähe. Die Schleusentore hatten sich geöffnet, und Bolcke machte gerade Anstalten, die Kammer zu verlassen. Zwei Arbeiter, die die Halteleinen lösten, entdeckten Pitt im Wasser und machten einen der Wächter auf ihn aufmerksam.

Bolcke entdeckte Pitt ebenfalls, gab Gas und ignorierte die losen Leinen. Das Mannschaftsboot machte in Richtung der offenen Schleusentore einen Satz vorwärts und zog dabei die Heckleine im Kielwasser hinter sich her.

Pitt reagierte sofort, machte ein paar kurze Schwimmstöße und ergriff die im Wasser treibende Halteleine. Sie spannte sich und zog ihn durchs Wasser, während der Wächter an der Kante des Kais erschien und Bolcke zurief, er solle anhalten. Bolcke ignorierte die Aufforderung und gab Vollgas.

Pitt hatte zwar das Gefühl, ihm würden die Schultergelenke ausgekugelt, aber er behielt die Leine eisern im Griff, während das Boot beschleunigte.

Als die Schleuse hinter ihm lag, drehte sich Bolcke um und stellte fluchend fest, dass er Pitt im Schlepptau hatte. Er überließ die Kontrolle des Bootes für einen Moment sich selbst, turnte zum Bootsheck und löste die Leine von der Klampe, an der sie festgebunden war.

Das Ende der Leine flog in hohem Bogen ins Kielwasser und befreite das Boot und Bolcke von dem hartnäckigen Verfolger, der sich einfach nicht abschütteln ließ.

77

»Rudi, du solltest lieber sofort mal runterkommen.«

»Okay, Hiram. Bin schon unterwegs.« Gunn legte das Telefon auf und verließ sein Büro im Sturmschritt. Anstatt auf den Fahrstuhl zu warten, rannte er die Treppe hinunter und platzte nur Sekunden später in die Computerzentrale der NUMA.

Yaeger saß in seinem Kommandosessel vor dem großen Videobildschirm. Darauf war ein Frachter zu sehen, der sich langsam in ein schmales Wasserbecken schob.

»Was hast du da?« Neugierig betrachtete Gunn den Bildschirm.

»Panamakanal. Das ist die Pedro-Miguel-Schleuse, betrachtet durch eine der Webcams der Kanalverwaltung. Ich überwache deren Kameras, während ich auf eine Nachricht von Dirk und Summer warte… über die Urwaldrazzia.«

»Ja, ich warte auch schon auf ein Lebenszeichen von ihnen.«

»Sieh dir das mal an. Das habe ich vor ein paar Minuten aufgezeichnet.«

Yaeger rief früheres Material aus der gleichen Perspektive auf. Diesmal war ein kleines Boot zu sehen, das in eine der Kammern einfuhr. Ein paar Minuten später kam ein Schlauchboot in die benachbarte Schleusenkammer und legte an einem Kai in Höhe des Schleusenhauses an.

Gunn betrachtete die Gestalten, die aus dem Boot stiegen. »Das sieht doch so aus, als seien es Ann Bennett und Dirk.«

»Dann ist das Ann«, sagte Yaeger. »Ich war mir nicht ganz sicher, wie sie aussah. Aber Dirk habe ich erkannt.«

Sie verfolgten den Rest des Geschehens inklusive Pitts Zweikampf mit Pablo sowie seinen wilden Höllenritt aus der Schleuse. Die beiden glaubten, ihren Augen nicht zu trauen.

»Könnte der Kerl in dem Boot Bolcke sein?«, fragte Yaeger.

»Ja«, sagte Gunn. »Offenbar hat er noch immer die Pläne, sonst wäre Pitt nicht hinter ihm her.«

»Was tun wir?«

Ratlos schüttelte Gunn den Kopf. »Sandecker«, sagte er schließlich. »Wir sollten lieber Sandecker anrufen.«

78

Nach seiner kurzen, aber nassen Wasserschlittenfahrt wurde die Leine in Pitts Händen schlaff. Mühsam nach Luft ringend sah er Bolcke nach, der über den See davonraste.

Er war nur ein kurzes Stück auf den Miraflores-See hinausgezogen worden. Am Ufer, bloß ein paar Meter entfernt, ragte ein Pier in den See, an dem ein Boot vertäut war. Pitt schwamm in Richtung des Bootes und erreichte es nach kurzer Zeit. Es war ein kleiner Reserveschlepper, der von der Kanalverwaltung zur Unterstützung der regulären Schleppboote eingesetzt wurde, mit denen große Handelsschiffe in die Schleusenkammern bugsiert wurden.

Pitt zog sich an Bord, löste unauffällig die Leinen und schlich dann zum Ruderhaus. Er startete den Motor und legte ab, ohne auf das Bereitschaftspersonal des Schiffes zu achten, das gerade beim Schleusendienst aushalf. Nachdem er den Schlepper in den See gelenkt und gleichzeitig die Gashebel nach vorn geschoben hatte, passierte er ein großes, längliches Objekt, das im Wasser trieb. Es war die Leiche Pablos, geschunden und zerquetscht von ihrem tödlichen Ritt durch die Abflusstunnel der Kanalschleuse.

Der Schlepper konnte auch nicht annähernd mit Bolckes Mannschaftsboot mithalten, doch das musste er auch gar nicht. Der Miraflores-See war klein und überschaubar, etwa eine Meile lang, so dass Pitt seine Jagdbeute nicht aus den Augen verlieren konnte, und wenn Bolcke mit dem Beiboot fliehen wollte, würde sein Weg zwangsläufig durch weitere Schleusen führen. Aber während ihm Pitt in einem Abstand von einer halben Meile folgte, erkannte er schon bald, dass Bolcke etwas Derartiges gar nicht vorhatte.

Das Mannschaftsboot ging neben einem großen Frachter längsseits, der auf dem See trieb, und wartete darauf, dass die Bordleiter heruntergelassen wurde. Zwei bewaffnete Männer mit asiatischen Gesichtszügen stiegen die Leiter hinab und zogen das Motorboot dicht an den Schiffsrumpf heran. Bolcke reichte einem der Männer die Plastiktonne, in der sich die Pläne der *Sea Arrow* befanden, und dann verließ er das Boot.

Da er sich ihm von achtern näherte, sah Pitt, dass der Frachter mit dem schwarzen Rumpf den Namen *Santa Rita* trug und unter der Flagge Guams fuhr. Die Männer hatten die Leiter zur Hälfte erstiegen, während Pitt mit dem Schlepper längsseits ging.

Als er Pitt im Ruderhaus erkannte, starrte Bolcke ihn an, als sei er ein Gespenst. Dann redete er hektisch auf seine bewaffneten Begleiter ein.

Der Mann, der die Tonne trug, kletterte im Höchsttempo die Leiter hinauf, doch der andere Mann blieb stehen und brachte sein

Gewehr in Anschlag. Er studierte das Schleppboot einige Sekunden lang, dann setzte er ihm eine kurze Salve dicht vor den Bug. Danach richtete er das Gewehr auf Pitt im Ruderhaus. Pitt verstand die Botschaft sofort, steuerte das Boot vom Frachter weg und zog an ihm vorbei.

Zhou kam zur Reling, während Bolcke an Bord kletterte. »Herzlich willkommen«, sagte Zhou mit einer Andeutung von Erleichterung in der Stimme.

Bolcke sah sich mit wildem Blick um. Er war nach dem Ersteigen der Leiter völlig außer Atem. »Mein Schiff wurde gerammt und versenkt, mein Betrieb wurde angegriffen und zerstört. Wir haben den Motor verloren, und mein Helfer Pablo ist getötet worden. Aber ich konnte mit den Plänen für das Superkavitationssystem fliehen. Sie sind viel mehr wert als der Motor.«

Zhou starrte den Österreicher an und stellte mit Genugtuung fest, dass er offenbar nicht verdächtigt wurde, den Komplex in die Luft gesprengt zu haben. Aber der Verlust des Motors der *Sea Arrow* war ein Fehlschlag, selbst wenn er die Pläne in Empfang nehmen konnte. »Damit ändert sich unsere Abmachung.«

»Natürlich. Aber das können wir später noch besprechen. Wir müssen erst einmal die Miraflores-Schleuse hinter uns bringen.«

Zhou nickte. »Wir sind als Nächste für die Durchfahrt an der Reihe. Wer war das in dem Schlepper?«

Bolcke schaute dem Schleppschiff nach, das in der Ferne allmählich kleiner wurde. »Nur ein lästiges Ärgernis. Aber das kann uns jetzt nicht mehr aufhalten.«

79

Das Ärgernis namens Pitt hatte die *Santa Rita* weit hinter sich gelassen und suchte nun verzweifelt nach einer Möglichkeit, das Schiff zu stoppen und die Pläne zurückzuholen. Allein im Schleppboot hatte Pitt allerdings nur wenige Optionen. Er studierte den vor ihm liegenden See und sah, wie sich an seinem Ende die Fahrrinne gabelte. Die südliche Abzweigung führte zu einem niedrigen Damm mit Überlauf, der den Pegelstand des Sees regelte. Im Norden lagen die Zwillingsschleusen, die ebenfalls den Namen Miraflores trugen. Eine der Kammern hatte soeben ihre Tore geöffnet und entließ ein großes weißes Kreuzfahrtschiff.

Er wusste, dass die Schleusen eine Sackgasse bedeuteten. Bolcke hatte sich bei Miraflores sicherlich den gleichen Einfluss erkauft wie bei Pedro Miguel. Jedes Ersuchen, die Durchfahrt des Frachters durch die Schleusen zu verhindern, hätte nur zur Folge, dass Pitt ebenso wie Dirk und Ann unter irgendeinem Vorwand so lange verhaftet würde, bis die *Santa Rita* sich unerreichbar auf hoher See befand. Er musste eine andere Möglichkeit finden.

Während er am Seeufer entlangdampfte, bemerkte er einen alten, mit Morast beladenen Lastkahn, der in der Nähe des Damms ankerte. Er blieb auf Kurs, beschrieb vor der Schleuse einen weiten Bogen und passierte das Kreuzfahrtschiff, das ihm vage bekannt vorkam. Er ließ sich zurückfallen, um seine Vermutung zu bestätigen und den Schiffsnamen unter dem leicht beschädigten Achterdeck lesen zu können. Dann lächelte er, während ein Plan in seinem Kopf Gestalt annahm.

»Wunderbar«, murmelte er. »Einfach wunderbar.«

80

»Käpt'n, Sie werden per Funk von dem Kanalschlepper an Backbord neben uns angerufen.«

Kapitän Franco trat zur anderen Seite der Kommandobrücke des großen Kreuzfahrtschiffes und nahm dem Deckoffizer den Hörer aus der Hand.

»Hier ist die *Sea Splendour*, Kapitän Franco am Apparat.«

»Guten Morgen, Käpt'n. Hier ist Dirk Pitt.« Er streckte den Kopf aus dem Ruderhaus des Schleppers und winkte dem Kreuzfahrtschiff.

»Pitt, mein lieber Freund!«, antwortete der Kapitän freudig überrascht. »Wie klein die Welt doch ist! Was tun Sie hier? Arbeiten Sie jetzt für die Canal Authority?«

»Nicht ganz. Wir haben hier zurzeit eine kritische Situation, und ich bräuchte Ihre Hilfe.«

»Natürlich. Ihnen verdanke ich schließlich mein Schiff und meine Karriere. Was haben Sie auf dem Herzen?« Er unterhielt sich noch einige Minuten mit seinem Anrufer, dann legte er mit düsterer Miene den Hörer auf. Er ging zu dem Kanallotsen hinüber, der ihm amtlich zugewiesen war, am Ruder stand und ihre Passage überwachte.

»Roberto«, sagte der Kapitän mit einem verkrampften Lächeln, »Sie sehen hungrig aus. Warum gehen Sie nicht einfach mal runter in die Kantine und essen eine Kleinigkeit? Wir rufen Sie auf die Brücke, wenn die Schleusen von Pedro Miguel in Sicht kommen.«

Der grauhaarige Lotse, der gerade gegen einen massiven Rumkater ankämpfte, lebte bei dem Angebot sichtlich auf. »Vielen Dank, Käpt'n. Hier ist der Kanal so breit wie ein See, Sie werden also keine Probleme kriegen.« Damit verließ er die Kommandobrücke.

Der Erste Offizier sah Franco verwundert an. »Das ist höchst ungewöhnlich, Käpt'n. Was haben Sie vor?«

Franco trat zum Ruder und schaute mit einem leeren Blick aus dem Fenster. »Was schon? Ich schließe mit einer Karriere ab, die eigentlich schon in Valparaiso hätte enden sollen«, sagte er leise und befahl dann, den Kurs des Schiffes zu ändern und zu wenden.

Pitt war mit dem Schlepper zum Kreuzfahrtschiff auf Distanz gegangen und hielt jetzt geradewegs aufs Ufer zu. Sein Ziel war der rostige Lastkahn, der bei den ständigen Ausschachtungsarbeiten im Kanal Verwendung fand. Nahezu vollständig mit zähem Morast gefüllt, lag er tief im Wasser und wartete, zum Pazifik geschleppt zu werden, um sich endlich seiner übel riechenden Last entledigen zu können.

Pitt ging an der dem Land zugewandten Seite des Kahns längsseits, machte den Schlepper an der Reling fest und eilte über den Laufsteg, der parallel zur Längsachse des Kahns in seiner Deckmitte verlief. In der Nähe des Bugs fand er den Festmacher des Kahns, ein dickes Tau, das er mühsam aus einer massiven Klampe herauszerrte. Dann warf er das Tau über Bord und kehrte eilends auf den Schlepper zurück, um seinen Plan in die Tat umzusetzen.

Er lenkte den Schlepper gegen die Rumpfseite des Frachtkahns und drückte ihn behutsam in tieferes Wasser. Er trieb in Richtung der Hauptfahrrinne, daher suchte sich Pitt eine neue Position an dem abgeflachten Heck des Kahns und schob ihn in Richtung der Schleusen.

Ein paar hundert Meter weiter entfernt lag das chinesische Schiff *Santa Rita* bereits vor der Schleuse und wartete darauf, dass die Tore geöffnet wurden. Ein Blick über die Schulter zeigte Pitt, dass die *Sea Splendour* in seinem Kielwasser folgte, nachdem sie unter Einsatz ihrer vorderen Strahlruder fast auf der Stelle gewendet hatte.

Als Pitt die *Sea Splendour* – das Kreuzfahrtschiff, das er in Chile hatte retten helfen – gesichtet hatte, war ihm zuerst der Gedanke gekommen, sie möglicherweise zu benutzen, um die Zufahrt zur Schleuse zu blockieren. Aber die *Santa Rita* hatte dort bereits Position bezogen, so dass das Kreuzfahrtschiff keinen Platz mehr gefunden hätte, um sich dazwischenzudrängeln. Sein Ersatzplan war dann allerdings noch dreister und ganz sicher auch um einiges gewagter. Wenn er schon nicht verhindern konnte, dass die *Santa Rita* in die Schleusen einfuhr, konnte er doch zumindest dafür sorgen, dass sie nicht mehr herauskam. Und in der Enge des Miraflores-Sees gab es nur eine einzige Möglichkeit, wie das zu bewerkstelligen war.

Während er den Lastkahn vor sich herschob, bugsierte er ihn in Richtung der Schleusen, dann scherte er nach Süden weg und folgte der Gabelung der Fahrrinne. Anstatt weiter die Schleuse als Ziel anzusteuern, hielten das Schleppboot und der Lastkahn auf den angrenzenden Damm zu. Dabei bemerkte Pitt, wie er in den Schatten des riesigen Kreuzfahrtschiffes eintauchte, während es mit hoher Fahrt neben ihm erschien.

»*Sea Splendour* ist jederzeit bereit«, drang es knisternd aus dem Lautsprecher des Funkgeräts.

»Roger, *Sea Splendour*. Ich bringe Sie in Position.«

Er lenkte den Schlepper vom Lastkahn weg und dirigierte dafür das Kreuzfahrtschiff hinter den Kahn. Indem es seine Geschwindigkeit anglich, touchierte sein hoher Bug das Heck des Lastkahns und übernahm Pitts Schubarbeit.

»Das sieht richtig gut aus, *Splendour*«, lobte Pitt. »Und jetzt holen Sie alles raus, was die Maschinen hergeben.«

Mit dem Lastkahn auf Tuchfühlung, ging das Kreuzfahrtschiff für eine kurze Zeitspanne auf volle Kraft. Es war nur ein kurzer Impuls, aber er reichte aus, um den Lastkahn deutlich zu beschleunigen.

Pitt versuchte mit dem Schlepper das Tempo zu halten, verfolgte, wie der Damm näher rückte, bis der Abstand kaum mehr einhundert Meter betrug. »Maschinen auf Gegenschub«, funkte Pitt dann. »Danke, *Sea Splendour*, ab hier übernehme ich wieder.«

»Viel Glück, Mr. Pitt«, verabschiedete sich Kapitän Franco.

Indem er die Gashebel des Schleppers nach vorn schob, holte Pitt das Heck des Lastkahns ein, während das Kreuzfahrtschiff auf Gegenkurs schwenkte.

Der beladene Lastkahn wirkte wie ein außer Kontrolle geratener Güterzug, wobei ihm der Schlepper lediglich weiteren Schwung verlieh. Pitt versetzte der Heckpartie einen Stoß und hielt den Kahn auf Kurs, der genau auf den Mittelpunkt der Betonmauer des Damms gerichtet war. Der Kahn schloss die Lücke schnell und rauschte genau auf den Überlauf zu.

Pitt wappnete sich für die Kollision, die weitaus härter ausfiel, als er erwartet hatte. Der flache Bug des Lastkahns rammte den Überlauf mit einem lauten stählernen Dröhnen – und stoppte abrupt. Das Schleppschiff prallte wie ein geworfener Ball vom Heck des Kahns ab, und Pitt flog über den Ruderstand. Nachdem er zum Ruder zurückgestolpert war, lenkte er den Schlepper zur Seite und versuchte, sich mit dem Scheitern seines Versuches abzufinden, einen Damm zum Bersten zu bringen, der seit 1914 sicher und solide seinen Dienst versah. Er hatte lediglich geschafft, einen Lastkahn wie einen Keil in den Überlauf zu treiben.

Dann erklang irgendwo tief unter ihm ein dumpfes Rumpeln. Einige Meter unterhalb der Wasserlinie musste der Kahn einen Riss in der Dammwand hinterlassen haben. Der Riss verbreiterte sich noch, als das Wasser des Sees unter hohem Druck in den Riss eindrang. Mit einem heftigen Ruck, begleitet von einem lauten Knirschen, löste sich ein zwanzig Meter breites Stück des Damms und leitete den Zusammenbruch des gesamten Bauwerks ein.

Pitt verfolgte gebannt, wie der Lastkahn vorwärtsglitt, über die Dammkrone verschwand und schließlich mit lautem Krachen in die fast fünfzehn Meter tiefer liegende Fahrrinne stürzte. Der enorme Sog der nachströmenden Wassermassen erfasste augenblicklich auch den Schlepper, und Pitt musste schnellstens gegensteuern, um nicht den gleichen Weg zu nehmen wie der Lastkahn. Die *Sea Splendour* hatte sich bereits weit genug zurückgezogen, da sich Kapitän Franco beeilt hatte, das Kreuzfahrtschiff in den tiefsten Teil des Sees vor Pedro Miguel zu lenken. Pitt blickte nun zur *Santa Rita* hinüber. Der Frachter lag noch immer vor der Schleuse, um seine Fahrt in den Pazifik fortzusetzen.

Während Pitt das Schleppboot von dem geborstenen Damm wegbugsierte, konnte er beobachten, wie sich die Tore der nördlichen Schleusenkammer langsam öffneten. Er tröstete sich mit dem Gedanken, getan zu haben, was er konnte. Alles Weitere war jetzt eine Frage der Zeit und der physikalischen Gesetzmäßigkeiten.

81

Bolcke begriff als Erster, welchen Plan Pitt verfolgte. Als er sah, wie der Lastkahn durch die Lücke im Damm gespült wurde, wandte er sich auf der Kommandobrücke der *Santa Rita* zu Zhou um. »Er will den Pegelstand verringern, um uns lahmzulegen. Wir müssen sofort in die Schleuse einfahren.«

Zhou sagte nichts. Er hatte keinerlei Kontrolle über die Schleusentore und war überrascht, als sie sich einen Moment später wie auf Kommando öffneten. Der chinesische Frachter kroch langsam vorwärts und tastete sich in die Schleusenkammer, während Leinen an den kleinen Lokomotiven auf dem Kai befestigt wurden.

Als regelmäßiger Benutzer des Kanals und seiner Schleusen erkannte Bolcke sofort, dass etwas nicht so war wie sonst. Das Hauptdeck des Frachters befand sich deutlich unterhalb der Oberkante des Schleusenkais. Das durfte eigentlich erst der Fall sein, wenn sich die

Schleusenkammer geleert hatte. Der Pegel war bereits erheblich gesunken und einige Meter niedriger als normal.

Mit wenigen schnellen Schritten war er am Funkgerät und brüllte ins Mikrofon. »Hallo, Schleusenzentrale, hier ist die *Santa Rita*. Schließen Sie sofort die Tore hinter uns. Ich wiederhole, Tore sofort hinter uns schließen!«

Im Schleusenhaus der Miraflores-Schleusen wurde Bolckes Forderung jedoch ignoriert. Das Personal war damit beschäftigt herauszufinden, was am Überlauf geschehen war. Jemand hatte in der Nähe die *Sea Splendour* ein Schleppboot gesehen, aber niemand hatte etwas Ungewöhnliches bemerkt, bis der Lastkahn über den Damm geschwemmt wurde. Der Sicherheitsdienst der Schleusen wurde sofort alarmiert, und dann setzte man Boote in Marsch, um beide Seiten des Damms zu inspizieren.

Ein schwarz-weißes Motorboot kam Pitt entgegen, als er in Richtung Schleusen fuhr.

Ehe ihn einer der Wachmänner fragen konnte, stoppte Pitt sein Boot und rief: »Ein kleines Schiff ist außer Kontrolle geraten und durch den Damm gebrochen. Es hatte zahlreiche Passagiere an Bord. Sie müssen nach Überlebenden suchen. Ich fahre zur Schleuse, um zusätzliche Hilfe zu holen.«

Der Führer des Wachboots kaufte Pitt seine Geschichte ab und gab Befehl, den Vorfall zu untersuchen. Erst später würde er der Frage nachgehen, was Pitt auf einem Schlepper der Kanalverwaltung zu suchen hatte.

Pitt setzte die Schlepperfahrt mit voller Kraft fort und gewahrte in einiger Entfernung ein graues Schiff, das darauf wartete, vom anderen Ende in die südliche Schleusenkammer gewunken zu werden. Er steuerte weiter auf die nördliche Kammer zu, um der *Santa Rita* zu folgen, und stellte fest, dass sich der schmale See weitaus schneller leerte, als er erwartet hatte. Die Öffnung eines Zuflussrohrs, durch das bei ordnungsgemäßem Betrieb Wasser aus dem See in die

Schleusenkammer strömte, war über der Wasseroberfläche zunehmend deutlicher zu erkennen.

Zu seiner großen Erleichterung standen die Schleusentore noch offen, also konnte er das Schleppboot hinter der *Santa Rita* in die Kammer manövrieren. Dort war noch deutlicher zu erkennen, wie viel Wasser bereits abgeflossen war. Die *Santa Rita* lag tief in der Kammer, und ihr Hauptdeck lag mindestens sieben Meter unterhalb des Kais.

Aber das reichte nicht ganz. Die *Santa Rita* befand sich im Transit zum Pazifik und würde um insgesamt neun Meter abgesenkt werden, ehe sie die Kammer verlassen konnte. Der Wasserpegel müsste deutlich darunterliegen, um ihre Weiterfahrt zu verhindern.

»Die Schleusenzentrale ruft Hilfsschlepper 16, bitte geben Sie Meldung über Ihre Aktivitäten«, drang eine Stimme aus dem Lautsprecher des Funkgeräts.

Pitt griff nach dem Mikrofon. »Hallo, Schleusenzentrale, hier ist der Sicherheitsdienst. Ich überprüfe die Tore der nördlichen Kammer auf mögliche Schäden.«

Bolcke brauchte nicht lange, um sich einzuschalten. »Hallo, Schleusenzentrale, der Führer des Schleppers ist ein Betrüger. Er ist selbst für die Schäden am Damm verantwortlich. Verhaften Sie ihn augenblicklich.«

Pitt schaltete das Funkgerät aus, da er wusste, dass seine Scharade beendet war. Alles, was er jetzt noch tun konnte, war, mit dem Schleppboot die Tore zu blockieren, so dass sie nicht geschlossen wurden – und gleichzeitig dafür zu sorgen, dass er dabei nicht den Tod fand. Voraus erschien eine Handvoll Männer auf dem Deck der *Santa Rita* und ging an der Seiten- und der Heckreling in Stellung. Außerhalb von Pitts Gesichtsfeld verließ ein Kontingent Wachmänner der Kanalverwaltung das Schleusenhaus und näherte sich im Laufschritt dem Schleppboot.

In ein paar hundert Metern Entfernung gaben die letzten Reste des Miraflores-Damms den Geist auf und entfesselten eine weitere Flutwelle, die sich stromabwärts wälzte. Am Seeufer hatte sich das Wasser bereits dramatisch zurückgezogen und schlammige Untiefen fast bis zur Fahrrinne freigelegt. Der Sog der restlichen Wassermassen wurde stärker, und Pitt spürte, wie das Schleppboot mitgezogen wurde, als er Gas zurücknahm. Nachdem er ein kurzes Stück durch die Tore hinausgeglitten war, konnte er erkennen, dass der äußere Abflusstunnel frei lag und vollständig zu sehen war. Der Pegel war fast um drei weitere Meter gesunken, seit sich Pitt in die Schleusenkammer geschlichen hatte, und das Wasser strömte weiterhin durch die offenen Tore hinaus.

Als er bemerkte, wie sich die Tore aufeinander zubewegten, drängte er sich erneut in die Schleusenkammer. Der Schleusenmeister nahm keine Rücksicht mehr auf das Schleppboot und befahl, die Tore trotzdem zu schließen. Pitt zog kurz in Erwägung, sich mit seinem Boot dazwischenzuschieben, musste jedoch einsehen, dass die kleine Nussschale von den sechshundert Tonnen schweren Stahlbarrieren sofort zerquetscht werden würde. Ein schneller Blick zur *Santa Rita* sagte ihm, dass es auch nicht mehr nötig war.

Das Schiff hatte leichte Schlagseite nach Steuerbord, als es sich an die Innenwand der Schleusenkammer lehnte. Der Wasserspiegel in der Kammer war so weit abgesunken, dass die *Santa Rita* mittlerweile auf ihrem Kiel ruhte.

Pitt lenkte das Schleppboot durch die sich schließenden Schleusentore und neben die *Santa Rita*. In Höhe des vorderen Backborddecks hielt er es an. Gewehrschützen erschienen an der Reling und richteten ihre Waffen auf Pitt, während er den Schlepper am Schiff vertäute. Mit erhobenen Händen kam er zur Reling und enterte den Frachter. Einer der Schützen drückte die Mündung seines AK-47 gegen seinen Hals und drohte ihm in Mandarin, seiner Muttersprache.

Pitt sah ihn mit einem eisigen Lächeln an. »Wo ist dein Boss?«

Er brauchte nicht auf einen Dolmetscher zu warten. Nach wenigen Sekunden erschienen Bolcke und Zhou, die vorher beobachtet hatten, wie Pitt längsseits ging. Zhou musterte ihn neugierig und war überrascht, ihn so kurz nach ihrer Begegnung im Dschungel wiederzusehen. Bolcke hingegen starrte ihn mit einem Ausdruck rasender Wut an.

»Ich glaube, Sie haben etwas, das meinem Land gehört«, sagte Pitt.

»Sind Sie wahnsinnig?«, schäumte Bolcke.

»Ganz und gar nicht. Das Spiel ist aus, Bolcke. Sie haben verloren. Geben Sie mir die Pläne.«

»Machen Sie sich nicht lächerlich. Wir werden die Schleuse in Kürze verlassen – und Sie werden nichts dagegen tun können, weil Sie dann tot sind.«

»Sie verschwinden nirgendwohin«, sagte Pitt. »Ihr Schiff sitzt fest, und es ist nicht mehr genug Wasser vorhanden, um es wieder flottzumachen.«

Im Schleusenhaus war der Schleusenmeister zur gleichen Schlussfolgerung gelangt. Der Pegel in der Kammer, in der sich die *Santa Rita* befand, war deutlich niedriger als der Pegel in der nächsten Kammer, und die Ausfahrttore würden niemals geöffnet werden, wenn die Wasserstände nicht genau gleich waren.

»Sie lassen einfach zusätzliches Wasser aus dem Gatun-See ab, und schon sind wir unterwegs«, sagte Bolcke.

»Aber nicht mit den Plänen.«

»Töten Sie ihn, Zhou.« Bolcke wandte sich zu dem Agenten um. »Auf der Stelle.«

Zhou rührte sich nicht, sondern wog seine Möglichkeiten gegeneinander ab.

»Ich hatte nicht erwartet, dass Sie ihm eine Fahrt in die Freiheit spendieren«, sagte Pitt zu dem Chinesen. »Gehe ich recht in der Annahme, dass Sie ihm nicht verraten haben, wer seinen Betrieb in die Luft gesprengt hat? Wenn es so ist, dann denke ich, dass Sie noch einiges zu besprechen haben.«

Ein Schatten des Zweifels huschte über Bolckes Gesicht. »Lügen«, sagte er. »Alles nur Lügen.« Aber seine Augen signalisierten seine verzweifelte Erkenntnis, dass seine Welt um ihn herum zusammenbrach. Ihm blieb nichts anderes mehr zu tun, als den Überbringer dieser Nachricht zu töten.

Er wirbelte zu einem Bewaffneten neben ihm herum und riss ihm die Kalaschnikow aus den Händen. Während er auf Pitt anlegte, suchten seine Finger den Abzugsbügel, als ein Schuss fiel. Ein hellroter Kreis erschien auf Bolckes Schläfe, und seine vor Wut glühenden Augen verdrehten sich nach hinten. Der österreichische Bergbauingenieur brach auf dem Schiffsdeck zusammen. Gleichzeitig rutschte ihm die Maschinenpistole aus den Händen und landete polternd neben seiner Leiche.

Zhou hielt eine chinesische 9-mm-Pistole mit ausgestrecktem Arm in der Hand. Ein dünner Rauchfaden kräuselte sich aus der Pistolenmündung. Der Mann drehte sich langsam um, bis die Pistole auf Pitts Brust zielte. »Was wäre, wenn ich tun würde, was Bolcke verlangt hat, und Sie hier und jetzt töte?«

Pitt gewahrte aus dem Augenwinkel einen Schatten und grinste den chinesischen Agenten spöttisch an. »Dann würden Sie mir nur eine Sekunde später im Tod Gesellschaft leisten.«

Die Bewegung über ihm spürte Zhou mehr, als dass er sie sah. Dann hob er den Kopf, und sein Blick fiel auf den Schleusenkai, der mit einem Dutzend bewaffneter Männer gesäumt war, die mit M4-Karabinern auf ihn und seine Mannschaft zielten. Es waren Soldaten der Navy, die vom Zerstörer *Spruance*, der in der benachbarten Schleusenkammer lag, herübergekommen waren.

Zhous Gesicht blieb unbewegt. »Das könnte sich leicht zu einer peinlichen Angelegenheit für unsere Nationen entwickeln«, sagte er.

»Könnte es das?«, fragte Pitt. »Bewaffnete chinesische Widerständler an Bord eines Schiffes, das unter der Flagge Guams fährt, werden verhaftet, während sie einen des Mordes schuldigen Sklavenhändler in Sicherheit bringen wollen? Ja, ich denke, Sie haben recht. Es wäre zumindest für eine unserer Nationen eine peinliche Angelegenheit.«

Zhous Stimme klang zögernd, aber durchaus fest. »Und wenn wir die Pläne zurückgeben?«

»Dann, finde ich, sollten wir uns die Hände schütteln und fröhlich unserer Wege ziehen.«

Zhou blickte in Pitts grün schimmernde Augen und studierte seinen freundlichen Gegner, der es irgendwie geschafft hatte, die Oberhand zu gewinnen. Er wandte den Kopf und sprach mit einem seiner bewaffneten Helfer. Der Mann ließ sein Gewehr langsam sinken und ging zur Kommandobrücke hinüber. Kurz darauf kehrte er mit der versiegelten Tonne zurück, die die Pläne der *Sea Arrow* enthielt, und reichte sie mit sichtlichem Widerstreben dem Amerikaner.

Pitt nahm die Tonne entgegen, ging zur Reling und hielt inne. Er kam zurück und streckte Zhou die Hand entgegen. Zhou musterte Pitt einen Moment lang mit undurchdringlicher Miene, ehe er die dargebotene Hand ergriff und kräftig schüttelte.

»Danke, dass Sie mir das Leben gerettet haben«, sagte Pitt. »Und das sogar zum zweiten Mal.«

Zhou nickte. »Möglich, dass ich irgendwann das erste Mal bedauern werde«, sagte er mit der Andeutung eines Lächelns.

Pitt ging wieder zur Reling und kletterte eine Leiter hinauf, die in die Innenwand der Schleusenkammer eingelassen war. Dabei hielt er die Tonne so fest wie eine unersetzliche Kostbarkeit. Als er die letzte Sprosse überwunden hatte und auf den Kai trat, winkte er den Navy-Soldaten auf dem Kai dankend zu – und wurde sofort von den Sicherheitskräften der Canal Authority verhaftet.

EPILOG

DER ROTE TOD

Das Phantom des Südatlantik

82

»Sieht so aus, als bekämen wir Gesellschaft, Boss.«

Unter einem Sonnenschirm in einem Liegestuhl lümmelnd, öffnete Al Giordino eine Kühlbox und warf eine leere Bierflasche hinein. Er klappte den Deckel zu, legte sein verbundenes Bein auf die Kühlbox und beobachtete gespannt, wie sich das Motorboot zügig näherte. Gekleidet war er für einen Tag am Strand und trug Shorts und ein grellbuntes Hawaiihemd, dabei saß er auf einem Lastkahn mitten im Panamakanal.

»Ich hoffe, es ist nicht schon wieder ein Vertreter der Kanalverwaltung.« Pitt kniete in der Nähe auf dem Deck und überprüfte Teile einer Tauchausrüstung.

»Tatsächlich sieht es so aus, als sei es unser Mann in Washington.«

Das Motorboot kam längsseits, und Rudi Gunn enterte mit einem eleganten Sprung den Lastkahn. Über seiner Schulter hing eine Reisetasche, er trug eine Khakihose und ein Oxfordhemd. Und er war in Schweiß gebadet. »Seid gegrüßt, ihr Kanal-Killer.« Er umarmte seine alten Freunde. »Niemand hat mich gewarnt, dass es hier noch schlimmer sein könnte als in Washington im August.«

»So schlimm ist es gar nicht«, widersprach Giordino und holte eine Flasche Bier für ihn aus der Kühlbox. »Hier sind die Alligatoren kleiner.«

»Du musstest wirklich nicht extra herkommen und uns kontrollieren«, sagte Pitt.

»Glaubt mir, ich bin immer froh, wenn ich aus dieser Stadt rauskomme. Mit dem demolierten Damm und den gesunkenen Schiffen, die hier überall herumliegen, habt ihr die reinste PR-Katastrophe ausgelöst.«

Gunn blickte flussabwärts auf ein großes grünes Schiff, das am Kanalufer auf Grund gelaufen war. Arbeiter machten sich an dem teilweise zertrümmerten Bug zu schaffen und führten einige Reparaturen aus, damit man das Schiff durch die Fahrrinne abschleppen konnte. »Ist das die *Adelaide*?«

»Ja«, sagte Pitt. »Wir haben sie genau auf der *Salzburg* geparkt.«

Gunn schüttelte den Kopf. »Die Panamaer schreien Zeter und Mordio. Zählt man die Kosten für die Reparatur des Damms, für das Heben der *Salzburg* und die Einnahmeverluste zusammen, die durch die zeitweilige Sperrung des Kanals entstehen, wird Uncle Sam dem Land einen ziemlich dicken Scheck ausstellen müssen.«

»Trotzdem sind wir ganz günstig weggekommen, wenn man bedenkt, was wir beinahe verloren hätten.«

»Dem kann ich nicht widersprechen. Sandecker freut sich wie ein Schneekönig, und der Dank des Präsidenten wird euch ewig nachschleichen. Er wird jedoch aus Sicherheitsgründen niemals preisgeben können, was tatsächlich auf dem Spiel stand. Er muss für das, was Panama rücksichtsloses amerikanisches Abenteurertum nennt, eine Menge Schelte einstecken.«

Giordino angelte sich eine frische Flasche Bier aus der Kühlbox und öffnete sie. »Rücksichtsloses amerikanisches Abenteurertum? Darauf trinke ich.«

»Natürlich«, sagte Rudi Gunn, »wird der Präsident bestimmt vor Glück weinen, wenn wir mit dem Motor der *Sea Arrow* zurückkommen.«

»Ich habe mein bestes Team darauf angesetzt«, sagte Pitt. »Sie arbeiten gerade daran.«

Gunn blickte stromaufwärts in die andere Richtung des Kanals und entdeckte in nicht allzu großer Entfernung einen grauen Zerstörer der U. S. Navy.

»Die *Spruance*«, sagte Pitt. »Unsere Sicherheitseskorte und unser Hebeschiff, wenn wir Glück haben.« Pitt sah Gunn mit ernsten Augen an. »Es ist wirklich ein Glück gewesen, dass du sie in die Schleusen geschickt hast. Wahrscheinlich säße ich jetzt nicht hier, wenn diese bewaffnete Truppe nicht gewesen wäre, die sie abkommandiert haben.«

»Hiram und ich konnten dank der Webcams am Kanal verfolgen, wie sich die Dinge entwickelten. Die *Spruance* plante ohnehin einen Kanaltransit, daher brauchten wir ihr nur ein wenig Dampf zu machen. Nicht wir, sondern Admiral Sandecker, um genau zu sein.«

Er warf einen Blick über die Seitenreling und sah Luftblasen, die von den Tauchern herrührten, an der Wasseroberfläche zerplatzen. »Wie ist es mit dem Kreuzfahrtschiff gelaufen?«

»Mit der *Sea Splendour*? Ihr Kapitän glaubte, er habe die längste Zeit auf der Kommandobrücke gestanden, aber etwas Seltsames ist passiert. Die italienischen Medien machten ihn zum Helden, und zwar wegen der Rolle, die er dabei gespielt hat, als Bolcke das Handwerk gelegt und das Sklavenlager ausgehoben wurde. Sobald die Schifffahrtslinie davon ausgehen konnte, dass unsere Regierung die Kosten für die Reparatur der Schäden an dem Schiff übernimmt, haben sie ihm einen Orden verliehen und ihn befördert. Dem Kanallotsen, der zu diesem Zeitpunkt an Bord Dienst tat, erging es allerdings nicht so gut. Er hat seinen Job verloren. Aber soweit ich gehört habe, hat ihm Kapitän Franco inzwischen eine Beschäftigung bei der Schifffahrtslinie verschafft.«

Gunn lächelte. »Vielleicht kann er mir auch einen neuen Job besorgen.«

Die Luftbläschen wurden größer, bis zwei Taucher erschienen. Gunn erkannte Dirk und Summer, die zu einer Leiter schwammen und dann an Bord kamen.

»Hi, Rudi«, sagte Dirk. »Willst du mit uns tauchen? Das Wasser ist richtig warm.«

»Nein danke.« Misstrauisch blickte Gunn auf das trübe Wasser. »Gibt es schon eine Spur von dem Motor?«

»Wir haben ihn völlig intakt auf seinem Platz auf dem Sattelschlepper gefunden«, berichtete Summer. »Er stand ein gutes Stück abseits von den anderen Frachtcontainern und auch von der *Salzburg*.«

»Der LKW war ziemlich mitgenommen, aber am Motor selbst konnte ich keine Beschädigungen feststellen«, sagte Dirk. »Die *Spruance* sollte ihn eigentlich ohne Probleme heben können.«

Gunn seufzte erleichtert. »Das ist wirklich eine gute Nachricht. Dann braucht die NUMA wenigstens keinen neuen Damm zu bezahlen«, sagte er mit einem Seitenblick auf Pitt.

»Das ist auch nicht unser Fachgebiet«, erwiderte Pitt lachend. »Die Kanalverwaltung war damit einverstanden, dass wir die Bergung der *Salzburg* aus der Fahrrinne überwachen, daher sieht es wohl so aus, als dürften wir dieses schöne Wetter noch einige Zeit auskosten.«

Gunn wischte sich die Stirn mit einem Hemdärmel ab. »Ohne mich. Aber ich würde Dirk und Summer gerne mitnehmen. Sie könnten mir helfen, den Bericht über das, was passiert ist, zu formulieren.« Gunn griff nach seiner Reisetasche. »Dabei fällt mir gerade ein, dass ich etwas mitgebracht habe, das ich euch übergeben soll.«

Er kramte in der Tasche herum und holte einen schlanken Karton heraus, den er Summer überreichte. Sie öffnete ihn und holte einen längeren handgeschriebenen Brief daraus hervor, der mit einer Büroklammer an einem in Leder gebundenen Tagebuch befestigt war.

Während sie den Brief überflog, betrachtete Dirk den Karton und las die Absenderadresse. »Das kommt von Perlmutter. Was will uns St. Julien sagen?«

»Er schreibt, wir möchten lieber nicht mit Rudi nach Washington zurückkehren«, sagte Summer und sah ihren Vater mit flehenden Augen an. »Stattdessen sollen wir einen Ausflug nach Tierra del Fuego machen.«

83

Der Mount Vernon Trail südlich von Alexandria war eine Oase der Ruhe, deren Beschaulichkeit nur durch das gedämpfte Rauschen des leichten Schnellstraßenverkehrs in der Nähe gestört wurde. Lediglich ein paar frühmorgendliche Jogger und Biker verteilten sich auf der Strecke am Fluss und beeilten sich, ihr tägliches Fitnessprogramm zu absolvieren, ehe die Arbeit rief.

Dan Fowler feuerte sich selbst an, die letzten paar Schritte seines Drei-Meilen-Laufs im Sprintstil zurückzulegen, und überquerte eine imaginäre Ziellinie, ehe er in ein gemütliches Gehtempo verfiel. Er spazierte zu einem Trinkbrunnen am Wegesrand und stillte seinen Durst mit einem Strahl frischen, kalten Wassers.

»Guten Morgen, Dan. Wie war Ihr Lauf?«

Fowler verschluckte sich und wirbelte herum. Sein Erschrecken, die vertraute Stimme zu hören, war offensichtlich, als er sich umwandte und Ann Bennett in ihrer gewohnten eleganten Dienstkleidung vor sich stehen sah.

»Ann … wie geht es Ihnen?«, stotterte er.

»Na ja, wie soll es mir gehen – gut.«

»Wo waren Sie? Ich hab mir große Sorgen gemacht.«

»Ich musste eine kurze Reise machen.«

»Aber Sie haben niemandem Bescheid gesagt. Die Polizei hat Sie sogar gesucht. Ist alles in Ordnung?«

»Ja. Ich musste nur eine völlig unerwartete persönliche Angelegenheit regeln.«

Fowler schaute sich nervös um und entdeckte in seiner Nähe nur ein paar Jogger und einen Mann, der einen platten Reifen an seinem Fahrrad reparierte. »Sind Sie allein? Ich hatte schon befürchtet, Sie seien in Gefahr.«

»Mit mir ist alles okay. Ich wollte Sie nur mal unter vier Augen sprechen.«

»Klar. Gern.« Fowler entdeckte ein kleines Wäldchen unweit des Potomac, das ein wenig Ungestörtheit versprach. »Warum gehen wir nicht ein Stück?« Behutsam führte er sie von der Laufstrecke weg.

»Ich hatte, während ich fort war, viel Zeit, um über die ganze Geschichte nachzudenken«, sagte sie.

»Wahrscheinlich sind Sie über die neuesten Entwicklungen noch gar nicht informiert«, gab er zurück, um ihren Wissensstand zu testen. »Jemand hat den Antriebsmotor der *Sea Arrow* gestohlen, während er nach Groton gebracht wurde.«

»Ja, das habe ich gehört. Gibt es irgendwelche Verdächtigen?«

»Nein, das FBI ist in diesem Fall keinen Deut weitergekommen.«

»Das überrascht mich nicht. Sagen Sie mal, Dan, was wissen Sie über das Anti Denial System, kurz ADS?«

»ADS? Ist das nicht irgendeine Einrichtung zur Kontrolle größerer Menschenansammlungen, die die Army ausgekocht hat? Ich weiß wirklich nicht viel darüber.«

»Ausgekocht ist das richtige Wort.« Ann Bennett dachte an ihre erste Begegnung mit dieser Apparatur in New Orleans. »Haben Sie mir nicht mal erzählt, Sie hätten im Army Research Lab gearbeitet?«

»Ja, ich habe dort mal ein kurzes Gastspiel absolviert. Warum fragen Sie?«

»Laut dem zuständigen Personalchef waren Sie seinerzeit für die Sicherheit und Geheimhaltung des ADS-Entwicklungsprogramms zuständig. Im Rahmen dieser Tätigkeit hatten Sie sicherlich auch Zugang zu sämtlichen Konstruktionsplänen und Testberichten. In diesem Zusammenhang finden Sie es bestimmt nicht uninteressant, dass die Army nicht die einzige Institution ist, die über diese Technologie verfügt. Tatsächlich hat Edward Bolcke eine solche Anlage sogar auf einem seiner Schiffe installiert.«

»Worauf wollen Sie hinaus, Ann?«

»Dan, seit wann stehen Sie schon auf Bolckes Lohnliste?«

Sie hatten die Baumgruppe fast erreicht. Fowler lächelte Ann Bennett an. »Das ist völlig absurd. Wir wissen beide, dass Tom Cerny im Weißen Haus Ihre vermutete undichte Stelle ist. Ann, Sie sollten wirklich nicht ins Wasser springen, wenn Sie nicht schwimmen können.«

Ann Bennett ignorierte diese beleidigende Bemerkung. »Cerny diente als perfektes Ablenkungsmanöver. Ich hatte ihn ebenfalls für eine Weile im Verdacht, bis ich mir das Ergebnis seiner Sicherheitsüberprüfung angesehen hatte. Im Gegensatz zu Ihren Andeutungen hatte er niemals mit irgendwelchen militärischen Technologien zu tun, bei denen es Probleme mit der Geheimhaltung gab. Auch hat er Mittelamerika in über zwanzig Jahren nicht einmal betreten. Er ist sauber.«

Fowler sagte nichts, als sie den Rand des Wäldchens erreichten.

»Andererseits«, fuhr Ann Bennett fort, »habe ich soeben in Erfahrung gebracht, dass Sie ein Gründungspartner von SecureTek waren, also der Sicherheitsrüstungsfirma, die später an Edward Bolcke verkauft wurde.«

»Jetzt geht aber die Phantasie mit Ihnen durch.«

»Tut sie das? Wir haben die Wege höherer Geldbeträge verfolgt, die von Bolckes Firma auf ein Bankkonto hier in Washington überwiesen wurden, das auf Ihren Namen lautet.« Diesmal bluffte sie zwar, aber sie war überzeugt, dass kommende Ermittlungen den Beweis dafür erbringen würden.

Fowler ging weiter und führte sie tiefer in den Wald hinein. Nach einer längeren Pause sagte er: »Angenommen, Sie haben recht. Was jetzt?«

»Sie kommen wegen Spionage vor Gericht und verbringen den Rest Ihres Lebens im Gefängnis.«

Vor neugierigen Blicken geschützt, griff Fowler Ann Bennett an, legte einen Arm um ihren Hals und stieß sie gegen den dicken Stamm einer Roteiche.

»Nein«, sagte Fowler. »Ich glaube, hier ist es zu Ende.«

Ann Bennett stand stocksteif an den Baumstamm gelehnt, während Fowler ein Halstuch aus der Tasche seiner Laufhose zog und zu einem dünnen Strick zusammendrehte. Er legte es um ihren Hals und zog an den Enden, um sie zu erwürgen.

Sie wehrte sich, bäumte sich auf, wollte ihn wegstoßen, aber er war zu stark und drückte sie mit den Beinen fest gegen den Baumstamm. Vor ihren Augen drehte sich alles, sie begann zu würgen – und dann hörte sie eine barsche Stimme hinter Fowler.

»Lassen Sie sie los!«

Fowler drehte sich um und sah zwei Männer in Joggingkleidung, die mit Glock-Pistolen auf seinen Kopf zielten.

Der Mann, der in der Nähe ein Fahrrad repariert hatte, kam mit einer H&K-Maschinenpistole im Anschlag angerannt. »FBI«, rief er. »Sie sind verhaftet!«

Fowler lockerte allmählich seinen Griff an den Halstuchzipfeln und ließ das Halstuch zu Boden fallen. Einer der FBI-Agenten riss ihn zurück, während ihm ein anderer Handschellen anlegte.

Ehe er zu einem in der Nähe wartenden Wagen gezerrt wurde, trat Ann einen Schritt auf ihn zu und sah ihm in die Augen. »Dan, eins sollten Sie wissen. Ich kann sehr wohl schwimmen.«

84

Die Gewässer vor Tierra del Fuego wurden in jeder Hinsicht ihrem Spitznamen Furious Fifties gerecht. Ein starker Westwind buckelte Wellen auf, die sich sturmgepeitscht mit prahlerischem Getöse und spektakulären Gischtwolken brachen. Starke Querströmungen, die ihnen gelegentlich den ein oder anderen Eisberg in den Weg schoben, der sich aus der Antarktis in diese Breiten verirrt hatte, steigerten ihre Wucht. Im Laufe der Jahrhunderte hatten diese Naturgewalten bewirkt, dass viele Schiffe ihr nasses Grab in den eisigen Fluten vor Kap Hoorn gefunden hatten. Alles, was noch fehlte, war ein ausgewachsener Wirbelwind, dessen wütende Böen ohne Vorwarnung aus allen Richtungen gegen das Kap anrannten.

Der kleine Trawler stampfte mutig durch den Mahlstrom und verhalf seinen Insassen zu einer wilden Achterbahnfahrt. Im Ruderhaus hielt sich Summer am Kartentisch fest, als das Boot einen fünf Meter hohen Wellenberg hinabrauschte. »Konntest du kein größeres Schiff auftreiben?«, klagte sie.

Lächelnd schüttelte Dirk den Kopf. Die kurzfristig zur Auswahl stehende Kollektion an nautischen Verkehrsmitteln war in der nahe gelegenen argentinischen Stadt Ushuaia ausgesprochen bescheiden gewesen. Er war schon froh, diesen Trawler gechartert zu haben. Ihre Fahrt von Ushuaia durch den Beagle-Kanal war relativ ruhig verlaufen, doch das hatte sich, sobald sie den freien Ozean erreichten, dramatisch geändert.

»Geradeaus vor uns liegt Isla Nueva«, sagte der Kapitän, ein untersetzter Mann mit schneeweißem Haar.

Summer blickte aus dem Ruderhausfenster auf eine bergige grüne Insel in einer Meile Entfernung. »Auf ihre abgelegene Art eine richtige Idylle. Wie groß ist sie?«

»Etwa acht Meilen an der breitesten Stelle«, sagte Dirk. »Wir sollten sie in vier oder fünf Stunden umrundet und ihre gesamte Küstenlinie in Augenschein genommen haben.«

»Sie hat verdammt weit von zu Hause ihr Ende gefunden.«

»Sie« – das war die *Barbarigo*. Ihre spontan anberaumte Suche war durch das Päckchen initiiert worden, das Perlmutter ihnen nach Panama nachgeschickt hatte. Darin hatten sie das Logbuch Leigh Hunts, des Sportseglers, gefunden, in dem er seine Weltumsegelung dokumentiert hatte. Angeregt durch das, was Summer auf Madagaskar entdeckt hatte, konnte Perlmutter Hunts Familie ausfindig machen. Eines von Hunts Kindern hatte das Logbuch nach einer ausgedehnten Suche auf dem Speicher des Familiensitzes gefunden. Das Logbuch lieferte eine genaue Angabe über die Position des Seglers zu dem Zeitpunkt, als er das Phantom des Südatlantiks gesichtet hatte.

Summer schlug das Logbuch auf und überflog noch einmal Hunts Eintragungen, während sie durch die Wellen rollten. »Er schreibt, er habe sich nördlich von Nueva und Lennox Island befunden, als er das Phantom in Richtung Isla Nueva treiben sah. Das heißt, es könnte irgendwo am Westufer der Insel gestrandet sein.«

Der Trawler näherte sich dem Ostufer von Nueva, das im Wesentlichen aus dunklen hohen Klippen bestand. Wellen warfen sich donnernd gegen die felsige Küstenlinie und schleuderten weiße Schaumwolken in die Luft.

»Hoffentlich ist das Ufer auf der anderen Seite einladender«, sagte Dirk. »Wenn sie hier auf die Felsen geworfen wurde, werden wir sie bei diesem Ausflug sicher nicht finden.«

Dirk hatte den Kapitän gebeten, sich mit dem Trawler so dicht wie möglich ans Ufer heranzutasten, und dann begannen sie mit einer im Gegenuhrzeigersinn durchgeführten Untersuchung des Inselstrandes. Dabei hielten sie lediglich nach irgendwelchen sichtbaren Anzeichen für die Existenz des U-Boots Ausschau, die darauf hätten hinweisen können, dass es auf Grund gelaufen war. Wenn sie damit keinen Erfolg hätten, würde nach Ankunft eines Forschungsschiffes der NUMA eine sonargestützte Suche folgen.

Sie hatten Dutzende von Satellitenbildern studiert, die Yaeger ihnen geschickt hatte, und auch eine Anzahl ungewöhnlicher Erscheinungen in Strandnähe identifiziert, bei denen es sich um Überreste der *Barbarigo* handeln konnte. Die einzige Möglichkeit, genauere Informationen einzuholen, bestand darin, die jeweiligen

Stellen ungeachtet des heftigen Seegangs direkt in Augenschein zu nehmen.

Sie erreichten die nördliche Seite der Insel und passierten turmhohe Felsklippen, an denen jedes steuerlose Schiff zerschellt wäre. Zwei Punkte, die auf den Satellitenfotos markiert waren, erwiesen sich als natürliche Felsformationen, die bei näherem Hinsehen nur noch ganz entfernt Ähnlichkeit mit den Konturen eines Unterseeboots hatten.

Während sie nach Westen vordrangen, wurde die Uferregion flacher, und Streifen rauen Strandes wechselten sich mit Abschnitten ab, die von zerklüfteten Felsformationen beherrscht wurden.

»Wir nähern uns der dritten auffälligen Stelle«, sagte Dirk und verglich ein Satellitenfoto mit dem Bild auf dem Navigationsmonitor des Trawlers.

Summer hielt das Fernglas an die Augen und hatte Mühe, den Strandabschnitt im Visier zu behalten, während unter ihr das Deck des Trawlers heftig schwankte. »Sag mir Bescheid, wenn wir uns genau auf gleicher Höhe befinden.«

Dirk schätzte das Tempo ihres Schiffes ein und meinte: »Es dauert noch einen Moment.«

Summer kontrollierte das Ufer und entdeckte einen schmalen Kiesstrand zwischen zwei vorgeschobenen Felszungen. Gleichzeitig fiel ihr eine glatte, gerundete Form auf, die in diesem Moment aber gerade durch eine besonders große Welle gegen das Schott hinter ihr geworfen wurde. »Bringen Sie uns noch ein wenig näher heran.«

Sie hielt abermals Ausschau nach dem Objekt – und entdeckte ein glattes, gewölbtes Band, das fast mit den Felsen verschmolz.

»Irgendetwas ist dort, allerdings sieht es nicht sehr groß aus.« Sie reichte ihrem Bruder das Fernglas. »Sieh es dir mal an.«

»Ja, das sieht wie ein von Menschenhand hergestellter Gegenstand aus.« Er ließ das Fernglas sinken und blickte seine Schwester unternehmungslustig an. »Lass uns mal nachschauen.«

Der Kapitän musste noch für etwa eine Meile am Inselufer entlangfahren, ehe er eine winzige Bucht fand, die Schutz vor den hohen Wellen bot. Ein kleines Schlauchboot wurde zu Wasser gelassen, und Dirk und Summer paddelten das kurze Stück an Land. Während sie das Boot auf den Strand zogen, fegte eine Sturmböe landeinwärts und überschüttete sie mit Gischt.

»Als wir das letzte Mal auf einer Insel waren«, sagte Dirk, »hätte ich alles für einen solchen Sturm gegeben.«

Sie wanderten durch den Wolkenbruch am Ufer entlang und kämpften gegen die steife Brise an, die ihnen die Regentropfen ins Gesicht peitschte. Trotz der unfreundlichen Bedingungen entging Summer die raue Schönheit dieser Insel an der Südspitze Südamerikas nicht. Aber die Küstenlandschaft erschien im strömenden Regen zunehmend monotoner, und nach etwa einer halben Stunde Fußmarsch waren sie sich schon nicht mehr sicher, wo sie die seltsame Erscheinung gesehen hatten.

Sie blieben am Wasser stehen und inspizierten die umliegenden Felsformationen, bis Summer das Objekt schließlich weiter oben am Strand entdeckte. Es war eine rostige gewölbte Stahlplatte, etwa zwei Meter lang, die zwischen zwei Felsen verkeilt war.

»Wenn ich mich sehr weit aus dem Fenster lehne«, sagte Dirk, »würde ich auf den Teil eines U-Boot-Kommandoturms tippen.«

Summer nickte und blickte aufs Meer hinaus. »Wahrscheinlich ist sie auf diese Felsen aufgefahren und dann da draußen gesunken. Oder sie ist wieder aufs Meer hinausgetrieben.«

»Nein«, sagte Dirk, und seine Stimme klang überrascht. »Ich glaube, dass wir in die falsche Richtung schauen.« Er tippte Summer auf den Arm und deutete landeinwärts. Sie sah nichts als einen schmalen Kiesstrand. Dahinter erkannte sie eine mit Buschwerk zugewucherte Ausbuchtung am Fuß eines Felshügels. Der Strand war völlig kahl, daher blickte sie zu der Ausbuchtung hinüber – und ihr Mund klappte auf.

Aus dem Gebüsch, etwa zwanzig Meter weiter landeinwärts, ragten die Überreste des Kommandoturms.

Sie eilten über den Strand und drangen in das Dickicht ein, wo sie auf den Rumpf des U-Boots stießen, der von den dichten Büschen verhüllt wurde. Das Schiff war zu drei Vierteln vergraben, aber Dirk konnte erkennen, dass sie sich ihm von achtern genähert hatten. Wo sich einst ein Propeller befunden hatte, gewahrte er jetzt nur noch eine verbogene Antriebswelle. Sie gingen am Schiffsrumpf entlang bis zum freiliegenden Kommandoturm, der wie eine verlassene Burgzinne in die Höhe ragte. Summer kramte ein Schwarzweißfoto aus der Tasche und verglich es mit dem verrosteten Stahlkörper. Beides stimmte hundertprozentig überein.

Sie lächelte ihren Bruder an. »Das ist die *Barbarigo.*«

Sie erstiegen die Ruine des Kommandoturms und konnten von dort aus den imposanten Druckkörper des gesamten U-Boots im Unterholz erkennen.

»Wie ist es möglich, dass sie so weit oben gestrandet ist?«, fragte Summer.

»Wahrscheinlich dank einer besonders hohen Welle. Die Region um Kap Hoorn ist dafür berüchtigt. Es muss ein wahres Monster von Welle gewesen sein, dass sie die *Barbarigo* so weit landeinwärts getragen hat.«

Summer warf einen Blick auf den Bug. »Meinst du, sie hat noch ihre Fracht an Bord?«

Das war die Vierundsechzigtausend-Dollar-Frage – und der Grund für ihren eiligen Abstecher nach Feuerland. Denn Perlmutter hatte noch viel mehr zu Tage gefördert als nur das Logbuch des Seglers. Er hatte das Geheimnis der letzten Reise der *Barbarigo* entschlüsselt.

Angefangen hatte alles mit dem deutschen Naturwissenschaftler Oswald Steiner, der in Malaysia an Bord gekommen war. Steiner war, wie Perlmutter herausfand, ein hoch angesehener Physiker, der sich mit seinen Forschungen im Bereich der Elektromagnetik einen Namen gemacht hatte. Von den Nazis gezwungen, militärische Forschungen zu betreiben, befasste er sich – wenig engagiert – mit deren Atombombenprogramm, ehe er sich auf sein eigenes geheimes Projekt konzentrierte: eine magnetische Schienenkanone.

Steiner entwickelte die Theorie, dass ein Projektil, das mit enormer Geschwindigkeit abgefeuert wurde, bis zu fünfzig Meilen weit fliegen konnte und es den Deutschen ermöglichte, die Südküste Englands von der Normandie aus unter Beschuss zu nehmen. Damit dieses System funktionierte, benötigte er jedoch die stärksten Magnete der Welt, und zu deren Herstellung war ein ganz spezieller Rohstoff unabdingbar: Seltene Erden.

Im Jahr 1942 herrschte nur eine geringe Nachfrage nach Seltenerdmetallen, die ausschließlich unter großen Schwierigkeiten zu extrahieren und zu gewinnen waren. In Deutschland und den von ihm eroberten Gebieten gab es allerdings nur geringe Vorkommen dieser Mineralien, aber Steiner fand schließlich eine Quelle, die seine Bedürfnisse decken konnte. Eine kleine Granatmine in Malaysia, die von den Japanern kontrolliert wurde, extrahierte Samarskit als Nebenprodukt ihrer Förderung. Samarskit enthält eine hohe Konzentration Samarium, einen Schlüsselgrundstoff für die Herstellung von Hochleistungsmagneten.

Während einer Reise nach Malaysia hatte Steiner zu seiner Überraschung einen großen Vorrat dieses Minerals entdeckt, der sich im Laufe der Jahre im Zuge der Granatförderung angesammelt hatte. Die einheimischen Arbeiter nannten es den Roten Tod – wegen seiner rostroten Farbe. Aber erst Steiner stellte fest, dass es leicht radioaktiv war und bei den Bergleuten vermutlich verschiedene Krankheiten hervorgerufen hatte.

Begeistert von seinem Fund, beantragte Steiner den Transport des Samarskit nach Deutschland. Ein italienisches Unterseeboot namens *Tazzoli* sollte diese Aufgabe übernehmen, wurde auf der Fahrt nach

Malaysia jedoch versenkt. Als die *Barbarigo* in Singapur eintraf, um Kautschuk und Zink zu laden, ließ Steiner den Auftrag ändern und sie stattdessen mit Samarskit beladen. Er begleitete die Ladung während ihrer Heimreise und fand zusammen mit der italienischen Mannschaft den Tod, als diese das beschädigte U-Boot aufgeben musste.

Dirk blickte zum Vorderdeck der *Barbarigo* und entdeckte eine freie Stahlfläche in der Nähe des Bugs. Er kletterte vom Kommandoturm herab und trat zum Vorderdeck hinüber, das mit Erdreich und Steinen bedeckt war. Beides stammte von dem Hügel, vor dem das U-Boot lag. Summer folgte ihrem Bruder zu einer Vertiefung am Bug. Indem Dirk das angesammelte Geröll beiseiteräumte, legte er das verrostete Deck frei. Schließlich tauchte auch ein massiver Stahlring aus dem Geröll auf, der flach aufliegend auf dem Rumpf festgeschweißt war. Es handelte sich um den Handgriff für die vordere Ladeluke. Summer half ihm beim Freiräumen der Luke mit ihrem Verschlussrad.

»Meinst du, das Ding lässt sich bewegen?«, fragte Summer.

Dirk versetzte der Radsicherung ein paar Fußtritte, bis sie zerbrach. »Hilf mir mal, dann werden wir es gleich wissen.«

Sie packten das Rad und zogen mit aller Kraft daran. Nach mehreren Versuchen gab der Verriegelungsmechanismus nach, und das Rad drehte sich. Dirk zwinkerte seiner Schwester hoffnungsvoll zu und wuchtete die Luke auf.

Ein modriger Geruch drang aus der Öffnung. Kaum etwas war zu erkennen, weil der gesamte Raum unter der Luke bis oben hin mit Sediment gefüllt war. Ob Sand, Morast oder Mineral, das konnten sie nicht erkennen. Dirk griff hinein und tastete herum, bis er einen Brocken des Materials fand. Er hielt ihn hoch, damit Summer ihn betrachten konnte.

Es war ein Stein, dunkel, aber glatt und glänzend. Im grauen Licht der Regenwolken konnte Summer einen rötlichen Schimmer wahrnehmen. »Ist das der Rote Tod?«

Dirk betrachtete den Stein und grinste. »Nein, ich denke, man würde es heute eher Purpurnes Gold nennen.«

85

SECHS MONATE SPÄTER

Ein dichter Pulk von Würdenträgern und Veteranen der Navy, fast dreitausend an der Zahl, drängte sich unter einem kühlen und bewölkten Himmel durch die Tore der Navy Base in New London, Connecticut. Die Besucher wurden zu einem Kai geleitet, auf dem lange Stuhlreihen mit Blick auf den Thames River aufgestellt worden waren.

Zu sehen war dort die USS *North Dakota*, das jüngste Jagd-U-Boot der Navy. Nachdem sie die letzten Praxistests absolviert hatte, wartete sie jetzt auf den formalen Akt ihrer Indienststellung, ehe sie in Wahrnehmung der Interessen ihres Landes in See stach.

Loren und Dirk Pitt senior drängten sich durch die Menge, um ihre Plätze in der zweiten Reihe hinter einer ganzen Herde von Flottenadmirälen in Galauniform einzunehmen. Während Pitt die Lamettaträger der Navy betrachtete, fragte er sich, ob sie ihre Logenplätze seinen Bemühungen zur Rettung der *Sea Arrow* oder doch eher Lorens Einfluss auf dem Capitol Hill zu verdanken hatten. Als der Chief of Naval Operations zu ihnen trat und schmeichelnd um seine Frau herumtanzte, entschied er, dass wohl Letzteres der Grund war.

Kurze Zeit später erschien Vizepräsident Sandecker, abgeschirmt von einer Eskorte Pentagonvertreter. Als vertrautes Markenzeichen klemmte eine Zigarre zwischen seinen Lippen, während er zum

Podium geleitet wurde. Als er Pitt und Loren entdeckte, trennte er sich von seiner Eskorte und kam zu den beiden herüber.

»Sie sehen wie immer atemberaubend aus, Loren«, sagte er, »trotz des Gesindels, das da an Ihrem Arm hängt.«

Loren lachte. »Im Haushalt ist er immer noch ganz nützlich. Schön, Sie wiederzusehen, Mr. Vice President.«

»Wo sind Summer und Dirk? Ich dachte, sie seien ebenfalls hier.« Neugierig hob Loren die Augenbrauen.

»Sie sind gerade in Rom«, sagte Pitt. »Die italienische Regierung veranstaltet eine Gedenkfeier für die Mannschaftsangehörigen der *Barbarigo*, die in Madagaskar geborgen wurden. Die beiden sind als Ehrengäste eingeladen worden.«

»Um es mal krass auszudrücken, wir wären ganz schön am Arsch gewesen, wenn sie nicht gewesen wären«, sagte Sandecker. »Dass sie es waren, die die sterblichen Überreste der Besatzungsmitglieder gefunden haben, hat die Italiener dazu gebracht, uns die Ladung Seltenerdmetalle, die sich noch in dem U-Boot befand, zu überlassen. Das hat uns die Blamage erspart, halb unvorbereitet vors Publikum zu treten.« Er zwinkerte Pitt zu.

»Apropos Seltenerdmetalle«, sagte Loren. »Ich habe auf dem Hill das Gerücht gehört, die Chinesen hätten die Absicht, den Exportstopp aufzuheben.«

»Zumindest haben sie das offiziell verlauten lassen. Nachdem die Australier Edward Bolckes Mine in Mount Weld übernommen haben, haben die Chinesen wohl alle Hoffnung verloren, den Markt zu beherrschen. Und mit unseren Wiederaufbaumaßnahmen in Mountain Pass sind wir dem Zeitplan um einiges voraus. Glücklicherweise hat das restliche Material, das in Bolckes ehemaligen Betrieben in Panama und Madagaskar noch vorhanden war, dazu beigetragen, den kurzzeitigen Engpass zu überbrücken.«

Ein Helfer kam zu Sandecker und informierte den Vizepräsidenten, dass die Zeremonie jeden Moment beginnen sollte.

Sekunden später schlängelte sich Ann Bennett durch die Stuhlreihe und ließ sich auf den freien Platz neben Loren sinken. »Hallo«, sagte sie voller Herzlichkeit. »Ich dachte schon, ich würde es nicht rechtzeitig schaffen.«

»Sind Sie gerade erst gelandet?«, fragte Loren.

»Ja. Dan Fowlers Urteilsverkündung war für heute Morgen angesetzt, und die wollte ich mir auf keinen Fall entgehen lassen.«

»Interessantes Timing«, meinte Pitt grinsend. »Was hat er denn gekriegt?«

Ann Bennett lächelte zufrieden. »Dreißig Jahre, wie der Staatsanwalt gefordert hat.«

Ein Admiral trat ans Rednerpult und begrüßte den Vizepräsidenten, der eine flammende Rede über den Schutz der Weltmeere vor allen möglichen Feinden hielt. Mehrere Navy-Vertreter schlossen sich mit ähnlich feierlichen Ansprachen an.

Während die Redner einander auf dem Podium ablösten, beugte sich Ann über Loren zu Pitt hinüber und fragte leise: »Ist sie im Wasser?«

Pitt nickte. »Vor zwei Tagen, während des Wolkenbruchs, auf den sie so sehnsüchtig gewartet haben, haben sie sie in Position gebracht.«

»Und ist sie bereit für die Praxistests?«

»Alle Systeme arbeiten im grünen Bereich, wurde mir mitgeteilt.«

»Ich dachte, die *North Dakota* hat ihre Praxistests längst absolviert«, sagte Loren.

»Ja, ja, das ist schon richtig, Liebling«, sagte Pitt und presste die Lippen zusammen.

Auf dem Podium wurde die Ehrenpatin der *North Dakota* vorgestellt und intonierte den traditionellen ersten Befehl der Indienststellung: »Bemannt unser Schiff und erweckt es zum Leben!«

Unter dem tosenden Beifall der versammelten Gäste begaben sich die Mannschaft und die Offiziere der *North Dakota* an Bord des

U-Boots. Pitts Blick wanderte über das Schiff hinaus und richtete sich auf einen motorisierten Lastkahn, der von zahlreichen rot-weißen Warnbojen umgeben war.

»Wo ist sie?«, fragte Ann Bennett.

»Bei dem Kahn da auf der anderen Seite.«

Loren bemerkte, dass sich auch einige Navy-Vertreter offenbar mehr für den Lastkahn als für die nagelneue *North Dakota* interessierten.

»Was ist denn mit den Leuten los?«, fragte Loren. »Ihr tut ja alle so, als gehe es hier um noch etwas Wichtigeres als den Stapellauf der *North Dakota*. Und warum starren alle wie gebannt auf diese Bojen vor dem Lastkahn?«

Pitt lächelte seine Frau an und drückte zärtlich ihre Hand.

»Nicht immer gibt die See all ihre Geheimnisse preis«, sagte er. »Selbst dann nicht, wenn ihr mit einem rostigen Buttermesser gedroht wird.«